Polina Daschkowa
Club Kalaschnikow

Polina Daschkowa

Club Kalaschnikow

Roman

Aus dem Russischen
von Margret Fieseler

Büchergilde Gutenberg

Die Originalausgabe unter dem Titel »Место под солнцем« erschien 1999 bei Eksmo-Press, Moskau.

Lizenzausgabe für die Büchergilde Gutenberg,
Frankfurt am Main, Wien, Zürich
mit freundlicher Genehmigung des Aufbau-Verlags, Berlin
www.buechergilde.de

Druck und Bindung GGP Media, Pößneck
Printed in Germany
ISBN 3 7632 5311 4

Vor mir steht nicht einfach eine schwache Verdünnung des Bösen, wie man sie aus jedem Menschen gewinnen kann, sondern das konzentrierte Böse ohne Beimischungen, ein riesiges, bis zum Rand gefülltes und versiegeltes Gefäß.

Wladimir Nabokow

Kapitel 1

In einer warmen Septembernacht bog ein weißer Ford vom »Prospekt Mira« in eine der stillen Nebenstraßen ab. Aus den halbgeöffneten Fenstern des Autos dröhnte ohrenbetäubend laut Popmusik. Die Scheinwerfer eines entgegenkommenden Wagens beleuchteten für einen Moment die Silhouette der jungen Frau am Steuer. Der Mann neben ihr war nicht zu sehen, er lag fast auf dem weichen Sitz. Sein Kopf fiel der Frau dauernd auf die Schulter. Laut und falsch sang er mit dünner Tenorstimme den ausgelassenen Schlager mit.

»Hör auf, Gleb«, sagte die Frau stirnrunzelnd und schaltete den Kassettenrecorder aus.

»Musik, sag ich!« Der Mann stieß auf und stellte den Recorder wieder an.

Der Schlager donnerte über die ganze Straße.

»Hättest du nicht wenigstens bei meiner Premiere nüchtern bleiben können? Gleich im ersten Akt einzuschlafen! Sogar geschnarcht hast du.«

»Das ist eine dreckige Verleumdung. Ich schnarche überhaupt nicht! Niemals. Und im zweiten Akt habe ich nicht geschlafen, sondern meiner Begeisterung Ausdruck verliehen!« Er mußte wieder aufstoßen.

»Stimmt«, die Frau nickte, »aber am Büfett. Du hast deiner Begeisterung so laut Ausdruck verliehen, daß es sogar im Zuschauerraum und auf der Bühne zu hören war.«

»Na und, ich darf doch wohl mal auf ein Glas Kognak rausgehen und ein Häppchen essen. Das ist mein gutes Recht. Du bist unser Star, die geniale Primaballerina. Und ich der Gatte im Hintergrund, der Kaufmann und Mäzen. Übrigens, Katja, ich hab am Büfett allerlei Leute getroffen. Was glaubst du wohl, wen zum Beispiel?« Gleb schob die feuchten Lippen vor und schmatzte dreimal.

»Wen denn?« fragte Katja gleichgültig.

»Deinen bekloppten Verehrer. Deshalb hab ich ja auch Stunk gemacht, weil ich die Schnauze gestrichen voll hatte. Der hat mich genervt, das hab ich ihm direkt gesagt: du nervst mich, hab ich gesagt.« Gleb fluchte kräftig und stieß wieder auf.

Katja gab keine Antwort, sie hielt auf dem riesigen finsteren Hof Ausschau nach einem Parkplatz. Sie war zu müde, um den Wagen in die Garage zu fahren.

»Hör mal, verehrte Diva, du willst doch dieses Gestrüpp nicht etwa ins Haus schleppen?« Gleb machte eine Kopfbewegung zum Rücksitz, auf dem sich die Blumensträuße türmten. »Das stinkt fürchterlich, ich muß davon niesen.«

Katja parkte exakt an der Bordsteinkante. Sie warf einen Blick zu den dunklen Fenstern ihrer Wohnung empor und wunderte sich. Noch vor einer Minute, als sie auf den Hof fuhr, hatte sie Licht im Wohnzimmer bemerkt. Jetzt war alles dunkel geworden. War Shannotschka doch über Nacht geblieben, um ihnen ein festliches Abendessen zu servieren? Hatte sie gehört, wie der Wagen vorfuhr, das Licht gelöscht und sich im Dunkeln versteckt, um dann plötzlich die Lichter über dem gedeckten Tisch aufflammen zu lassen, wenn Gleb und sie die Wohnung betraten? Aber es würde keine Feier geben. Gleb war sturzbetrunken, er würde unflätig fluchen, aufstoßen, rülpsen und zudringlich werden, Shannotschka würde beleidigt sein und weinend davonrennen, wie immer.

Nach der Premiere hatte es ein üppiges kaltes Büfett gegeben. Gleb Kalaschnikow war zwischen Blazern, burgunderroten Jacketts und nackten parfümierten Schultern umherflaniert, hatte Kognak und Champagner getrunken, die blutjungen Tänzerinnen des Corps de Ballet löffelweise mit Kaviar gefüttert und sie mit obszönen Anspielungen eingeladen, sich in seinem Casino als Striptease-Tänzerinnen etwas dazuzuverdienen. Er hatte Narrenfreiheit. Die Premiere war von ihm gesponsert, das Waganow-Ballett existierte von seinem Geld. Er war der allmächtige Chef, Herr über die leibeigenen Künstler.

Katja hatte keine Lust, in den Bankettsaal zu gehen, nicht einmal für ein paar Minuten. Sie schminkte sich absichtlich lange ab, nahm eine heiße Dusche, zog sich an und saß dann einfach mit geschlossenen Augen im Sessel. Die Muskeln schmerzten und summten wie Kabel unter Strom. Ihr Körper durchlebte alles noch einmal, wiederholte im Geist jeden Schritt. Lady Macbeth wirbelte über die Bühne und drehte sich in der Todespirouette. Ein schwereloser Engel des Todes. Katja tanzte so, daß die Zuschauer die Mörderin liebten, sich an ihr erfreuten, sie verstanden und entschuldigten, um dann plötzlich zur Besinnung zu kommen, sich zu wundern und dabei vielleicht etwas Neues, Wichtiges bei sich zu entdecken.

Es war eine gelungene Aufführung gewesen, alles andere war ohne Bedeutung. Durch ihren Kopf schossen bereits alle möglichen dummen Gedanken: Gleb hatte sich betrunken und randalierte, man klopfte an ihre Tür, das Handy auf dem Schminktisch klingelte ununterbrochen. Sie mußte hinaus. Es gab kein Entrinnen.

Katja öffnete die Augen und sah in den Spiegel. Sie hatte schon seit langem bemerkt, daß ihr Gesicht sich mit jeder neuen Rolle veränderte – ein anderer Ausdruck in den Augen, ein neuer Zug um den Mund. Mit jeder Heldin durchlebte sie ein ganzes Leben, von der Geburt bis zum Tod. Eben noch war sie zusammen mit der blutrünstigen Lady Macbeth gestorben, und nun mußte sie neu geboren, wieder sie selbst werden, Jekaterina Filippowna Orlowa, eine müde Frau von dreißig Jahren mit überstrapazierten Muskeln.

Ganz ohne Make-up konnte sie nicht in den Bankettsaal gehen. Blitzlichter würden aufflammen, und danach würde in irgendeiner Boulevardzeitschrift ein doppelseitiges Foto mit einer grünlich-blassen, erschöpften, ungeschminkten Primaballerina erscheinen. Und an ihrer Seite Gleb: betrunken, mit rotem Gesicht und verrutschter Krawatte, mit irrem Blick und einem zweideutigen Grinsen auf den feuchten Lippen. Seht her, Leute, das strahlende Paar, die Crème der Moskauer Bohème, weidet euch an ihrem Anblick! Ihr braucht sie nicht zu beneiden. Nur aus der Dunkelheit des Zuschauerraumes wirkt die Primaballerina wie eine Märchenschönheit. In Wirklichkeit sieht sie älter aus als sie ist, hat dunkle Ringe unter den Augen, eine von der Schminke welke Haut, blasse Lippen und hervorstehende Schlüsselbeine. Ihr Mann ist ein Grobian und Raufbold, fast schon ein Alkoholiker, Kinder haben sie keine und werden wohl auch keine mehr bekommen.

Katja kämmte ihre langen kastanienbraunen Haare und drehte sie im Nacken zu einem straffen Knoten. Wieder schrillte das Telefon, sie zuckte zusammen und zerkratzte sich mit der Haarnadel schmerzhaft den Hals.

Ein heiseres Flüstern erklang im Hörer: »Er macht sich doch gar nichts aus dir. Geh besser von selbst, bevor es zu spät ist …«

Katja drückte auf den Knopf und warf das Handy weg, als hätte sie einen Stromschlag erhalten.

Noch vor zwei Wochen, als sie morgens um acht zum ersten Mal von einem solchen Anruf geweckt worden war, hatte sie sich gesagt: nicht nervös werden, gar nicht beachten. Wenn man eine Primaballerina ist, einen reichen Mann hat, eine Fünfzimmerwohnung, ein Haus auf Kreta, zwei Autos und noch vieles mehr, gibt es immer Leute, die einen kränken und einschüchtern möchten. Beim ersten Mal hatte die heisere Frauenstimme geflüstert: »Heute wirst du dir auf der Bühne ein Bein brechen, du Dörr-Giselle«, – und sofort aufgelegt.

Mit übermenschlicher Anstrengung lächelte Katja ihrem bleichen Spiegelbild zu. Noch etwas Lippenstift, eine dünne Schicht Puder, ein paar Tropfen Parfum. Und nur keine Panik.

Sie stand auf und betrachtete sich in dem riesigen Spiegel. Ein glatter Rock aus dünnem schwarzem Leder, ein schlichter milchfarbener Kaschmirpullover, schwarze Pumps mit halbhohem Absatz. Vielleicht ein bißchen zu korrekt und alltäglich, aber sie hatte nicht die Absicht, sich lange am Büfett aufzuhalten. Sie war müde und wollte schlafen.

»Katja!« heulte Gleb auf, als er sie im Bankettsaal erblickte. »Meine Süße, mein Schnuckel, komm her, laß dich küssen!«

Mit ausgebreiteten Armen torkelte er auf sie zu. Die Menge trat auseinander, auf den Gesichtern las Katja taktvolle Gleichgültigkeit und leisen Spott. Manche wandten sich ab, als sei nichts geschehen. Andere blickten Katja mit aufrichtigem Mitgefühl an. Ein Blitzlichtgewitter blendete sie. Gleb trat einer Musikwissenschaftlerin auf den Fuß, die Dame schrie auf, wich zurück, eine hohe Schale mit Früchten stürzte zu Boden. Apfelsinen und Äpfel hüpften wie Tennisbälle übers Parkett.

Man beglückwünschte und küßte Katja. Ihr Tanzpartner Mischa Kudimow schützte sie mit seiner zuverlässigen Schulter vor einer dreisten Videokamera.

»Alles war großartig, Katja, wir haben uns prima geschlagen. Ich bin völlig erledigt. Dieser widerliche kleine Reporter mit dem Ohrring fliegt jetzt endgültig raus! Ich bin gleich wieder da.«

Mischa ging zu dem hünenhaften Wachmann, der mit gelangweiltem Gesicht an der Tür stand, und flüsterte ihm kurz etwas zu. Darauf schnappte sich der Wachmann ein geschlechtsloses Geschöpf in zitronengelbem Spitzenjackett und mit einem riesigen falschen Brillanten im Ohr. Katja erkannte ihn, es war einer der schlimmsten Skandalreporter des Moskauer Fernsehens. Er hatte Katja vorhin seine Videokamera direkt unter die Nase gehalten, um eine möglichst häßliche Perspektive zu bekommen.

Was will der mit klassischem Ballett, der fotografiert doch sonst nur Rockstars, dachte Katja und blickte dem zitronenfarbenen Jackett hinterher.

Eine halbe Stunde später war es ihr gelungen, Gleb ins Auto zu bugsieren. Weitere zwanzig Minuten später fuhr ihr weißer Ford vor ihrem Haus vor.

Mit ein paar Blumensträußen vom Rücksitz im Arm gingen sie auf den Hauseingang zu. Gleb schlingerte und schwankte und sang die ganze Zeit den dummen Schlager. Plötzlich stolperte er und fiel mit seiner ganzen betrunkenen Schwere auf seine Frau. Katja konnte ihn gerade noch auffangen und sich selber auf den Beinen halten. Die Sträuße mit den großen, in Zellophan gehüllten Rosen fielen raschelnd auf den Asphalt. Im selben Moment ertönte ein gedämpfter Schuß. Oben im dritten Stock, in einem dunklen, sperrangelweit geöffneten Fenster, bauschte sich sanft ein heller Vorhang.

* * *

Konstantin Iwanowitsch Kalaschnikow, russischer Volkskünstler, Träger des Leninpreises für herausragende Verdienste um die sowjetische Filmkunst, Oscar-Preisträger für die beste männliche Hauptrolle des Jahres 1989 in dem weltweit beachteten Film »Die Hinterhöfe des Imperiums«, Abgeordneter der Staatsduma und Professor, saß in einem Café auf der Place Saint-Michel und schlürfte in kleinen Schlucken einen Milchkaffee.

Vor langer Zeit, im Jahr 1964, hatte der magere, schmalgesichtige Konstantin Kalaschnikow in einem Film über den Bürgerkrieg einen weißen Offizier gespielt, war hoch zu Roß durch die Steppe gesprengt und einen malerischen Tod durch den Hieb eines Rotarmistensäbels gestorben. Abends nach den Dreharbeiten verschlang er im schäbigen Hotel des kleinen Steppenkaffs die Bücher von Hemingway. In der wilden kasachischen Steppe tat es gut, von Paris zu lesen. Paris bestand aus fliederfarbenem Dunst und zahllosen kleinen Cafés. Im Hotel bekam man Frikadellen aus Brotteig und trockenen gelben Hirsebrei zu essen. Kalaschnikow las Hemingway, wanderte in Gedanken durch Paris und hob sein junges edles Gesicht dem zarten Nebel des Montmartre entgegen.

Im Nebenzimmer sang hinter der dünnen Hotelwand die Schauspielerin Nadja Lutschnikowa ein Lied des verbotenen jungen Liedermachers Alexander Galitsch: »Die Wolken fliegen nach Abakan …« Nadja spielte eine rote Partisanin. Im Film wurde sie von Konstantin verhört und belästigt und verpaßte ihm eine schallende Partisanenohrfeige. Dann wurde sie erschossen, der Weißgardist Konstantin kommandierte »Feuer«, während sich auf seinem Gesicht widersprüchliche Gefühle malten: eine Mischung aus Klassenhaß und heimlicher, hoffnungsloser Verliebtheit.

Tief in der Nacht siedelte Konstantin in Nadjas Zimmer über. Ihre Zimmergenossin, die Regieassistentin Galotschka, zog zum Kameramann Slawa, und Slawas Zimmergenosse, der junge Beleuchter Wolodja, übernachtete bei der alleinstehenden Bibliothekarin des Steppenkaffs. Die Sprungfedern der Hotelbetten quietschten unanständig, aber niemand hörte es.

Nadja hatte einen kleinen Flakon »Chanel Nr. 5«. Noch viele Jahre danach erinnerte der schwere süße Duft dieses Parfums Konstantin nicht an Paris, sondern an die kasachische Steppe und an das schmutzige Hotel mit den quietschenden Betten.

Ein halbes Jahr später ließen er und Nadja sich in aller Stille trauen. Sie war im sechsten Monat, ihr Bauch wölbte sich schon merklich, und die Angestellte im Standesamt blickte sie mißbilligend an.

Den Sohn nannten sie Gleb.

Die berühmte Fotografie von Hemingway – männliches Gesicht, Bart, grober Rollkragenpullover – hing in ihrer Moskauer Wohnung über dem Sofa. Auf dem Sofa lag ein kariertes Plaid. Sofa, Plaid und diese Fotografie – mehr besaßen sie nicht.

Ein Jahr darauf wurde Kalaschnikow die Rolle des Felix Dzierżyński angeboten. Dann beauftragte man ihn damit, das Begrüßungsgedicht auf dem Parteitag vorzutragen. Noch ein Jahr später erhielt er den Titel »Verdienter Künstler«, arbeitete an einem der besten Theater Moskaus und drehte einen Film nach dem anderen.

Die Wohnung füllte sich mit Möbeln, und auch Kalaschnikow ging in die Breite. Nadja hörte auf zu filmen, kochte kalorienarme Diätsuppen, raspelte Möhren und zog Gleb auf.

Ende der siebziger Jahre durfte Kalaschnikow nach Paris. Er sollte Lenin spielen. Zwar hatte er keinerlei Ähnlichkeit mit dem Führer aller Proletarier, aber für den Regisseur – Parteimitglied und der Tradition des sozialistischen Realismus verpflichtet – hatte das keine Bedeutung. In Kalaschnikows Interpretation geriet Lenin zu einem hochgewachsenen eleganten Intellektuellen.

Paris bestand tatsächlich aus aquarellfarbenem Dunst und kleinen Cafés. Konstantin schritt durch die Gassen, von denen er bei seiner Hemingway-Lektüre geträumt hatte, und fühlte sich, als sei er wieder achtzehn. Die Zeit drehte sich rückwärts, es roch nach Ewigkeit. Er saß im Café auf der Place Saint-Michel und blickte in die riesigen, blauverschleierten Augen von Schurotschka Lwowaja. Schurotschka war die letzte Nachfahrin eines alten Adelsgeschlechts, viele hielten sie für die schönste und eleganteste Schauspielerin Rußlands. In dem Film über Lenin spielte sie Inessa Armand.

Nach Hause zurückgekehrt, ließ Konstantin sich von Nadja scheiden und heiratete Schurotschka. Genau ein Jahr lang blickten die blauverschleierten Augen der Fürstin nur ihn an. Doch im folgenden Frühling bekam Konstantin eine Gastritis. Die Fürstin konnte außer Würstchen nichts kochen. Zur Gastritis gesellte sich eine nervöse Erschöpfung. Konstantin entdeckte plötzlich, daß das Leben aus einer Million widerwärtiger alltäglicher Kleinigkeiten bestand, die ihm wie Schwärme von Taigamücken das heiße Blut aussaugten und sich in seine zarte Künstlerseele verbissen.

Wenn er morgens ins Theater zur Probe wollte oder vor einer Tournee seinen Koffer packte, konnte er keine einzige saubere Socke finden, an den Hemden fehlten die Knöpfe, Pullover und Hosen waren, vermengt mit den Büstenhaltern und Strumpfhosen der Fürstin, unordentlich in die Fächer des Wandschranks gestopft.

Konstantin begann sich nach Nadjas geraspelten Möhren und Diätsuppen zu sehnen. Die Fürstin ihrerseits vermißte ihren vorherigen Mann, den Chefredakteur einer großen Parteizeitung. Sie war nicht weniger talentiert und berühmt als Konstantin, die Mißlichkeiten des Alltags verletzten ihre zarte Seele ebenfalls. Und der Chefredakteur war zwar ein langweiliger Funktionär, aber dafür erlaubten ihm seine gesellschaftliche Stellung und seine Einkünfte, eine Hausangestellte zu beschäftigen.

Kalaschnikow kehrte gerade rechtzeitig zu seiner geduldigen Nadja zurück. Die Gastritis war noch nicht chronisch geworden, die nervöse Erschöpfung noch nicht in eine schwere Depression übergegangen. Bald sah er wieder jünger und schlanker aus, und seine Hemden strahlten vor Sauberkeit. Die gleichaltrige Nadja wirkte neben ihm wie eine ältere Tante neben ihrem verwöhnten und vergötterten Neffen.

Kalaschnikow hatte Dzierżyński, Lenin, Frunse und sogar den jungen Breshnew spielen müssen. Er war jedoch keineswegs ein Kriecher und Speichellecker. Mit der Verkörperung der Parteiheroen verdiente er sich das Recht, mit nonkonformistischen Regisseuren zu drehen, auf der Bühne politisch anzügliche Witze zu machen, Bücher zu lesen, die von der sowjetischen Zensur verboten waren, und durch die Welt zu reisen. Zu seinen Fans gehörten viele hohe ZK-Funktionäre und deren Frauen, Schwiegermütter und Schwäger.

Manchmal gelang es ihm, seinen weniger erfolgreichen Kollegen zu helfen und durchzusetzen, daß ein, wie es hieß, »ideologisch unkorrekter« Film in die Kinos kam, zumindest in einige kleinere Provinzkinos, und nicht im Regal verstaubte. Im übrigen wußte er stets, wie weit er bei seiner edlen Fürsprecherrolle gehen durfte. Sobald er spürte, daß es nicht angebracht und gefährlich war, »eine Lippe zu riskieren«, zog er es vor zu schweigen. Man lud ihn zu Regierungsbanketten ein, er vertrat die sowjetische Kultur im Ausland und war Dauergast auf diplomatischen Empfängen.

Sein Sohn Gleb aber lebte das ausgelassene und schwierige Leben eines Heranwachsenden, veranstaltete Partys mit Kartenspiel und hübschen Mädchen, war ein nimmermüder Witzeerzähler, kannte jede Automarke und konnte mit geschlossenen Augen eine amerikanische Markenjeans von einem polnischen Imitat unterscheiden.

In der Schule war er schlecht, doch seine Faulheit und seine Streiche waren vergessen und vergeben, sobald Kalaschnikow in der Schule erschien, den Lehrerinnen charmant zulächelte und dem Direktor die Hand drückte. Im Schatten der väterlichen Popularität war Gleb vor allen Unannehmlichkeiten geschützt, und der Volkskünstler machte sich um den Jungen keine Sorgen.

Nadja raspelte immer noch Möhren für Mann und Sohn, kochte Suppen, hielt die riesige Wohnung blitzblank, legte im Sommer auf der Datscha Beete mit Dill und Salat an und zog bei den üppigen Gelagen zu Hause die Schürze nicht aus. Ihre Juliennes, ihre Piroggen mit Dörrfisch, ihre mit Äpfeln gefüllten Gänse, Spanferkel und Sahnetorten waren in Moskauer Film- und Theaterkreisen berühmt.

Längst hätte man schon ein Hausmädchen anstellen und Nadja entlasten können. Aber Nadja war in all diesen Jahren zu einer fanatischen Hausfrau geworden. Sie brachte es nicht fertig, die Sauberkeit im Haus und die Ernährung von Mann und Sohn jemand anderem anzuvertrauen.

Allmählich verwandelte sie sich auch äußerlich, wurde zu einer dicken, ältlichen Matrone. Man vergaß, daß auch sie einmal eine Schauspielerin gewesen war, die an Talent nicht hinter ihrem Mann zurückgestanden hatte. Natürlich wußte Nadja, daß Konstantin sie betrog. Er brauchte den Zustand der Verliebtheit wie die Luft zum Atmen. Anders konnte er nicht arbeiten. Aber Verliebtheit und Familie sind zwei Paar Schuhe. Konstantin würde nicht fortgehen. Er war an das wohlgeordnete, bis ins letzte organisierte, bequeme Leben gewöhnt, an die gemütliche stille Nadja, die ihn hätschelte wie ein neugeborenes Kälbchen und sich nichts anderes wünschte. Welche andere Frau wäre zu solcher Selbstaufopferung in der Lage gewesen? Welches junge Ding würde die Hemdenstapel bügeln, die Pullover aus Alpaka und Kaschmir eigenhändig im Waschbecken waschen, die hellen Wildlederstiefel vom Novemberschlamm säubern, kiloschwere Einkaufstaschen vom Markt schleppen, zweimal in der Woche ein paar Dutzend Gäste bewirten und dann, wenn sie gegangen waren, bis vier Uhr morgens die Wohnung aufräumen und das Geschirr spülen? Welches junge Ding würde sich um Konstantins Verdauung kümmern, mit allen unerfreulichen medizinischen Details? Verliebtheit ist Poesie, der Alltag jedoch ist schmutzige, undankbare Prosa. Besonders der Alltag des genialen Schauspielers Konstantin Iwanowitsch Kalaschnikow.

Doch Nadja irrte sich. Sie hatte nicht bedacht, daß man die Einkaufstaschen auch in den Kofferraum eines Autos stellen, die Hemden von einer gutbezahlten Hausangestellten bügeln lassen und die zarten Alpaka-Pullover in eine teure chemische Reinigung bringen kann, daß der Alltag, wenn genügend Geld vorhanden ist, keine heroischen Anstrengungen mehr verlangt.

Das Unglück trat in Gestalt einer rothaarigen Schauspielschülerin, der zwanzigjährigen Margarita Krestowskaja, in Nadjas Leben. Die malachitfarbenen Mandelaugen dieser jungen Frau, ihre zierliche Figur, ihr roter sinnlicher Mund erwiesen sich als weitaus bedeutsamer als die langjährigen gemütlichen Gewohnheiten.

Margarita war stürmisch und unvernünftig. Kalaschnikow fühlte sich wie ein kleiner Junge unter dem Weihnachtsbaum – er kneift die Augen zu, und als er sie wieder öffnet, ist nicht mehr die siebenundfünfzigjährige, dicke, treue Nadja an seiner Seite, sondern die frische, fröhliche Margarita. Ein herrliches, kostbares Geschenk, ein Jungbrunnen für das reife Alter.

Das Wohnungsproblem wurde leicht und schnell gelöst. An Geld mangelte es nicht. Nadja siedelte widerspruchslos, wie betäubt, in eine solide kleine Zweizimmerwohnung um. Saubere Luft, Ruhe, eine Heilquelle nur zwei Schritt vom Haus entfernt – war das nicht genau das Richtige in ihrem Alter?

Ihr Sohn Gleb wurde Geschäftsmann, und auch Konstantin war seit längerem aktiv in irgendeinem komplizierten Geschäft tätig, das mit Film, Fernsehen und Werbung zu tun hatte. Sohn und Ex-Mann kümmerten sich aufrichtig darum, daß es Nadja auf ihre alten Tage an nichts fehlte.

Während er allein in seinem Pariser Lieblingscafé saß, dachte Kalaschnikow plötzlich daran, daß er in all den vielen Jahren Nadja kein einziges Mal mit nach Paris genommen hatte. Sie war alt geworden, ohne Paris gesehen zu haben.

Übrigens war es ihre eigene Entscheidung gewesen. Sie selbst hatte beschlossen, sich für sein Talent und seine Karriere zu opfern. Niemand hatte sie dazu gezwungen. Sie war einmal eine Schönheit gewesen, eine begabte Schauspielerin, und hatte alles fürs Waschen und Kochen aufgegeben – freiwillig. Wer war denn schuld, daß sie alt, dick und langweilig geworden war? Niemand. Nadja beschuldigte auch niemanden, nur ihr Blick wurde mit den Jahren immer stumpfer.

Konstantin seufzte und runzelte die Stirn. Schon seit drei Jahren mußte er sich immer dieselben tröstenden Wahrheiten wiederholen: Man kann nicht aus Mitleid bei einem Menschen bleiben, Liebe läßt sich nicht zwingen und so weiter. Er war schließlich Künstler, durch und durch. Er konnte nicht atmen ohne frische Leidenschaften, ohne starke Gefühle, ohne Margaritas junges, strahlendes Gesicht. Er konnte es nicht – und basta. Er sehnte sich ununterbrochen nach ihr, sogar Paris kam ihm ohne sie leer und fade vor. Heute früh um halb drei würde ihr Flieger landen. Sie hatte ein paar Tage freigenommen, um ihn zu besuchen, einfach so, weil sie ihn vermißte. Jetzt war schon Mitternacht, er würde noch eine halbe Stunde im Café sitzen und dann den Boulevard Saint-Germain hinuntergehen, bis zu der Stelle, wo er seinen Mietwagen, einen kleinen silberfarbenen Renault, geparkt hatte, um von dort zum Flughafen zu fahren und seine Prinzessin abzuholen.

Der Wirt an der Theke rieb sorgfältig die Gläser ab. Die Wand hinter ihm war mit Geldscheinen aus verschiedenen Ländern beklebt. Den alten sowjetischen Zehnrubelschein mit dem Leninprofil hatte Kalaschnikow ihm 1979 geschenkt. Bei jedem Besuch schenkte er dem Wirt dieses Cafés einen Geldschein zum Andenken. In Rußland wechselte das Geld ständig. Der Wirt nahm den Schein, nickte ohne die Andeutung eines Lächelns und sagte: »Merci, Monsieur.« Aber nie erinnerte er sich an ihn, nie erkannte er ihn wieder.

Die Pariser interessieren sich überhaupt nur für sich selbst. Es gibt keine hochmütigere Stadt auf der Welt. So oft hatte sein Theater schon hier gastiert, so viele seiner Filme waren im französischen Fernsehen gelaufen, und trotzdem erkannten sie ihn nicht. Sie sahen ihn und sahen ihn doch nicht.

Kalaschnikow beklagte sich gern über die Bürde seines weltweiten Ruhms. Ob er in New York, in Quebec oder in Rom war, immer drehte sich jemand nach ihm um, lächelte, nannte seinen Namen oder den Namen einer Filmfigur. Durch Moskau konnte er überhaupt nicht mehr zu Fuß gehen, die Verkäuferinnen in den Geschäften erstarben schon seit zwanzig Jahren vor Ehrfurcht und glotzten ihn mit offenem Mund an, die Verkehrspolizisten verpaßten ihm keine Strafzettel, sondern baten um ein Autogramm.

»S'il vous plaît, Monsieur?« Der Wirt hob seinen Blick von den Gläsern und schaute ihn fragend und ernst an. »Encore café?«

Kalaschnikow zuckte zusammen. Offensichtlich hatte er stumpf in dieses schmallippige französische Gesicht gestarrt, ohne es zu sehen, und dabei seinen Gedanken nachgehangen. Die Kaffeetasse war schon lange leer.

»Oui, Monsieur, café au lait«, erwiderte er mechanisch, starrte weiter unverwandt in die glänzenden schwarzen Augen des Wirts und fügte dann in fließendem Französisch hinzu: »Erkennen Sie mich nicht? Ich bin schon viele Male bei Ihnen gewesen. Ich bin ein sehr bekannter russischer Schauspieler.«

»Nein, Monsieur, ich kenne Sie nicht. Möchten Sie den Kaffee mit Zucker?«

Was ist nur in mich gefahren? wunderte sich Kalaschnikow. Wie dumm von mir.

In der Tasche seines Jacketts trillerte das Handy. Er erkannte sofort die Stimme seiner Schwiegertochter Katja, wunderte sich und schielte auf seine Armbanduhr. Hier war es Mitternacht, in Moskau also zwei Uhr morgens.

»Konstantin Iwanowitsch, Gleb ist ermordet worden.«

»Was sagst du da?«

»Er ist vor anderthalb Stunden erschossen worden, vor unserem Hauseingang. Bitte komm sofort nach Moskau.«

* * *

Olga Guskowa konnte die Metro nicht ausstehen. Selbst wenn man nicht zu den papagaienbunten Mosaiken und Deckenmalereien, zu den Segelfliegern, Kolchosbauern und Pionieren hinaufschaute, spürte man die Anwesenheit dieser Spukbilder eines trivialen Optimismus. Riesige Kristallleuchter hingen über den Bahnsteigen und schwankten, als wollten sie den Leuten jeden Moment auf den Kopf fallen. Aus der Tiefe der Vorhölle, aus dem schwarzen Tunnel trug der Wind den Geruch nach versengtem Gummi herbei, flackerten Feuer auf.

»Vorsicht, die Türen schließen sich ...«

Im Zug roch es aufdringlich nach Parfum. Olga verzog das Gesicht und setzte sich in eine entfernte Ecke. Die Gerüche, Geräusche und Blicke peinigten sie so heftig, als wäre ihr die Haut abgezogen und jeder Nerv bloßgelegt.

Sie holte ein dünnes Gebetbuch aus ihrem Rucksack, öffnete es aufs Geratewohl und begann mit tief gesenktem Kopf zu lesen.

»... und lösche die Flamme meiner Leidenschaften, denn ich bin niedrig und verflucht. Und erlöse mich von den vielen und grausamen Erinnerungen ...« Ihre Lippen zitterten kaum merklich. Sie wiederholte im stillen die Worte, die sie auswendig wußte.

»Vorsicht, die Türen schließen sich. Nächste Station – Kurskaja«, teilte die mechanische Stimme mit.

Sie mußte das Gebetbuch wieder in den Rucksack stecken, aussteigen und eine andere Linie nehmen. Es war schon spät, die Metro wurde bald geschlossen. Wenn sie den Anschlußzug bekam, würde sie in einer halben Stunde zu Hause sein. Dann mußte sie die Oma Iwetta füttern, waschen und zu Bett bringen, noch ein Weilchen mit ihr reden oder vielmehr der immer gleichen Predigt lauschen, daß sie, Olga, nicht richtig lebe. Mit zusammengebissenen Zähnen und zustimmendem, verstehendem Kopfnicken würde sie zuhören müssen, sonst gab Oma Iwetta keine Ruhe, stöhnte die ganze Nacht, täuschte einen Herzanfall vor und zwang sie, den Notarzt zu rufen. Dann mußte Olga sich beim Arzt entschuldigen und demütig seinen schroffen Tadel wegen des überflüssigen Notrufs zu der alten Närrin hinnehmen. »Was haben Sie sich dabei gedacht, sehen Sie denn nicht selbst, daß Ihre … wer ist sie? Ihre Oma? Ihre Oma ist geistig verwirrt, aber das Herz ist so gesund, da könnte man neidisch werden.«

Natürlich wußte Olga sehr gut, daß die Oma ein gesundes Herz hatte. Auch, daß sie geistig verwirrt war und daß die Notärzte ihre kostbare Zeit verschwendeten, daß ihre Bezahlung miserabel ist und daß vielleicht gerade jetzt, während sie sich mit Olgas debiler Oma abplagten, ein junger Mensch im Sterben lag und vergeblich auf ihre Hilfe wartete. Das alles wußte Olga, sie würde ihnen nicht widersprechen, sondern bereitwillig ihren letzten zerdrückten Fünfziger hergeben. Entschuldigen Sie, aber mehr habe ich nicht. Ein Fünfziger war wirklich nicht viel, aber sie würden ihr verzeihen. Sie würden sich in dem armseligen Ein-Zimmer-Käfig umschauen und begreifen, daß Olga nicht mehr geben konnte.

Wenn Olga den Notarzt nicht holte, rannte Oma Iwetta ins Treppenhaus, trommelte an die Türen der Nachbarn und brüllte: »Zu Hilfe! Ich sterbe!«, und dann riefen die Nachbarn die Miliz.

Also lieber den obligatorischen abendlichen Monolog der Alten ertragen, letztendlich dauert alles zusammen – Essen, Waschen und die Predigt über den Sinn des Lebens – nicht mehr als eine Stunde. Danach konnte sie sich endlich in der Küche einschließen und allein sein.

Als sie zur Wagentür ging, berührte sie jemand vorsichtig an der Schulter: »Sie haben etwas verloren.«

Ein älterer Mann reichte ihr ein kleines Farbfoto.

»Ja, danke.«

Ohne hinzusehen, nahm Olga das Foto.

Das lächelnde Gesicht von Gleb Kalaschnikow verschwand in einer Tasche des abgeschabten Rucksacks. Eine Minute zuvor war das Foto aus dem Gebetbuch herausgefallen.

* * *

»Ein Auftragsmord. Wie aus dem Bilderbuch.« Jewgeni Tschernow, Chefermittler der Moskauer Staatsanwaltschaft, zertrat seinen Zigarettenstummel und fixierte den graublau dämmernden Morgenhimmel. »Ein Kopfschuß, nur ein einziger, aber der war tödlich. Keinerlei Spuren, nicht einmal eine Waffe.«

»Keine Waffe – das ist auch nicht schlecht. Womöglich ist es doch kein Auftragsmord? Also, wenn hier kein Profi am Werk war, dann haben wir vielleicht doch eine Chance, den Mörder zu finden«, sagte Major Kusmenko nachdenklich.

»Ach, das kannst du dir von der Backe putzen.« Tschernow machte eine verächtliche Handbewegung. »Manchmal wirft auch ein Profi die Waffe nicht weg. Aber wenn hier kein Profikiller am Werk war … Nein, Wanja, wir tappen im Dunkeln, im Stockfinstern, denk an meine Worte. Nicht die Spur einer Spur, verdammt noch mal, nicht ein Fitzelchen.«

Tschernow von der Staatsanwaltschaft und Kusmenko von der Miliz waren als letzte am Tatort zurückgeblieben. Alle übrigen Mitglieder des Einsatzkommandos waren bereits weggefahren, den Toten hatte man ins Leichenschauhaus gebracht. Es war klar, daß man diesen Mord nicht zügig würde aufklären können. Keine Zeugen, außer der Frau des Ermordeten. Und sie hatte nur auf den sterbenden Mann in ihren Armen geachtet und in dem dichten dunklen Gebüsch niemanden bemerkt.

Vor anderthalb Stunden hatte der Polizeihund eine Spur aus dem Gebüsch am Sandkasten des Kinderspielplatzes aufgenommen. Die Spur riß an der Straßenbahnhaltestelle ab. Die letzte Straßenbahn fuhr gegen ein Uhr nachts. Der Schuß war um halb eins gefallen. Morgen früh würden natürlich alle Straßenbahnfahrer befragt werden, die diese Strecke gefahren waren. Vielleicht würde sich einer an einen späten Fahrgast erinnern, doch es stand keineswegs fest, daß der Mörder der einzige Fahrgast gewesen war, und es stand auch nicht fest, ob der Fahrer genügend Zeit gehabt hatte, ihn genauer zu mustern.

»Wir sollten doch noch mal mit der Ballerina reden.«

Wanja Kusmenko reckte sich ausgiebig und knackte mit den Gelenken.

»Die ist mir ein bißchen zu abgeklärt. Eine richtige eiserne Lady. Der eigene Mann wird buchstäblich in ihren Armen erledigt, und sie vergießt keine Träne. Übrigens, diese Umarmung macht mir sehr zu schaffen. Schließlich hätte die Kugel leicht danebengehen und sie treffen können. Vielleicht hat man ja auf sie gezielt?«

»Machst du Witze? Kalaschnikow ist der Besitzer eines Nachtclubs mit Striptease, ein Raffzahn, Raufbold und Säufer, die Mafia geht bei ihm ein und aus. Und wer ist sie? Sie schwenkt auf der Bühne ihre hübschen Beine und dreht diese, wie heißt das noch, Pirouetten. Übrigens, sie ist deshalb so ruhig, weil die Ballerinen eine Selbstbeherrschung haben wie die Astronauten. Da kenne ich mich aus. Meine Tochter hat zwei Jahre Ballettunterricht gehabt, das ist ein Drill, schlimmer als beim Militär. Sie hat's nicht ausgehalten und das Handtuch geworfen. Und überhaupt, Wanja, ich hab das im Gefühl, wir beide sind da in einen aussichtslosen Fall geschlittert.«

»Bald kommt der große Kalaschnikow aus Paris zurück, wedelt mit seinem Abgeordnetenmandat, läuft von General zu General oder gleich zum Minister – mit dem schwitzt er ja regelmäßig in der Sauna. Dann ist es wirklich zappenduster. Die hauen uns so auf die Löffel, daß wir für den Rest unseres Lebens Sterne sehen. Der Genius des russischen Films hat seinen einzigen Sohn verloren! Finden Sie den Mörder! Und die schmutzige Wäsche, die man in der Presse waschen wird – Horror!«

»Er hätte seinen einzigen Sohn nicht ins Glücksspielgeschäft lassen dürfen«, knurrte Tschernow, »das fördert nicht gerade ein langes Leben. Diese reichen Säcke werden selten alt, meist haben sie nicht mal genug Zeit, um erwachsen zu werden. Erst wollte er seinen Sprößling ja beim Film unterbringen, aber das hat nicht geklappt. Kalaschnikow selber ist ein klasse Schauspieler, keine Frage. Aber Talent überspringt oft eine Generation.«

»Was ist, fahren wir?«

Tschernow machte einen Schritt auf das Auto zu.

»Fahr du, ich will mich noch mal mit der Ballerina unterhalten. Und auch mit diesem Nervenbündel, ihrer Hausangestellten, und zwar gleich«, meinte Kusmenko nachdenklich, »ich hab da so einiges nicht ganz verstanden.«

»Die wird jetzt nicht gerade auf dich warten, Wanja. Im übrigen wirst du mit ihr später noch genug zu bereden haben. Also sei ein Kavalier und laß die trauernde Witwe in Ruhe. Gib ihr Zeit, zur Besinnung zu kommen. A propos, eine knifflige Frage zur Kontrolle: weißt du, daß Kalaschnikow einen Paten hat?«

»Valera Lunjok. Die berühmte Moskauer ›Autorität‹* Valeri Borissowitsch Lunko, geboren 1959, Nationalität russisch, dreimal vorbestraft, Anführer einer großen kriminellen Organisation, die einen Teil des Glücksspielbusiness kontrolliert«, ratterte Major Kusmenko herunter, ohne Luft zu holen, »darunter auch das Casino ›Sternenregen‹, das dem verstorbenen Gleb Konstantinowitsch Kalaschnikow gehörte.«

»Eins plus, Major«, sagte Tschernow lächelnd, »und wer vom jungen Banditengemüse hat ein Auge auf die Führungsposition von Lunjok allgemein und auf den ›Sternenregen‹ im besonderen geworfen?«

»Mehr als einer. Das ist ein fetter Brocken. Allerdings ist nach meinen Erkenntnissen der letzte Anschlag von einem jungen Kaukasier inszeniert worden, der ›Autorität‹ Golbidse, Spitzname Täuberich. Er kontrolliert die Hotelprostitution und findet es völlig logisch, sich auch noch die Nachtclubs unter den Nagel zu reißen.«

»Eins minus«, meinte Tschernow kopfschüttelnd, »Täuberich ist keine ›Autorität‹, die ›Diebe im Gesetz‹ betrachten ihn nicht als einen der ihren. Er ist eine ›Apfelsine‹ – er hat sich seine Diebeskrone gekauft.«

»Meinst du, das spielt heutzutage noch eine Rolle? Übrigens hat Täuberich in den ›Sternenregen‹ einen Spitzel eingeschleust, einen kriminellen Aristokraten, den georgischen Erbfürsten Nodar Dotoschwili. Lunjoks Leute haben ihn entdeckt, und Kalaschnikow ist auf die Idee verfallen, Nodarik sein bestes Pferd im Stall, die Striptease-Königin Ljalja Rykowa, unterzuschieben. Ljalja hat den Fürsten an

* »Autoritat« und »Dieb im Gesetz«: Ein »Dieb im Gesetz« ist in der traditionsbewußten und reglementierten Welt der russischen organisierten Kriminalität ein einflußreicher »Pate«, dem ein bestimmtes Territorium untersteht. Er kontrolliert, organisiert und hält sich an den überlieferten »Diebeskodex«. Eine »Autorität« steht in der Hierarchie der »Diebe im Gesetz« ganz oben, kontrolliert oft eine ganze Region. (Anm.d.Ü.)

den Spieltisch gelockt, wo er beim Black Jack fünfzigtausend Dollar in den Sand gesetzt hat.«

»Deine Nachrichtenagentur funktioniert wirklich gut, Wanja«, bemerkte Tschernow ironisch. »Und was weiter?«

»Nichts weiter. Nodar ist zwar ein Fürst, hängt aber trotzdem sehr an seinem Geld. Kalaschnikow hatte Mitleid, hat ihm Zahlungsaufschub gegeben. Jetzt steht Täuberichs Mann bei unserem Nachtclubbesitzer tief in der Kreide. Und von Ljalja kommt er auch nicht los. Hat sich verliebt. Auch dafür hat Kalaschnikow Verständnis und hat Ljalja freigegeben, damit der Fürst nicht zähneknirschend mitansehen muß, wie sie öffentlich ihren Striptease tanzt. Das alles wird sowohl vor Täuberich wie vor Lunjok geheimgehalten.«

»Und der Anschlag?« fragte Tschernow.

»Der Anschlag ist vorher passiert, bevor Nodarik im Casino auftauchte. Eine saubere Sache war das, ohne Schießerei und Schlägerei. Einfach ein Gespräch. Einer von meinen Männern war dabei. Ich habe Täuberich ja schon lange auf dem Kieker und finde, langsam wird es Zeit, daß unser gefiederter Freund einen Platz in unserem Taubenschlag bekommt.«

Kusmenko kniff wie eine Katze die Augen zusammen.

»Und jetzt, bei diesem Mord, schnappe ich mir das Vögelchen.«

»Das dürfte kaum seine Arbeit gewesen sein.« Tschernow zuckte mit den Achseln. »Was hätte er davon? Ja, der Erbfürst – der hätte allen Grund gehabt, Kalaschnikow umzubringen, so wie die Lage war. Er hätte nicht einmal einen Killer engagieren müssen, er selber hätte ihn einfach aus dem Gebüsch abknallen können. Was ist denn nun, Wanja, fährst du mit oder nicht? Ich rate dir gut, warte ab und laß die Ballerina vorläufig in Frieden.«

»Wahrscheinlich hast du recht, Shenja«, erwiderte der Major nach kurzem Nachdenken. »Ich bin wohl zu hitzig. Ich möchte Golbidse einfach zu gern erwischen. Schon so lange. Gut, fahren wir. Soll die Ballerina sich erst mal erholen.«

Kapitel 2

Draußen dämmerte es. Katja wußte, sie würde nicht mehr einschlafen. Ständig sah sie Glebs totes Gesicht vor sich. Sie spürte noch sein Blut auf ihren Händen, hörte den halblauten Knall aus dem Gebüsch. Sonderbar, daß ein so kurzes Geräusch so lange in den Ohren klingen und sich mit der hallenden Stille des Zimmers vermischen konnte.

Katja drückte ihre Zigarette aus und stellte den Wasserkocher an. Sie trug einen warmen Frotteemantel und wollene Socken, trotzdem zitterte sie vor Kälte.

Sie konnte nicht die ganze Nacht so sitzen bleiben. Irgendwie mußte sie diese schrecklichen leeren Stunden ausfüllen. Verschwommen war ihr bewußt, daß sie unter Schock stand. Wenn der Schock nachließ, würde sie weinen können, aber jetzt war sie dazu noch nicht fähig. Sie wußte nicht, wohin mit sich.

In der Wohnung war es totenstill. Shannotschka war auf dem Sofa im Wohnzimmer unter einer dünnen Wolldecke eingeschlafen.

Der Wasserkocher begann leise zu bullern und schaltete sich automatisch aus. Katja warf zwei Teebeutel auf einmal in den großen Keramikbecher, tat Zucker dazu und erstarrte aufs neue, die heiße Tasse umklammernd. War es falsch gewesen, dem mürrischen Major von der Miliz nichts von den anonymen Anrufen zu erzählen? Oder hatte sie das richtig gemacht? Aber welche Rolle spielte das jetzt noch! Gleb war in ihren Armen ermordet worden. Sie hatte gespürt, wie sein Körper sich heftig aufgebäumt hatte und gleich darauf erschlafft war. Gleb hatte keine Zeit mehr gehabt, zu begreifen, sich zu wundern oder zu erschrecken.

Einen Augenblick zuvor hatte er noch geflucht, einen blödsinnigen Schlager gesungen, und dann auf einmal waren seine Augen, die fröhlichen, betrunkenen, vertrauten graublauen Augen mit den grüngeränderten Pupillen, den geschwollenen Lidern und den kurzen rötlichen Wimpern, fremd und kalt geworden, hatten durch Katja hindurch ins Nichts gestarrt.

Sie kannten einander seit früher Kindheit. Katjas allererste, verschwommene Erinnerungen waren bereits mit Gleb Kalaschnikow verbunden.

Ein stiller, durchsichtiger Sommer, das Quietschen einer Schaukel, bunte Lichtflecke im Sand, eine riesige Veranda mit einem Mosaik aus blauem, rotem und gelbem Glas, ein spitzer Zaun weit hinten am Ende eines Datschengrundstücks, die Zweige eines Nußbaums, die glänzenden klebrigen Blütenblätter von Hahnenfuß, so leuchtend gelb, daß es weh tat sie anzuschauen. Katja war drei Jahre alt, Gleb fünf. Ein rundlicher kleiner Junge mit dicken Lippen und mit Haaren von der Farbe der Hahnenfußblüten, der ihr schon sehr erwachsen und klug vorkam. Er wußte alles, hatte vor nichts Angst. Einmal brachte er ihr einen lebendigen Igel, in einen zerbeulten Strohhut eingewickelt. Der Igel hatte sich zu einer Kugel zusammengerollt und schnaufte leise und nervös.

»Hier, halt mal, paß auf, daß er nicht wegläuft. Ich hole Milch.«

Die Kindheitserinnerungen zerbröselten wie eine alte Filmrolle, schmolzen wie die Spur des Atems auf einer kalten Glasscheibe. Wem diese Datscha gehörte, wer bei wem zu Besuch war, ob der Igel seine Milch bekommen hatte oder ob er weggelaufen war – es war nicht wichtig. Später gab es noch viel mehr – Weihnachtsfeiern für die Kinder im »Haus des Films«, irgendwelche Partys der Erwachsenen, ein Stück Nußtorte, das gemeinsam unterm Tisch geteilt und gegessen wurde (»Aber nicht weitersagen, Gleb, eigentlich darf ich das nicht. Nur noch ein kleines Stückchen.«).

Dann kamen die ersten Partys ohne die Erwachsenen, Katja war vierzehn, Gleb sechzehn. Alle Mädchen außer

Katja waren Zufallsgäste. Sie rauchten affektiert, liefen zum Spiegel in der Diele, um sich die Nase zu pudern, lachten übertrieben laut, und eine Mollige mit weißblonden Löckchen verschwand im Bad, um zu weinen. Katja hörte ihr bitteres Schluchzen, schaute hinein und tröstete sie.

»Ich sterbe ohne ihn.« Das Mädchen schniefte, verschmierte mit den Fäusten schwarze Tuschebäche über die Wangen.

Irgendeine wollte immer sterben wegen Gleb Kalaschnikow. Eine Ira aus der Parallelklasse, ein stilles Ding, versuchte sich die Pulsadern aufzuschneiden. Katja konnte gar nicht begreifen, wieso. Was fanden sie alle an ihm? Er war nicht besonders groß, ziemlich kräftig, grob, mit dicken Lippen. Er fluchte wie ein Bierkutscher, erzählte immer dieselben Anekdoten – wie sich jemand bis zur Besinnungslosigkeit besoffen hatte, irgendwo versumpfte, wieder zu sich kam, fast bei der Miliz landete oder bei einer fremden Frau im Bett aufwachte. Nächtelang konnte Gleb Karten spielen, mit einem abgebrochenen Streichholz in den Zähnen stochern, auf dem Gesicht einen so abwesenden, stumpfen Ausdruck, daß einem gruselig wurde. Aber die Iras und Swetas schmolzen vor Rührung, verdrehten die Augen, puderten sich die Nase und liefen ins Bad, um sich auszuheulen.

Für Katja war Gleb wie ein naher Verwandter, fast wie ein Bruder. Beide waren sie Einzelkinder. Katjas Vater, der Schriftsteller und Drehbuchautor Filipp Orlow, war seit seiner Jugend mit Glebs Vater befreundet. Viele Jahre lang sprachen sie davon, daß es nicht übel wäre, die Kinder miteinander zu verheiraten. Sie meinten es nicht ernst, aber es war dennoch mehr als ein Scherz. Tatsächlich wäre es sogar sehr praktisch gewesen. Man hätte keine neuen Verwandten kennenlernen, keine fremden, außenstehenden Personen in den gemütlichen Familienkreis aufnehmen müssen. Glebs Mutter, Tante Nadja, pflegte zu sagen, jedem anderen

Mädchen außer Katja würde sie als Schwiegermutter die Hölle heiß machen. Sie kannte Katja seit dem Säuglingsalter und liebte sie wie eine eigene Tochter.

Gleb und Katja lachten über die rosigen Träume der Erwachsenen. Katja war für Gleb wie ein guter Kumpel oder eine jüngere Schwester. Gleb war für sie so etwas wie die beste Freundin. Sie fühlten sich miteinander wohl, vergnügt, ruhig, aber nicht mehr. Gleb zu heiraten – das wäre das gleiche wie die eigene Kindheit zu heiraten.

Katja studierte am Moskauer Institut für Choreographie, Gleb am Filminstitut. Beide hatten ihre eigenen Affären, manchmal machten sie sich den Spaß, ihre Erfahrungen auszutauschen.

Seit ihrem sechsten Lebensjahr tanzte Katja klassisches Ballett. Den größten Teil ihres Lebens hatte sie im Repetiersaal an der Ballettstange verbracht. Um sich gerade zu halten und nicht zu fallen, um ohne Atempause Dutzende von sauberen Pirouetten zu drehen, um für einige endlos scheinende Augenblicke im Pas balloné über der Erde zu schweben und dann leicht und fest auf der Spitze des straff ausgestreckten, einem angespitzten Bleistift ähnelnden Fußes zu landen – dafür mußte man schwerer schuften als ein Bergmann unter Tage.

Als Katja noch ein ganz kleines Mädchen war, mit dünnen, nach Ballerinenart auswärts gestellten Beinen, mit einem langen schutzlosen Hals, mit großen, klaren, schokoladenbraunen Augen, da hatte sie schon gewußt: ein Leben ohne Ballett gab es für sie nicht. Ballett aber bedeutet, sich ununterbrochen, tagtäglich Gewalt anzutun.

Den großen Tänzer Assaf Messerer hatten Ärzte nach einer minutenlangen Variation im »Schwanensee« untersucht und waren schockiert: Puls, Atmung und alle übrigen Werte paßten in keinerlei biologisches Schema. Messerers Körper hätte nach allen medizinischen Erkenntnissen vor Überdruck explodieren müssen. Aber der Körper eines

Ballettänzers explodiert nicht, sondern fliegt empor und schwebt über der schweißigen, schmutzigen, erbarmungslosen Erde. Doch auch beim elegantesten, inspiriertesten Flug muß man kühl und exakt den Atem für jede Bewegung berechnen.

Alles, was nicht Ballett war, nahm Katja nur am Rande wahr, wenn es sie berührte, dann nicht allzusehr, wenn es sie kränkte, dann nicht bis zu Tränen. Manchmal verliebte sie sich in ihren Partner, gerade so sehr, daß der Pas de deux sich mit der warmen, leuchtenden Luft der Verliebtheit füllte, aber niemals verlor sie den Kopf. Leicht und schnell, wie die klassischen Schrittfolgen, entwickelten und lösten sich ihre Beziehungen. Jedesmal landete Katja auf der ausgestreckten Fußspitze, stand fest auf der Erde, litt nicht ein einziges Mal ernsthaft, und wenn jemand ihretwegen litt, so interessierte es sie nicht.

1987 wurde ein Teil der Absolventen des Choreographischen Instituts in das neugegründete Theater für Klassisches Russisches Ballett eingeladen. Die zwanzigjährige Katja Orlowa hatte die Hauptrolle im Ballett »Frau Terpsichore« zu tanzen. Es war ein schwieriges, pompöses Stück von drei Stunden Länge, halb Konzert, halb Schauspiel; die Musik hatte ein avantgardistischer Komponist geschrieben, der gerade in Mode war, die Choreographie stammte von einem berühmten alten Ballettmeister. Kostüme und Bühnenbild waren von postmodernen Künstlern entworfen worden. Man hatte ein neues Kapitel in der Geschichte des Balletts schreiben wollen, aber heraus kam nur eine üppige Show, ein prächtiges Schauspiel – nicht mehr.

Mit dieser Premiere wurde die erste Spielzeit des wiedergeborenen Theaters eröffnet. Nach der Vorstellung gab es ein Festessen.

Mit zwanzig war Katja die lauten Szene-Partys noch nicht leid, ihr gefiel die rasche, oberflächliche Konversation, das flüchtige Lächeln, ihr eigenes Bild in den Spiegeln und in den entzückten oder neidischen fremden Blicken. Noch war ihre Seele nicht vom fiebrigen Gift der verfliegenden Zeit infiziert. Daß ein Ballettleben kurz ist, wußte sie nur theoretisch. Ihr schien, vor ihr läge nichts als diese helle, erfolgreiche Gegenwart und sie würde niemals älter als zwanzig sein.

In jener Nacht beim Festessen trug sie ein schlichtes enges Kleid aus dunkelblauem Samt, in den Ohren und an den Fingern blitzten die antiken Brillanten ihrer Urgroßmutter, das lange kastanienbraune Haar war im Nacken zu einem schweren Knoten zusammengefaßt. Sie gefiel sich selbst über die Maßen, und das war wichtiger als alles andere auf der Welt, wichtiger sogar als die eben getanzte Premiere und die glänzende Improvisation am Schluß, die sie dreimal hatte wiederholen müssen, wichtiger als die riesigen Blumensträuße, die sich in ihrer Garderobe häuften.

Man gratulierte ihr, küßte sie, stellte ihr irgendwelche Leute vor. Blitzlichter flammten auf. Im Bankettsaal war so viel Prominenz, daß es einem vor den Augen flimmerte. Ständig kam jemand mit Diktaphon zu Katja gerannt, stellte respektvolle oder boshafte Fragen von einer Frauenzeitschrift oder einem neuen Blättchen der Demokraten. Der Champagner brannte süß auf ihren Lippen, und da plötzlich versengte ihr etwas ganz Neues, Mächtiges das Herz.

Katja begriff zunächst gar nicht, woher dieser sonderbare Schwindel kam, weshalb die Knie plötzlich nachgaben und die Haut unter dem kühlen Samt des Kleides erst heiß, dann eiskalt wurde, als hätte sie hohes Fieber. Erst nach einer Weile bemerkte sie den hartnäckigen, unverwandten Blick aus der Tiefe des Saales. Kaum hatte sie ihn bemerkt, verstummte sie mitten im Satz, vergaß die netten zufälligen Gesprächspartner, mit denen sie gerade fröhlich die Premiere erörtert hatte. Alles um sie herum versank. Übrig blieb nur dieser Blick aus fremden hellgrauen Männeraugen.

Er hüllte Katja von Kopf bis Fuß ein, näherte sich, schwebte durch die Menge zu ihr herüber, verdeckte und schob alles andere weg, es gab keine Rettung.

»Ich verstehe überhaupt nichts vom Ballett, aber Sie haben genial getanzt. Möchten Sie noch etwas Champagner?«

Ein ruhiges Lächeln, eine tiefe Stimme, ein Anzug in der Farbe der Augen, das schon leicht ergraute, stellenweise schüttere Haar zu einem kurzen Igel geschnitten. Er hatte sich noch nicht vorgestellt, da faßte er sie schon beim Arm, führte sie in den Nachbarsaal, wo erhitzte Paare Rock'n'Roll tanzten und eine wild zappelnde Band ohrenbetäubend laut aufspielte.

»Ich möchte keinen Champagner, ich möchte auch nicht tanzen«, sagte Katja tonlos, nur mit den Lippen.

»Auch gut, dann machen wir uns unauffällig aus dem Staub.«

Sein Name war Jegor Barinow. Er war Wirtschaftswissenschaftler, Professor und Leiter einer riesigen Abteilung an der Akademie der Wissenschaften, schrieb bissige, kluge Artikel in verschiedenen Zeitungen und Zeitschriften. Damals, 1987, war er dreiundvierzig, für einen Politiker also noch recht jung. Den Namen Jegor Barinow kannte ganz Moskau. Er gehörte zur Mannschaft der jungen Reformer um Gorbatschow.

In dem dunklen einsamen Taxi küßten sie sich gierig. Ravels »Bolero«, der im Radio lief, klang ihr auch später, in der riesigen leeren Wohnung, in der warmen fremden Stille, noch in den Ohren.

Am Morgen küßte er ihre verschlafenen, leicht verquollenen Augen und kochte brasilianischen Kaffee – selbst für Katja eine exotische Kostbarkeit. Das Tablett mit den zerbrechlichen antiken Tassen brachte er ihr direkt ans Bett, lächelte, streichelte sie zärtlich, fuhr mit den Fingern durch ihr aufgelöstes Haar und ließ sie nicht zur Besinnung kommen.

Auf dem Toilettentisch im Schlafzimmer standen allerlei Cremetiegel und Parfumflakons. Auch eine Massagebürste lag dort, in der sich einige fremde blonde Haare verfangen hatten.

»Ja, ich bin verheiratet. Mein Sohn ist schon erwachsen, nur zwei Jahre jünger als du. Meine Frau lebt ihr eigenes Leben, sie ist Mikrobiologin, auch Professorin, reist in der ganzen Welt herum, im Augenblick ist sie gerade mit unserem Sohn in Washington. Wir haben von Anfang an nicht zusammengepaßt, zwischen uns ist längst alles vorbei. Für mich gibt es jetzt nur dich, alles andere ist nicht wichtig.«

Katja empfand es genauso: Wirklich, es ist nicht wichtig. Konnte denn irgend etwas wichtiger sein als das ausgelassene, trunkene Glück, das jede Zelle ihres Körpers, jede Sekunde ihres Lebens und ihres Tanzes ergriff, auf den Kopf stellte und mit neuem Sinn erfüllte? Zu Katjas perfekt ausgefeilter Ballettechnik gesellte sich nun etwas, das vorher nicht da war.

Ihre Heldinnen – Odette aus »Schwanensee«, Mascha aus dem »Nußknacker«, Giselle – strahlten jetzt so viel Gefühl und Liebe aus, daß die Zuschauer wie verzaubert waren und am Ende in begeisterten Applaus ausbrachen.

Jegor Barinow wurde zum Ballettexperten, saß bei den Aufführungen in der ersten Reihe, ging in der Pause zu Katja in die Garderobe, küßte ihr erhitztes Gesicht und kehrte mit einem geheimnisvollen Lächeln und Schminkspuren im Gesicht in den Saal zurück. Wenn der Vorhang fiel, trug er vor aller Augen riesige Blumenkörbe auf die Bühne und stellte sie vor die Solistin.

Katja begann sich für Wirtschaft und Politik zu interessieren, sah regelmäßig fern, las zum Erstaunen ihrer Eltern die »Moskowskije Nowosti« und »Ogonjok« und hörte die neuen demokratischen Radiosender. Sie verschlang jeden

Artikel ihres geliebten Jegor und erregte sich über seine Gegner, die ihr allesamt hinterlistig und unbegabt erschienen.

Ihre ganze Freizeit verbrachten sie miteinander, spielten Tennis, galoppierten auf den Rassehengsten der berühmten Pferdefarm von Istra durch die stillen Wälder um Moskau, mieteten sich Luxussuiten in den Nomenklatura-Hotels oder bummelten einfach durch die Stadt.

Barinow, der ehemalige Komsomol-Funktionär und jetzige Demokrat, bediente sich ausgiebig an der alten Futterkrippe der Partei. Ihm stand alles zur freien Verfügung. Sogar Katja, die im elitären Filmmilieu groß geworden war, verblüffte das wilde süße Leben ihres dreiundvierzigjährigen Märchenprinzen.

»Aber natürlich, Kleines, das ist doch eine ganz andere Ebene«, sagte Jegor, verteilte Räucheraal auf die Teller, schälte gekonnt eine – nie zuvor gesehene – Kiwi, klickte mit seinem Ronson-Feuerzeug und zündete sich eine echte englische Dunhill an.

Ende 1987 waren die Regale der Geschäfte leer, und auch die Sonderzuteilungen fielen dürftig aus. Sogar Tee, Zucker und Grieß wurden zur Mangelware. Die Schlangen vor den Geschäften wurden immer länger, die Menschen immer resignierter.

Katja brauchte nicht anzustehen, benutzte fast nie öffentliche Verkehrsmittel, wußte aber aus den Gesprächen im Theater, in der Garderobe oder auf der Straße um die katastrophale Situation. Die Mädchen aus dem Corps de Ballet trugen gestopfte Strumpfhosen. Der Kauf von einem Paar Stiefel wurde zu einem Ereignis, das in seiner Bedeutsamkeit mit einer Hochzeit, einem Begräbnis oder der Geburt eines Kindes vergleichbar war. Katjas Vater brachte aus der Kantine des Filmverbandes nun keinen Kaviar oder Stör mehr mit, sondern Butter und bulgarische Zigaretten.

Auf dem Puschkinplatz fanden spontane Kundgebungen

statt, die Menschen, die sich an das halbsatte sowjetische Schweigen gewöhnt hatten, öffneten erstaunt ihre hungrigen Münder, lauschten den fremden verrückten Reden, schrien selber und glaubten fest daran, daß diese Reden, dieses Geschrei schrecklich wichtig und bedeutsam für Rußlands Zukunft seien. Jetzt endlich meinte man die langersehnte Wahrheit zu hören, alle würden sie verstehen und gut und ehrlich werden, und ein vollkommen anderes Leben würde beginnen.

Gorbatschow traf sich mit Reagan. Die Moskauer, die gerade noch gierig die druckfrischen Seiten von »Ogonjok« und »Nowy Mir« gelesen hatten, saßen gebannt vor dem Fernseher, schlürften Tee aus Apothekenkräutern und warteten, was die beiden Präsidenten der beiden Supermächte vereinbaren würden. Jedes ihrer Worte gewann epochale Bedeutung, ließ die Erdachse vibrieren.

Ein bunter Herbst glühte auf und verlosch, ein nackter eisiger November fegte mit Erkältungswinden vorbei, der Winter brach herein. Dann kam der April mit Nachtfrösten, mit klaren, märchenhaft blauen Breschen im niedrigen Moskauer Himmel. Die silbrigen Weidenkätzchen verschwanden und machten den trockenen, fiedrig-feinen Mimosen Platz, dann tauchten die ersten Veilchen auf, zerdrückte zarte Sträußchen in einem Kranz von elastischen Blättern, straff umwickelt mit schwarzem Zwirn.

Katja studierte »Romeo und Julia« ein, tanzte die Hauptrollen in den besten Aufführungen und bereitete einen Chopin-Abend zu Ehren des 19. Parteitages vor.

Diesen Parteitag erwarteten alle mit abergläubischem Schrecken, es hieß, von ihm hinge alles ab, man fürchtete sich vor Hungersnot und Bürgerkrieg. Barinow trat im Fernsehen auf und gab auf die bohrenden Fragen des Reporters forsche Antworten. Am folgenden Tag wurde die Sendung in ganz Moskau diskutiert, auch im Theater. Die ältliche Kostümbildnerin schielte vielsagend zu Katja hinüber. Die Ballettmädchen platzten fast vor Neid: nicht genug, daß sie die Primaballerina ist, sie hat auch noch ein Verhältnis mit dem berühmten Barinow.

Barinows Frau kehrte mit dem Sohn aus Washington zurück und fuhr bald darauf wieder weg. Katja hatte es nicht einmal mitbekommen.

Ende Mai 1988 flog Barinow nach Athen zu einer internationalen Konferenz und brachte wenige Tage vor dem Abflug noch das Wunder fertig, Katja ein Visum zu beschaffen. Die Konferenz dauerte nur vier Tage, von Athen aus fuhren sie für eine Woche in einen kleinen Badeort.

In dem winzigen Hotel duftete es morgens nach Blumen und Meer. Sie frühstückten in gemütlichen kleinen Restaurants, aßen gegrillte Meeresfrüchte, tranken leichten herben Wein. Einmal machten sie einen Ausflug in ein Bergdorf zu einem Volksfest.

Im gleißenden Sonnenlicht saßen alte, schwarz gekleidete Frauen vor ihren finsteren kleinen Häusern aus grobem grauem Stein, lächelten versonnen und häkelten schneeweiße Spitzendeckchen. Auf einer offenen Bühne tanzte ein Ensemble in Volkstracht vor den deutschen und englischen Touristen Sirtaki. Der Rhythmus des Tanzes wurde allmählich schneller, die Zuschauer merkten gar nicht, wie sie mitgerissen wurden, im Takt mit den Füßen stampften und in die Hände klatschten. Jemand sprang auf die Bühne, reihte sich unbeholfen in den Reigen ein. Auch Katja hielt es nicht länger, sie schlüpfte durch die Menge und sprang auf die Bühne. Die griechischen Tänzer traten auseinander, starr vor Erstaunen und Entzücken. Man applaudierte ihr lange, wollte sie auf die Bühne zurückholen, aber sie tauchte in der erregten Menge unter, bahnte sich den Weg zu ihrem Tisch und vergrub ihr Gesicht an Jegors heißer starker Schulter.

Den ganzen Sommer über war Katja mit ihrer Ballett-truppe auf Tournee – Sofia, Warschau, Prag, Berlin. Als sie in Berlin auf der Bühne der »Komischen Oper« die Julia tanzte, erblickte sie plötzlich Jegor im überfüllten Zuschauersaal. Er hatte sich zwei Tage freigenommen, um nach Deutschland zu fliegen.

Unmerklich kam der Herbst heran.

Sie spielten wieder Tennis in Lushniki, galoppierten auf braunen Hengsten über das bunte Herbstlaub. Leicht und fröhlich flog der feuchte Grippemonat November vorüber. Es näherte sich Katjas Lieblingsfest, Neujahr. Seit ihrer Kindheit war sie daran gewöhnt, sich lange darauf vorzubereiten, genau zu überlegen, welches Kleid sie anziehen und wem sie was schenken sollte und vor allem – mit wem sie es feiern würde. Katja war überzeugt, daß man in der Silvesternacht die Zukunft wie ein lebendiges warmes Geschöpf in der Hand halten würde, wie ein neugeborenes Kätzchen; wenn man es verschreckte – durch unpassende Kleidung, durch schlechte Laune, durch fremde Gäste –, so wäre das nachträglich nicht wiedergutzumachen.

Am einunddreißigsten Dezember fand vormittags eine Kindervorstellung statt. Man gab den »Nußknacker«. Um zwei Uhr schminkte Katja sich ab, duschte, zog sich um, wünschte den Kollegen ein frohes neues Jahr und fuhr nach Hause. Die Geschenke lagen schon seit dem Sommer bereit. Katja hatte alles während der Tournee gekauft. Die Moskauer Geschäfte waren 1988 noch immer hoffnungslos leer.

Bis gegen neun wollte sie mit den Eltern feiern und dann zu Jegor fahren. Seine Frau war schon wieder im Ausland, der Sohn hatte seine eigenen Kumpel und würde in den nächsten Tagen nicht zu Hause sein. Sie würden das neue Jahr zu zweit feiern, nur sie beide. Am nächsten Tag, wenn sie sich ausgeschlafen hatten, wollten sie einen guten

Freund von Jegor besuchen, den Presse-Attaché der norwegischen Botschaft. Der charmante, liebenswürdige Hansen mit seinem grauen Bärtchen und seinem kleinen Bierbauch gab am ersten Januar eine Party für die engsten Freunde – ein leichtes Büfett, Obst, Musik, gute Laune …

Gegen sieben erschienen die Kalaschnikows bei Katjas Eltern, Onkel Kostja, Tante Nadja und Gleb. Die Eltern wollten das neue Jahr zusammen begrüßen, die Kinder hatten ihre eigenen Pläne. Gleb beabsichtigte, auf die Datscha nach Peredelkino zu fahren, wo ihn bereits eine lustige Runde erwartete. Er hatte schon ein paar seiner Mädchen dorthin geschickt, damit sie alles vorbereiteten und den Tisch deckten.

Um acht rief Jegor an.

»In meiner Abteilung hat man überraschend beschlossen, noch eine kleine Feier zu veranstalten, ich hab versucht, mich loszueisen, aber es geht nicht. Kannst du etwas später kommen, so gegen elf? Ich umarme dich, mein Liebes.«

Um halb neun wünschte Gleb allen ein frohes neues Jahr, verteilte seine Geschenke und verschwand auf die Datscha. Katja saß wie auf Kohlen. Um viertel vor zehn hielt sie es nicht länger aus, wünschte ebenfalls allen alles Gute und verteilte ihre Geschenke. Dann warf sie sich ihren Pelzmantel über, rannte hinaus ins Schneegestöber und fegte den Schnee von ihrem blauen Lada. Schließlich konnte sie ja auch zu Jegor ins Institut fahren.

Kurz nach zehn parkte sie ihren Wagen in einer Seitenstraße nicht weit vom Arbat, hüllte sich in ihren Pelz und lief zu dem alten Gebäude der Akademie. Die Türen standen weit offen, die Fenster leuchteten hell, in der Aula war rund um eine riesige, festlich geschmückte Tanne eine laute Kostümparty im Gange. Katja rannte nach oben in den dritten Stock. Ihr fiel gar nicht auf, daß es dort ganz still war und von einer Feier nichts zu merken.

Barinows Vorzimmer war leer. An den Wänden hingen

Girlanden aus rosa und hellblauem Seidenpapier. Die Tür zum Büro war abgesperrt. Katja verschnaufte ein wenig und dachte, die Feier sei sicher schon vorbei und Jegor erwarte sie schon bei sich zu Hause, am gedeckten Wohnzimmertisch unterm Weihnachtsbaum.

Da vernahm sie plötzlich ein abgerissenes heiseres Stöhnen, ein hastiges Flüstern, das weiche Lachen einer Frau. Sie hielt den Atem an. Nach dem Lachen ertönte deutlich eine tiefe, samtene Stimme:

»Genau, Sweta-Mäuschen. Die Strumpfhose brauchen wir nicht, und der BH ist auch überflüssig, das ziehen wir jetzt alles aus.«

Laute Rockmusik, die aus der Aula heraufbrandete, übertönte die übrigen Worte. Katja stürzte aus dem Vorzimmer, rannte zur Treppe. Ihr entgegen stürmte eine Hexe auf einem Besenstiel, mit angeklebter Plastiknase und verrutschter Perücke. Hinter der Hexe tänzelten zwei kleine Teufel mit Hörnern aus Pappe und Schwänzen aus Draht. Sie faßten Katja an den Händen und drehten sie im Kreis. »Happy New Year!« brüllte ihr die Hexe heiser ins Gesicht und brach in gurgelndes, baßtiefes Gelächter aus. Katja schrie auf, ihr schien, Hexe und Teufel seien echt. Sie stürzte zurück ins Vorzimmer, fiel in einen Ledersessel und zündete sich eine Zigarette an.

Der Mann im Büro war nicht Jegor, das mußte einer seiner Mitarbeiter sein. Nur die Stimme war ähnlich. Irgend jemand anders vergnügte sich dort mit dem »Sweta-Mäuschen« auf dem gepolsterten Ledersofa.

Katja wußte, daß zweimal wöchentlich eine Masseurin namens Sweta zu Jegor ins Büro kam. Er hatte Probleme mit der Bandscheibe und brauchte die Massagen dringend. Offenbar hatte sie gerade heute ihren Termin. Ohne die Massage war Jegor kein richtiger Mensch, die Schmerzen im Rücken waren zu quälend. Er hatte selbst noch gesagt, daß Sweta käme, damit er an Neujahr munter und frisch sei, ohne Schmerzen im Kreuz. Und er hatte auch gesagt, daß Sweta so robust sei wie ein Fünfkämpfer und ständig mit ihm flirte. Mächtige Arme habe sie, viel weißes, saftiges Fleisch und überhaupt kein Gehirn. Er spöttelte bissig über den viel zu kurzen Rock und das viel zu tiefe Dekolleté der Masseurin, über ihre vergeblichen Versuche, ihn zu verführen, ihn, den Ästheten und Intellektuellen, den ironischen, feinsinnigen Liebhaber alles Schönen.

Katja hatte sie nie gesehen. Was ging sie auch eine Masseurin an?

Bestimmt war es jemand anders, der dort im Büro der leidenschaftlichen, üppigen Masseurin Sweta die Strumpfhose auszog. Jegor war längst zu Hause und wartete auf Katja. Sie mußte ihn anrufen.

Sie nahm den Hörer ab und wählte seine Nummer, die sie auswendig wußte. Im Büro stand ein Parallelapparat, er begann laut zu rattern, und eine Sekunde später ging das Türschloß.

Barinow, rot und verschwitzt, in Socken, mit aufgeknöpftem Hemd und lose um den Hals baumelnder Krawatte, tastete mit hilflosen, zitternden Fingern nach dem Reißverschluß seiner Hose. Seine Augen huschten unstet hin und her, im Bemühen, Katja nicht anzusehen. Hinter ihm, im Halbdunkel des Büros, rannte etwas Großes, Nacktes, Weißes umher.

Katja warf den quäkenden Hörer auf die Plastikplatte des Schreibtischs, drückte ruhig ihre Zigarette aus und ging, ohne ein Wort zu sagen, aus dem Zimmer.

Jetzt nur nicht nach Hause! Es war zehn vor elf, noch siebzig Minuten bis zum neuen Jahr. Katja ließ den Motor an, jagte durch den großflockigen, flaumigen Schnee über den hellerleuchteten Kalininprospekt. Sie weinte nicht. Das hätte noch gefehlt, bei einem solchen Schneetreiben am Steuer zu weinen! Erst an der Ringstraße merkte sie, wohin sie fuhr.

In Peredelkino blieb ihr Lada in einer Schneewehe stecken. Voller Schnee, rotwangig, mit riesigen glänzenden Augen, flog Katja in das strahlend helle, warme Wohnzimmer der Kalaschnikowschen Datscha.

»Katja! Mein Engel!« Der beschwipste, erhitzte Gleb schwenkte sie im Kreis, küßte sie ab und wunderte sich überhaupt nicht, stellte ihr keine einzige Frage.

Eine Menge Leute waren da, der Tisch bog sich unter den leckeren Speisen, die Mädchen lachten, jemand machte sich auf, um Katjas Auto aus der Schneewehe zu schieben. Gleb zog ihr die durchnäßten Stiefel von den Füßen. Er wußte, wie wichtig es war, die kostbaren schmalen Füße einer Ballerina warm zu halten, und begann sie mit den Händen zu reiben und mit seinem Atem zu wärmen. Dann holte er die riesigen Filzstiefel seines Vaters.

»Ihr seid wohl verrückt geworden!« schrie jemand. »Es ist fünf vor zwölf!«

Gorbatschows Gesicht verschwand vom Bildschirm des Fernsehers, und die Kremluhr tauchte auf. Champagnerkorken knallten, man stieß miteinander an. Gleb küßte Katja auf den Mund. Das Jahr 1989 hatte begonnen. Alle liefen nach draußen, um Knaller zu zünden und »hurra« zu schreien. In der verschlafenen, halbleeren Siedlung bellten verzweifelt die Hunde.

Als man sich heiser gebrüllt und im tiefen Schnee müde gelaufen hatte, als der Garten und die umliegenden Straßen mit dem buntem Konfetti der Knallbonbons übersät waren, kehrte man ins Haus zurück, löschte das Licht und zündete Kerzen an. Zur schmeichelnden Musik von Freddie Mercury wiegten sich langsam die Paare. Katja merkte auf einmal, daß sie in den riesigen Filzstiefeln und im seidenen Abendkleid mit Gleb tanzte. Glebs Lippen flüsterten ihr kitzelnd etwas Lustiges und Zärtliches ins Ohr, seine Hände, diese vertrauten, warmen Hände, berührten sie behutsam, hielten sie sicher, wärmten sie und ließen sie alles

Schlechte, Kalte, Schmutzige vergessen. Nichts Schlimmes war geschehen. Nichts Schlimmes.

Die Paare zogen sich nach und nach zurück und verteilten sich über das geräumige zweistöckige Haus. Katja und Gleb blieben allein zurück. Sie standen nicht mehr im Wohnzimmer, sondern bereits in dem kleinen Schlafzimmer von Glebs Eltern, die Musik war längst verklungen, sie umarmten sich, eng aneinander gepreßt, während draußen langsam große Schneeflocken fielen. Bevor sie noch recht zur Besinnung kamen, küßten sie sich schon, und Glebs geschickte Finger zogen die Spangen aus Katjas Haar, öffneten den Reißverschluß des Seidenkleides, und seine weichen Lippen glitten heiß über Katjas langen Hals und ihre zarten Schlüsselbeine.

Als Katja die Augen öffnete, war es draußen hell – ein sonniger, frostiger Tag. Von den Gästen waren einige schon gefahren, andere zu einem Spaziergang aufgebrochen. Im Haus war es still. Katja wollte aufstehen, sich waschen, Kaffee kochen, aber Gleb zog sie an sich, und alles wiederholte sich, doch nun ohne die fieberhafte nächtliche Hast, ohne Angst und Zweifel.

»Wie dumm wir beide doch waren«, flüsterte Gleb, »gut, daß wir es noch rechtzeitig gemerkt haben.«

Jetzt, acht Jahre später, als sie im ungewissen Licht der Morgendämmerung in der sauberen, kalten Küche saß, wurde Katja bewußt, daß sie sich an diese erste gemeinsame Nacht, an dieses Neujahrsfest, deutlicher erinnerte als an alle folgenden Jahre ihres schwierigen Ehelebens. Gut so – sollte alles Schmutzige, Häßliche, was später zwischen ihnen war, verschwinden und in Vergessenheit geraten.

Katja stand auf und warf sich einen großen gestrickten Schal über den Bademantel. Gleb war tot, er würde nie zurückkehren. Dort stand noch seine Lieblingstasse, er hatte sie aus England mitgebracht, aus der Baker Street, und nur aus ihr seinen Tee getrunken. In der Diele im Spiegelschrank hingen seine Sachen. Das Kopfkissen im Schlafzimmer hatte noch seinen Geruch bewahrt, und im Gitter des Rasierapparates steckten seine kurzen harten Bartstoppeln. Wie viele rührende Kleinigkeiten, wieviel alltäglichen Krimskrams hinterläßt ein Mensch! Das Herz wird einem warm und beginnt schmerzhaft zu zucken – wenn man diesen Menschen geliebt hat, wenn man ihm das Schlechte verziehen hat und sich nur an das Gute erinnert.

Katja dachte plötzlich, daß es viel leichter sei, einen Toten zu lieben und ihm zu verzeihen als einem Lebendigen.

Kapitel 3

Ljalja Rykowa schlüpfte leise unter der Bettdecke hervor, bibberte in der morgendlichen Kälte und schlich barfuß ins Bad. Der aristokratische Mafioso schnarchte nicht nur, er war auch noch ein Frischluftfanatiker und riß die ganze Nacht die Fenster weit auf. Dabei war es schon September, und bis zum Morgen war das Zimmer so ausgekühlt, daß der armen Ljalja die Zähne klapperten.

Fürst Nodar schmatzte im Schlaf und schnarchte ganze Tonleitern. Die jammervollen, heiseren Töne waren sogar im Badezimmer zu hören und übertönten das Geräusch des rauschenden Wassers. Ljalja verzog angewidert das Gesicht, riegelte die Tür ab und reckte sich vor dem riesigen Spiegel, der vom Boden bis zur Decke reichte und vom heißen Dampf schon leicht beschlug. Durch den feinen Dunst sah Ljalja noch schöner, noch verführerischer aus.

Ein echter Striptease unterscheidet sich von Pornographie durch das Flair des Geheimnisvollen. Aber wem sollte sie das erklären? Den groben, gierigen Kerlen, die zu sabbern begannen, wenn sie Ljaljas appetitlichen Körper betrachteten? Was bedeutete ihnen die raffinierte, exquisite

Schönheit des erotischen Spiels, das so alt ist wie die Welt? Sie sind schon zufrieden, wenn du mit den Hüften wackelst, deinen Busen schwingen läßt, den Kopf in den Nacken wirfst und Ekstase mimst – dann greifen sie bereitwillig in die Tasche und zahlen.

Ljalja kletterte ins heiße Schaumbad und seufzte tief. Das Leben war ungerecht. Soviel Abgeschmacktes ringsum! Warum mußte sie, die schöne Ljalja mit der feinen Seele, sich jeden Abend vor groben Ganoven ausziehen? War sie etwa weniger wert als alle diese Schönheitsköniginnen, Supermodels und Filmstars? Bestimmt nicht.

Sie stellte sich gern vor, sie sei auf einem Ball, in einem Kleid von Dior, umringt von Milliardären, Diplomaten, Präsidenten, Hollywoodstars und anderen Berühmtheiten. Ljalja schreitet vorbei, in der einen Hand ein Champagnerglas, in der anderen eine Zigarettenspitze. Das Kreuz leicht durchgedrückt, die Schultern zurückgeworfen, das Kinn hoch erhoben, ein Bein aus der Hüfte heraus nach vorn gesetzt. Um ihren zarten Hals schmiegt sich ein antikes Brillantencollier in Platinfassung. Sie blickt niemanden an, denkt ihre eigenen, erhabenen Gedanken, und alle ringsum erbleichen und sind von Amors Pfeil getroffen.

Nein, die vollkommene, exquisite, zarte Ljalja war nicht auf die Welt gekommen, um sich jede Nacht vor betrunkenen Männern auszuziehen. Allerdings, sie hatte nichts anderes gelernt. Und sie war eine ausgezeichnete Striptease-Tänzerin. Sie verdiente nicht schlecht, und die Jungs von der Wachmannschaft paßten genau auf, daß niemand Ljalja einfach so, ohne Bezahlung und ohne Erlaubnis, angrapschte. Wenn der Chef sie manchmal anderen Männern, die für ihn wichtig waren, zur Verfügung stellte, dann war auch das nicht umsonst. Und sie hatte dabei immer irgendeinen kniffligen Auftrag zu erfüllen. Ljalja gefiel das. Sie kam sich nicht nur schön, sondern auch klug vor.

Mit Fürst Nodar hatte sie allerdings ihre liebe Not. Zwar

war er vom ersten Moment an bereit, sein Leben für sie hinzugeben, wälzte sich mit orientalischer Leidenschaft zu ihren Füßen, sang zur Gitarre alte georgische Lieder, hielt aber gleichzeitig sein Geld sehr sorgsam beisammen.

Kalaschnikow hatte sie sofort vorgewarnt: Mit Liebe allein macht man den Fürsten nicht kirre. Man muß ihn mit etwas Handfesterem ködern, am besten mit Geld. Und Ljalja schaffte es, sie machte Nodar auf »Black Jack« heiß, obwohl er anfangs vor dem grünen Tuch zurückschrak wie vor der Pest. Er erzählte, sein Urgroßvater, ein georgischer Fürst und Offizier, hätte Staatsgelder verspielt und sich deswegen erschossen. In seinem Abschiedsbrief hatte er seinen adligen Nachkommen als letzten Willen ans Herz gelegt, niemals Karten anzurühren.

Ljalja stellte das Wasser ab. Der Fürst hatte aufgehört zu schnarchen und sprach jetzt mit jemandem. Zuerst dachte Ljalja, es sei ein Telefongespräch. Die Worte konnte sie nicht verstehen, aber Nodars Intonation und Stimme gefielen ihr nicht. Der Fürst sprach rasch, aufgeregt, mit starkem Akzent. Sie hatte schon vor längerer Zeit bemerkt, daß sein georgischer Akzent sich immer dann bemerkbar machte, wenn er aufgeregt oder verängstigt war. Dann ertönte ein leises Poltern und ein kurzes unterdrücktes Stöhnen. Ljalja zuckte zusammen. Nodar war nicht allein im Zimmer.

»Nei-ein!« heulte er. »Ich weiß nichts!«

Im Schlafzimmer fand offenbar eine scharfe Auseinandersetzung statt. Das schloß Ljalja nicht nur aus dem Gepolter, dem Stöhnen und Entsetzen, das in der heiseren Stimme des Fürsten zitterte, sondern auch aus den einschmeichelnden, leisen Stimmen der ungebetenen Gäste. Wer war das? Was wollten sie? Ljalja war von ihnen nur durch die dünne Wand des Badezimmers getrennt, dessen Tür vorläufig noch abgeriegelt war, aber jeden Moment eingetreten werden konnte. Waren es vielleicht die Leute von

Lunjok? Aber wieso sollte Lunjok seine Gorillas am frühen Morgen zu Ljalja nach Hause schicken? Der Fürst zappelte doch sowieso schon am Haken. Und wenn es Täuberich war? Er hätte leicht erfahren können, daß man seinen Mann mit Ljaljas Hilfe eingefangen hatte.

Sie hatte sich gerade in ihren weißen Frotteemantel gehüllt und den Gürtel zugezogen, da trat jemand plötzlich krachend gegen die Tür. Der Riegel sprang ab. Ljalja seufzte erleichtert auf – in der Badezimmertür stand Mitjai, einer von Valera Lunjoks Leuten.

»He«, sagte Ljalja, »was macht ihr für einen Rabatz in meiner Wohnung? Wozu mußt du die Tür eintreten? Kannst du nicht anklopfen?«

Mitjai gab keine Antwort. Ljalja stolzierte mit hochmütig zurückgeworfenem Kopf ins Schlafzimmer. Nodar lag nackt auf dem Fußboden. Im Sessel saß Lunjok persönlich. Er starrte Ljalja aus harten, kalten Augen an. Seine dünnen Lippen waren unheilverkündend zusammengepreßt.

»Guten Morgen, Valera.« Ljalja versuchte zu lächeln. »Was ist passiert?«

»Wo war dieser Spitzel heute nacht?« fragte Lunjok leise und fuhr fort, Ljalja mit stechendem Blick zu durchbohren. Seine Augen waren von einer undefinierbaren Farbe, halb grau, halb gelb.

»Was heißt wo? Bei mir.« Ljalja setzte sich in den Sessel, Lunjok gegenüber. »Kannst du mir vielleicht erklären, was los ist?«

»Weißt du sicher, daß er die ganze Nacht bei dir war?«

Nodar stöhnte etwas Unverständliches. Ljalja wunderte sich, wie schnell man ihn außer Gefecht gesetzt hatte. Gott sei Dank war kein Blut geflossen. Im Schlafzimmer lag ein teurer heller Teppich, die Flecken hätte man mit keinem Reinigungsmittel herausbekommen. Aber Mitjai machte saubere Arbeit, er schlug nur auf die inneren Organe. Ein, zwei Schläge, die keine Spuren, nicht einmal blaue Flecken hinterließen, aber der andere krümmte sich vor Schmerzen und war zu allem bereit.

»Na, bewacht hab ich ihn natürlich nicht«, sagte Ljalja schulterzuckend, »ich habe geschlafen.«

»Fest?«

»Du weißt doch sehr gut, daß ich schlafe wie ein Murmeltier«, gab Ljalja lachend zurück und funkelte Lunjok mit ihren leuchtendblauen Augen an.

Vor einem halben Jahr hatte sie mit Lunjok eine kurze Affäre gehabt. Von allen Mädchen im Club hatte Valera sie allein ausgewählt, und nicht nur für ein kleines Vergnügen, sondern weil sie ihm ernsthaft gefiel. Er sah keine andere mehr an. Überhaupt unterschied er sich von den anderen Ganoven durch sein stolzes, strenges Wesen. Er hatte so etwas Männliches, Ritterliches. Er wollte zum Beispiel auch wissen, ob er Ljalja als Mann gefiel oder ob sie nur ihre Arbeit tat ... Wenn du nicht willst, sagte er zu ihr, bestehe ich nicht darauf und bin nicht gekränkt. Ljalja wußte, das waren keine leeren Worte, und sie war Valera Lunjok aufrichtig dankbar. Sie verstellte sich bei ihm auch gar nicht, spielte ihm keine Liebe vor, sondern empfand tatsächlich beinahe so etwas wie Liebe. Es fehlte nicht viel, und sie wäre auf Dauer bei ihm geblieben, hätte den Club verlassen und wäre ihm treu gewesen, nur ihm. Freilich hatte er so etwas nie vorgeschlagen.

»Deinen Chef hat man heute nacht kaltgemacht«, teilte Lunjok mit und zündete sich eine Zigarette an.

Ljalja konnte Tabakrauch am Morgen, auf nüchternen Magen, nicht ertragen.

»Was?« fragte sie heiser und mußte husten. »Wer?«

»Du hast also geschlafen, sagst du. Und wenn nun unser kaukasischer Spitzel für ein paar Stunden heimlich aus deinem Bett gekrochen wäre, hättest du es gemerkt?«

»Valera, glaubst du etwa, daß er ...?« flüsterte Ljalja erschrocken und warf einen Seitenblick auf den stöhnenden, sich krümmenden Fürsten. »Nicht doch«, sie schüttelte den Kopf, »wozu sollte er?«

Valera hielt es nicht für nötig zu antworten und grinste nur spöttisch.

»Gleb hat mir die Schuld erlassen, ehrlich«, stöhnte der nackte Fürst vom Teppich, »und soviel Geld war das auch nicht, daß ich mir die Finger schmutzig gemacht hätte.«

»Soll ich ihm noch etwas einheizen?« schlug Mitjai, der die ganze Zeit geschwiegen hatte, träge vor.

»Nicht nötig.« Lunjok schüttelte den Kopf. »Er kann sich die Hose wieder anziehen. Soviel Geld war es also nicht?« Er beobachtete, wie der nackte Fürst sich schwerfällig vom Teppich aufrappelte. »Wieso hast du dann nicht bezahlt? Wenn man verliert, muß man bezahlen. Weißt du das nicht?«

»Ich hätte ja bezahlt.« Nodar zog sich die Jeans auf den nackten Körper und angelte mit dem Fuß vergeblich nach dem zweiten Hosenbein. »Ich weiß selber, daß Spielschulden Ehrenschulden sind. Gleb und ich, wir waren gute Kumpel. Er hat gewußt, ich geb's ihm wieder, 'nen Zähler brauchte er nicht einzuschalten.«

Ljalja wurde traurig. Wer würde jetzt das Casino übernehmen? Natürlich, sie würde nicht arbeitslos werden, doch es war ihr keineswegs egal, wo sie ihren Striptease tanzte. Das Publikum war längst nicht überall gleich, und die Wachleute und die Bezahlung auch nicht. Ljalja dachte plötzlich, wenn sie wüßte, wer den Chef erledigt hatte, würde sie dieses Scheusal mit eigenen Händen erwürgen. Nicht daß ihr Gleb Kalaschnikow so teuer gewesen war, aber durch seinen Tod würde sich vieles in Ljaljas Leben ändern, und zwar nicht zum Besseren. Ganz bestimmt nicht zum Besseren. Vielleicht hatte es dem Fürsten um das Geld leid getan? Irgendwann hätte er es ja doch zurückzahlen müssen. Nicht sofort, aber wenn er nicht für sein restliches Leben gebrandmarkt sein wollte, wäre er nicht daran vorbeigekommen.

Valera betrachtete inzwischen spöttisch den Fürsten, der endlich das Hosenbein getroffen hatte und nun in Jeans vor ihm stand, die nackte, mit schwarzer Wolle bewachsene Brust vorgestreckt und die Hände an die Hosennaht gelegt, wie ein Soldat vor dem General.

»Na denn«, sagte er weich, geradezu mitfühlend, »jetzt brauchst du ihm nichts mehr zurückzugeben. Jetzt bist du gewissermaßen niemandem mehr etwas schuldig. Stimmt's?«

Lunjok wußte sehr gut, daß das nicht stimmte. Er sagte es absichtlich, um den Fürsten auszutricksen, ihn einzuschüchtern, noch bevor der erste Schrecken verflogen war.

Bereits auf der Fahrt hierher war ihm klar geworden, daß Nodar nicht der Mörder war. Jeder andere, aber nicht er. Doch ein eingeschüchterter, verwirrter Fürst konnte zu einem starken Trumpf in seiner Hand werden. Jetzt, wo zu der Schuld von fünfzigtausend noch der durchaus berechtigte Mordverdacht hinzukam, konnte man den kleinen Fürsten nach allen Regeln der Kunst über den Tisch ziehen und alles aus ihm herausholen, was er über seinen widerlichen Chef wußte – über Täuberich, den schärfsten Widersacher von Valera Lunjok.

»Auch wenn du es nicht selber warst, du könntest doch ohne weiteres der Auftraggeber sein. Denk doch mal nach, wer außer dir hat einen Nutzen davon?« sagte Lunjok ruhig.

»Da gibt's wohl mehr als einen! Ich habe weder den Auftrag gegeben noch es selber getan.«

»Wer außer dir hat im Casino noch für Täuberich gearbeitet?«

Valera stellte diese Frage schnell und gleichgültig, wie nebenbei.

»Wenn ich dir das sage, buddelt mich Täuberich noch aus dem Grab aus«, sagte Nodar leise und ganz ohne Akzent.

Ljalja spitzte die Ohren. Sie spürte, daß der Fürst nicht

mehr aufgeregt war. Er konzentrierte sich, spannte sich wie eine Stahlfeder. Davon, wie er sich jetzt verhielt, hing ab, ob er am Leben blieb oder nicht. Vielleicht war in seinem Kopf schon irgendein Plan gereift. Sie hätte gern gewußt, welcher.

»Wenn du nichts sagst, erledige ich dich jetzt gleich. Hier und jetzt«, drohte Lunjok.

»Sie soll erst raus«, der Fürst warf einen Seitenblick auf Ljalja, »dann rede ich.«

»Mach uns einen Kaffee, Ljalja. Ich hab noch nicht gefrühstückt«, bat Lunjok freundlich.

Ljalja begab sich in die Küche. Der Blick, mit dem Nodar sie begleitete, gefiel ihr überhaupt nicht. Ihr wurde davon ganz flau im Magen.

* * *

»Olga! Hörst du mich denn nicht? Ich rufe schon seit zwei Stunden.«

Erst vor zwanzig Minuten hatte sie für die Oma Abendessen gemacht. Die Küche war in Unordnung geraten, Olga hatte erst aufräumen wollen, aber Oma Iwetta schrie, sie stürbe vor Hunger und es lohne nicht, das Geschirr zu spülen. Olga mußte ihre Schreibmaschine vom Tisch räumen, die Bücher und die Hefte mit den Vorlesungsmitschriften beiseite schieben und der Oma das Essen im Wohnzimmer servieren. Buchweizengrütze, zwei große Frikadellen, drei Butterbrote mit Kochwurst – alles verschwand in zehn Minuten. Die Oma aß gierig, schnell, unsauber, Krümel fielen auf den Schreibtisch, die Butter klebte ihr am Kinn und schmolz. Olga stand daneben und schaute zu, manchmal wischte sie ihr das Gesicht mit einer Serviette ab.

»Was ziehst du für eine Trauermiene? Du siehst so unzufrieden aus.«

»Ich bin ganz zufrieden. Nur müde.«

»Müde? Wieso bist du denn so spät nach Hause gekommen? Wo warst du?«

»In der Universität, und dann bei der Arbeit.«

»Aber du bist um halb zwei nachts gekommen, die Seminare sind um vier zu Ende, deine Arbeit dauert von sechs bis elf. Wo warst du?«

»Ich bin spazierengegangen«, murmelte Olga und räumte das schmutzige Geschirr vom Schreibtisch.

»Und mit wem bist du spazierengegangen?«

Oma Iwetta schlürfte geräuschvoll den Tee mit Milch und aß laut knirschend die Waffeln. Im Handumdrehen hatte sie die ganze Packung billiger Waffeln verspeist, es blieben nur die glänzende Hülle und ein paar süße Krümel übrig. Olga hatte gedacht, die Waffeln reichten mindestens für zwei Tage.

»Allein. Ich bin allein spazierengegangen.«

»Du lügst. Warum lügst du mich ständig an?«

Olga gab keine Antwort, sie brachte das schmutzige Geschirr weg, wischte die durchsichtige Plastikplatte mit einem feuchten Lappen ab, stellte die Schreibmaschine wieder an ihren Platz und legte die Hefte zu einem ordentlichen Stapel zusammen.

Nach dem Abendbrot setzte sie Oma Iwetta in eine Wanne mit warmem Wasser und seifte sie wie ein kleines Kind sorgfältig ein. Die Oma stöhnte und ächzte dabei, als sei das Bad eine einzige Qual für sie. Olga wußte, daß sie sich ohne weiteres selber hätte waschen können. Doch sie zog es schon seit zwei Jahren vor, die hilflose, fast gelähmte Greisin zu spielen.

Nun, nachdem alle abendlichen Prozeduren erledigt waren und sie endlich ein wenig in der Stille hätte sitzen können, ohne auf Fragen antworten und Belehrungen anhören zu müssen, schrie die Oma schon wieder und verlangte irgend etwas.

»Bin ich meiner einzigen Enkelin, für die ich mich mein

Leben lang aufgeopfert habe, schon völlig egal? Was hast du für eine Jacke an? Hast du dir eine neue Jacke gekauft? Von welchem Geld? Für den Fruchtsaft, den ich für meine Gesundheit unbedingt brauche, reicht das Geld angeblich nicht, aber dich sehe ich dauernd in neuen Sachen.«

Olga hatte eine alte, graugelb karierte Flanelljacke an, die schon ganz verwaschen war. Diese Jacke trug sie schon rund drei Jahre lang zu Hause.

»Oma, es ist schon spät. Ich möchte schlafen. Sag mir bitte, was du brauchst, und laß mich dann ins Bett gehen.«

»Nichts.« Oma Iwetta drehte sich zur Wand. »Ich brauche nichts von dir.«

»Gut«, sagte Olga, »dann gehe ich jetzt schlafen.«

»Natürlich, geh du nur schlafen. Ich kann ja ruhig sterben. Ich möchte trinken, aber meiner einzigen Enkelin fällt es zu schwer, mir Wasser zu bringen.«

Olga ging, ohne ein Wort zu sagen, in die Küche und kam mit einem Glas Wasser zurück.

Oma Iwetta richtete sich auf ihrem Kissenberg auf, nahm das Glas und hielt es prüfend gegen das Licht.

»Was ist das?« fragte sie schließlich, und in ihrer Stimme schwang ein hysterischer Unterton.

»Wasser.«

»Und was hast du da noch hineingetan?«

»Oma, ich habe nichts hineingetan. Das ist pures, abgekochtes Wasser aus dem Teekessel.«

Sie nahm ihr das Glas aus der Hand und trank einen Schluck.

»Tee zu machen war dir wohl zu lästig? Oder willst du mich jetzt auf Wasser und Brot setzen, um mich schneller loszuwerden?«

»Wenn du Tee möchtest, mache ich dir sofort welchen.«

»Nein, Olga. Ich will gar nichts mehr. Geh.«

Oma Iwetta preßte vielsagend ihre dünnen Lippen

zusammen und drehte sich wieder zur Wand. Olga stellte das Glas auf den Nachttisch und ging hinaus.

In der kleinen Küche herrschte eine furchtbare Unordnung. Das abblätternde Waschbecken war bis zum Rand mit schmutzigem Geschirr gefüllt, das rissige Linoleum hatte schwarze Streifen, die sich nicht mehr abwaschen ließen. Auf dem winzigen Tisch mit der schartigen gelblichen Plastikplatte häuften sich Zeitungen. Daneben stand ein zerbeulter Aluminiumtopf mit fettigen Suppenresten und eine Pfanne mit angebranntem Rührei. Es sah aus, als würde die Oma den ganzen Tag, wenn Olga nicht da war, essen und Zeitung lesen. Trotzdem begrüßte sie ihre Enkelin jedesmal mit den Worten:

»Wo warst du? Ich bin vor Hunger fast gestorben. Seit heute morgen habe ich keinen Krümel gegessen.«

Die Psychiaterin hatte gesagt, die unersättliche Eßgier sei charakteristisch für Altersschwachsinn. Man dürfe ihr das nicht durchgehen lassen.

»Verziehen Sie sie nicht. Wenn diese Form von hysterischer Psychopathie in Verbindung mit dementia senilis sich ungehemmt entwickelt, verwandelt Ihre Großmutter sich sehr bald in ein Ungeheuer; sie wird nicht nur Ihre Nerven ruinieren, sie wird auch zu einer realen Gefahr.«

Leicht gesagt – verziehen Sie sie nicht. Olga brauchte nur ein wenig die Stimme zu heben, zu widersprechen oder nicht auf den ersten Ruf hin angelaufen zu kommen, dann begann die Oma schon zu schreien und zu toben wie ein in die Enge getriebenes wildes Tier. Manchmal rannte sie in Pantoffeln und Morgenmantel auf den Hof hinaus.

»Meine Enkelin bringt mich noch ins Grab! Sie gibt mir nichts zu essen, sie verhöhnt mich!« Ihre markerschütternde Stimme schallte über den ganzen Hof.

Dort draußen saßen den lieben langen Tag ebensolche »verhöhnten« alten Frauen, die dann schlagartig munter wurden und mit Vergnügen alle undankbaren Enkelinnen,

Töchter und Schwiegertöchter im allgemeinen und Olga Guskowa im besonderen verfluchten. Danach klingelte gewöhnlich irgendeine Wohltäterin an der Tür.

»Hier, ich bringe etwas Brot für Ihre Oma. Sie geben der Armen ja nichts zu essen.«

Meist jagte Olga die Wohltäterin samt ihrem Brot davon, aber manchmal fehlte ihr die Kraft dazu. Dann ging sie schweigend in die Küche und saß dort, während Oma Iwetta der Besucherin lautstark von allen Schrecken ihres Zusammenlebens mit der furchtbaren Enkelin erzählte.

Überhaupt hatte Olga immer weniger Kraft. Die Oma aber wurde immer rüstiger und energischer, je mehr ihr Verstand nachließ.

Als Olga sich an die Geschirrberge machte, entdeckte sie zu ihrem Ärger, daß kein Spülmittel mehr da war und sie sich mit einem stinkenden, glitschigen Stück Haushaltsseife begnügen mußte. Sie seifte mechanisch die alten, zerstoßenen Teller ein, die Tassen mit den abgeschlagenen Henkeln, die schartigen Gabeln, und bemühte sich, an nichts zu denken.

Nach einer Stunde war die Küche einigermaßen sauber, so sauber, wie ein Raum sein kann, der seit fünfzehn Jahren nicht mehr renoviert wurde. Olga rückte den Tisch an den Herd, holte aus dem Wandschrank im Flur ein Klappbett, eine zusammengerollte Matratze und Bettzeug. Seit zwei Jahren schlief sie schon in der Küche. Die Wohnung hatte nur ein einziges Zimmer.

Nachdem sie das Bett gemacht hatte, setzte sich Olga darauf und starrte lange vor sich hin. Schließlich besann sie sich und tappte, sich nur mit Mühe auf den Beinen haltend, ins Bad. Aus dem Spiegel über dem Waschbecken blickten sie riesige tiefblaue Augen an.

»Das bin nicht ich«, flüsterte Olga und wandte sich von ihrem Spiegelbild ab.

Das Mädchen im Spiegel war schön wie eine Prinzessin

aus einem Märchenbuch. Lange schwarze Wimpern, schwarze Brauen, erstaunt und hochmütig hochgezogen, eine schmale gerade Nase, ein frischer voller Mund, ein langer stolzer Hals. Keinerlei Make-up, eine Haut, an die nur kaltes Wasser kam und die doch ganz von selbst schimmerte, fein, durchsichtig, makellos rein.

Eine solche Schönheit können weder verwaschene und schäbige Kleider zerstören noch ständige Müdigkeit, chronischer Schlafmangel, Armut oder ruinierte Nerven. Nur das Alter würde dieses Geschenk der Natur zerstören können, das Olga Guskowa unnötig und nutzlos vorkam und das ihr bisher nichts als Unglück gebracht hatte. Aber bis zum Alter war es noch weit, sie war gerade erst dreiundzwanzig.

Olga zog die verschossene Jacke aus, schlüpfte aus den abgetragenen, längst farblos gewordenen Jeans, stellte sich unter die heiße Dusche und kniff die Augen zusammen. Durch das Rauschen des Wassers hörte sie deutlich eine hohe Männerstimme:

»Du verstehst nicht, Olga, das kostet mich überhaupt nichts. Probier das Kleid doch wenigstens an. Ich habe es ja nur nach Augenmaß gekauft. Die Schuhe auch. Sieh dich mal im Spiegel an, Olga, so wie du herumläufst, zieht sich heutzutage keine normale Frau mehr an. Natürlich bist du trotzdem wunderschön, aber ich kann mit dir in keine Kneipe gehen, wenn du solche gräßlichen Fetzen trägst.«

»Ich will in keine Kneipe, laß uns hier bleiben, zu zweit ...« In der Erinnerung klang ihre eigene Stimme weit entfernt und völlig fremd.

»Na gut, bleiben wir hier.«

»Gib diese Sachen deiner Frau. Ich brauche nichts.«

»Erstens hat sie schon alles, und zweitens ist sie dünner und einen halben Kopf kleiner. Und ihre Schuhe sind auch zwei Nummern kleiner. Außerdem kauft sie sich alles selbst und würde sich sehr wundern, wenn ich ihr etwas bringe.

Olga, Schätzchen, warum kränkst du mich so? Ich bin herumgelaufen und habe für dich eingekauft, und du willst die Sachen nicht einmal anprobieren.«

»Ich brauche keine Klamotten. Ich brauche dich. Ich liebe dich, mehr als mein Leben.«

Unter dem heißen Wasser wurde es Olga eiskalt, ihr Herz schlug dröhnend wie eine Kirchenglocke. Beten müßte sie, zur Beichte gehen. Mein Gott, diese Sünde, diese schwarze, scheußliche, tödliche Sünde.

»Weh mir Sünder! Der verfluchteste aller Menschen bin ich, keine Reue ist in mir; gib mir Tränen, Herr, meine Taten bitter zu beweinen.«

Die Worte des Gebetes blieben ihr in der Kehle stecken, Olga spürte keinen Sinn in ihnen, wiederholte sie mechanisch wie ein auswendig gelerntes Gedicht. Konnte sie jetzt nicht mal mehr beten? Ohne Reue gab es keine Vergebung. Nicht einmal weinen konnte sie – keine einzige Träne.

Olga Guskowa hatte in ihrem ganzen Leben erst zweimal geweint. Das erste Mal, als sie erfuhr, daß ihre Mutter und ihr Vater ums Leben gekommen waren. Das zweite Mal, als ihr die kluge, müde Psychiatrieprofessorin erklärt hatte, ihre Großmutter habe den Verstand verloren.

Ihre Eltern hatte Olga fast gar nicht gekannt. Ihr Vater war Hauptmann beim Grenzschutz gewesen, der von Garnison zu Garnison reiste. Ihre Mutter, eine Militärärztin, reiste mit ihm. Mal Wüste, mal Taiga, ungesundes Klima, ein ungeordnetes Leben in wechselnden Garnisonsstädtchen – wozu sollte man das einem kleinen Kind zumuten? Olga war im Fernen Osten geboren worden. Als sie ein Jahr alt war, brachten die Eltern sie nach Moskau und gaben sie in die Obhut von Oma Iwa, Iwetta Tichonowna, ihrer Großmutter mütterlicherseits.

Die Oma war noch nicht alt, erst fünfundfünfzig, energisch und streng, aber sie liebte die kleine Olga sehr. Von

Beruf war sie Schulinspektorin. Olga kannte Oma Iwa seit frühester Kindheit nur im klassischen blauen, schwarz gepaspelten Jerseykostüm und in weißer Bluse mit Schillerkragen. Kein Make-up, kein Schmuck. Ein schlichter Kurzhaarschnitt, flache Pumps.

Einmal im Jahr kamen die Eltern auf Urlaub. Dann wurde die stille Zweizimmerwohnung lebendig, füllte sich mit Musik, Gelächter, Geschenken, Gästen.

»Na, wen hast du denn im Kindergarten zum Freund oder zur Freundin?« fragte die Mutter, drückte Olgas hellbraunen Kopf an ihre Brust und küßte das zarte, engelhaft schöne Gesichtchen, die riesigen dunkelblauen Augen.

»Ich bin mit allen Mädchen und Jungen befreundet«, erwiderte das Kind.

»Aber wer ist denn dein bester Freund? Oder deine beste Freundin?«

»Meine besten Freunde sind Oma Iwa und Väterchen Lenin.«

»Welche Puppe möchtest du?« fragte der Vater im Spielzeuggeschäft.

»Ich spiele nicht mit Puppen. Sie sind nutzlos. Ich spiele nur mit nützlichen Spielsachen.«

»Und das wären?« fragte Hauptmann Guskow verblüfft.

»Buchstabenlotto, Holzbaukästen und Dias über Tiere.«

Der Vater kaufte Lottoschachteln und Diafilme.

»Olga, möchtest du ein Eis?«

»Eis ist ungesund. Davon bekommt man Halsschmerzen.«

»Eins darfst du, jetzt ist es ja warm«, redete der Vater ihr gut zu.

Sie widersprach nicht, biß vorsichtig winzig kleine Stückchen ab und ließ sie sorgfältig im Mund warm werden, bevor sie sie hinunterschluckte.

»Na, schmeckt's?« fragte ihre Mutter.

»Danke, sehr lecker«, erwiderte das kleine Mädchen kopfnickend, ohne zu lächeln.

Auch auf dem Karussell und im Spiegelkabinett, wo die Erwachsenen sich ausschütten wollten vor Lachen, blieb das Kind ernst.

»Was habt ihr denn?« meinte Oma Iwa schulterzuckend abends in der Küche, während der Hauptmann nervös hin und her schritt und seine Frau am offenen Fenster rauchte und sich bemühte, ihre Mutter nicht anzublicken. »Das Kind hat eine feste Ordnung, es entwickelt sich gut, ohne Verzärtelung und andere Albernheiten. Olga kann schon nach Silben lesen, addieren und subtrahieren, sie bettelt nicht um Süßigkeiten und Spielsachen. Im Kindergarten hat sie zu allen gute kameradschaftliche Beziehungen, die Kindergärtnerinnen sind mit ihr zufrieden, es gibt keine Konflikte, keine Krankheiten und Erkältungen. Was wollt ihr denn noch? Wenn es euch nicht paßt, wie ich das Kind erziehe – bitte, nehmt es wieder mit, schleppt es durch eure Kasernen und Baracken.«

Die Eltern kochten vor Ärger, kühlten aber rasch wieder ab. Das Kind aus Moskau wegzuholen, aus dem warmen, sauberen Haus, wäre unvernünftig gewesen. In zwei Jahren kam es in die Schule. Und außerdem, Iwetta Tichonowna war ausgebildete Pädagogin, sie aber – was waren sie schon für Pädagogen?

Im Jahre 1979 brach der Afghanistankrieg aus. Am ersten September 1981 fuhr der Militärjeep, in dem Hauptmann Guskow und seine Frau saßen, bei Kandahar auf eine Mine und flog in die Luft.

Die siebenjährige Olga wurde mit weißem Schürzchen und drei roten Nelken in der Hand in die erste Klasse eingeschult. Erst einen Monat später erfuhr sie, daß sie keine Eltern mehr hatte. Sie konnte noch nicht begreifen, was das hieß, sie war noch zu klein, hatte Vater und Mutter zu selten gesehen und gar keine Zeit gehabt, sich an sie zu gewöhnen. Aber Oma Iwa weinte, und das war so seltsam und schrecklich, daß Olga wie von selbst die Tränen über die Wangen rollten.

Im zweiten Schuljahr hörte Olga, wie ein Mädchen aus der achten Klasse über sie sagte:

»Was für ein unglaublich schönes Kind!«

Abends kam Iwetta Tichonowna, um sie von der Hausaufgabenbetreuung abzuholen.

»Oma, bin ich schön?« fragte Olga.

»So ein Unfug!« schnaubte die Oma.

Auf dem Heimweg erzählte sie Olga ein altes Märchen der Jakuten von einem Mädchen mit dem sonderbaren Namen Ai-aga. Das Mädchen schaute sich den ganzen Tag in einem runden kupfernen Spiegel an und sprach zu sich: »Ai-aga ist schön.« Dann verwandelte sie sich in eine Ente, flog zum eisigen nördlichen Himmel empor, und in der Tundra hallte noch lange ihr kläglicher, schnatternder Schrei: »Ai-aga ist schön.«

»Schön zu sein ist also schlecht?« fragte Olga, als das Märchen zu Ende war.

»Es ist schlecht, darüber nachzudenken«, erwiderte die Oma, »es ist schlecht zu meinen, man sei etwas Besseres als andere.«

In der Schule hatte Olga nur Einsen. In den Pausen stand sie am Fenster und las. Man nannte sie Streberin und fand sie langweilig.

Als Olga vierzehn war, hörte sie von allen Seiten: ein erstaunlich schönes Mädchen. Neben ihren Altersgenossinnen, die die schwierige Zeit der Pubertät mit Pickeln, Unbeholfenheit und Minderwertigkeitskomplexen durchmachten, wirkte Olga Guskowa wie ein Wesen von einem anderen Planeten, märchenhaft schön, allen niedrigen irdischen Problemen entrückt.

Freunde hatte sie nicht. Sie hätte gern welche gehabt, aber es ergab sich nicht. Mit siebzehn diskutierte sie über den Agnostizismus Kants, über Neuhegelianer und Kierkegaard, träumte davon, in ein sibirisches Dorf zu fahren und die Bauernkinder zu unterrichten, irgendeine heilige

Mission zu erfüllen, deren Wesen sie selber nicht richtig begreifen und formulieren konnte. Bald wollte sie sich für das Gute und die Gerechtigkeit aufopfern, die Menschheit beglücken und barmherzige Schwester irgendwo im hintersten choleraverseuchten Schwarzafrika werden, bald erörterte sie ganz ernsthaft die Notwendigkeit von Gewalt und Terrorismus, um das Böse in der Welt zu bekämpfen.

Nach der neunten Klasse beschloß sie, an der Universität Philosophie zu studieren. Die beiden ersten Prüfungen bestand sie mit »Eins«, zur dritten kam sie zu spät, zur vierten erschien sie überhaupt nicht mehr, weil sie beschlossen hatte, ins Gebiet von Wologda zu fahren, wo in der Nähe eines kleinen Klosters ein hundertjähriger Einsiedler lebte.

Iwetta Tichonowna durchlebte in dieser Zeit eine schwere persönliche Tragödie – ihre Pensionierung. Es kam ihr vor wie das Ende ihres Lebens, sie konnte sich nicht vorstellen, einfach nur eine alte Frau zu sein statt eine führende Kraft in der Volksbildung.

An die Universität ging Olga erst drei Jahre später. Bis dahin arbeitete sie in einer Bibliothek, reiste von Kloster zu Kloster und lebte weiter in ihrer eigenen komplizierten, seltsamen Welt, in der sich die Orthodoxie mit dem Zen-Buddhismus verwob, der alte Chinese Konfuzius friedlich mit Nikolai Berdjajew diskutierte, die Strumpfhosen immer zerrissen waren, die Pullover Fäden zogen, die Schuhe nicht wasserdicht waren, die dunkelblau-violetten Augen aber in einem geheimnisvollen kosmischen Licht strahlten.

Mit der Krankheit ihrer Oma brach die rauhe Wirklichkeit in diese verworrene, schwer verständliche, aber im großen und ganzen glückliche Welt ein. Plötzlich mußte Olga wichtige Entscheidungen treffen, Alltagskram erledigen, viel Ausdauer und kolossale Geduld aufbringen und auch Geld heranschaffen.

Ihr fiel nichts Besseres ein, als die Zweizimmerwohnung

gegen eine Einzimmerwohnung einzutauschen. Man erklärte ihr, der Altersschwachsinn sei nicht heilbar und schreite immer weiter voran, bald werde sie mit der Oma nicht mehr allein fertig werden.

Sie beschloß, für das Geld vom Wohnungstausch eine freundliche Frau einzustellen, die für die Oma sorgen sollte, damit sie selber in Ruhe ihr Studium beenden konnte. Doch eine solche Frau war nicht aufzutreiben, und das Geld war im Handumdrehen aufgebraucht.

Irgendwie schaffte sie es trotzdem, über die Runden zu kommen. Sie verdiente sich neben dem Studium etwas Geld – mal als Putzfrau, mal als Briefträgerin. Es waren nur Kopeken, aber mehr konnte Olga nicht erwarten. Ihre Kommilitonen standen nachts im Kiosk und verkauften abends in der Metro Zeitungen. Bei Olga rief schon das bloße Wort »Handel« Übelkeit hervor.

Ein Jahr verging. Olga hatte sich damit abgefunden, daß die Oma krank war und niemals wieder gesund werden würde. Doch da brach ein anderes Unglück über sie herein: Olga Guskowa verliebte sich.

Wenn eine dreiundzwanzigjährige Philosophiestudentin mit einem Bändchen Nietzsche und einem orthodoxen Gebetbuch in ihrem schäbigen Rucksack; in Jeans, die an den Knien zerrissen sind, nicht weil das modisch, sondern weil es ihr völlig egal ist; wenn ein Mädchen mit dem Gesicht einer Märchenprinzessin, der Seele einer Nonne und dem Geist einer Revolutionärin und Anarchistin – wenn ein solches Geschöpf sich zum ersten Mal im Leben verliebt, noch dazu in einen verheirateten, reichen und leichtsinnigen Mann, dann ist das wirklich eine Katastrophe.

* * *

»Reden Sie schon, ich höre«, seufzte Katja müde, »wahrscheinlich fällt Ihnen jetzt auch nichts mehr ein. Alles ist vorbei, Gleb ist tot.«

Sie wollte ihr Handy schon ausschalten, aber da hörte sie die leise Männerstimme:

»Entschuldige, ich bin es.«

»Pawel?« Ihre Stimme zitterte merklich.

»Ich wollte nur fragen, wie du dich fühlst?«

»Danke. Gut.«

»Bist du allein?«

»Nein, ich bin nicht allein«, log Katja, ohne zu wissen, warum. »Sag mir doch bitte, was war im Theater zwischen dir und Gleb?«

»Nichts Besonderes. Es ärgerte deinen Mann, mich am Büfett zu sehen. Er sprach mich an und schleuderte mir alles ins Gesicht, was er über mich dachte. Ich habe ihm keine Antwort gegeben, wie immer. Da wurde er noch wütender und hat versucht, mich zu schlagen. Er war betrunken und wußte nicht, was er tat. Ich habe ihn am Arm gepackt, ein paar Leute mischten sich ein. Die haben ihn beruhigt und weggeführt.«

»Und dann?«

»Ich bin gegangen. Ich hatte Angst, daß es einen Riesenskandal gibt, wenn er mich noch einmal sieht. Ich wollte nicht, daß so etwas bei deiner Premiere passiert.«

»Das heißt, im zweiten Akt warst du nicht im Theater. Wo hast du denn den Rest des Abends verbracht?«

»Ich bin einfach durch die Stadt geschlendert. Erst bin ich zu den Patriarchenteichen gegangen, habe eine Weile auf einer Bank gesessen, und dann bin ich nach Hause. Die Blumen für dich habe ich einer alten Frau geschenkt. Sie war sehr überrascht und hat den Strauß sofort, vor meinen Augen, an ein junges Pärchen verkauft, das auf der Nachbarbank saß und sich küßte. Für einen Zehner, nicht mehr.«

»Pawel, ich habe dich doch gebeten, mich niemals anzurufen«, sagte Katja, plötzlich zur Besinnung kommend.

»Wieso machst du dir etwas vor, Katja? Wovor hast du Angst? Besonders jetzt.«

»Pawel, ich habe dich darum gebeten … Warum hast du mich gerade jetzt angerufen? Was willst du?«

Katja ging in dem riesigen Wohnzimmer auf und ab. Die eigene Stimme kam ihr in der stillen, leeren Wohnung unangenehm laut vor.

»Ich weiß nicht«, gab er ehrlich zu, »ich dachte, du bist allein, es geht dir schlecht und du brauchst vielleicht meine Hilfe.«

»Nein, ich brauche deine Hilfe nicht. Ruf mich nie wieder an. Du hast Gleb gehaßt, und jetzt ist er tot. Und ich will nicht mit einem Menschen sprechen, der …« Sie begann zu weinen und schaltete das Handy ab, ohne noch ein Wort zu sagen.

Gleich wird er wieder anrufen, aber ich werde nicht abnehmen, dachte sie und versuchte sich zu beruhigen.

Aber er rief nicht mehr an.

Kapitel 4

Die Krestowskis litten unter chronischem Geldmangel. Irina arbeitete als Schriftführerin in der Personalabteilung eines kleinen wissenschaftlichen Institutes und verdiente neunzig Rubel im Monat. Ihr Mann Jewgeni bekam als wissenschaftlicher Mitarbeiter desselben Institutes mehr – hundertzehn Rubel. Aber man wollte und wollte ihn nicht befördern, obwohl er nach Alter und Dienstjahren längst an der Reihe gewesen wäre. Andere wurden befördert, er nicht. Er war der geborene Pechvogel, ein Mensch, der immer übersehen wurde und sich nicht durchsetzen konnte.

Rechnete man noch die Prämien hinzu, so ergab das zweihundertzwanzig im Monat. Anfang der siebziger Jahre konnten zwei Personen davon ganz anständig leben, zumal es damals nicht viele Verlockungen gab. Aber die Krestowskis wohnten in einer riesigen Gemeinschaftswohnung mit lauter streitsüchtigen Nachbarn, in einem alten baufälligen Haus, und sparten für eine solide Eigentumswohnung. Das Haus hätte schon längst abgerissen werden sollen, aber nichts passierte. Noch länger zu warten ging über ihre Kräfte.

Das bescheidene gemeinsame Budget war bis auf die letzte Kopeke verplant. Irina warf keine Plastiktüte, keinen Milchkarton und keinen Sahnebecher fort. Sie spülte alles sorgfältig, trocknete es ab und benutzte es im Haushalt. Wenn ein Stück Wurst zu riechen begann und an den Rändern verdächtig grün wurde, kochte sie es in Salzwasser aus und briet es dann in dem Fett, das von den vorgestrigen Frikadellen in der Pfanne übriggeblieben war.

Auf dem Geschirrschrank stand eine spezielle Schale für Seifenreste. Wenn sich genügend Reste angesammelt hatten, schichtete Irina sie aufeinander und knetete daraus geschickt einen formlosen Klumpen, der seinerseits wieder bis auf einen kleinen Rest verbraucht wurde. Im Gemeinschaftsbad hatten die Krestowskis nichts Eigenes stehen, weder Seife noch Zahnpasta: Kaum sah man mal weg, schon benutzten die Nachbarn die Sachen heimlich mit.

Das Leben wurde auf später verschoben, auf die lichte Zukunft in der blitzsauberen, nagelneuen eigenen Wohnung. Dort würde es eine gemütliche Küche mit einem schneeweißen Plastiktisch und ein Fenster mit fröhlich karierten Gardinen geben, sie würden frische Wurst und richtige Butter statt Margarine essen und abends drei Stück Zucker in den Tee tun statt eins. Dort würden sie ein schönes Schlafzimmer mit Schleiflackschrankwand und Lackfußboden haben, und dort könnte man auf der neuen, mit ausländischem Velours bezogenen Liege ein Kind zeugen.

Die Jahre gingen vorbei. Irina war schon über dreißig. Mit ihrer Gesundheit stand es nicht zum besten, ständig hatte sie irgendwelche Frauenleiden. Sie wurde nicht schwanger, aber darum machte sie sich keine Sorgen. All ihre Gedanken und Gefühle kreisten um Geld, um Kalkulationen und Zahlen. Fragte man sie, wie spät es sei, antwortete sie »eins dreißig« statt »halb zwei«.

Wenn sie manchmal doch an ein Kind dachte, dann begann sie unwillkürlich sofort zu rechnen – wieviel kosteten die Windeln, wieviel Seife und Waschpulver würde sie für die Wäsche brauchen. Was mußte man für Bettchen, Kinderwagen, Strampelanzug anlegen. Und wenn es zu laufen begann? Wieviel Schuhe würde es brauchen! Schrecklich!

Allmählich wurde das ungeborene, noch nicht einmal gezeugte Kind zu einem weiteren ärgerlichen Kostenfaktor und damit zu einem Hindernis auf dem Weg in ein neues, glückliches Leben in einer eigenen Wohnung.

Schließlich gestand Irina sich emotionslos ein, daß sie gar kein Kind wollte, daß sie überhaupt nichts anderes wollte als eine eigene, saubere Küche. Aus irgendeinem Grund wurde für sie nicht das Wohnzimmer oder das Bad, sondern die Küche mit dem weißen Plastiktisch und den karierten Gardinen zum Symbol des vollkommenen Glücks.

Die Mitarbeiter an dem kleinen Institut wurden, wie viele sowjetische Arbeiter und Angestellte, einmal im Jahr medizinisch untersucht. Die Untersuchung war nicht obligatorisch, aber wenn sie während der Arbeitszeit stattfand, nahmen alle daran teil. Irina, die ein ordentlicher, gesetzestreuer Mensch war, unterzog sich brav allen vorgeschriebenen Untersuchungen.

Als sie zur Gynäkologin ging, war sie darauf vorbereitet, zum x-ten Mal von ihrem Frauenleiden zu hören, von dem eigentlich keine weitere Gefahr drohte außer der Unfruchtbarkeit und das man im Prinzip leicht behandeln konnte. Gewöhnlich nickte sie zur Antwort, nahm die Überweisungen zu weiteren Untersuchungen in Empfang und vergaß die Sache bis zum nächsten Jahr. Wenn sie erst einmal die Wohnung hatte – dann würde sie auch ihr bequemes Leiden auskurieren.

Auch dieses Mal füllte die Gynäkologin, eine ältere rundliche Frau, die eine Brille mit dicken Gläsern trug, die Überweisungsformulare aus, erwähnte allerdings mit keinem Wort Irinas Leiden.

»Jetzt haben wir also Oktober«, sagte sie nachdenklich, »November, Dezember – Ende Januar gehen Sie dann in Schwangerschaftsurlaub.«

»Was?« fragte Irina verständnislos. »Was für ein Urlaub?«

Die Ärztin blickte sie interessiert an.

»Schwangerschaftsurlaub. Mitte April wird es dann kommen.«

»Was wird kommen? Wovon reden Sie?« schrie Irina außer sich.

»Was? Das weiß ich auch nicht.« Die Ärztin zuckte die Schultern. »Es kommt, wie Gott es gibt. Vielleicht ein Junge, vielleicht auch ein Mädchen ...«

»Aber ich – ich habe doch diese Verwachsungen. Das ist doch nicht möglich. Nein, das kann nicht sein!«

»Moment mal, wissen Sie etwa noch gar nichts davon? Sie sind schon im dritten Monat.«

Irina stöhnte auf und wurde bleich.

»Warum sind Sie denn so erschrocken? Sie sind verheiratet und schon fünfunddreißig. Es wird Zeit, meine Liebe. Die Verwachsungen haben sich von selbst gelöst. Das kommt vor.«

»Und eine Abtreibung?« flüsterte Irina hoffnungsvoll. »Geben Sie mir eine Überweisung, bitte.«

»Was reden Sie?« Die Ärztin schüttelte den Kopf. »Machen Sie Witze? Im dritten Monat!«

Irina fing an zu weinen. In ihrem Kopf begann sich mit rasender Geschwindigkeit ein Zähler zu drehen: ein Meter Kattun – ein Rubel zwanzig, Flanell – zwei Rubel achtzig, Mull für die Wickelunterlagen ...

Jewgeni nahm die wichtige Neuigkeit vollkommen ruhig auf.

»Was sollen wir's noch länger hinauszögern? Das ist doch völlig in Ordnung. Die Swekolnikowa aus der Planabteilung hat auch gerade ein Kind gekriegt, da hat man ihnen gleich eine Wohnung zugeteilt, zur Verbesserung der Lebensbedingungen.«

»Du bist vielleicht naiv! Ihr Mann arbeitet bei einer Rüstungsfirma! Deshalb haben sie die Wohnung gekriegt!« schrie Irina.

»Schon gut, reg dich nicht auf. Sieh nur zu, daß es ein Junge wird.«

Ihr Bauch ging auf wie Hefeteig. Kein einziger Rock ließ sich mehr zuknöpfen, wie sehr sie die Knöpfe auch versetzte. Von der übelriechenden gekochten und gebratenen Wurst wurde ihr schlecht, sie mußte sogar brechen. Sie hatte Appetit auf frisches Obst und auf Quark vom Markt. Aber das kostete ein Heidengeld! Statt Obst aß Irina in der Kantine des Instituts Vitaminsalat aus gelblichem süßem Kohl und kaute mit Widerwillen auf dem sauren, trockenen Quark aus der Fertigpackung herum.

Je dicker Irinas Bauch wurde, desto häufiger und hartnäckiger sprach Jewgeni von seinem Sohn. Auch Irina konnte sich kein Mädchen mehr vorstellen.

Ihre alte Nachbarin in der Gemeinschaftswohnung hatte alle möglichen volkstümlichen Vorzeichen parat. Wenn der Bauch wie eine Gurke vorsteht, wird es ein Junge. Bei Irina stand der Bauch wie eine Gurke vor, also mußte es ein Junge sein. Zeig mal deine Hände! Genau, du zeigst sie mit dem Handrücken nach oben – ein Junge.

Ihr schwebte ein rosigweißer Säugling mit dicken Bäckchen und goldenen Locken vor, im niedlichen hellblauen Steckkissen mit Rüschen. Ein solches Kissen wollten ihr die Kollegen zur Geburt schenken. Vielleicht hatten sie es sogar schon gekauft, dazu ein blaues Häubchen und blaue Seidenbänder.

Die Geburt war lang und schwer. Eine ganze Brigade von

Ärzten und Schwestern war hektisch um sie bemüht, das Kind blieb stecken und wollte nicht herauskommen, Atemstillstand drohte, man schrie Irina an, sie solle sich mehr anstrengen, sonst würde das Kind keine Luft bekommen und sterben, aber sie begriff nichts, spürte nichts außer dem schrecklichen, unerträglichen Schmerz und wollte nur eins, daß dieser Schmerz aufhörte. Egal wie oder wodurch, nur aufhören sollte er.

»Nun hilf doch mit, wenigstens ein bißchen! Du verlierst das Kind! Hörst du mich? Gib dir Mühe!« schrie der Arzt ihr direkt ins Ohr.

»Aah! Ich ka-ann nicht!« schrie Irina zurück.

»Gut. Es reicht, wir nehmen die Zange«, sagte der Arzt, »der Puls ist hundertsechzig.«

In diesem Augenblick schlüpfte das Kind ganz von selbst heraus, als hätte es sich besonnen oder einen Schreck bekommen.

Irina begriff zunächst gar nichts. Der Schmerz war vorbei, hatte nachgelassen. Sie konnte es kaum fassen. Dann hörte sie wie durch Watte:

»Ein Mädchen.«

Die meinen nicht mich, dachte sie, das ist jemand anders.

»Guck mal, wen du geboren hast.«

Man hielt ihr ein preiselbeerlila Geschöpf hin, naß, runzlig, widerwärtig brüllend, bedeckt mit einer weißlichen Schmiere. Es hatte nicht die geringste Ähnlichkeit mit einem rosigweißen Bübchen mit dicken Backen und Goldlöckchen.

»Na, nun guck schon her und sag selber, was es ist! Na?« wiederholte die Schwester mit freudigem Lächeln.

»Niemand«, seufzte Irina schwer auf und drehte sich weg.

Es war ein heller Aprilmorgen des Jahres 1974. Das kleine Mädchen bekam den Namen Margarita.

* * *

»Laß die Augen funkeln! Dein Gesicht muß es zeigen, dein Gesicht! Du liebst ihn, aber du mußt ihn täuschen, ihn hintergehen. Das ist doch ein ganzer Berg von Gedanken und Gefühlen! Du bist doch keine hirnlose Puppe, keine banale Schlampe, sondern eine Agentin. Nein, stopp. So geht das wirklich nicht!«

Der Regisseur klatschte laut in die Hände. Der Kameramann schaltete seine Kamera aus. Margarita warf sich fröstelnd einen Bademantel über und zündete sich eine Zigarette an. Es war kalt. Die Dreharbeiten fanden in einem feuchten häßlichen Keller statt, der mit irgendwelchen Rohren, Kisten und verrosteten Armaturteilen vollgestopft war. Um noch mehr Realismus zu erzielen, hatte man die Wände stellenweise mit Glyzerin betröpfelt, was widerliche nasse Streifen ergeben hatte, an denen die Kamera lange und mit Genuß entlangfuhr. Vor diesem Hintergrund aus Feuchtigkeit und Schmutz sah die schöne hellhäutige Margarita Krestowskaja – fast nackt, in zerrissener Spitzenwäsche und mit Handschellen an ein Rohr gefesselt – sehr beeindruckend aus.

Sie drehten gerade eine der Schlüsselszenen eines Thrillers über die russische und kaukasische Mafia. Die Heldin, die Edelnutte Irina Solowjowa, wird zugleich von der kaukasischen Mafia und von der Miliz angeworben. Sie erfüllt einen verantwortungsvollen und riskanten Auftrag und wird die Geliebte des jungen Privatdetektivs Frol Dobrezow. Frol ist in diesem Sumpf von Mafia und Miliz der einzige anständige Mensch und steht deshalb allen im Weg.

An Frol wenden sich alle Erniedrigten und Beleidigten der heutigen gesetzlosen Zeit – Unternehmer, Witwen, Waisen, Rentner –, um mit seiner Hilfe zu ihrem Recht zu kommen. Die dadurch bis zur Weißglut gereizten Schurken setzen die femme fatale Irina, eine Art weiblichen James Bond, auf ihn an. Doch die ehemalige Prostituierte, die in ihrem Leben nur Schmutz und Verrat gesehen hat, verliebt sich in den edlen Frol.

Das Drehbuch war nach einem Roman des populären Krimiautors Kusma Gljukosow geschrieben. Hinter diesem Pseudonym verbarg sich ein ganzer Konzern, der jährlich rund ein Dutzend Romane über Frol Dobrezow produzierte. Fünf Leute – zwei Lyriker, ein ehemaliger Ermittler der Bezirksstaatsanwaltschaft, ein ehemaliger Auslandskorrespondent und eine ältere Redakteurin verfaßten die Bestseller in präziser Arbeitsteilung. Der Ermittler kümmerte sich um den juristischen Teil und kramte alte Kriminalfälle heraus. Einer der beiden Lyriker arbeitete das Sujet aus, der andere war für die Dialoge zuständig. Der Journalist schaltete sich ein, sobald die Handlung ins Ausland verlegt wurde, und schrieb außerdem sehr anschaulich alle Szenen, in denen Schlägereien vorkamen – er hatte es in seiner Jugend bis zur zweiten Juniorenklasse im Freistilringen gebracht und begeisterte sich für fernöstliche Kampfsportarten. Die Redakteurin überarbeitete den Text stilistisch und würzte das literarische Kollektivgericht freigebig mit pornographischen Schmankerln.

Innerhalb von vier Jahren hatte das fleißige Quintett nicht nur Unsummen verdient, sondern sich auch in die Herzen der dankbaren Leser geschrieben. Der Superdetektiv Frol Dobrezow erfreute sich kolossaler Beliebtheit.

Für die breite Öffentlichkeit übernahm der ehemalige Sowjetdichter Wladimir Simonowitsch die Rolle des genialen und wie ein Kaninchen fruchtbaren Kusma Gljukosow. Er war im Grunde die Seele des Konzerns, derjenige, der die Handlung entwarf. Sein Foto war auf dem Buchcover abgedruckt, er gab die Interviews und erschien zu den Talk-Shows im Fernsehen.

Natürlich hatten einige Journalisten die Wahrheit herausbekommen und stellten Simonowitsch immer wieder heimtückische Fragen bezüglich der kollektiven Produktion. Kusma Gljukosow lächelte herablassend und sagte, derartige Gerüchte amüsierten ihn nur. Neider gebe es viele, bedeutend mehr als begabte Autoren. Natürlich habe er seine Berater und es gebe einen Redakteur, aber schreiben würde er immer noch selbst, nur er allein, des Nachts in der Küche seiner kleinen Zweizimmerwohnung, wo ihm die grimmige Muse der Kriminalliteratur heiß in den Nacken hauche und ihm keine Minute Ruhe lasse.

Die Schöpfer des großen Frol Dobrezow machten sich keine Illusionen. Alle fünf wußten, daß ihre Romane Bockmist waren, und hatten keine Hemmungen, das im engen Kreis auch offen auszusprechen. Den typischen Konsumenten ihrer Bestseller stellten sie sich als sexuell gestörtes Monster mit sadomasochistischen Neigungen vor.

Es war Simonowitsch, der auf die Idee kam, die Romane auch noch zu verfilmen. Einen Teil des dafür benötigten Geldes stiftete Kusma Gljukosow selbst, den Rest übernahm eine solide Bank.

Als Regisseur gewann man Wassja Litwinenko, der für seine talentierten Filme bereits mehrere Preise erhalten hatte, darunter auch einen internationalen. Dann war er für drei Jahre verstummt. Für seriöse Filme gab es kein Geld. Für unseriöse übrigens auch nicht. In Rußland wurden Jahr für Jahr weniger Filme gedreht, und das lange erzwungene Schweigen hatte Litwinenkos hohe Ansprüche an die Qualität der Drehbücher gesenkt, der schöpferische Hunger ließ ihn zum Allesfresser werden, er war bereit, jeden Mist zu drehen – wenn er nur drehen konnte.

Simonowitsch-Gljukosow hatte den jungen begabten Litwinenko nicht nur deshalb engagiert, weil er um die Qualität der Filme besorgt war. Er war überzeugt: Die Videokassetten würden noch besser gehen als die Bücher, ganz egal, wer sie auch machte. Es war einfach so, daß das viele Geld ihn daran gewöhnt hatte, immer das Beste zu kaufen – ob es sich um Essen, Kleidung, Möbel, Frauen oder Regisseure handelte.

Für die Rolle des Frol Dobrezow wurde der charmante

junge Schauspieler Nikolai Swanzew engagiert. Seine Partnerin war Margarita Krestowskaja, nach allgemeiner Ansicht die Nachwuchsschauspielerin mit dem meisten Sex-Appeal.

Das Drehteam arbeitete betont langsam. Niemand war wirklich bei der Sache; die Dialoge verursachten den Schauspielern Zahnschmerzen. Nur Litwinenko war ehrlich bemüht, aus dem stumpfsinnigen Sujet noch etwas herauszuholen, zumindest wollte er den Figuren, die im Drehbuch mehr Ähnlichkeit mit Robotern und Zombies hatten als mit lebendigen Menschen, etwas mehr Wärme und Glaubwürdigkeit geben.

»Wassja, wozu regst du dich so auf?« Nikolai Swanzew klopfte dem Regisseur herablassend auf die schmächtige Schulter. »Wir drehen hier kein unsterbliches Meisterwerk.«

»Ich will einen anständigen Film machen«, knurrte Litwinenko.

»Hör auf«, Swanzew verzog das Gesicht, »das Drehbuch ist Scheiße, und die Sponsoren haben ihr Geld abgedrückt, damit du Scheiße drehst, denn der Zuschauer will ausschließlich Scheiße sehen.«

»Wenn du dauernd dieses Wort wiederholst, wirst du bald aus dem Mund stinken«, bemerkte Margarita Krestowskaja träge.

Sie drückte ihre Zigarette aus, reckte sich ausgiebig und schüttelte ihre üppige kupferrote Mähne.

»Von der Leinwand herunter stinkt es nicht.« Swanzew schaute auf seine Uhr. »Also, Kinder, arbeiten wir heute noch oder was?«

»Gestank läßt sich nicht vertreiben, er überwindet alle Hindernisse. Das zum einen. Außerdem können wir nicht weiterarbeiten, weil Wassja mit meinem Gesicht nicht zufrieden ist«, meinte Margarita gleichmütig. »Zu wenig Gefüüühl.«

»Zu wenig Gedanken«, korrigierte sie der Regisseur, »du

spielst eine hirnlose Puppe, und deshalb fühlt man nicht mit dir, man langweilt sich mit dir. Du mußt nicht nur schlau, sondern auch klug sein. Begreifst du den Unterschied?«

»Wassja, hast du in der letzten Zeit mal ins Drehbuch gesehen? Hast du überhaupt mal einen Roman über Frol bis zu Ende gelesen? Gehst du manchmal durch die Stadt oder fährst mit der Metro?« Margarita seufzte müde auf. »Siehst du da Gesichter, auf denen auch nur der Hauch eines Gedankens ist? Schau dir mal die Visagen in der U-Bahn oder im Bus an, schau sie dir genau an und denk daran: das sind sie, unsere kostbaren Zuschauer. Übrigens spiele ich ein ganz normales Mädchen unserer Zeit, clever, taff und mit gehörigem Biß. Ihr ist alles schnurz, sie geht über jeden hinweg und tritt sich danach die Füße ab. Ira, die Nutte, die Banditenmatratze und Bullenspionin. Nicht mehr und nicht weniger, kapiert? Wen willst du aus ihr machen? Sofja Kowalewskaja? Blaise Pascal im Minirock?« Margarita schrie beinahe.

Sie hatte gar nicht gemerkt, wie sie in Fahrt kam. Es ärgerte sie, daß sie diese primitive Szene aus einem idiotischen Groschenroman nun schon fast drei Stunden lang wiederholten und eine Einstellung nach der anderen drehten.

»Wer hat Gleb Kalaschnikow ermordet?« brüllte Wassja plötzlich aus heiterem Himmel. »Denk darüber nach! Kapiert? Liebst du deinen Mann? Sein einziger Sohn ist ermordet worden!«

Über Margaritas schönes Gesicht huschte ein Schatten. Im Keller herrschte eine unangenehme Stille. Alle schauten vorwurfsvoll auf Wassja. In Margaritas Familie hatte sich eine wirkliche Tragödie ereignet. Sie jetzt daran zu erinnern, nur damit sie den trivialen Pfusch, den sie hier drehten, mit echten Gefühlen würzte – das war unpassend, taktlos, geradezu blasphemisch.

Gleb Kalaschnikow war immerhin ein naher Angehöriger von Margarita. »Stiefsohn« klang zwar etwas eigenartig, wenn man bedachte, daß die Stiefmutter neun Jahre jünger war als der Sohn. Aber Familie ist Familie.

»Margarita, nimm's ihm nicht übel.« Swanzew unterbrach die ungemütliche Pause. »Als ich klein war, habe ich bei Goworow in den ›Steinwiesen‹ mitgespielt. Damit ich in einer Szene in Tränen ausbrach, hat er einen lebendigen Papagei gepackt und ihm vor meinen Augen den Hals umgedreht. Du siehst, Wassja ist nicht total meschugge. Es gibt Schlimmeres. Wann ist eigentlich die Beerdigung?«

»Am Montag«, erwiderte Margarita leise, »um acht ist eine Trauerfeier im Casino, um zehn die Totenmesse in der Pimen-Gedächtniskirche.«

»Gibt es schon irgendeinen Hinweis auf den Täter?«

»Ich weiß nicht.« Margarita wandte sich ab – das Thema war ihr sichtlich unangenehm.

* * *

Im Casino »Sternenregen« waren die Spieltische mit schwarzem Krepp bedeckt. Das Restaurant war geschlossen, selbst die Tischdecken hatte man weggenommen. Ein schwarz eingerahmtes Porträt von Gleb Kalaschnikow hing an prominenter Stelle – neben der Bühne, auf der gewöhnlich die Striptease-Tänzerinnen auftraten. Unter dem Porträt standen riesige Blumenkörbe.

Ein Wachmann im korrekten Anzug führte Major Kusmenko in das Büro des Geschäftsführers.

Ein kleiner, glattrasierter dicker Mann von etwa vierzig Jahren erhob sich ächzend aus einem Drehsessel und streckte seine mollige feuchte Hand aus.

»Grischetschkin, Felix Eduardowitsch«, stellte er sich mit einem gramvollen Seufzer vor. »Kaffee? Tee?«

»Danke, wenn es geht, Kaffee.«

Kusmenko nahm in einem gepolsterten Ledersessel Platz.

Geräuschlos erschien eine schöne langbeinige Sekretärin. Grischetschkin flüsterte ihr rasch etwas ins Ohr, das Mädchen nickte und verschwand. Der Geschäftsführer richtete den Blick auf den Major. In seinen kleinen runden Augen war aufrichtige Trauer zu lesen und die Bereitschaft, jede Frage zu beantworten.

»Sagen Sie, Felix Eduardowitsch, wann haben Sie Kalaschnikow das letzte Mal gesprochen?« begann Kusmenko.

»Kurz vor der Tragödie.« Grischetschkin seufzte schwer, mit asthmatischem Pfeifen. »Gerade mal eine Stunde vorher. Wir haben uns bei der Theaterpremiere gesehen, und danach beim Imbiß am Büfett.«

»Haben Sie an seinem Verhalten in der letzten Zeit etwas Ungewöhnliches bemerkt? Hatte er mit jemandem Streit?«

»Nichts Ernsthaftes. Kleinigkeiten.«

»Nämlich?«

»Bei der Premiere hatte er eine ziemlich heftige Auseinandersetzung mit einem Verehrer seiner Frau. Aber das hat nichts mit der Sache zu tun.«

»Seien Sie so gut und erzählen Sie alles, und wir beurteilen dann, ob es mit der Sache zu tun hat oder nicht«, sagte der Major freundlich lächelnd.

»Aber ich weiß eigentlich gar nichts«, erwiderte Grischetschkin widerwillig. »Irgend so ein junger Kerl ist das, ein Fan von Katja, nicht besonders aufdringlich, aber hartnäckig. Er taucht auf allen Premieren und bei vielen Aufführungen auf, immer mit Blumen. Dieses Mal war Gleb etwas betrunken und hat sich mit ihm angelegt. Das ist schon öfter vorgekommen und hat nie zu etwas geführt.«

»Was heißt das?« fragte der Major verständnislos.

»Dieser Kerl dreht sich schweigend um und geht. Und genauso war es bei dieser Premiere. Gleb sagte etwas Grobes, der Verehrer ging einfach weg.«

»Und Jekaterina Filippowna?«

»Die war nicht in der Nähe. Alles passierte in der Pause am Büfett. Sie hat sich auch sonst nie eingemischt, hat diesen Mann nur höflich begrüßt, gelächelt, manchmal seine Blumen entgegengenommen. Wenn Gleb zu ausfallend wurde, hat sie gesagt, ›hör auf, beruhige dich‹. Mehr nicht.«

»Und in welcher Beziehung steht sie selbst zu diesem hartnäckigen Verehrer?«

»In gar keiner. Sie ist eine Künstlerin, eine Primaballerina. Die haben immer Verehrer.«

»Können Sie ihn beschreiben?«

»So zirka fünfunddreißig bis vierzig, mittelgroß. Aber so genau hab ich ihn mir nie angesehen! Außer mir haben ihn noch viele andere bemerkt, fragen Sie doch bei denen nach. Was geht mich das alles an?«

»Gut«, stimmte der Major bereitwillig zu, »ich frage die anderen.«

»Am besten, Sie beschäftigen sich gar nicht mit diesem Blödsinn.« Grischetschkin zuckte seine rundlichen Schultern. »Gleb ist von einem Auftragskiller ermordet worden, das ist offensichtlich.«

»Offensichtlich?« Der Major hob verwundert die Brauen. »Das heißt, der Mord an Kalaschnikow kam für Sie nicht weiter überraschend?«

»Nein«, Grischetschkin verzog das Gesicht, »Sie mißverstehen mich. Selbstverständlich hat das niemand erwartet, alle sind schockiert. Ich auch. Aber Sie müssen doch zugeben, daß heutzutage der Auftragsmord an einem Geschäftsmann, noch dazu einem wohlhabenden, schon etwas Alltägliches ist.«

»Da stimme ich nicht zu«, sagte der Major kopfschüttelnd, »Mord überhaupt, egal an wem, darf man niemals als etwas Alltägliches ansehen. Sie sind also überzeugt, daß es ein Auftragsmord war?«

»Sie nicht?« Grischetschkin runzelte die Stirn. »Haben Sie Gründe, daran zu zweifeln?«

»Wir sind verpflichtet, alle denkbaren Theorien zu überprüfen.«

»Mein Beileid.« Grischetschkin lächelte matt. »Ich persönlich kann mir auf Anhieb ungefähr ein Dutzend verschiedene Theorien vorstellen.«

»Zum Beispiel? Verraten Sie mir wenigstens eine.«

»Auf keinen Fall.« Grischetschkin schüttelte energisch den Kopf. »Da halte ich mich lieber zurück.«

»Warum?«

»Es wäre unverantwortlich, nicht nur Ihnen gegenüber, sondern auch gegenüber vielen meiner Bekannten. Ich kann Vermutungen anstellen, raten, aber das ist, da werden Sie mir zustimmen, kein hinreichender Anlaß, Ihnen konkrete Namen zu nennen. Jetzt habe ich zum Beispiel diesen unglückseligen Verehrer erwähnt, und mir ist schon ganz unwohl dabei. Womöglich werden Sie ihn nun verdächtigen? Das wäre wirklich lächerlich. Leute vom Kaliber eines Gleb Kalaschnikow werden selten aus Eifersucht oder aus Neid ermordet.« Grischetschkin schloß müde die Augen und schüttelte den Kopf. »Ich fürchte, Sie werden im Laufe der Ermittlungen mehr als einmal auf mögliche persönliche Motive treffen. Falls Sie meine Meinung dazu interessiert – es lohnt sich nicht, darauf Zeit und Kraft zu verschwenden.«

»Danke für den Rat«, sagte Kusmenko lächelnd, »wir werden ihn beachten.«

»Nein, ich will Ihnen gar keine Ratschläge geben. Selbstverständlich entscheiden Sie alles selber. Aber leider ist das ja nicht immer von Erfolg gekrönt. Ich bin schon deshalb Ihnen gegenüber aufrichtig, weil ich selbst bedroht bin. Ich schließe nicht aus, daß ich als nächster an der Reihe bin. Aber was die Neider, Rächer, betrogenen Frauen und eifersüchtigen Männer betrifft – das gehört doch alles ins Reich der Seifenopern.«

Kusmenko bemerkte, daß die Stimmung seines Gesprächspartners jede Minute umschlug. Sein Gesicht wurde abwechselnd rot und bleich. Gerade noch hatte er ruhig und besonnen gesprochen, dann sank er plötzlich in sich zusammen, als hätte man die Luft aus ihm herausgelassen.

Die Sekretärin brachte in dünnen Porzellantäßchen den Kaffee. Mittlerweile war Grischetschkin wieder munter geworden. Er rutschte in seinem Sessel herum, sprach hastig und aufgeregt:

»Ich weiß, daß Gleb von einem Auftragskiller erschossen wurde. Alle wissen es. Ja, Kalaschnikow hatte viele Neider. Er war außergewöhnlich begabt und erfolgreich. Da ist es nicht weiter verwunderlich, daß ihn viele beneideten. Aber doch nicht so, nicht bis aufs Messer. Damit konnte niemand rechnen. Gleb hat auch selber nicht damit gerechnet, er war ein Mensch, der das Leben sehr liebte. Ihm ging immer alles leicht von der Hand, er hatte Glück, er dachte, er würde ewig leben.«

Grischetschkin brach der Schweiß aus.

»Ich verstehe.« Kusmenko nickte, als hätte er die Erregung des anderen und seinen seltsamen letzten Satz nicht bemerkt. »Haben Sie irgendeine Vermutung in bezug auf den Auftraggeber? Einen konkreten Verdacht?«

»Ich weiß nicht.« Grischetschkin sank wieder in sich zusammen, wurde matt und abwesend.

»Und warum befürchten Sie, das nächste Opfer zu werden?«

»Einfache Arithmetik!« Grischetschkin seufzte. »Wenn man den Chef ermordet, ist als nächster der Geschäftsführer dran. Sie werden jetzt im Privatleben von Kalaschnikow herumstochern und dabei jede Menge Unrat finden, und inzwischen geht Ihnen der wirkliche Mörder durch die Lappen! Ja, Kalaschnikow war kein besonders anständiger und sauberer Mann, aber lassen Sie diese Dinge ruhen. Hören Sie? Viele haben ihn gehaßt, aber niemand hätte ihn deshalb aus dem Hinterhalt erschossen. Niemand.«

Der Dicke geriet wieder in Erregung, begann zu schreien, wurde dunkelrot und hob schon den Arm, um auf den Tisch zu schlagen, aber im letzten Moment überlegte er es sich anders, die mollige Hand sank kraftlos und weich auf die Tischplatte aus Eichenholz. Der Major beobachtete diesen sonderbaren Ausbruch von Nervosität und versuchte zu begreifen, was hier überwog – echte Hysterie und Angst oder ein wohlkalkuliertes Schauspiel.

Wieso will er mich unbedingt davon überzeugen, daß es nur ein Auftragsmord sein kann? Hofft er vielleicht, daß wir ihm unbesehen glauben und unsere Nase nicht in die Privatangelegenheiten seines Chefs stecken? Das kann nicht sein, er ist doch kein Trottel. Wieso also dann? dachte Kusmenko und sagte langsam: »Aber trotzdem hat ihn jemand erschossen.«

»Nodar Dotoschwili.« Grischetschkin nannte diesen Namen kaum hörbar und verstummte gleich darauf, sein Gesicht wurde abrupt bleich, er schloß die Augen und lehnte sich ermattet im Sessel zurück.

»Pardon, Felix Eduardowitsch, aber wer ist Nodar Dotoschwili?«

»Spielen Sie nicht den Dummen.« Grischetschkin öffnete die Augen, die rot und entzündet aussahen. »Sie sind Einsatzleiter, Sie haben Ihr eigenes Informantennetz. Seit dem Mord sind mehr als vierundzwanzig Stunden vergangen, inzwischen haben Sie genug Zeit gehabt, die Geschichte von Golbidse und seinem Spitzel Nodar Dotoschwili zu erfahren. Golbidse, sein Spitzname ist Täuberich, hat versucht, sich unser Casino unter den Nagel zu reißen, es war freche, offene Erpressung. Und dann hat er seinen Mann bei uns eingeschleust. Dieser Typ hat überall seine Nase reingesteckt, hat den Croupier bei der Arbeit beobachtet, hat aufgepaßt, wer wieviel gewinnt und verliert, und hat sich überhaupt so dreist aufgeführt, als ob der Laden schon ihm gehöre.«

»Entschuldigen Sie«, unterbrach ihn der Major, »in welcher Eigenschaft wurde dieser Nodar Dotoschwili denn ins Casino eingeschleust?«

»In gar keiner! Das ist es ja gerade, er trieb sich einfach jede Nacht hier rum, schlenderte durch die Säle, spielte nicht und bestellte fast nichts.«

»Aber die Wache brauchte ihn doch nicht reinzulassen«, bemerkte Kusmenko.

»Begreifen Sie denn nicht?« Grischetschkin verzog das Gesicht. »Einen von Täuberichs Leuten ohne schwerwiegenden Grund nicht ins Casino zu lassen, ihn einfach an die Luft zu setzen – das wäre eine Provokation gewesen, das hätte Krieg bedeutet. Und ein offener Krieg mit Täuberich wäre für unseren Club praktisch das Ende gewesen. Wenn man jeden Moment mit einer Schießerei rechnen muß, bleiben bald die wichtigen Gäste weg. Wir können unseren Ruf nicht derart aufs Spiel setzen.«

»Logisch.« Der Major nickte. »Aber daraus, daß Golbidse sich Ihr Casino unter den Nagel reißen wollte, folgt noch keineswegs, daß einer seiner Männer Kalaschnikow ermordet hat.«

»Sie wissen noch nicht alles. Dotoschwili hat schließlich doch noch angefangen zu spielen und eine große Summe verloren, fünfzigtausend Dollar. Er konnte nicht gleich bezahlen und geriet in Panik. Die Hauptbedingung für seine Arbeit hier war ja, nicht zu spielen. Gleb gab ihm für unbestimmte Zeit Aufschub, hat ihm im Grunde genommen die Schuld erlassen.«

»Sie wollen sagen, Dotoschwili hat dieses Geld im Casino verspielt?« fragte der Major.

»Ja. Beim ›Black Jack‹.«

»Aber es gab doch Zeugen für das Spiel. Den Croupier, andere Spieler. Von der Schuld wußten genügend Leute. Ein Mord an Kalaschnikow hätte ihm nichts genützt, er blieb trotzdem Schuldner.«

»Gleb hat allen gesagt, Dotoschwili habe gezahlt.«

»Wie das?«

»Genau so. Alle glauben, daß Nodar Dotoschwili unserem Casino nichts mehr schuldig ist. Die Wahrheit kennen nur zwei – Gleb und ich. Und jetzt nur noch ich. Verstehen Sie, daß ich Grund habe, um mein Leben zu fürchten?«

Na, vermutlich wissen außer dir auch noch Ljalja Rykowa und Lunjok davon, dachte der Major. Höchstwahrscheinlich noch der eine oder andere mehr. Aber im großen und ganzen hast du recht. Allzu viele Eingeweihte gibt es wirklich nicht. Es gibt nur Gerüchte, nicht mehr.

Kusmenko wußte von der Geschichte mit Dotoschwili nur deshalb, weil er sich schon seit langem für Täuberich interessierte und überall, wo man seiner vielleicht habhaft werden konnte, Informanten sitzen hatte.

Ein Informant, der seit kurzem im Casino als Reinigungskraft arbeitete, war besonders eifrig gewesen, weil er als Krimineller mit langer Berufserfahrung gegen den blutjungen Täuberich einen persönlichen Groll hegte. Täuberich war auf diesen fetten Happen schon seit langem scharf und verfolgte hier seine speziellen Interessen. Und der Major interessierte sich schon seit einem Monat für alles, was in diesem Luxusschuppen vor sich ging.

Von diesem Informanten hatte Kusmenko auch erfahren, daß sich hartnäckige Gerüchte hielten, der nervöse Geschäftsführer würde auf seinem einträglichen Posten noch zusätzlich einiges zur Seite schaffen. Gleb Kalaschnikow mochte auf viele den Eindruck eines leichtsinnigen und verschwenderischen Menschen machen, aber sein Geld zählte er genau. Auf frischer Tat hatte er Grischetschkin nicht ertappt – aber vielleicht nur deshalb nicht, weil er rechtzeitig umgebracht worden war?

Natürlich hatte Felix Grischetschkin nicht aus dem Gebüsch auf seinen Chef geschossen. Er war bis zwei Uhr nachts am Theaterbüfett geblieben. Mehrere Dutzend

Leute hatten ihn dort gesehen – ein hieb- und stichfestes Alibi. Aber einen Killer hätte er ohne weiteres engagieren können. Seine Motive waren womöglich sogar noch gewichtiger als die von Nodar Dotoschwili.

* * *

»Irina Borissowna, wissen Sie vielleicht, wer heute dran ist, den Flur zu wischen?« fragte die fünfzigjährige Buchhalterin Grigorenko, ohne den Blick von der Zeitung zu heben.

Aus unerfindlichen Gründen trank sie ihren Tee nie in ihrem eigenen Zimmer, sondern immer in der Küche der Gemeinschaftswohnung, während sie am Fenster stand und ihre stinkenden starken Zigaretten qualmte.

»Nein«, erwiderte Irina aufgebracht und rührte den Grießbrei in ihrem Aluminiumtopf.

»Das sollten Sie aber. Ihre Kleine kriecht durch den Flur und steckt sich hinterher die Finger in den Mund. Das ist unhygienisch. Kaufen Sie lieber ein Laufgitter und behalten Sie das Kind im Zimmer.«

»Was geht Sie das an. Sie rauchen hier in der Gemeinschaftsküche und halten Vorträge über Hygiene«, giftete Irina zurück.

Die kleine Margarita erhob sich von den Knien, zog sich am Bademantel ihrer Mutter hoch und blickte bald zur Mama, bald zu der dicken bösen Tante empor, lauschte aufmerksam, wie beide schrien, und brach dann in ein ohrenbetäubendes Geschrei aus.

»Brüll nicht!« herrschte Irina sie an. »Brüll nicht, hab ich gesagt!« Und sie gab ihr einen schmerzhaften Klaps auf den Po.

Margarita schrie nun erst recht, fiel zu Boden und strampelte mit den in gestopften Socken steckenden Beinchen.

»Du Biest! Du Miststück! Hörst du endlich auf zu brüllen?!«

Irina versuchte, ihre einjährige Tochter vom Boden aufzuheben, von dem Geschrei klirrte es ihr in den Ohren. Der Grießbrei floß zischend auf den Gemeinschaftsherd. Die Grigorenko drückte ihre Zigarette aus und schnaubte von oben herab: »Das ist ja furchtbar! Wozu schaffen Sie sich Kinder an, wenn Sie nicht mit ihnen fertig werden?«

Irina klemmte sich Margarita, die sich vor lauter Brüllen schon verschluckte, unter den Arm, packte den Topf mit dem angebrannten Brei und rannte zurück in ihr Zimmer.

»Und wer macht den Herd sauber?« kreischte ihr die Nachbarin triumphierend nach.

Irgendwo in der Ferne löste sich Irinas Traum von einer eigenen, blitzsauberen Küche in regenbogenfarbigem Nebel auf.

Jewgeni kam immer später von der Arbeit nach Hause. Er roch nach Schnaps und billigem Parfum. In seinem Institut wurde von Personalkürzungen gesprochen. Irina wartete auf den Herbst, dann würde sie das Kind in die Krippe geben und wieder arbeiten. Aber ihr größter Wunsch war, endlich wieder einmal ausschlafen zu können. Margarita weinte jede Nacht, und die boshafte Grigorenko klopfte gegen die Wand. Irina ertappte sich manchmal dabei, daß sie im Stehen einschlief.

Man schrieb April 1975. Margarita war ein Jahr alt.

Die alte Nachbarin, die alle volkstümlichen Vorzeichen kannte und versichert hatte, es würde ein Junge, fror so heftig, daß sie über Nacht den Heizofen ganz nah an ihr Bett schob. Die Fransen des alten staubigen Bettüberwurfs kamen mit der glühenden Spirale des Öfchens in Berührung und begannen leise zu schwelen.

Kapitel 5

Pawel Dubrowin saß am Computer und konnte sich nicht konzentrieren. Wie von selbst rutschte seine Hand zum Telefon, er mußte sich dauernd zur Ordnung rufen.

Rühr sie jetzt nicht an, laß sie in Ruhe. Du hast so lange gewartet, jetzt kannst du auch noch ein bißchen länger durchhalten. Gib ihr Zeit, zur Besinnung zu kommen. Was ist dabei herausgekommen, als du neulich angerufen hast? Nichts Gutes. Also warte.

Aber die Hand strebte zum Telefon, die Finger trommelten nervös auf den Hörer. Über den Computerbildschirm schwammen bunte Fischchen.

»Schläfst du, oder was ist los? Wenn du müde bist, geh etwas essen.«

Pawel blickte sich um. Hinter ihm stand der stellvertretende Direktor der Firma und starrte verwundert auf den Monitor. Alle waren gewohnt, daß Pawel schuftete wie ein Irrer, sein Bildschirm kam nie zur Ruhe, besonders jetzt, wo Dubrowin neue Programme zur Sicherung des automatischen Dokumentenumlaufs entwickelte. Er hatte so viel Arbeit, daß ihm die Zeit zum Essen fehlte.

»Ich beobachte dich schon seit einer halben Stunde«, sagte der stellvertretende Direktor und grinste gutmütig, »du bist heute ganz von der Rolle. Du bist doch nicht krank? Vielleicht gehst du besser nach Hause?«

»Ja.« Pawel nickte. »Mir glüht der Kopf. Ich glaube, ich lege mich besser ins Bett und hole morgen alles nach.«

Draußen regnete es in Strömen. Pawel lief durch die Pfützen zu seinem schwarzen Lada, befestigte die Scheibenwischer an der Windschutzscheibe, setzte sich ans Steuer und schob den Kassettenrecorder in den Schacht. Er fuhr niemals ohne Musik. Das Handschuhfach war mit Kassetten vollgestopft. Hauptsächlich Klassik – Mozart, Vivaldi, Mendelssohn, Tschaikowski. Keine Popmusik. Ein paar alte

Jazzaufnahmen, russische Romanzen, Lieder von Wertinski aus den dreißiger Jahren. Wertinski war es auch, den er jetzt anstellte, bevor er den Motor anließ.

Damals, vor einem Jahr, hatte es auch in Strömen geregnet, und Wertinski hatte im Auto gesungen. War das wirklich schon ein Jahr her? Für Pawel war es ein ganzes Leben; für Katja nur ein Augenblick, eine Bagatelle. Am ersten Oktober würden sie ein kleines Jubiläum feiern können. Zusammen. Natürlich zusammen. Jetzt würde sie niemand mehr stören.

Er bekam plötzlich Lust, an dem finsteren Stalinhaus vorbeizufahren, wo er Katja vor einem Jahr zum ersten Mal gesehen hatte.

Pawel hatte schon als Kind kaum gesprochen.

»Du solltest Eremit in der Wüste werden«, sagte seine Mutter, »wieso schweigst du die ganze Zeit? Erzähl, wie's in der Schule war, was du erlebt hast!«

»Nichts Besonderes«, erwiderte Pawel, ohne den Blick vom Buch zu heben.

»Bei dir gibt es nie was Besonderes. Was hast du da? Was ist so ungeheuer interessant? ›Die Physik der Festkörper‹.« Die Mutter nahm ihm das Buch weg und las laut und mit Pathos den Titel auf dem Umschlag vor, klappte das Buch zu und schob es in eine Ecke der Anrichte. »Du darfst nicht ununterbrochen lesen, du verdirbst dir die Augen. Warum spielst du nicht Fußball wie die anderen Jungs? Du hast doch bald Geburtstag. Soll ich dir dann Piroggen backen? Du lädst dir ein paar Freunde ein, und wir organisieren eine lustige Party.«

»Nicht nötig.«

Pawel holte sich das Buch zurück, schlug es an der richtigen Stelle wieder auf und las unter den Vorhaltungen seiner Mutter weiter, ohne den Kopf zu heben.

»Pawel, was soll ich bloß mit dir machen? Alle haben

normale Kinder, nur ich habe so einen Sonderling. Warum hast du keine Freunde? Sind die anderen nicht nett zu dir? Hänseln sie dich?«

»Nein.«

In der Schule war tatsächlich alles normal. Er war kein gehemmtes oder komplexbeladenes Kind. Er war einfach lieber allein als in Gesellschaft und begriff nicht, wieso man in der Pause herumrasen und krakeelen und nach dem Unterricht Fußball spielen mußte. Er hatte keine Lust, auf der Toilette zu rauchen und darüber zu diskutieren, welche Jeans angesagter waren, Wrangler oder Levi's, wer beim morgigen Match zwischen »Spartak« und »Dynamo« das erste Tor schießen würde und welches Mädchen die längsten Beine hatte.

»Mach dir keine Sorgen«, beruhigte Pawels Vater seine Frau. »Wäre es denn besser, er würde jeden Abend im Hof herumlungern, auf der Gitarre klimpern, trinken und mit Mädchen herumknutschen?«

»Ja! Ein normaler Junge hat seine Clique. Und was die Mädchen betrifft, die meidet er ja wie die Pest.«

»Galja«, der Vater seufzte, »er ist ein normaler Junge. Alles hat seine Zeit. Jetzt beendet er erst mal die Schule, geht zur Uni, wird erwachsen und selbständig ...«

»Aha!« schrie die Mutter. »Und dann schnappt ihn sich irgendeine Schlampe! Die Natur bricht sich irgendwann Bahn, aber er wird mit fünfundzwanzig ein unerfahrener Grünschnabel sein, dem jede Frau wie eine Göttin vorkommt!«

Nach dem Abitur schrieb sich Pawel an der Moskauer Universität ein, an der Fakultät für Informatik und Kybernetik. Im sechsten Semester brachte er zum ersten Mal ein Mädchen nach Hause und teilte seinen Eltern sofort mit, er werde heiraten. Er stellte sie vor vollendete Tatsachen.

Valeria war hellblond und weich, duftete wie ein frischer Biskuit und arbeitete als Verkäuferin in einer kleinen Bäckerei. Abends büffelte sie für ihr Fernstudium in Ernährungswissenschaften.

Pawel war ein heimliches Leckermaul. Die junge Verkäuferin wurde bald auf den mageren bebrillten Studenten aufmerksam, begrüßte ihn mit einem zärtlichen Lächeln und holte für ihn unter der Theke die bescheidenen Schätze hervor, die Anfang der achtziger Jahre Mangelware waren: Vanillepastillen, Lebkuchen mit Pfefferminzgeschmack, »Baltika«-Marmelade.

Einmal erschien er kurz vor Ladenschluß, und sie bat ihn, am Ausgang auf sie zu warten. Danach saßen sie auf einer Bank an den Patriarchenteichen und küßten sich, und ihre Lippen schmeckten nach säuerlichem Gelee.

Pawels Mutter richtete ihre geballte Kampfeskraft gegen die zarte Valeria. Eine Verkäuferin war unter dem Niveau ihres talentierten Sohnes! Gab es etwa an der Universität keine passenden Mädchen?

Die Probleme begannen mit dem Wohnraum – das Übliche in Moskau. In Valerias Zweizimmerwohnung drängten sich außer ihr noch ihre Eltern und die ältere Schwester mit ihrem kleinen Sohn. Pawels Eltern hatten zwar eine geräumige Dreizimmerwohnung, aber sie verwandelte sich rasch in einen Kriegsschauplatz. Valeria und Pawels Mutter konnten nicht unter einem Dach leben.

Um eine feuchte Kellerwohnung zu bekommen, nahm Pawel die Hausmeistersstelle an. Ihm gefiel es, am frühen Morgen, noch vor der Dämmerung, Laub zu harken und Eis zu hacken. Es war still und menschenleer, niemand belästigte ihn und fiel ihm mit dummem Geschwätz auf die Nerven. Raschelndes Laub, knirschendes Eis, gluckerndes Tauwasser – jede Jahreszeit hat ihre Schönheit, ihre Stille, ihre Geräusche und Gerüche.

Valeria hatte gern Besuch und saß nächtelang mit ihren Gästen zusammen, bei Ceylontee, leckeren Süßigkeiten aus der Konditorei und billigem süßem Rotwein. Die Tür zur

Hausmeisterswohnung war immer offen, es herrschte ein ständiges Kommen und Gehen von allerlei bettelarmen Künstlern. Dichter trugen sonderbare, verschwommene Gedichte vor, gedankenverlorene Hippies vom Puschkinplatz tappten herein, ständig war jemand zum Essen da, wusch sich in dem schäbigen Bad mit dem Gasbrenner und blieb über Nacht. Es war Pawel ein Rätsel, wie und wo Valeria diese ganzen sonderbaren Gestalten aufgabelte und sich mit ihnen anfreundete.

Außer dem Wohn- und Schlafzimmer gab es noch eine kleine Abstellkammer mit einem trüben Fensterchen direkt unter der Decke. Mit der Zeit siedelte Pawel in diese Kammer über – nicht weil ihm Valerias Lebensstil mißfallen hätte, er war nur einfach sehr müde. Um fünf Uhr morgens stand er auf, erledigte seine Hausmeisterarbeiten, fuhr in die Universität und saß dort bis spät abends im Computerraum.

Die Zeit verging, Pawel machte seine Examen. Plötzlich stellte sich heraus, daß sein Vater, dieser ruhige, vernünftige Mann, seit vielen Jahren eine andere Frau liebte und nur darauf gewartet hatte, daß sein Sohn erwachsen wurde. Nun hatte das Warten ein Ende, und er verließ seine Frau, im Gepäck nur ein paar Anzüge, Rasierapparat und Zahnbürste.

Die Mutter stürzte sich in ihren letzten, entscheidenden Kampf. Es sollte ihr Schwanengesang werden. Sie suchte ihren Mann und seine Geliebte an deren Arbeitsstellen auf, wandte sich an Partei und Gewerkschaft, schrieb einen Brief an die Zeitschrift »Die Arbeiterin«. Dann wurde sie krank. Zuerst glaubte Pawel, es sei nur eine Fortsetzung ihres endlosen Kampfes mit anderen Mitteln. Aber bald stellte sich heraus, daß seine Mutter tatsächlich ein kompliziertes Herzleiden hatte.

Nach dem Tod der Mutter war Pawel lange Zeit ganz durcheinander, fühlte sich schuldig und begriff plötzlich, daß er seine Mutter sehr geliebt hatte. Egal, wie sie gewesen war – er hatte sie geliebt.

Er zog mit Valeria in die Wohnung seiner Eltern. Valeria machte ihr Examen am Institut für Ernährungswissenschaften, gab ihre Arbeit in der Bäckerei auf, ließ sich ihre hellblonden Haare raspelkurz schneiden, schmückte Arme und Hände kiloweise mit klirrenden Silberreifen und –ringen, hüllte die Schultern in ein schwarzweißes arabisches Fransentuch, kaufte sich ein kleines Skizzenbuch und Aquarellfarben und begann abstrakte Bilder zu malen, verschwommene blaurosa Muster mit gelben Klecksen.

Die Gäste, die weiterhin scharenweise kamen, wurden immer seltsamer. Besonders fiel Pawel ein zwergenhaftes Männchen unbestimmbaren Alters auf, das mit seinen verfilzten schmutzigen Bartzotteln aussah wie ein Waldschrat. Es war Januar und eisig kalt, aber das Männchen lief mit Plastikschlappen an den nackten Füßen herum. Es reichte Pawel eine kleine schweißige Hand mit langen schwarzgeränderten Fingernägeln und sagte mit unerwartet tiefer Baßstimme:

»Ich heiße Wanderfullio, von englisch ›wonderful‹.«

Die Wohnung duftete nach indischen Aromastoffen. Den Tee bereitete Valeria nun aus irgendwelchen Gräsern zu, ihre Mahlzeiten bestanden nur noch aus Körnern und Möhren. Die schädlichen Leckereien waren vergessen wie überhaupt alle giftige eiweißhaltige Nahrung – Fleisch, Fisch, Käse.

Nach dem Abschluß seines Studiums arbeitete Pawel in einem großen wissenschaftlichen Institut. Dort gab es zum Glück eine recht gute Kantine. Mit der Zeit verlegte er seinen Wohnsitz fast ganz ins Institut, ging frühmorgens weg und kam erst am späten Abend heim. Aber Valeria schien das gar nicht zu bemerken.

Jede Art von Beziehungsdiskussionen, auch die allerfriedlichsten, riefen bei Pawel seit früher Jugend einen unerträglichen Widerwillen, fast schon einen körperlichen Schmerz hervor. Er zog es vor, bis zum letzten zu schweigen, wenn ihm irgend etwas nicht paßte. Er wußte, Valeria würde ihn sowieso an die Wand reden und ihm beweisen, daß er alles falsch machte – falsch redete, schwieg, aß, schlief und dachte.

Eines Nachts sah Valeria ihn mit ihren hellen glänzenden Augen im Dunkel an und fragte: »Pawel, öffnet sich dir beim Orgasmus eine Tschakra?«

»Was?«

»Sex ist ein komplizierter und verantwortungsvoller Akt, der nicht nur den mentalen und karmischen Aspekt des Individuums berührt, sondern auch den astralen. Du bist in sexueller Hinsicht grob, ungebildet und unwissend«, erklärte ihm Valeria, »dagegen müssen wir etwas tun.«

Sie setzte ihm auseinander, was sich bei ihm auf welche Weise öffnen, schließen und vibrieren müsse, wenn sie sich liebten. Aus ihrem hübschen Mund strömten alle möglichen medizinischen und esoterischen Ausdrücke, die Pawel Magenschmerzen und Brechreiz verursachten. Er hielt es nicht aus und flüchtete mit dem Kopfkissen unterm Arm in das andere Zimmer, um sich aufs Sofa zu legen. Dort jedoch schlief bereits der zottige kleine Wanderfullio.

Den Rest der Nacht saß Pawel in der Küche, rauchte und trank heißes Wasser. Der Tee aus Gräsern war ihm zuwider, und normale Teesorten waren nicht vorhanden. Natürlich auch kein Zucker.

Als der Morgen dämmerte, schlurfte der barfüßige Wanderfullio, ohne ein Wort zu sagen, in schmutzigen Armeeunterhosen in die Küche, trank etwas Wasser direkt aus dem Wasserhahn, gähnte mit weit aufgerissenem zahnlosem Zottelmund und begab sich zurück aufs Sofa zum Schlafen. Von Pawel nahm er die ganze Zeit keinerlei Notiz.

Ich muß mich scheiden lassen, sagte Dubrowin ruhig und nachdenklich zu sich selbst.

Am Morgen folgte eine quälende, lange Diskussion über ihre Beziehung. Es stellte sich heraus, daß er, Pawel, ein seelenloses, unbegabtes Geschöpf war, ein Computerfortsatz, ein lebender Toter, der sich von Tierkadavern ernährte und sich zum Teufel scheren könne. Sie, Valeria, ein höheres und in jeder Beziehung reines, fehlerloses Wesen, würde diese Wohnung niemals verlassen. Es sei ihr Karma, in dieser Wohnung zu leben.

Pawel hatte sich gar nicht so viel Kampfgeist zugetraut. Wahrscheinlich hatte er ihn von seiner Mutter geerbt und für alle Fälle in Reserve gehalten. Nun, da er sich an die Wand gestellt fühlte – man wollte ihn schließlich aus seiner eigenen Wohnung vertreiben –, begann er zu handeln.

Ein halbes Jahr später hatte er Valeria nicht nur aus der Wohnung vertrieben, sondern auch ihre standesamtliche Registrierung rückgängig gemacht. Am Ende blieb er allein auf seinem angestammten und legitimen Territorium zurück, allerdings ohne Möbel und ohne Geld. Seit dieser Zeit mißtraute Pawel jeder Frau, die ihn mit träumerischem, schmachtendem Blick ansah. Wenn doch einmal – selten genug – die Sympathie gegenseitig war, dann brauchte die Dame nur etwas beharrlicher davon zu reden, daß man nicht als Single leben dürfe und das Wichtigste im Leben eines Menschen Heim und Familie seien, und Pawel verschwand auf Nimmerwiedersehen.

Eines Tages jedoch, an einem nassen Oktoberabend, als er von der Arbeit nach Hause fuhr, erblickte der einsame, argwöhnische Pawel Dubrowin im strömenden Regen eine zarte Gestalt in hellem Regenmantel ohne Schirm, mit erhobener Hand, und stoppte, ohne selber zu wissen, warum.

»Bitte, bringen Sie mich zur nächsten Milizstation oder wenigstens zum nächsten Posten der Verkehrspolizei«, sagte sie.

»Was ist passiert?« erkundigte sich Pawel finster, als sie neben ihm auf dem Beifahrersitz Platz genommen hatte.

»Mein Auto ist gestohlen worden«, sagte sie völlig ruhig.

Später versuchte er begreifen, woher dieses seltsame, intensive, fast schmerzhafte Gefühl gekommen war. Er hatte sie ja anfangs nicht einmal genauer angesehen. Feuchte kastanienbraune Haarsträhnen, ein Profil, so durchsichtig wie eine Bleistiftskizze, der Geruch von Regen und Parfum.

»Danke«, sagte sie, als sie bei der Miliz angekommen waren, und reichte ihm Geld.

Er nahm es nicht, sah nicht einmal hin, wieviel es war, schüttelte abwehrend den Kopf und sagte wieder kein Wort. Die Kassette mit den Liedern von Wertinski war längst zu Ende, und er saß noch immer in der Stille und wartete. Nur der Regen trommelte aufs Autodach.

Sie blieb lange auf der Milizstation. Pawel kam es wie eine Ewigkeit vor. Es wurde dunkel. Plötzlich hatte er die Vorstellung, sie sei schon längst gegangen, verschwunden, habe sich in der feuchten Dämmerung aufgelöst, und er hätte es nicht gemerkt und würde sie jetzt nie mehr wiedersehen. Sein Herz begann schmerzhaft zu pochen. Zum ersten Mal in seinem ganzen ruhigen, vernünftigen fünfunddreißigjährigen Leben konnte Pawel Dubrowin nicht mehr denken und analysieren, er fühlte nur noch: wenn er sie nicht wiedersähe, würde er sterben.

Aber da tauchte sie auf der Treppe auf und blickte sich verwirrt nach allen Seiten um. Er hupte kurz. Sie ging auf sein Auto zu.

»Wohin soll ich Sie bringen?« fragte er heiser, während er ausstieg und ihr die Tür aufhielt.

»Danke.«

Sie lächelte, verlegen und erstaunt.

»Es ist mir peinlich, Sie haben das Geld nicht genommen und meinetwegen schon soviel Zeit verloren.«

»Steigen Sie ein«, sagte er, »es regnet.«

»Ich muß zur Kropotkin-Straße. Wenn das auf Ihrem Weg liegt?«

Sie konnte sich nicht entschließen, einzusteigen.

»Ja, das liegt auf meinem Weg.«

»Aber diesmal bitte nicht umsonst«, sagte sie und nahm endlich doch noch auf dem Beifahrersitz Platz. »Sie haben mir sehr geholfen. Ich bin nämlich schon ziemlich spät dran. In einer halben Stunde muß ich auf die Bühne.«

Nachdem sie wieder bei ihm im Auto saß, wurde er etwas ruhiger.

»Bühne? Sind Sie Schauspielerin?«

»Ballettänzerin.«

»Statt mir Geld zu geben, könnten Sie mich doch ins Ballett einladen«, bat er.

»Mögen Sie Ballett?«

»Nein. Ich finde es gräßlich.«

Sie blickte ihn interessiert an. Ihr regennasses Gesicht schimmerte im Halbdunkel des Wagens. Ihre Augen wirkten riesig, fast schwarz. Pawel wagte ihr zum ersten Mal direkt in die Augen zu sehen und wußte sofort, er war verloren. Er hatte sich verliebt, endgültig und unwiderruflich.

»Haben Sie schon viele Ballettaufführungen gesehen?« fragte sie.

»Keine einzige.«

»Auch nicht im Fernsehen?«

»Im Fernsehen sehe ich mir nur die Nachrichten und alte sowjetische Filme an.«

»Dann lade ich Sie ein.«

Das Theater befand sich in einer kleinen einstöckigen Villa in einer ruhigen Seitenstraße. Sie bat ihn, in den Hof zu fahren und vor dem Diensteingang zu halten. Eine rundliche Dame in wehendem Seidenkleid stürzte ihr entgegen und schrie:

»Katja! Du bist verrückt geworden! Was ist passiert?«

»Wika, reg dich nicht auf. Ich schaff's noch. Bitte setz diesen jungen Mann auf einen guten Platz. Ohne ihn wäre ich verloren gewesen. Mir ist das Auto geklaut worden.«

»Was? Wie entsetzlich! Warst du bei der Miliz? Ich hab einen Bekannten bei der Verkehrspolizei, wenn man den ordentlich schmiert, finden sie die Diebe bestimmt«, plapperte die Dame.

Sie rannten einen langen, staubigen, halbdunklen Flur hinunter, der mit riesigen bemalten Pappen vollgestellt war. An ihnen vorbei liefen Leute mit geschminkten Gesichtern und in sonderbaren Kostümen. Katja steckte Dubrowin irgendwelche zerknüllten Scheine in die Hand und verschwand gleich darauf in der Maske.

Eine quäkende Lautsprecherstimme verkündete:

»Achtung! Letzter Aufruf! Die Künstler bitte auf die Bühne!«

Pawel öffnete seine Faust. Geld, wie er vermutet hatte. Mehrere Zehntausendscheine. Ein ausgezeichneter Vorwand, um sie nach der Aufführung abzupassen.

»Kommen Sie!« Die Dame nickte ihm zu.

Eine Minute später saß er in dem kleinen, gut gefüllten Zuschauersaal. Das Licht war schon erloschen, das Orchester spielte die Ouvertüre. Es war eine unbekannte, moderne Musik, von der Pawel sofort Kopfschmerzen bekam.

»Einen Moment!« Er hielt die rundliche Dame am Arm fest. »Wo finde ich Katja nach der Aufführung?«

»Am Diensteingang«, flüsterte die Dame ärgerlich und huschte davon.

Pawel sah auf die Bühne. Es gab keinen Vorhang, nur schwarze Leere und im Zentrum ein beleuchtetes unförmiges Objekt aus Folie und Draht. Das Orchester heulte lauter auf, der Lärm wurde unerträglich. Auf der Bühne erschienen neben der unverständlichen Drahtkonstruktion zwei junge Männer in schwarzen Trikots. Zu sehen waren nur ihre weißen Gesichter und Hände.

Ein Geigensolo jaulte auf, und gleißendes Licht erhellte die Bühne. Pawel tränten die Augen, und er bekam Mitleid mit den Tänzern, die zu solcher Musik und bei so scheußlicher Beleuchtung noch scheußlichere Tänze aufführen mußten.

Katja tanzte die Hauptrolle, flog in einem Kostüm aus blauen, glänzenden Fetzen über die Bühne, mit aufgelösten Haaren. Er sah sofort, daß sie eine ausgezeichnete Tänzerin war. Aber das Ballett selbst fand er fürchterlich.

Katja wunderte sich nicht, als sie ihn am Diensteingang erblickte. Pawel schien es, als freue sie sich sogar.

»Ich möchte Ihnen das Geld zurückgeben«, sagte er.

»Kommt nicht in Frage!« Sie schob seine Hand zurück.

Die Berührung ihrer leichten Finger ließ ihm den Mund trocken werden.

»Lassen Sie uns irgendwohin gehen und zusammen essen«, sagte er rasch und dachte: Wenn sie ablehnt, ist es nicht schlimm, ich werde jetzt sowieso in jede Aufführung gehen, mir dieses scheußliche Ballett angucken und danach am Diensteingang auf sie warten.

»Gut«, stimmte Katja unerwartet leicht zu, »einverstanden. Ich bin gespannt darauf, mich mit einem Mann zu unterhalten, der Ballett nicht ausstehen kann und zum ersten Mal im Leben eine Aufführung gesehen hat, noch dazu eine postmoderne. Hier in der Nähe gibt es ein ausgezeichnetes kleines Restaurant, gleich um die Ecke.«

Als sie sich an den Tisch setzen wollten, faßte sie sich plötzlich an den Kopf:

»Ich habe Sie noch gar nicht gefragt, wie Sie heißen.«

Er stellte sich mit einer förmlichen Verbeugung vor. Katja reichte ihm die Hand. Er küßte die kalten Finger, bemerkte die unlackierten, kurzgeschnittenen Nägel. Natürlich, wie sollte es anders sein? Schließlich konnte er es nicht ausstehen, wenn Frauen lange, lackierte Fingernägel hatten.

Überhaupt war an ihr alles so, wie er es gern mochte. Die Frisur, die Kleidung, das Parfum, das unauffällige Make-up. Wenn nur dieses idiotische Ballett nicht wäre.

Pawel erfuhr zu seinem Erstaunen, daß das Ballett auf

dem Stück eines äußerst populären modernen Dramatikers basierte, der schon etliche internationale Preise gewonnen hatte.

»Ich mag mehr die klassische Richtung«, sagte er.

»Dann lade ich Sie zu ›Giselle‹ ein.«

»Ja, bitte, tun Sie das, überhaupt möchte ich alle Stücke sehen, in denen Sie tanzen.«

»Wirklich? Aber Sie können doch Ballett gar nicht leiden.«

»Jetzt werde ich zum Ballettfan. Ich bin es schon.«

Sie stritten lange, wer für das Essen bezahlen sollte. Der Kellner lächelte herablassend. Schließlich siegte Pawel. Katja steckte ihre Kreditkarte seufzend wieder in die Handtasche.

»Das ist doch wirklich nicht nötig. Für mich sind das Kopeken«, sagte sie.

»Darf ich Sie zu mir nach Hause einladen?« fragte er, als sie wieder im Auto saßen.

Ihm war klar, daß er sich für den ersten Tag ihrer Bekanntschaft viel zu aufdringlich benahm, aber er konnte nicht anders. Natürlich lehnte sie höflich ab.

»Danke, vielleicht ein andermal. Ich bin sehr müde, und mein Mann wartet auf mich.«

»Mann?« fragte er bestürzt zurück. »Was für ein Mann?«

Ja, natürlich, er hatte nicht danach gefragt, und sie hatte es nicht für nötig gehalten, ihm gleich mitzuteilen, daß sie verheiratet war.

»Ein echter, lebendiger, ganz legaler Ehemann«, sagte Katja lachend.

»Gibt es auch Kinder?«

»Bis jetzt noch nicht.«

Sie erkundigte sich nicht, ob er verheiratet war und Kinder hatte. Sie gab ihm gewissermaßen zu verstehen, daß mit diesem Abend alles zu Ende war, noch bevor es richtig hatte beginnen können. Sie hatten sich zufällig getroffen, sie hatten einmal miteinander zu Abend gegessen und sich nett unterhalten – das war's.

Du irrst dich, meine Liebe. Du wirst ab jetzt keine Ruhe vor mir haben. Ich werde dich nicht um deine Telefonnummer bitten, ich werde dich nicht einmal daran erinnern, daß du mich zu »Giselle« einladen wolltest. Aber das ist erst der Anfang, das ist unser erster Abend, und es wird noch viele Abende und auch Nächte geben. Ich trete dich an keinen Ehemann ab, an niemanden auf der Welt, dachte Pawel ruhig.

»Herzlichen Dank«, sagte sie lächelnd, als sie vor ihrem Haus aus dem Wagen stieg, »und alles Gute.«

»Auf Wiedersehen«, erwiderte er.

Kapitel 6

Irina Krestowskaja brachte es einfach nicht fertig, die Augen zu öffnen. Margarita schrie gerade besonders laut und hartnäckig. Irina streckte die Hand aus, tastete nach der Holzstange des Bettchens und rollte es mit geschlossenen Augen hin und her. Aber Margarita wollte sich nicht beruhigen. Da bemerkte Irina einen sonderbaren Geruch und sprang augenblicklich aus dem Bett. Im Zimmer roch es nach Rauch.

Sie schnappte sich das weinende Kind und weckte ihren Mann. Jewgeni begann schrecklich zu husten. Auch Margarita hustete krampfhaft und heiser. Irina bedeckte ihr Gesichtchen mit dem weiten Ärmel ihres Nachthemdes und riß die Tür zum Flur auf. Rauchwolken wälzten sich herein.

»Weck alle auf! Ruf 01 an!« schrie Irina, wickelte Margarita mit zitternden Händen in eine Decke und angelte gleichzeitig mit dem Fuß nach ihrem Pantoffel.

Das Zimmer der alten Nachbarin stand in hellen Flammen. Das Telefon, das einzige für die ganze Wohnung, hing im Flur. Jewgeni stürzte hustend durch den Rauch, schrie die Adresse in den Hörer und lief zurück ins Zimmer.

Irina hastete mit dem Kind auf dem Arm hin und her, trug Sachen zusammen, stopfte sie in Koffer und Bündel. Das Zimmer füllte sich mit Rauch. Der neue Wintermantel mit dem Ziegenfellkragen paßte nicht in den Koffer. Irina hatte nur eine Hand frei und konnte sich nicht entschließen, das Kind hinzulegen. Die dünne Wand knirschte und knackte, die Tapeten warfen schreckliche Blasen.

»Hör auf!« Jewgeni riß ihr das Kind aus den Armen. »Raus! Wir ersticken! Wir verbrennen!«

Barfuß stand sie auf dem kalten Asphalt im Hof, zwischen lauter erschrockenen, nur notdürftig bekleideten Hausbewohnern, sah zu, wie die Feuerwehrleute die bewußtlose Buchhalterin Grigorenko durchs Fenster zogen, in einem riesigen Nachthemd, das sich wie ein weißes Segel blähte, und dachte, auch sie wären vielleicht nicht aufgewacht, hätte Margarita nicht geschrien. Sie wären im Schlaf erstickt.

Einen Monat lang wohnten die Krestowskis bei Verwandten. Danach bekamen sie außer der Reihe eine separate Zweizimmerwohnung in einem Neubau, nicht am Stadtrand wie die anderen, sondern fast im Zentrum, in der Nähe des Kursker Bahnhofs.

In der kleinen Küche glänzte ein nagelneuer weißer Plastiktisch, fröhlich karierte Gardinen flatterten im warmen Wind. Auf dem Fensterbrett keimten in alten Milchkartons – die Irina immer noch aufbewahrte – weiche Zwiebeln. Der aufgedunsene gelbliche Teepilz, der früher vor dem Fenster gestanden hatte, wohnte jetzt auf einem Regal neben dem Waschbecken. Auf dem schmalen Fensterbrett hatte das Dreilitergefäß keinen Platz.

Beim Frühstück schmierte sich Margarita den unappetitlichen, klumpigen Grießbrei über ihr zartes kleines Gesicht, weinte, würgte, verdrehte den Kopf und versuchte, den Brei auszuspucken.

»Iß, du Biest!« schrie Irina und schielte gleichzeitig zu ihrem Mann hinüber, um zu kontrollieren, wieviel Löffel Zucker er sich in den Tee tat.

Jewgeni hatte seine Stelle im Institut durch die Personalkürzungen verloren. Er war als Technologe in einer Fabrik untergekommen und kam immer häufiger betrunken nach Hause, manchmal erschien er überhaupt erst gegen Morgen. Dann schwebte der Duft nach fremdem billigem Parfum im Zimmer und fuhr Irina in die Nase. Sie schrie und wedelte den aufdringlichen Geruch von sich weg, als sei es giftiges Kohlenmonoxyd. Jewgeni schrie zurück. Margarita verkroch sich heulend unter den weißen Plastiktisch.

Man schrieb Juni 1975. Im September wurde Margarita in die Kinderkrippe aufgenommen. Irina begann wieder zu arbeiten, im selben Institut wie früher, als Schriftführerin in der Personalabteilung.

* * *

»Soll ich die nächste Woche bei dir wohnen?« Shannotschka blickte Katja mit ergebenen, tränenerfüllten Augen an. »Ich habe Angst, dich nachts allein zu lassen.«

»Danke, Shannotschka.« Katja nahm die Hand von der Ballettstange, setzte sich auf den Boden und begann ihre Füße zu massieren.

Sie trainierte nach wie vor drei Stunden morgens und eine Stunde abends. Einen Teil der Aufführungen hatte man abgesetzt, Katja wollte in den nächsten zwei Wochen nicht auf der Bühne erscheinen. Sie wollte möglichst wenig unter Menschen sein und auf keinen Fall dort auftauchen, wo sie den Journalisten und der fremden Neugier, die sich als Mitgefühl tarnte, ausgesetzt war.

Sie übte bis zur Erschöpfung am Boden und an der Stange. Auf Außenstehende mochte das seltsam, fast schon blasphemisch wirken. Seit dem Tod ihres Mannes waren gerade zwei Tage vergangen, er war noch nicht unter der Erde, und Katja fuhr fort, als sei nichts gewesen, in tiefen »Plié« in die Hocke zu gehen und die Beine in Arabesken hochzuwerfen, bis sie in Schweiß gebadet war. Aber sie hatte auch nicht vor, die Rolle der untröstlichen Witwe zu spielen. Was in ihrem Innern vor sich ging, war ihre Privatsache.

Am Abend zuvor waren unerwartet Konstantin Iwanowitsch und Margarita erschienen. Beide hatten sehr erstaunte Gesichter gemacht, als sie Katja im Ballettrikot antrafen.

»Entschuldigt«, sagte sie, »ich dusche rasch und ziehe mich um. Und dann mache ich uns Kaffee.«

»Falls du noch nicht fertig bist, laß dich durch uns nicht stören«, bemerkte Margarita spitz und küßte Katja auf die Wange.

»Nein«, erwiderte Katja ruhig, »ich bin fertig.«

Sie führte sie ins Wohnzimmer und ging selbst ins Bad.

»Wie tapfer du bist, meine Kleine«, sagte Konstantin Iwanowitsch noch und schüttelte den Kopf.

Beide mißbilligten ihr Benehmen. Sie waren gekommen, um sie zu trösten – und nun war es gar nicht nötig. Sie kam aus dem Bad, kochte Kaffee, stellte eine Flasche Kognak und eine Schachtel mit französischem Gebäck auf den Tisch.

»Warst du bei Tante Nadja?« fragte Konstantin Iwanowitsch, nachdem sie ein Glas Kognak getrunken hatten.

»Ja«, erwiderte Katja.

Sie wollte fragen: Und du?, verkniff es sich aber. Sie wußte: Konstantin Iwanowitsch hatte seine Frau nur angerufen, zu ihr zu fahren hatte er nicht gewagt. Er hatte sie in den drei Jahren, die seit der Scheidung vergangen waren, kein einziges Mal besucht. Er hatte sie nur hin und wieder angerufen, sich nach ihrem Befinden erkundigt und gewissenhaft das Geld auf ihr Konto überwiesen.

Katja war gleich am nächsten Morgen bei Tante Nadja

gewesen. In der Nacht hatte sie der Major von der Miliz gefragt:

»Wollen Sie es den Eltern Ihres Mannes selbst sagen oder fällt es Ihnen zu schwer? Wir können das auch auf offiziellem Wege erledigen.«

»Ich mache es selber«, sagte Katja.

Bei Konstantin Iwanowitsch hatte sie fast unmittelbar danach angerufen und ihm alles ohne Umschweife mitgeteilt. Sie kannte ihren Schwiegervater gut genug. Natürlich war es ein schwerer Schlag für ihn, aber es warf ihn nicht um. Er wurde damit fertig, würde es überleben. Margarita konnte ihm noch einen Stammhalter schenken, vielleicht sogar zwei. Er hatte noch eine Zukunft. Aber Tante Nadja? Sie war nun ganz allein auf der Welt. Gleb war nicht der beste Sohn gewesen, aber der einzige. Was sie durchmachen würde, ließ sich nicht in Worte fassen.

Gleich früh um acht fuhr Katja zu ihrer Schwiegermutter. Auf halbem Weg rief sie bei ihr an und sagte: »Tante Nadja, Gleb ist verwundet worden, er liegt auf der Intensivstation. Ich bin in einer halben Stunde bei dir.«

Ihre Schwiegermutter erwartete sie nicht in der Wohnung, sondern vor dem Haus. Sie saß tief gebeugt auf der Bank, in einem grauen Regenmantel und mit einer Einkaufstasche auf dem Schoß. Katjas Herz zog sich schmerzhaft zusammen.

»Laß uns nach oben gehen.«

»Wie? Warum? Wir müssen sofort ins Krankenhaus! In welchem liegt er denn?« Nadeshda Petrowna sprang auf und wollte zum Auto.

Katja drückte sie zurück auf die Bank, setzte sich neben sie und sagte leise: »Gleb ist nicht verwundet. Er ist tot. Heute nacht hat man ihn erschossen, auf offener Straße aus dem Gebüsch heraus.«

Als sie ins Gesicht ihrer Schwiegermutter blickte, dachte Katja: Wie gut, daß ich keine Kinder habe …

Sie legte ihr den Arm um die Schultern, führte sie ins Haus, sie gingen nach oben in die Wohnung. Übers Handy rief Katjas Mutter an und sagte, der Vater sei gerade nach Hause gekommen und fahre jetzt zum Flughafen, um Onkel Konstantin und Margarita abzuholen. Sie waren sofort nach Moskau zurückgeflogen, mit der ersten Maschine.

»Mama, könntest du vielleicht herkommen und bei Tante Nadja bleiben?« bat Katja. »Ich kann sie nicht allein lassen.«

Eine halbe Stunde später war ihre Mutter da. Inzwischen hatte Katja schon den Notarzt rufen müssen. Tante Nadjas Blutdruck war lebensgefährlich angestiegen.

»Wann bist du denn bei Nadeshda gewesen?« fragte Konstantin Iwanowitsch und schluckte krampfhaft.

»Gestern morgen.«

»Und wie geht es ihr?«

»Sie hatte gefährlichen Bluthochdruck, aber der Notarzt konnte sie an Ort und Stelle versorgen. Er hat gesagt, vorläufig muß sie nicht ins Krankenhaus. Meine Mutter ist jetzt bei ihr.«

»Schrecklich.« Konstantin Iwanowitsch seufzte.

Margarita begann ihm die Schläfen zu massieren.

»Kostja, ist dir nicht gut?« fragte sie besorgt, als sie merkte, daß seine Schultern zitterten.

»Nein, mein Kleines, reg dich nicht auf. Mir geht es gut.«

Margarita legte ihren Kopf auf seine Schulter. Er streichelte über ihr üppiges kupferrotes Haar. Katja sah, daß in Margaritas großen grünen Augen Tränen standen.

»Gleich fängt die Wimperntusche an zu laufen.« Margarita stand auf, unterdrückte ein Schluchzen und verschwand im Bad.

»Armes Mädel«, sagte Kalaschnikow, »meine arme Kleine. Ich habe sie am Flughafen abgeholt, ich hatte schon meine Koffer dabei, und wir haben sofort Tickets zurück nach Moskau gekauft. Sie hatte ihre liebe Mühe mit mir, sowohl auf dem Flughafen wie im Flugzeug. Ich war in schrecklicher Verfassung, wie du dir vorstellen kannst.«

»Möchtet ihr noch Kaffee?« unterbrach ihn Katja.

»Ja, danke, meine Liebe, gern.«

Sie saßen etwa eine Stunde zusammen, erörterten die bevorstehende Beerdigung und die Trauerfeier. Die ganze Zeit über waren Margaritas schmale, sorgfältig manikürte Finger in Bewegung, glitten über Kalaschnikows Wangen und Hände, streichelten zärtlich seine Schultern.

»Ich beneide dich um deine Selbstbeherrschung«, sagte Kalaschnikow zum Abschied, »du läßt dich nicht unterkriegen. Ja, eure Generation hat ganz andere Werte und Gefühle. Nur meine Margarita ist nicht von dieser Welt, sie ist so zartbesaitet und mitfühlend.«

Er blieb selbst im Unglück ein großer Schauspieler, litt schön, würdevoll und höchst ästhetisch um seinen Sohn. Man hätte die Kamera einschalten und es für die Nachwelt aufnehmen können. Und gleichzeitig verging er noch vor Liebe zu seiner empfindsamen Margarita.

Warum nur, dachte Katja, als sich die Tür hinter ihren Verwandten geschlossen hatte, warum nur macht die Liebe aus einem klugen, begabten Menschen einen verzückten Idioten? Nicht einmal ein solches Unglück berührt ihn wirklich.

Nein wirklich, du bist doch ein Biest, die anderen so zu verurteilen. Sieh dich doch selbst an.

Ihr Gesicht zeigte keine Spuren von Leid. Doch der Schock machte sich anders bemerkbar. Ihre Muskeln waren verkrampft, was ihr früher nie passiert war.

Am nächsten Morgen kam Shannotschka. Auch sie war etwas betroffen über Katjas munteres Aussehen.

»Ich weiß«, sagte sie, »du verdrängst das alles. Das ist sehr schädlich. Besser, man weint sich sofort aus, danach ist einem leichter. Wie hast du geschlafen?«

»Normal.«

»Das finde ich erschreckend«, erklärte Shannotschka, »das ist mir alles etwas zu normal. Eine derart stoische Ruhe nimmt immer ein schlimmes Ende.« Sie schluchzte auf und bot Katja an, die nächsten beiden Wochen bei ihr zu wohnen.

Katja war einverstanden. Beerdigung und Trauerfeier standen noch bevor, es würden sicher eine Menge Leute kommen.

»Was willst du zum Frühstück, Joghurt oder Haferbrei?« fragte Shannotschka.

»Joghurt.«

»Weißt du, je länger ich darüber nachdenke, desto unheimlicher wird mir. Ich will dich nicht erschrecken, aber womöglich galt der Schuß ja dir? Schließlich hast du Gleb ja gehalten, ihr standet eng umschlungen.« Shannotschka band sich eine Schürze um und fing an, das Geschirr abzuräumen.

»Unsinn, wer sollte mich umbringen wollen? Gleb hat mit irgendeiner Verrückten geschlafen, und die hat sich meine Handynummer beschafft. Aber daraus folgt doch noch lange nicht, daß sie sich auch eine Pistole beschafft hat. Weißt du, Shannotschka, die Sache ist zu ernst, um die übergeschnappten Weiber mit hineinzuziehen, die Gleb sein ganzes Leben lang scharenweise belagert haben.«

»Warum hast du dem Untersuchungsführer nichts davon erzählt?«

»Erstens haben die Anrufe aufgehört. Jedenfalls hat sie schon seit zwei Tagen nicht mehr angerufen.« Katja stand auf und ging ins Bad. »Zweitens will ich nicht, daß jemand in unserer schmutzigen Wäsche wühlt. Und drittens ...« Katja sprach nicht weiter und schloß sich im Badezimmer ein.

Sie hatte nicht die geringste Lust, über diese unbekannte gehässige Idiotin und ihren widerlichen Telefonterror zu sprechen. Natürlich hatte Shannotschka zum Teil recht.

Der Mörder hätte einige Sekunden früher schießen können, als Gleb und sie zum Hauseingang gingen. Sie liefen ja einfach nebeneinander. Wenn er auf Gleb gezielt hatte, wäre es logischer gewesen …

Stopp, sagte sich Katja, das will ich gar nicht weiterspinnen. Und ich werde auch kein Wort darüber verlieren, sonst kommt es garantiert den Journalisten zu Ohren, und die werden sich mit Begeisterung auf so einen saftigen Eheskandal stürzen, zumal einen mit so mystischem Anflug. Es hatte ja nicht nur diese dummen Anrufe gegeben …

Katja stieg aus der Dusche und wickelte sich in ihren warmen Bademantel. Aus der Küche duftete es appetitlich nach frisch gemahlenem Kaffee. Wie gut, daß Shannotschka eine Weile hierblieb. Mit ihr war es ruhiger und gemütlicher.

»Iß.« Shannotschka reichte ihr ein heißes Sandwich mit Käse, auf das sie eine dünne Gurkenscheibe, einen durchsichtigen Radieschenkringel und einen Petersilienzweig gelegt hatte.

Sie brachte es nicht fertig, einfach nur eine Scheibe Käse auf eine Schnitte Brot zu legen. Die Essenszubereitung, selbst wenn es sich nur um ein schlichtes Butterbrot handelte, war für sie eine hohe Kunst.

»Soll ich das Fenster zumachen?« fragte Shannotschka und stellte einen Kirschjoghurt vor Katja. »Du zitterst ja. Ist dir so kalt?«

Katja zitterte tatsächlich vor Kälte. Sie hatte niedrigen Blutdruck, ihre Hände und Füße waren immer kalt, selbst wenn es warm war. In den letzten beiden Tagen hatte sie ständig Schüttelfrost gehabt, nur an der Ballettstange oder unter der heißen Dusche wärmte sie sich auf.

»Ja, mach es zu«, sagte sie, »und setz dich, iß etwas. Sei nicht so hektisch.«

Mechanisch steckte sie die Hände in die tiefen Taschen des Bademantels und ertastete in der einen Tasche etwas

Weiches. Sie zog es heraus. Es war ein Büstenhalter. Ein gewöhnlicher weißer Büstenhalter, ein billiger, ohne Spitzen und Schleifen, augenscheinlich schon oft getragen. Katja faßte den fremden Toilettengegenstand mit zwei Fingern an und verzog voller Abscheu das Gesicht.

»O mein Gott«, japste Shannotschka, »wirf das nicht weg, warte.«

»Soll ich das vielleicht auch dem Untersuchungsführer zeigen? Als Beweisgegenstand in Zellophan packen?« fragte Katja mit nervösem Lächeln.

»Bist du sicher, daß es nicht dein eigener ist?« erkundigte sich Shannotschka vorsichtig.

»Diese Sorte habe ich noch nie im Leben getragen, außerdem ist er zwei Nummern zu groß ...« Katja stand auf, öffnete das Schränkchen unter dem Waschbecken, warf das Fundstück in den Mülleimer und ging ins Bad, um sich die Hände zu waschen.

»Du hast den Bademantel von Gleb an«, flüsterte ihr Shannotschka hinterher.

* * *

»Krestowskaja! Du verläßt das Klassenzimmer! Und morgen kommst du mit deinen Eltern wieder!«

»Was haben Sie denn?« Margarita maß die Mathematiklehrerin mit hochmütigem, spöttischem Blick.

»Raus, hab ich gesagt!« Die Stimme der Lehrerin überschlug sich.

Margarita zuckte die Schultern, erhob sich ohne Hast und ging sehr langsam, mit dem fließenden Gang eines Mannequins, zur Tür. Die Klasse war mäuschenstill. Die Mathematiklehrerin sah dem mageren langbeinigen Mädchen in der viel zu kurzen Schuluniform und mit den viel zu schönen feuerroten Haaren haßerfüllt nach.

Margarita stieß die Tür lässig mit dem Fuß auf. Sie war bemüht, nichts mit den Händen anzufassen. Die schmalen

Finger hielt sie angestrengt gespreizt. Auf den langen Nägeln war der frische blaßrosa Lack noch nicht getrocknet. Margarita blieb in der Türöffnung stehen, blickte sich um, funkelte mit ihren grünen Augen und sagte laut, in singendem Tonfall:

»Man kann sehr wohl die Nägel pflegen und doch ein tücht'ger Bürger sein. Puschkin. Jewgeni Onegin.«

Ihre Banknachbarin Olga Guskowa besann sich plötzlich, schraubte hastig das Fläschchen mit billigem polnischem Nagellack zu und steckte es in die Tasche ihrer schwarzen Schürze. Sie wußte, daß Margarita den Lack ihrer Mutter gestohlen hatte.

Die Tür schlug krachend zu. Margarita hatte sie mit einem eleganten Fußtritt von außen zugeworfen. Die Mathematiklehrerin vergaß den Lack. Einige Sekunden lang stand sie mit offenem Mund da. Ihr Gesicht färbte sich langsam purpurrot. Die Klasse saß starr und wartete atemlos, was weiter passieren würde. Die Lehrerin stürzte der vierzehnjährigen frechen Göre hinterher, holte sie ein, packte sie an den Schürzenträgern und schleifte sie zum Direktor.

Der Direktor war ein Mann der neuen Denkungsart, er war noch nicht lange an der Schule und gedachte auch nicht lange zu bleiben. Er mißbilligte die alten barbarischen Erziehungsmethoden und lag in ständigem Konflikt mit dem Lehrerkollegium.

»Sie benimmt sich provozierend!« schrie die sechzigjährige Mathematiklehrerin. »Sie stört den Unterricht, lackiert sich dreist die Nägel, wenn ich den neuen Stoff erkläre! Sie tuscht sich die Wimpern, mit vierzehn Jahren! Sie verdirbt die anderen!«

»Ich tusche mir die Wimpern nicht. Ich habe von Natur aus solche Wimpern«, erklärte Margarita ruhig. »Und ich verderbe auch niemanden. Sie, Sinaida Dmitrijewna, behandeln uns Mädchen schlecht. Besonders die hübschen. Ja, es ist unhöflich, sich im Unterricht die Nägel zu lackieren. Entschuldigen Sie. Aber im übrigen sind Sie im Unrecht.«

»Schweig, du Miststück! Hinaus mit dir!« Die Lehrerin schrie so laut, daß ihre Stimme brach und sie husten mußte.

»Ja, Krestowskaja«, sagte der Direktor finster, »geh hinaus und warte im Flur.«

»Solche wie die gehören von der Schule gejagt!« flüsterte die Lehrerin heiser, als sich die Tür hinter dem Mädchen geschlossen hatte. »Alle Hemmungen haben sie verloren! Keinerlei Respekt!«

»Respekt muß man sich verdienen«, sagte der Direktor langsam, »und man darf die Kinder nicht derart anschreien. Ja, das Mädchen benimmt sich provozierend, aber Sie selbst provozieren und demütigen sie auch. Es ist ein schwieriges Alter, das darf man nicht vergessen. Übrigens, wie lange haben Sie noch bis zur Rente?«

Die Lehrerin wurde wieder rot und dann blaß. Sie war schon längst überfällig – aber konnte man von der Rente etwa leben? Mein Gott, was war das nur für eine Zeit!

Tatsächlich war eine sonderbare, wirre Zeit angebrochen. Man schrieb das Jahr 1988. Margarita Krestowskaja und Olga Guskowa waren vierzehn Jahre alt. Seit dem ersten Schuljahr waren sie Banknachbarinnen.

* * *

Nodar Dotoschwili erschien trotz Vorladung nicht bei der Staatsanwaltschaft. Unter keiner seiner Telefonnummern meldete er sich. Seine Wohnung war leer.

»Der bringt sich noch selber ins Grab!« Der Untersuchungsführer Jewgeni Tschernow seufzte tief und sah auf seine Uhr. In zehn Minuten sollte die Zeugin Rykowa, Jelena Fjodorowna, besser bekannt als Striptease-Tänzerin Ljalja, zum Verhör erscheinen.

»Na, was ist, schreiben wir den Fürsten zur Fahndung aus?« fragte Major Kusmenko. »Oder warten wir noch?«

»Wir warten besser noch. Mal hören, was Ljalja zu sagen hat.«

Ljalja erschien auf die Minute pünktlich. Sie trug ein klassisches Kostüm, bestehend aus einem geradegeschnittenen knielangen Rock und einem Blazer. Dezentes Make-up, die Haare zurückgekämmt und zu einem unauffälligen Pferdeschwanz zusammengefaßt. Eine seriöse Geschäftsfrau, keinerlei Extravaganzen oder Koketterie.

»Wann haben Sie Nodar Dotoschwili das letzte Mal gesehen?« fragte Tschernow.

»Vor zwei Tagen«, erwiderte Ljalja lakonisch und ehrlich.

»Wo und unter welchen Umständen?«

»Bei mir zu Hause.«

»War er die ganze Nacht bei Ihnen?«

»Mit Sicherheit kann ich das nicht sagen. Ich habe sehr fest geschlafen.«

Ljalja war nicht im mindesten aufgeregt. Sie beantwortete die Fragen ruhig und sicher wie eine gut präparierte Musterschülerin im Examen. Allerdings war sie bemüht, möglichst wenig zu sagen. Sie hatte Angst, sich zu verplappern.

»Um wieviel Uhr sind Sie schlafen gegangen?«

»Etwa um elf.«

»War Dotoschwili bei Ihnen?«

»Ja.«

»Und am nächsten Morgen?«

»Um halb zehn bin ich aufgewacht. Da war Nodar nicht mehr da.«

»Das heißt, Sie haben ihn um elf Uhr abends zuletzt gesehen?«

»Ja.«

»Und Sie können sich nicht dafür verbürgen, daß er die ganze Nacht in Ihrer Wohnung geblieben ist?«

»Nein.«

»Dotoschwili hat im Casino gespielt?«

»Ja.«

»Und hatte er Glück im Spiel?«

»Tja, ich weiß nicht, eher wie alle anderen auch, mal mehr, mal weniger.«

»Hat er größere Summen verloren?«

»Ich weiß nicht. Mir hat er darüber keine Rechenschaft abgelegt.«

»Na schön«, sagte Tschernow, »Sie kennen Dotoschwili ja recht gut. Was meinen Sie, war er ein Spielertyp?«

»Nicht mehr als andere«, erwiderte Ljalja und blickte Tschernow ruhig in die Augen.

»Was soll das heißen? Es gibt Leute, die spielen überhaupt nie, und es gibt andere, die können ohne das Spiel nicht leben. Haben Sie Dostojewskis Roman ›Der Spieler‹ gelesen?«

»Dostojewski?« fragte Ljalja erstaunt. »Was hat Dostojewski damit zu tun?«

»Eigentlich nichts. Er kam mir nur gerade in den Kopf ...« sagte Tschernow und lächelte. »Sie wissen also nicht, welche Summen Ihr Freund Nodar Dotoschwili im Casino verspielt hat?«

»Ich arbeite ja nicht im Spielsaal.«

Nachdem die Zeugin gegangen war, lehnte sich Tschernow in seinem Stuhl zurück und fixierte Major Kusmenko. Iwan Kusmenko malte mit einem Filzstift konzentriert Muster auf seine Zigarettenschachtel.

»Das heißt, man will dem Fürsten den Mord in die Schuhe schieben«, sagte er nachdenklich, ohne den Blick von den schwarzen Kringeln und Häkchen zu heben, mit denen sich die weiße »Kent«-Schachtel bedeckte. »Sie wollen uns Dotoschwili ans Messer liefern und Täuberich hochgehen lassen. Hör mal, vielleicht hat Lunjok ja selber den Auftrag gegeben, Kalaschnikow zu erledigen? Angenommen, unser Nachtclubbesitzer hat seinem Paten einen

Teil seiner Einkünfte verheimlicht. Ist zu habgierig geworden, soll ja vorkommen. Lunjok hat davon erfahren und hat's ihm krummgenommen. Und da taucht gerade zum richtigen Zeitpunkt der raffgierige Golbidse mit seinem bescheuerten Fürsten auf.«

Tschernow schüttelte den Kopf.

»Lunjok hat uns die Version mit Dotoschwili als Knochen hingeworfen, damit wir uns daran festbeißen und nicht tiefer graben. Und zwar nicht Dotoschwili persönlich, sondern nur die Geschichte. Den Fürsten halten sie jetzt irgendwo auf einer abgelegenen Datscha bei Moskau in einem feuchten Keller versteckt und quetschen ihn aus wie eine Zitrone. Später finden wir dann seine Leiche. Das garantiere ich dir. Getarnt entweder als Unglücksfall oder als Selbstmord.«

Kapitel 7

Jegor Barinow gab es schon als Kind nicht gern zu, wenn er krank war, nicht einmal vor sich selbst. Auf seine ausgezeichnete körperliche Fitness war er besonders stolz. Krankheiten jeder Art, selbst die alltäglichste und harmloseste, fand er peinlich und erniedrigend.

Zum ersten Mal begriff er richtig, was Kranksein bedeutet, als ihn eine schwere Osteochondrose plagte. Das war acht Jahre her. Anfangs schenkte er dem Ziehen im Rücken keine Beachtung. Er hatte sich wohl durch Zugluft den Nerv erkältet. Aber als die Schmerzen in der Wirbelsäule unerträglich wurden und ihn daran hinderten, weiter Tennis zu spielen und zu reiten oder auch nur einfach den Kopf zu drehen, begann er sich bei Freunden und Bekannten umzuhören, ob jemand einen guten Masseur wüßte.

»Das Problem ist«, erklärte er, »ich habe keine Zeit, jedesmal irgendwohin zu fahren. Ich kann nicht einmal jetzt sagen, wann ich morgen frei sein werde. Und was übermorgen ist, weiß ich erst recht nicht. Ich brauche jemanden, der auf Abruf jederzeit überallhin kommen kann.«

Die Masseurin Sweta Petrowa erschien in seinem Büro genau zwanzig Minuten, nachdem er die von einem Freund diktierte Telefonnummer gewählt und sie, vor Rückenschmerzen mit den Zähnen knirschend, gebeten hatte zu kommen.

Eine hochgewachsene üppige Blondine, teuer gekleidet, gepflegt, mit dieser besonderen königlichen Haltung, wie sie stattliche Frauen oft haben. Ihr Gesicht war trotz des raffiniert aufgelegten Make-ups zu gewöhnlich, als daß er sich herabgelassen hätte, es näher zu betrachten. Ihre Hände – kurze Finger, breite Handflächen und volle, kräftige Handgelenke – waren angenehm warm und so stark, daß er bei den ersten knetenden Bewegungen unwillkürlich vor Schmerz aufschrie.

»Na, Sie sind ja ganz schön heruntergekommen«, sagte sie freundlich. »Halten Sie noch ein wenig durch. Gleich wird es besser.«

»Achten Sie nicht weiter darauf.« Die Schwäche war ihm peinlich. »Es kam nur so unerwartet.«

»Natürlich.«

Er konnte ihr Gesicht nicht sehen, aber an ihrer Stimme hörte er, daß sie lächelte.

Sie hatte einen großen Mund mit vollen, weichen Lippen. Alles andere an ihrem Gesicht – die kleinen hellbraunen Augen, die kurze dickliche Nase, die niedrige, etwas fliehende Stirn, die sich unter einem hellblonden Pony verbarg – war so uninteressant und nichtssagend, daß er später manchmal dachte, er würde sie auf der Straße kaum wiedererkennen, wenn er sie zufällig träfe.

Nach der ersten halbstündigen Sitzung ging es ihm spürbar besser. Der Schmerz ließ nach, mit Leichtigkeit drehte er den Kopf hin und her, machte einige Rumpf- und Kniebeugen.

»Großartig machen Sie das«, sagte sie mit ihrem weichen, wunderbaren Lächeln und steckte das Geld gewandt in ihre Handtasche, »aber vergessen Sie nicht, die Massagen müssen mindestens zweimal pro Woche stattfinden. Es kommt Ihnen jetzt nur so vor, als sei alles schon wieder normal. Sie sind gesundheitlich wirklich ziemlich heruntergekommen.«

Drei Tage später ließ er sie zu sich nach Hause kommen. Es war noch früh am Morgen, ein trüber Tag, er war zeitig aufgestanden, um eine halbe Stunde für die Massage herauszuschlagen. Ein schwerer, angespannter Tag lag vor ihm. Die Schmerzen sollten ihn nicht von den wichtigen staatspolitischen Aufgaben ablenken.

Wieder konnte er ihr Gesicht nicht sehen. Solange sie noch nicht mit voller Kraft massierte, tat ihm nichts weh, und er konnte sich entspannen. Dabei merkte er plötzlich, daß sie seinen nackten Rücken manchmal wie zufällig mit ihrer vollen, weichen Brust berührte. Unter ihrer dünnen Seidenbluse trug sie keinen BH.

Zwei Tage darauf ließ er sie in sein Büro kommen. Es war acht Uhr abends, die Sekretärin hatte er nach Hause geschickt. In dem alten Institutsgebäude herrschte völlige Stille, nur von Zeit zu Zeit klapperte in der Ferne, auf einer anderen Etage, der Eimer der Putzfrau.

»Sie sind wirklich eine Zauberin«, sagte er, während er sich auf dem Sofa in seinem Arbeitszimmer ausstreckte. »Ich fühle mich wie ein neuer Mensch.«

Die Massagen befreiten ihn nicht nur von den Schmerzen, sondern belebten und verjüngten ihn auch. Das war bei seiner verantwortungsvollen Tätigkeit und seiner jungen, bezaubernden Geliebten sehr wichtig. Als ächzender Tattergreis hatte man da nichts zu melden.

Nach den kräftigen, walkenden Handgriffen ging sie zu leichten, streichelnden Bewegungen über, und wieder entspannte er sich.

»Wo haben Sie das Massieren so gut gelernt?«

»Zunächst in speziellen Kursen und dann natürlich durch viel Erfahrung.«

»Haben Sie in Ihren Kursen auch erotische Massage durchgenommen?«

»Aber sicher«, antwortete sie mit einem heiseren Auflachen.

»Und entsprechende Erfahrungen haben Sie auch gesammelt?« fragte er fröhlich.

»Versteht sich.«

»Nützt das der Gesundheit genauso?«

Sie brach in Lachen aus, gab keine Antwort, aber berührte mit ihrer Brust unmißverständlich seinen Rücken.

Alles weitere vollzog sich grob und geschäftsmäßig. Später dachte er, daß es mit einer üppigen Mahlzeit in einer einfachen gutbürgerlichen Gaststätte vergleichbar war. Da kann man ungeniert rülpsen, schmatzen und in den Zähnen stochern, da läuft einem das Fett von den dicken gebratenen Sardellen übers Kinn, die Gesichter glänzen genau wie die groben Tischplatten vom Speck, und nach dem Essen fühlt man sich so angenehm satt und schwer, daß man sich nicht mehr rühren und regen möchte.

Die Beziehung zu seiner blutjungen, luftig-zarten Geliebten, der Ballerina Katja Orlowa, ähnelte dagegen eher – um bei der Gastronomie zu bleiben – einer exquisiten Mahlzeit in einem teuren französischen Restaurant. Dort funkelt antikes Silber, zu jedem Gang werden eine Fülle von Saucen, Gabeln, Gäbelchen und Messerchen gereicht, die Tischdecken sind blütenweiß, und der Wein kommt aus königlichen Kellern. Dort rülpst man nicht, lehnt sich nicht ächzend zurück und streckt den gutgefüllten Bauch vor, dort lacht man nicht aus vollem Hals über den Witz des Tischgefährten, der so gepfeffert ist wie die Schweinekeule.

Barinow hätte schwer sagen können, was ihm besser gefiel. Wozu überhaupt die Qual der Wahl? Der Kontrast war so gut, daß es nicht lohnte, ihn mit überflüssigen Fragen zu verderben. Das Leben ist kurz, man sollte auf nichts verzichten. Später holt man es nicht wieder auf.

Barinow zahlte freigebig für die Massage und für die anderen Wonnen. Sweta steckte das Geld lächelnd in die Handtasche. Er entspannte sich endgültig und begriff – mit ihr brauchte man keine besonderen Umstände zu machen. Umstände hatte er schon genug mit Katja. Ihre hehre, schöne, aber auch anstrengende Beziehung dauerte nun schon über ein Jahr.

Das pikante Geheimnis schmeichelte seiner männlichen Eitelkeit und kitzelte die Nerven. Die gegensätzlichen Eindrücke wirkten anregend und verliehen seinem arbeitsreichen, angespannten Leben Reiz und Würze. Wer weiß, wie lange das alles noch gedauert hätte, wenn es nicht diesen ärgerlichen Zufall gegeben hätte: Katja ertappte ihn mit der Masseurin, und das auch noch ausgerechnet eine Stunde vor dem Jahreswechsel. Und sie verzieh ihm nicht.

Die anonyme Anruferin gab keine Ruhe. Im Gegenteil, sie begann jetzt erst richtig zu toben. Mitten in der Nacht rief sie an, heulte und schrie derart in den Hörer, daß es Katja in den Ohren gellte: »Du bist schuld daran! Du hast ihn nie geliebt!«

Die dumme Frau tat Katja fast schon leid. Sie schnappte nach Luft, ihre Stimme klang heiser. Ihre Hysterie schien vollkommen echt zu sein. Offenbar hatte sie Gleb wirklich geliebt. Sollte man sie dafür etwa ins Gefängnis bringen?

»Beruhige dich bitte«, sagte Katja sanft, »geh schlafen. Es ist drei Uhr nachts.«

Katja war seit ihrer Kindheit davon überzeugt, daß man immer, in jeder Situation, die Ruhe bewahren müsse, niemals wütend oder ausfallend werden dürfe, selbst wenn man die größte Lust dazu hatte.

Es folgte ein langes Schweigen, dann krampfhaftes Schluchzen. Schließlich vernahm Katja die heisere, verweinte Stimme:

»Du hast wirklich Nerven, Orlowa, bist hart im Nehmen.«

»Bitte, ruf nicht wieder an, ja?« sagte Katja leise und fügte hinzu: »Gute Nacht.«

Sie wollte schon abschalten, aber da schnappte sich Shannotschka, die aufgewacht war und aus dem anderen Zimmer angerannt kam, das Handy.

»Wenn du Schlampe nicht endlich Ruhe gibst, dann schreib dir die Folgen selber zu!« schrie sie ins Telefon und fiel danach über Katja her: »Alles hat seine Grenzen! Du mußt dem Untersuchungsführer davon erzählen, damit dieses Miststück gefunden und zur Verantwortung gezogen wird. Es gibt doch genügend Paragraphen – Erpressung, Bedrohung oder zumindest grober Unfug! Du mußt etwas tun! So geht das nicht weiter! Du mußt ihr drohen, sie einschüchtern, ihr den Mund stopfen! Also ich verstehe dich nicht, bist du denn aus Stein!«

Katja schüttelte den Kopf.

»Ich bin nicht aus Stein. Aber ich will auf keinen Fall die Miliz hineinziehen. Denn dann bekommt garantiert die Presse Wind davon. Ich will nicht, daß man in meinem Privatleben herumwühlt. Ich wünsche es nicht.«

»Und wenn sie es war, die geschossen hat? Und nicht auf ihn, sondern auf dich?«

»Hör auf, du hast zu viele mexikanische Seifenopern gesehen, jetzt brodeln für dich überall die Leidenschaften. Die anonymen Anrufe haben mit dem Mord nichts zu tun. Wenn das der Fall wäre, würde sie nicht mehr anrufen, sie hätte Angst. Aber stattdessen heult sie ins Telefon. Sie heult um Gleb. Sie ist eine Idiotin, aber keine Mörderin. Um Gleb aufzulauern, aus dem Gebüsch zu feuern, ihn mit dem ersten Schuß zu töten und dann spurlos zu verschwinden, muß man seinen Verstand gebrauchen. Der Mörder war bei klarem Verstand und wollte nicht, daß man ihn erwischt. Das hat ein kaltblütiger Profi getan, nicht eine verliebte Hysterikerin.«

»Woher willst du das wissen?« Shannotschka gab sich noch nicht zufrieden.

Sie stand mitten im Zimmer, klein und rundlich, im langen, rosageblümten Nachthemd. Ihr hellblondes, sich leicht kräuselndes Haar sah aus wie der Flaum eines zerzausten Kükens, ihre runden Wangen waren gerötet, und die blauen Augen funkelten zornig.

»Diese Schlange war hier bei dir im Haus, und nicht nur einmal! Sie hat mit deinem Mann in deinem Bett geschlafen! Hast du etwa diese widerliche Geschichte mit dem Kopfkissen schon vergessen?«

Katja runzelte die Stirn.

»Das war dummes Zeug, esoterischer Hokuspokus.«

»Das war alles andere als dummes Zeug! Wenn du es nicht tust, dann erzähle ich dem Untersuchungsführer alles!«

»Ist ja gut, beruhige dich. Überleg mal selbst, was willst du ihm denn erzählen? Eine betrunkene Stadtstreicherin hat mich auf der Straße vor einem Geschäft belästigt, und du hast ihr albernes Geschwätz für bare Münze genommen.«

»Das war kein Geschwätz.« Shannotschka schüttelte den Kopf. »Sie hat die Wahrheit gesagt. Du steckst den Kopf in den Sand. Du verläßt dich nur auf die Vernunft. Aber nicht alles im Leben gehorcht den Gesetzen der Vernunft.«

»Shannotschka, komm, laß uns eine Tasse Tee trinken«, seufzte Katja, »wir können jetzt sowieso nicht mehr einschlafen.«

Bis das Wasser kochte, rauchten beide schweigend. Katja sah plötzlich das schmutzige Gesicht mit dem schwarzblauen Veilchen unter dem Auge deutlich vor sich, die zerrissene Skimütze, die bis auf die Brauen heruntergezogen war.

»Sei auf der Hut, es gibt eine, die dich vernichten will, die deinen Mann liebt und dich in den Tod treiben wird. Wenn du mir nicht glaubst, dann trenne dein Kopfkissen auf, sieh nach, was drin ist.«

Sie war mit Shannotschka aus dem Supermarkt gekommen. Die Stadtstreicherin trippelte hinter ihnen her und nuschelte immer weiter. Anfangs beachteten sie sie nicht. Dann wurde es Shannotschka zuviel, sie fuhr die Frau an: »Verschwinde!«, und hielt der lästigen Irren ein paar Tausendrubelscheine hin.

»Mit dir rede ich nicht«, brummte die Stadtstreicherin, »nimm dein Geld weg. Ich rede mit dieser Frau hier. Wenn ich weggehe, ist es aus mit ihr.« Die Verrückte lief um sie herum und versperrte Katja den Weg. »Du denkst, du bist stark? Von wegen! Bald wirst du mehr wissen, aber dann ist es zu spät. Die Krähe krächzt, die Nebenbuhlerin sticht mit Nadeln in dein Bild, direkt in die Augen, und stellt jeden Tag eine Totenkerze für dich auf. Trenn das Kissen auf. Sonst ist es zu spät.«

»Laß mich in Frieden!« Katja hielt es nicht mehr aus, fischte ein paar kleine Scheine aus der Tasche und streckte sie der Stadtstreicherin hin. »Hier, nimm, und laß mich in Ruhe.«

»Ich nehm dein Geld nicht, von Toten nehme ich kein Geld. Zu Tode quälen wird dich die Nebenbuhlerin, sie hat den bösen Blick und eine schwarze Seele. Sie wird dir eine schreckliche Krankheit anhexen. Trenn dein Kissen auf!«

Mit diesen in raschem, heiserem Rezitativ heruntergehaspelten Gemeinheiten verschwand die Stadtstreicherin im Gebüsch.

Sobald sie zu Hause waren, ging Shannotschka ins Schlafzimmer.

»Laß das doch«, bat Katja, »spiel du nicht auch noch verrückt.«

»Ich muß mich erst überzeugen, daß das Unsinn ist.«

Katja seufzte, ging in die Küche und zündete sich eine Zigarette an.

»Was für ein dummes, widerliches Zeug!« sagte sie laut zu sich selbst.

Einige Minuten später hörte sie Shannotschkas Aufschrei:

»Komm her und sieh dir das an!«

Das Schlafzimmer war voller Federn, genau wie Shannotschka selbst. Auf dem Boden lag ein aufgeschlitztes Kissen. In der Hand hielt Shannotschka irgendwelche bemalten Holzspäne, den gelblichen Stummel einer Kirchenkerze und einen Papierstreifen mit einem Totengebet, wie man sie bei der Beerdigung den Verstorbenen auf die Stirn zu legen pflegt.

»Wirf das weg! In den Sack und dann gleich in den Müllschacht!« sagte Katja.

»Zuerst müssen wir herausfinden, was das bedeutet«, erklärte Shannotschka mit schaurigem Flüstern.

»Es gibt nichts herauszufinden. Wirf dieses eklige Zeug zusammen mit dem Kissen weg. Dieser ganze Plunder soll doch nur abergläubische Angst hervorrufen.«

»Aber es war jemand hier«, stellte Shannotschka fest, »jemand ist ins Haus eingedrungen, hat das Kissen aufgetrennt, das alles hineingestopft und es wieder zugenäht, dann den Teppichboden gefegt und die Federn eingesammelt. Das muß mindestens eine halbe Stunde gedauert haben. Und vor allem – woher wußte die Stadtstreicherin davon?«

»Gleb schleppt ab und zu seine Weiber hierher. Im August war ich auf Tournee, da hat er sich bestimmt hier amüsiert«, sagte Katja müde. »Laß gut sein, Shannotschka. Mir reicht's.«

In diesem Moment klingelte das Telefon.

»Grüß dich, Katja«, erklang die fröhliche Stimme von Margarita Krestowskaja, »ihr habt doch ein amerikanisches Slangwörterbuch, wenn ich mich nicht irre. Kannst du mir das für eine Woche leihen?«

»Natürlich, komm vorbei«, erwiderte Katja.

»Prima!« rief Shannotschka freudig, als sie hörte, wer

kommen würde. »Margarita kennt bestimmt eine Wahrsagerin oder Magierin, sie hat eine solche Masse von Bekannten. Sie wird uns helfen.«

»Nein.« Katja holte den Staubsauger aus dem Schrank. »Wir räumen alles weg und werden mit Margarita nicht darüber sprechen. Sonst erzählt sie es noch weiter, und dann fängt die Gerüchteküche an zu brodeln.«

Sie schafften es nicht rechtzeitig, alle Federn wegzusaugen, schon zehn Minuten später klingelte es an der Tür. Wahrscheinlich war Margarita in der Nähe gewesen und hatte aus dem Auto angerufen.

»Was macht ihr denn da, habt ihr gerade ein Huhn gerupft?« fragte sie lachend, als sie den mit Federresten übersäten Teppichboden erblickte.

»Uns ist etwas Scheußliches passiert.« Shannotschka hatte Katjas Bitte, nichts zu erzählen, prompt vergessen, erzählte Margarita ausführlich von der Stadtstreicherin und zeigte ihr die Gegenstände, die sie aus Katjas Kopfkissen gezogen hatte.

Margarita stand mit offener Wildlederjacke in der Tür zum Schlafzimmer und lauschte schweigend und ernst.

»Wißt ihr was«, sagte sie, als Shannotschka geendet hatte, »ich rufe jetzt gleich eine Bekannte an, sie ist Wahrsagerin, schon in der dritten Generation. Mit solchen Sachen scherzt man nicht. Wie fühlst du dich?« Sie blickte Katja aufmerksam an. »Hattest du in letzter Zeit vielleicht Kopfschmerzen oder Schwächeanfälle?«

»Also, jetzt reicht's.« Katja schaltete den Staubsauger ein. »Das ist doch wirklich idiotisch!«

»Nein, warte.« Margarita trat mit dem Fuß auf den Staubsaugerknopf, das Gerät verstummte. »Du nimmst diese Dinge zu leicht. Ich will dich nicht erschrecken, aber das ist ernst. Wer weiß, wie lange du schon auf dem verhexten Kopfkissen geschlafen hast. Der böse Zauber muß wieder rückgängig gemacht werden.«

»Blödsinn! Ein paar Späne, ein Kerzenstummel, ein Fetzen Papier mit einem Gebet. Das ist kein Atomreaktor und kein Quecksilber. Weg damit – aus den Augen, aus dem Sinn. Wenn man so etwas ernst nimmt, dann kann man wirklich krank werden.«

»Ist dir das wirklich ganz egal? Hast du überhaupt keine Angst?« fragte Margarita leise.

»Ich finde es widerlich, aber Angst habe ich nicht.«

»Margarita, ruf doch deine Wahrsagerin an«, flüsterte Shannotschka, »ich hab nämlich schreckliche Angst.«

Die Wahrsagerin war jedoch nicht zu Hause. Margarita versprach, sie bestimmt noch anzurufen. Die Holzspäne und die übrigen Dinge empfahl sie bis zum Gespräch mit der »Spezialistin« in eine Tüte zu legen, auf den Balkon zu bringen und vorläufig nicht anzurühren.

Nach einer Tasse Tee nahm sie das Slangwörterbuch mit und ging. Am Abend rief eine Frau mit sehr tiefer, heiserer Stimme an und stellte sich als Bella Jurjewna vor.

»Ich habe Ihre Telefonnummer von Margarita Krestowskaja. Sie hat mir erzählt, was passiert ist. Meine Liebe, das ist wirklich eine sehr ernste Sache. Was Sie gefunden haben, müssen Sie unbedingt verbrennen. Das ist uralte Magie, ein tödlicher Zauber. Späne von einem Sarg, der Stummel einer Kerze, die für die ewige Ruhe Ihrer Seele gebrannt hat. Die Frau, die Sie auf der Straße angesprochen hat, war höchstwahrscheinlich eine Gottesnärrin. Die verfügen manchmal über die Gabe des zweiten Gesichtes. Sind Sie getauft?«

»Ja«, erwiderte Katja.

»Gehen Sie in die Kirche?«

»Was hat die Kirche damit zu tun?« Katja mußte sich beherrschen, um nicht grob zu werden.

»Wie, was meinen Sie damit? Wenn Sie gläubig sind, dann müssen Sie doch verstehen, daß die Mächte der Finsternis Sie angreifen.«

»Ich bin gläubig, aber nicht abergläubisch. Das sind verschiedene Dinge.«

»Sie regen sich unnötig auf«, meinte die Wahrsagerin, »nur Atheisten glauben nicht an den bösen Blick und Hexerei.«

»Na, Sie müssen's ja wissen.« Katja seufzte.

Sie hatte keine Lust, mit irgendeiner ihr nicht näher bekannten Bella Jurjewna theologische Diskussionen zu führen und ihr zu erklären, daß Dinge wie der böse Blick, Hexerei und Wahrsagerei nichts mit echtem Glauben zu tun hatten.

»Seien Sie auf der Hut, Katja. Sie tun mir aufrichtig leid«, sagte Bella Jurjewna heiser.

»Danke. Alles Gute«, erwiderte Katja.

Die Überreste des ausgeweideten Kopfkissens und die Tüte mit den magischen Utensilien trug Katja auf den Hof und warf sie in den Müllcontainer.

»Sie hätten verbrannt werden müssen!« sagte Shannotschka.

Am nächsten Morgen, um acht Uhr früh, wurde Katja von dem ersten anonymen Anruf geweckt.

»Heute wirst du dir das Bein brechen, du Dörr-Giselle.«

Seitdem waren mehr als zwei Wochen vergangen. Die Anrufe waren natürlich lästig und nervend, aber die Stadtstreicherin und das Kissen hatte Katja schon fast vergessen. Jetzt plötzlich, mitten in der Nacht, in der Küche, fiel ihr wieder ein, daß sie bei dieser ganzen dummen Geschichte zwei Details wirklich stutzig gemacht hatten.

»Die Stadtstreicherin war nicht echt«, sagte Katja nachdenklich und nippte am Tee, »sie hat Theater gespielt.«

»Was?« Shannotschka begriff nicht.

»Ich denke gerade wieder an diese dumme Geschichte. Eine echte Stadtstreicherin hätte nach Alkohol, Urin, Abfällen gestunken. Du weißt doch, wie gut mein Geruchssinn ist. Und ganz bestimmt hätte sie das Geld genommen. Das heißt, finstere Mächte sind hier garantiert nicht im

Spiel. Eine idiotische Maskerade war das. Gleb hatte schon immer eine Schwäche für überkandidelte Exzentrikerinnen mit einem Hang zur Mystik. Ich war ihm viel zu nüchtern und vernünftig. So was hat er gesucht – Schicksalsdramen und übernatürliche Leidenschaften. Na, und da ist er auf diese Verrückte gestoßen.«

Shannotschka sagte lange gar nichts, rührte nur angestrengt in ihrer Teetasse.

»Vielleicht hat diese Verrückte ja auch geschossen?« sagte sie endlich kaum hörbar.

»Das haben wir doch schon erörtert, das brauchen wir wirklich nicht wieder aufzuwärmen.«

»Nein, du hast recht«, bestätigte Shannotschka. »Weißt du, an dem Abend, als ihr zur Premiere gefahren seid, an dem alles passiert ist. Also, da hab ich aufgeräumt und die Waschmaschine angestellt.«

»Wozu?« Katja verstand nicht.

»Ich wollte eure Bademäntel waschen, deinen und den von Gleb. In der Nacht, als Gleb ermordet wurde, war kein fremder BH in seiner Tasche.«

Kapitel 8

»Was machst du gerade?« rief Irina aus der Küche. »Du solltest heute doch den Pilz waschen.«

Margarita saß am Schreibtisch über einem Chemielehrbuch für Studienanfänger, aber sie schaute nicht ins Buch, sondern in einen kleinen runden Spiegel, der auf der aufgeschlagenen Seite stand. Ihr eines Augenlid war mit einer dünnen Schicht blaßgrünen Lidschattens bedeckt, das andere bepinselte sie gerade sorgfältig mit Türkisblau.

»Hörst du mich? Du tust keinen Handschlag im Haushalt, lebst hier wie im Hotel!« schrie Irina weiter aus der Küche.

Margarita hielt den Spiegel dicht vors Gesicht, holte dann aus der Schreibtischschublade ein Fläschchen Waschlotion und rieb mit einem Wattebausch langsam den blaßgrünen Lidschatten ab. Nein, das war nicht ihr Farbton. Türkisblau stand ihr besser.

Irina stürzte ins Zimmer und packte ihre Tochter unsanft am Arm. »Ach, du Miststück! So bereitest du dich also auf die Prüfung vor?«

»Mama, man muß schon vollkommen bescheuert sein, um bei der Prüfung für dein erbärmliches Lebensmittelinstitut durchzufallen«, sagte Margarita ruhig und befeuchtete ihr Auge vorsichtig mit einem Kosmetiktuch. »Den Pilz wasche ich gleich, reg dich nicht auf. Schon' deine Nerven.«

Sie stand auf, küßte ihre Mutter auf die mollige Wange und tänzelte in die Küche. Die ausgetretenen Pantoffeln rutschten ihr von den Füßen. Der Morgenmantel aus Kattun war uralt und abgetragen. Margarita hatte ihn schon im achten Schuljahr im Handarbeitsunterricht genäht.

»Schon' deine Nerven! Als ob du dich für meine Nerven interessierst!« schrie Irina ihr hinterher. »Du bist genau wie dein Vater! Geld ausgeben, das kannst du, Kosmetika kaufen und dir die Fresse anmalen, dafür hast du Geld, aber deiner Mutter gibst du keine Kopeke! Wie lange liegst du Schmarotzerin mir noch auf der Tasche?«

Der weiße Plastiktisch in der Küche war schon längst rissig geworden, die karierten Gardinen waren alt und verblichen. Die Zwiebeln in den Milchkartons faulten, noch bevor sie keimen konnten, und ihr Geruch erinnerte an eine Bahnhofstoilette.

Jewgeni war zu der Frau gegangen, die nach billigem Parfum roch, hatte einige Monate bei ihr gelebt und war dann zurückgekehrt – bleich, abgemagert, in ausgeleierten Jogginghosen und fremden Altmänner-Filzpantinen anstelle seiner guten Hose und neuen Lederhalbschuhe.

»Ira, verzeih mir«, winselte er kläglich. »Ich höre auf mit dem Trinken, ich verdiene wieder Geld.«

Irina verzieh ihm nicht, aber sie jagte ihn auch nicht davon. Er trank natürlich weiter, Geld verdiente er nur wenig. So lebten sie.

Margarita tauchte ihren Arm in die gelbe Pilzbrühe und versuchte, das schleimige Ungeheuer zu fassen.

»Der Leutnant ergriff ihre Hand und führte sie an seine Lippen. Ihre Hand war klein und kräftig, sie duftete nach Sonnenbräune. Selig und ängstlich stockte ihm das Herz bei dem Gedanken, wie kräftig und braungebrannt wohl ihr ganzer Körper unter diesem leichten Baumwollkleid war«, deklamierte Margarita mit halbgeschlossenen Augen.

Für die zweite Runde des von der Stschepkin-Theaterschule ausgeschriebenen Wettbewerbs hatte sie die Bunin-Erzählung »Der Hitzschlag« vorbereitet. An der Schauspielschule des Künstlertheaters war für sie alles schon nach dem ersten Durchlauf zu Ende gewesen. An der Filmhochschule hatte sie ihre Papiere gar nicht erst eingereicht – hier war die Konkurrenz gnadenlos, auf einen freien Platz kamen hundertsiebzig Bewerberinnen. Aber an der Stschepkin-Schule hatte sie die erste Runde überstanden, und durchaus erfolgreich.

Der feste, schwere Körper des Teepilzes entzog sich ihren Fingern, als sei er lebendig. Der Pilz haßte Margarita, und Margarita haßte ihn.

»Wenn du an die Schauspielschule gehst, brauchst du hier nicht mehr aufzutauchen!« schrie Irina aus dem Wohnzimmer und wedelte mit dem Besen über den abgetretenen Teppich. »Wenn du hier was zu fressen haben willst, dann geh ans Lebensmittelinstitut!«

Vierzig Minuten später stand Margarita zwischen vielen anderen Mädchen und Jungen vor einer hohen Eichentür im alten Gebäude der Stschepkin-Theaterschule. Hinter der Tür tagte die Aufnahmekommission. Die zweite Prüfungsrunde war in vollem Gange. Ausgewählt wurden die Studenten von Professor Konstantin Iwanowitsch Kalaschnikow.

Es war Ende Juni 1991.

* * *

Olga Guskowa war gewohnt, in den realen Schwierigkeiten des Lebens einen verborgenen mystischen Sinn zu suchen, hinter den drückenden Problemen des Alltags etwas Magisches, Schicksalhaftes zu sehen.

Den Jahreswechsel 1996/97 beging Olga allein in ihrer ärmlichen Küche. Draußen heulte der Wind, es herrschte dichtes Schneetreiben. Im Wohnzimmer dröhnte der Fernseher, und die Oma stöhnte und ächzte. Olga stand am Küchenfenster und blickte ihrem verschwommenen Spiegelbild in die Augen. Es kam ihr vor, als schwebe dort, hinter der Scheibe, in der schneeerfüllten Finsternis ihre schwerelose, glückliche, wunderschöne Doppelgängerin.

Nebenan läuteten im Fernseher die Glocken der Kreml-Turmuhr. Olga hatte niemanden, mit dem sie hätte anstoßen können. Sie hatte auch keinen Sekt zum Anstoßen. Im Haus gegenüber waren die Fenster hell erleuchtet, eine lustige Gesellschaft kam auf den Hof gerannt, Böller krachten, man hörte betrunkenes Gelächter und quiekende Frauenstimmen. Alle waren in ausgelassener Stimmung, in Silvesterlaune.

Olga tat sich selber leid.

»Ich bin verhext worden«, klagte sie ihrer schwankenden Doppelgängerin. »Woher kommt diese Melancholie? Wieso fühle ich mich so schlecht? Das ganze Leben ist mir verhaßt.«

Ihre lebhafte, kranke Phantasie, angefacht durch die Erschöpfung, Einsamkeit und nervliche Anspannung malte ihr gruselige Bilder. Zottelige Weiber mit verkrümmten Fingern zerstießen in Mörsern getrocknete Kaulquappen und Schaben, fädelten die Zähne von dreizehn schwarzen

Katzen auf einen Faden, formten aus Wachs ein Figürchen, das Olga darstellte, und durchbohrten die Brust des Figürchens mit glühenden Nadeln, links, wo das Herz sitzt.

Wenn man auf einem Klappbett in der Küche schlafen, die endlosen Launen einer unvernünftigen alten Frau erfüllen, jede Kopeke zählen und das neue Jahr ohne Tanne und ohne Sekt feiern muß, allein mit dem eigenen Spiegelbild im schmutzigen Küchenfenster, dann ist es kein Wunder, daß man in trüber Stimmung ist. Erst recht, wenn man dreiundzwanzig Jahre, gesund, hübsch und noch ungeküßt ist. Zwar folgen dir auf der Straße, in der Uni, in der Bibliothek gierige Männerblicke, du aber hast Angst, ohne zu wissen wovor, und fliehst vor diesen Blicken wie vor der Pest.

»Du mußt wählen«, hatte ihr einmal der alte, müde Diakon in der Himmelfahrtskirche gesagt, »wenn du ein rechtgläubiger Mensch bist, dann vertreibe die unreinen Kräfte mit Gebet und Kreuzzeichen. Du bist doch ein kluges Mädchen, aber du benimmst dich wie ein abergläubisches altes Weib, das glaubt, die Nachbarin habe ihr in die Suppe gespuckt und davon hätte sie Hämorrhoiden bekommen. Ich weiß, du hast es sehr schwer mit deiner Oma. Aber alles geht vorbei, du bist noch so jung, halt durch, es geht nicht anders. Jeder hat sein Kreuz zu tragen.«

»Sie verstehen mich nicht«, sagte Olga, »ich bin verhext worden, auf mir liegt ein böser Zauber, da hilft kein Gebet.«

»Du solltest heiraten«, seufzte der Diakon und blickte Olga mitleidig an. »Wenn du erst mal Kinder hast, verschwinden all diese Flausen von selbst aus deinem Kopf.«

»Heiraten?! Kinder?! Das ist zu einfach! Das sind niedere Instinkte, eines geistigen Wesens unwürdig! Das hätte ich von Ihnen nicht erwartet, Vater!« entrüstete sich Olga.

Niemand verstand sie. Und sie verstand sich selbst nicht.

»Olga! Ich muß mal groß!«

Die Oma hämmerte mit der Faust an die Wand. Olga

rannte ins Wohnzimmer. Man hätte denken können, die alte Frau käme allein nicht mehr zurecht, würde es nicht bis zur Toilette schaffen. Aber besser war es, überhaupt nicht zu denken, sie einfach unterzuhaken, durch den Flur zu führen, vor der offenen Tür stehenzubleiben und zu warten, die Nase in den Ärmel der verwaschenen Bluse gesteckt.

Die Oma pflegte immer genau zu kommentieren, was gerade in ihrem Organismus vor sich ging. Nicht nur Olga, sondern auch alle alten Frauen auf dem Hof, auch der Arzt, der die Oma zweimal im Monat besuchte, und der junge Bursche vom Sozialamt, der die Rente ins Haus brachte – alle sollten genauestens wissen, wie Oma Iwettas Darm funktionierte.

»Warum drehst du dich weg? Ich merke schon die ganze Zeit, daß du dich vor mir ekelst. Vergiß nicht, ich war es, die dich aufgezogen hat, nächtelang habe ich nicht geschlafen. Wieso hast du gestern Reis gekocht? Von Reis bekommt man Verstopfung. Steh nicht herum wie ein Hornochse, hilf mir hoch.«

Die Psychiaterin hatte ihr erklärt, das völlige Fehlen elementarer Schamgefühle sei ein charakteristischer Zug für diese Krankheit.

»Du bist doch kein Krüppel, du kannst das doch allein!« rutschte es Olga heraus, und sofort tadelte sie sich: Jetzt wird es noch schlimmer.

»Ich werde einen Brief an die Behörden schreiben, es gibt eine Kommission, die überprüft, wie alte Menschen von ihren Verwandten behandelt werden.«

Und so ging es ununterbrochen weiter. Olga hörte gar nicht hin, sie bewegte sich wie aufgezogen, führte die alte Frau ins Bad zum Händewaschen, brachte sie dann ins Bett und machte den Fernseher aus. In die Küche zurückgekehrt, lehnte sie sich wieder gegen die Fensterscheibe. Auf dem Hof war noch immer die fröhliche Silvesterparty im Gange.

Das Horoskop für das kommende Jahr prophezeite Olga

Guskowa nichts als Unglück und Aufregungen, eine kleine, ganz persönliche Apokalypse.

Gleich nach Neujahr erkrankte Olga an einer schweren Grippe. Sie lag mit hohem Fieber, fast schon mit Halluzinationen, im Bett. Die Oma wurde vor Schreck für eine Zeitlang ganz klar im Kopf. Sie pflegte Olga, gab ihr Tee mit Honig zu trinken. Den Honig, den Himbeertee und die teuren ausländischen Medikamente brachte Margarita. Nach der Schule hatten die beiden sich nicht aus den Augen verloren. Margarita besuchte Olga weiterhin, zuerst in der alten Zweizimmerwohnung, dann in dem kleinen Einzimmerapartment.

»Sie kann ja, wenn sie nur will«, sagte Margarita lachend, als sie die energische, erschrockene Iwetta Tichonowna sah, »du solltest öfter mal krank werden, du hast sie ja völlig verzogen.«

Als es Olga schon besser ging, kam sie noch einmal, frisch, mit vom Frost geröteten Wangen.

»Du mußt an die Luft. Am Samstag fahren wir auf die Datscha zum Skilaufen.«

»Nein«, Olga schüttelte den Kopf, »ich habe keine Skier, ich kann auch nicht Ski laufen, und überhaupt will ich niemanden sehen.«

»Aber dort ist ja auch niemand. Skier werden sich schon finden, und das Skilaufen bringe ich dir bei. Du mußt mal raus aus dieser Umgebung, du brauchst Bewegung und frische Luft. Es tut einem ja weh, dich anzusehen.«

Am Samstag war strahlender Sonnenschein. Von der frischen eiskalten Luft wurde Olga schwindlig. Margarita gab ihr eine ganz leichte, mollig warme, schneeweiße Steppjacke, dicke flauschige Socken und Handschuhe aus Angorawolle. In dem riesigen warmen Haus fanden sich auch noch Skistiefel in der passenden Größe und nagelneue, gewachste Skier.

»Du mußt unbedingt einmal pro Woche Ski laufen«,

sagte Margarita, als sie zu zweit durch den stillen Birkenwald glitten, »überhaupt brauchst du mehr Bewegung und Sport. Dann verschwinden alle deine fixen Ideen. Beim nächsten Mal nehme ich dich zum Tennis mit.«

»Ich kann nicht Tennis spielen.«

»Blödsinn. Weißt du noch, im fünften Schuljahr hast du beim Sport auf der Bank gesessen, man mußte dich gewaltsam zum Hochsprung zerren. Da hast du auch gesagt: Ich kann das nicht. Und dann bist du höher gesprungen als alle anderen. Ich verstehe sowieso nicht, wie du so leben kannst. Wie wäre es, wenn du dich mal verlieben würdest? Sich bei deinem Aussehen mit einer verrückten Oma lebendig zu begraben – ich verstehe dich nicht.«

Olga gab keine Antwort. Sie hatte den Kopf zurückgelegt und schaute zum klaren Winterhimmel empor, in dem langsam die weiße Spur eines Düsenjägers schmolz.

»Übrigens, heute ist nach dem alten Kalender Neujahr«, teilte Margarita vergnügt mit, »heute abend machen wir eine kleine Fete.«

»Wie, es kommt noch jemand?« fragte Olga erschrocken.

»Unwahrscheinlich. Mein Konstantin ist für eine Woche geschäftlich nach London gedüst. Und sonst gibt es niemanden.«

»Warum bist du nicht mitgeflogen?«

»Ich hab Aufnahmen beim Fernsehen. Überhaupt sollte man sich ab und zu mal trennen. Das tut dem Eheleben sehr gut. Merk dir das für die Zukunft.«

Als sie zurückkehrten, sahen sie vor dem Haus mehrere Autos stehen, ausschließlich teure ausländische Marken.

Schon seit einigen Jahren veranstaltete Gleb Kalaschnikow zum alten Neujahrsfest auf der Datscha seine Männerabende. Er holte sich die nötigen Leute zusammen, und dann erörterten sie bei Schaschlik und Bier alle möglichen geschäftlichen Fragen. Damen wurden zu diesen Arbeitstreffen nicht eingeladen, sie hätten nur abgelenkt.

»Was, zum Teufel«, hörte Olga eine wütende Männerstimme, als sie und Margarita an der Vortreppe gerade die Skier abmachten.

Die Tür sprang auf, es erschien ein untersetzter Mann in einem dicken weißen Pullover, dessen Ärmel er bis zum Ellbogen hochgeschoben hatte.

»Gleb, mein Herzblatt, sei mir gegrüßt«, zwitscherte Margarita, sprang die Stufen der Treppe hoch und küßte ihren erzürnten Stiefsohn auf die Wange, »alles Gute zum neuen Jahr, ich hatte ganz vergessen, daß du kommen wolltest. Ehrlich, es war mir total entfallen. Olga ist meine Zeugin. Darf ich vorstellen, meine Schulfreundin Olga Guskowa. Sie hat gerade eine schwere Grippe hinter sich und mußte unbedingt mal an die frische Luft. Da ist mir nichts Besseres eingefallen als hierherzufahren, verzeih mir dummem Schaf. Aber wir werden euch nicht stören.«

Man sah Gleb deutlich an, daß er über das unerwartete Auftauchen seiner jugendlichen Stiefmutter äußerst verärgert war. Olga fühlte sich unbehaglich. Wer möchte schon gern ein ungebetener Gast auf einer fremden Datscha sein? Vor lauter Nervosität bekam sie die Skibindung nicht auf, die Metallklammer hatte sich verkeilt.

»Gleb, sei der jungen Dame behilflich, du bist doch ein Gentleman«, sagte Margarita lächelnd, »und gebt euch doch endlich die Hand. Olga, das ist Gleb Kalaschnikow, mein charmanter, wohlerzogener, gastfreundlicher Stiefsohn. Gleb, das ist Olga Guskowa, meine alte Freundin aus der Schulzeit.«

»Angenehm«, brummte Gleb, sprang von der Treppe herunter, hockte sich vor Olga auf den Boden und zog an der Klammer des Skis. »Ja, die hat sich gründlich verklemmt. Da bleibt nur eins übrig – den Fuß amputieren.«

Sie hob ihre erschrockenen blauvioletten Augen zu ihm empor. Nach der Grippe war ihr Gesicht schmaler, fast durchsichtig geworden. Die Augen wirkten riesig, phantastisch, auf den Wangen schimmerte eine zarte Röte. Gleb stieß einen leisen Pfiff aus. Er hatte schon viele schöne Frauen gesehen, aber diese hatte etwas Besonderes, wie von einem anderen Planeten. Und sie war völlig ungeschminkt, alles an ihr war Natur.

»Entschuldigen Sie«, murmelte sie, »ich fahre gleich ab.«

»Aber nicht doch!« Er schnürte ihr geschickt die Skistiefel auf, zog sie ihr mitsamt den Skiern aus, hakte sie unter und führte sie feierlich ins Haus.

Noch vor einer Stunde war er außer sich gewesen, als er Margaritas schwarzen Opel vor dem Haus erblickt hatte. Er konnte es nicht ausstehen, wenn jemand seine Pläne durchkreuzte. Aber jetzt löste sein Zorn sich in Luft auf. Er schenkte Olga Sekt ein, bewirtete sie mit frischen Erdbeeren und Kirschen, küßte ihr die Hand, machte ihr ein Kompliment nach dem anderen, erzählte Witze und spielte den Clown, kurz, er war ungeheuer aufgekratzt.

Aus den geschäftlichen Gesprächen wurde nichts. In der Gesellschaft der beiden schönen Frauen verwandelte sich der seriöse Männerabend in eine fröhliche Party. Margarita gab sich unwiderstehlich, flirtete heftig mit den beiden Bierbrauern aus Bremen und machte dem windigen Journalisten, der für die Werbung in einer soliden Bankerzeitschrift verantwortlich war, schöne Augen. Jeder der anwesenden Männer spürte ihre besondere Aufmerksamkeit, was der Eigenliebe schmeichelte, ohne große Illusionen zu wecken.

Olga verlor völlig den Kopf. Sie war zum ersten Mal im Leben in einem solchen Haus, in einer solchen Gesellschaft, aß zum ersten Mal in ihrem Leben im Januar auf einer verschneiten Datscha frische Erdbeeren und Kirschen. Die Schwäche nach der Grippe, die lange Skifahrt, die einlullende Wärme des Kamins, der Sekt mit dem süßen Likör taten ihre Wirkung. Gegen Mitternacht konnte sie kaum noch die Augen offenhalten. Die weichen Lippen des fröhlichen Gastgebers flüsterten ihr etwas ins Ohr, streiften wie zufällig ihre Wange, ihren Hals. Seine Finger strichen zärtlich durch ihr dichtes, seidiges Haar, und ihr schwirrte der Kopf immer mehr.

»Denk bitte daran, sie ist noch Jungfrau«, flüsterte Margarita ihm in einem passenden Moment rasch zu.

»Du machst wohl Witze.« Gleb grinste spöttisch. »Dreiundzwanzig, eine solche Fassade und Jungfrau?«

»Ich hab dich gewarnt.« Margarita blinzelte ihm zu und lachte im selben Augenblick lauthals über einen plumpen Witz des Bremer Bierbrauers.

Als Olga sich am nächsten Morgen nackt im Bett mit Gleb Kalaschnikow wiederfand, war sie weder erschrocken noch überrascht. Sie fühlte sich so wohl, daß sie am liebsten die Augen gar nicht mehr aufgemacht hätte. Der ganze Vorrat an unverbrauchter romantischer Energie, der sich in ihr angesammelt hatte, konnte sich nun endlich in einer wahnsinnigen, ewigen Liebe verströmen. Die drückende Melancholie wich einem überschwenglichen Glücksrausch.

Gleb hielt sich für einen guten Kenner der weiblichen Psyche. Heute will sie noch für ihn sterben, aber morgen verlangt sie nörgelnd und launisch nach einem neuen Pelzmantel und einem Brillantring. Allerdings, sie war wirklich noch Jungfrau gewesen, wer hätte das gedacht.

Aber Olga verlangte weder am folgenden Tag noch nach einem Monat oder nach einem halben Jahr irgend etwas, das man für Geld kaufen konnte. Ihre Liebe war völlig selbstlos und rein. Sie wollte nur eins – immer mit Gleb zusammensein, jede Minute ihres Lebens. Sie wollte, daß er sich scheiden ließe, drohte mit Selbstmord, sprach von Sünde und Unzucht. In einer Scheidung sah sie nichts Schlimmes, da Gleb mit seiner Frau nicht kirchlich getraut war.

»Hör mal«, sagte die kluge Margarita eines Tages zu Gleb, »heirate Olga doch einfach heimlich, in aller Stille. Was kostet's dich? Keiner wird davon erfahren, und sie beruhigt sich wenigstens ein bißchen. Sonst tut sie sich vielleicht wirklich noch etwas an.«

»Du bist wohl verrückt! Ich habe nicht die leiseste Absicht, mich von Katja scheiden zu lassen.«

»Es redet ja niemand von Scheidung«, meinte Margarita schulterzuckend, »du kannst weiterleben wie vorher. Mach ihr nur ein bißchen Theater vor. Und spiel auf Zeit, sag ihr, du kannst Katja nicht so plötzlich verlassen, du müßtest dir erst eine neue Wohnung suchen, und dafür hast du im Moment keine Zeit. Im übrigen brauche ich dir ja wohl keine guten Ratschläge zu geben.«

»Wahrhaftig«, schnaubte Gleb, »das brauchst du nicht.«

Zu einer kirchlichen Trauung mit Olga konnte er sich aber doch nicht entschließen. An Gott glaubte er zwar nicht, aber die Vorstellung war ihm nicht ganz geheuer, daß der alte Ritus nur eine Maskerade sein sollte. Außerdem kam es ihm makaber und widerlich vor, der seltsamen, unberechenbaren Olga das Versprechen ewiger Treue zu geben, während die eigene Ehefrau noch am Leben war.

Und so spielte er auf Zeit, versprach ihr das Blaue vom Himmel und erstickte ihre Hysterie mit Küssen. Bald wollte er sich von ihr trennen – allzu anstrengend wurde diese Affäre, allzu viel Kraft und Lügen forderte sie. Aber jedesmal, wenn er zu einem weichen, taktvollen »Verzeih« anhob, blickte er in ihre riesigen blauvioletten Augen, atmete den Duft ihrer seidigen hellbraunen Haare ein und dachte: Nein. Nicht jetzt. Nicht heute.

An jenem denkwürdigen, frostigen Abend auf der Datscha zum alten Neujahrsfest waren alle in fröhlicher, ausgelassener Stimmung. Nur einer schwieg, lachte nicht, aß und trank fast nichts.

Felix Grischetschkin, der dicke Geschäftsführer von Glebs Casino, starrte die schöne Olga aus seinen kleinen runden Augen unverwandt an. Aber niemand bemerkte es.

Kapitel 9

Der weiße Mercedes 600 stoppte vor dem Bierlokal »Krewetkin & Co.«. Aus dem Auto stiegen zwei finstere, breitschultrige Kaukasier. Sie trugen die Standardklamotten der kaukasischen Mafia – teure Lederjacken, weite Hosen. Nach ihnen kletterte hustend und ohne Eile noch ein dritter Mann aus dem Auto, groß, mager und fast kahlköpfig. Obwohl noch keine dreißig, sah er schon aus wie fünfzig. Seiner gebeugten, knochigen Gestalt haftete etwas Kränkliches, Greisenhaftes an.

Ein paar lange Haarsträhnen waren von Schläfe zu Schläfe gekämmt und mit einer fettigen, stark riechenden Pomade an die Glatze geklebt. Eine niedrige, fliehende Stirn, eine kleine, wie ein Taubenschnabel spitzige Nase. Der teure türkisfarbene Anzug schlotterte an dem schmächtigen Körper wie an einer Vogelscheuche. Golbidse, genannt Täuberich, ungekrönter Diebeskönig, glänzte nicht eben durch männliche Schönheit, dafür glänzte er jedoch mit einer goldenen »Rolex« und drei massiven Brillantringen.

Golbidse liebte es sich zu schmücken, fast wie eine Frau. Auf der zottigen eingefallenen Brust hing unter dem feuerroten Seidenhemd eine dicke Platinkette. Manschettenknöpfe und Krawattennadel bestanden aus hochkarätigen, funkelnden Brillanten.

Zwei Leibwächter betraten mit ihm zusammen das Restaurant, zwei blieben im Auto sitzen. Der dunkelhäutige Portier, der eine rosafarbene Livree mir Silbertressen trug, verbeugte sich fast bis zum Boden.

Im Speisesaal, der mit Fischernetzen, Modellen alter Segelschiffe und echten, schwarzangelaufenen und mit grellgrünem Kunstschlamm verzierten Schiffsankern dekoriert war, war es leer und still. Nur ein Oberkellner im Smoking und zwei Kellner in Matrosenanzügen standen stramm und warteten auf Anweisungen.

Eine Minute später fuhr ein dunkelroter Jeep vor. Aus ihm stieg ein kleiner, stämmiger Mann – Valera Lunjok. Er war nicht anders gekleidet als seine beiden Leibwächter: Lederjacke und Jeans. Keine Ringe, keine Ketten. Das dünne dunkelbraune Haar war militärisch kurz geschnitten.

Der dunkelhäutige Portier machte diesmal keine tiefe Verbeugung. Lunjok mochte kein kriecherisches Getue.

»Er ist schon da«, raunte der Portier ihm zu, »hat zwei mit Pistolen dabei.«

Der Schwarze sprach Russisch mit leichtem ukrainischem Akzent.

Täuberich saß in gekrümmter Haltung im Lokal, rauchte gierig und sah nicht einmal hoch, als Lunjok den Raum betrat. Sie gaben sich weder die Hand noch nickten sie einander zu.

»Ist der Fürst bei dir?« fragte Täuberich finster.

»Laß deine Jungs mal Pause machen und eine Runde Billard schieben«, sagte Lunjok, als er sich setzte, »wir sollten besser unter vier Augen reden.«

Nachdem die Leibwächter der beiden »Autoritäten« hinter den grünen Vorhängen des Billardsaals verschwunden waren, sagte Lunjok leise:

»Dein Fürst hat Kalaschnikow umgelegt.«

»Das hat er nicht getan, und das weißt du sehr gut.«

»Wozu hast du mich gerufen?« fragte Lunjok.

»Ich will kein Blut. Ich will zum letzten Mal mit dir reden. Wenn du mir das Casino nicht gibst – dann fließt Blut.«

»Ein Handel kommt nicht in Frage?« Lunjok grinste spöttisch. »Paß auf, daß du dich an diesem Brocken nicht verschluckst. Willst du deinen Fürsten zurückhaben? Oder läßt du ihn mir?«

»Behalt den Fürsten. Ich will das Casino.«

»Kein schöner Zug von dir. Und wenn deine Landsleute erfahren, wie leicht du den Fürsten ans Messer geliefert hast? Was dann? Er ist ja recht gesprächig, besonders wenn er Angst hat. Womöglich läuft er mir davon und zur Miliz und fängt dort an zu singen – nicht nur von dir, sondern von vielen anderen. Aus lauter Angst. Und dann stellt sich heraus, daß er nicht der einzige ist, den du verraten hast.«

Täuberichs schmales Gesicht verfärbte sich grünlich. Wenn Nodar Dotoschwili bei der Miliz zu plaudern begann, dann würde er viel erzählen können. Nicht nur über ihn, Täuberich, sondern auch über einige bedeutende kaukasische »Autoritäten«, mit denen man sich besser nicht anlegte. Der Fürst würde sie alle verraten. Und schuld wäre er, Täuberich. Der Fürst war sein Mann. Die Bullen würden sich schwer ins Zeug legen. Ihre eigenen Landsleute verfolgten sie nur widerwillig, aber die Kaukasier machten sie mit dem größten Vergnügen nieder.

»Na, Täubchen, wollen die grauen Zellen nicht mehr so recht?« fragte Lunjok und grinste mitfühlend. »Du achtest zu wenig auf deine Gesundheit, der Stoff vernebelt dir das Gehirn. Na, genug geschwätzt, Zeit ist kostbar. Was das Casino betrifft, so sind wir uns einig, hoffe ich.«

Golbidse hing schon seit langem fest an der Nadel. Das Morphium blieb nicht wirkungslos. Das Denken bereitete dem ungekrönten Dieb sowieso Schwierigkeiten. Er war gewohnt, dreist, mit grober Gewalt vorzugehen, aber sobald ein bißchen Nachdenken gefragt war, geriet Täuberich ins Schleudern.

Lunjok hatte den Fürsten als Geisel genommen, das war ein cleverer, raffinierter Schachzug. Dieses Problem konnte Täuberich nicht mit der Knarre lösen. Wenn er seinen Jungs einen Wink gab, würden sie vielleicht als erste losballern. Aber dann wäre der Fürst noch heute bei der Miliz, und das durfte nicht passieren. Er würde durchhalten müssen.

»Meine Leute haben Kalaschnikow nicht angerührt«, sagte er langsam und blickte in Lunjoks hellgelbliche Augen.

Lunjok wußte, daß der Kaukasier nicht log. Der fürchtete sich nicht vor der Miliz, sondern vor den eigenen Landsleuten. Er hatte sich eine Blöße gegeben und die anderen mit hineingerissen. Fürst Nodar war zwar nicht besonders helle, aber dafür eine wandelnde Enzyklopädie der kaukasischen Mafia. Ein Trottel, der viel wußte. Lunjok hatte sich selbst gewundert – man brauchte ihn nur anzustupsen, und schon packte er aus.

Glücklicherweise gab es Angelegenheiten, die man nicht mit Schießereien regeln konnte. Sonst hätten solche Emporkömmlinge wie dieser Täuberich die ehrliche Bruderschaft schon längst ausgerottet.

»Was willst du für den Fürsten?« fragte Täuberich, ohne aufzusehen.

»Nichts.« Lunjok lächelte und lehnte sich entspannt in seinem Stuhl zurück. »Der kann sich vorläufig noch bei mir erholen.«

Ohne ein weiteres Wort stand Täuberich auf, rief seine Leibwächter und ging zum Ausgang. Die beiden Gorillas kamen aus dem Billardsaal gerannt und folgten ihm.

Während des Gesprächs hatte keiner der beiden Kontrahenten das Essen angerührt, beide hatten nur geraucht. Täuberich hatte wie viele Drogensüchtige Probleme mit dem Appetit. Und Valera Lunjok hatte keine Lust, mit Täuberich am selben Tisch zu essen.

»Aber wer hat denn nun Gleb um die Ecke gebracht?« sagte Lunjok nachdenklich und machte sich über die kalten Vorspeisen her.

Wem nützte der Tod von Kalaschnikow? Das Casino »Sternenregen« war nur ein kleiner Teil des mächtigen Imperiums von Valera Lunjok. Aber in einem Imperium muß Ordnung herrschen. Sonst wird es, ehe du dich versiehst, in Stücke gerissen, und die eigenen Leute fressen es dir bedenkenlos weg.

»Die eigenen«, sprach Lunjok nachdenklich vor sich hin,

zog ein paar bunte Plastikzahnstocher heraus und legte sie in gerader Reihe auf die Tischdecke.

»Was sagst du?« fragte einer der Leibwächter mit vollem Mund.

»Die eigenen, diese Hunde«, wiederholte Lunjok.

Der Leibwächter kaute weiter und guckte zu, wie sein Chef die Zahnstocher hin und her schob. Der Leibwächter wußte nicht, daß der rote mit der abgebrochenen Spitze den ermordeten Gleb Kalaschnikow darstellte, der dicke, stumpfe, unbrauchbare blaue den Geschäftsführer Grischetschkin, der gelbe den baschkirischen Ölmagnaten Ajas Mirsojew, der grüne den Präsidentenberater Jegor Barinow.

Es waren sieben Zahnstocher, alle in verschiedenen Farben. Valera Lunjok drehte sie hin und her, legte sie mal so, mal so. Sein Gesichtsausdruck war ernst und konzentriert, und der Leibwächter lachte los, ohne zu Ende gekaut zu haben.

»Nee, wirklich, Lunjok, du bist echt wie'n kleines Kind!«

»Halt die Schnauze!« zischte Lunjok, ohne aufzublicken.

Der Leibwächter hielt nicht nur die Schnauze, sondern verschluckte sich sogar. Der zweite, der schweigend neben ihm saß und rauchte, klopfte ihm mit seiner mächtigen Pranke auf den Rücken.

»Barinow und der Dicke«, murmelte Lunjok, »der Dicke und Barinow.«

Zwei Stäbchen, das grüne und das blaue, steckte er sich in die Tasche, die übrigen brach er entzwei und warf sie in den Aschenbecher.

»Möchten Sie Kaffee?« fragte der Kellner.

Lunjok nickte zerstreut.

Was den Dicken betrifft, ist alles klar, dachte er und trommelte mit seinen stumpfen kurzen Fingern aufs Tischtuch. Der hat zu tief in die Kasse gegriffen, Gleb hat ihn dabei erwischt und ihm Zunder gegeben. Könnte Grischetschkin der Mörder sein? Leicht möglich.

Lunjok war ein guter Psychologe. Er wußte, der stille

Geschäftsführer war eine empfindsame Seele mit krankhaftem Ehrgefühl. Gleb hatte sich immer schon einen Spaß daraus gemacht, den Dicken zu ärgern. Und wenn er ihn dann noch beim Stehlen erwischt hatte ... Nach dem Mord war der Dicke ganz außer sich gewesen, schweißnaß, bleich, die Hände hatten ihm gezittert. Sicher nicht aus Kummer über den Tod des geliebten Chefs. Alle wußten, daß Felix Grischetschkin seinen Chef inbrünstig haßte. Könnte er in einem Wutanfall den Killer beauftragt haben?

»Leicht möglich«, wiederholte Lunjok laut und nachdenklich, nahm einen Schluck von seinem geliebten ungesüßten Espresso und zündete sich eine Zigarette an.

Jedenfalls brauchte man sich nicht weiter aufzuregen, wenn es das Werk des Dicken war. Er konnte sich nicht einfach aus dem Staub machen, er war jederzeit greifbar.

Aber wenn es Jegor Barinow war, der den Mord an Gleb in Auftrag gegeben hatte, dann ergab sich ein ganz anderes Bild. Dann sah die Sache übel aus, ganz übel.

Der Präsidentenberater Jegor Barinow war eine der kostbarsten Erwerbungen von Valera Lunjok. Heutzutage ist jeder Dieb, der auf sich hält, geradezu verpflichtet, sich einen oder besser gleich mehrere Politiker zu kaufen. Und es lohnt sich nicht, dabei kleinlich zu sein. Der Geizige bezahlt zweimal, wie man weiß, und beim zweiten Mal muß er oft mit seiner Freiheit oder seinem Leben bezahlen.

Lunjok war nicht geizig. Natürlich war Barinow nicht der einzige Politiker in seinem Stall, aber er war der einflußreichste und seriöseste. In der letzten Zeit jedoch war Barinow etwas zu seriös und selbstherrlich geworden, er benahm sich arrogant, in seiner Stimme schwang ständig eine gewisse Überheblichkeit.

Lunjok grinste anfangs nur spöttisch in sich hinein: He, du Großmaul! Wer bezahlt hier wen? Wer ist hier der Boß? Bei Fuß! Sitz! Kenn deinen Platz!

Dann sprach er diese Gedanken auch laut aus, in etwas abgemilderter Form, aber der Sinn war der gleiche. Doch Barinow begriff nicht, benahm sich weiterhin herausfordernd, manchmal geradezu flegelhaft. Langsam wurde Lunjok böse. Er konnte lange stillhalten; äußerlich wirkte er wie ein gutmütiger, geduldiger Mensch. Tatsächlich zog er es im Unterschied zu vielen seiner Kollegen dieser schwierigen Diebeszunft vor, zunächst nachzudenken, zu beobachten, nach Gründen zu suchen, warum jemand einen Fehler beging, und erst dann zu bestrafen.

Barinows Ambitionen störten ihn nicht. Barinow kam aus der Meute der Komsomolzen, hatte als Politinstrukteur in der Stadtverwaltung angefangen, das heißt, seit seiner Jugend gehorchte er den strengen Kommandos anderer: Sitz! Lieg! Schlag an! Mochte er jetzt im reifen Alter seinen Spaß haben, mochte er sich aufblasen, Hauptsache, es schadete der Sache nicht. Doch Lunjok mußte befürchten, daß sich hinter der Unverschämtheit dieses Westentaschenpolitikers ein bedeutsamer Grund verbarg.

Angst zum Beispiel. Panisches, lähmendes Entsetzen. Manche werden aus Angst klug, andere macht die Angst stumpf und dumm. Wieder andere rutschen vor Angst auf den Knien und machen sich sogar in die Hose. Aber bei manchen Menschen hat sie auch die umgekehrte Wirkung – sie werden maßlos frech und überheblich und überschätzen ihre erbärmlichen Kräfte.

Wenn Barinow sich aus Angst so unverschämt benahm, mußte ihm jemand einen gründlichen Schrecken eingejagt haben. Womöglich Gleb Kalaschnikow?

Kapitel 10

»Es muß ein gutes Porträtfoto sein. Das beste«, sagte Konstantin Kalaschnikow am Telefon. »Weißt du, ich habe meine Alben durchgesehen, bei mir sind nur die Kinderfotos, ab achtzehn hört es auf. Kannst du nicht etwas Geeignetes auftreiben?«

»Gut, ich werde nachsehen«, erwiderte Katja. »Wollt ihr eine Fotografie auf dem Grabstein haben?«

»Ja, auf Porzellan. Und zu Hause möchte ich auch ein großes gerahmtes Porträt aufhängen.« Kalaschnikow seufzte tief auf. »Ich wollte dir noch etwas sagen, Kindchen. Also, wir haben da einige wichtige finanzielle Dinge zu regeln. Versteh mich richtig, Gleb und du, ihr hattet keine Kinder, du bist eine junge schöne Frau, bald wirst du ein neues Glück finden. An deiner Seite wird dann ein völlig fremder Mann sein, der …«

»Ich habe schon verstanden, Konstantin Iwanowitsch«, unterbrach ihn Katja, »aber lassen Sie uns darüber später reden, nach der Beerdigung. Und auch nicht am Telefon nachts um eins.«

»Ja, verzeih. Ich kann gar keinen klaren Gedanken fassen, bin ganz wirr im Kopf. Schlafen kann ich überhaupt nicht, aber Schlafmittel will ich auch nicht nehmen. Wenn man in meinem Alter damit anfängt, gewöhnt sich der Organismus gleich daran. Margarita hat ihre liebe Not mit mir. Weißt du, mir ist plötzlich eingefallen, wie ich vor drei Monaten, auch nachts gegen eins, mit Gleb telefoniert habe. Du warst irgendwohin verschwunden, und er war schrecklich in Sorge. Er hat dich sehr geliebt, Kindchen. All diese gräßlichen Gerüchte über seine …«

»Konstantin Iwanowitsch, Gerüchte interessieren mich nicht. Im Moment schon gar nicht.«

»Ja, natürlich. Laß mich wissen, wenn du wieder zu dir gekommen bist und zu einer ernsthaften geschäftlichen Unterredung in der Lage. Einverstanden?«

»Ich bin auch jetzt dazu in der Lage«, sagte Katja schneidend, »dafür brauche ich nicht erst zu mir zu kommen. Ich glaube nicht, daß es Probleme zwischen uns geben wird. Laut Gesetz steht mir ein Drittel des Erbes zu. Auf mehr erhebe ich keinen Anspruch. Aber das zu entscheiden ist sowieso nicht eure oder meine Sache.«

»Ich wüßte doch gern, wessen denn?«

»Konstantin Iwanowitsch«, sagte Katja seufzend, »das wissen Sie doch genauso gut wie ich. Über sämtliche Einnahmen aus dem Casino entscheidet Valera Lunjok.«

»Wieso bist du nur so zynisch, Kindchen?« fragte Kalaschnikow klagend nach einer langen Pause. »Deine Härte hat Gleb immer verletzt. Er war so ein zartbesaiteter, sensibler Junge. Du hast ihn nie verstanden, nie geschätzt ...«

»Konstantin Iwanowitsch, was wollen Sie von mir?« fragte Katja müde.

»Nichts. Mir kommt nur einfach diese eisige Ruhe seltsam vor. Keine einzige Träne hast du vergossen. Gleb ist noch nicht begraben, aber du redest schon von der Aufteilung des Erbes.«

»Mir scheint, damit haben Sie angefangen, Konstantin Iwanowitsch. Ich schlage vor, wir beenden dieses Gespräch und wünschen uns eine gute Nacht.«

Kalaschnikow schwieg sehr lange. Katja wollte schon auflegen, in der Meinung, das Gespräch sei zu Ende. Aber da hörte sie ein leises, unterdrücktes Schluchzen.

»Verzeih mir, Kindchen. Ich schwatze Blödsinn. Das sind die Nerven, du mußt Nachsicht mit mir haben. Wir haben beide einen großen Verlust erlitten.«

»Ja, Onkel Konstantin. Wir haben beide viel verloren.«

Nach dem Gespräch blieb ein widerlicher, klebriger Nachgeschmack. Kalaschnikow hatte ganz beiläufig, wie zufällig, die einzige Nacht erwähnt, in der Katja nicht zu Hause geschlafen hatte und erst morgens zurückgekehrt war. Das ging ihn nichts an. Und es war besonders unpassend, es in einem Atemzug mit der Aufteilung des Erbes zu erwähnen.

Es war vor etwa drei Monaten gewesen, Ende Mai. Draußen rauschte ein warmer Sommerregen. Im Theater lief »Schwanensee«. Gleb hatte irgendwelche Baschkiren, die mit Öl zu tun hatten, angeschleppt und in die erste Reihe gesetzt. In der Pause stürmte die ganze Gesellschaft zu Katja in die Garderobe.

Es waren drei Baschkiren. Einer war schon etwas älter, trug die baschkirische Nationaltracht – einen Filzhut und weiche Stiefel mit hochgebogenen Spitzen – und summte die ganze Zeit irgendein schwermütiges Steppenlied vor sich hin. Er sprach mit niemandem und starrte aus seinen Schlitzaugen starr vor sich hin. Wie sich später herausstellte, war er der Anführer, der Boß. Die beiden anderen waren jung, lebhaft, krummbeinig, schwatzten ohne Pause, fluchten, lachten wiehernd und erzählten unanständige Witze. Ihre Stimmen waren hoch, fast wie Frauenstimmen. Alle drei stanken zehn Meter gegen den Wind nach Alkohol.

Bei Katja tauchten sie mit einer bereits entkorkten Flasche französischem Kognak auf, tranken direkt aus der Flasche und drängten Katja ununterbrochen: »Trink mit uns, Schöne, zier dich nicht!«

»Warum du bist so mager und müde? He, Kalaschnik, warum du gibst deine Frau schlecht zu essen? Ich habe vier Frau, jedes Frau ist dick, fleischig, schön, du hast nur ein Frau, und guck, was hat Frau dünne Arme. Frau muß sitzen zu Hause, nicht auf Bühne herumspringen.«

Dabei tätschelte derjenige, der am betrunkensten war, laut lachend Katjas nackte Schulter. Gleb aber saß im Sessel, die Beine auf den kleinen Zeitschriftentisch gelegt, und telefonierte übers Handy.

»Sei nicht böse, Schätzchen«, gurrte er leise ins Telefon,

»ich habe gerade sehr wichtige Gäste ... Na, sagen wir morgen ... Ich versprech's dir ... Olga, nun hör schon auf, reg dich ab ...«

Katja wußte, wer diese Olga war. Ihr riß die Geduld.

»Bitte, geht jetzt alle hinaus«, sagte sie ruhig, bemüht, ihre Stimme nicht zu heben.

»Gleb, man schätzt uns hier nicht«, bemerkte einer der Gäste und rülpste.

»Also, ich küsse dich, Schätzchen, sei nicht traurig«, säuselte Gleb ins Telefon und blickte seine Frau unzufrieden an: »Katja, was hast du denn?«

»Nichts. Bring deine Gäste raus. Mir reicht's.«

»Was reicht dir? Womit bist du unzufrieden? Okay, sie haben einen kleinen sitzen. Wir hatten wichtige Gespräche, danach muß man sich entspannen.«

»Dann hättest du sie zur Entspannung besser ins Casino zum Striptease führen sollen. In drei Minuten muß ich wieder auf die Bühne. Verkrümelt euch.«

In diesem Moment erhob der Älteste seine Stimme. Er hatte aufgehört, sein melancholisches baschkirisches Liedchen zu summen, seine trüben Schlitzaugen waren auf Katja geheftet, und er sprach mit sehr tiefer, knarrender Stimme:

»Warum beleidigst du uns, Frau? So redet man nicht mit Gästen.«

Angespannte Stille trat ein. Man hörte, wie der alte Baschkire schwer und pfeifend atmete. Ohne länger zu warten, wie diese idiotische Szene enden würde, verließ Katja die Garderobe und schloß leise die Tür hinter sich.

Im nächsten Akt waren die vier Plätze in der ersten Reihe leer.

Sie versuchte sich einzureden, daß ihre angespannte und zornige Verfassung der Rolle der Odile sehr zugute käme. Eine ausgezeichnete Odile gäbe das – eine zornige, rasende Furie. Aber statt energischer Wut überkam sie stickige, matte Melancholie. Den letzten Akt tanzte Katja wie ein Roboter, ohne Gefühl, mechanisch die Schritte zählend. Wie viele waren es noch bis zum Ende?

Katja wußte, morgen würde sie sich schämen. Weder die Zuschauer noch das Ensemble oder ihr Partner Mischa Kudimow wollten etwas von ihrer seelischen Verfassung und ihrer Wut auf den Ehemann wissen. Sie hatte den letzten Akt des Balletts fast ruiniert, und nur sie allein war schuld daran.

In der fünften Reihe, an der Seite, sah sie Pawel Dubrowin sitzen und freute sich. Er kam in fast jede Aufführung. Anfangs hatte Katja nur kühle Verwunderung gespürt, wenn sie sein Gesicht im Saal bemerkte. Dann gewöhnte sie sich daran. Mittlerweile hatten sie sich schon ein paarmal am Dienstausgang kurz unterhalten.

»Na, sind Sie doch noch ein Ballettfan geworden?« fragte Katja einmal.

»Nein. Ich mag Ballett immer noch nicht.«

»Langweilen Sie sich denn nicht? Tut es Ihnen nicht um die Zeit und das Geld leid?«

»Nein.«

»Haben Sie Familie, Kinder?«

»Nein.«

Katja nahm an, er würde bald wieder verschwinden. Es kam ja von ihrer Seite keinerlei Ermunterung, nur ein gleichgültiges »Danke, alles Gute«.

Aber jetzt, als sie spürte, daß sie die Aufführung durch ihren Kummer, ihre Gekränktheit und das widerliche, zitternde, hysterische Selbstmitleid fast ruinierte, ließ Katja ihren Blick auf dem schon so vertrauten und trotzdem fremden Gesicht Pawel Dubrowins ruhen und dachte: Gut, daß er hier ist.

Der Vorhang fiel. Die Zuschauer klatschten höflich und teilnahmslos Beifall. Es gab nur einen Vorhang. Katja schminkte sich hastig ab und zog sich um, rannte dann nach draußen und sah dort, wie immer, den schwarzen Lada auf dem Hof stehen. Pawel lehnte am Auto und rauchte.

Im Theater war Pawel Dubrowin schon allen bekannt, viele begrüßten ihn fast wie einen der ihren. Aber als sich Katja nun vor den Augen des Wachmanns und mehrerer Tänzer nicht in ihren Ford, sondern in Dubrowins Lada setzte, warfen sich zwei Ballettmädchen vielsagende Blicke zu, Mischa Kudimow stieß einen überraschten Pfiff aus und schüttelte den Kopf.

»Wohin fahren wir?« fragte Pawel.

»Wie wär's mit einer kleinen Fahrt durch das nächtliche Moskau? Wenn es aufhört zu regnen, könnten wir irgendwo spazierengehen, vielleicht an den Patriarchenteichen.«

»Der Regen wird wohl kaum aufhören. Für heute nacht ist ein Gewitter angesagt. Aber ich wohne in der Nähe der Patriarchenteiche. Wir könnten dort spazierengehen, und wenn es ein Gewitter gibt, sind wir schnell bei mir zu Hause. Hätten Sie nicht Lust auf ein Abendessen?«

»Ich würde gern Tee trinken. Aber nicht im Restaurant, irgendwo, wo es ruhig ist und keine Leute sind.«

»Ich verstehe«, Pawel nickte, »dann sind die Patriarchenteiche genau das Richtige, und danach gehen wir zu mir. Tee und Ruhe kann ich Ihnen garantieren.«

Als sie zu den Teichen abbogen und vor einer Ampel hielten, fragte Pawel: »Katja, sind diese betrunkenen Asiaten, die Ihr Mann in der Pause zu Ihnen in die Garderobe geschleift hat, der Grund für Ihre schlechte Laune? Ich habe Sie noch nie so traurig gesehen.«

»Was wissen Sie von diesen Asiaten?« fragte Katja.

»Ich habe gesehen, wie sie mit Ihrem Mann zusammen hinter die Bühne gegangen sind.«

»Gott hab sie selig. Heute ist sowieso ein gräßlicher Tag, schon seit dem frühen Morgen. Wissen Sie, so ein Tag, wo man sich schon morgens über irgendwelchen Kleinkram ärgert. Und anschließend geht alles schief.«

»Und was ist morgens passiert?« fragte Pawel und hielt auf dem Hof vor seinem Haus an. Es regnete immer noch. In dem leeren alten Hof brannte eine einsame Laterne. Der Wind war stärker geworden. Katja knöpfte fröstelnd ihren Blazer zu.

»Eigentlich nichts Besonderes«, sagte sie und fuhr sich durchs Haar, »eine solche Bagatelle, daß es nicht lohnt, darüber zu reden. Haben Sie einen Schirm?«

»Katja, wollen Sie bei diesem Wetter wirklich spazierengehen?« fragte Pawel.

»Nein«, Katja seufzte, »es hat wohl keinen Sinn. Ich weiß nicht, warum, aber immer, wenn ich einfach nur mal durch die Gegend schlendern und frische Luft schnappen will, regnet es. Und im Winter fängt es entweder gerade an zu schneien oder es taut, und man versinkt bis zu den Knien im Dreck. Gehen wir zu Ihnen nach oben, da können wir eine Tasse Tee trinken, und danach rufe ich mir ein Taxi und fahre zurück zum Theater und von dort in meinem Auto nach Hause.«

»Wieso ein Taxi? Ich kann Sie doch zum Theater bringen.«

»Danke. Wecken wir bei Ihnen zu Hause auch niemanden auf?«

»Nein. Ich lebe allein.«

»Schon lange?«

»Seit fünf Jahren. Seit meiner Scheidung.«

»Und Ihre Eltern?«

»Meine Mutter ist tot, und mein Vater hat wieder geheiratet. Ich habe noch einen Stiefbruder, der ist acht Jahre alt.«

Der Aufzug war so klein und eng, daß sie ganz nah beieinander stehen mußten, Schulter an Schulter. Eine unbehagliche Pause trat ein. Der alte, mit Zoten vollgeschmierte und nach Urin und billigem Tabak stinkende Aufzug mit den schwarzen, an den Rändern verkohlten Löchern anstelle der

Knöpfe brauchte eine Ewigkeit bis zum fünften Stock. Die ganze Zeit schwiegen sie und sahen einander nicht an, als hätten sie ein schlechtes Gewissen.

Als der Aufzug endlich anhielt, klingelte das Handy in Katjas Handtasche. Sie zog es heraus, wollte schon sprechen, überlegte es sich aber anders und schaltete es ab.

»Das war sicher Ihr Mann«, bemerkte Pawel vorsichtig. »Er weiß ja nicht, wo Sie sind, und wird sich Sorgen machen.«

»Von mir aus. Das wird ihm eine Lehre sein.«

Pawel schwieg. In der Wohnung war es still und dunkel, und Katja spürte sofort: ja, er wohnte hier tatsächlich schon seit vielen Jahren allein. Sie blieb im Flur stehen, zog sich die Haarnadeln aus dem zerzausten Knoten und bürstete sich vor dem gesprungenen ovalen Spiegel das Haar. In der Küche klappte die Kühlschranktür, dann fiel polternd etwas zu Boden, zerbrach aber nicht.

»Pawel, Sie brauchen nichts zu kochen«, rief sie und betrachtete sich im Spiegel, »nur Tee oder Kaffee.«

»Und was möchten Sie lieber?«

»Kaffee. Wenn Sie gemahlenen haben. Löslichen trinke ich nicht.«

»Den mag ich selber nicht. Ich hab auch noch Käse da, allerdings ist er schon ziemlich trocken, ein Glas Oliven, Würstchen und etwas Sauerkohl. Aber der Zucker scheint alle zu sein.«

Er kam mit einer Zellophantüte aus der Küche, in der sich zwei jämmerliche, dunkel angelaufene Würstchen krümmten.

»Pawel, das ist wirklich nicht nötig, danke. Nur Kaffee.«

»Wenn ich vorher gewußt hätte, daß Sie heute kommen – ich esse fast nie zu Hause, abgesehen vom Frühstück. Setzen Sie sich und verschnaufen Sie etwas, inzwischen lege ich Ihnen Musik auf und koche uns Kaffee. Falls Sie ihn süß mögen, irgendwo habe ich noch Honig.«

Er führte sie in das große, fast leere Wohnzimmer. In der

Mitte des Raums leuchtete auf einem runden einbeinigen Tisch der Monitor eines eingeschalteten Notebooks. Im bläulichen Nebel schwammen blasse Fische. Auf einem riesigen Schreibtisch vorm Fenster stand noch ein Computer, ein großer PC, der ausgeschaltet war. Zwei Sessel, der eine solide, aus Leder, der andere ein typisches Siebziger-Jahre-Modell, das wacklig und unbequem aussah und vermutlich quietschte. In der Ecke, auf dem Fußboden, eine große neue, bestimmt sehr teure Stereoanlage, daneben Fernseher und Videorecorder. Ein antikes, allerdings schrecklich abgewetztes Büfett, dem sämtliche Türen fehlten und das mit Büchern, Audio- und Videokassetten und CDs vollgestopft war.

»Was soll ich spielen? Was für Musik hören Sie gern?«

»Haben Sie klassischen Jazz?« fragte Katja und setzte sich in den großen Ledersessel.

»Glenn Miller, Louis Armstrong, Ella Fitzgerald«, zählte Pawel rasch auf, »aber ich lege lieber mal etwas auf, das Sie bestimmt noch nie gehört haben.«

»Das wird Ihnen kaum gelingen«, meinte Katja, »aus dieser Sparte kenne ich fast alles. Jedenfalls alles, was man zur Klassik rechnen kann.«

»Wirklich? Ich wette, das hier hören Sie zum ersten Mal.«

»Gut, legen Sie es auf. In drei Minuten nenne ich Ihnen den Interpreten.«

Ein sanfter Tenor sang auf Englisch vom schläfrigen Mississippi, über den langsam ein Dampfer fährt.

»Gilt die Wette?« fragte Katja.

»Natürlich!«

»Worum wetten wir?«

»Um was Sie wollen!«

»Dann um diese Kassette!«

»Bitte sehr!«

»Das sind die ›Ink Spots‹ mit ›Up a lazy river‹, Mitte vierziger, Anfang fünfziger Jahre!« sprudelte Katja hervor.

Pawel stand mitten im Zimmer, in der Hand immer noch die Tüte mit den Würstchen.

»Es war nicht fair von mir, zu wetten«, sagte Katja lächelnd, »mit klassischem Jazz kenne ich mich wirklich gut aus. Keine Sorge, ich werde Ihnen Ihre Kassette nicht wegnehmen. Ich weiß, es ist eine sehr seltene Aufnahme. Ich überspiele sie mir und gebe sie Ihnen zurück. Übrigens, diese Würstchen schmeißen Sie besser weg. Die sehen ja furchtbar aus.«

»Ja, wirklich.«

Er ging wieder in die Küche, wo leise die Kaffeemühle zu summen begann. Katja streifte die Schuhe ab und machte es sich mit untergeschlagenen Beinen bequem. Erst jetzt merkte sie, wie schrecklich müde sie war. Es war ein endlos langer, unerfreulicher Tag gewesen. Gegen neun Uhr morgens war sie ins Theater gefahren, vor der Probe hatte die ganze Truppe sich versammelt, es hatte eine häßliche Intrige gegeben, die Katja beilegen mußte. Danach hatte sie sich bei der Probe schmerzhaft den großen Zeh verstaucht. Sie hatte ihre geliebten alten Ballettschuhe, obwohl sie schon fast auseinanderfielen, noch ein letztes Mal angezogen, und das hatte sie nun davon. Der Zeh tat jetzt noch weh. Für einen normalen Menschen eine Bagatelle, aber für einen Tänzer ein erhebliches Handicap. Und später, nachdem sie ihren berühmten Pas ballotté besonders gut getanzt hatte, hatte Galja Melnikowa, eine junge, begabte Solistin, mit unschuldigem blauem Augenaufschlag und aufrichtiger Empörung gesagt: Also, was ist diese Nikiforowa doch für ein Biest! Sie behauptet, du wärst nicht mehr so in Form, die frühere Leichtigkeit wäre verschwunden. Stell dir vor, so ein Schwachsinn.

Ljudmila Nikiforowa war eine alte, erfahrene Tanzpädagogin. Katja war von ihr fünf Jahre unterrichtet worden und schätzte ihre Meinung hoch. Die Nikiforowa sagte immer die Wahrheit, aber nur persönlich, unter vier Augen.

Hinter dem Rücken würde sie so etwas niemals sagen, schon gar nicht zu Galja Melnikowa. Wie traurig, daß die nette, begabte Galja sich als so eine neidische Giftnudel entpuppte. Und an Gleb mit seinen baschkirischen Kumpanen und seinem Olga-Schätzchen mochte sie schon gar nicht mehr denken.

Katja merkte selber nicht, wie sie in dem gemütlichen Sessel zu den süßen Stimmen des farbigen Jazzquartetts einschlummerte. Pawel blieb überrascht und verwirrt mit dem Tablett in der Hand auf der Türschwelle stehen und schlich dann leise, auf Zehenspitzen, zum Computertischchen. Eine Kaffeetasse klirrte. Katja öffnete die Augen.

»Verzeihen Sie.« Er errötete vor Verlegenheit.

»Verzeihen Sie mir, Pawel. Sie sind bestimmt auch müde. Ich bin so dreist bei Ihnen hereingeplatzt, und dann schlafe ich auch noch ein. Ich rufe jetzt ein Taxi und fahre.« Sie schaute auf ihre Uhr. »Mein Gott, schon halb zwei!«

»Was reden Sie da! Ich bin absolut nicht müde. Und überhaupt ... Ich habe so selten Besuch, erst recht nicht jemanden wie Sie. Ich werde noch zum menschenscheuen Sonderling, der nur vor seinem Computer sitzt.«

»Nicht doch, Pawel! Sie sind ein weltgewandter Mensch. Schließlich gehen Sie fast jeden Abend ins Ballett.«

Er goß den Kaffee ein, setzte sich in den quietschenden unbequemen Sessel, schwieg lange und sagte dann plötzlich ganz leise: »Möchten Sie nicht wissen, warum?«

Katja nahm einen Schluck Kaffee und sagte rasch, ohne ihn anzusehen: »Nein. Vorläufig nicht. Aber ich freue mich immer, wenn ich Sie unter den Zuschauern sehe.«

»Danke. Möchten Sie auch die zweite Seite hören? Oder soll ich etwas anderes auflegen?«

»Nein, lassen Sie nur. Pawel, haben Sie denn Kontakt zu ihrem kleinen Bruder?«

Pawel erzählte von seinem Stiefbruder und kramte dann noch allerlei Anekdoten aus seiner eigenen Kindheit hervor.

Auch Katja erzählte alle möglichen Geschichten von früher. Die Peinlichkeit zwischen ihnen verschwand, unmerklich gingen sie zum »Du« über.

Katja betrachtete zum ersten Mal aufmerksam sein Gesicht. Ein unscheinbares, eher häßliches Gesicht, aber interessant – eine kluge, hohe Stirn und ein energischer, scharfgeschnittener Mund. Kurze, leicht gelockte dunkelbraune Haare, kleine blaue Augen. Wenn er die Brille abnahm, sahen sie müde und ein wenig verloren aus.

Draußen donnerte es. Aus den dicken vereinzelten Regentropfen wurde ein heftiger Schauer. Die leichte Gardine blähte sich, flatterte aufgeregt wie der Flügel eines riesigen Nachtfalters. Dann schlug das Fenster zu und klemmte die Gardine ein.

In der Küche seiner riesigen leeren Wohnung saß böse, aufgebracht und völlig nüchtern Gleb Kalaschnikow, nur in der Unterhose, rauchte und lauschte auf die mechanische Stimme im Hörer: »Der Teilnehmer ist zur Zeit nicht erreichbar ...«

Am frühen Morgen kehrte Katja nach Hause zurück, schloß leise die Tür auf und zog im Flur ihre Schuhe aus. Nach der durchwachten Nacht fröstelte sie etwas. Gleb schlief zusammengerollt auf der Küchenbank. Sie wollte rasch ins Bad schlüpfen, aber er hörte es, sprang auf, blinzelte verschlafen und sagte heiser: »Wo warst du?«

»Bei Bekannten.«

»Hättest du nicht wenigstens anrufen können? Warum hast du dein Telefon abgeschaltet? Ich bin fast verrückt geworden. Bei wem warst du?«

»Hör auf«, sagte Katja müde, »du hast doch bestimmt schon mit dem Wachmann vom Theater gesprochen und weißt, mit wem ich weggefahren bin. Geh schlafen, Gleb. Es ist fünf Uhr morgens.«

»Ich habe nicht nur mit Edik gesprochen«, sagte Gleb

langsam, mit zusammengebissenen Zähnen, »außer ihm haben es noch zwei andere Leute für ihre Pflicht gehalten, mich zu informieren. Bist du völlig übergeschnappt? Wenn du das nächste Mal mit diesem Weichei vögeln willst – wie heißt er überhaupt? Pjotr? Pawel?«

Katja öffnete den Mund, um zu sagen: »Beruhige dich, es war nichts«, aber er begann zu brüllen, und da verging ihr die Lust zu antworten, zu widersprechen und sich zu rechtfertigen. Er fluchte so widerlich und ausgiebig, daß Katja fast schon Mitleid bekam. Sie hörte ihn an, ohne ein Wort zu erwidern, wartete, bis er sich beruhigen würde.

Danach ging er schweigend in der Küche auf und ab. Endlich blieb er stehen und sagte ganz ruhig, ohne ihr in die Augen zu sehen: »Von mir aus kannst du weiter mit deinem Weichei vögeln. Ich erlaube es dir. Nur sorge bitte dafür, daß mir das niemand ins Ohr bläst. Aber ich kenne dich ja, du bist einfach zu bescheuert. Du meinst, wenn man einmal zusammen im Bett war, muß man gleich heiraten. Also, ich warne dich. Wenn du mich verläßt, ist es aus mit deinem Theater. Dein geniales Ensemble wird auf der Straße stehen. Na, die eine oder andere Tänzerin kann ich vielleicht noch beim Striptease gebrauchen.«

»Das heißt, du erlaubst mir, mit ihm zu schlafen?« fragte Katja leise. »Wie stellst du dir das vor – Liebe nach Fahrplan? Oder haben wir freie Terminwahl?«

»Hör auf!« Er donnerte mit der Faust auf den Tisch und fing wieder an zu brüllen.

»Gleb, sag mir ehrlich«, bat ihn Katja, als er sich beruhigt hatte, »warst du in diesen acht Jahren auch nur einen Monat ohne irgendein ›Schätzchen‹?«

»Ich bin ein Mann. Das ist etwas anderes.«

»Toll!« sagte Katja lachend. »Das ist wirklich toll!« Sie klatschte sogar Beifall.

»Du weißt sehr gut, wie ich das meine.« Seine Stimme wurde wieder laut.

»Halt, nicht schreien. Sag mir doch bitte, wozu brauchst du mich überhaupt? Du hast doch so viele Schätzchen, alle hübsch, romantisch und empfindsam. Und ich bin langweilig, kalt und zynisch. Was also findest du an mir?«

Er starrte sie an, als sähe er sie zum ersten Mal, zwinkerte verwirrt, öffnete wie ein ans Ufer gespülter Fisch ein paarmal den Mund und preßte schließlich heiser heraus: »Katja, du willst mich doch nicht wirklich verlassen und zu ... zu diesem ...?«

»Darüber zu sprechen ist noch zu früh. Im übrigen möchte ich jetzt schlafen. Laß uns dieses Gespräch ein andermal weiterführen.«

Sie stand auf und wollte ins Bad.

»Du wirst nicht weggehen, hast du kapiert?« Gleb riß sie am Arm, zerrte sie zurück in die Küche. »Setz dich. Wir sind noch nicht zu Ende. Hast du das absichtlich getan, um mich zu verletzen? Wolltest du mir damit irgend etwas beweisen? Ich verstehe. Ja, manchmal benehme ich mich wie ein Schwein. Aber du bist auch nicht eben zimperlich!«

»Gleb, du weißt sehr gut, daß ich dir nichts beweisen will. Ich bin einfach müde.«

»Du hast immer gewußt ... und hast trotzdem nie etwas gesagt ... Du hast dich benommen, als sei dir alles einerlei.«

»Nein, Gleb, es war nur für dich sehr bequem, zu denken, mir sei alles einerlei. Aber so etwas gibt es nicht. Ich bin schließlich ein lebendiger Mensch. Aber genug davon. Du weißt, ich hasse diese Beziehungsdiskussionen.«

»Du hast mich nie geliebt.« Er lief wieder in der Küche auf und ab. »Wenn du mich geliebt hättest, dann hättest du gekämpft! Wenigstens einmal hättest du mich angeschrien und mich gefragt, wo ich war, hättest eine Szene gemacht! Aber du hast geschwiegen, als wäre nichts geschehen, und dann spielst du mir urplötzlich einen solchen Streich!«

»Entschuldige, daß ich dir keine Szenen gemacht habe. Entschuldige, daß ich nicht schreien und kämpfen kann.

Ich bin schlecht, du bist gut. Und dabei wollen wir es vorläufig belassen. Geh schlafen, Gleb.«

Ohne ihn anzusehen, ging sie in ihren Trainingsraum, wo in der Ecke eine kleine Schlafcouch stand. In der letzten Zeit schlief sie immer häufiger nicht im Schlafzimmer, sondern hier.

Sie hatte keine Kraft mehr, die Couch auszuziehen und das Bett zu machen. Sie zog Rock und Bluse aus, streifte ein altes langes T-Shirt über, rollte sich unter der dünnen Wolldecke zusammen und schlief augenblicklich ein.

Sie erwachte davon, daß Gleb sich neben sie legte. Seine Hände waren schon unter ihrem T-Shirt.

»Katja, wir lassen alles stehen und liegen und fahren nach Kreta! Was meinst du, sollen wir uns nicht eine kleine Auszeit nehmen? Nun sei doch nicht mehr so bockig!« Er riß sie mit dem Gesicht zu sich herum.

»Gleb, laß mich, nicht jetzt ... ich kann nicht ... ich will nicht ...«

Da verschloß er ihr mit seiner heißen feuchten Hand den Mund.

»Er darf und ich nicht?«

Katja spürte nichts außer Müdigkeit und Mitleid – mit sich, mit Gleb, mit ihrem wirren, sinnlosen Zusammenleben, in dem es natürlich auch Liebe gab, aber eine grobe, dumme Form von Liebe. Gleb spielte ständig den Verführer und Playboy, mußte sich ununterbrochen selbst bestätigen. Aber sein Draufgängertum war eine fadenscheinige Hülle. An allen Ecken und Enden sah das schmutzige, zerrissene Futter heraus – der unsichere kleine Junge, das launische Kind.

Damals, vor drei Monaten, hätte sie Gleb genau wie jetzt seinem Vater am Telefon sagen können: Es war nichts. Zwischen mir und Pawel Dubrowin ist in jener Nacht nicht das Geringste vorgefallen. Wir haben nur zusammengesessen und uns unterhalten. Aber warum sollte sie sich eigentlich rechtfertigen? Warum?

Kapitel 11

Die Sohlen der Winterstiefel lösten sich allmählich ab. Einmal durch den Novembermatsch von zu Hause bis zur Metro, und die Füße waren völlig durchnäßt. Der November hatte gerade erst begonnen, aber es schneite schon in dichten Flocken, die sofort tauten und sich unter den Füßen in eine eisige Suppe verwandelten.

Margarita fror erbärmlich. Vom Wind tränten ihr die Augen, die billige Tusche floß von den Wimpern. Durch die alte, zerschlissene Jacke spürte Margarita den eisigen Wind mit jeder Pore. Unter dem dünnen Pullover, der aus alter, verschiedenfarbiger Wolle gestrickt war, bekam sie eine Gänsehaut, die Brustwarzen zogen sich zusammen. Sie sehnte sich nicht einfach nach Wärme, sie wünschte sich ein richtiges Höllenfeuer, ein Dampfbad, eine glühendheiße Sauna, wo der Dampf sie verbrannte und bis auf die Knochen durchscheuerte.

In der Metro herrschte Gedränge. Margarita sprang in den überfüllten Wagen, zwängte sich durch und versuchte sich zu entspannen, aufzuwärmen und wieder zu sich zu kommen. Sie war wieder mal spät dran und deshalb im Galopp zur Metro gerannt.

Der Zug setzte sich in Bewegung, in der schwarzen Fensterscheibe erblickte Margarita ihr Spiegelbild und stellte wie immer fest, daß von allen Gesichtern, die sich ringsum spiegelten, ihres das schönste war.

Der harte Bauch des Mannes rechts von ihr und der wabbelige Hintern der Frau links quetschten sie derart ein, daß sie sich kaum rühren konnte. Nur mit Mühe gelang es ihr, den Arm auszustrecken, um eine aus der Strickmütze gerutschte Locke zurückzuschieben. Der Mann hatte ein rundes Bärtchen und eine dicke, grobporige Nase. Die Frau stank nach Schweiß und Friseur. Ihr Haar war zu steifen gelben Kringeln gelegt, am Hals standen ein paar schwarze

Strähnen ab, die wohl nicht mehr auf die Lockenwickler gepaßt hatten.

Wie kann man nur mit einem solchen Aussehen leben? dachte Margarita und drehte die Nase vom fleischigen Hals der Frau weg. Sie futtert wahrscheinlich alles, von Makkaroni bis zu Cremetörtchen, verzichtet auf nichts und schaut trotzdem jeden Tag zufrieden in den Spiegel, färbt sich die Haare und läßt sich eine Dauerwelle machen. Ich würde mich aus dem Fenster stürzen, wenn ich so aussähe.

Die Frau wandte den Kopf, in ihrem dicken Ohr funkelte ein Brillant von mindestens 0,25 Karat. Es war ein echter Stein, von hoher Reinheit, nicht irgendein Phianit oder Zirkon. Damit kannte Margarita sich bestens aus.

Eine ihrer liebsten Freizeitbeschäftigungen bestand darin, in Juweliergeschäfte zu gehen und ausgiebig und detailliert die teuersten Schmuckstücke zu begutachten. Manchmal wandte sie sich mit geschäftsmäßig-skeptischer Miene an die Verkäuferin: Entschuldigung, dürfte ich diesen Ring mal probieren? Ach, Ohrringe gehören auch noch dazu? Natürlich, die probiere ich auch. Ja, sehr schön. Wie viel Karat? 0,14 in jedem Stein? Und welcher Reinheitsgrad? 3? Haben Sie vielleicht noch etwas in dieser Art, aber ohne Blütenblatt? Nein? Schade.

Sie hätte weinen können vor Selbstmitleid, wenn jemand vor ihren Augen solchen Schmuck kaufte, ob nun mit Blütenblättern oder ohne. Eifersüchtig folgte ihr Blick jeder glücklichen Besitzerin echter Edelsteine. Zu ihren strahlend grünen Augen hätten große Smaragde so gut gepaßt. Der Smaragd war ihr Stein, er brachte Glück. Der Brillant dagegen schützte vor Krankheiten und bösem Zauber. Besonders kränkend fand sie es, wenn die Steine an den Fingern und in den Ohren dicker häßlicher Weiber funkelten.

Der Zug fuhr ans Tageslicht, zum »Platz der Revolution«. Das Brillantenweib bahnte Margarita beherzt einen Weg zum Ausgang. Was hatte dieser Panzer mit dem dicken

Hintern für einen Pelzmantel! Kakaofarbener Nerz, mit einem Schuß Milch, fast bodenlang. Und ganze Felle, keine zusammengeflickte türkische Massenware.

Jemand in der trägen, groben Menge trat ihr auf die Ferse. So, jetzt sind die Stiefel endgültig hinüber, dachte Margarita ruhig, drängelte sich zum Rand der Halle durch und nahm, auf das kalte Knie einer bronzenen Kolchosbäuerin gestützt, die abgerissene Schuhsohle in Augenschein. Tatsächlich, die war hin. Bis zum Institut konnte sie damit noch humpeln, aber dann? Sie könnte sich Geld leihen. Aber wovon sollte sie es zurückzahlen? Von ihrem Stipendium? Lächerlich.

»Du brauchst nicht nur Stiefel, es wäre auch nicht schlecht, wenn du dir eine neue Hose und einen Pullover kaufen würdest«, brummte die Maskenbildnerin Sweta.

Sie standen zusammen im leeren Raucherzimmer. Sweta hatte die Angewohnheit, das rechte Auge zusammenzukneifen und dabei Rauchschwaden aus den Nasenlöchern zu blasen.

»Eine merkwürdige Person bist du, Krestowskaja. So ein bildhübsches Ding und gar nicht blöd, aber angezogen wie die letzte Vogelscheuche. Glaub mir, mein Herz, zerrissene Jeans und selbstgestrickte Pullover sind heutzutage total out. Übrigens stehen sie dir auch gar nicht.« Sweta musterte Margarita mit spöttischem, abschätzigem Blick von Kopf bis Fuß.

»Das ist eben mein Stil.« Margarita warf den Kopf zurück und schüttelte ihre dichten roten Haare.

»Stiefel ohne Sohlen gehören auch zu deinem Stil?« fragte Sweta hart und ohne zu lächeln.

Margarita bereute es, sich an Sweta gewandt zu haben. Sie hätte viele um Geld bitten können, aber ein Paar gute Stiefel kosteten mindestens dreihundert Rubel. Soviel Geld hatte niemand bei sich. Und sie mußte noch heute neue kaufen.

Sie überschlug bereits in Gedanken, daß sie etwa zwei Monate brauchen würde, um das Geld ratenweise zurückzuzahlen. Einen Teil würde sie beim Vater herausschlagen, ein bißchen würden Oma und Opa beisteuern, und das Stipendium war ja auch noch da. Zwei Monate würden ausreichen. Aber in diesen zwei Monaten mußte sie etwas an den Füßen haben. Und für Sweta war eine solche Summe ein Klacks.

Der Lohn einer Maskenbildnerin war nur wenig höher als das Stipendium einer Studentin. Im Theater und am Institut wußte man, daß Sweta eine Ausbildung als Masseurin gemacht hatte und sich etwas hinzuverdiente, indem sie alternden Schauspielern und Schauspielerinnen die steifen Rücken durchwalkte. Aber allzuviel konnte dabei auch nicht herausspringen. Doch allein der Rock aus grauem Glacéleder, der Swetas straffe Hüften umspannte, kostete ungefähr zehn Monatsstipendien. Und auch die übrigen Sachen – Stiefel, Polarfuchs, Ohrclips, Ringe, exquisites Parfum – deuteten auf eine Menge Geld.

Sweta war zehn Jahre älter als Margarita, hochgewachsen, füllig, mit großem Busen. Das glatte, hellblonde, nicht sehr dicke, aber glänzende und gepflegte Haar war zu einem geraden Pagenkopf geschnitten. Die Gesichtszüge waren eher grob und nichtssagend. Eine dicke flache Nase, ein etwas aufgedunsenes Kinn, das fließend in den milchweißen vollen Hals überging. Nur den Mund konnte man als schön bezeichnen – sinnlich, weich und beweglich, führte er gewissermaßen ein Eigenleben, lächelte und entblößte dabei kleine, gleichmäßige weiße Zähne, schob sich ein wenig nach vorn, um den Zigarettenrauch herauszublasen, oder verzog sich zu einer spöttischen, ungläubigen Grimasse. Margarita hatte schon lange bemerkt, daß man Sweta beim Gespräch unwillkürlich nicht in die kleinen hellbraunen Augen schaute, sondern auf den Mund.

»Ich geb's dir in einem Monat zurück. Oder allerhöchstens in zwei«, sagte Margarita schnell.

»Natürlich, mein Herz, das tust du.« Die vollen Lippen lächelten weich. »Mach dir keinen Streß. Hier hast du fünfhundert.« Der Verschluß der eleganten teuren Handtasche klackte, eine Geldbörse kam zum Vorschein, eine gepflegte weiße Hand hielt Margarita die Scheine hin.

»Sweta, hab Dank, das werde ich dir nie vergessen!« Margarita strahlte und küßte die Maskenbildnerin auf die Wange, besann sich dann aber plötzlich: »Fünfhundert sind zu viel, ich brauche bloß dreihundert.«

»Schon gut, Häschen, markier nicht das arme Aschenputtel. Du brauchst noch viel mehr.« Sweta blinzelte ihr fröhlich zu. »Einfach so gibt dir das natürlich niemand. Aber man kann sich's ja verdienen. Du gibst doch immer so mit deinen Eltern an. Wie reich die sind, sehe ich.« Sweta sprach jetzt ganz leise, obwohl außer ihnen niemand im Raucherzimmer war. »Köpfchen muß man haben, mein Herz.«

»Und das heißt?« flüsterte Margarita.

»Willst du fünfhundert Dollar? Gleich übermorgen in deiner Tasche, willst du?«

»Machst du Witze? Wo kann ich soviel Geld verdienen? Auf dem Strich, oder was? Fünfhundert Dollar! Übermorgen! Kann ein Elefant eine Tonne Bananen auf einmal fressen? Er kann schon, aber wer gibt sie ihm?«

Es klingelte. Die zweite Doppelstunde begann.

»Okay, Häschen, lauf zu deinem Unterricht.« Sweta zupfte sie zärtlich an der Wange. »Ich erkläre dir das alles später.«

Abends begann es wieder zu stürmen. Der feuchte Schnee stob ihnen ins Gesicht. In den neuen Stiefeln fühlte Margarita sich warm und behaglich. Um halb acht bremste ein glänzender schwarzer Audi vor dem alten Gebäude des Maly-Theaters. »Na, ihr beiden Hübschen, seid ihr noch nicht erfroren?« fragte der gutgekleidete grauhaarige Mann, der aus dem Wagen stieg, und riß mit schwungvoller Geste die hintere Tür auf.

»Grüß dich.« Sweta küßte den Mann auf die Lippen. »Das ist meine Freundin Margarita.«

Der Mann musterte die zierliche Gestalt in der schäbigen Jacke aufmerksam von oben bis unten. Sein Gesicht kam Margarita entfernt bekannt vor, irgendwo hatte sie es schon gesehen, entweder im Fernsehen oder in einer Illustrierten. Er küßte ihr galant die Hand, sagte: »Sehr angenehm«, stellte sich selber jedoch nicht vor. Aber Margarita achtete nicht weiter darauf. Sie war in leichter, fröhlicher Stimmung. Vor einer halben Stunde hatte sie bei Sweta in der Maske ein halbes Glas Champagner gekippt.

»Es kann dir ja nicht schaden«, sagte Sweta und tuschte ihr sorgfältig die Wimpern mit einer sündhaft teuren französischen Wimperntusche. »Im Prinzip ist er gar nicht so übel, natürlich schon ziemlich alt, aber sonst ganz okay. Manchmal macht's direkt Spaß. Du mußt unbedingt mal einen Dreier ausprobieren.«

Margarita hatte bisher noch nicht einmal einen richtigen Zweier ausprobiert. Das erste Mal war es mit einem Mitschüler passiert, mit Wassja Schejko, nach der Abifete. Wassja war betrunken, er schwitzte, schnaufte, hauchte ihr seinen Alkoholatem ins Gesicht und kam mit seinem Hosenschlitz nicht klar. Danach hatte sie eine ziemlich langweilige Affäre mit einem Kommilitonen, Borja Wladimirow, und auch das hatte ihr keinen besonderen Spaß gemacht. Vielleicht war es ja zu dritt wirklich interessanter? Fünfhundert Dollar waren jedenfalls nicht zu verachten, und das sollte nur der Anfang sein, Sweta hatte gesagt, später gäbe es mehr. Außerdem lohnte es sowieso nicht, sich in diesem Leben vor irgend etwas zu fürchten außer vor kalten Wintern, abgerissenen Schuhsohlen und dem gelblichen, krümeligen Hirsebrei, der zu Hause im leeren Kühlschrank in einem zerbeulten, schwarzangelaufenen Kochtopf auf die völlig ausgehungerte Margarita wartete.

Im Auto lief leise Musik. Es tat gut, in einem teuren Wagen mit getönten Scheiben durch die schneenasse Stadt zu fahren, und nicht irgendwohin, sondern auf eine Datscha, eine warme, zweistöckige Datscha mit Sauna und Swimmingpool.

* * *

Generalmajor Ufimzew, stellvertretender Innenminister, hatte seinen alten Freund, den Schauspieler Konstantin Kalaschnikow, zu sich nach Hause eingeladen. Gewöhnlich trafen sie sich im exklusiven Sportclub an der Woikowski-Straße, spielten Tennis und tranken in der Sauna ein Bierchen. Jetzt aber konnte davon keine Rede sein. Kalaschnikow hatte einen schweren Schlag erlitten. Sein einziger Sohn war ermordet worden.

Am Vorabend hatte er angerufen. Durchs Telefon klang seine Stimme schwer und heiser.

Schlimmer hätte es ihn nicht treffen können, dachte der General. Möge der Himmel mich vor so etwas schützen.

»Ich muß mit dir reden, Serjosha.«

»Morgen ist Samstag. Komm doch morgen vormittag zu mir nach Hause. So gegen zehn«, erwiderte Ufimzew.

Am Samstagmorgen hatte Margarita Dreharbeiten. Bevor sie um halb neun ging, weckte sie ihren Mann, küßte ihn zärtlich und streichelte ihn über die Wange, die sich über Nacht mit häßlichen grauen Altmännerstoppeln bedeckt hatte.

»Kostja, vergiß nicht, dich zu rasieren, immerhin gehst du zu einem General.«

»Versprochen, mein Schatz.« Er griff nach ihrer warmen, nach teurer Toilettenseife duftenden Hand und preßte sie an seine Lippen.

Margarita drehte sich einmal vor dem großen Schlafzimmerspiegel auf dem Absatz herum, betrachtete sich voller Genugtuung von oben bis unten, schüttelte ihre offenen feuerroten Haare und sauste davon. Im Schlafzimmer blieb nur der Duft ihres Parfums zurück, irgendein neumodischer, unbekannter Duft. Margarita liebte Parfum und wechselte es ständig. Dieses neue roch nach intensiver Frische, Jugend und feuchtem Klee.

Ächzend und schwer hustend kroch Kalaschnikow unter der Bettdecke hervor und stellte sich vor den großen Spiegel. Das trübe Morgenlicht hob die Tränensäcke unter seinen Augen besonders schonungslos hervor, die ungesunde Aufgedunsenheit, die sich in der letzten Zeit nach dem Schlaf zeigte. Das Alter war eine widerliche Sache. Den mit grauer Wolle bewachsenen Bauch konnte man noch straffen, wenn man regelmäßig Gymnastik machte, die fett gewordenen schlaffen Schultern aufrichten, wenn man tief Luft holte. Aber mit jedem Tag wurde es schwerer, sich in Form zu halten.

Kalaschnikow sah seinem Spiegelbild in die Augen und schämte sich plötzlich. Was für alberne Gedanken! Sein einziger Sohn war ermordet worden und lag noch nicht unter der Erde, Nadja hatte gefährlichen Bluthochdruck, und er drehte sich vor dem Spiegel, der alte Narr, und sog gierig den Duft von Margaritas Parfum ein.

Für einen Besuch bei Nadja, der Mutter seines einzigen Sohnes, hatte er nun doch keine Zeit mehr gefunden. Übermorgen war die Beerdigung, dann würde er sie treffen müssen, ausweichen konnte er nicht. Er würde mit ihr reden und ihr in die Augen sehen müssen.

Kalaschnikow zog fröstelnd die Schultern hoch und ging in die Dusche. Erst heißes Wasser, dann fast kochend, dann eiskalt. Und das mehrere Male hintereinander – eine ausgezeichnete Gymnastik für die Gefäße. Nach so einer Kontrastdusche fühlt man sich zehn Jahre jünger, die Haut wird frisch und rosig, man ist nicht mehr so verquollen und betrachtet sich gern wieder im Spiegel.

Als er sich Kaffee eingoß, läutete das Telefon. Am Apparat war zu seiner Überraschung der Geschäftsführer des Filmstudios.

»Konstantin Iwanowitsch, richten Sie Margarita doch bitte aus, daß die Dreharbeiten nicht um zwölf, sondern um halb zwei beginnen.«

»Ich werde es ihr sagen«, erwiderte er munter und fügte noch hinzu: »Sie schläft noch.«

Er legte den Hörer auf, nahm einen großen Schluck aus der Tasse, verschluckte sich und mußte husten. Der Kaffee war heiß und hatte ihm die Kehle verbrannt, Tränen traten ihm in die Augen. Er konnte gar nicht aufhören zu husten. Einen Moment spürte er schreckliche Angst. So war sein Vater gestorben – er hatte sich verschluckt, ein Stück Brot war ihm in die Luftröhre gerutscht, und niemand war bei ihm gewesen.

Aber der Husten ließ nach. Kalaschnikow holte tief Luft, nahm aus dem Kühlschrank eine Packung Orangensaft und goß sich ein volles Glas ein. Von dem eiskalten Getränk wurde ihm besser.

Nein, sagte er sich, ich werde mich nicht verrückt machen. Bestimmt hat sie irgendwelchen Weiberkram zu erledigen, Friseur, Kosmetikerin, Schneider ... Da gibt es genug Möglichkeiten. Schließlich haben wir von Anfang an vereinbart, daß sie nicht verpflichtet ist, über jede Kleinigkeit Rechenschaft abzulegen, wohin sie geht und wann sie zurückkommt. Keinerlei Eifersucht. Eifersucht ist in unserer Lage verboten: Läßt man sie erst einmal in die Seele, frißt sie einen auf. Ich glaube meiner Kleinen wie mir selbst. Sie betrügt mich nicht.

Als er vom Haus zur Garage ging, tauchte plötzlich wie aus dem Nichts ein junger Mann mit abstoßendem Äußeren vor ihm auf. Lange fettige Haarsträhnen von schmutziggelber Farbe, ein grünes Lederjackett, rosafarbene Lederhosen, unter denen sich die fetten Oberschenkel unschön abzeichneten, ein riesiger Ohrring mit einem unechten Brillanten.

»Guten Tag, Konstantin Iwanowitsch!« Ein Mikrophon wurde ihm vor den Mund gestoßen, neben dem rosagrünen Lederheini erschien wie aus dem Erdboden gestampft ein Kameramann. »Bitte ein paar Worte für die nächste Ausgabe unseres Wochenmagazins ›Moskau intim‹. Wie fühlen Sie sich? Haben Sie irgendeinen konkreten Verdacht? Man munkelt, Ihr Sohn sei in ein amouröses Drama verwickelt gewesen, eine Stunde vor dem Mord habe er sich mit dem Liebhaber seiner Frau geschlagen. Was können Sie dazu sagen?«

»Aus dem Weg!« brüllte Kalaschnikow mit Donnerstimme. »Verschwinden Sie!«

Aus der Bude neben den überdachten Garagen kam bereits verschlafen der Wachmann heraus.

»Schaffen Sie mir diese Leute vom Hals! Sofort! Auf der Stelle!« schrie Kalaschnikow.

Zum ersten Mal seit vielen Jahren, vielleicht sogar in seinem ganzen Leben, verlor er die Beherrschung. Der Schmerz, der sich in seiner Seele angesammelt hatte, seitdem er erfahren hatte, daß sein Sohn tot war, brach plötzlich heraus und überschwemmte alles ringsum. Der feuchte Asphalt unter seinen Füßen begann zu verschwimmen, der Regen schlug ihm ins Gesicht und schmeckte bitter und salzig. Kalaschnikow weinte.

Ohne etwas zu erkennen, wankte er zu seinem blauen Toyota und brauchte eine Ewigkeit, bis er mit dem Schlüssel das Schlüsselloch traf. Als er endlich im Wagen saß, fiel er mit dem Kopf vornüber auf das Lenkrad.

Der Wachmann hatte Reporter und Kameramann längst verjagt. Er ging zum Auto und klopfte vorsichtig an die Scheibe.

»Ist Ihnen nicht gut, Konstantin Iwanowitsch? Soll ich Hilfe holen?«

»Nein«, Kalaschnikow wandte ihm sein verweintes Gesicht zu, »danke, Gennadi, ich bin schon wieder in Ordnung. Mir ist nur wegen dieses Kotzbrockens der Kragen geplatzt.«

»An die Wand sollte man die alle stellen, diese Scheißreporter.« Der Wachmann spuckte aus und schüttelte mitfühlend den Kopf.

Kalaschnikow rieb sich die Augen mit einem Taschentuch, schneuzte sich laut und ließ den Motor an. Er mußte sich beeilen, um noch rechtzeitig bei Ufimzew zu sein.

Der General empfing ihn im Matrosenhemd und in ausgewaschenen Jeans.

»Kopf hoch, Konstantin. Wir beide gehören doch noch zur alten Garde, wir müssen Haltung zeigen.«

Die Generalsgattin Klara Borissowna, eine mollige, muntere Frau, war gerade in der Küche beschäftigt. Sie kam in den Flur, um den Gast zu begrüßen, und küßte den alten Schauspieler auf die Wange. Sie roch anheimelnd nach Teig, Vanille und der Hitze des Backofens.

»Wie steht's, Konstantin, gönnst du dir hin und wieder eine Mehlspeise?« fragte sie. »Ich wollte nämlich Milchbrötchen zum Tee backen.«

»Gern.« Kalaschnikow lächelte schwach. »Danke, liebe Klara. Wie schön ihr es habt, Kinder, bei euch kann man so richtig durchatmen.«

»Ja«, Klara nickte, »wir haben es schön. Wir leben nun schon fünfunddreißig Jahre einträchtig zusammen.«

Das klang wie ein unpassender giftiger Seitenhieb. Der General warf seiner Frau einen warnenden Blick zu.

Nach der Scheidung von Nadja und der Heirat mit Margarita war Konstantin von vielen Ehefrauen seiner alten Freunde verurteilt worden, sie betrachteten ihn als Verräter und prophezeiten ihm nicht nur Hörner, sondern ein ganzes Geweih.

»Er wird noch eine Menge Ärger mit seinem Flittchen haben, die ist doch nicht auf ihn scharf, sondern nur auf seinen Namen, sein Geld und seine Stellung«, sagten die alternden Frauen zu ihren leichtsinnigen, sich jugendlich gebenden Männern.

In der ersten Zeit nach der Scheidung hatten sie Nadja ständig eingeladen, sie bedauert, diese »widerliche Schlampe« Margarita mit Schmutz überhäuft und geschworen, daß sie sie niemals auch nur grüßen würden.

Aber nach und nach wurde ihnen Nadjas hoffnungsloser Blick und ihr trauriges Schweigen zu viel. Nun hieß es, sie sei zum Teil selber schuld gewesen, sie hätte mehr tun müssen, um sich in Form zu halten. Sicher, das ist nicht leicht und wird mit den Jahren immer schwerer. Aber anders geht es nicht. Auch mit fünfzig muß eine Frau eine Frau bleiben, auch mit sechzig, sie muß weibliche List einsetzen und um den Mann kämpfen.

Allmählich verlor diese unerfreuliche Geschichte ihre Brisanz und war kein Gesprächsthema mehr. Man vergaß Nadja und gewöhnte sich an Margarita. Kalaschnikow nahm sie überallhin mit. Sie verstand es zu gefallen, sogar den Ehefrauen seiner alten Freunde. Ein tolles Mädchen, so charmant, so unbefangen und lebendig.

Aber trotzdem hielt es Klara Ufimzewa nicht aus und fragte: »Wie geht es Nadja?«

»Schlecht«, seufzte Kalaschnikow, »sie hatte eine schwere Hypertonie.«

»Wenn sie Hilfe braucht, sag es mir, schließlich war es ein entsetzlicher Schlag! Ich werde sie auf jeden Fall anrufen.«

»Danke, Klara.«

»Oje, meine Brötchen!« besann sich die Generalsgattin plötzlich und rannte in die Küche.

Ufimzew und Kalaschnikow gingen ins Wohnzimmer.

Auf dem Couchtisch standen schon Schnapsgläser, eine Flasche französischer Kognak und eine Schale mit Obst.

»Na, wie ist's, Konstantin, ein Gläschen in Ehren?«

»Ich kann nicht, Serjosha, ich muß noch fahren.«

»Unsinn. Ich lasse meinen Chauffeur kommen, der bringt dich zurück. Wir müssen schließlich auf Glebs Andenken trinken.«

Sie tranken schweigend, ohne anzustoßen. Der General seufzte kurz auf und blickte Kalaschnikow abwartend an.

»Serjosha, ich möchte, daß du die Ermittlungen kontrollierst«, begann Kalaschnikow. »Höchstwahrscheinlich handelt es sich um einen Auftragsmord. Aber der Untersuchungsführer schließt auch andere Varianten nicht aus, persönliche Motive wie Eifersucht, Rache und ähnlicher Schwachsinn. Du weißt ja selbst, die Situation in unserer Familie ist nicht einfach. Ich möchte nicht, daß öffentlich schmutzige Wäsche gewaschen wird.«

»Das möchte wohl niemand.« Der General lächelte bitter. »Du bist eine nationale Berühmtheit und noch dazu Abgeordneter. Und Gleb, Gott gebe ihm die ewige Ruhe, war auch nicht gerade unbekannt. Ich habe dich verstanden, Konstantin.«

Kalaschnikow registrierte automatisch, daß der General in der letzten Zeit immer häufiger Gott und die Ewigkeit im Munde führte. Dabei war er noch vor kurzem ein militanter Atheist gewesen. Na, man mußte eben mit der Zeit gehen und der offiziellen Mode Tribut zollen. Ehemalige Parteifunktionäre, die noch gestern gegen die »religiösen Überbleibsel« gekämpft hatten, malten heute Ostereier an, ließen ihre Enkel taufen und für ihre verstorbenen Eltern Messen lesen, holten den Popen, um ihre Villa und ihren Mercedes, ihre Restaurants und ihre Geschäfte zu segnen.

»Den Mörder muß man im kriminellen Milieu suchen«, sagte er leise, ohne den General anzusehen.

»Klar.« Der General nickte.

»Uns beiden ist das klar. Vielleicht ist es auch deinen Ermittlern klar, aber trotzdem sind sie verpflichtet, allen Theorien nachzugehen.«

»Mach dir keine Sorgen. Sie verfolgen in erster Linie die Sache mit dem Auftragsmord und nehmen sich die Brüder von der Mafia vor.«

»Ja, wahrscheinlich tun sie das wirklich.« Kalaschnikow hob seine Stimme etwas, er war sichtlich nervös. »Aber die Journaille fängt schon an, mich zu belästigen. Heute gehe ich aus dem Haus und komme nicht einmal bis zur Garage, da stürzen sich schon die Halunken vom Fernsehen auf mich, mit Kamera und Mikrofon. Verstehst du, für dieses Pack wäre es viel interessanter, wenn sich herausstellte, daß Gleb von irgendeinem eifersüchtigen Weibsbild oder von einem Verehrer Katjas ermordet worden ist. Ein Auftragsmord ist heutzutage eine alltägliche Sache. Aber ein Liebesdrama aus dem Leben der Prominenz – das gibt eine Exklusivstory. Es kostet sie fast nichts und bringt Millionen ein.«

»Hatte Katja denn einen Verehrer?« fragte der General rasch.

»Sie ist schließlich eine Primaballerina!« Kalaschnikow hob vielsagend die Arme. »Eine Primaballerina ohne Verehrer gibt es nicht.«

»Nein, Konstantin, so war meine Frage nicht gemeint. Tu nicht so als ob, du hast mich sehr gut verstanden.« Er lächelte, um die scharfe Erwiderung abzuschwächen.

»Ja, Serjosha, es gab da jemanden«, sagte Konstantin Iwanowitsch schnell. »Sie ist auch keine Heilige. Manchmal kam sie erst gegen Morgen nach Hause.« Er runzelte gequält die Stirn. »Das muß man nicht alles aufwühlen, ich bitte dich, Serjosha, wirklich nicht.«

»Schon gut, reg dich nicht auf, ich werde die Angelegenheit unter meine Kontrolle nehmen. Aber was diese Mistkerle vom Fernsehen betrifft«, – der General zuckte die Achseln – , »was soll ich da sagen? Bei uns wird jeder mit

Dreck beworfen, davor ist niemand geschützt, nicht einmal der Präsident. Das ist Demokratie, Meinungsfreiheit, der Teufel soll sie holen. Mach dir darüber keine Gedanken, Konstantin. Was ist das schon, verglichen mit deinem Kummer. Mein Gott, wenn ich nur daran denke.« Der General holte schwungvoll aus und bekreuzigte sich. »Ich sehe Gleb noch als kleinen Knirps vor mir. So ein ulkiges Bürschchen … Er war ja genauso alt wie mein Wolodja. Wir haben uns kennengelernt, als sie in die Schule gekommen sind. Mich hatte man als Berater für einen Krimi geholt, es ging, glaube ich, um den Überfall auf eine Sparkasse. Hauptmann war ich damals. Und du hast in dem Film auch einen Hauptmann gespielt, einen Einsatzleiter der Miliz. Wie hieß der Film doch gleich noch, erinnerst du dich?«

»Ich glaube, so hieß er auch: ›Die Heldentat des Milizhauptmanns‹«, Kalaschnikow lächelte, »oder doch so ähnlich … Nein, ich weiß es nicht mehr genau, es ist schon so lange her.«

Klara brachte die ofenwarmen Milchbrötchen und den Tee, setzte sich zu ihnen und beteiligte sich an den nostalgischen Schwärmereien von den glücklichen siebziger Jahren.

Das Gespräch mit dem Ehepaar beruhigte Kalaschnikow etwas. Als ein Mensch, der im sowjetischen System groß geworden und seit der Kindheit davon durchdrungen war, zog er es immer noch vor, über alle Probleme, die in seinem Leben auftauchten, mit bekannten, vertrauten Menschen zu reden.

Kapitel 12

»Geh auf keinen Fall ans Telefon!« schrie Shannotschka aus der Küche. »Hörst du? Ich komme gleich, ich habe gerade die Hände voller Mehl.«

Katjas Handy klingelte ununterbrochen. Vor zehn Minuten hatte Shannotschka nur Schweigen und Atmen im Hörer gehört. Mit ihr wollte die hysterische Anruferin nicht sprechen. Sie wartete darauf, daß Katja sich meldete.

»Warum bist du so überzeugt, daß sie es ist?« fragte Katja und ging ans Telefon.

»He, Orlowa, willst du wissen, wer sich das alles ausgedacht hat?« fragte die bekannte heisere Stimme. »Ich hatte nämlich den Auftrag anzurufen. Willst du wissen, wer mich darum gebeten hat?«

Katja griff nach dem kleinen Diktaphon, das auf dem Bücherregal stand, schloß es mit einem speziellen Stecker ans Handy an und drückte die Aufnahmetaste.

»Mit dir hat man keine Langeweile«, sagte sie spöttisch.

»Ich hab gar nichts damit zu tun. Jemand anders war der Meinung, dir ginge es viel zu gut und es wäre an der Zeit, dir die Laune zu verderben. Und ich dummes Schaf habe eingewilligt.«

Eine lange, quälende Pause folgte. Die Frau schwieg, atmete schwer in den Hörer, fing dann an zu husten. Sicher ist sie Kettenraucherin und raucht starke, billige Zigaretten, dachte Katja. Schließlich sagte die heisere Stimme:

»Gut, Orlowa. Wir müssen uns treffen. Das ist ein ernstes Gespräch, das können wir nicht am Telefon führen.«

»Einverstanden. Wann und wo?«

»Warum fragst du nicht, wieviel?«

»Also wirklich!« sagte Katja empört. »Du willst für dein widerliches Getratsche auch noch Geld?«

»Allerdings. Ich bin knapp bei Kasse.«

»Wieso, hast du keine Arbeit?« fragte Katja mitfühlend.

»Wo lebst du eigentlich, Orlowa, auf einem anderen Planeten? Man könnte ja meinen, du weißt nicht, daß Arbeit heutzutage nicht gleich Geld ist. Aber lassen wir das. Ich will gar nicht so viel. Dreitausend Dollar. Und nicht für Klatsch und Tratsch, sondern für eine wichtige Information. Sehr wichtig für dich, Orlowa, das darfst du mir glauben. Also morgen um eins auf dem Gogol-Boulevard am Denkmal. Bring die dreitausend mit, komm nicht zu spät und sag niemandem etwas, vor allem nicht den Bullen. Den Mörder finden sie sowieso nicht. Und dir wird meine Information helfen. Bis dann, mach's gut, Dörr-Giselle.«

»Halt, wie erkenne ich dich denn?« fragte Katja schnell.

»Keine Sorge. Ich werde dich ansprechen.«

»Mich können viele ansprechen. Wenn ich soviel Geld bei mir habe, muß ich sicher sein, daß du es bist. Wir kennen uns doch von früher, sag mir offen, wer du bist.«

»Auf so was fall ich nicht rein, Orlowa«, erwiderte die Frau spöttisch. »Ich sag dir meinen Namen, und du verrätst mich postwendend an die Bullen. Und das schöne Geld ist futsch.«

Das Telefon wurde aufgelegt. Katja schaltete das Diktaphon aus. Shannotschka hatte die ganze Zeit in der Tür gestanden, mit weit aufgerissenen Augen, die mehlbestäubten Hände vor den Mund gepreßt.

»Prima Idee von dir, das aufzunehmen«, sagte sie laut flüsternd. »Was wollte sie diesmal?«

»Geld. Offenbar hat ihr jemand den Auftrag gegeben, mich mit den Anrufen zu terrorisieren. Für dreitausend Dollar will sie mir den Auftraggeber nennen. Morgen um eins auf dem Gogol-Boulevard.«

»Das ist Erpressung!« entrüstete sich Shannotschka. »Du wirst doch nicht etwa hingehen?«

»Ganz bestimmt sogar.«

»Im Ernst?«

»Ich muß sie sehen. Ich habe so ein Gefühl, daß wir uns kennen. Oder früher mal gekannt haben. Dörr-Giselle … Wer hat mich so genannt? Nein, ich komm nicht drauf. Ich kenne die Stimme, die Intonation … Ich glaube, sie hat selber eine Heidenangst. Und sie lügt nicht.«

»Und wennschon! Sie hat dich mit ihren ekelhaften Anrufen schikaniert, und jetzt verlangt sie dafür dreitausend Dollar! Willst du das Geld etwa mitnehmen?«

»Nicht in bar.« Katja schüttelte nachdenklich den Kopf. »Aber im Notfall hebe ich es von meiner Kreditkarte ab. Vorausgesetzt, die Information ist es wert.«

* * *

Die Frau am anderen Ende der Leitung, am anderen Ende von Moskau, legte den Hörer auf und steckte sich eine Zigarette an. Sie saß zusammengekrümmt auf einem Küchenhocker. Die breiten vollen Schultern hingen kraftlos herab. Das kurze, sehr dünne hellblonde Haar war ungewaschen und zerzaust, das noch junge, aber krankhaft aufgedunsene Gesicht sah ohne Make-up bleich und farblos aus.

»Du wirst mir schön brav das Geld bringen«, murmelte die Frau, »ganz brav und artig. Angst hast du, Dörr-Giselle, auch wenn du dir nichts anmerken läßt. Aber mehr wirst du wohl nicht rausrücken. Selbst für dich sind drei grüne Riesen nicht dasselbe wie drei Rubel. Wie lange haben wir uns nicht gesehen? Acht Jahre? Da ist viel Wasser ins Meer geflossen, und viel von meinem Blut auch.«

Die Frau sah zum Fenster hinaus und kniff das rechte Auge zusammen. Der beißende Qualm der billigen »Magna«-Zigarette breitete sich in der unordentlichen kleinen Küche aus.

»Kind, mit wem sprichst du da?« erklang eine Stimme aus dem Wohnzimmer.

»Laß mich in Ruhe, Mama«, antwortete die Frau heiser und matt. »Mit niemandem.«

Das Telefon, das auf dem Küchentisch stand, läutete, und die Frau fuhr zusammen.

»Ich hab dir gesagt, ruf mich nicht mehr an. Kapiert?« fauchte die Frau leise in den Hörer, als sie am anderen Ende der Leitung die bekannte Stimme hörte. »Ich hab keine Lust mehr, mit dir zu reden ... Warum?! Weil du ein Miststück bist, darum ... ja ... nein ... ja, natürlich, such dir eine andere Dumme! Ich hab dir ja auch geglaubt! Das Spiel ist aus … nein, hab ich gesagt …«

Eine ältere, füllige Frau mit dem gleichen kurzen hellblonden Haar schaute in die Küche.

»Kind, soll ich dir etwas Suppe aufwärmen? Es ist noch Hühnersuppe mit Nudeln da. Ich wollte jetzt essen. Ißt du mit?« fragte sie rasch, flüsternd.

»Mama, ich hab dir gesagt, geh weg!« schnauzte die junge Frau sie an und bedeckte den Hörer mit der Hand.

Die ältere Frau fluchte leise und verschwand.

»Was sagst du, wieviel?« Die junge Frau nahm das für einen Moment unterbrochene Gespräch wieder auf. »Zweitausend? Aha, natürlich, ich hab das ganze Risiko und soll für zwei Grüne den Mund halten? Für lächerliche zweitausend? Als ob du nicht wüßtest, daß die Operation fünf kostet, dazu kommt noch eine Woche Krankenhaus, das heißt, ich brauche mindestens sechs … Solange er noch lebte, war das was anderes. Es interessiert mich nicht, ob du es warst oder nicht. Aber das mußte nicht sein, wirklich nicht. Deine Gründe kann ich mir denken. Für dich muß immer was dabei herausspringen …«

Die Frau drückte die Zigarette aus, hustete schwer und steckte sich, den Hörer mit dem Ohr an die Schulter gepreßt, sofort die nächste an.

»Nein, nicht zweieinhalb. Drei. Ist mir egal, woher! Das ist nicht mein Problem. Wenn du willst, daß ich schweige – dann besorg das Geld … ja … nein … gut, um zehn, am Haushaltswarengeschäft.«

Sie legte auf, und sofort klingelte das Telefon erneut. Diesmal sprach sie ganz anders, gurrte zärtlich, kokettierte, dehnte schmachtend die Vokale.

»Natürlich komme ich, ich hab es doch versprochen … Aber es kann spät werden … ich weiß nicht, so gegen zwölf … du bist doch nicht etwa eifersüchtig? Ich hab was zu erledigen. Eine sehr, sehr wichtige Sache … Nun hör aber auf, ich laufe dir schon nicht weg, wohin auch? Sei nicht böse, Wowtschik, du bist doch ein kluger Junge ... Ich erzähl's dir später ... Also mach's gut, Küßchen.«

Sie legte auf, erhob sich schwer vom Hocker und ging mit schlurfenden, fast greisenhaften Schritten ins Bad, um sich endlich herzurichten. Sie hatte sich heute noch nicht gewaschen und gekämmt. Sie durfte sich nicht mehr so gehenlassen. Noch konnte alles wieder gut werden, das Leben lag noch vor ihr. Andere sterben unter Qualen, sie aber hatte überlebt.

Sie fuhr sich mit der Massagebürste durchs Haar. Ein ganzes Büschel blieb in der Bürste hängen. Die Haare gingen immer noch in ganzen Strähnen aus. Chemotherapie, Bestrahlungen. Manche Patienten werden völlig kahl. Im Onkologiezentrum hatte sie kleine Mädchen mit billigen, schlechtsitzenden Perücken gesehen, kleine Greisinnen mit aufgedunsenen, erdig-grauen Gesichtern. Auch sie hatte bis jetzt diese Gesichtsfarbe. Und die Aufgedunsenheit würde wohl nie mehr verschwinden. Aber es gab Schlimmeres. Sie konnte am Leben bleiben. Wenn sie nur Geld hätte.

Das große Geld und der große Ruhm waren immer ganz nah, fast greifbar gewesen. Aber Sweta Petrowa hatte es trotzdem nicht zu fassen bekommen.

Ihre Mutter war von Beruf Friseurmeisterin gewesen, sie hatte den schönsten und berühmtesten Frauen der Sowjetunion das Haar frisiert. Einen Vater gab es nicht.

Als kleines Mädchen hatte Sweta zu Weihnachten im »Haus des Films« mit krankhafter Aufmerksamkeit auf das Geflüster der Platzanweiserinnen und Garderobieren gelauscht: Die da, das ist die Tochter von dem und dem, und das ist der Sohn von dem und dem. Sie befand sich gewissermaßen im Reigen der Töchter und Söhne der berühmtesten Schauspieler, Regisseure, Drehbuchautoren und Schriftsteller.

Die anderen Kinder akzeptierten sie ohne weiteres als eine der ihren. Von klein auf hatten sie ihre eigene Clique und durften schon früh auf die Partys der Erwachsenen. Alle hatten große Wohnungen mit eigenen Kinderzimmern, für die Kinder wurde ein eigener Tisch gedeckt. Es war eine goldene Zeit für Sweta.

Die Mutter nahm sie auf alle Feiern, Partys und Geburtstage mit. Das kleine Mädchen liebte es, mit der Mama zusammen Besuche zu machen. Jedesmal war sie ganz aufgeregt, erwartete, daß alles ganz wunderbar sein und sie im Mittelpunkt stehen würde, daß alle über ihre Witze lachen und sagen würden: Dieses Mädchen ist das hübscheste und klügste. Alle würden ihre Freundschaft suchen.

Sie wartete mit fünf Jahren darauf, sie wartete mit zehn Jahren darauf. Aber niemand schenkte ihr besondere Beachtung. Sie war gekränkt, versteckte sich in der Ecke und saß dort aufgeplustert und beleidigt, mit dem Gesicht zur Wand. Hin und wieder schaute einer der Erwachsenen herein.

»Habt ihr denn Sweta ganz vergessen?«

»Nein, wir haben sie nicht vergessen«, erwiderte dann eines der Kinder.

Man bestürmte sie, redete ihr gut zu, aber sie spielte weiter die Beleidigte. Es gefiel ihr, wenn man ihr zuredete. Aber die anderen waren dieses Spielchen schnell leid, und man vergaß sie wieder.

Die Kinder wurden größer. Sie trafen sich nun schon getrennt von den Erwachsenen, hatten ihre eigenen Partys. Sweta wurde immer eingeladen, und selbst wenn man einmal vergaß, sie eigens anzurufen, so verstand es sich doch von selbst, daß sie kommen konnte. Sie gehörte schließlich dazu, man kannte sie seit frühester Kindheit. Es freute auch alle, wenn sie kam – aber nicht mehr als bei anderen Mädchen und Jungen. Ihr aber kam es immer so vor, als ob man sich nicht genug freue, als ob ihr Geschenk nicht gefiele, man ihre neue Frisur, ihr neues Kleid nicht bemerke. Absichtlich, um sie zu kränken. Natürlich, sie war ja anders als die anderen. Hinter dem freundlichen Lächeln schien ihr ein versteckter Hohn zu liegen. Wenn alle lachten und sie nicht begriff, worüber, dann war sie felsenfest überzeugt – man lachte über sie. Wenn sie im Lärm des allgemeinen Gesprächs bei einer fröhlichen Fete versuchte, sich mit einem Witz dazwischenzudrängen, eine lustige Geschichte zu erzählen oder sich an einer Diskussion zu beteiligen und man ihr nicht zuhörte oder sie unterbrach, dann kochte sie vor Zorn und Gekränktheit und rannte türenschlagend hinaus. Aber sie ging nie ganz weg, sondern wartete auf der Treppe, daß jemand herauskäme und sie überredete zurückzukehren.

Hätte jemand gewagt, ihr zu sagen, daß diese krankhafte Empfindlichkeit, die in der Pubertät bis ins Maßlose wuchs, in Wirklichkeit nichts anderes war als Neid, wäre sie wahrscheinlich vor Entrüstung in die Luft gegangen. Neid – auf wen? Ihre Mutter verdiente nicht weniger Geld als die Eltern der anderen. Sie selber war hundertmal schöner, klüger und begabter als alle zusammengenommen. Was waren die denn ohne ihre berühmten Mütter und Väter? Nichts!

Eigentlich war sie nicht böse. Sie machte gern Geschenke und war niemals kleinlich. Wenn jemand krank war, besuchte sie ihn, und nie kam sie mit leeren Händen. Wenn jemand weinte, tröstete sie ihn. Sie hatte Mitleid, wenn es jemandem schlecht ging. Aber sie konnte es nicht ertragen, wenn es jemandem gut ging. Ein Lob an eine fremde Adresse klang für sie wie eine persönliche Beleidigung, besonders, wenn das Lob einem Mädchen galt.

In ihrer kleinen Clique gab es nur ein paar Mädchen. Sie waren irgendwie anders als die Mädchen, mit denen Sweta zur Schule ging, anders auch als sie selber. Sie hatten so eine gewisse Leichtigkeit, Selbstgewißheit, Zerstreutheit und hochmütige Grazie. Neben ihnen fühlte Sweta sich grob, unbeholfen und unweiblich. Bei ihr saßen die Jeans nicht so wie bei ihnen, und das sorgfältig aufgelegte Make-up kam ihr plötzlich vulgär und unpassend vor.

Am meisten ärgerte sie sich über eine gertenschlanke Dunkelhaarige mit großen, strahlenden schokoladenbraunen Augen. Sweta begriff nicht, was die Erwachsenen an diesem dürren, zerstreuten, schweigsamen, unauffälligen Geschöpf fanden. Einmal sagte ihre Mutter über diese erbärmliche Bohnenstange: Aus der wird noch eine richtige Schönheit. Sie ist etwas Besonderes.

Sweta studierte das schmale Gesicht ihrer nichts Böses ahnenden Rivalin, suchte und fand allerlei Mängel – die Stirn war zu hoch, die Nase zu lang, das Kinn reichlich spitz und so weiter. Von der Figur gar nicht zu reden: ein Kleiderständer, eine Bohnenstange mit viel zu dünnen Beinen, einem Kükenhals und spitz hervortretenden Schlüsselbeinen. Jeden Schönheitsfehler, den sie entdeckte, feierte sie insgeheim wie einen persönlichen Sieg. Und sie bemühte sich hartnäckig, dieses »wandelnde Gerippe« auf seine Mängel hinzuweisen. (»Weißt du, du solltest dein Haar nicht offen tragen, es steht dir nicht, es ist zu dünn! Ich an deiner Stelle würde keinen kurzen Rock anziehen. Deine Beine sind zu mager und deine Knie zu spitz!«)

Aber es kam gar keine Reaktion. Katja Orlowa, die Tochter eines bekannten Drehbuchautors, gab nur zerstreute, unpassende Antworten, wurde nicht ärgerlich, schien gar nicht richtig hinzuhören und ließ sich die Laune nicht verderben. Besonders kränkend war es, wenn ausgerechnet diese Katja Orlowa ins Treppenhaus kam, um Sweta nach einem ihrer türenschlagenden Abgänge zu trösten.

Die anderen Mädchen mochte sie auch nicht, aber Katja Orlowa haßte sie besonders. Vielleicht, weil sie Ballettstunden nahm und alle sagten, sie würde einmal eine berühmte Tänzerin, eine Primaballerina, sie sei unglaublich begabt.

Auf einer Weihnachtsfeier für die Kinder im »Haus des

Films« tanzte die dreizehnjährige Katja die Partie der Giselle. Es war eine der Solonummern des Abends. Der ganze riesige Saal, Erwachsene wie Kinder, sah mit angehaltenem Atem zu, wie Katja über die Bühne schwebte. Sweta war damals schon sechzehn. Als einzige im ganzen Saal klatschte sie kein einziges Mal. Als sie später durch das festlich geschmückte Foyer schlenderte, schnappte sie im Stimmengewirr einen Gesprächsfetzen der Erwachsenen auf:

»Das ist die Tochter von Filipp Orlow, ein sehr begabtes Mädchen.«

Da platzte die große, kräftige Sweta in ihrem albernen Glitzerkleid plötzlich laut heraus, bis zu den Haarwurzeln errötend und ohne sich an jemanden direkt zu wenden: »Mir hat es überhaupt nicht gefallen, wie sie getanzt hat. Die ist ja bloß Haut und Knochen. So eine Dörr-Giselle.«

Die in der Nähe Stehenden sahen sie merkwürdig von der Seite an, wandten sich ab, ohne ihr spitzes Bonmot zu würdigen. Später hörte sie, wie jemand hinter ihrem Rücken fragte: »Weißt du, wessen Tochter das ist, die in dem Glitzerfummel?«

»Keine Ahnung.«

Seit dieser Zeit nannte sie Katja Orlowa ab und zu »Dörr-Giselle«, hinter ihrem Rücken, aber auch ins Gesicht, und lachte dabei fröhlich. Sie fand, es sei treffend und witzig und käme zudem der Wahrheit sehr nahe. Aber niemand lachte mit. Alle überhörten es, Katja selbst auch. Ein Fehler, wie sich noch zeigen sollte …

Sweta beendete die Schule. Ihre früheren Freunde schrieben sich an den Universitäten ihrer Wahl ein, schafften gleich beim ersten Versuch die Aufnahmeprüfungen. Sweta aber bekam weder genügend Punkte fürs Filminstitut, wo sie das Fach Drehbuch hatte studieren wollen, noch bestand sie die Prüfung am Institut für Theaterwissenschaften. Ihrer Mutter machte derweil die Berufskrankheit der Friseusen immer mehr zu schaffen – Krampfadern. Sie konnte nicht mehr so viel arbeiten wie früher, die Beine schmerzten und schwollen an. Mittlerweile waren jüngere Kollegen herangewachsen, die ihr nach und nach die reichen und prominenten Kunden wegnahmen.

Als ein weiterer Versuch Swetas, an die Universität zu kommen, scheiterte, brachte ihre Mutter sie in Spezialkursen unter, wo sie den krisensicheren Beruf einer Maskenbildnerin und Visagistin erlernte. Die alten Beziehungen bröckelten ab. Sie mußte Geld verdienen und ihren eigenen Weg gehen. Aber sie wollte von der Welt, die sie so erzürnt hatte, nicht Abschied nehmen. Sie hatte sich daran gewöhnt, die sengende Luft fremden Ruhms zu atmen. Eine Freundin der Mutter brachte sie als Maskenbildnerin am Maly-Theater unter. Fremden Ruhm gab es dort reichlich, aber das Gehalt war kümmerlich. Ein kluger Bekannter riet ihr, auch noch Massage zu lernen. Nach und nach kamen die Kunden, zuerst Durchschnittsleute, dann die prominenten, reichen. Zum Teil halfen ihr die alten Beziehungen der Mutter. Sie verdiente viel Geld, und es ging ihr nun eigentlich in jeder Beziehung gut: Sie war finanziell abgesichert und hielt sich für eine attraktive Frau, nicht schlechter als die anderen.

Und da bat man sie eines Tages, noch einen weiteren Kunden anzunehmen, einen schwierigen, launischen Mann, der unter verschleppter Osteochondrose litt. Sweta kannte ihn aus dem Fernsehen. Er gehörte zu den Leuten »von ganz oben«. Im übrigen ein sehr attraktiver Mann. Ein Typ, der ihr schon immer gefallen hatte – männlich-streng, mit kräftigem Kinn und klugen, müden Augen.

Das war keineswegs unwichtig, denn manchmal kamen zur Massage noch andere, intimere Dienstleistungen – es hatte sich so ergeben. Aber dafür bekam sie natürlich auch entsprechend mehr Geld.

Mit diesem nicht mehr ganz jungen Beau ging alles recht schnell, schon bei der dritten Sitzung war es soweit. Sie dachte, es müsse schön sein, einen solchen Mann zum Liebhaber zu haben, so attraktiv, großzügig, mit Geld und Verbindungen, und bemühte sich nach Kräften, den neuen Kunden nicht zu enttäuschen.

Sweta wußte, er war verheiratet und hatte einen erwachsenen Sohn. Sie wußte auch, daß er eine feste Geliebte hatte. Sehr schnell begriff sie, daß die Ehefrau überhaupt keine Rolle mehr spielte, daß aber die andere Frau zu einem ernsten Problem werden konnte. Natürlich versuchte sie herauszufinden, wer es war. Es kostete sie nicht viel Mühe – von der romantischen Liebe, die nun schon fast zwei Jahre dauerte, wußten viele.

Als man ihr den Namen sagte, blieb ihr die Luft weg. Alle ihre Komplexe aus der Pubertät, alle dummen Kränkungen der Kindheit erhoben sich wie eine heiße trübe Woge vom Grund ihrer Seele. Katja Orlowa! Die Dörr-Giselle. So hatten sich ihrer beider Wege wieder gekreuzt.

Im tiefsten Inneren fühlte sie sich durch diese Rivalität sogar geschmeichelt. Sie war genausoviel wert wie die Dörr-Giselle! Und wen er vorziehen würde, war doch klar – natürlich sie, Sweta. Sie war eine richtige Frau, an der alles dran war.

Während noch die alte Wut mit neuer Kraft in ihr kochte, während sie bereits heimtückische Pläne schmiedete, löste sich plötzlich alles unerwartet leicht. Katja tauchte zur Unzeit auf und benahm sich dumm und stolz. Sie ging von selbst, ohne sich auch nur umzuschauen, ohne sich dafür zu interessieren, mit wem ihr Liebster sich in seinem Büro vergnügte. Ihre Schuld, wenn sie nicht begriff, daß man solche Männer nicht einfach aufgab.

Doch die Siegesfreude wurde getrübt, als sie erfuhr, daß Katja nicht vor Kummer dahinsiechte, sondern Gleb Kalaschnikow heiraten würde. Eben diesen Gleb, um den damals so viele halbwüchsige Mädchen gelitten hatten und in den auch Sweta ein wenig verliebt gewesen war.

Ihre Mutter wurde natürlich zur Hochzeit, die im Festsaal des Restaurants »Praga« stattfand, eingeladen. Und natürlich ging Sweta mit. Dort fand sich die Gelegenheit, Katja die ganze Wahrheit ins Gesicht zu sagen und ihr die gute Laune zu verderben. Sweta beschimpfte sie als unbegabte Mißgeburt, erklärte, Gleb habe sie nur geheiratet, weil ihre Eltern miteinander befreundet waren, und Katja habe sich ihm aufgedrängt. Und überhaupt, wenn Sweta nicht gewesen wäre, hätte es gar keine Hochzeit gegeben, und Katja wäre nicht in der Neujahrsnacht nach Peredelkino gefahren.

Sweta erwartete, daß die Braut sich empören und hellhörig werden würde. Dann konnte sie ihr den letzten, tödlichen Schlag versetzen und ihr sagen, daß sie, Sweta Petrowa, bei Jegor Barinow im Büro gewesen war und daß er sie bis zum Wahnsinn liebe.

Aber zu diesem entscheidenden Schlag kam es nicht. Das Gespräch fand im Aufenthaltsraum für die Orchestermusiker statt, und gerade als Sweta ihrer Rivalin die vernichtende Wahrheit an den Kopf werfen wollte, kamen lärmend die Musiker hereingestürmt, und das Gespräch riß ab.

Erst später, als sie wieder zu sich kam, erinnerte sie sich, daß in Katjas Augen weder Tränen noch Entsetzen gestanden hatten, sondern nur ein unaussprechliches Erstaunen und Mitleid. Sie hatte fast die ganze Zeit geschwiegen, nur einmal hatte sie gesagt: »Mein Gott, was bist du doch für ein unglücklicher Mensch, Sweta.«

Eben diese ruhige Überlegenheit konnte Sweta ihr viele Jahre lang nicht verzeihen. Was man nicht begreift, kann man auch nicht verzeihen.

Doch die Wut aus Kindertagen flaute verhältnismäßig rasch wieder ab. Andere, wichtigere und ernstere Probleme tauchten auf. Schon nach einem Monat merkte Sweta, daß sie Barinow nicht auf Dauer halten konnte – da halfen weder ihre Erfahrung und ihre bedingungslose Anpassungsbereitschaft noch ihre üppigen Formen.

Eine feste Beziehung zu Jegor Barinow hätte ihr ganzes Leben zum Besseren verändert. Eine solche Chance durfte sie sich nicht entgehen lassen. Aber Barinow entzog sich immer hartnäckiger Swetas starken, geschickten Händen. Da opferte Sweta ihre weiblichen Ambitionen, ihre Eifersucht und sogar ihr angeborenes Ekelgefühl dem gesunden Menschenverstand und dachte sich eine originelle Methode aus, um ihre Beziehung zu Barinow zu festigen.

Kapitel 13

Es klingelte an der Tür. Olga zuckte zusammen. Sie erwartete keinen Besuch, und Samstag morgens um halb zehn schon gar nicht.

Wahrscheinlich wieder so eine Freundin der Oma mit einem Brot, dachte sie ärgerlich. Mit dem festen Vorsatz, sich zur Wehr zu setzen, ging sie zur Tür und schaute durch den Spion.

Vor der Tür stand Margarita Krestowskaja.

»Entschuldige, daß ich nicht erst angerufen habe, ich muß in einer Stunde zum Drehtermin.«

Sie küßte Olga auf die Wange, zog die Schuhe aus, schlüpfte in Olgas ausgetretene Pantoffeln und warf ihre helle Wildlederjacke auf die schäbige alte Truhe im Flur.

Aus einer großen Ledertasche nahm sie ein Paket mit gemahlenem Kaffee, Zigaretten und eine kleine Packung mit französischem Käse.

»Das ist für uns«, erläuterte sie und drückte Olga die Gaben in die Hand, »bring das in die Küche und mach uns einen Kaffee.«

Dann zog sie aus ihrer unergründlichen Tasche ein paar Bananen, eine Schachtel Pralinen und eine Packung Orangensaft.

»Das ist für Iwetta Tichonowna.«

»Margarita, danke, aber das ist doch nicht nötig. Warum so viel?« sagte Olga verwirrt und dankbar.

Aber Margarita war schon im Zimmer. Man hörte das Bett quietschen und die jammernde, aber sehr laute Stimme der Oma: »Danke, mein liebes Kind, mir ist heute seit dem frühen Morgen schon so schlecht, so schlecht, das Herz sticht, und hier im Bein zuckt es die ganze Zeit. Ich habe die ganze Nacht nicht schlafen können, es klopft wie unter Strom. Weißt du vielleicht, was das sein kann? Die Nerven? Ja, das wird es wohl sein, die Nerven. Die ganze Zeit bin ich nervös. Könntest du nicht mal mit Olga reden, sie benimmt sich so abscheulich, sie gibt mir nichts zu essen und geht wegen jeder Kleinigkeit in die Luft.«

»Iwetta Tichonowna, Sie haben die beste Enkelin auf der Welt«, sagte Margarita ernst und mit Nachdruck.

»Daß ich nicht lache, die beste! Heute hat sie das Oberlicht geöffnet, und ich sage ihr: Olga, mir ist kalt. Und sie sagt, hier ist es schwül, in so einer Luft kann man nicht leben. Oh, was für wunderbare Pralinen! Gib mir mal meine Brille, ich will mir die Schachtel genauer ansehen. Sie liegt auf Olgas Tisch. Nein, nicht in der Schublade, oben drauf.«

Durch die dünne Wand war zu hören, wie Margarita die Schreibtischschublade öffnete und wieder schloß.

»Wie teuer sind denn jetzt Bananen?« fragte Iwetta Tichonowna mit vollem Mund.

Olga lauschte nicht weiter auf die Unterhaltung, sie wischte den vom Frühstück der Oma schmutzigen Tisch ab, stellte den Wasserkocher an und holte die alte Kupferkanne aus dem Küchenschrank. Bevor sie darin Kaffee machen konnte, mußte sie sie erst spülen, außen und innen war eine dicke Staubschicht. Olga kaufte niemals Kaffee, er war ihr zu teuer.

Schließlich kam Margarita wieder, ließ sich auf dem Küchenhocker nieder und verdrehte beredt die Augen.

»Ja ... die Pralinen hat sie im Handumdrehen verputzt. Wird ihr nicht übel?«

»Ihr ist ständig übel«, sagte Olga achselzuckend.

»Vielleicht solltest du sie doch besser ins Heim geben? So geht das doch nicht weiter. Sieh dich nur an, blaß, Ringe unter den Augen.«

»Für ein gutes Heim habe ich kein Geld«, sagte Olga und schaltete die Platte unter der Kanne aus, »und in eine der üblichen Klapsmühlen gebe ich sie nicht, da könnte ich sie gleich auf den Müll werfen. Das kann ich nicht.«

»Aber wenn du selbst mit dreiundzwanzig Jahren auf dem Müll landest, tut dir das nicht leid?« Margarita zuckte nervös mit den Schultern und zündete sich eine Zigarette an.

Olga nahm schweigend einen Aschenbecher aus Porzellan, der noch von den Eltern stammte, aus dem Küchenschrank. Sie selbst rauchte nie, der Aschenbecher stand immer im Schrank.

»Wann hast du Gleb das letzte Mal gesehen?« fragte Margarita.

»Mit Gleb ist es aus«, erwiderte Olga, ohne sich umzudrehen.

»Seit wann?« Margarita zog erstaunt die Brauen hoch.

»Wir haben uns vor fünf Tagen getrennt.«

»Habt ihr euch gestritten?«

»Nein. Getrennt. Bitte laß uns davon nicht weiter sprechen.«

Margarita schwieg und sah zu, wie Olga den Kaffee in die häßlichen billigen Tassen goß.

»Du hast dich also wirklich entschlossen, mit ihm Schluß zu machen?«

»Ich sage doch, ich will darüber nicht sprechen.« Olga verzog das Gesicht, wie von einem plötzlichen Schmerz. »Alles ist vorbei.«

»Ja, Olga. Alles ist vorbei. Es fällt mir sehr schwer, es dir zu sagen, aber ich kann es ja doch nicht länger hinausschieben.« Margarita seufzte tief auf und sagte: »Gleb ist ermordet worden. Vor drei Tagen.«

»Was?«

Olgas Augen wurden riesengroß, ihre Hand, die die Kaffeetasse hielt, begann zu zittern. Margarita konnte gerade noch ausweichen. Fast hätte sich der heiße Kaffee auf ihre hellen Jeans ergossen.

»Man hat ihn auf der Straße erschossen, nachts aus dem Gebüsch. Er kam gerade mit seiner Frau aus dem Theater zurück, von einer Premiere.«

Olga wurde so bleich, daß Margarita erschrak: Gleich fällt sie in Ohnmacht, und was mache ich dann?

»Die Beerdigung ist am Montag. Um zehn ist der Gottesdienst in der Pimen-Gedächtniskirche an der Nowoslobodskaja-Straße.«

»Ja«, sagte Olga mit blau verfärbten Lippen, »ich verstehe … am Montag, um zehn, Pimen-Kirche …«

* * *

Gedreht wurde auf einer Baustelle im Miusskaja-Viertel. Ein altes Haus, das von irgendeiner türkischen Firma renoviert wurde. Es war ein dunkler, trüber Tag. Die scharfen Lichtkegel der Soffittenlampen erzeugten eine seltsame, unruhige Beleuchtung – genau passend für die unheimliche Schießerei in dem leeren, halb zerstörten Haus, zwischen aufgestapelten Rohren, Ziegelsteinen und anderen Baumaterialien.

Die Fassade war vollständig von einem grünen Netz verdeckt. Am Netz hinauf, vom Boden bis zum Dach, zog sich ein dickes doppeltes Tau. An ihm kletterte Margarita Krestowskaja wie ein Affe an einer Liane geschickt empor. Sie war ganz in Schwarz gekleidet – enge Jeans, kurze Lederjacke, Handschuhe. Die üppigen roten Haare waren zu einem Knoten zusammengedreht und unter einer schwarzen Lederkappe mit nach hinten gedrehtem Schirm versteckt.

Major Kusmenko suchte nach einem Durchgang auf das

Baugelände. Er wußte, daß die Dreharbeiten hier stattfanden, aber der Zaun zog sich endlos in die Länge.

In Zivil, in einer unansehnlichen Lederjacke und abgewetzten Jeans sah der schlaksige, magere Major nicht gerade seriös aus. Mit seinen sechsunddreißig Jahren ähnelte er immer noch einem strebsamen Studenten. Ein bescheidener, gut erzogener, kultivierter junger Mann – nie wäre man auf die Idee gekommen, daß er Milizionär und Einsatzleiter war. Der Blick durch die Brillengläser war weich und etwas verloren, das Lächeln offen und kindlich, die Stimme leise.

»Da dürfen Sie nicht rein. Dreharbeiten.« Ein Wachmann, der selber gerade hinter dem Zaun verschwinden wollte, hielt Kusmenko an. Der Major reichte ihm seinen Ausweis.

Der Wachmann sah flüchtig auf die Fotografie und dann auf Kusmenko.

»Kommen Sie. Aber passen Sie auf, daß Sie nicht ins Bild laufen!«

Auf dem Gelände zündete Kusmenko sich eine Zigarette an, stellte sich neben den Wachmann und wartete auf das Ende der Einstellung. Er hatte mit Margarita Krestowskaja zu sprechen.

Margarita kletterte nicht einfach nur am Seil empor. Sie stieß sich mit den Füßen von der Wand ab und schwang geschickt hin und her. Auf einer fahrbaren Plattform glitt langsam der Kameramann neben ihr her. Zwei Schauspieler, die kaukasische Banditen spielten, rannten im Inneren des leeren Hauses von Stockwerk zu Stockwerk die zerbrochenen Treppen hinauf und schossen aus den Fenstern auf die Schöne. Sie wich den Kugeln gewandt aus und schoß aus einer kleinen Pistole durch das Netz zurück.

Major Kusmenko legte den Kopf in den Nacken und betrachtete mit Wohlgefallen die zierliche Gestalt, die in Höhe des sechsten Stockwerks balancierte. Unwillkürlich stockte ihm das Herz – nirgends war eine Absicherung zu sehen.

»Die Krestowskaja macht alle Stunts selber, die braucht keine Kaskadeure«, flüsterte der Wachmann ihm zu.

»Klasse macht sie das«, bestätigte Kusmenko, »und auch schießen kann sie wie ein Profi. Gibt es keine Absicherung?«

»Ein Sicherheitsseil, aber das hat mehr psychologischen als praktischen Nutzen.«

»Stopp, vorbei! Klappe!« schrie der Regisseur heiser ins Mikrofon. »Super, Margarita. Das hast du großartig gemacht.«

Die Krestowskaja stieß sich von der Wand ab und sprang gewandt auf die Plattform zum Kameramann, zog sich die Lederkappe vom Kopf und schüttelte schwungvoll die feuerrote Mähne. Sie fuhren nach unten.

»Guten Tag, Margarita Jewgenjewna.« Kusmenko stellte sich vor und zeigte seinen Ausweis. »Ich habe einige Fragen an Sie.«

»Ja, natürlich.« Sie lächelte bezaubernd und ein wenig traurig. »Es ist sicher wegen des Mordes an Gleb? Möchten Sie einen Kaffee?«

Sie setzten sich auf ein paar herumliegende Bretter, und Margarita zog aus ihrer riesigen Ledertasche eine Thermoskanne.

»Haben Sie Gleb Kalaschnikow gut gekannt?« fragte der Major.

»Tja, wie soll ich es sagen?« Sie reichte ihm einen Plastikbecher mit schwarzem Kaffee. »Offen gestanden, besonders warm und herzlich war unsere Beziehung nicht. Er konnte mir nicht verzeihen, daß seine Mutter verlassen worden war. Sie verstehen, es war eine schwierige Situation. Was konnte ich ihm sein? Eine Stiefmutter? Lächerlich … Ich bin zehn Jahre jünger.«

Von den nahen Verwandten war Margarita Krestowskaja der einzige Mensch, der ruhig und emotionslos über das Privatleben von Gleb Kalaschnikow sprechen konnte. Die

Mutter, Nadeshda Petrowna, war in einem schlechten Zustand, die Ärzte hatten gebeten, sie bis zur Beerdigung nicht zu beunruhigen. Der Vater, Volkskünstler und Abgeordneter der Duma, hatte telefonisch erklärt, er fühle sich krank, sein Herz mache ihm zu schaffen, und ebenfalls darum gebeten, ihn einige Tage in Ruhe zu lassen.

Die Ehefrau, Jekaterina Filippowna Orlowa, hatte allerdings ihre Zeugenaussagen ruhig und vernünftig gemacht. Doch mit ihr konnte man über vieles nicht sprechen. Es wäre beispielsweise taktlos gewesen, sie auf die Sauftouren und Weibergeschichten Kalaschnikows anzusprechen – und wohl auch zwecklos. In solchen Fragen ist die Ehefrau nicht die kompetenteste Person.

Trotzdem war es aber unumgänglich, über die Damen, mit denen der reiche Casinobesitzer und Playboy sich ständig hinter ihrem Rücken getroffen hatte, zu sprechen. Der Untersuchungsführer Tschernow und auch Major Kusmenko selbst schlossen keineswegs aus, daß eine von ihnen mit dem Mord zu tun hatte.

Kalaschnikow hatte keine engen Freunde, kannte aber halb Moskau. Es hieß, er habe seine Frau nach Strich und Faden betrogen und sei bei seinen Abenteuern nicht wählerisch und sehr unbeständig gewesen, aber konkrete Namen wurden nicht genannt.

Von mehreren Leuten hörte Kusmenko, daß Gleb im letzten halben Jahr eine gewisse Olga gehabt habe, als »einzige, glühende Leidenschaft«, wie es bei Lermontow heißt. Den Nachnamen dieser Olga konnte ihm niemand sagen. Sie sollte etwa zwanzig sein und außergewöhnlich hübsch, wahrscheinlich eine Studentin. Gleb war mit ihr fast nie in der Öffentlichkeit erschienen. Daraus konnte man vorläufig nur einen vorsichtigen Schluß ziehen: die unbekannte Olga war ein verschlossener und ungeselliger Mensch. Kalaschnikow liebte Trubel und Gesellschaft und konnte es nicht ertragen, allein zu sein. Mit seinen früheren Flammen war er überall aufgetaucht, bei allen prestigeträchtigen Premieren und Präsentationen, in allen exklusiven Clubs.

Um keine Zeit zu verlieren, beschloß der Major, Margarita direkt zu fragen. Sie hatte auf ihn sofort den Eindruck eines ehrlichen, ruhigen und besonnenen Menschen gemacht. Wenn sie etwas über diese Olga wußte, würde sie es sagen.

»Olga Guskowa ist eine ehemalige Klassenkameradin von mir«, erklärte Margarita. »Ja, sie hatte ein Verhältnis mit Gleb. Ich glaube, kennengelernt haben sie sich vor acht Monaten, im letzten Winter. Sie haben augenblicklich beide den Verstand verloren.«

»Das heißt?«

»Sie haben sich sofort ineinander verliebt, im Chor sozusagen. Er sich in sie und sie sich in ihn.«

»Wußte seine Frau von dieser Beziehung?« fragte Kusmenko rasch.

»Ich denke, sie hat es geahnt.«

»Von Scheidung war nicht die Rede?«

»Nein.« Margarita schüttelte den Kopf. »Gleb hatte nicht die Absicht, Katja zu verlassen. Er hat sie auf Schritt und Tritt betrogen, aber er wäre niemals endgültig gegangen. Nicht einmal zu Olga. Er hat mir mal gesagt: Die Schätzchen kommen und gehen, aber die Familie bleibt bestehen. Er hat seine Flammen immer ›Schätzchen‹ genannt.«

»Und gab es viele solcher Schätzchen?«

»Ich weiß nur von Olga. Und überhaupt, bei Licht besehen, gab es sehr viel mehr Gerede als Schätzchen. Er hat sich selber dieses Image geschaffen, und die Leute klatschen nun einmal gern.«

»Aber mit Olga Guskowa war es eine ernste Sache?«

»Absolut. Obwohl ich mir Olga als Ehefrau unmöglich vorstellen kann.«

»Warum nicht?«

»Olga ist ein seltsamer und zutiefst unglücklicher Mensch. Ihre Eltern waren bei der Armee. Ihr Vater war

Offizier bei den Grenztruppen, ihre Mutter Militärärztin. Sie sind in Afghanistan ums Leben gekommen, als Olga sieben Jahre alt war. Sie ist bei ihrer Oma aufgewachsen. Die Alte war schon immer eine Pest, und jetzt ist sie völlig senil. Olga lebt mit ihr zusammen in einer Einzimmerwohnung und studiert an der Universität Philosophie. Ein Irrenhaus.«

»Und sie wollte Kalaschnikow heiraten?«

»Unbedingt! Für sie waren Beziehungen zu einem Mann außerhalb der Ehe eine Todsünde.«

»Ist sie gläubig?«

»In gewissem Sinne schon.« Margarita zuckte die Schultern. »Allerdings ist schwer zu sagen, welcher Konfession. In ihrem Kopf herrscht ein fürchterliches Kuddelmuddel. Mal hungert sie sich in der Fastenzeit fast zu Tode, rennt ständig in die Kirche und fährt von einem orthodoxen Kloster zum anderen, dann wieder ist sie plötzlich auf dem Esoteriktrip, wie ein indischer Yogi.« Margarita winkte resigniert ab. »Sie ist schon sehr seltsam. Sogar ein Gespräch mit ihr ist schwierig.«

»Aber Sie kennen sie doch recht gut, wenn ich Sie richtig verstanden habe«, meinte der Major freundlich, »und Sie sind auch nach der Schule mit ihr in Kontakt geblieben.«

»Sie tut mir leid«, sagte Margarita seufzend, »sie hat ja niemanden außer ihrer senilen Großmutter. Sie hatte zunächst gar nicht erkannt, daß die Oma Altersschwachsinn hatte, sie meinte, es sei ihr schlimmer Charakter und hat sich gequält, als wäre sie an allem schuld. Die Alte hat sie mit ihren Launen und Szenen schikaniert, und sie hat's ertragen. Ich habe ihr eine Psychiaterin besorgt, und die hat ihr erklärt, daß die Oma krank ist. Ehrlich gesagt, ich bin nicht sicher, wer die Ärztin mehr nötig hatte – die Oma oder sie.«

»Sie meinen also, Olga Guskowa sei psychisch nicht ganz gesund?«

»Nein, das habe ich nicht gesagt.« In Margaritas strahlendgrünen Augen funkelte es für einen Moment eisig auf.

Sie hängt auf ihre Weise an dieser unglücklichen, seltsamen Olga, dachte der Major. Es ist ihr unangenehm, von ihr wie von einer Psychopathin zu sprechen. Ein gutes Herz hat sie, unsere schöne Margarita, unser aufgehender Filmstar. Aber trotzdem muß ich ihr noch eine unangenehme Frage stellen.

»Sagen Sie, hat Olga irgendwelche Versuche unternommen, die Ehe zu zerstören?« Der Major räusperte sich.

»Genau kann ich das nicht sagen«, erwiderte Margarita ruhig. »Ich habe gehört, daß Katja in der letzten Zeit von einer anonymen Anruferin belästigt wurde, die ihr Gemeinheiten am Telefon gesagt und sie bedroht hat. Einzelheiten weiß ich nicht. Aber das hat Katja Ihnen doch sicher schon erzählt?«

Nein, Katja hatte davon kein Wort gesagt – weder zu Kusmenko noch zu Tschernow. Warum – das hätte der Major gern gewußt.

»Sie halten es für möglich, daß Olga die Anruferin war?« fragte er.

»Ich weiß nicht. Katja hat Ihnen von den Anrufen also nichts gesagt?«

Der Major stutzte: Warum interessiert dich das so, meine Schöne?

Mit einem milden Lächeln fragte er:

»Was meinen Sie? Hat sie etwas gesagt oder nicht?«

»Möglicherweise nicht. Katja ist ein sehr verschlossener Mensch. Sie mag es gar nicht, wenn sich jemand in ihre privaten Angelegenheiten mischt.«

»Das habe ich auch schon gemerkt.«

Auf dem Drehgelände entstand Unruhe. Die Maskenbildnerin kam angerannt und erneuerte Margaritas Makeup, ohne den Major zu beachten.

»Achtung! Alle wieder auf ihre Plätze! Aufnahme! Margarita, genug geschwatzt! An die Arbeit!« brüllte der magere kleine Regisseur mit erkälteter Stimme in sein Megaphon.

»Entschuldigen Sie.« Margarita stand auf, machte einige schnelle Bewegungen mit den Armen und Schultern und drehte den Kopf hin und her – Lockerungsübungen. Sie mußte gleich wieder das Seil hinauf. Die Maskenbildnerin ließ sich davon nicht stören und arbeitete weiter an ihrem Gesicht und ihren Haaren.

»Ich warte so lange«, sagte der Major lächelnd, »es macht mir Spaß, bei den Dreharbeiten zuzusehen.«

Wirklich eine tolle Frau, dachte er, für so eine könnte man glatt den Kopf verlieren.

Die Spannung auf dem Drehgelände stieg. Der Heldin waren die Patronen ausgegangen. Der Balken, an dem das Tau befestigt war, knackte verräterisch. Noch einen Moment, und die Schöne stürzt in die Tiefe, die Schüsse der Bösewichte treffen sie. Aber da kam der Baggerkran ins Spiel. Im Führerhäuschen saß der Held. Er schwenkte den Kran, und im letzten Moment packte Margarita geschickt den Haken und hielt sich fest.

»Aus!« rief der Regisseur freudig. »Ich danke allen!«

Der Major mußte noch eine ganze Weile warten, bis Margarita sich in einer der Baubuden umgezogen hatte.

»Entschuldigen Sie, daß ich Sie habe warten lassen. Darf ich Ihnen einen Vorschlag machen?« sagte sie fröhlich zu Kusmenko. »Ich bin hungrig wie ein Wolf. Gleich um die Ecke gibt es eine ausgezeichnete Grillbar. Lassen Sie uns zusammen essen, dabei können wir unser Gespräch fortsetzen.«

Sie bekamen den letzten freien Tisch. Kusmenko merkte, wie alle Männer ohne Ausnahme Margarita anstarrten, und dachte einen Augenblick – wenn das mein Mädchen wäre. Aber dann wies er sich sofort zurecht: Sie ist eine Zeugin.

Ich darf nicht den Kopf verlieren. Und außerdem bin ich verheiratet und Vater von zwei Kindern.

»Entschuldigung.« Der Kellner hatte die Bestellung schon entgegengenommen, stand aber immer noch an ihrem Tisch und trat verlegen von einem Bein aufs andere. »Sind Sie Margarita Krestowskaja?«

Der junge Spund starrte Margarita mit kindlicher Begeisterung und Ergriffenheit an.

»Ja«, lächelte sie, »die bin ich.«

»Sie sind ja in Wirklichkeit noch viel schöner! Ich hab neulich einen Ihrer Filme auf Video gesehen, ›Blutige Jungs‹, der Film war, entschuldigen Sie, Mist, aber Sie …« Er kniff vielsagend die Augen zu und schnalzte mit der Zunge. »Ist es wahr, daß Sie alle Stunts selber machen?«

»Ja, das stimmt.«

»Werden Sie oft erkannt?« fragte Kusmenko, als der Kellner gegangen war.

»Nicht allzuoft«, sagte Margarita lächelnd.

»Ist Ihnen das angenehm?«

»Ja, natürlich. Schauspieler sind eitle Menschen.«

Der Kellner tauchte wieder auf und verteilte rasch und elegant das Besteck auf dem Tisch.

»Verzeihen Sie, dürfte ich Sie um ein Autogramm bitten?« Er reichte Margarita ein nagelneues Buch mit knallbuntem Einband.

Auf dem Cover prangte ein Farbfoto von Margarita, das sie bis zur Taille zeigte, mit wehendem Haar und in einem schwarzen, schulterfreien Abendkleid. In der Hand hielt sie eine kleine Pistole.

»Kusma Gljukosow. Das treue Herz einer Hure«, las der Major.

»Das hat gerade noch gefehlt«, brummte Margarita kopfschüttelnd vor sich hin, »der Film ist noch nicht abgedreht, noch nicht einmal geschnitten, und die haben nichts Eiligeres zu tun, als ihr Meisterwerk mit neuem Umschlag herauszubringen. Ganz schön dreist.« Sie lächelte spöttisch. »Und keinem von uns sagt man ein Wort davon, weder dem Kameramann noch dem Regisseur noch mir ... Das ist ein Foto aus dem Filmmaterial, das wir gerade drehen«, erklärte sie dem Major.

»Wie heißen Sie?« wandte sie sich mit liebenswürdigem Lächeln an den Kellner.

»Wjatscheslaw. Oder einfach Slawik.«

»Für Slawik, zur Erinnerung«, kritzelte Margarita auf das Titelblatt und setzte eine elegante, schwungvolle Unterschrift darunter.

»Ich werde Simonowitsch sagen, daß er mich für diese Art von Reklame extra bezahlen muß«, lachte sie.

»Simonowitsch? Wer ist das, der Verleger?«

»Der Autor. Besser gesagt, einer der fünf Autoren, die diese Machwerke unter dem Pseudonym Kusma Gljukosow zusammenschmieren.«

»Sind die Bücher denn wirklich so schlecht?« fragte Kusmenko.

»Der letzte Dreck. Literatur wie der Ramsch aus China, der auf den Trödelmärkten verhökert wird. Als ich mal versucht habe, Gljukosow zu lesen, habe ich mich gefühlt, als hätte ich Stiefel gekauft, bei denen schon nach zwei Tagen die Sohlen abgehen.«

Schwer vorstellbar, daß eine Margarita Krestowskaja billigen Chinaramsch auf dem Trödelmarkt kauft, dachte der Major.

»Wir hatten davon gesprochen, daß die Frau von Kalaschnikow in letzter Zeit anonyme Anrufe erhielt und bedroht wurde.«

»Das ist vorgekommen«, bestätigte Margarita.

»Erzählen Sie doch bitte genauer, wie haben Sie von den Anrufen erfahren? Wann haben sie angefangen?«

»Das Hausmädchen, Shanna Grinjewitsch, hat es mir heimlich anvertraut. Wann sie angefangen haben? Warten

Sie …« Sie erstarrte, die Gabel vorm Mund. »Da ist so eine widerliche Geschichte passiert. Vor etwa drei Wochen. Ich wollte mir von Katja ein Buch leihen, ging zu ihr und erblickte ein seltsames Schauspiel. Sie weidete zusammen mit Shanna ein Kissen aus.«

»Was tat sie?« Der Major begriff nicht.

»Ich erzähle es Ihnen von Anfang an. Die beiden waren einkaufen, und als sie aus dem Geschäft kamen, hat sie eine Pennerin belästigt und irgendwelchen Unsinn erzählt, daß ein böser Zauber auf Katja läge, eine andere Frau liebe ihren Mann, hätte sie behext und sie müsse ihr Kopfkissen auftrennen. Das Widerliche war, daß sich in dem Kissen tatsächlich alle möglichen magischen Gegenstände befanden: ein Kerzenstummel, Holzspäne von einem Sarg, ein Papierstreifen mit einem Totengebet.«

»Was für ein Blödsinn«, sagte der Major seufzend.

»Ich habe dann eine Bekannte angerufen, eine Wahrsagerin, und die hat erklärt, es handle sich um ein altes Zauberritual.« Margarita lächelte verlegen. »Ich glaube eigentlich nicht an solches Zeug, aber mir ist damals doch unheimlich geworden.«

Sie machte sich mit Appetit über ihr großes, saftiges Steak her.

»Hat Kalaschnikow seine Freundinnen auch mit zu sich nach Hause genommen, wenn seine Frau nicht da war?« fragte der Major.

»Woher soll ich das wissen? Obwohl … Katja war den ganzen August auf Tournee, die Wohnung stand leer. Shanna kommt nicht, wenn Katja nicht da ist. Gleb hat teils auf der Datscha, teils im Hotel ›Moskau‹ gewohnt.«

Dem Major schwirrte der Kopf. Schuld daran war mittlerweile weniger Margaritas Schönheit, als vielmehr die vielen verschiedenen Informationen, die auf ihn niederprasselten.

»Sie sagten, Ihnen wurde unheimlich. Und Jekaterina Filippowna? Wie hat sie reagiert?«

»Katja hat eiserne Nerven«, sagte Margarita lachend. »Sie war nicht im geringsten erschrocken, sie hat bloß gesagt: Ich finde es widerlich, aber Angst macht mir das nicht. Und gleich danach fingen die Anrufe an.«

»Hat sie versucht herauszubekommen, wer sie anruft?«

»Ich glaube nicht. Sie tat einfach so, als wäre nichts. So ist sie überhaupt – Glebs Seitensprünge, der ganze Klatsch und Tratsch – ihr ist alles egal. Und wissen Sie, selbst jetzt, nach allem, was vorgefallen ist, zeigt sie keinerlei Emotionen, nicht eine Träne hat sie geweint. Ich verstehe das nicht, immerhin war er ihr Mann.«

Du magst die Orlowa nicht, meine Schöne, stellte der Major für sich fest, aber das ist deine persönliche Angelegenheit.

»Margarita, ich muß Sie um einen Rat bitten«, sagte er, als sie nach dem Essen noch eine Zigarette rauchten, »am Montag ist die Beerdigung. Alle Bekannten, Freunde und Verwandten werden kommen. Ich würde gern unauffällig beobachten, wie sich die einzelnen Personen benehmen. Es werden sehr viele Leute sein, und ich kenne fast niemanden persönlich. Ich brauche jemanden, der für mich ...« Der Major zögerte einen Moment, bemüht, das passende Wort zu finden.

»Den Fremdenführer spielt?« soufflierte ihm Margarita lächelnd.

»Genau.« Der Major nickte dankbar. »Sie haben mich verstanden. Wen aus der näheren Umgebung Glebs könnten Sie mir für diese Rolle empfehlen?«

»Eine schwierige Frage«, sagte Margarita langsam, »von den nächsten Verwandten niemanden. Die haben andere Sorgen, Sie verstehen. Von seinen Bekannten und Kollegen auch niemanden. Tja, ich werde wohl selber diese Rolle übernehmen müssen.«

»Danke, Sie sind bestimmt die beste Besetzung dafür. Ehrlich gesagt, ich habe nicht zu hoffen gewagt, daß Sie einverstanden wären. Konstantin Iwanowitsch wird ja sicher noch unter Schock stehen, und Sie müssen ...«

»Er soll ruhig bei Nadeshda Petrowna bleiben. Sie sind die Eltern, Gleb war ihr einziger Sohn. Es ist taktvoller und klüger, wenn ich mich in dieser Situation zurückhalte und nicht in den Vordergrund dränge.«

Adresse und Telefonnummer von Olga Guskowa wußte sie auswendig.

»Aber versuchen Sie bitte, so schonend wie möglich mit ihr zu sprechen«, bat sie ihn zum Abschied. »Ich habe Ihnen heute geholfen und werde Ihnen auch weiter helfen. Deswegen meine ganz persönliche Bitte an Sie: tun Sie Olga nicht weh.«

»Ich werde mich bemühen«, versprach der Major und wandte seinen Blick von den gefährlichen grünen Augen ab. Besser nicht zu tief hineinschauen – zu leicht konnte man darin untergehen.

Kapitel 14

Die kostbare Zeit der letzten Jugend verstrich. Immer öfter bedrückten Barinow Langeweile und nervöse Unruhe, und er dachte mit leiser Melancholie an die alten Zeiten beim Komsomol zurück. In der Breshnew-Ära, der glücklichen Zeit der sogenannten Stagnation, gehörten zu den soliden Erholungsheimen für die Staatsdiener kleine spezielle Häuser mit Sauna, breiten Betten und Kühlschränken, die bis zum Bersten mit leckeren Speisen und edlen Tropfen gefüllt waren. Spezielles Personal stand jederzeit bereit, die von ihrer aufopferungsvollen Tätigkeit erschöpften Funktionäre von Partei und Komsomol zu empfangen. Spezielle Damen sorgten für eine gesunde, ideologisch saubere Freizeitgestaltung. Woher diese Mädchen kamen und wohin sie verschwanden, darüber zerbrach sich Barinow nicht weiter den Kopf. Ihrem Aussehen, ihrer Unermüdlichkeit und ihrem fröhlichen Wesen nach zu urteilen, kümmerte sich jemand ganz speziell um ihre Auswahl.

Die Zeiten solcher kostenlosen, ungefährlichen Vergünstigungen waren vorbei, das Bedürfnis nach Abwechslung aber war geblieben.

Man schrieb das Jahr 1989. Die neue demokratische Presse zog voller Empörung über die Luxuspuffs von Partei und Komsomol her. Barinow, ein Mann, der gewandt zur neuen, demokratischen Linie übergeschwenkt war, mußte eine besondere Vorsicht walten lassen.

Sein Verhältnis mit einer jungen Tänzerin war durchaus im Rahmen des Erlaubten, hatte sogar etwas Pikantes. Die langandauernde romantische Affäre verlieh seinem Image als Politiker einen besonderen Charme. So etwas kann schließlich jedem passieren. Noch haben wir keine Zustände wie in Amerika, wo ein Politiker verpflichtet ist, die Heiligkeit der Familienbande hochzuhalten. Bei uns darf er eine Geliebte haben, allerdings nur eine, und die muß ein anständiges Mädchen sein.

Eine Zeitlang nahm ihn das Verhältnis mit Katja Orlowa vollständig und restlos in Anspruch. Aber dann, gerade zur rechten Zeit, kam die Masseurin ins Spiel. Alles hatte sich so erfreulich gefügt. Warum mußte es nur so abrupt und dumm enden!

Swetas starke, geschickte Hände hatten ihn die Rückenschmerzen schon fast vergessen lassen. Aber ihr üppiger, erfahrener, freigebiger Körper begann ihn allmählich zu langweilen. Sweta Petrowa war keine begriffsstutzige Frau, irgendwann merkte sie selbst, was er brauchte.

Eines Tages blickte sie ihn mit ihren ausdruckslosen hellbraunen Augen listig an und sagte, sie habe eine Freundin, eine angehende Journalistin, noch ganz jung, aus der Provinz.

»Sie versucht schon seit einem Monat, dich zu erreichen

und ein Interview zu bekommen. Ein Interview mit dir, das wäre für sie eine große Chance, sie könnte dadurch vielleicht bei einer soliden Zeitung Fuß fassen. Ohne Beziehungen ist das sehr schwer.«

»Aber du weißt doch, wieviel ich am Hals habe, wie müde ich bin«, sagte er stirnrunzelnd.

»Keine Angst«, lachte Sweta, »niemand verlangt große Anstrengungen von dir. Sie ist bereit, dich zu treffen, wo und wann du willst, sie kommt sogar mitten in der Nacht zu dir auf die Datscha. Vielleicht kann man das Interview ja mit einem Massagetermin verbinden.«

»Eine Plaudertasche ist deine Provinzlerin aber hoffentlich nicht?« erkundigte er sich vergnügt – er hatte blitzschnell begriffen, worauf die kluge Sweta anspielte.

»Mach dir keine Sorgen. An eine Plaudertasche würde ich dich nicht verkuppeln.«

»Gut, dann bring deine kleine Journalistin mal her.«

Es war September und noch sommerlich warm, seine Frau und sein Sohn waren in Moskau und konnten jederzeit unverhofft auf der Datscha erscheinen. Weder sein Büro im Institut noch seine Wohnung eigneten sich für das bevorstehende exotische Vergnügen. Aber er hatte einen guten Freund und Gönner, den Mafioso und »Dieb im Gesetz« Korsh. Barinow erfüllte hin und wieder seine geheimen Bitten und Aufträge, soweit es ihm möglich war. Korsh war ein solider, zivilisierter Mann, fast alle Prominenten im Land kannten ihn und begrüßten ihn mit Handschlag. Er besaß ein riesiges Haus auf dem Land, in der Nähe von Moskau, mit Sauna und Swimmingpool, und er hatte überhaupt keine Vorurteile.

Jegor Barinow brauchte nur einmal beiläufig zu bemerken, daß eine nette junge Journalistin ihn in ungezwungener, intimer Atmosphäre interviewen wolle, er aber habe zu diesem Zeitpunkt – welch unglückliches Zusammentreffen! – gerade einen seiner Massagetermine. Und seine Zeit sei doch so knapp, außerdem seien Frau und Sohn gerade in Moskau.

»Natürlich, mein Lieber!« Korsh zwinkerte ihm vergnügt zu. »Ich freue mich immer über deinen Besuch und über hübsche junge Journalistinnen auch.«

Die Provinzlerin entpuppte sich als aufgeweckte magere Brünette von etwa neunzehn Jahren mit südrussischem Akzent. Ihre Zerbrechlichkeit, ihre knabenhaft schmalen Hüften, zarten Arme und kleinen Brüste kontrastierten sehr erfreulich mit den üppigen Formen der weißhäutigen Masseurin.

Zwei Wochen später erschien in einer angesehenen demokratischen Zeitung ein ausführliches, kluges Interview, das eine ganze Seite füllte. Für die junge, begabte Journalistin war es ein glänzendes Debüt, die angesehene Zeitung engagierte sie als Mitarbeiterin, zunächst als Korrespondentin auf Honorarbasis, dann als festangestellte Reporterin. Sie konnte in Moskau Fuß fassen, heiratete und machte eine recht ordentliche Karriere.

Nach einem Monat erschien eine weitere Freundin. Dieses Mädchen hatte schon dreimal versucht, einen Studienplatz an der wirtschaftswissenschaftlichen Fakultät zu bekommen, und jedesmal hatte man sie aufs schäbigste durchfallen lassen. Sie brauchte dringend eine seriöse Protektion.

Sie war zwanzig, schlank, langbeinig, mit dunkelbraunen Haaren, die ihr bis zur Taille reichten. So munter und aufgeweckt wie die Journalistin war sie nicht, in ihren großen blauen Augen standen anfangs Angst und Verwirrung, sogar Tränen, aber auch das hatte seinen Reiz. Nach einer Weile entspannte sie sich, trank von dem französischen Kognak. Sie wollte doch so gerne einen Studienplatz – und sie bekam ihn natürlich auch. Jegor Barinow verfügte über ausgezeichnete Beziehungen und legte an der richtigen Stelle ein Wort für sie ein.

In der Folge erschienen dann einfach Freundinnen, die

weder ein Interview noch Protektion an der Uni brauchten. Nur Geld. Es waren ganz unterschiedliche Mädchen – Blondinen, Brünette, Rothaarige, aber immer sehr schlanke, schmalhüftige mit kleinem Busen.

Barinow war ein großzügiger Mann, wenn es um sein Vergnügen ging. Das Geld verschwand bündelweise in Swetas Handtäschchen. Wie sie danach mit den Mädchen abrechnete, wieviel sie ihnen zuteilte, interessierte ihn nicht.

* * *

Am Sonntag war es trocken. Der Himmel hatte sich aufgeklärt, doch das Blau war kalt, schon ganz herbstlich. Katja zog den Gürtel ihres hellen Regenmantels fest, warf einen flüchtigen Blick in den Spiegel und steckte eine Haarsträhne, die sich aus ihrem Knoten gelöst hatte, fest.

»Willst du wirklich allein fahren?« fragte Shannotschka.

Katja nickte. »Mach dir keine Sorgen. Es ist besser als weiter im Dunkeln zu tappen.«

Als die Tür hinter ihr zugeschlagen war, sauste Shanna wie der Blitz ins Schlafzimmer und öffnete die oberste Kommodenschublade. Dort lagen Stapel von Papieren – Quittungen, Mäppchen mit bezahlten Rechnungen, alte Glückwunschkarten, Wichtiges und Unwichtiges durcheinander. Trotz der Unordnung fand sie schnell, was sie suchte.

Ein kleines Notizbuch, zerrissen und abgewetzt. Mit zitternden Händen blätterte Shannotschka in den mit Katjas deutlicher Handschrift bedeckten Seiten.

Sie hatte Glück. Die gesuchte Seite war unversehrt. Die beiden Telefonnummern und der Name darüber waren von fremder Hand mit schwarzem Kugelschreiber geschrieben. Shannotschka wählte die Nummer, neben der in kleinen Buchstaben »pr« – »privat« – stand.

Nach einigen Augenblicken wurde abgehoben.

* * *

Um zehn vor eins parkte Katja ihren Wagen am Gogol-Boulevard, nicht weit vom »Haus der Journalisten«. Sie setzte eine Sonnenbrille auf, überquerte die Straße und ging langam den Boulevard hinunter.

Wozu tue ich das? dachte sie, während sie um das Denkmal herumschlenderte und jede junge Frau, die vorbeikam, musterte. Gut, Gleb hatte ein Verhältnis, ein ziemlich ernsthaftes sogar. Angenommen, seine Angebetete, das »Schätzchen« namens Olga, glaubte wirklich an Hexerei und schwarze Magie. Aber was sollte dann die Pennerin? Wozu die Warnung? Wenn sie mich auf diese exotische Weise vernichten wollte, wäre der Zaubertrödel doch besser im Kissen geblieben. Der ganze Zirkus hat genau zwei Wochen vor dem Mord an Gleb angefangen. Für die Frau, die mich angerufen hat, kam der Mord völlig überraschend. Ihre Tränen nachts am Telefon waren echt. Vielleicht hat sie nicht unbedingt aus Trauer um Gleb geweint, es könnte auch einfach der Schock gewesen sein. Hatte sie mit dem Mord nichts zu tun? Sollte sie nur von jemand anders ablenken?

Irgend jemand wollte, daß alles wie ein Liebesdrama aussah. Man sollte meinen, es gehe um Liebe und Haß und nicht um etwas anderes. Warte ich jetzt also auf die Frau, die weiß, wer Gleb ermordet hat?

Katja zündete sich eine Zigarette an und blickte auf die Uhr. Fünf nach eins. Wenn die anonyme Anruferin die Wahrheit gesagt hatte, würde sie kaum zu spät kommen. Sie brauchte das Geld. Dreitausend Dollar waren eine beachtliche Summe.

Plötzlich durchfuhr es Katja wie ein Stromschlag. Sie stürzte über den Boulevard zurück zum Auto. Unterwegs fiel ihr ein, daß sie ihr Handy zu Hause liegengelassen hatte.

Als sie am Telefonautomaten stand und ihr Kleingeld sortierte, streckte sich ihr plötzlich eine Hand entgegen, und jemand reichte ihr eine kleine dunkelbraune Telefonmünze.

»Vielen Dank.« Katja blickte auf und wurde bleich: »Du?! Was machst du denn hier?«

* * *

Artjom Siwolap, Fernsehkorrespondent und Mitarbeiter der Sendung »Moskau intim«, saß auf einer kaputten Kinderschaukel im Hof der Mestschanskaja-Straße und starrte unverwandt auf den Hauseingang. Gekleidet war er unauffällig und korrekt – dunkelblaue Jeans, burgunderroter Pullover, dunkelblaue Wildlederjacke. Nichts Grelles, Provokantes. Statt seines gewohnten falschen Brillanten schimmerte in seinem Ohr jetzt matt ein kleiner Silberring. Die Haare waren sauber gewaschen, ordentlich zurückgekämmt und mit einem schwarzen Gummiband im Nacken zusammengefaßt.

Sein Kameramann Igor Kornejew, ein kleiner stämmiger Mann von etwa vierzig Jahren, lief mit hängenden Schultern, die Hände in den Taschen seines schwarzen Regenmantels vergraben, nervös auf und ab. Er hatte sich mal wieder mit Artjom gestritten.

Nach dem gestrigen Skandal mit dem Vater des ermordeten Casinobesitzers hatte Igor sich lange geweigert, zur Metschanskaja-Straße, zum Haus des Ermordeten, zu fahren und überhaupt noch an »diesem Bockmist« mitzuwirken. Viel mehr als dieser Skandal hatten ihn die Einzelheiten des Todes von Prinzessin Diana interessiert, die in der letzten Zeit alle Medien überschwemmten.

»Was hat Diana damit zu tun?« fragte Artjom befremdet.

»Sie ist von solchen Schweinen, wie wir es sind, in den Tod gehetzt worden. Es gibt schließlich auch noch so etwas Altmodisches und Lächerliches wie Berufsethik.«

»Dann hau doch ab mit deiner bescheuerten Ethik«, hatte Artjom höhnisch gesagt. »Ich rufe Smalzew an, für soviel Geld fährt der überall mit hin und dreht alles, was ich ihm sage.«

Das war ein ganz gewöhnlicher Trick. Kein Kameramann des Senders hätte zugelassen, daß man an seiner Stelle Smalzew zum Drehen mitnahm. Smalzew verstand nichts vom Filmen, aus seinen Perspektiven sahen selbst die fotogensten Gesichter monströs aus. Eine so unverblümte Anspielung, er sei durch einen Pfuscher wie Smalzew ersetzbar, war für Igor Kornejew beleidigend und traf ihn schmerzhaft in seiner Berufsehre.

So war er also doch mitgefahren. Um eins waren sie am Haus an der Mestschanskaja angekommen. Bewacht war der Hauseingang nicht, aber die Tür war aus Eisen, und es gab eine Gegensprechanlage. Ohne an die möglichen Konsequenzen zu denken, schlüpften sie zusammen mit einer uralten Oma ins Haus und stiegen in den zweiten Stock. Artjom klingelte.

Ein Spion war nicht in der Tür. Eine weibliche Stimme fragte: »Wer ist da?«

»Ihr Nachbar aus der Wohnung Nummer vierzig«, antwortete Siwolap.

Die Ballerina Orlowa war für ihre Selbstbeherrschung und ihre guten Manieren bekannt. Sie würde sie nicht die Treppe hinunterwerfen, sondern höflich bitten zu gehen. Und dabei könnte er vielleicht doch noch irgend etwas aus ihr herausholen.

Das Türschloß klackte. Auf der Schwelle stand eine kleine rundliche Frau von etwa dreißig Jahren mit hellblonden, flaumigen Löckchen.

»Guten Tag.« Artjom machte einen Schritt in die Wohnung. »Ist Jekaterina Filippowna zu Hause?«

»Nein, worum geht es denn?« fragte die blonde Frau mürrisch und versperrte Artjom den Weg.

Sie hatte hinter ihm im Treppenhaus den Kameramann bemerkt und rüstete sich nun zu energischer Gegenwehr.

»Verzeihung, mit wem habe ich die Ehre?« fragte Artjom mit breitem Lächeln.

Er war der Meinung, er habe ein umwerfendes, unwiderstehliches Lächeln, besonders seit man ihm vor kurzem endlich neue, sündhaft teure Porzellankronen eingesetzt hatte. Doch weder sein Hollywood-Lächeln noch die gestelzte, altmodische Redewendung konnten das Herz der kleinen Blondine erweichen.

»Verschwinden Sie! Auf der Stelle!«

»Warum?« fragte Artjom immer noch lächelnd.

»Weil niemand Sie eingeladen hat! Raus hier!« Sie drängte Artjom zur Tür.

Die rundliche Dame war überraschend stark. Und schlagen konnte er sich schlecht mit ihr! Also trat Artjom den Rückzug an. Die Tür wurde ihm vor der Nase zugeschlagen. Offensichtlich war die Orlowa nicht zu Hause, und das hier war eine Verwandte oder eine Hausangestellte gewesen. Na, und wennschon, er hatte immer noch die Chance, die junge Witwe auf der Straße, vor dem Hauseingang, abzupassen, wenn sie nach Hause kam. Am Vorabend der Beerdigung war sie bestimmt nicht für längere Zeit weggegangen.

Im Hof waren nur wenige Leute. Drei Knirpse buddelten still und konzentriert im Sandkasten. Auf der einzigen heilen Bank saß eine junge Mutter, in ein Buch vertieft. Daneben klapperten zwei Omas mit ihren Stricknadeln und erörterten, woher Allergien bei Kindern kämen und was man dagegen tun könne.

»Wenigstens Butterbrote hätten wir mitnehmen sollen!« knurrte Igor. »Weißt du was, du hältst hier die Stellung, und ich laufe schnell zum Kiosk und kaufe was zu essen, ich habe tierischen Hunger.«

Er wollte gerade losgehen, da ertönte neben ihm eine knarrende, heisere Stimme: »Haste mal 'ne Zigarette für mich?«

Igor und Artjom drehten sich um. Der Gestank von Alkohol und Urin schlug ihnen entgegen. Neben der

Schaukel stand ein kleiner, dicklicher, noch ziemlich junger Stadtstreicher. Seiner zerknitterten Hose sah man noch an, daß sie einmal weiß gewesen war, die Schuhe leuchteten grellorange, unter dem taillierten violetten Damenblazer sah ein salatgrünes Flanellhemd mit gelben Tupfen hervor. An seinem schmutzigen Hals baumelte eine Smokingfliege aus Silberbrokat.

»Igor, warte, geh noch nicht weg!« flüsterte Artjom. »Ein toller Typ ...«

»Hier ist der Müll was ganz Besonderes.« Der Stadtstreicher hatte Artjoms entzückten Blick aufgefangen. »In diesem Haus wohnen berühmte Leute, ›neue Russen‹. Die haben sich an ihrem Reichtum überfressen, die Hunde. Wenn sie irgendwo einen Fleck sehen oder ein Knopf ist abgegangen, dann schmeißen sie die Klamotten gleich in den Müll. Haste nicht 'ne Zigarette übrig?«

»Für einen so schönen Mann wie dich immer.« Artjom hielt ihm seine Schachtel »Kent« hin.

Der Penner nahm vorsichtig zwei Zigaretten heraus, eine schob er sich gewandt hinters Ohr, die andere steckte er sich in den Mund. Aus dem Armeerucksack, der auf seinem Rücken baumelte, zog er eine zerfledderte Ausgabe der Zeitschrift »Penthouse«, entfaltete sie mit der schwungvollen Geste eines Trickzauberers, breitete sie auf dem Boden aus und ließ sich malerisch im Türkensitz darauf nieder.

»Halt!« Artjom sprang von der Schaukel. »Kannst du das noch mal machen?«

»Wollt ihr mich fotografieren?« erkundigte sich der Stadtstreicher in geschäftsmäßigem Tonfall.

»Genau.«

Artjom sammelte alle möglichen malerischen Straßenszenen und ausgefallenen Typen – Bettler in der U-Bahn, Bahnhofsprostituierte, Trinker. Solche Kurzfilmchen konnte man bisweilen erfolgreich verkaufen, manche Rockgruppen montierten sie gern als Extra-Gag in ihre Videoclips, und auch einem selber konnten sie für irgendein Thema zustatten kommen.

»'n Fuffziger«, erklärte der Penner.

Artjom zog ohne nachzudenken eine Fünfzigtausendrubelnote aus der Tasche.

»Grüne«, sagte der Penner.

»Ist das nicht ein bißchen happig?«

»Nee.« Der Penner biß geschickt den Filter von der Zigarette ab, spuckte ihn aus und klickte mit einem Wegwerffeuerzeug. »Überhaupt nicht. Du wirst sowieso noch mehr für mich rausrücken.«

»Was du nicht sagst, Vagabund.« Artjom pfiff durch die Zähne. »Und wofür, wenn ich fragen darf?«

Der Penner winkte ihn mit dem Finger näher heran, der Reporter beugte sich zu ihm herüber und verzog unwillkürlich das Gesicht von dem Gestank.

»Ich hab den Killer gesehen, der hier vorm Haus den Kerl erledigt hat«, flüsterte der Penner, »ganz nah hab ich ihn gesehen, so wie dich jetzt.«

* * *

Pawel Dubrowin stand neben Katja am Telefonautomaten. Er konnte die langgezogenen Signale im Telefon hören.

»Natürlich«, murmelte Katja, »sie sind ja beide bei Tante Nadja. Das hatte ich vergessen …«

Sie wollte den Hörer gerade einhängen, als sie die Stimme ihrer Mutter hörte.

»Margarita hat Konstantin zu Nadja gefahren«, erklärte ihre Mutter, »und die beiden dann allein gelassen. Nadja geht es schon besser. Und Margarita ist jetzt bei dir, um Shannotschka zu helfen. Nach der Beerdigung werden schrecklich viele Leute kommen. Ich wollte auch gerade zu dir, ich räume hier nur noch ein bißchen auf. Bist du denn nicht zu Hause? Von wo rufst du an?«

»Aus der Zelle. Mama, ich hab etwas sehr Dringendes zu erledigen. Ich erklär es dir später.«

»Also, ich staune wirklich über Margarita! Im Unglück erkennt man den Charakter eines Menschen. Wer hätte gedacht, daß dieses Gänschen ...«

»Mama, hast du noch irgendwo die Telefonnummer von der Friseurin Ella?« unterbrach Katja sie. »Erinnerst du dich noch an sie? Sie hatte eine Tochter, Sweta, die genauso alt war wie Gleb.«

»Ich sehe sofort nach«, sagte ihre Mutter verwirrt, »aber du ...«

»Später, Mama, später«, unterbrach Katja sie, »es ist wirklich sehr eilig.«

»Schon gut, schon gut. Werd nicht gleich nervös. Wenn ich nur den Nachnamen von dieser Ella noch wüßte ... Es war irgendein ganz einfacher Name. Sidorowa?«

»Petrowa!« rief Katja. »Guck in dem alten Büchlein unter P nach.«

»Tatsächlich, hier ist es!« sagte ihre Mutter freudig. »Petrowa, Ella.«

Katja wiederholte die Zahlen laut, Pawel drückte seinen Notizblock an die Scheibe der Telefonzelle und schrieb sie mit einem Filzstift auf.

»Danke, Mama, das war's. Küßchen.«

Pawel reichte ihr noch eine Telefonmünze.

»Denk aber dran, das ist die letzte.«

Katja wählte die Privatnummer der Friseurin Ella. Besetzt. Sie drückte auf die Telefongabel, aber der schlaue Automat verschluckte den letzten Jeton.

»Willst du vielleicht von mir zu Hause aus anrufen?« schlug Pawel vor. »Das ist ja gleich um die Ecke.«

Katja zögerte einen Moment und nickte dann.

»Einverstanden.«

»Wirst du wirklich erpreßt?«

»Es sieht ganz so aus.«

»Hat es mit dem Mord an deinem Mann zu tun?«

»Ich weiß es noch nicht.«

Sie stiegen in Katjas Auto und waren fünf Minuten später an Pawels Haus. Katja rannte sofort zum Telefon. Diesmal wurde gleich abgenommen. Eine sehr tiefe, krächzende Frauenstimme sagte:

»Ja, bitte.«

»Guten Tag, könnte ich Ella Petrowa sprechen?«

»Am Apparat.«

»Ella, guten Tag, hier ist Katja Orlowa. Vielleicht erinnern Sie sich noch an mich.«

»Ja, ich erinnere mich«, erwiderte die Frau völlig emotionslos.

»Sagen Sie mir, wo kann ich Sweta finden?«

»Woher soll ich das wissen?« knurrte Ella aufgebracht.

»Aber sie wohnt doch bei Ihnen?«

»Wo soll das Miststück denn sonst wohl wohnen? Die treibt sich nachts rum, mir sagt sie nicht, wohin sie geht.«

»Das heißt, sie war letzte Nacht nicht zu Hause?« hakte Katja nach. »Wann haben Sie sie denn das letzte Mal gesehen?«

»Die braucht sich hier überhaupt nicht mehr blicken lassen, die Schlampe«, schimpfte die Mutter weiter.

Katja wurde klar, daß die Frau betrunken war und man nicht viel Vernünftiges aus ihr herausbekommen konnte. Aber sie gab noch nicht auf:

»Wie geht es ihr denn überhaupt? Was macht sie?«

»Sie hat einen Stand auf dem Markt am Dynamo-Stadion. Was willst du denn eigentlich von ihr?« Die Stimme der anderen bekam einen mißtrauischen, feindseligen Unterton.

»Sie hat mich gefragt, ob ich ihr eine Stelle besorgen kann«, schwindelte Katja rasch aus dem Stegreif. »Ich hab im Theater etwas für sie gefunden, in der Kostümschneiderei. Bei uns wird zur Zeit gut gezahlt. Wir hatten uns für heute verabredet, aber sie ist nicht gekommen.«

»Hör mal, könnte ich nicht bei euch was kriegen?«

»Darüber können wir später reden. Haben Sie vielleicht die Telefonnummern irgendwelcher Freunde oder Bekannten? Bei wem könnte sie über Nacht gewesen sein?«

»Ich weiß gar nichts. Sie lebt hier wie im Hotel. Kommt und geht, wie's ihr paßt, mir sagt sie nichts.«

»Na schön«, sagte Katja, »ist sie denn heute wohl auf dem Markt?«

»Ich denke schon. Heute ist Feiertag, da ist dort der Teufel los.«

»Wissen Sie, womit sie handelt?«

»Mit Schuhen.«

Nachdem sie aufgelegt hatte, starrte Katja einige Sekunden lang schweigend auf die Wand. Pawel hockte sich vor ihr nieder und nahm ihre Hände in die seinen. Ihre Hände waren eiskalt. Er drückte sie an seine Wangen und fragte leise:

»Frierst du?«

»Nein.« Katja schüttelte den Kopf. »Ich friere nicht. Wenn ich nervös bin, bekomme ich immer kalte Hände.«

»Ich koche uns Kaffee, mit Nelken, wie du ihn gern magst. Und dann besprechen wir alles in Ruhe. Einverstanden?«

»Einverstanden ... Ich muß Shannotschka anrufen.«

»Tu das. Sie macht sich Sorgen um dich. Eigentlich sollte ich dir gar nicht sagen, daß sie mich angerufen hat. Sie wollte einfach, daß ich dich ein bißchen im Auge behalte, für alle Fälle. Immerhin handelt es sich um Erpressung, und diesem Weib ist alles zuzutrauen.«

»Danke, daß du gekommen bist«, sagte Katja so ruhig und kühl wie möglich.

Er gab keine Antwort.

Shannotschka nahm augenblicklich ab.

»Und? Ist sie erschienen? Wo bist du?«

»Nein. Ich versuche sie ausfindig zu machen.«

»Wie? Du weißt doch gar nichts über sie! Wo bist du? Komm nach Hause. Margarita ist hier, und deine Mutter hat angerufen, sie kommt später, so gegen Abend, sie hilft mir beim Kochen. Hör mal, diese Typen vom Fernsehen sind hier aufgetaucht. Erinnerst du dich an den einen vom Jugendsender, den mit dem Pferdeschwanz? Der hat direkt an der Wohnungstür geklingelt, kannst du dir das vorstellen? Und der Kameramann stand schon hinter ihm. Er hat sich als Nachbar aus der Wohnung Nummer vierzig ausgegeben, der Saukerl.«

»Hast du Margarita schon etwas erzählt?«

»Bis jetzt noch nicht.«

»Erzähl ihr nichts von der ganzen Sache. Sag überhaupt zu niemandem etwas.«

»Warum?« fragte Shannotschka erstaunt.

»Je weniger Leute davon wissen, desto besser. Versprochen?«

»Versprochen.« Shannotschka seufzte tief auf. »Und du bist jetzt ...«

»Ich bin bei Pawel Dubrowin. Aber behalt das für dich. Ich komme so gegen fünf. Sag Mama und Margarita, du wüßtest nicht, wohin ich gefahren bin. Wenn ich wieder da bin, erzähle ich es. Also, mach's gut.«

Katja legte auf und hörte, wie in der Küche die Kaffeemühle surrte.

Gleb ist noch nicht beerdigt, und ich bin schon bei Pawel. Er kocht mir meinen Lieblingskaffee, im Flur stehen Pantoffeln in meiner Größe. Wie heißt es doch im »Hamlet«? »Die Schuh' noch nicht verbraucht, womit sie folgte meines Vaters Sarg ... Schwachheit, dein Nam' ist Weib ...«

Mein Gott, was für dumme Gedanken! Eine widerliche, verworrene Geschichte ist das, in die ich da hineingeschlittert bin. Ich habe Angst. Außer Pawel habe ich niemanden, mit dem ich mich beraten könnte. Mama und Papa würden in Panik geraten, Papa würde seine Bekannten im Innenministerium und bei der Staatsanwaltschaft alarmieren. Es gäbe eine Menge Hektik und kein Resultat. Lieber Gott, mach, daß dieser idiotischen Sweta Petrowa nichts passiert ist! Aber warum bin ich eigentlich so sicher, daß sie es war, die angerufen hat?

»Warum bist du so sicher, daß gerade diese Frau dich erpreßt?« fragte Pawel, als er mit dem Tablett in der Hand das Zimmer betrat.

Katja fuhr zusammen. Er hatte ihre Gedanken gelesen, noch dazu durch die Wand. Nein, ihm waren einfach dieselben Dinge durch den Kopf gegangen, während er den Kaffee kochte.

»Ich bin gar nicht restlos sicher«, gab Katja zu. »Aber andere Kandidatinnen habe ich vorläufig nicht. Außerdem – die ›Dörr-Giselle‹ ... So hat mich in meinem ganzen Leben nur ein Mensch genannt. Vor vielen Jahren. Als ich auf der Bank saß und gewartet habe, fiel mir wieder ein, wer. Sweta Petrowa.«

»Hast du dem Untersuchungsführer von diesen Anrufen erzählt?«

»Nein.«

»Warum nicht?«

»Weil ich nicht will.«

»Katja, das ist doch kindisch. Was heißt – ich will nicht? Du merkst doch selber, zwischen dem Mord und diesen Anrufen gibt es einen Zusammenhang.«

»Das habe ich erst gestern gemerkt. Aber ich werde dem Untersuchungsführer trotzdem nichts sagen.«

»Hast du dafür konkrete Gründe oder ist das bloß Trotz?« fragte Pawel leise.

»Ich habe meine Gründe. Und jetzt möchte ich nicht mehr davon sprechen.« Katja nahm ihre Zigaretten aus der Handtasche.

Pawel schob ihr den Aschenbecher zu und gab ihr Feuer. »Willst du es mir nicht erklären? Oder dir selbst?«

»Dir will ich es nicht erklären. Dir persönlich.« Katja spürte, sie war kurz davor, in Tränen auszubrechen.

Und warum eigentlich nicht? Es ist sonderbar – aber Pawel ist der einzige Mensch, vor dem ich weinen kann, ohne mich zu genieren, dachte Katja. Aber sie riß sich doch zusammen und hielt die Tränen zurück.

»Dann eben nicht.« Pawel zuckte die Achseln. »Dann trinken wir unseren Kaffee aus und fahren auf den Dynamo-Markt. Weißt du, womit deine Erpresserin handelt?«

»Mit Schuhen.«

»Gut. Wir fragen alle Schuhhändler, ob sie eine Sweta Petrowa kennen. Und dann überlegst du, welche gemeinsamen Bekannten ihr hattet, und rufst sie alle der Reihe nach an.«

»Und von allen werde ich mir gefühlvolle Beileidsbekundungen anhören und dann auf ihre neugierigen dummen Fragen antworten müssen. Denn natürlich will jeder wissen, warum Katja Orlowa, deren Mann ermordet wurde, nach Sweta Petrowa, der Tochter der Friseurin Ella, sucht. Und einer von ihnen wird garantiert dem Untersuchungsführer oder dem Major von der Miliz darüber berichten. Unsere alten Bekannten werden ja sicher noch verhört werden.«

»Warum hast du davor solche Angst?«

»Weil ... Verstehst du das denn nicht?« Katja stand abrupt auf. »Wenn sie erst einmal anfangen, in unserem Privatleben zu wühlen, dann ... Du hast doch kein Alibi«, platzte sie heraus, ohne ihn anzusehen. »Mehrere Dutzend Menschen haben gesehen, wie du dich zwei Stunden vor dem Mord mit Gleb fast geschlagen hast.«

»Wenn sie mich verdächtigen, dann unabhängig davon, was du ihnen sagst oder nicht sagst. Und davor brauche ich mich nicht zu fürchten.«

»Aber du hast kein Alibi!« wiederholte sie. »Willst du

ihnen etwa erzählen, wie du in der Mordnacht um die Patriarchenteiche gebummelt bist und alten Frauen Blumen geschenkt hast? Wenn du diese Frau wenigstens nach ihrem Namen gefragt hättest ...«

»Aber ich konnte doch nicht ahnen, daß zur gleichen Zeit jemand aus dem Gebüsch auf deinen Mann schoß«, sagte Pawel mit einem schuldbewußten Lächeln.

»Woher weißt du, daß aus dem Gebüsch geschossen wurde?« flüsterte Katja plötzlich. »Wie hast du überhaupt von dem Mord erfahren? Ich habe dir nichts gesagt. Aber du hast mich am nächsten Tag angerufen und schon alles gewußt.«

Pawel seufzte, ging in die Küche und kam eine Minute später mit einer Nummer des »Moskowski Komsomolez« in der Hand zurück. Auf der letzten Seite, unter der fetten Schlagzeile: »Wer hat den Sohn des Schauspielers getötet?«, stand dort:

»Der diesjährige Herbst verspricht eine reiche Ernte an Auftragsmorden. Die Saison wurde mit einem Schuß auf eine der prominentesten Persönlichkeiten aus dem Moskauer Glücksspielmilieu eröffnet. Mitten in der Nacht feuerte ein Profikiller aus dem Gebüsch auf Gleb Kalaschnikow ...«

Katja las nicht weiter und legte die Zeitung beiseite.

»Fährst du mit mir zusammen auf diesen blöden Markt?« fragte sie leise. »Ich war dort noch nie.«

»Ich auch nicht. Gut, fahren wir. Aber mit meinem Wagen. Es ist besser, wenn dein weißer Ford dort nicht auftaucht. Für alle Fälle.«

»Warum?«

»Jemand, der einen Ford fährt, kauft sich wohl kaum Sachen auf dem Trödelmarkt. Außerdem werden wir nichts kaufen, sondern durch die Reihen gehen und Fragen stellen. Der Markt wird von der Mafia kontrolliert. Die mögen keine neugierigen Leute. Und dann noch der Ford.«

»Pawel, heutzutage fährt halb Moskau ausländische Wagen, und halb Moskau kleidet sich auf Trödelmärkten ein.«

»Das sind zwei verschiedene Hälften. Und überhaupt will ich dir eins von vornherein sagen. Wenn wir deine Erpresserin wirklich finden und Licht in die Sache bringen wollen, müssen wir jede Kleinigkeit bedenken. Jede.«

Kapitel 15

Die fünfzig Dollar reichtem dem aufgeputzten Penner nicht, er wollte auch noch in die Kneipe eingeladen werden:

»Ich hab Kohldampf auf 'ne schöne Suppe, und 'n ordentliches Schaschlik vom Grill, mit Zwiebeln. Und diese, wie heißen sie, Mangusten.«

»Was?« Artjom begriff nicht.

»Er meint wahrscheinlich Langusten«, bemerkte Igor düster.

»Genau, richtig!« rief der Penner erfreut. »Diese dicken Würmer, so ähnlich wie Krabben, nur größer. Gibt's in der Südsee.«

»So wie du aussiehst, läßt man dich in keine anständige Kneipe«, sagte Artjom. »Dafür müßte man dich zuerst mal waschen und umziehen.«

»Von mir aus«, stimmte der Penner gewichtig zu, »ich hab nichts dagegen.«

»Und wer garantiert uns, daß du nicht lügst?« fragte Igor.

»Das Kreuzzeichen hier!« Der Penner bekreuzigte sich schwungvoll.

»Das ist keine Garantie.«

»Na, dann tschüs.«

»Tschüs, mein Lieber«, sagte Igor.

Der Penner hob ohne Eile seine zerfledderte »Penthouse«-Nummer vom Boden auf, wischte sie ab, faltete sie sorgfältig zusammen und verstaute sie wieder in seinem Rucksack.

»Warte.« Artjom wollte ihn schon beim Ärmel fassen, ekelte sich dann aber. »Warte, laß uns das bereden. Wie heißt du?«

»Boris. Wie unser Präsident«, erklärte der Penner stolz.

»Also, Boris. Fünfzig Grüne sind ein guter Preis für eine Information, die nicht nachprüfbar ist. Du kannst uns ja das Blaue vom Himmel vorlügen.«

»Kann ich nicht.« Der Penner schüttelte energisch den Kopf. »Ich habe doch geschworen.«

»Das ändert die Lage natürlich erheblich«, sagte Igor grinsend. »Sag mal, wie konntest du den Killer denn überhaupt sehen, wenn es dunkel war?«

»Ich hab sehr gute Augen. Ich sehe im Dunkeln wie eine Katze.«

»Na schön. Ein Vorschlag zur Güte. Wir legen dir auf den Fünfziger noch einen Fünfziger drauf, in Rubel«, bot Artjom an.

Bremsen quietschten. Ein blitzender schwarzer Opel fuhr auf den Hof. Mit verzweifeltem Kläffen sprang eine kleine hellbraune Promenadenmischung im letzten Moment unter den Rädern hervor. Der Wagen stoppte. Ein schlankes zierliches Mädchen in engen Jeans und einer kurzen Wildlederjacke schlug die Autotür zu und ging auf den Hauseingang zu.

»Du, ich glaube, das ist die Krestowskaja«, sagte Igor.

»Nee, die sieht bloß so ähnlich aus.« Artjom winkte ab. »Obwohl ... Ja, natürlich, das ist ja die Frau von Kalaschnikow senior.«

Die beiden hatten sich nur für eine Sekunde ablenken lassen, aber als sie sich wieder umdrehten, war der Penner Boris verschwunden.

»Verdammt, der hat sich verdrückt.« Artjom schlug sich vor Ärger so heftig aufs Knie, daß er schmerzhaft das

Gesicht verzog. »Das ist deine Schuld, du hast gesagt, tschüs, und jetzt ist er weg.«

»Na und wennschon!« Igor zuckte die Achseln. »Ein gewöhnlicher Betrüger.«

»Und wenn nicht?«

»Falls du nicht weißt, wohin mit deinem Geld, gib's besser mir«, knurrte Igor. »Übrigens, da guckt es ja raus, unser Herzblatt. Keine Angst, solange er das Geld noch nicht hat, bleibt er uns erhalten.«

Zwei Schritte von der Schaukel entfernt stand ein kleines Häuschen, wie es sie auf vielen Höfen gibt. Sie sind für die Kinder zum Spielen gedacht, aber Kinder krabbeln selten hinein. Aus den Märchenhäuschen stinkt es zehn Meilen gegen den Wind. Dort verrichten gewöhnlich Penner und Passanten, die es sehr eilig haben und keine öffentliche Toilette finden können, ihre Notdurft.

Boris' zerzauster Kopf ragte komisch aus der niedrigen Türöffnung.

»Na, was ist?« fragte Artjom. »Komm schon raus.«

Ächzend kroch der Penner aus dem Häuschen.

»Sagt mal, Jungs, wer war denn die Tussi da in der schwarzen Karre?« fragte er geheimnisvoll flüsternd.

Siwolap grinste spöttisch. »Hat sie dir gefallen?«

»Große Klasse!« Boris kniff genießerisch die Augen zusammen. »Wie aus der Werbung.«

»Das war die Schauspielerin Margarita Krestowskaja«, erläuterte Igor herablassend. »Aber warum hast du dich versteckt?«

»Ich ...«, – der Penner senkte verlegen den Blick –, »ich mußte mal austreten. Am Zaun geht das nicht, es sind zu viele Leute hier, Frauen, Kinder.«

»Du bist wirklich ein Mensch mit Kultur!« bemerkte Igor.

»Also Margarita Krestowskaja«, sagte der Penner nachdenklich. »Schauspielerin, sagst du? Wohnt die hier oder ist sie bloß zu Besuch?«

»Lenk nicht vom Thema ab«, sagte Artjom stirnrunzelnd, »wir wollen deine Information hören. Igor, gib mir die Kamera.«

»He, da hört der Spaß aber auf!« Der Penner hielt sich erschrocken den Ärmel vors Gesicht. »Das war nicht verabredet.«

»Was hast du denn gedacht? Ohne Kamera und Mikrofon sind deine Worte keinen Pfifferling wert.«

»Soll das heißen, ihr nehmt mich auf und zeigt das hinterher dem ganzen Land? Wie ich Döskopp erzähle, daß ich den Killer gesehen habe? Nee, nee, Jungs, kommt nicht in die Tüte!«

»Niemand wird dich im Fernsehen zeigen«, erklärte ihm Artjom. »Dieser Film bleibt geheim. Solange sie den Killer nicht haben, geht er nicht über den Sender. Kapiert?«

»Kapiert«, sagte der Penner, »aber ich lasse mich trotzdem nicht filmen. Wenn ich euch was über den Killer erzählen soll, dann her mit dem Zaster, und ich rede. Aber ohne Kamera.«

»Warum bist du eigentlich nicht zur Miliz gegangen, wenn du gesehen hast, wie der Mord passiert ist?« mischte sich Igor ein.

»Bist du vollkommen plemplem?« Der Penner lachte. »Freiwillig laß ich mich bei den Bullen nicht von weitem sehen!«

»Wir vertrödeln die Zeit.« Artjom verlor langsam die Geduld, außerdem fürchtete er, durch das Hin und Her mit diesem Boris die Orlowa zu verpassen.

Aus seiner ledernen Gürteltasche zog er einen Fünfzigdollarschein und zeigte ihn dem störrischen Penner. Dem funkelten die Augen, und er griff mit seiner schmutzigen zitternden Hand nach dem Geld.

»O nein, Freundchen. Zuerst erzählst du was.« Artjom wedelte ihm mit dem Schein vor der Nase herum.

»Also wirklich, Jungs, tut die Kamera weg, dann erzähle

ich euch alles, ich bin kein Schwein, ich lüge nicht«, quengelte Boris.

»Hört das jetzt endlich auf oder nicht!« Igor hielt es nicht mehr aus. »Ich will was fressen, ich hab schon Magenschmerzen, mein Geschwür tut weh, und wir schlagen uns hier stundenlang mit dir herum. Sprichst du nun in die Kamera oder nicht? Wenn nicht, dann verschwinde! Solche Zeugen wie dich kennen wir! Da drüben am Kiosk steht eine ganze Horde solcher Zeugen. Für einen Zehner erzählen die mir ganze Romane! Dir bietet man fünfzig Dollar an, und du plusterst dich auf! Hau ab, du stehst uns bis hier!«

Um die Wirkung zu erhöhen, hob Artjom noch einmal den Schein hoch und steckte ihn sofort wieder weg.

»Ach, hol euch der Teufel!« Der Penner winkte resigniert ab. »Es wird mir schon nicht gleich an den Kragen gehen, und wenn doch, mir ist nicht bange! Schalt deine Kamera ein!«

* * *

Margarita schnitt die Krabben für den Salat und pfiff dabei leise eine Melodie aus dem Film »Das treue Herz einer Hure«.

»War das Katja am Telefon?« fragte sie, als Shannotschka in die Küche zurückkam.

»Ich glaube, wir haben nicht genug Mayonnaise«, erwiderte Shannotschka.

»Na, dann geh doch los und kauf welche«, meinte Margarita schulterzuckend, »du bist heute irgendwie komisch. Kannst du mir nicht eine normale Antwort auf meine Frage geben?«

»Nein«, Shannotschka schaute in den Topf, in dem der Reis kochte, »wie lange dauert das denn noch. Auf der Packung steht, nur fünf Minuten.«

»Was heißt ›nein‹? Wer hat denn nun angerufen?«

»Ah ... ja, das war Katja.« Shannotschka öffnete den Kühlschrank und kauerte sich vor ihm nieder. »Vielleicht sollte man noch etwas Butter drantun?«

»Wie du meinst. Hat Katja gesagt, wo sie ist?«

»Nein. Ich hab auch nicht gefragt.«

»Und wann kommt sie wieder?«

»Weiß ich nicht.«

Shannotschka nahm die Butterdose aus dem Kühlschrank und schlug die Kühlschranktür zu. »Ich glaube, an den Salat müssen unbedingt noch Oliven.«

»Katja hat wohl ein Rendezvous mit ihrem Liebhaber, was?« Margarita grinste spöttisch. »Warum auch nicht, das Leben ist kurz.«

Shannotschka wurde dunkelrot, öffnete den Mund, um eine scharfe Antwort zu geben, beherrschte sich dann aber.

Margarita pfiff wieder das Liedchen aus dem Film.

»Wie laufen die Dreharbeiten?« fragte Shannotschka, um von dem heiklen Thema abzulenken.

»Normal«, brummte Margarita.

»Ist es dir nicht unangenehm, einc Prostituierte zu spielen? Du mußt dich doch in die Rolle einleben und denken und fühlen wie sie. Das ist doch widerlich!«

»Ich lebe mich in gar nichts ein.« Margarita schob sich mit einer schnellen Bewegung eine Krabbe in den Mund. »Ich spiele, und fertig. So wie wir als Kinder Krieg gespielt haben. Bum-bum, Volltreffer, du Trottel bist tot!«

»Ich habe als Kind bloß mit Puppen gespielt«, seufzte Shannotschka. »Und deine Klassenkameradin Olga, hat die auch Krieg gespielt?«

Margarita legte das Messer beiseite, schluckte die Krabbe hinunter und maß Shannotschka mit einem spöttischen, listigen Blick.

»Von wem weißt du denn, daß Olga in meiner Klasse war?«

»Also, so konkret kann ich das jetzt nicht sagen. Ist das denn wichtig?«

Shannotschka bearbeitete das Stück Fleisch, das vor ihr auf dem Tranchierbrett lag, mit einem kleinen Hammer so energisch, daß der ganze Tisch wackelte.

»Nein, eigentlich nicht«, lenkte Margarita sofort ein, »Klatschmäuler gibt es genug. Olga ... Nein, Olga hat nicht Krieg gespielt, sie war immer sehr still und zurückgezogen.«

»Entschuldige bitte, aber ich wollte dich immer schon fragen, ist es wahr, daß du sie mit Gleb bekannt gemacht hast?«

»Sehe ich aus wie eine Kupplerin?«

»Ehrlich gesagt, ich habe noch nie eine Kupplerin gesehen«, bekannte Shannotschka.

Margarita ging zum Fenster, ergriff den Hebel, um das Oberlicht zu öffnen, und erstarrte für einen Moment, als sie in den Hof blickte.

»Warum treiben sich die Fernsehfritzen da unten rum, das wüßte ich doch gern«, sagte sie nachdenklich.

Mitten auf dem Hof, neben dem Sandkasten, stand eine Vogelscheuche in einem giftig-lila Jackett und fuchtelte vor der Kamera mit den Armen.

»Wie? Sind die immer noch hier?!« Shannotschka huschte zum Fenster. »Die warten auf Katja, die Schweine! Vor einer Stunde waren sie direkt an der Wohnungstür, ich hab sie achtkantig rausgeschmissen, sogar mit der Polizei gedroht.«

»Das ist Siwolap, glaube ich. Er hat gestern abend Konstantin Iwanowitsch an der Garage abgepaßt und ihn fast bis zum Herzinfarkt gebracht. Ruf Katja an und warne sie, sonst stürzen sich diese Geier gleich auf sie, und sie verliert noch den Kopf.«

»Ich weiß nicht, wo sie ist«, sagte Shannotschka schnell, ging vom Fenster weg und machte sich mit neuer Energie über das Fleisch her.

»Wozu hat sie ein Handy?« sagte Margarita achselzuckend, ohne sich vom Fenster wegzurühren. »Ich werde sie anrufen.«

»Sie hat ihr Handy zu Hause gelassen.« Shannotschka seufzte. »Dieser Artjom Siwolap hat keine Scham und kein Gewissen. Aber was er von Boris will, ist mir schleierhaft.«

»Du kennst diesen Penner mit Namen?« fragte Margarita verwundert.

»Den kennen hier alle. Siehst du dahinten im Hof die einstöckige Bruchbude? Das Haus soll schon seit langem abgerissen werden, aber vorläufig sind da noch alle möglichen Leute untergekrochen. Boris wohnt da seit drei Jahren. In nüchternem Zustand ist er eine fürchterliche Klette. Und wenn er betrunken ist, grölt er nächtelang Lieder.«

Margarita blickte einige Minuten schweigend zum Fenster hinaus, ihre Zigarette brannte bis zum Filter herunter, sie zündete sich sofort die nächste an und wandte sich zu Shannotschka um.

»He, du Meisterköchin, gleich hast du Hackfleisch. Hör auf herumzuhämmern. Wohin kann unser Vögelchen wohl entflattert sein? Morgen ist die Beerdigung, es ist noch so viel zu tun … A propos Flatterhaftigkeit. Sag mal, hat es Katja wirklich nicht gestört, daß Gleb sie dauernd betrogen hat?«

Shannotschka schwieg einen Moment, dann fragte sie:

»Margarita, mußt du beim Zwiebelschneiden sehr stark weinen? Ich heule dabei nämlich immer Krokodilstränen.«

»Gut«, seufzte Margarita, »ich schneide dir die Zwiebeln. Man muß das Messer in kaltes Wasser tunken, dann braucht man nicht zu weinen.«

»Ich weiß, aber bei mir hilft das nicht.«

»Entschuldige, daß ich dich mit überflüssigen Fragen behellige.« Margarita lächelte schuldbewußt. »Es geht mich ja eigentlich nichts an. Aber ich kann mir einfach nicht vorstellen, wie man acht Jahre lang mit diesem … du weißt schon, was ich meine. Unter uns gesagt, er war nicht den kleinen Finger von Katja wert. Habe ich recht?«

»Du hast recht«, erwiderte Shannotschka kaum hörbar.

»Siehst du. Ich hätte mich an ihrer Stelle entweder scheiden lassen oder ihm meinerseits die Hölle heiß gemacht. Katja hat doch diesen Dauerverehrer, diesen treuen Vasall. Hat sie ihn nicht wenigstens einmal erhört? Wenigstens aus Prinzip, um sich nicht als Idiotin zu fühlen?«

»Margarita, was meinst du, sollen wir den Schweinebraten jetzt schon aufschneiden oder erst morgen?«

»Morgen. Sonst trocknet er aus.« Margarita sah Shannotschka an und brach in munteres, herzliches Gelächter aus.

»Was hast du?« fragte Shannotschka befremdet.

»Du hättest als Kind ruhig Krieg spielen sollen, du hättest eine erstklassige Partisanin abgegeben. Wie geht es denn eurer Telefonschlange? Oder ist das jetzt auch ein Kriegsgeheimnis?«

»Nein«, erwiderte Shannotschka düster, »das ist kein Geheimnis. Sie ruft nicht mehr an.«

»Sie ist ganz verschwunden?«

Shannotschka nickte schweigend.

»Man hätte wenigstens einen Anruf mitschneiden sollen. So darf man sich nicht in die Pfanne hauen lassen.«

»Katja hat sich von niemandem in die Pfanne hauen lassen!« widersprach Shannotschka. »Und wenn du es wissen willst, einen Anruf hat sie mitgeschnitten! Diese Giftspritze hat sie ja nach allem auch noch erpressen wollen.«

»Erpressen? Womit?!«

»Oje!« Shannotschka preßte sich erschrocken die Hand vor den Mund. »Es soll doch niemand wissen ...«

»Auch nicht der Untersuchungsführer?«

»Nein, niemand.«

»Ist Katja völlig übergeschnappt? Was stellt sie sich vor? Begreifst du, wie gefährlich das werden kann?« Margarita packte Shannotschka an den Schultern. »Der Mord an ihrem Mann wird untersucht, und sie verschweigt, daß sie telefonisch bedroht und erpreßt wird. Wo ist sie jetzt? Wieso kommt sie überhaupt nicht wieder?«

»Ich weiß nicht ... sie ...« Shannotschka brach in Tränen aus. »Ich habe solche Angst. Vielleicht hat dieser Killer ja auf Katja gezielt? Wenn ihr etwas passiert ... sie ist für mich wie eine Schwester ... Margarita, was soll ich tun? Sie will nicht, daß irgend jemand etwas erfährt. Nicht einmal der Untersuchungsführer.«

»Beruhige dich erst einmal«, sagte Margarita streng. »Setz dich hin und erzähl alles der Reihe nach.«

Shannotschka schniefte, setzte sich gehorsam auf den Hocker und erzählte Margarita alles, was sie wußte. Nur Pawel Dubrowin erwähnte sie mit keinem Wort.

»Die Erpresserin ist also nicht erschienen, und jetzt versucht Katja sie zu finden? Weiß sie denn, wer sie angerufen hat? Hat sie die Frau an der Stimme erkannt?«

»Das weiß ich nicht. Sie hat nur gesagt: zu keinem ein Wort.«

»Und wo ist die Kassette?«

»Ich weiß nicht. Du sagst Katja doch nicht, daß ich alles ausgeplaudert habe? Ich hab doch versprochen ...«

»Keine Sorge, ich sage nichts. Ist die Kassette beschriftet?«

»Ja, sie hat sie in meiner Gegenwart aus dem Diktaphon genommen und mit einem Filzstift irgendwas draufgeschrieben.«

Shannotschkas Tränen versiegten, sie blickte Margarita mißtrauisch an. »Warum willst du das alles wissen?«

»Warum? Weil deine Katja nicht mehr alle Tassen im Schrank hat, darum. Das kann noch böse enden. Und sie tut mir leid. Aufrichtig leid. Verstehst du? Außerdem hängt mein Mann sehr an ihr. Ich möchte nicht, daß er noch eine weitere Tragödie erlebt. Katja ist für ihn fast wie ein eigenes Kind, er kennt sie von klein auf und ist schon seit Ewigkeiten mit ihren Eltern befreundet. Du bist die einzige, die sie eingeweiht hat, versuch ihr beizubringen, daß es die Aufgabe der Miliz ist, eine Erpresserin zu suchen, nicht ihre. Habe ich recht?«

»Du hast recht«, stimmte Shannotschka zu, »völlig recht.«

Margarita sah noch einmal zum Fenster hinaus. Weder die Fernsehleute noch der Penner Boris waren zu sehen.

* * *

Auf dem Dynamo-Trödelmarkt war ein solches Gedränge, daß es Katja nach fünf Minuten vor den Augen flimmerte. Viele Leute probierten die Jeans, Pullover, Kostüme und Anzüge direkt vor den Ständen an, zogen sich bis auf die Unterwäsche aus, ohne auf die Menge zu achten. Manche Händler schirmten die Halbnackten mit irgendeinem zerrissenen Bademantel ab, aber die Mehrheit entblößte sich ohne jede Scham.

An den Schuhständen wurde energisch aufgestampft, man reckte und streckte die in Stiefel und Turnschuhe gesteckten Füße. Die Händler mischten sich unter die Käufer und kauerten sich mit einem Spiegel in der Hand nieder: »Das steht Ihnen ganz ausgezeichnet, meine Dame! Den Reißverschluß kann man mit Paraffin einfetten ... Die geben noch nach, mein Herr! Das sind echte Salamander-Schuhe. Wo bekommen Sie die noch für eine Million? Im Laden kosten die anderthalb ...«

Mit Schuhen handelten viele. Anfangs fragten Katja und Pawel einfach: »Wissen Sie vielleicht, wo wir Sweta Petrowa finden können? Sie handelt auch mit Schuhen.«

»Kenne ich nicht.«

»Swetas gibt es hier wie Sand am Meer.«

»Machen Sie Platz, gehen Sie vom Stand weg, wenn Sie doch nichts kaufen wollen.«

»Ich kann nicht mehr«, stöhnte Katja, als sie an den beiden letzten Reihen angekommen waren. »Ich bin fix und fertig.«

»Laß uns noch bis zum Ende durchgehen.« Pawel legte ihr behutsam den Arm um die Schultern und drückte seine Nase in ihr Haar.

»He, Kinder, seid ihr zum Knutschen hierhergekommen? Hier, junger Mann, Turnschuhe für Sie, absolute Spitzenware!«

Ein blutjunges brünettes Mädchen mit kurzem Herrenschnitt hielt einen riesigen schneeweißen Turnschuh hoch.

»Entschuldigung«, sprach Katja sie müde an, »am Freitag hat Sweta Petrowa hier Schuhe verkauft.«

»Am Donnerstag. Na, was ist, wollen Sie sie mal anprobieren? Das sind echte ›Adidas‹, nur ein halbes Milliönchen. Was für eine Schuhgröße haben wir denn?«

Pawel schnürte rasch seinen Schuh auf.

»Am Donnerstag, sagen Sie? Und wissen Sie, wo sie jetzt ist?«

»Sweta? Was wollen Sie denn von ihr?«

»Sie hatte versprochen, Schuhe mitzubringen«, erklärte Pawel, während er sich bemühte, den Fuß in den Turnschuh zu zwängen.

»Halt, Sie haben ja das Papier gar nicht rausgenommen, deswegen paßt der Fuß nicht rein! Was für Schuhe? Hier bei mir haben Sie jede Menge zur Auswahl ...«

»Sie haben nur die großen Größen. Aber wir brauchen eine kleine, vierunddreißigeinhalb für einen schmalen Fuß mit hohem Spann. Sweta hatte fest versprochen, sie mitzubringen. Wo können wir sie finden?« Pawel zog das zusammengeknüllte Seidenpapier aus dem Schuh und blickte von unten zu dem Mädchen hoch. »Sind Sie ihre Kollegin?«

»Ja, ihre Kollegin«, bestätigte das Mädchen. »Drückt er auch nicht?«

»Doch, ein bißchen«, log Pawel, »geben Sie mir ein anderes Paar. Und nicht so weiße. Wissen Sie, wir haben immer Probleme mit Schuhen. Sweta wollte nicht nur Pumps mitbringen, sondern auch Stiefel für den Herbst und noch einiges mehr. Sie hat gesagt, sie hätte auch kleine Größen, aber sie nähme sie nicht immer mit. Zu wenig Bedarf.«

»Sie haben also bei ihr zu Hause angerufen? Und ihre

Mutter hat gesagt, Sweta sei hier auf dem Markt?« Die Aussicht, gleichzeitig Pumps, Stiefel und noch etliches mehr zu verkaufen, interessierte das Mädchen sichtlich.

»Ja. Vor genau einer Stunde haben wir telefoniert«, sagte Katja. »Ihre Mutter macht sich Sorgen, weil Sweta nicht zu Hause übernachtet hat.«

»Ich verstehe nicht ganz, sind Sie denn Bekannte von Sweta?«

»Ja, von früher«, lächelte Katja. »Neulich haben wir uns zufällig wiedergetroffen, und Sweta hat mir erzählt, daß sie auf dem Markt arbeitet. Da habe ich sie gebeten, mir beim Schuhkauf zu helfen.«

»Haben Sie schon bei Wowka angerufen?« fragte das Mädchen sachlich.

»Sie hat mir Wowkas Telefonnummer gegeben, aber ich hab sie verloren«, schwindelte Katja.

»Gut, gehen wir.« Das Mädchen schlüpfte hinter dem Stand hervor und schrie: »Walja, ich bin für eine Minute weg. Paßt du mit auf?«

»Geh nur!« erwiderte eine ältere Frau, die am Nachbarstand saß, mit tiefer Baßstimme.

»Übrigens, ich heiße Christina«, sagte das Mädchen, während es sich geschickt durch die Menge schob und sie auf die Straße führte. Am Eingang zum Markt war nicht weniger Trubel als mittendrin. Es roch nach Schaschlik, angebranntem Teig und Puffmais. An einem fettbespritzten Grillwagen blieb Christina stehen. Ein kleines, schmächtiges und völlig kahles Männchen schnitt mit einem Messer gewandt Streifen von einem Dönerspieß ab und legte sie in kleine runde Teigtaschen.

»Hallo, Wowka«, sprach Christina ihn an, »weißt du, wo Sweta steckt?«

»Was gibt's denn?« fragte das Männchen in heiserem Falsett zurück, ohne seine Arbeit zu unterbrechen.

»Sie hätte heute auf dem Markt sein sollen, aber sie hat

nicht mal angerufen. Die Jungs haben mir Bescheid gesagt, sie haben auch die Ware gebracht, aber zum Verkaufen hatte keiner Zeit. Wo ist sie abgeblieben?«

»Was, sie hat nicht mal angerufen?« fragte Wowka gleichmütig.

»Nein. Sie ist spurlos verschwunden. Hat sie bei dir übernachtet?«

»Das hatte sie versprochen«, sagte Wowka, »aber sie ist nicht gekommen.«

»Entschuldigung, wann haben Sie sie das letzte Mal gesehen?« mischte sich Katja vorsichtig in das Gespräch.

Wowka erstarrte für einen Moment mit dem Messer in der Hand, musterte Katja und Pawel mit einem unangenehmen Blick, sagte kein Wort und fixierte Christina. Die begann zu lachen und schüttelte ihren kurzgeschorenen Kopf.

»Das sind Bekannte von Sweta. Die Frau hat Probleme mit ihren Schuhen, eine sehr kleine Größe, und Sweta hatte versprochen, heute Schuhe für sie mitzubringen.«

Wowka entspannte sich etwas und begann wieder mit dem Messer zu arbeiten.

»Sie hat mich gestern angerufen und gesagt, sie käme am Abend, so gegen zwölf. Mehr nicht. Ist sie denn nicht zu Hause? Vielleicht ist sie krank?«

»Nein.« Katja schüttelte den Kopf. »Ich habe bei ihr zu Hause angerufen.«

»Dann weiß ich auch nicht, wo sie sich rumtreibt.«

Wowka begann, seine Fleischtaschen an die Kunden auszuteilen, und zählte mit fettigen Fingern geschickt das Kleingeld ab. Das Gespräch war beendet.

»Sei nicht traurig«, zwinkerte Christina Katja zu, »gleich finden wir Schuhe für dich. Was für welche brauchst du? Elegante oder schlichte für jeden Tag? Helle? Dunkle?«

»Nein, danke. Ein andermal.«

»Und die Turnschuhe? Ich würde euch Rabatt geben, na?«

»Danke«, Pawel lächelte, »auch ein andermal.«

Im Auto zündeten sich beide eine Zigarette an.

»Warte ab«, sagte Pawel leise, »keine Panik. Erstens, wir wissen ja noch gar nicht, ob sie es war. Zweitens – vielleicht hat sie ja noch andere Kavaliere außer Wowka?«

»Verstehst du, jemand war bei mir zu Hause. Nach dem Tod von Gleb.« Katja zog nervös die Schultern hoch. »In der Tasche des Bademantels habe ich einen fremden BH gefunden. Und Shannotschka hat gesagt, sie habe den Bademantel in der Nacht gewaschen, als ... Mein Gott, ist das alles widerlich.«

Dubrowin ließ den Motor an und fuhr los.

»Hast du diese Sweta Petrowa gut gekannt? Was war sie für ein Mensch?«

»Wir haben uns seit acht Jahren nicht mehr gesehen«, sagte Katja nachdenklich. »Das letzte Mal habe ich sie bei der Hochzeit getroffen. Meiner Hochzeit mit Gleb. Sie war mit ihrer Mutter gekommen. Damals war Ella Friseurmeisterin im Salon ›Zauberfee‹ und hat noch nicht getrunken. Friseure, Zahnärzte, Schneider – alle diese nützlichen Leute wurden früher immer zu solchen Anlässen eingeladen. Mir war der ganze Trubel zuviel, und ich bin in den Aufenthaltsraum für die Musiker geschlichen. Da war kein Mensch, nur Sweta Petrowa, sie saß in einer Ecke und rauchte. Sie war schon ziemlich betrunken. Ich erinnere mich deswegen so gut, weil ich noch nie so viele Gemeinheiten auf einmal von jemandem gehört habe. Als Kind hat sie mich auch schon ›Dörr-Giselle‹ genannt, aber in dem Moment ging es plötzlich mit ihr durch. Ich mag gar nicht mehr daran denken. Widerlich.«

»Sie hat dich also schon als Kind gehaßt?« fragte Pawel. »Warum?«

»Sie hat die ganze Welt gehaßt. Unsere Welt – meine, Glebs, die Welt unserer Eltern. Aber diese Welt zog sie auch magnetisch an.«

»War sie sehr häßlich?«

»Aber nein, sie war hübsch. Eine große Blondine, ein bißchen mollig, aber in Maßen. Sie meinte einfach, daß alle Welt sie geringschätze. Und mich hat sie nicht aus einem konkreten Grund gehaßt, sondern einfach so.«

»Aber wahrscheinlich war sie in deinen Mann verliebt?«

»Das ist es ja gerade, nein. Weißt du, ich erzähle dir von Sweta Petrowa und habe dabei so ein Gefühl, als sei sie schon gar nicht mehr am Leben.«

»Übertreibst du nicht? Es gibt sicher noch andere Erklärungen.«

»Zum Beispiel?«

»Zum Beispiel, daß niemand ihr den Auftrag gegeben hat anzurufen. Sie hat es aus eigenem Antrieb getan. Und als sie von dem Mord gehört hat, war sie entsetzt und ist in Panik geraten. Der Zweck ihres letzten Anrufs war einfach: Sie wollte sich möglichst schnell reinwaschen – das war nicht ich, man hat mich darum gebeten. Psychologisch völlig verständlich.«

»Der Zweck war ein ganz anderer: Geld«, erinnerte ihn Katja, »sie hat dreitausend Dollar verlangt.«

»Mir scheint, Geld ist hier nicht die Hauptsache. Durch ihre Erpressung hat sie indirekt betont, daß es nicht ihre Idee war. Aber dann ist sie zur Besinnung gekommen und war erst recht erschrocken. Hier ging es plötzlich um ein Kapitalverbrechen. Und sie stand sowieso schon mit dem Rücken zur Wand. So hat sie beschlossen, für eine Weile zu verschwinden.«

»Dann müßte sie schon eine komplette Idiotin sein«, sagte Katja mit nervösem Lächeln. »Ist Erpressung allein nicht schon ein Verbrechen? Und außerdem, in ihrer Lage zu verschwinden, bedeutet, sich automatisch in den Kreis der Verdächtigen einzureihen.«

»Ich gehöre ja wohl auch zu diesem Kreis, oder? Und ich versichere dir, es werden sich noch viele Leute finden, die ein Motiv und den Wunsch hatten, auf deinen Mann zu schießen. Aber höchstwahrscheinlich hat es irgendein Gangster getan, der von einem anderen Gangster dafür bezahlt wurde. Weshalb werden Geschäftsleute ermordet?«

»Wegen Geld, oder aus politischen Gründen«, sagte Katja zerstreut.

»Richtig. Und dein Mann war in erster Linie Geschäftsmann, zumindest in den letzten Jahren. Und er war eng mit der Mafia verbunden. Liebe, Eifersucht, Neid, die Holzspäne in deinem Kopfkissen – das ist aus einer anderen Oper.«

Katja hörte ihm kaum noch zu. Sie sortierte im Kopf die Namen ihrer alten Bekannten. Sie wußte, sie hatte nicht eher Ruhe, als bis sie geklärt hatte, wer diese »andere Oper« inszeniert hatte und warum und wohin Sweta Petrowa verschwunden war. Plötzlich fiel ihr wieder ein, daß damals, vor acht Jahren auf ihrer Hochzeit, Sweta unter anderem auch gesagt hatte: Wäre ich nicht gewesen, dann wärst du, Dörr-Giselle, in der Silvesternacht nicht Hals über Kopf auf die Datscha gefahren und würdest jetzt nicht Gleb heiraten.

Das war nun wirklich völliger Schwachsinn gewesen. Und trotzdem, Katja fiel es jetzt wieder ein. Und ihr fiel auch ein, daß die Masseurin, mit der Jegor Barinow sich noch eine Stunde vor dem Jahreswechsel in seinem Büro vergnügt hatte, ebenfalls Sweta hieß.

Kapitel 16

Es waren bereits fünf Jahre vergangen, seit Sweta zum ersten Mal in seinem Büro erschienen war. Barinow hatte sich an seine einfühlsame Masseurin gewöhnt. Mit ihr war es unkompliziert und ruhig. Sie war jederzeit verfügbar, entweder allein oder mit einer ihrer Freundinnen – wie

Seine Hoheit es wünschten. Er war nicht knausrig, und sie war zufrieden. Die Freundinnen vermutlich auch.

Sweta suchte immer die richtigen Mädchen aus, solche, die nicht viel schwatzten. Nie lud sie dasselbe Mädchen öfter als dreimal ein. Sie wußte, daß Abwechslung für ihn das Wichtigste war. Nie stellte sie irgendwelche Ansprüche, kein einziges Mal hatte es in diesen fünf Jahren mit ihr Probleme gegeben.

Als Sweta an einem regnerischen Oktoberabend ohne vorherigen Anruf und ohne Einladung in seiner Wohnung erschien, war er daher höchst erstaunt. So etwas kam zum ersten Mal vor. Aber noch größer wurde sein Erstaunen, als er bemerkte, daß sie nicht geschminkt war und ganz erdig-grau und zerrupft aussah. Sie fragte nicht einmal, ob seine Frau und sein Sohn zu Hause seien. Zum Glück waren sie es nicht.

»Jegor!« stöhnte sie schon auf der Türschwelle. »Liebster Jegor!« Und dann heulte sie los, so laut wie ein Waschweib.

Er bekam Angst, die Nachbarn könnten sie hören, zog sie schnell in die Wohnung und schloß die Tür. Dann führte er sie in die Küche, drückte sie auf einen Stuhl und flößte ihr fast gewaltsam ein Glas Wasser ein. Als sie sich etwas beruhigt hatte, fragte er finster: »Was ist denn los?«

»Ich war beim Arzt.« Ihre Lippen begannen wieder zu zittern, sie konnte nur mit Mühe sprechen.

Na Mahlzeit, dachte er verärgert, gleich erklärt sie, daß sie schwanger ist und es für eine Abtreibung zu spät ist. Womöglich verlangt sie noch, daß ich sie heirate, und fängt an, mich zu erpressen.

Sweta steckte sich inzwischen eine Zigarette an, die Hände zitterten ihr derart, daß er Angst bekam, sie könnte die brennende Zigarette auf das teure französische Linoleum fallen lassen.

»Jegor, ich habe Krebs«, sagte sie heiser flüsternd.

»Du hast – was?« fragte er zurück, obwohl er sie ausgezeichnet verstanden hatte.

Sie legte die Zigarette auf den Tischrand und begann mit zitternden Händen ihre Bluse aufzuknöpfen. Barinow ergriff die Zigarette, drückte sie im Aschenbecher aus und warf sie in den Mülleimer.

»Hier«, sagte sie und hielt ihm ihre schwere weiße Brust entgegen, »man kann den Knoten schon sehen. Er ist so groß, daß er bald Metastasen haben wird.«

»Nimm das sofort weg!« schrie er. »Wozu zeigst du mir das? Ich bin kein Arzt! Mach auf der Stelle wieder die Bluse zu!«

Er wandte sich ab, das Gesicht vor Ekel verzerrt. Es würgte ihn sogar etwas. Dabei hatte er gar nichts erkennen können, es war wohl auch nicht so deutlich sichtbar. Der Knoten war schließlich unter der Haut. Und noch vor zwei Wochen hatte er diese Brust …

Barinow wußte sehr gut, daß Krebs nicht ansteckend war, aber er wich vor dieser dicken fremden Frau, die leise schluchzend in seiner schönen sauberen Küche saß und ihr hoffnungslos krankes Fleisch vor ihm entblößte, mehrere Schritte zurück.

Sweta schloß gehorsam ihre Bluse und nahm eine weitere Zigarette aus der Schachtel.

»Du weißt doch, bei uns wird nicht geraucht«, sagte er schon etwas ruhiger, »nur draußen auf der Treppe. Was willst du überhaupt von mir? Wieso kommst du damit zu mir? Wieso?«

»Zu wem soll ich denn sonst?« sagte sie, ohne den Blick zu heben. »Zu Mama? Sie trinkt und weint, weint und trinkt. Sie hat schon angefangen zu trinken, als noch gar nichts feststand. Zu wem soll ich sonst, Jegor? Ich habe doch niemand anders.«

»Na schön«, seufzte er, »und was weiter?«

»Nichts.« Sie zuckte die Schultern. »Ich hab gedacht, daß du …«

»Sie hat gedacht!« wiederholte er mit grimmigem Hohn.

»Willst du Geld, oder was? Du hättest doch in diesen fünf Jahren einiges zurücklegen können. Ich hab dir doch wohl genug gegeben.«

Sweta schwieg, krümmte sich mit eingezogenem Kopf auf dem Hocker zusammen. Ihr Körper wirkte aufgeschwemmt, sie sah fast wie eine alte Frau aus.

Sie hatte nichts gespart, obwohl er ihr wirklich viel gegeben hatte und nicht kleinlich gewesen war. Aber auch sie war nicht kleinlich gewesen, hatte schöne Kleider gekauft, für sich und für die Mutter, hatte die Wohnung renoviert und neue Möbel angeschafft. Nein, sie hatte kein Talent zum Sparen. Sie ging gern mit einer Freundin in ein teures Restaurant, sie verlieh ihr Geld großzügig, sogar an Leute, von denen sie wußte, daß sie es nicht zurückgeben würden, sie fuhr im Urlaub ans Meer – das letzte Mal war sie in Griechenland gewesen. Jetzt wußte sie, das hätte sie schon nicht mehr tun dürfen. Aber im Sommer hatte sie noch nichts geahnt, hatte sich oben ohne gesonnt, wie die meisten Frauen am Strand. Dadurch war der Knoten so schrecklich rasch gewachsen.

Aber es ging ihr gar nicht ums Geld. Sie hoffte einfach, er würde Mitleid haben, ihr etwas Liebes sagen, sich um sie sorgen, wenigstens ein bißchen.

Jegor Barinow sah an ihr vorbei und überlegte fieberhaft, was sie wohl im Sinn haben könnte. Was außer Geld konnte sie noch von ihm fordern? Daß er sie in einer guten Klinik unterbrachte? Gut, das war kein Problem. Wirklich unangenehm wäre, wenn sie jetzt dauernd bei ihm auftauchen würde, ihn nicht in Ruhe lassen und nicht sofort, auf der Stelle aus seinem gesunden, wohlgeordneten Leben verschwinden würde. Sie bot ja schon jetzt einen schrecklichen Anblick! Wie würde sie erst in einem Monat aussehen?

Er konnte sich nicht entscheiden, wie er jetzt am vernünftigsten vorgehen sollte, wie er sich vor weiteren Problemen mit dieser Frau schützen konnte. Sollte er ihr Geld geben und sie höflich an die Luft setzen? Oder ihr nichts geben und sie rausschmeißen, damit sie sich keine Illusionen in bezug auf ihn machte?

Wozu zerbreche ich mir den Kopf, wies er sich zurecht. Am besten werfe ich sie sofort raus, und basta. Sonst werde ich noch rührselig, gebe ihr Geld, verspreche, eine Klinik für sie zu finden, und ehe ich mich versehe, habe ich sie auf Dauer am Hals. Bei Frauen wie ihr muß man auf der Hut sein.

»Folgendes«, sagte er ruhig und hart und blickte dabei weiter an ihrem gesenkten, zerzausten Kopf vorbei in die Ferne, »ich kann dir überhaupt nicht helfen. Aber noch werden Krebskranke bei uns ja kostenlos behandelt. Und übrigens gar nicht so schlecht. Du hast doch deine Beziehungen, ich weiß, du hattest viele Kunden.«

»Nein«, schrie sie so unerwartet laut, daß er zusammenzuckte, »ich hatte in der letzten Zeit niemanden, nur dich. Niemanden sonst, Liebster.«

»Erstens schrei bitte nicht so laut und zweitens hör auf, mich ›Liebster‹ zu nennen. Es gefällt mir nicht.«

»Früher hat es dir aber gefallen«, sagte sie und lachte nervös, »das ist noch gar nicht so lange her. Jetzt bin ich auf einmal eine Aussätzige, wie? Keine Angst, Krebs ist nicht ansteckend.«

»Es reicht, Sweta, geh nach Hause«, sagte er mit gerunzelter Stirn, »ich habe schon gesagt, ich kann dir nicht helfen. Laß mich bitte in Frieden. Ich bin müde.«

»Du jagst mich weg?« fragte sie leise. »Du jagst mich einfach weg? Für immer?«

»Was willst du denn von mir? Du bist doch ein erwachsener Mensch. Unsere früheren Beziehungen können wir nicht weiterführen. Du bist krank. Massagen brauche ich vorläufig nicht mehr, und du wirst sie jetzt auch wohl kaum machen wollen, du mußt dich behandeln lassen. Und alles übrige – du verstehst selber.«

»Ja, ich verstehe.« Sie nickte folgsam. »Ich verstehe, daß du ein Schwein bist. Du hast Angst, ich könnte Forderungen stellen, dich belästigen. Du brauchst keine Angst zu haben, mein Schatz. Ich kenne dich nur zu gut.«

Er schluckte die Beleidigung ohne Protest. Sollte sie sagen, was sie wollte. Hauptsache, sie verschwand möglichst schnell. Dieses unglückliche, dumme, alberne Weib.

»Sweta, du bist jetzt mit den Nerven runter. Aber vielleicht wird ja alles wieder gut.« Er faßte sie vorsichtig beim Arm.

Sie sträubte sich nicht und widersprach nicht. Gehorsam ging sie in den Flur.

»Nur eine Bitte habe ich an dich.« Sie blieb für einen Moment in der geöffneten Tür stehen. »Eine einzige Bitte. Du hast doch gute Bekannte im Onkologischen Zentrum an der Kaschirka-Straße. Ruf sie an, leg ein Wort für mich ein. Dort gibt es die besten Spezialisten, aber ohne Beziehungen kommt man nicht rein.«

»Gute Bekannte ist ein bißchen viel gesagt. Na schön, ich werd's versuchen.«

Sie wollte ihn unwillkürlich wie immer zum Abschied küssen, aber sie kam nicht mehr dazu. Er machte sich sanft los und schloß die Tür.

Unter diesen traurigen und heiklen Umständen war es für ihn das beste, wenn die Masseurin Sweta für immer aus seinem Leben verschwand. Und das tat sie.

* * *

»Olga Nikolajewna, haben Sie Gleb Konstantinowitsch Kalaschnikow gekannt?«

»Ja.«

»Seit wann?«

»Seit knapp einem Jahr.«

»Wann haben Sie ihn das letzte Mal gesehen?«

»Vor einer Woche.«

Olga Guskowa saß in ihrer kleinen Küche, den Kopf tief gesenkt, und sprach nur mit größter Mühe. Sie war gar nicht erstaunt gewesen, als Major Kusmenko an der Tür geklingelt und sich vorgestellt hatte. Schweigend ging sie mit ihm in die Küche und setzte sich auf einen Hocker. Sie machte keinen eingeschüchterten, verschreckten Eindruck. Sie sah nur aus, als sei sie entsetzlich müde, würde gleich ihren Kopf auf den abgewetzten Küchentisch sinken lassen und einschlafen. Der Major stand am halbgeöffneten Fenster und rauchte.

»Olga Nikolajewna, was haben Sie am Abend des vierten September gemacht?« fragte er.

»Ich habe gearbeitet.«

»Von der Arbeit sind Sie um elf weggegangen. Sind Sie sofort nach Hause gefahren?«

Olga schwieg und sah am Major vorbei zum Fenster hinaus. Nebenan, im einzigen Zimmer, das genauso armselig und dürftig aussah wie diese winzige Küche, ächzte und stöhnte die verrückte Oma. Vor einer halben Stunde hatte sie erklärt, daß ihre Enkelin am vierten September schrecklich spät nach Hause gekommen sei. Erst gegen Morgen. Überhaupt käme sie immer viel zu spät, vergäße, daß zu Hause eine hilflose, kranke Frau auf sie warte. Und ständig öffne sie das Oberlicht. Und gebe ihr zu wenig zu essen. Es wäre gut, wenn jemand auf sie einwirken könnte, sich ihrer unglücklichen Oma gegenüber besser zu benehmen, der Oma, die sich ihr ganzes Leben für sie aufgeopfert und nächtelang nicht geschlafen hätte.

Eine Pest ist das, keine Oma, dachte der Major, wenn man mit der unter einem Dach lebt, muß man ja über kurz oder lang verrückt werden.

»Olga, versuchen Sie doch bitte, sich zu erinnern, wohin Sie nach der Arbeit gefahren sind. Sofort nach Hause oder noch irgendwo anders hin?«

»Nach Hause«, antwortete Olga kaum hörbar.

»Das heißt, um halb zwölf waren Sie schon zu Hause?«

»Ich weiß nicht. Ich habe keine Uhr.«

»Gut«, sagte der Major seufzend, »hat einer von Ihren Nachbarn gesehen, wie Sie zurückgekommen sind? Vielleicht haben Sie ja jemanden im Hof getroffen? Versuchen Sie sich zu erinnern.«

»Wieso?«

»In der Nacht vom vierten auf den fünften September ist der Mann ermordet worden, zu dem Sie enge Beziehungen hatten.«

»Wir hatten uns getrennt. Es gab keine Beziehungen mehr.«

»Aber Sie hatten sich doch noch eine Woche vorher getroffen«, erinnerte Kusmenko sie.

»Wir trafen uns, um uns zu trennen. Endgültig und für immer.«

»Hatten Sie Streit gehabt?« fragte der Major sanft.

»Nein.«

»Aber man trennt sich doch nicht einfach so, noch dazu für immer. Wenn es keinen offenen Streit gab, dann sicher irgendwelche schwerwiegende Gründe ...«

»Er war verheiratet.«

»Aber das wußten Sie doch von Anfang an. Wahrscheinlich haben Sie erwartet, daß er sich von seiner Frau trennt?« soufflierte der Major vorsichtig.

»Ja«, flüsterte sie kaum hörbar.

»Und Sie haben seine Frau angerufen, anonym, haben sie beleidigt und ihr gedroht?« fragte Kusmenko rasch, ohne den Tonfall zu ändern.

Am Vorabend war er bei der Orlowa gewesen. Äußerst knapp und unwillig hatte sie bestätigt, was er von der Krestowskaja erfahren hatte – die Anrufe, die Holzspäne im Kopfkissen. Die Hausangestellte Shanna Grinjewitsch, die bei dem Gespräch zugegen war, hatte noch Einzelheiten und Emotionen beigesteuert und das Entsetzen geschildert, das sie beim Anblick der magischen Gegenstände empfunden hatte. Ja, das alles paßte sehr gut zu Olga. Man spürte bei ihr einen geheimen, verbissenen Fanatismus.

Olga blickte zum ersten Mal hoch. Ihre Augen waren trocken, riesig, dunkelblau und völlig irrsinnig – so schien es jedenfalls dem Major.

»Nein. Ich habe seine Frau nie angerufen.«

»Und Sie haben auch nicht versucht, sie zu treffen?«

»Nein. Nie.«

»Waren Sie schon einmal bei den Kalaschnikows zu Hause?«

»Ja. Als sie auf Tournee war.« Olga wurde bleich und fiel beinahe vom Hocker.

Der Major stürzte erschrocken zu ihr, um sie aufzufangen, doch sie hielt sich fest, krallte sich mit ihren schmalen Fingern in die Tischplatte und schluckte krampfhaft.

»Olga Nikolajewna, geht es Ihnen gut? Vielleicht fällt es Ihnen schwer, auf meine Fragen zu antworten, und wir setzen das Gespräch ein anderes Mal fort?«

»Wie Sie wollen«, – sie bewegte kaum die Lippen –, »mir ist alles gleich.«

Der Major dachte, beim nächsten Gespräch wäre es besser, einen Psychiater dabei zu haben. Olga Guskowa war eine wichtige Zeugin, die jederzeit zu einer Tatverdächtigen werden konnte. Ihre Zurechnungsfähigkeit mußte überprüft und offiziell bestätigt werden. Ein Alibi hatte sie bis jetzt nicht. Ein Motiv und kein Alibi. Man durfte also auch die Variante, die er und Tschernow anfangs als absurd verworfen hatten, nicht ausschließen.

Angenommen, es war kein Profikiller, der geschossen hatte, sondern diese seltsame verliebte junge Dame hier, dann war völlig klar, warum der Schuß gerade in dem Augenblick gefallen war, als Kalaschnikow Arm in Arm mit seiner Frau stand. Es war auch nicht ausgeschlossen, daß gar nicht der Casinobesitzer das Ziel gewesen war, sondern seine Frau. Olga hatte auf die Rivalin geschossen, aber den Geliebten getroffen. Und der Schock, der schon fast an Geistesgestörtheit grenzte, paßte genau in dieses Bild.

Jetzt müßte ich nur noch die Waffe finden, aus der der Schuß abgegeben wurde, spöttelte Kusmenko insgeheim. Aber das wäre allzu einfach und melodramatisch. Na, wir müssen ja sowieso demnächst eine Hausdurchsuchung machen.

Ohne von Olga Guskowa auch nur eine einzige halbwegs vernünftige Antwort erhalten zu haben, verabschiedete sich Major Kusmenko höflich und ging. Am Dienstag um zehn Uhr vormittags hatte die Bürgerin Guskowa, Olga Nikolajewna, bei der Staatsanwaltschaft zu erscheinen, um dort ihre Zeugenaussage im Mordfall Gleb Kalaschnikow zu machen. Die Vorladung hatte ihr der Major persönlich überreicht, und sie hatte unterschrieben.

Als er den breiten Hof überquerte, jagte ein blauer Toyota durch eine Pfütze an ihm vorbei und bespritzte ihn von oben bis unten mit Wasser. Der Major stieß unwillkürlich einen Fluch aus und sah sich nach dem Flegel um, der am Steuer saß. Der Toyota bremste. Ein kleiner rundlicher Mann in einem offenen hellen Regenmantel stieg aus und ging auf den Hauseingang zu, aus dem Kusmenko vor wenigen Minuten gekommen war.

Als er auf die Vortreppe trat, stolperte er und wäre fast gefallen. Er war offensichtlich sehr nervös. Statt vor sich auf die Füße zu sehen, drehte er den Kopf hin und her und sah sich aufgeregt nach allen Seiten um. Der Major erkannte in ihm sofort den Geschäftsführer des Casinos »Sternenregen« wieder, Felix Grischetschkin.

* * *

»Also ich hab dies Teil da am Zaun gesucht, so'n Quirl für die Küche, kann man gut gebrauchen. Ganz neu, aus'm Ausland. Den kann man noch auf'm Flohmarkt verhökern, wenn man ihn sauber macht. Ich hatte ihn mir schon tagsüber ausgeguckt, als der Typ ihn weggeschmissen hat. Ich hätte ihn ja sofort mitgenommen, aber Siwka klebte mir die ganze Zeit an den Fersen. Ach, ihr kennt ja Siwka gar nicht.« Boris machte eine wegwerfende Handbewegung. »Siwka is 'ne alte Klette, die hätte nicht lockergelassen und gewollt, daß wir halbe-halbe machen. Puh, was gibt's für gräßliche Leute, besonders bei den Weibern. Find'ste nicht auch?«

»Geht das auch etwas kürzer?« unterbrach ihn der Kameramann Igor Kornejew. Die Batterie der Kamera ging langsam zu Ende, und auch die Kassette war fast voll.

»Hetz mich nicht«, sagte Boris gekränkt, »das is'ne wichtige Sache, da ist jede Einzelheit wichtig. Jede. Also, weiter. Siwka, dies Aas, läßt sich nicht abschütteln. Ich sag ihr, Siwka, sag ich, du bist kein Weib, du bist 'ne Klette, ehrlich. Das hab ich ihr glatt gesagt. Find'ste nicht auch? Sie wohnt jetzt bei mir, die Siwka, uff, ist das ein fürchterliches Weib! Wenn sie besoffen ist – also, das is'n Tier, keine Frau. Alles muß man vor ihr verstecken. Den Quirl hab ich auch vor ihr versteckt, an einem netten kleinen Ort. Nachts hab ich ihn mir geholt, am Zaun, ihn sauber gemacht und ganz nobel in 'ne Zeitung eingepackt. Und da plötzlich sehe ich – eine Figur. Meine Augen hatten sich schon an die Dunkelheit gewöhnt, das heißt, ich hab sie deutlich gesehen. Steht hinterm Gebüsch, da, wo's ziemlich hoch und dicht ist. Raucht nicht, pißt nicht, steht bloß da und glotzt auf das Haus.«

»Wer steht da?« fragte Artjom mit angehaltenem Atem.

»Nu wart mal schön«, sagte der Stadtstreicher stirnrunzelnd, »hetz mich nicht, ich bin kein Pferd. Also, wegen dem Quirl hatte ich mich schon vorher mit 'nem Typ verabredet, daß ich den nicht selber auf den Markt schleppe, sondern daß er ihn morgen bei mir abholt. Und so lange hab ich ihn versteckt ... Sie, also die Siwka, hat früher in

’nem Gemüsegeschäft gearbeitet, als Kassiererin. Ja, und da hat sie mal in die Kasse gegriffen. Ist erwischt worden und hat ihre Jährchen abgesessen, wie sich’s gehört. Und sie war doch mal ’n Klasseweib, hui ...« Boris kniff verzückt die Augen zusammen und fing dann mit gefühlvollem Krächzen und Hauchen an zu singen: »Verga-angen sind die Ja-ahre, vorü-über und vorbei-hei ...«

Diesmal war es Artjom, der die Geduld verlor. Er merkte langsam, daß der gewiefte Penner sie einseifen wollte. Besonders ärgerlich war, daß sie auf seine Bitte hin in den Nachbarhof gegangen waren und nun bestimmt die Orlowa verpassen würden.

Dieser widerliche Boris hatte ungeheuer geheimnisvoll getan und behauptet, der Killer oder seine Leute könnten gerade jetzt den Eingang beobachten und er, Boris, würde eine Menge riskieren, denn vielleicht hatte ja nicht nur er den Killer, sondern der Killer auch ihn bemerkt. Und jetzt sieht er plötzlich, wie Boris mit dem Fernsehen spricht, und ihm fällt wieder ein, der hat sich doch damals am Zaun herumgetrieben, und merkt, da steckt was dahinter.

»Igor, schalt die Kamera aus. Ich bin’s leid. Der lügt doch wie gedruckt«, sagte Artjom scharf, »er hat überhaupt niemanden hier gesehen. Der will uns übers Ohr hauen.«

»Was redet ihr da, Jungs!« empörte sich Boris. »Ich will doch bloß alles so genau wie möglich erzählen, in allen Einzelheiten, wie sich’s gehört!«

Igor verstaute die Kamera in ihrer Hülle und ging, ohne ein Wort zu sagen, zurück in den anderen Hof, wo sie das Auto geparkt hatten. Er war das alles gründlich leid, außerdem mußte er unbedingt sofort etwas Warmes essen und trinken. Sein Magen schmerzte unerträglich.

»Jungs, gebt mir doch wenigstens für’n Viertelliter!« jammerte Boris und versperrte Artjom, der wütend fluchte und hinter dem Kameramann her wollte, den Weg.

»Du wirst schon ohne auskommen müssen!« schnauzte Artjom ihn an. »Verschwinde!«

Angewidert schob er Boris beiseite und holte den Kameramann ein. Der Penner fluchte träge hinter ihnen her.

»Wenn ihr nicht wollt – dann eben nicht! Dann verscheuere ich diese heiße Story an jemand anders! Ich hab gesehen und ich kann ganz genau erzählen, wer diesen Pisser erledigt hat!«

»Heiße Story«, knurrte Igor, »heiße Luft ist das, sonst nichts. Ewig gerätst du an solche ...«

»Wieso ich?! Was kann ich dafür?! Jeder kann mal Pech haben. Wenn wir jetzt auch noch die Orlowa verpassen ...«

Artjom war genauso wütend wie Igor. Er hatte mittlerweile ebenfalls einen Bärenhunger. Nur gut, daß er so viel Grips gehabt hatte, diesem Schmarotzer nicht eine Kopeke im voraus zu geben.

»Was soll ich dir mitbringen?« fragte Igor.

»Ist mir egal.«

Igor gab ihm die Kamera und lief zum nächsten Kiosk. Artjom legte die Kamera ins Auto, wanderte dann langsam um den Kinderspielplatz herum und betrachtete aufmerksam den Zaun. Er wußte, der Schuß war aus dem Gebüsch gekommen. Ja, von hier aus konnte man den Hauseingang am besten sehen. Die Sträucher, die den Spielplatz in einem Halbkreis umgaben, waren nicht besonders dicht und hoch. Um gut versteckt zu sein, selbst bei Dunkelheit, mußte der Killer am Sandkasten hinter den beiden alten, breit ausladenden Akazien gestanden haben. Artjom stellte sich vor, wie der Unbekannte mit der Pistole hier nachts gewartet hatte. Hier hätte ihn kaum jemand sehen und erst recht nicht sein Gesicht in der Dunkelheit erkennen können. Die nächste Laterne hing über dem Hauseingang. Nein, das hatte sich Boris alles aus den Fingern gesogen.

Als er langsam den Kopf drehte, bemerkte Artjom in dem Spielzeughäuschen ein kleines schwarzes Fenster. Es saß ziemlich weit oben, gleich unter dem Dach, und blickte genau dorthin, wo Artjom jetzt stand und wo vor ein paar Tagen der unbekannte Killer auf Gleb Kalaschnikow gewartet hatte.

Unerträglicher Gestank schlug ihm entgegen, als er in das Häuschen schaute. Mit angewidert verzogenem Gesicht und zugehaltener Nase kroch er hinein. Ja, aus dem kleinen runden Fenster konnte man den Platz, wo der Killer gestanden haben mußte, ausgezeichnet überblicken. Die Silhouette und das Profil müßten auch im Dunkeln gut erkennbar gewesen sein.

Im Innern des Häuschens waren zwei Bretter an den Wänden befestigt, als niedrige Sitzbänke. Artjom kauerte sich hin und leuchtete, ohne recht zu wissen, warum, mit dem Feuerzeug unter die Bänke. In der Ecke unter der einen lag ein in Zeitungspapier gerolltes Bündel. Er wickelte es aus. Es war der Quirl, ein kleines, vernickeltes, fast neues Teil.

Artjom sah plötzlich vor sich, wie der schlaue Penner um Mitternacht am Zaun herumgescharrt hatte und dann in das Spielzeughäuschen gekrochen war, um seinen kostbaren Fund vor dem gestrengen Auge seiner Lebensgefährtin Siwka zu verstecken. Während er im Häuschen beschäftigt war, hatte er zufällig aus dem kleinen runden Fenster geblickt. Ein hervorragender Ausguck. Nicht nur die Stelle unter den Akazien, wo der Killer stand, war gut zu sehen, sondern auch ein Stück des Hofes vor dem Hauseingang und der Hauseingang selbst. Artjom stellte sich das alles so lebhaft und deutlich vor, daß es ihn im Vorgefühl der tollen Exklusivstory schon in den Fingern juckte.

Er preßte das Gesicht an das runde Fensterchen, vergaß den Gestank und kümmerte sich auch nicht darum, daß er mit seinem neuen Wildlederschuh in einen Scheißhaufen trat, den jemand mitten in das Märchenhaus gesetzt hatte. Er sah, wie ein Auto vorfuhr. Der weiße Ford der Ballerina Orlowa.

Artjom schlüpfte rasch aus dem Häuschen und rannte mit drei großen Sätzen auf die Tänzerin zu.

»Jekaterina Filippowna! Keine Angst, das Mikrofon ist nicht eingeschaltet! Nur zwei Worte, für mich persönlich! Haben Sie schon jemanden im Verdacht?«

Die Orlowa blickte ihn mit ihren braunen Augen kalt an, ging ins Haus und schlug ihm die Tür vor der Nase zu. Das Sicherheitsschloß rastete klickend ein. Artjom blieb auf der Vortreppe zurück.

* * *

»Felix Eduardowitsch? Sie?«

»Ja, Olga, ich. Wundere dich nicht und laß mich bitte ein.«

Olga trat zurück und gab Grischetschkin den Weg frei. Er schloß rasch die Tür hinter sich.

»Olga, wer ist da gekommen?« hörte man aus dem Zimmer die Stimme von Iwetta Tichonowna. »Ist das für mich?«

»Nein, Oma, nicht für dich.«

Grischetschkin sah sich um. Mein Gott, was für eine Armut! Was für eine schreckliche, hoffnungslose Armut.

»Weshalb sind Sie gekommen?« fragte Olga, ohne ihn anzusehen.

»Ich muß mit dir reden.«

Olga führte ihn in die Küche und setzte sich schweigend auf den Hocker. Sie wollte jetzt eigentlich niemanden sehen, am allerwenigsten Felix Grischetschkin. Sie hatte nach dem Gespräch mit diesem höflichen Major für heute genug und wollte nur noch allein sein.

»Wie fühlst du dich?« Er berührte mit seinen molligen Fingern ihre Hand. Olga zog sie zurück, als hätte sie einen Stromschlag erhalten, und gab keine Antwort. Sie saß weiter schweigend da und starrte auf einen Punkt.

»Olga, wo ist die Pistole?« fragte Grischetschkin.

»In der Schublade«, erwiderte sie mechanisch.

»Gib sie mir bitte.«

»Wieso?«

»Wir müssen sie wegwerfen. Möglicherweise werden sie eine Hausdurchsuchung machen.«

»Wer, die Miliz? Die waren schon da.«

»Was? Wann?« fragte Grischetschkin entsetzt und merkte, wie sein Hemd unterm Jackett feucht wurde.

»Gerade eben.«

Er atmete auf. Eine Hausdurchsuchung hatte es also noch nicht gegeben.

»Olga, das ist sehr wichtig. Sag mir genau, wer da war, wie viele und worüber sie mit dir gesprochen haben.«

»Ein Major. Den Namen habe ich nicht behalten.«

»Kusmenko?«

»Ja, ich glaube.«

»War er allein?«

»Ja. Ich mußte etwas unterschreiben.« Sie reichte ihm die Vorladung.

»Das ist nichts Schlimmes, Olga. Du mußt jetzt ganz ruhig und gefaßt sein, mein Mädchen. Ich weiß, wie dir zumute ist, aber bleib ruhig. Und hör auf mich. Außer mir gibt es jetzt niemanden, der dir helfen kann. Verstehst du mich?«

»Ich brauche nichts.«

Sie konnte nur mit Mühe sprechen. Wenn er sie weniger gut gekannt hätte, hätte er gedacht, sie hätte Drogen genommen. Aber hier waren keine Drogen im Spiel, das Mädchen stand unter einem schweren Schock. Er bemühte sich, den richtigen Ton zu treffen, auf dieses Gespräch hatte er sich seit zwei Tagen vorbereitet. Zu lange vielleicht. Er mußte handeln, bevor es zu spät war.

»Hat man dich gefragt, wo du in jener Nacht warst?«

»Ja.«

»Und was hast du geantwortet?«

»Ich habe gesagt, daß ich nach der Arbeit nach Hause gefahren bin.«

»Klug von dir«, sagte Grischetschkin und lächelte schwach. Es war also noch nicht ganz so schlimm. Der Schock konnte so tief nicht sitzen, wenn sie noch begriff, daß sie nicht die Wahrheit sagen durfte. Alles ließ sich noch wiedergutmachen.

»Gehen Sie nach Hause, Felix Eduardowitsch. Ich will eine Weile allein sein.« Ihre Stimme klang jetzt etwas fester. »Morgen ist die Beerdigung, und ich muß vorbereitet sein.«

»Ja, ich verstehe. Ich gehe sofort. Aber gib mir die Pistole.«

Ohne ein Wort zu sagen, stand sie auf und ging ins Zimmer. Man hörte die Oma ärgerlich brummen und das Geräusch einer Schublade, die aufgezogen wurde. Einen Augenblick später kehrte sie zurück, in der Hand eine kleine flache Schachtel mit goldfarbenem Flechtwerk. Grischetschkin öffnete sie, schaute hinein und schloß sie sofort wieder. Er verstaute sie in seinem Lederkoffer, den er an den Hocker gelehnt hatte.

»Ruh dich gut aus.«

Sie gab keine Antwort und öffnete nur schweigend die Tür. Er trat ins Treppenhaus und merkte, daß sein Hemd völlig durchnäßt war. Es schüttelte ihn wie im Fieber.

»Felix Eduardowitsch! Guten Tag!« Major Kusmenko lächelte breit und streckte Grischetschkin die Hand hin. »Was für ein glücklicher Zufall, daß wir uns hier treffen.«

Grischetschkin fuhr zusammen, starrte den Major mit runden, schreckerfüllten Augen an und öffnete, ohne ein Wort zu sagen, die Autotür.

»Felix Eduardowitsch, erkennen Sie mich nicht?«

Nein, er hatte ihn erkannt, er hatte ihn sehr wohl erkannt. Er schlug die Tür zu, verriegelte sie sofort, drehte mit zitternder Hand den Zündschlüssel um und trat aufs Gaspedal. Der Toyota tat einen Sprung nach vorn und brauste los. Zwei kleine Jungen von etwa sieben Jahren, die im Hof mit einer Konservenbüchse Fußball gespielt hatten, konnten gerade noch zur Seite springen.

Die Straße vor dem Haus war eine Einbahnstraße. Der Major rannte vom Hof, zog im Laufen seinen Dienstausweis heraus und stellte sich mitten auf die Fahrbahn, um ein Auto anzuhalten. Es fuhren nur ganz wenige Autos vorbei. In einer Minute würde der Toyota bei dieser Geschwindigkeit den breiten Prospekt erreicht haben. Der Major begriff selber nicht recht, warum er Grischetschkin unbedingt nachjagen wollte, der Dicke konnte sich sowieso nicht vor ihm verstecken. Aber er wollte ihn trotzdem erwischen. Allzu seltsam hatte Grischetschkin sich benommen – hatte Olga Guskowa besucht, war aber nur zehn Minuten bei ihr in der Wohnung gewesen. Vorher hatte er kein Wort über sie verloren, war nur abwechselnd blaß und rot geworden und hatte inständig darum gebeten, das Privatleben seines ermordeten Chefs nicht anzurühren. Eigentlich wollte der Major Grischetschkin gegenüber so tun, als sei es eine zufällige Begegnung, und ihn gleichsam beiläufig, etwas verwundert fragen – ach, Sie kennen also die heimliche Liebe von Gleb Konstantinowitsch? Das hätte ich nicht gedacht.

Also gut, Grischetschkin kannte Olga Guskowa. Aber mußte er deswegen gleich Reißaus nehmen?

Vor dem Major stoppte ein Mercedes der Verkehrspolizei. Kusmenko sprang rasch ins Auto. Der Toyota war bereits verschwunden, aber vielleicht konnte man ihn auf dem Prospekt noch einholen. Gut, daß er sich das Kennzeichen gemerkt hatte. Die Kollegen von der Verkehrspolizei gaben es zusammen mit der Beschreibung des Wagens und dem Namen des Halters sofort über Funk durch.

Felix raste mit überhöhter Geschwindigkeit über den Prospekt, ohne sich um die Verkehrsregeln zu kümmern. Das

Herz klopfte ihm bis zum Halse, der Schweiß lief ihm in die Augen.

»Der Fahrer des blauen Toyota 349 MJu, bitte anhalten! Ich wiederhole, der Fahrer des blauen Toyota ...«

Autos flimmerten an ihm vorbei und zerflossen zu einem vielfarbigen Brei. Gleich mußte die Kreuzung kommen. Ja, da war sie schon. Aber die Ampel wechselte gerade auf Rot.

Er mußte bremsen. Über die Kreuzung floß ein unendlicher Strom von Autos. Die Verkehrspolizei raste unter Sirenengeheul heran. Im Rückspiegel konnte er schon den Mercedes mit dem Blaulicht und das Gesicht des Fahrers sehen – und neben dem Fahrer Major Kusmenko.

Zwischen den Autos auf der Kreuzung bildete sich eine kleine Lücke. Das schaffe ich noch, da schlüpfe ich durch, murmelte Felix und trat aufs Gas.

Der Fahrer des riesigen Kühlwagens bemerkte den auf ihn zubrausenden blauen Toyota zu spät.

»Verdammter Idiot!« fluchte er.

Er hüpfte auf seinem hohen Sitz nur ein wenig in die Höhe, wurde zur Seite geschleudert und stieß mit dem Kopf gegen das Fenster. Zurück blieb eine kleine Beule.

Felix spürte einen furchtbaren Schmerz, der sich in seinem ganzen Körper ausbreitete, in dem dicken, plumpen, von niemandem geliebten Körper, den er sein ganzes Leben lang gehaßt hatte. Weder im Kindergarten noch in der Schule hatte man ihn je bei seinem Namen gerufen. Immer hieß er nur »Fettwanst«.

He, Fettwanst, hol mich ein! Schlag doch zurück! Fang mich, Fettwanst! Grischetschkin, was stehst du da wie der Ochs vorm Berge? Wenn du nicht das Seil raufkletterst, kriegst du eine Fünf in Sport ... Er quält sich hoch bis zur Mitte, hängt dann schwer und lächerlich in der engen Turnhose und dem schweißnassen Hemd am Seil. Abfallende, formlose Schultern, ein schlaffer faltiger Bauch, kleine, runde, ewig erschrockene Augen.

Nichts außer dem Schmerz war geblieben. Er erfüllte die ganze Welt, hüllte ihn ein und zerquetschte ihn in seiner gigantischen Faust. Dann verschwand alles, sogar der Schmerz. Irgendwo in einer schweren, toten Ferne verhallte der durchdringende Lärm der Autos.

Die Männer des Rettungsdienstes mußten die plattgedrückte Karosserie des Toyota mit Schneidbrennern auseinandernehmen, um den Körper herauszuholen. Der Notarzt stellte den Tod fest. In der Aktentasche des Verunglückten wurde eine Pistole der Marke »Makarow« gefunden. Auf dem Griff war ein Stahlschildchen mit der Gravierung: »Für Hauptmann Nikolai Guskow von seinen Freunden und Regimentskameraden. Bezirk Fernost, 1979.«

* * *

»Wo treibt sich die hübsche junge Witwe eigentlich herum?«

Margarita küßte Katja auf die Wange. »Wir rackern uns hier ab, bereiten das Essen für die Beerdigung vor, und sie schwirrt in der Weltgeschichte herum. Übrigens siehst du fabelhaft aus. Sogar rote Bäckchen hast du bekommen.«

»Hör schon auf, Margarita.« Katja hängte ihren Mantel auf, streifte die Schuhe ab und schlüpfte in ihre Pantoffeln.

»Möchtest du etwas essen?« Shannotschka kam aus der Küche. »Ich hab mich schon wieder so über die Fernsehfritzen aufgeregt, furchtbar. Jetzt scheinen sie endlich weg zu sein. Sie haben sich ewig lange im Hof herumgedrückt und Boris gefilmt, stell dir vor.«

»Boris? Mülleimer-Boris?« fragte Katja erstaunt. »Wozu denn das? Übrigens sind sie noch nicht weg. Siwolap hat mir vorm Haus aufgelauert.«

»Was du nicht sagst!« Shannotschka schlug die Hände zusammen. »So ein Schwein!«

»Shannotschka, haben wir noch Kaffee?«

»Nur noch Pulverkaffee.«

»Ach, schade. Ich möchte so gern eine gute, starke Tasse Kaffee.«

»Ich gehe sofort los und kaufe welchen.« Shannotschka wusch sich die Hände und band sich die Schürze ab. »Ich muß sowieso zum Supermarkt, wir haben auch keine Mayonnaise mehr, und das Sonnenblumenöl ist fast alle.«

»Laß nur, ich gehe selber. In der Küche bin ich sowieso keine große Hilfe«, meinte Katja. »Margarita, ich hab ganz vergessen, mich bei dir zu bedanken. Ich bin so froh, daß du gekommen bist und daß du Konstantin Iwanowitsch zu Tante Nadja gebracht hast.«

»Ach, das geht schon in Ordnung.« Margarita runzelte die Stirn und winkte ab. »Ich habe einen freien Tag, die Dreharbeiten gehen erst heute abend weiter. Ich weiß ja, das Kochen ist nicht gerade deine Stärke. Und mir macht es Spaß, jedenfalls ab und zu, wenn ich in Stimmung bin. Morgen wird es hier von Leuten nur so wimmeln, und die wollen alle was zu essen haben.«

»Ja, es werden viele Leute kommen«, sagte Katja nachdenklich, »und es wird vielleicht auch viele Überraschungen geben.«

»Wie meinst du das?« Margarita zog verwundert die Brauen hoch.

»Na, alle möglichen alten Bekannten, und dann auch diese Frau, Olga. Sie wird bestimmt kommen. Und Glebs andere Schätzchen ... Sag mal, erinnerst du dich zufällig noch an eine Sweta Petrowa?«

»Sweta Petrowa?« fragte Margarita zurück und kniff die Augen etwas zusammen. »Klingt sehr vertraut. Nein, ich erinnere mich nicht. Das ist so ein Durchschnittsname, da klingt ja sogar Mascha Iwanowa interessanter. Als Schauspielerin müßte sie sich ein Pseudonym nehmen.«

»Ja, wahrscheinlich«, sagte Katja zerstreut und ging in

den Flur. »Was soll ich noch mitbringen außer Kaffee und Mayonnaise?«

»Warte, ich schreib's dir auf einen Zettel«, rief Shannotschka aus der Küche, »sonst vergißt du es. Hast du eigentlich keine Angst, daß Siwolap dir noch auflauert?«

»Angst? Zuviel der Ehre für einen albernen Skandalreporter!« sagte Katja lachend.

Als sie aus dem Haus trat, saßen Artjom und Igor auf der Bank. Auf einer Zeitung zwischen ihnen standen Pappteller mit Brathähnchen, aus Plastikbechern dampfte heißer Tee. Beide waren mit ihrer Mahlzeit so beschäftigt, daß sie Katja gar nicht bemerkten.

Offenbar haben diese Herrschaften beschlossen, hier auf Dauer ihre Zelte aufzuschlagen, dachte sie, während sie den Hof verließ. Aber ich wüßte doch gern, wieso sie einen Penner wie Boris filmen. Aus Langeweile sicher nicht. Boris treibt sich ständig im Hof herum und wühlt im Müll, er kennt alle und sieht alles. Mein Gott, ob er vielleicht den Mörder gesehen hat? Und jetzt will er sein Wissen zu Geld machen. Die Miliz haßt und fürchtet er, aber Leute vom Fernsehen wie Siwolap können ihm eine schöne Stange Geld zahlen.

Als sie von der Straße in einen kleinen Durchgangshof einbog, sah Katja einen grell-lila Rücken, der über die Müllcontainer gebeugt war. Einen Moment zögerte sie, doch dann ging sie kurz entschlossen hin und sagte leise:

»Boris!«

Er drehte sich um und zerfloß sogleich in einem zahnlosen Lächeln.

»Ah, 'n schönen Tag, Akrobatin!«

Katja hatte ihm manchmal alte Sachen von Gleb gebracht und immer ein paar freundliche Worte mit ihm gewechselt. Einmal, als er mitten im Hof auf dem Boden lag und alle Leute angeekelt einen Bogen um ihn machten, hatte Katja sich neben ihn gekauert, gesehen, daß man ihn halbtot geschlagen hatte, und den Notarzt gerufen. Der Penner grüßte sie immer höflich und nannte sie »Akrobatin«.

»Du warst doch in jener Nacht auf dem Hof?« fragte Katja leise.

»In welcher Nacht?« fragte Boris zurück und klapperte naiv mit den Augen.

»Keine Angst, ich werde der Miliz nichts sagen. Du brauchst nicht als Zeuge auszusagen. Aber hast du ihn gesehen?«

»Sie«, erwiderte Boris tonlos, nur mit den Lippen.

»Was?« Katja begriff nicht sofort, besann sich plötzlich und faßte in ihre Handtasche, um Geld herauszuholen.

In diesem Moment erschien wie aus dem Erdboden gestampft ein riesiges Weib in einer zerrissenen Sportjacke und stürzte sich auf Boris.

»Hier bist du also, du Hundesohn, du Saukerl!«

Sie trommelte mit den Fäusten rasch und energisch auf ihn ein. Boris entwand sich ihr und flitzte so schnell wie ein guter Sprinter über den Hof. Die Frau stürzte ihm nach und brüllte dabei wilde, betrunkene Flüche, so laut, daß es über den ganzen Hof schallte.

Katja ging mechanisch hinter ihnen her, blieb dann aber plötzlich stehen. Ich werde ihn später aufsuchen, dachte sie ruhig, ich weiß ja, wo er wohnt.

Kapitel 17

In der Zweizimmerwohnung von Felix Grischetschkin fiel als erstes die perfekte Ordnung und sterile Sauberkeit auf. Hätte man nicht gewußt, daß der Hausherr ein vierzigjähriger Junggeselle war, Geschäftsführer eines Spielclubs, so hätte man denken können, hier wohne eine einsame alte Jungfer. Gestärkte weiße Spitzendeckchen auf dem Couchtisch, auf dem Fernseher und der Kommode. Nippes in der

Anrichte – eine Porzellanballerina, eine ägyptische Katze aus mattschwarzem Onyx und daneben eine weiße Marmorbüste von Tolstoi.

Felix Grischetschkin hatte seit seiner Jugend, nach dem Tod des Vaters, mit seiner Mutter allein gelebt. Sie war wissenschaftliche Mitarbeiterin am Literaturmuseum gewesen; vor einem Jahr war sie gestorben. Er bewahrte in der Wohnung alles so, wie es zu ihren Lebzeiten gewesen war, rührte nichts an, obwohl ihm diese ganzen Deckchen und Figürchen auf die Nerven gingen.

Seit seinem sechzehnten Lebensjahr führte er Tagebuch. Die dicken, in Wachstuch eingebundenen Kladden standen ordentlich aufgereiht im Bücherregal. Auf jedem Umschlag war das Jahr vermerkt. Mit kleiner, sauberer Handschrift hatte Felix ausführlich fast jeden Tag seines Lebens geschildert, als lege er sich selber eine Beichte ab. Die zähen, freudlosen Ergüsse dieses komplexbeladenen, zutiefst einsamen Mannes waren eine deprimierende Lektüre.

Major Kusmenko hoffte in den letzten Heften etwas über das Casino, über Kalaschnikow, Lunjok und Täuberich zu finden, doch über seinen Beruf schrieb Grischetschkin kaum etwas. Es ging nur um persönliche Erlebnisse, um Kränkungen, die ihm von Leuten zugefügt worden waren, die er nicht beim Namen nannte, sondern nur mit einem Buchstaben bezeichnete.

Die letzte Kladde begann im Januar 1997 und war fast ausschließlich der quälenden, hoffnungslosen Liebe zu Olga Guskowa gewidmet.

14. Januar

Ich hatte überhaupt keine Lust, zu diesem Treffen zu gehen. Es steht mir bis hier. K. nutzt mich nach Strich und Faden aus, er selber kann kaum Fremdsprachen, und nun kommen plötzlich diese Bierbrauer aus Bremen. Wozu soll er Geld für einen Dolmetscher ausgeben, wenn der eigene

Geschäftsführer Deutsch kann? Der deutsche Humor stinkt nach Kaserne, und ich muß diese erbärmlichen Kalauer übersetzen.

Aber auf dem Land ist es trotzdem schön. Der Tag so klar und frostig, die Sonne eiskalt, der Schnee glitzert und knirscht. Wir sind zur Datscha gefahren. Vor dem Haus ein schwarzer Opel. K. wurde sauer und fing an, wüst herumzufluchen. Das verstehen die Deutschen auch ohne Übersetzung und wiehern wie die Pferde.

Es war seine Stiefmutter, die unverhofft aufgetaucht war. Dieses Starlet Stiefmutter zu nennen ist lächerlich. Eine rothaarige Nutte, dreiundzwanzig Jahre, sehr sexy, aber nicht mein Geschmack. Mir hat dieser Typ noch nie gefallen, er macht mir Angst.

Aber jetzt zur Hauptsache. Die rote Schlampe hatte eine Freundin mitgebracht, um mit ihr Ski zu fahren und frische Luft zu schnappen. Mir blieb fast das Herz stehen, als ich sie erblickte. Olga, liebe Olga … Als kleines Kind hatte ich ein Buch ›Die Märchen der Brüder Grimm‹, in deutscher Sprache, eine Geschenkausgabe aus München, mit prächtigen Illustrationen in bunten, zarten Farben; vor jedem Bild lag als Schutz ein dünnes Blatt Seidenpapier. Ich liebte es, die Bilder zuerst durch das Seidenpapier wie durch einen dünnen Schleier zu betrachten, dann hob ich vorsichtig den Vorhang, und das Bild wurde lebendig und leuchtete in all seinen Farben. Dieses Mädchen mit dem schimmernden Haar, seinen riesigen dunkelblauen Augen in dem blassen, durchsichtigen Gesicht sah der Prinzessin aus dem Märchen ›König Drosselbart‹ so ähnlich, als hätte sie dem Maler Modell gestanden. Das Buch ist um die Jahrhundertwende erschienen. Es liegt jetzt vor mir und ich sehe sie, Olga. Lachhaft – ein erwachsener, dicker, einsamer Mann mit einem Kinderbuch. Gut, daß mich niemand sieht. Ich kann mir vorstellen, wie K. wiehern würde, dieses Vieh.

Er hat sie auf den Armen ins Haus getragen. An ihrer

Skibindung war etwas kaputt. Natürlich wurde K. sofort wieder munter und hat seiner Stiefmutter verziehen. Versteht sich, bei einem solchen Wunderwesen. Es stand nur die Tischlampe hinter ihr, aber es sah aus, als läge ein Strahlenkranz um ihren Kopf. Mein Gott, ich weiß nicht, wie ich ohne sie leben soll.

K. hat ihr auf seine Weise den Hof gemacht, hat den zuvorkommenden Gastgeber gespielt, darauf versteht er sich. Hat sie mit Alkohol abgefüllt. Sie war nach einer Grippe recht schwach und schläfrig. Die Deutschen wieherten, das rothaarige Filmsternchen spreizte seine Federn, und mir blieb das Essen in der Kehle stecken. Vielleicht habe ich's mir nur eingebildet, aber vielleicht hat die Rothaarige K. tatsächlich zugeflüstert, daß Olga noch Jungfrau sei. Ich kann dieses Wort nicht ausstehen. Es hat irgend etwas Obszönes. Überhaupt ist unsere Sprache die reinste Kloake, was das Sexuelle betrifft. Olga schlief fast bei diesem Vieh auf dem Schoß. Na, anschließend hat er sie selbstverständlich auf Hausherrenart vernascht. Für ihn ist das nur ein weiteres hübsches Spielzeug, für mich – das ganze Leben. Von so einem Mädchen habe ich seit meiner Kindheit geträumt. Ich weiß, es wird nichts daraus werden. Sie hat mich nicht einmal angesehen.

Major Kusmenko blätterte weiter. Die Krestowskaja hatte sie also miteinander bekannt gemacht, »dieses Starlet, diese rothaarige Nutte, diese Schlange«. Sie hatte Olga zum Skifahren auf die Datscha mitgenommen, wo ihr Stiefsohn sich mit seinen Freunden traf. Kalaschnikow hatte seine jugendliche Stiefmutter nicht erwartet und sich über ihr Auftauchen geärgert. Ihr Verhältnis war also wirklich schwierig. Ob die Krestowskaja wohl gewußt hatte, daß ihr Stiefsohn auch auf die Datscha kommen wollte? Oder war es ein zufälliges Zusammentreffen?

10. Februar

Den ganzen Tag starkes Schneetreiben. Gegen Abend ein Sturm wie am Nordpol. Ich fahre zum Casinotor hinaus und sehe Olga. Ein dünner Regenmantel, durch den der Wind bläst, nichts auf dem Kopf. Ich halte an, frage sie, warum sie bei der Kälte so dünn angezogen ist. Sie grüßt mich zerstreut und gleichgültig und sieht die ganze Zeit an mir vorbei, in die Richtung, aus der sie ihn erwartet. »Wissen Sie zufällig, ob er bald kommen wird?«

Sie erinnert sich nicht einmal mehr an meinen Namen. Es existiert für sie niemand mehr auf der Welt, nur er allein. Aber wer ist er schon? Eine Null, ein blinder Fleck, ein freches gieriges Tier. Es zerreißt mir das Herz, wenn ich mir die beiden zusammen vorstelle. Aber ich brauche mir gar nichts vorzustellen, ich habe sie schon viele Male gesehen. Er gibt ihr einen flüchtigen Schmatz auf die Wange, tätschelt ihre Schulter und befummelt mit seinen schwitzigen, routinierten Tatzen meinen Schatz, mein Glück …

18. März

Je näher der Frühling rückt, desto quälender zieht sich mein Herz zusammen. Heute habe ich sie aus der Himmelfahrtskirche kommen sehen. Der Abendgottesdienst war zu Ende. Sie trug ein schwarzes Kopftuch, das sie wie eine alte Frau tief ins Gesicht, bis auf die Brauen, gezogen hatte, und einen langen schwarzen Rock. Unter dem feuchten Saum schauten alte, abgetragene Turnschuhe hervor. Sie war noch magerer und blasser geworden, ihr Gesicht war ganz durchsichtig, und diese riesigen, unglaublichen Augen … Sie willigte ein, zu mir ins Auto zu steigen, und ich habe sie nach Hause gefahren. Den ganzen Weg hat sie geschwiegen, nur ganz kurz erklärt, wie ich fahren muß. Und natürlich nach ihm gefragt: »Felix Eduardowitsch, haben Sie ihn heute gesehen? Wie geht es ihm?« Ich antwortete, es gehe ihm gut. Es geht ihm immer gut. Ich fragte, wie sie sich fühle. Ob sie krank sei? Warum sie so blaß sei? Und fing prompt an, allen möglichen Schwachsinn zu reden – Sie leben doch mit Ihrer kranken Oma zusammen, wenn Sie Hilfe brauchen, ich bin immer für Sie da. Ich habe Ärzte unter meinen Bekannten, und überhaupt sollen Sie wissen, wenn Sie irgend etwas brauchen, ich werde immer …

Ich merke, sie hört mir gar nicht zu. Sieht zum Fenster hinaus. Und unterbricht mich plötzlich mitten im Satz: »Felix Eduardowitsch, kennen Sie seine Frau? Was meinen Sie, wie ist ihre Beziehung?« Und ich blöder Trottel halte ihr eine Predigt, sage, ihre Beziehung sei stabil und glücklich, und er würde seine Frau niemals verlassen, wenn es das sei, woran sie denke. Er hatte vor Ihnen andere Frauen, sage ich, er betrügt seine Frau ständig, aber er wird sich nie von ihr scheiden lassen.

Was hat mich nur gestochen? Sie begann regelrecht zu zittern. Bestimmt wird sie sich nie mehr zu mir ins Auto setzen und mir in Zukunft aus dem Wege gehen … Er ruiniert ihr das Leben, verflucht soll er sein!

14. Mai

Ich habe bemerkt, daß sie nie lacht, nicht einmal lächelt. Daran ist er schuld, nur er. Er hat genug Geld, um ihr eine anständige Wohnung zu kaufen und die kranke Oma in einem guten Heim unterzubringen. Ich habe versucht, darüber mit ihm zu sprechen, aber die Antwort war nur sein übliches Zähnefletschen, sein idiotisches Grinsen: Was das mich anginge? Wieso ich mich einmischte?

27. Juli

Seine Frau ist auf Tournee. Sie sind jetzt fast die ganze Zeit zusammen. Sie wohnt nicht bei ihm im Haus, sie kann die verrückte Alte nicht so lange allein lassen, aber sie verbringt jede freie Minute mit ihm. Und jede Sekunde, vierundzwanzig Stunden am Tag, denkt sie an ihn … Mein Gott, wie ich ihn hasse …

Major Kusmenko überflog Seite für Seite. Je näher der September kam, desto heftiger wurde der Haß auf Kalaschnikow und desto fiebriger die Liebe zu Olga Guskowa.

30. August

Ich mußte sie sehen. Ließ das Auto stehen, ging zu Fuß. Ich verfolgte sie wie ein Spion, ging ihr nach in die U-Bahn, mit der ich schon ewig nicht gefahren bin. Mir schwirrte der Kopf von dem Menschengewühl, ich verlor sie aus den Augen, fand sie aber bald wieder. Ich war mir so gut wie sicher, daß sie am »Prospekt Mir« aussteigen würde. Sie bemerkte mich nicht, ging wie im Traum, stolperte und weinte. Ich holte sie ein, mimte Erstaunen und betonte auf jede Weise die Zufälligkeit unserer Begegnung. Aber sie freute sich plötzlich, mich zu sehen. Zum ersten Mal. Ich traute meinen Augen nicht. Sie begann zu erzählen, hastig, wie im Fieber, daß sie mit ihm Schluß gemacht habe, es nicht länger aushalten könne. Er hatte versprochen, er werde mit seiner Frau sprechen, sobald sie von der Tournee zurück sei. Katja sei vor zehn Tagen zurückgekommen, und alles wäre beim alten.

Sie erzählte, sie hätte gebetet, daß Katjas Flugzeug abstürzen oder ihr Bus verunglücken möge. Sie meinte, wie schön es gewesen wäre, wenn diese Frau, die übrigens an nichts schuld ist, niemals zurückgekehrt wäre. Und dann kam plötzlich ein Satz, bei dem mir der Schweiß ausbrach: »Einer von uns dreien muß sterben.«

Sie sprach so laut, daß die Passanten sich nach uns umdrehten. Ich zog sie zu einer Bank, wir setzten uns, und ich fragte: »Wer? Welche drei?« Als Antwort murmelte sie kaum hörbar: »Alles wird bald auf schreckliche Weise zu Ende gehen. Ein Schuß aus einer Pistole – egal, auf wen …« Ich fragte sie: »Was für eine Pistole, Olga?«

Sie sah mich mit wahnsinnigen Augen an und sagte laut und deutlich und fast ruhig: »In meiner Schublade liegt die

Pistole meines Vaters. So kann es nicht weitergehen. Wenn ich es nicht fertigbringe, mich selbst zu töten, dann töte ich diese Frau. Sie oder ich … eine muß sterben.«

Keine Tränen, trockene, entschlossene Augen. Ich versuchte, sie zu beruhigen, aber sie zitterte wie im Fieber. Ihre Hände waren eiskalt, ihre Augen funkelten in trockenem, bösem Feuer. »Olga, geben Sie mir die Pistole, bevor es zu spät ist. Ich schaffe sie Ihnen vom Hals, ein für allemal.« Ich versuchte, ruhig zu sprechen, unbeteiligt zu erscheinen.

Sie schwieg nur, starrte mich lange unverwandt an, dann leckte sie sich auf einmal nervös die Lippen und sagte: »Was für eine Pistole, Felix Eduardowitsch? Es gibt keine Pistole. Wie kommen Sie darauf?«

Die folgende Seite war die letzte. Es standen nur wenige Zeilen darauf.

5. September

Sie hat es doch getan. Aber daneben geschossen und ihn getroffen. Darin liegt etwas Symbolisches … Mein Gott, nichts liegt darin, das ist nur ein Alptraum, ein grenzenloser, wahnsinniger Alptraum, aus dem man sie irgendwie herausholen muß … Aber trotzdem gut, daß es ihn getroffen hat und nicht Katja …

Die letzten Zeilen waren mit undeutlicher, nervöser Handschrift geschrieben.

* * *

»Laßt uns beten für die ewige Ruhe des jüngst verschiedenen Gottesknechtes Gleb …«, wiederholte der alte Protodiakon.

Katja starrte unverwandt auf das bleiche Gesicht ihres Mannes und versuchte sich bewußt zu machen, daß sie ihn zum letzten Mal sah. Aber statt eines feierlich-traurigen, demütigen Gefühls, das der tiefe, vielstimmige Gesang des Kirchenchors, der süße Weihrauchduft und die eindringlichen Worte des Totenkanons hätten hervorrufen sollen, überkam Katja plötzlich eine ganz unpassende, unanständige Wut.

Wer hat dich umgebracht, Gleb? Wofür? dachte sie. Ja, du warst ein Leichtfuß, ein Windhund, du hast aus vollen Zügen gelebt, ohne dich umzusehen. Du hast gelogen wie ein kleines Kind, du brauchtest ständig Selbstbestätigung, du warst ein notorischer Schürzenjäger. Aber du hast niemandem etwas Böses getan. Es ist nicht wichtig, ob wir uns irgendwann doch noch getrennt hätten oder ob wir zusammen alt geworden wären. Wichtig ist nur eins – du hättest noch lange leben und deinen eigenen, natürlichen Tod sterben sollen und nicht das Opfer einer fremden, grausamen Laune werden dürfen. Jemand hat dir vierzig Jahre deines Lebens gestohlen. Ich werde nicht eher ruhen, als bis ich weiß, wer das war.

Sie ließ ihren Blick über die Gesichter der am Sarg stehenden Menschen gleiten. Tante Nadja, bleich, mit toten, halb geschlossenen Augen, einer Ohnmacht nahe. Onkel Konstantin, tränenüberströmt, aber mit frischem Gesicht, auf den Wangen lag eine leichte, schon etwas greisenhafte Röte. Er erinnerte ein wenig an einen alten Postkarten-Nikolaus.

Katja fühlte sich unbehaglich. Warum mochte sie ihren Schwiegervater so wenig? Es war keine moralische Verurteilung, es war einfach Antipathie, ohne einen vernünftigen Grund. Margarita war nicht zu sehen. Sie stand irgendwo weiter hinten, hielt sich taktvoll zurück, um den Eltern Gelegenheit zu geben, ein letztes Mal gemeinsam bei ihrem Sohn zu sein.

Lunjok, durchtrainiert und glatt wie immer. Doch statt in der üblichen Lederjacke im schlichten dunkelgrauen Anzug. Sein Gesicht war angespannt und finster, zwischen den Brauen zeichnete sich eine tiefe Falte ab. Wahrscheinlich dachte er gerade dasselbe wie Katja: Wer hat den Auftrag gegeben? Wer hat geschossen? Ihm war das keineswegs gleichgültig. Sie mußte ihm von Boris erzählen. Auch Lunjok sollte nach dem Mörder suchen, mit seinen Methoden. Der Miliz mußte sie ebenfalls davon berichten. Aber erst später. Wer den Mörder fand, war nicht wichtig. Hauptsache, er bekam, was er verdiente. Er? Oder sie? Etwa doch diese unglückselige Olga?

Katja suchte mit den Augen das Gesicht in der Menge, das sie nie gesehen hatte. Aber sie war überzeugt, daß sie diese Frau auf den ersten Blick erkennen würde. Nein. In der Kirche war sie nicht.

Sie suchte auch nach einem anderen Gesicht. Sie hoffte, Sweta Petrowa würde doch noch in der Kirche erscheinen. Es waren viele Bekannte und Freunde aus ihrer gemeinsamen Kindheit gekommen. Viele hatten sich verändert, aber Katja erkannte sie alle. Sweta Petrowa war nicht darunter.

Weiter hinten bemerkte sie Major Kusmenko. Margarita, mit einem durchsichtigen Schal um den Kopf, flüsterte ihm etwas ins Ohr. Er nickte zur Antwort.

»Katja, geh jetzt zum Sarg und nimm Abschied«, vernahm sie die Stimme ihres Vaters.

Ihr Vater hatte die ganze Zeit neben ihr gestanden und ihre Hand gehalten. Die Mutter war zu Hause geblieben, um Shannotschka zu helfen. Nach der Beerdigung würden etwa fünfzig Leute zum Essen kommen, darunter auch solche, von denen man etwas über Sweta Petrowa erfahren konnte. Lieber Himmel, was ging ihr in diesem Moment durch den Kopf? Gleich ist die Totenmesse zu Ende. Auf den letzten Weg muß man einen Menschen mit demütigem, stillem Herzen begleiten und darf an nichts Schlechtes, Böses, Unwichtiges denken.

Katja berührte die eiskalte Stirn mit den Lippen. Auf der Haut des Toten war Schminke. Das machte sie aus irgendeinem Grund besonders traurig. Ein Papierband mit dem Text eines Gebetes als Totenkranz. Ein solches Band hatte Katja in ihrem Kopfkissen gefunden. Hätte die Kugel ihre Richtung nur ein klein wenig, nur um ein paar Zentimeter geändert, wäre alles ganz anders. Dann würde man jetzt Katja zu Grabe tragen. Vielleicht war es ja auch so beabsichtigt gewesen.

* * *

Die Expertise ergab, daß Gleb Kalaschnikow mit der »Makarow« getötet worden war, die früher einmal Nikolai Guskow gehört hatte und von seiner Tochter aufbewahrt worden war. Man holte Olga am Montag um sieben Uhr morgens ab. Gleichzeitig wurde Oma Iwetta von einem Krankenwagen in die Psychiatrie gebracht.

Es stellte sich heraus, daß ein Nachbar aus dem siebten Stock, der in der Nacht vom vierten auf den fünften September seinen Hund Gassi geführt hatte, Olga gesehen hatte, als sie nach Hause gekommen war, und zwar keineswegs um elf Uhr, sondern erst um halb zwei.

»Ja, ich war es, ich habe ihn getötet«, wiederholte Olga tonlos, als sie im Büro von Untersuchungsführer Jewgeni Tschernow saß.

»Sie gestehen also den Mord an Gleb Konstantinowitsch Kalaschnikow?« fragte Tschernow.

»Ich habe mich von ihm losgesagt, und er ist gestorben. Ich wollte ihn nicht länger lieben. Wenn ein Mensch von niemandem geliebt wird, stirbt er.«

»Aber entschuldigen Sie, er hatte außer Ihnen doch auch noch Eltern und eine Ehefrau. Meinen Sie nicht, die haben ihn auch geliebt?«

»Sein Vater liebt nur sich selbst. Seine Mutter? Ja, vielleicht. Ich weiß über sie fast gar nichts. Was die Ehefrau angeht – dazu möchte ich lieber nichts sagen. Sie interessiert sich nur für ihr Ballett. Gleb lebte in Sünde und Schmutz. Aber meine Liebe hat ihn beschützt. Deshalb bin ich schuld an seinem Tod. Nur ich. Über mich müssen Sie richten.«

»Wen man richten muß, wird die Untersuchung zeigen«, knurrte Tschernow und legte die »Makarow« vor Olga auf den Tisch. »Ist das Ihre Pistole?«

»Ja.«

»Haben Sie irgendwann einmal daraus geschossen?«

»Nein.«

»Olga Nikolajewna, gehen wir alles der Reihe nach durch. Wo waren Sie in der Nacht vom vierten auf den fünften September?«

»Ich bin mehrere Abende hintereinander dorthin, zum ›Prospekt Mira‹, gefahren. Aber zu ihrem Haus bin ich nicht gegangen.«

»Also in der Nacht vom vierten auf den fünften sind Sie von der Arbeit nicht nach Hause, sondern zum ›Prospekt Mira‹ gefahren, Sie versichern aber, sich dem Haus, in dem der Ermordete wohnte, nicht genähert zu haben?«

»Ja.«

»Erinnern Sie sich noch, welchen Weg Sie genommen haben? Sie kamen aus der Metro, und wie sind Sie dann gegangen?«

»Zur Besboshny-Straße.«

»Die Mestschanskaja-Straße befindet sich auf der anderen Seite des Prospekts«, sagte Tschernow nachdenklich. »Warum sind Sie zur Besboshny-Straße gegangen?«

Olga schwieg und starrte zu Boden. Vor einer Stunde hatte ein Psychiater mit ihr gesprochen und sie eindeutig für zurechnungsfähig erklärt. Ja, eine Neurasthenie war vorhanden, als Folge von Erschöpfung und der schwierigen familiären Situation. Ja, es gab Anzeichen für eine subakute reaktive Psychose in Form eines astheno-depressiven Zustands. Aber Olga Guskowa war zurechnungsfähig, sie war sich ihrer Worte und Handlungen bewußt.

»Sie hat einen seltsamen, exaltierten Charakter, ist sehr verschlossen, aber alles bewegt sich innerhalb der Norm. Der Intellekt ist überdurchschnittlich entwickelt, das Gedächtnis ausgezeichnet«, hatte der Psychiater gesagt, »sie ist eine typische Asthenikerin, sowohl konstitutionell wie nervlich.«

»Also, warum sind Sie zur Besboshny-Straße gegangen?« wiederholte Tschernow seine Frage.

»Dort gibt es einen kleinen Hof. Unseren Hof, vor einer kleinen Bar. Wir haben dort mehrmals auf einer Bank gesessen und uns unterhalten. Einfach unterhalten, nichts sonst. Es ist sehr schwer zu erklären, aber mit diesem Hof ist das Beste verbunden, das wir hatten. Gleb wurde für ein paar Minuten er selbst. Aber das wird Sie nicht interessieren.«

»Sie sind also in einen Hof in der Besboshny-Straße gegangen. Können Sie genauer sagen, wo er sich befindet, am Anfang oder am Ende der Straße?«

»In der Mitte. Gegenüber, auf der anderen Straßenseite ist eine Schule. Die Bar liegt etwas zurückgesetzt, und davor ist der Hof. Es ist kein richtiger Hof, einfach ein kleiner Platz, drum herum stehen Bäume, und unter den Bäumen sind ein paar Bänke.«

»Wie heißt die Bar?«

»›Weißes Kaninchen‹.«

»Das klingt doch schon besser«, meinte Tschernow. »Und was haben Sie dort getan?«

»Auf der Bank gesessen.« Olga zuckte die Achseln. »Einfach auf der Bank gesessen und auf die Fenster der Bar geschaut.«

»Wie lange haben Sie so gesessen?«

»Weiß ich nicht. Ich habe keine Uhr. Zehn Minuten vielleicht oder etwas länger.«

»Hat Sie dort jemand gesehen? Hat Sie vielleicht jemand angesprochen?«

»Ein junger Mann hat sich neben mich gesetzt und hat versucht anzubändeln.«

»Aha. Bitte etwas genauer. Was für ein junger Mann? Wie hat er ausgesehen? Worüber haben Sie gesprochen?«

»Wozu wollen Sie das wissen?« Olga verzog angewidert das Gesicht. »Welche Bedeutung hat das?«

»Olga Nikolajewna, verstehen Sie denn wirklich nicht, was das für Sie bedeuten kann? Sie werden des Mordes an Ihrem Bekannten Gleb Kalaschnikow verdächtigt. Er wurde mit einer Waffe getötet, die Ihrem Vater gehörte. Bekennen Sie sich schuldig oder nicht?« fragte Tschernow seufzend.

»Ich bekenne mich schuldig.«

»Aber Sie behaupten, sich dem Haus des Ermordeten nicht genähert und auch nicht aus der Pistole geschossen zu haben?«

»Ich habe weder das eine noch das andere getan. Ich saß auf dem Hof an der Besboshny-Straße. Und die Pistole lag in der Schreibtischschublade.« Plötzlich sah sie Tschernow aus ihren riesigen dunkelblauen Augen scharf an. »Was ist mit Grischetschkin? Woher haben Sie die Pistole?«

»Felix Grischetschkin ist bei einem Autounfall ums Leben gekommen. Die Pistole befand sich in seiner Aktentasche.«

»Felix ist tot?« flüsterte sie mit bleichen Lippen. »Mein Gott, ich bin schuldig vor ihm ...«

Gleich erklärt sie, daß sie Grischetschkin auch getötet hat, dachte Tschernow und konnte ein nervöses Grinsen nicht unterdrücken. Sie ist komplett verrückt. Sie mag ja nach medizinischen Maßstäben normal sein, aber der gesunde Menschenverstand sagt mir, sie ist verrückt.

»Haben Sie Grischetschkin die Pistole gegeben?«

»Ja.«

»Hat er Sie darum gebeten?«

»Ja. Er sagte, es werde eine Hausdurchsuchung geben und man müsse die Pistole wegwerfen.«

»Aber wenn Sie nicht auf Kalaschnikow geschossen

haben, warum haben Sie ihm dann die Pistole gegeben? Wovor hatten Sie Angst?«

»Als der Major von der Miliz gekommen ist und mich gefragt hat, wo ich in jener Nacht war, wurde mir klar, daß ich kein Alibi habe. Ich hatte Angst um die Oma. Im Krankenhaus würde es ihr sehr schlecht gehen.«

»Und deshalb haben Sie für alle Fälle die Fingerabdrücke von der Waffe gewischt?« fragte Tschernow schnell.

»Ich habe die Waffe nicht angerührt. Die Pistole lag in einer Schachtel in der Schreibtischschublade. Wenn ich daraus geschossen hätte, hätte ich wohl zuerst das Schildchen mit der Gravierung abgeschraubt und danach die Pistole weggeworfen. Selber. Die Fingerabdrücke abzuwischen und sie zurück in die Schublade zu legen ist dumm.«

»Ja, das ist in der Tat unvernünftig«, sagte Tschernow, »dennoch haben Sie Grischetschkin die Pistole gegeben. Das war auch nicht gerade vernünftig. Ich sehe keine Logik in Ihren Handlungen.«

»Sie brauchen keine Logik zu suchen. Es gibt sie nicht. Es gibt nur Angst und Trauer. Möge Gott Sie vor solcher Trauer bewahren.«

»Angst wovor?«

»Vor der Sünde. Es gibt nichts Schrecklicheres als die Sünde. Ich bin schuldig vor Gleb, vor seiner Frau, vor Felix. Aber am meisten bin ich schuldig vor meiner Oma. Die Armen im Geiste sind selig nur in jener Welt, aber in dieser sind sie unglücklich und schutzlos.«

»Olga Nikolajewna, ich frage Sie zum dritten Mal. Bekennen Sie sich des Mordes schuldig? Nicht im übertragenen, sondern im konkreten Sinn. Haben Sie auf Kalaschnikow geschossen oder nicht?«

»Nein, ich habe nicht geschossen. Ich antworte Ihnen zum dritten Mal. Warum begreifen Sie nicht, jemandem den Tod zu wünschen und ihn zu töten – das ist ein und dasselbe. Dieselbe Sünde.«

»Vom Standpunkt der Religion aus vielleicht«, sagte Tschernow, »da bin ich kein Fachmann. Aber juristisch gesehen sind das zwei vollkommen verschiedene Dinge.« Er stand auf und ging nervös im Büro hin und her. »Wenn Sie die Pistole nicht berührt haben, muß jemand bei Ihnen eingedrungen sein, die Pistole aus der Schublade genommen und den Mord begangen haben. Danach muß er wieder in Ihrer Wohnung gewesen sein und die Pistole zurückgelegt haben. Sie müssen zugeben, das alles zu tun, ohne daß Sie etwas merken, ist ziemlich schwierig.«

»Das habe nicht ich zu beurteilen.«

»Aber wer denn?! Wer, wenn nicht Sie? Warum haben Sie die Pistole nicht abgegeben? Wissen Sie, daß es einen Paragraphen gibt – illegaler Waffenbesitz?«

»Ich weiß. Aber die Pistole meines Vaters war für mich keine Waffe. Die Oma bewahrte sie als Andenken auf. Und niemand hat sich je dafür interessiert.«

»Niemand? Aber Felix Grischetschkin wußte von ihr.«

»Ja, ich habe Felix gegenüber einmal davon gesprochen. Versehentlich.«

»Wer außer Grischetschkin kann noch von der Pistole gewußt haben?«

»Gleb.«

»Und wer noch? Bitte versuchen Sie sich zu erinnern. Es ist wichtig. Wer kommt zu Ihnen ins Haus?«

»Der Arzt aus der Bezirksklinik, ein junger Mann vom Sozialamt, der die Rente bringt, die alten Frauen aus unserem Hof, mit denen Oma Kontakt hat.«

»Und mit wem haben Sie Kontakt? Sie haben doch Bekannte, Freunde?«

»Margarita kommt manchmal zu mir. Margarita Krestowskaja, meine ehemalige Klassenkameradin.«

»Weiß sie von der Pistole?«

»Margarita? Ich habe keine Ahnung. Was hat sie denn mit der Sache zu tun?«

»Haben Sie ihr irgendwann einmal gesagt, daß Sie eine Pistole haben?«

»Das weiß ich nicht mehr. Sie hat so viele Jahre in der Schreibtischschublade gelegen.«

»War sie geladen?«

»Damit kenne ich mich nicht aus.«

»Lag in der Schachtel außer der Pistole noch etwas?«

»Nein.«

»Keine Plastikschachtel mit Patronen?«

»Nein. Es gab keine Patronen. Sie war wohl auch kaum geladen. Meine Eltern hätten niemals eine geladene Waffe in der Wohnung an einem für ein Kind erreichbaren Platz aufbewahrt.«

»Die Sache ist die, Olga Nikolajewna, die Pistole war geladen. Geladen und gesichert. Die Experten nehmen an, daß drei Schüsse aus ihr abgegeben wurden. Vielleicht zwei Probeschüsse, zum Training. Die Waffe wurde tatsächlich viele Jahre nicht benutzt. Aber dann wurde sie zerlegt, gesäubert, eingefettet, wieder in Ordnung gebracht und in Gebrauch genommen. Mit dem dritten Schuß wurde Gleb Kalaschnikow ermordet.«

»Ich bitte Sie sehr«, sagte Olga leise, »sagen Sie nicht immer wieder, daß Gleb ermordet wurde. Das tut mir weh. Er wird jetzt gerade beerdigt. Ich kann nicht einmal Abschied von ihm nehmen. Und noch etwas, lassen Sie mich bitte mit meiner Oma sprechen. Ich muß sie beruhigen. Sie ist zum ersten Mal im Krankenhaus. Ich muß wissen, wie es ihr geht.«

»Gut«, sagte Tschernow, »ich setze mich mit dem behandelnden Arzt in Verbindung.«

Als man Olga wieder in ihre Zelle geführt hatte, lehnte Jewgeni Tschernow sich in seinem Stuhl zurück und schloß die Augen. Er versuchte zu begreifen, warum dieses Verhör ihn so erschöpft hatte.

Tschernow ließ sich nie vom ersten Eindruck leiten. Er vermied es tunlichst, Menschen aufgrund persönlicher

Emotionen zu beurteilen, nach Sympathie oder Antipathie. Er hatte bereits Lügner aller Spielarten erlebt. Man hatte ihm hysterische und epileptische Anfälle, Gedächtnisverlust, Taubheit, Blindheit, pathologische Beschränktheit und manchmal sogar pathologische Ehrlichkeit vorgespielt. Er verstand sich darauf, Fallen zu stellen und in logische Sackgassen zu locken. Aber jetzt war er selbst in einer Sackgasse. Hier gab es keine Logik, nur Gefühle.

Wenn diese seltsame, völlig verrückte, aber ungemein bezaubernde Olga Guskowa doch einen Mord aus Leidenschaft begangen und ihren Geliebten erschossen hatte, dann war sie eine geniale Lügnerin.

Kapitel 18

Die Gäste strömten herein. Die Wohnungstür wurde gar nicht mehr geschlossen. Man brachte Toasts auf den Verstorbenen aus und trank, aber ohne anzustoßen.

»Begleitest du mich nach draußen?« fragte Valera Lunjok und berührte Katjas Arm.

Sie gingen zusammen ins Treppenhaus. Der schweigsame Leibwächter Mitjai begab sich sofort zum Auto.

»Olga ist verhaftet worden«, sagte Lunjok leise, »du weißt doch, wer Olga ist?«

»Ja.« Katja nickte. »War sie es denn?«

»Es sieht ganz so aus. Heute früh hat man sie festgenommen. Einzelheiten weiß ich noch nicht, aber wenn sie verhaftet wurde, muß es Beweise geben. Aber sag vorläufig niemandem etwas davon. Wirklich niemandem.«

»Ja, natürlich ... Seltsam, daß dieser Major von der Miliz mir gar nichts gesagt hat.«

»Er wird es noch tun.« Lunjok grinste spöttisch. »Er wird es dir ganz offiziell mitteilen. Und noch eine weitere Neuigkeit. Grischetschkin ist tot.«

»Wie?! Seit wann?«

»Er hatte gestern einen Autounfall. Ist mit einem Kühlwagen zusammengestoßen. Er war sofort tot.«

»Der Arme. Wie merkwürdig. Er ist doch immer so vorsichtig gefahren.«

Der Aufzug kam, eine etwa sechzigjährige Frau trat heraus. Sie war grell und schlampig geschminkt und stank fürchterlich nach Alkohol.

»Katja, mein Kind, ach, was für ein Jammer! Nein, ist das nicht ein Jammer?« Sie brach in Tränen aus, küßte Katja schmatzend auf die Wange und wischte ihr dann gleich die Spuren ihres Lippenstifts ab. »Verzeih, mein Liebes, aber ich komme ohne Einladung. Neulich hast du mich doch noch angerufen und nach meiner Sweta gefragt. Und da hast du mir gar nichts erzählt, als sei ich eine Fremde. Aber ich bin doch keine Fremde, ich habe euch doch alle gekannt, als ihr noch klein wart, dich und Gleb. Ist deine Mutter hier? Und Nadeshda? Und Sie, sind Sie ein Freund von Gleb?« Sie zog geräuschvoll die Nase hoch und schüttelte Lunjok die Hand. »Ich sehe ihn noch vor mir, so ein süßer kleiner Kerl. Meine Sweta ist spurlos verschwunden, diese Rumtreiberin. Man hört und sieht nichts von ihr. So was Schäbiges, nicht mal die eigene Mutter anzurufen.«

»Guten Tag, Ella Anatoljewna«, sagte Katja freundlich.

In der Tür tauchte die lächelnde Margarita auf.

»Katja, wo bleibst du denn? Valera, Sie brechen schon auf? Gute Fahrt.«

»Margarita!« Ella Anatoljewna stürzte sich sofort auf sie. »Du auch hier! Sag mal, wo steckt bloß meine Sweta? Wolltet ihr nicht am Samstag zusammen irgendwohin? Sweta hat gesagt ...«

»Nein, wir haben uns nicht getroffen«, unterbrach Margarita sie rasch und faßte sich plötzlich an den Kopf. »Oje, der Kaffee! Er läuft gleich über!« Sie rannte zurück in die Wohnung.

Seltsam, dachte Katja, ich habe sie doch nach Sweta Petrowa gefragt, und sie hat gesagt, sie kennt keine Sweta.

Lunjok verabschiedete sich und ging.

»Verschwunden ist sie, meine Sweta«, schnatterte Ella, »wie vom Erdboden verschluckt. Ich weiß gar nicht, was ich denken soll. Was sind das nur für furchtbare Zeiten, der arme Gleb ermordet, mir wurde ganz schlecht, als ich es erfuhr. In die Kirche hab ich es nicht geschafft, und auf den Friedhof wollte ich nicht, ich hatte Angst, ich finde euch nicht und komme zu spät, aber ganz ohne Totenehrung geht es doch auch nicht. Der liebe Gleb, ich sehe ihn noch vor mir, das kleine Kerlchen ... Na, und da bin ich.« Ella fischte aus ihrer abgeschabten Handtasche eine Schachtel billiger Zigaretten und knipste ihr Feuerzeug an.

Katja sah, daß ihr die Hände zitterten.

»Wann ist Sweta denn verschwunden? Wann haben Sie sie das letzte Mal gesehen?«

»Am Samstag spät abends. Wie sie gegangen ist, hat sie noch gesagt, in zwei Stunden bin ich zurück. Bis jetzt ist sie noch nicht wieder aufgetaucht. Und heute haben wir Montag. Wieso stehen wir eigentlich auf der Treppe? Wir müssen auf den Frieden seiner Seele trinken.«

Gleich betrinkt sie sich noch mehr, und ich kriege gar nichts Vernünftiges über Sweta mehr aus ihr heraus, dachte Katja. Obwohl – wozu eigentlich noch? Wenn man Olga verhaftet hat, ist ja alles klar. Ich habe mich geirrt. Sweta Petrowa hat nichts damit zu tun. Und mein dummer Ausflug auf den Markt war ganz sinnlos. Alles paßt zusammen. Olga hat mich angerufen und mir Gemeinheiten gesagt, sie hat mir die magischen Gegenstände ins Kissen gesteckt. Vielleicht hat sie sich auch als Pennerin verkleidet. Ich habe sie ja nie gesehen. Wieso soll ich eigentlich Detektiv spielen, mich auf Trödelmärkten herumdrücken und hinter Mülleimer-Boris herlaufen, wenn es dafür die Miliz gibt?

Plötzlich überfiel sie eine bleischwere Müdigkeit. Sie

sehnte sich danach, allein zu sein, nicht in die Wohnung, zu den lauten Gesprächen und den vielen Menschen zurückkehren zu müssen.

»Gehen Sie schon hinein, Ella Anatoljewna, ich komme sofort nach«, sagte sie und hielt der erregten Frau die Tür auf. Sie selber stieg einen Treppenabsatz höher und trat ans Fenster.

Natürlich, vieles paßte nicht zusammen. Wozu hatte Olga versucht, Geld von ihr zu erpressen? Wer hatte noch nach Glebs Tod den BH in die Bademanteltasche gesteckt? Warum hatte Margarita nicht gesagt, daß sie Sweta Petrowa kannte?

Die Fragen purzelten wie von selbst durch Katjas Kopf, fast gegen ihren Willen. War es wirklich ihre Sache, die Antworten zu finden? Es gab so viele andere Dinge, Probleme, Gespräche, die ihr jetzt bevorstanden. Das Theater, die Ballettruppe, die Aufteilung des Erbes ... Aber sie mußte zurück zu ihren Gästen. Schließlich war sie die Gastgeberin, es war unhöflich, im Treppenhaus zu stehen, wenn das Haus voller Leute war.

In der Diele half Konstantin Iwanowitsch gerade seiner ersten Frau in den Mantel. Nadeshda Petrowna, bleich, matt, mit geschwollenen roten Augen, bemühte sich, so etwas wie ein Lächeln zustande zu bringen.

»Ich fahre, mein Kind. Ich bin müde.«

»Ich bringe sie nach Hause und komme dann wieder«, erklärte Konstantin Iwanowitsch.

Katja verabschiedete sich herzlich und ging ins Wohnzimmer. An dem riesigen Tisch saßen schon nicht mehr so viele Leute. Trinksprüche wurden keine mehr ausgebracht, man führte leise Gespräche. Unter den Gästen waren manche, die sich viele Jahre lang nicht gesehen hatten, für sie war es jetzt interessant, sich miteinander zu unterhalten, von den Kindern, die schon groß, und den Eltern, die alt geworden waren, zu erzählen.

Ella Anatoljewna schluchzte, kippte ein Glas nach dem anderen hinunter und erzählte lautstark, wie sie dem fünfjährigen Gleb das schöne Blondhaar geschnitten habe, was für ein kluges, bildhübsches Kind er gewesen sei, ein wahrer Engel. Niemand hörte der betrunkenen Frau zu, aber das schien sie nicht zu stören. Es war schon einige Jahre her, daß sie angefangen hatte zu trinken und der Kontakt zu ihren alten Bekannten abgerissen war. Nun war irgendeine Galja auf die Idee gekommen, sie über den Tod von Gleb Kalaschnikow zu informieren und ihr die Adresse zu geben. Ein Begräbnis ist ein besonderer Anlaß, zu dem man auch ohne Einladung kommen kann.

Katja räumte die schmutzigen Teller ab. Es war Zeit, den Nachtisch, Kaffee und Tee zu servieren. Shannotschka, die Arme, war schon ganz abgehetzt.

Ella Anatoljewna schrie immer lauter, sprang auf, wollte Katja helfen, warf eine Sauciere um, geriet mit dem Ärmel in die Salatreste, entschuldigte sich wortreich, schluchzte und schniefte.

»Lassen Sie nur, das macht nichts«, sagte Katja leise.

Aber sie war gar nicht besonders verlegen. Sie schnappte sich eine Flasche Kognak und ein Glas und folgte Katja in die Küche. Dabei setzte sie ihren lauten Monolog fort.

»Ich sage ihr: Wieso machst du das? Misch dich nicht in fremde Angelegenheiten, sonst brauchst du dich hinterher nicht zu wundern. Und sie verstellt noch extra ihre Stimme, brummt im tiefsten Baß in den Hörer: Er liebt dich nicht, du hast selbst an allem schuld, du Dörr-Giselle ...«

Katja fuhr so heftig zusammen, daß sie fast den Stapel schmutziger Teller hätte fallen lassen.

* * *

Jeder Mensch, und sei er auch noch so heruntergekommen, muß wenigstens einmal im Leben richtig Glück haben. Er darf natürlich den Moment nicht verschlafen, in dem ihm

Seine Hoheit, sein persönliches Glück, zulächelt und ihm einladend zublinzelt: Rasch, Freundchen, pack mich, bevor es zu spät ist!

Mülleimer-Boris, mit bürgerlichem Namen Boris Pawlowitsch Woskoboinikow, zweimal wegen Diebstahls vorbestraft, seit vielen Jahren arbeitslos und ohne Aufenthaltserlaubnis, ein Quartalssäufer, der auch den billigsten Fusel nicht verschmähte, hatte auf diesen seligen Moment schon sein ganzes Leben lang gewartet und glaubte, nun sei er gekommen. Er log seiner Lebensgefährtin Siwka vor, er wolle aufs Land fahren, um sich als Packer ein bißchen Geld zu verdienen. Dann zog er sich unauffällige, verhältnismäßig saubere Klamotten an, veränderte seine grelle, auffällige Erscheinung, so gut er konnte, und begann seine gefährliche, aber interessante Tätigkeit als Spion.

Niemand bemerkte Boris, nicht einmal die widerlichen Fernsehfritzen, die ebenfalls auf diesem gottverdammten Hof erschienen waren, um ihr Glück zu versuchen. Boris beobachtete nicht ohne Schadenfreude, wie Siwolap suchend über den Hof trabte. Jetzt hatte er es kapiert, dieser Kotzbrocken, daß es ein Fehler gewesen war, so geizig zu sein. Aber jetzt war es zu spät, aus, vorbei, Sense! Schäbige fünfzig Dollar! Es war gekommen wie im Sprichwort: Reden ist Silber, Schweigen ist Gold. Und wer dieses Gold, sein Schweigen, kaufen wollte, der würde nicht knausern.

Er hatte bereits im voraus sehr sorgfältig auf ein kariertes Schulheftblatt mit Filzstift und in Druckbuchstaben geschrieben:

»Jemand hat sie im gebüsch geseen in der mordnacht und hat Sogar geseen wie sie geschossen ham. Ich kan schweigen für eine Belonung von ein tausend Dollar aber sofort und ohne Schmu. Ich warte morgen nacht von 12 bis 2 auf der Bank am zaun wo sie geschossen ham. Andern fals gehe ich übermorgen zu den Bullen und sage das ich sie gesen habe.«

Nach kurzem Nachdenken setzte er das schöne, geheimnisvolle Wort »ein Wohltäter« darunter.

Natürlich hätte er auch noch mehr fordern können. Aber Boris war ein vorsichtiger Mensch. Immerhin hatte er es mit einem Mörder zu tun ... Und tausend Dollar war gerade so viel Geld, daß ein wohlhabender Mensch sich deswegen nicht noch einmal die Finger schmutzig machen brauchte und ohne langes Feilschen zahlen würde.

Er wartete ab, bis die Fernsehleute sich ergebnislos verzogen hatten und der Hof still und menschenleer war, dann schlüpfte er leise aus seinem Versteck und huschte schattengleich zu einem der Autos.

»Du dürftest eigentlich gar nicht hier sein, wenn's mit rechten Dingen zuginge«, brummelte er vor sich hin, »da wird die arme Seele geehrt, die du abgemurkst hast, und da hast du, rein menschlich gesehen, überhaupt nichts zu suchen.«

Er seufzte tief auf und bekreuzigte sich rasch, um die sonderbaren Gefühle, die ihn plötzlich überfielen, abzuwehren. Dann befestigte er seinen Zettel mit einem Stück Leukoplast am Griff der Fahrertür und huschte zurück in sein Versteck. Nun brauchte er nur noch zu warten und sich davon zu überzeugen, daß der Zettel seinen Adressaten erreichte. Vorausgesetzt natürlich, er hatte sich nicht doch in der Person geirrt.

* * *

Endlich war es Katja gelungen, sich mit Swetas Mutter an einen ungestörten Ort zurückzuziehen. Sie hatte das Gespräch nicht in der Küche fortsetzen wollen, wo außer Shannotschka noch mehrere andere Leute waren, auch nicht im Wohnzimmer am gemeinsamen Tisch. Die betrunkene Frau drängte sich überall mit Erinnerungen, Geständnissen und Einzelheiten aus ihrem traurigen Leben auf, schluchzte, küßte die Leute ab und ging allen bereits gründlich auf die Nerven.

Katja führte sie unauffällig in ihr Zimmer und schloß die Tür. Ella Anatoljewna freute sich, endlich einen Zuhörer gefunden zu haben, und redete wie ein Wasserfall. Nur ab und zu holte sie Luft und kippte ein weiteres Glas Schnaps hinunter. Katja hatte vorsorglich einige Häppchen zu essen mitgenommen – Käse, Wurst, in Scheiben geschnittene Grapefruit.

»Nun komm, trink mit«, drängte Ella Anatoljewna sie und schüttete mit zitternder Hand Kognak in Katjas Glas.

Wie die meisten Alkoholiker war sie in diesen Dingen empfindlich. Sie legte Wert darauf, daß der Zuhörer mittrank – so gehörte es sich.

Katja führte das Glas an die Lippen und stellte es dann heimlich beiseite, ohne den Kognak angerührt zu haben. Sie trank überhaupt keinen Alkohol. Von Alkohol bekam sie augenblicklich Kopfschmerzen und wurde schläfrig.

»Zier dich nicht! Es ist eine Sünde, nicht für den Seelenfrieden des eigenen Mannes zu trinken. Ex! Dein Glas ist ja noch genauso voll wie vorher«, stellte Ella fest, vergaß es aber gleich wieder und schnatterte atemlos weiter über ihr unglückliches Leben.

Katja erwies sich als dankbare Zuhörerin, sie bat nur dringend darum, nicht so laut zu schreien, und die betrunkene Frau bemühte sich, möglichst leise zu sprechen. Allerdings wußte sie über ihre ungeratene Tochter nur sehr wenig zu erzählen, ihre Gedanken verwirrten sich, und sie sprang von einem Thema zum nächsten.

»Sweta ist erst nach der Operation so eine Furie geworden. Ich sag ihr, sei doch froh, daß du am Leben geblieben bist. Aber sie ist zornig auf die ganze Welt«, berichtete Ella wegwerfend. »Sie war gewohnt, viel Geld zu haben, aber nach der Operation ging's mit ihr bergab. Ich hab mit dem Trinken angefangen, als ich die Diagnose erfahren habe.«

»Was hatte sie denn?« fragte Katja.

»Brustkrebs.« Ella Anatoljewna begann wieder zu weinen, laut und bitterlich.

Margarita steckte den Kopf ins Zimmer, schnitt eine ausdrucksvolle Grimasse, aber Katja warf ihr einen warnenden Blick zu – bleib lieber draußen. Margarita zuckte die Achseln, brummte spöttisch »hm« und verschwand wieder.

»Dabei ist sie so ein hübsches Ding und noch so jung.« Ella Anatoljewna schneuzte sich geräuschvoll in ihr nicht mehr allzu frisches Taschentuch. »Und schon ein Krüppel. Früher konnte sie sich vor Männern kaum retten, aber jetzt hat sie niemanden mehr, nur diesen Kümmerling Wowtschik vom Dynamo-Markt. Es vergucken sich natürlich immer noch viele in sie. Aber irgendwann wollen sie mit ihr in die Kiste und dann – schwupp, sind sie weg. Es gibt ja Prothesen, die sehen aus wie echt. Aus Silikon. Aber die kosten fünftausend Dollar. Woher sollen wir soviel Geld nehmen? Einen hatte sie, der war Abgeordneter, ein bekannter Mann, so ein ganz solider. Ich habe ihn nie gesehen. Na, wie auch, er war natürlich verheiratet. Mit ihm war sie lange zusammen, er hat ihr Geld gegeben, soviel sie wollte, und so hat er das dumme Huhn ans süße Leben gewöhnt. Fünf Jahre ist das gegangen. Aber mir hat sie ihn nie vorgestellt, vor mir hat sie alles streng geheimgehalten. Jegor hieß er. Wenn er angerufen hat, hat er mich immer höflich begrüßt, mich mit Namen und Vatersnamen angeredet und sich nach meinem Befinden erkundigt, aber sich selbst hat er nicht vorgestellt. Ich hab ihn aber immer an der Stimme erkannt. Ein gebildeter Mensch, keine Frage. Wer bin ich dagegen schon? Ich möchte nur, daß es meiner Sweta gut geht. Ich geb's zu, ich hab sogar gedacht, er läßt sich von seiner Frau scheiden und heiratet Sweta. Aber woher! Als die Geschwulst bei ihr entdeckt wurde, hat der gute Jegor sich schnellstens aus dem Staub gemacht. Kein einziges Mal hat er angerufen. Sie lag im Onkologiezentrum an der Kaschirka-Straße und hat mich immer gefragt: Hat er angerufen? Ein paarmal hab ich sie sogar angelogen, hab gesagt, ja, er hat angerufen, hat nach dir gefragt. Aber in Wirklichkeit hat er sich nie gemeldet. So sind sie alle, diese Schufte.«

»Ist Sweta schon lange mit Margarita Krestowskaja befreundet, Ella Anatoljewna?«

»Margarita hat Mitleid mit ihr, von allen alten Freunden und Freundinnen ist sie die einzige, die ein Mensch geblieben ist. Sie hat Sweta im Krankenhaus besucht, hat sie dann später nach der Operation unterstützt, hat bei ihr gesessen und ihr versichert, daß das Leben nicht zu Ende ist. Sie hat sich für mein Dummerchen sogar erkundigt, wo man eine gute Prothese bestellen kann. Margarita werde ich ewig dankbar sein. Sie ist ein Mensch. Auch wenn sie jetzt eine berühmte Schauspielerin geworden ist, so ist sie doch ein Mensch geblieben. Sweta massiert sie ab und zu und verdient sich damit ein bißchen Geld.«

»Sie kennen sich also schon sehr lange?«

»Ja«, sagte Ella Anatoljewna, »Sweta hat früher als Maskenbildnerin am Maly-Theater gearbeitet, und Margarita hat dort an der Schtschepkin-Schule ihre Schauspielausbildung gemacht.«

»Und warum steht Sweta jetzt auf dem Trödelmarkt?« fragte Katja erstaunt. »Mit Massagen kann man doch gut verdienen.«

»Um als Masseurin gut zu verdienen, muß man eine eiserne Gesundheit haben. Und nach der Operation, nach der ganzen Chemotherapie, den Bestrahlungen und Hormonen war es mit der Gesundheit nicht mehr weit her, ihre Arme waren schwach und ihr war oft schwindlig.«

»Sie sagten, sie wollte am Samstag, kurz bevor sie verschwand, zusammen mit Margarita irgendwohin fahren«, erinnerte Katja sie.

»Ich weiß nicht mehr, wohin sie wollte, mit wem … Sie ist so gemein zu mir, sagt mir nie, wohin sie geht, die eigene Mutter ist ihr völlig egal, sie lebt bei mir wie im Hotel.«

»Aber Sie sollten doch besser zur Miliz gehen und ihr

Verschwinden melden«, schlug ihr Katja vorsichtig vor, »Sie sagten ja, ihr wird oft schwindlig. Vielleicht ist ihr auf der Straße schlecht geworden?«

»Miliz? Was für eine Miliz? Von mir aus kann das Dreckstück krepieren! Ich hab's so satt, ich will nicht mehr leben! Hunde seid ihr alle, Hunde! Was willst du überhaupt von mir, wieso rückst du mir so auf die Pelle und fragst mir Löcher in den Bauch?«

Sie begann hysterisch zu schreien und zu schluchzen. Galja Sykowa, eben jene Galja, die ihr von Glebs Tod berichtet und ihr die Adresse gegeben hatte, erbot sich, sie nach Hause zu fahren.

Kapitel 19

Nicht, daß die Version der Staatsanwaltschaft Valera Lunjok unglaubhaft erschienen wäre, keineswegs. Er konnte sich durchaus vorstellen, daß die schöne Verrückte aus der Pistole ihres Papas auf den leichtsinnigen Geliebten geschossen hatte, der sich einfach nicht zu einer Scheidung von seiner Frau bequemen wollte.

Lunjok hatte Olga Guskowa ein paarmal gesehen, und das seltsame, fanatische Feuer in ihren schönen Augen war ihm nicht entgangen. Gleb gegenüber hatte er sogar darauf angespielt, daß dieses Mädchen wohl nicht alle Tassen im Schrank habe und man von ihr alle möglichen Überraschungen erwarten könne.

»Sieh dich vor, Gleb, einem Freund von mir hat so eine stille Bekloppte mit veilchenblauen Augen die Wohnung angezündet. Vor lauter Wut, daß er sich nicht von seiner Frau scheiden ließ.«

»Nun hör aber auf«, meinte Kalaschnikow lachend.

»Du mußt es ja wissen«, erwiderte Lunjok schulterzuckend.

Danach kamen sie auf dieses Thema nicht mehr zu sprechen. Lunjok mischte sich nicht gern in die Privatdinge anderer.

Als seine Informanten ihm von Olgas Verhaftung berichteten, schüttelte er nur betrübt den Kopf und murmelte: »Ach, Gleb, was warst du doch für ein Narr mit deinen Weibergeschichten. Das ist nun die Quittung.«

Trotzdem dachte er aber nicht daran, seine eigenen Ermittlungen abzubrechen. Es konnte auf keinen Fall schaden, wenn er sein eigenes weitverzweigtes Reich einmal gründlich überprüfte.

Mit dem baschkirischen Ölmagnaten Mirsojew war er schnell fertig, da war alles sauber. Was Grischetschkin betraf – da gab es nichts mehr aufzuklären. Wie sagt der Volksmund? Kein Mensch – kein Problem. Man mußte sich nur noch um ein anständiges Begräbnis kümmern. Übriggebliehen war die letzte und die gefährlichste Person – Barinow.

In den drei Jahren ihrer Zusammenarbeit hatte Lunjok gewichtiges Belastungsmaterial gegen den Präsidentenberater gesammelt. Das war wertvoller und zuverlässiger als Geld. Gefunden hatte er mehr als genug – gefälschte Wohltätigkeitsfonds, schwarze Bankkonten, Mädchen.

Monsieur Barinow machte die Liebe zum Politikum. In Interviews und Talkshows zog er für die Sittenreinheit zu Felde und vergaß nie, sich selbst als Vorbild hinzustellen und zu erwähnen, daß er mit seiner Frau schon fast dreißig Jahre zusammenlebte. Valera Lunjok aber besaß eine Videokassette, auf der zu sehen war, wie sich der Sittlichkeitsapostel, Familienmensch und treue Ehemann, der liebende Vater und zärtliche Großvater eines niedlichen Zwillingspärchens von zwei nackten Schönheiten in der Sauna verwöhnen ließ.

Der Film war mit versteckter Kamera aufgenommen worden, und nicht irgendwo, sondern im Landhaus von

Korsh, einer der Paten der russischen Mafia. Valera Lunjok hatte seine Karriere unter den schützenden Fittichen von Korsh begonnen. Von Korsh hatte er auch den Präsidentenberater Jegor Barinow geerbt.

Erst kürzlich, vor weniger als einem Monat, hatte Lunjok mit Gleb Kalaschnikow gemütlich zusammengesessen und bei einem Glas Wodka in lockerer Atmosphäre über dies und jenes geplaudert: wovon es abhängt, wie lange ein Mann ein Mann bleibt, wer von den gemeinsamen Bekannten seine Manneskraft auch mit über fünfzig noch besäße und wer schon mit vierzig impotent sei. Zufällig kam die Rede auch auf Barinow.

Gleb stritt gerne, geriet selber schnell in Rage und konnte auch seinem Gesprächspartner ordentlich Zunder geben. Er wieherte wie ein Pferd, aber Lunjok erkannte sehr wohl, daß ihm dieser Name immer noch keine Ruhe ließ. Irgendwann vor ewigen Zeiten hatte Glebs Frau einmal eine stürmische Affäre mit Jegor Barinow gehabt. Sie waren damals noch gar nicht verheiratet gewesen, aber trotzdem wurde Gleb jedesmal nervös, wenn er dem Präsidentenberater persönlich begegnete und regte sich schon auf, wenn er im Gespräch nur erwähnt wurde. Wie die meisten notorisch untreuen Männer war er krankhaft eifersüchtig. Mit Schaum vor dem Mund brüllte er, Barinow sähe nur äußerlich so schneidig aus, in Wirklichkeit aber sei er längst verbraucht. Alle diese Komsomol-Schürzenjäger sowjetischer Prägung würden zwar lichterloh brennen, aber auch schnell verglühen.

»Du weißt ja wirklich über alle bestens Bescheid!« bemerkte Lunjok und kniff die Augen zusammen.

Es amüsierte ihn, daß Gleb sich so erregte.

»Ich sehe so etwas! Ein Blick, und ich weiß, ob jemand ein Mann ist oder schon ein geschlechtsloses Wesen«, schrie Gleb. »Und ich irre mich nie.«

»Tatsächlich? Worum wetten wir?«

»Um zehn Kopfnüsse!« erklärte Gleb.

Angetrunken und aufgekratzt, überkam Lunjok eine unbezähmbare Lust, diese zehn Kopfnüsse Gleb an seinen dummen, überheblichen Schädel zu hauen. Als Lehre. Lunjok mochte es nicht, wenn jemand sich überschätzte und meinte, er wisse über alle Bescheid.

»Kein Mann, sagst du? Und wir wetten um zehn Kopfnüsse? Paß auf, das kann noch weh tun!«

»An deinem Barinow ist das einzig Männliche seine entzündete Prostata.« Gleb zerdrückte mit Ingrimm seine Zigarette im Aschenbecher und zündete sich sofort die nächste an. »In solchen Dingen irre ich mich nicht, und nicht du wirst mir, sondern ich werde dir eine schmerzhafte Lehre erteilen, Lunjok.«

Aus seiner Schnapslaune heraus hatte Lunjok Gleb dann die bewußte Kassette vorgespielt. Glebs Gesicht hatte sich plötzlich verzerrt, er wurde blaß und murmelte kaum hörbar vor sich hin: »So ein Aas!«

»Wen meinst du?« fragte Lunjok.

»Na, wen schon«, erwiderte Gleb achselzuckend und schluckte nervös, »deinen Barinow natürlich. Wegen dieses blöden Wichsers hab ich meine Wette verloren. Sag mal, wann ist das aufgenommen worden?«

»Ist noch nicht lange her«, flunkerte Lunjok, um die Wirkung zu erhöhen, »vor etwa einem Jahr.«

In Wahrheit war der Film mindestens vier Jahre alt.

»Was sind das für Mädchen?« fragte Gleb gleichgültig, als interessiere ihn das eigentlich nicht weiter.

»Was spielt das für eine Rolle? Da sieht doch eine wie die andere aus.«

»Wechselt er sie aus oder hat er immer dieselben?«

»Wieso fragst du? Bist du scharf auf die Mädels?« fragte Lunjok verwundert. »Hast du nicht genug eigene?«

»Mach dich nicht lustig. Ich frage ja nur. Um von anderen zu lernen.«

»Sehr lobenswert.« Lunjok klopfte ihm auf die Schulter.

»Man lernt nie aus. Es wird dir noch nützen, wenn du in die Jahre kommst. Aber denk dran, das ist ein teures Vergnügen. Eins seiner Mädchen war so eine Art feste Freundin und hat ihm jeden Monat rund fünf Riesen aus der Tasche gezogen. Über die zweite weiß ich nichts. Im Unterschied zu dir habe ich nicht vor, daraus etwas zu lernen. Mir macht's keinen Spaß für Geld, erst recht nicht zu dritt.«

In der Sauna hatte man mit versteckter Kamera gefilmt, die Qualität der Bilder war nicht besonders gut. Barinows Gesicht tauchte mehrmals in Großaufnahme auf, damit im Falle des Falles keine Zweifel bestanden. Aber die Mädchen waren recht verschwommen geraten. Man sah nur, daß sie nackt waren, die eine kräftig und mollig, die andere sehr schlank, noch ein ganz junges Ding.

Gleb schwieg eine Weile, starrte angespannt auf den Bildschirm und platzte dann heraus:

»Ein Klasseporno. Leihst du ihn mir zum Überspielen?«

Das hatte er natürlich nur im Scherz gesagt. Aber obwohl Lunjok schon ziemlich betrunken war, registrierte er doch, daß es kein besonders gelungener Scherz war. Er schaltete den Videorecorder aus und zählte Kalaschnikow die gewonnenen Kopfnüsse an dessen kräftiger Stirn ab.

Später, als er wieder nüchtern war, bedauerte Lunjok, ihm den Film gezeigt zu haben. Es gab genug Material gegen Barinow. Einige seiner Karten hatte Lunjok ihm sofort aufgedeckt, auf andere spielte er gelegentlich an, aber diese, die Trumpfkarte, hielt er für den Notfall in Reserve. Lunjok wußte aus Erfahrung, daß man auf einen Menschen nicht zuviel Druck ausüben darf, sonst wird er nervös und macht Dummheiten.

Nun stellte er sich die Frage: Hatte Gleb Kalaschnikow sich vielleicht, hitzig und impulsiv wie er war, verplappert und Barinow von der Kassette erzählt?

Erst vor kurzem war der Justizminister mit viel Getöse von seinem Posten geflogen. Im Fernsehen hatte man seinen nackten Hintern gezeigt. Genau wie Barinow hatte er sich gern mit Mädchen in der Sauna vergnügt und auch nicht daran gedacht, daß man ihn filmen könnte. Der Skandal um den Minister hatte auf den Präsidentenberater sicher starken Eindruck gemacht.

Barinow hätte Gleb wohl kaum wegen irgendwelcher unbewiesener Äußerungen beseitigen lassen. Aber vielleicht wegen der Kassette? Gleb Kalaschnikow war nie ein Idiot gewesen. Er hätte Barinow sicher nicht nur aus einer Alkohollaune und aus unbegründeter Eifersucht Informationen über derart gefährliches kompromittierendes Material verraten. Hatte er womöglich versucht, den Präsidentenberater hinter Lunjoks Rücken zu erpressen? Um irgendwelche Vorteile für sich selbst herauszuschlagen? Um seinen Drohungen Nachdruck zu verleihen, hätte er Barinow vorflunkern können, daß die Kassette sich nicht bei Lunjok, sondern bei ihm, in einem Geheimfach, befände.

»Ein Klasseporno. Leihst du ihn mir zum Überspielen?« Lunjok hatte diesen Satz noch deutlich im Ohr. Gleb hätte ohne weiteres eine Kopie für sich machen können. An jenem Abend war er auf dem Sofa im Wohnzimmer eingeschlafen, hatte geschnarcht wie ein Sägewerk. Man hatte ihn dort bis zum Morgen schlafen lassen, direkt neben dem Fernseher und dem Videorecorder. Lunjok hatte genug Kassetten, ganze Regale voll, darunter viele unbespielte. Er hätte eine nehmen und alles, was er wollte, überspielen können, die notwendige Technik war vorhanden. Den Film mit dem nackten Hintern des Herrn Barinow hatte an jenem Abend niemand mehr aus dem Recorder genommen und in den Safe gelegt.

* * *

Valentina Kornejewa, Nachtschwester in der Gerontologischen Abteilung des Gannuschkin-Institutes für Psychiatrie, hatte große Schwierigkeiten mit einer ihrer Patientinnen. Die alte Frau war am Vormittag eingeliefert worden, ihr Zustand war eigentlich nicht besonders ernst. Aber um drei Uhr nachts kam die Patientin Guskowa in den Flur, beugte sich über den kleinen Tisch, an dem die Schwester saß, faßte sie an der Schulter und flüsterte:

»Meine Enkelin ist verhaftet worden, sie steht unter Mordverdacht. Ich muß mit dem Untersuchungsführer sprechen.«

»Morgen früh kommt der Stationsarzt, er wird darüber entscheiden«, sagte die Schwester, »jetzt mußt du schlafen. Es ist schon spät.«

»Ich kann nicht schlafen. Rufen Sie die Miliz an, sagen Sie, man soll Sie mit der Petrowka verbinden, es geht um einen Mordverdacht. Ich will eine wichtige Aussage machen. Meine Enkelin ist unschuldig. Mir ist etwas eingefallen.«

»Geh schlafen, Oma, nimm die Tablette hier, und morgen kommt dann der Arzt, der wird sich um alles kümmern.«

»Nein.« Die Oma ließ sich nicht beruhigen. »Ich kann hier nicht schlafen. Im Krankensaal stinkt es furchtbar, ich will nach Hause. Rufen Sie an, man soll Olga entlassen, sie muß mich hier rausholen.«

Die Patientin randalierte nicht, sie benahm sich ruhig und sprach ganz vernünftig. Auf dem Krankenblatt hieß es, sie leide an altersbedingtem Schwachsinn, aber es gibt bekanntlich verschiedene Stufen von Schwachsinn. Die Guskowa war noch ganz gut beieinander.

Es gelang der Schwester, sie wieder zurück in den Krankensaal und ins Bett zu bringen. Aber etwa zwei Stunden später hörte man im Flur schlurfende Schritte. Die Schwester lag auf der Couch im Ärztezimmer und war gerade im Begriff einzunicken, da stand plötzlich die Patientin Guskowa wie ein Gespenst in der Tür.

»Ich verlange, daß Sie die Miliz anrufen. Die Petrowka.

Ich habe mein ganzes Leben in der Volksbildung gearbeitet, ich bin eine Veteranin der Arbeit, mir wird man Gehör schenken. Die Verpflegung hier ist schlecht, ich werde nicht satt und ich kann nicht schlafen, im Krankensaal wird zu laut geschnarcht. Ich bin keine Verrückte, ich bin Veteranin der Arbeit. Meine Tochter und mein Schwiegersohn waren bei der Armee, sie sind in Afghanistan im Dienst für den Weltfrieden ums Leben gekommen. Ich habe nur die eine Enkelin. Sie studiert an der Universität und hat niemanden umgebracht. Ich will nach Hause«, flüsterte die Oma und sah die Schwester mit kläglichem, erschrockenem Blick an.

Im Unterschied zu den meisten ihrer Kollegen hatte sich die Kornejewa das Mitleid mit ihren Patienten bewahrt. Besonders bedauerte sie die stillen Omas, vernünftige wie diese Guskowa. Sie schreit ja nicht, im Gegenteil, sie flüstert, sie weiß, es ist Nacht, und bemüht sich, die anderen nicht zu wecken. Dabei ist sie sehr erregt. Vielleicht ist ihr wirklich etwas Wichtiges eingefallen? Besser, man betäubt sie nicht mit Medikamenten, sonst vergißt sie es. Es stimmt ja, die Enkelin, ihre einzige Verwandte, ist unter Mordverdacht verhaftet worden. Womöglich ist sie wirklich unschuldig? Sie wird zu Unrecht verurteilt, ist ja alles schon vorgekommen, und die Großmutter geht im Krankenhaus vor die Hunde.

»Na, dann erzähl mir doch mal, was passiert ist«, bat sie, weniger aus Neugier als aus Mitleid. »Was wirft man deiner Enkelin denn vor? Wie heißt sie eigentlich?«

»Olga. Sie wird des Mordes verdächtigt. Aber Ihnen kann ich nichts darüber erzählen. Es handelt sich um vertrauliche Informationen, die nur für die Ermittler bestimmt sind.« Die Oma schnaufte vielsagend und funkelte mit den Augen. »Natürlich weiß ich, wie spät es ist. Ich werde bis zum Morgen warten. Ich bin nicht verrückt. Aber Olga hat es nicht getan. Sie ist die Tochter eines Offiziers. Zweier Offiziere. Ihre Mutter war Militärärztin, eine Kollegin von Ihnen. Sie als Medizinerin müssen mich doch verstehen.«

»Ich verstehe dich ja«, versicherte die Schwester, »ich verstehe dich nur zu gut. Mein Ältester war auch eine Zeitlang in Afghanistan. Nur ganz kurz, bevor der Krieg zu Ende war. Gott sei Dank ist er gesund und munter. Er ist allerdings nicht bei der Armee, er arbeitet als Kameramann beim Fernsehen. Ja, ja, so ist das, Oma. Aber jetzt ist es Zeit zu schlafen. Der Morgen ist klüger als der Abend. Komm, meine Liebe, ich bringe dich ins Bett.«

»Ich verlange eine Unterredung mit dem Untersuchungsführer!« wandte sich die Patientin Guskowa an den Stationsarzt, als er zur morgendlichen Visite den Krankensaal betrat.

»Gewiß doch«, pflichtete ihr der junge Arzt bei. »Wie fühlen Sie sich?«

»Gut. Mir ist eine wichtige Sache eingefallen. Meine Enkelin ist unschuldig, sie muß freigelassen werden. Ich bin Veteranin der Arbeit, war mein ganzes Leben in der Volksbildung tätig. Meine Tochter und mein Schwiegersohn haben in der Armee gedient, als Offiziere, sie sind in Afghanistan gefallen. Meine Tochter war Militärärztin, eine Kollegin von Ihnen, Doktor. Sie sind verpflichtet, meiner Bitte Gehör zu schenken. Ich bin nicht verrückt. Es soll schnellstens jemand von der Miliz herkommen, ich kann wichtige Angaben zum Fall machen. Meine Enkelin muß freigelassen werden. Sie soll kommen und mich hier rausholen. Es ist sehr eilig, Doktor.«

»Natürlich, natürlich, regen Sie sich nur nicht auf ...«

Der Arbeitstag des Stationsarztes Michail Gontschar war bis zum Rand mit hektischer Betriebsamkeit gefüllt. Er fand keine Zeit, in Ruhe zu essen, nicht einmal eine Zigarettenpause konnte er einschieben. Seine Patienten waren schwierig, jede Oma hatte ganz dringende Bitten; es gab zu wenig Personal, das Gehalt kam nicht pünktlich, es mangelte an Spritzen, an Medikamenten, sogar an Watte. Mit allen Problemen wandte man sich an ihn. Ihm schwirrte der Kopf. Schon seit zwei Jahren kam er mit seiner Dissertation nicht voran, seine Frau war schwanger, das Geld reichte hinten und vorn nicht, er wußte nicht, wie es weitergehen sollte. Die übergeschnappten Omas mit ihren Forderungen und hysterischen Anfällen konnten einen unmerklich um den Verstand bringen.

Am Ende seines Arbeitstages schloß sich Michail Gontschar völlig müde und erschöpft in seinem Büro ein, ließ sich in seinen Sessel fallen und steckte sich eine Zigarette an. Ausgerechnet in diesem Moment schrillte das Telefon.

»Guten Tag, entschuldigen Sie die Störung, hier ist Tschernow, Untersuchungsführer der Städtischen Staatsanwaltschaft. In Ihre Abteilung hat man eine Patientin namens Iwetta Tichonowna Guskowa eingeliefert.«

»Ja, die gibt es«, erwiderte Gontschar mechanisch.

»Sagen Sie doch bitte, wie geht es ihr?«

»Ist das eine dienstliche Anfrage? Oder sind Sie ein Verwandter?«

»Dienstlich kann man nicht direkt sagen. Ich rufe auf die Bitte ihrer Enkelin hin an.«

»Richten Sie der Enkelin aus, daß es ihr gut geht«, sagte Gontschar immer noch mechanisch.

Er war derart kaputt, daß er nur noch einen Wunsch hatte – wenigstens ein paar Minuten still zu sitzen, sich zu entspannen und an nichts zu denken.

»Danke«, kam aus dem Hörer die Antwort.

Guskowa – das ist die, die am Montag eingeliefert wurde. Ja, richtig, ihre Enkelin ist ja unter Mordverdacht verhaftet worden, erinnerte sich Gontschar, nachdem er aufgelegt hatte. Heute morgen hat sie doch irgendwas dahergeschwatzt, von einem Untersuchungsführer, den sie sprechen wollte. Wahrscheinlich hätte ich ihm das sagen müssen. Aber andererseits, die Alte kann ja sonstwas zusammenflunkern. Sie will nach Hause, wie alle Patienten. Ich muß hinterher die Verantwortung übernehmen, ihre Aussagen bestätigen und ihre Zurechnungsfähigkeit prüfen. Als hätte ich nicht genug zu tun!

* * *

Jegor Barinow gingen die Haare erst spät aus, dann aber sehr rasch. Er mochte seinen grauen Igelkopf, der kurze männliche Haarschnitt stand ihm gut, aber als er auf die Fünfzig zuging, begann die rosa Kopfhaut verräterisch durchzuschimmern. Kein Wundermittel wollte helfen. Gegen das Alter gibt es keine Arznei, es schleicht sich heimlich und unbemerkt an. Jeden Tag ein paar Haare weniger, ein paar Fältchen mehr, und es wird immer schwieriger, den Bauch einzuziehen und sich geradezuhalten.

Mit seinen dreiundfünfzig Jahren war Jegor Barinow ein noch junger Politiker und ein vitaler, geistig reger und attraktiver Mann. Aber sich selbst kam er schon uralt vor. Alle Illusionen waren verflogen, seine Wünsche waren grob und primitiv – Geld, Macht, Frauen. Er fühlte sich wie ein altes Raubtier, dessen Krallen stumpf und dessen Zähne wacklig geworden waren. Erfahrung, Instinkt, Appetit, alles war da. Aber die Kräfte gingen zur Neige.

Manchmal wachte er mitten in der Nacht schweißgebadet auf, wälzte sich in trüber Panik von einer Seite auf die andere. Sein Leben rollte vor ihm ab wie die Landschaft hinter einem Zugfenster. Die flüchtigen, leichten, bunten Augenblicke suchte er mit aller Macht festzuhalten. Jetzt, wo er über fünfzig war, fühlte er mit der scharfen Trauer eines Wolfes, wie wenige solcher Augenblicke ihm noch geblieben waren. Und die Zukunft hielt nichts mehr bereit, nur den Tod.

Schlaflos wälzte er sich hin und her, quälte sich schwitzend in grundloser Panik durch den größten Teil der Nacht, schlummerte erst gegen Morgen ein und wurde von dem durchdringenden Klingeln des Telefons geweckt.

»Schläfst du?« fragte ihn eine vertraute spöttische Stimme. »Wir müssen uns treffen. Ich erwarte dich in einer Stunde im Büro.«

Jegor Barinow schaute auf die Uhr. Gerade erst sieben, mußte das denn sein!

»Aber ... ich habe Termine. Geht es nicht abends?«

»Deine Termine können warten. Es ist eilig.«

Im Hörer ertönte das Freizeichen. Barinow schmerzte vor Anspannung der Nacken. Es war Sonntagvormittag, er hatte gar keine Termine. Er hatte das nur gesagt, um zu testen, wie wichtig und gefährlich das bevorstehende Gespräch war. Die Antwort ließ keinen Zweifel – es war etwas passiert. Einfach so, ohne Anlaß, würde Valera Lunjok nicht in aller Herrgottsfrühe anrufen und in einem Tonfall, der keinen Widerspruch zuließ, mit ihm reden. Auch wenn Lunjok ein »Dieb im Gesetz« war, so war er doch kein unhöflicher Rüpel.

Der coffeinfreie Kaffee schmeckte nach gar nichts. Zwei Aspirintabletten befreiten ihn von den Nackenschmerzen, aber die Zerschlagenheit blieb, wanderte gewissermaßen vom Kopf in die Seele. Er setzte sich ans Steuer seines eleganten Mercedes und versuchte sich zu beruhigen und zu entspannen.

Was Lunjok als »Büro« bezeichnet hatte, war eine zweistöckige Villa, die er sich in der Nähe des Sokolniki-Parks im pseudorussischen Stil hatte bauen lassen. Von der Straße, einer ruhigen, etwas schmuddeligen kleinen Gasse, war die Villa durch eine dicke Betonmauer abgeschirmt. Kein Namensschild, dafür zwei Videokameras und ein Wachhäuschen.

Lunjok begrüßte Barinow mit einem lässigen Kopfnicken.

»Schlecht siehst du aus, Jegor Nikolajewitsch. Kommst du nicht zum Schlafen?« stichelte er. »Hast du immer noch Spaß am jungen Fleisch?«

Lunjok selber sah hervorragend aus. Schlank, frisch und

glattrasiert saß er in einem tiefen Ledersessel und schlürfte mit einem Strohhalm Orangensaft direkt aus der Packung.

»Wovon redest du, Valera, was für junges Fleisch? Aus dem Alter bin ich heraus, die Mädchen wollen schon lange nichts mehr von mir wissen.« Barinow versuchte gleich von Anfang an dem Gespräch einen spielerisch-freundschaftlichen Ton zu geben, doch sein Lächeln wirkte aufgesetzt, seine Stimme klang heiser und dumpf.

»Nur keine falsche Bescheidenheit«, sagte Lunjok und fixierte Barinow mit seinen kalten graugelben Augen. »Wie alt du bist, weiß ich, und über die Mädchen weiß ich auch Bescheid.«

»Hast du mich etwa um diese Zeit aus dem Bett geholt, um über Mädchen zu reden?« fragte Barinow augenzwinkernd, bemüht, möglichst locker zu wirken. Aber sein Herz klopfte unangenehm.

»Darauf kommen wir auch noch zu sprechen«, sagte Lunjok. »Übrigens, ich hab da eine komische Sache gehört. Wie es aussieht, hattest du mal eine Affäre mit der Frau von Gleb Kalaschnikow? Du bist wirklich ein Hansdampf in allen Betten.«

Was für ein Unfug, dachte Barinow verärgert, er hat mich doch wohl nicht so früh aus dem Schlaf gerissen, um mit mir über längst verflossene Liebschaften zu reden? Blödsinn! Worauf will er dann hinaus?

»Lieber Himmel, Valera, du wirst noch ausgraben, mit wem ich's im ersten Semester an der Uni getrieben habe.«

»Wenn nötig, ja.« Die graugelben Augen saugten sich an Barinows Gesicht fest.

Barinow hielt dem durchdringenden, harten Blick tapfer stand, dachte aber insgeheim, ein solcher Blick sei vermutlich viel schädlicher als alle Röntgenstrahlen.

»Ich begreife nicht ganz, worauf du anspielst, Valera«, sagte er und lehnte sich in dem Polstersessel bequem zurück. »Komm zur Sache.«

»Zur Sache? Du bist mir in letzter Zeit etwas allzu sachlich und geschäftig geworden.« Lunjok kniff die Augen zusammen. »Engagierst Killer, ohne mich vorher zu fragen. Übrigens war es ein miserabler Killer. Die Bullen haben ihn schon erwischt. Du warst doch nicht etwa wieder zu knausrig?«

»Das kapier ich nicht«, sagte Barinow, und das entspannte Lächeln verschwand von seinem Gesicht, »was für ein Killer?«

»Guten Morgen!« Lunjok breitete ausdrucksvoll die Arme aus. »Gleb Kalaschnikow ist doch wohl deine Arbeit, oder? Keine Angst, wir sind hier unter uns.«

»Was, Kalaschnikow ist ermordet worden?« fragte Barinow und merkte, wie sein rechtes Auge verräterisch zu zucken begann.

»Du hast also nicht mal nachgeprüft, ob dein Auftrag ausgeführt wurde.« Lunjok schüttelte den Kopf. »Du hast dir mit deinem Regierungsposten wirklich zuviel Arbeit und Verantwortung aufgehalst.«

»Glaubst du etwa ernsthaft, ich hätte Kalaschnikow umbringen lassen?«

»Wer sonst?«

»Wieso ich?«

»Hattest du mit Kalaschnikow vor einem Monat eine Unterredung? Antworte – ja oder nein?«

»Ja.«

»Hat er dich gebeten, seiner ›Assoziation des freien Films‹ den Status einer nichtkommerziellen kulturellen Organisation zu geben?«

»Aber ich …«

»Ja oder nein?«

»Ja. Aber ich habe es höflich abgelehnt. Ich habe ihm freundlich erklärt, daß ich ein solches Risiko nicht eingehen kann. Mit Film hat sein Verein wenig zu tun, das ist purer Kommerz, völlig unbeleckt von jeder Kultur. Sie wollen bloß ihre Sachen herunterkurbeln, ohne dafür Steuern zu zahlen. Das konnte ich nicht machen ... Es wäre über kurz oder lang aufgeflogen. Du weißt ja, wie scharf die Steuerfahndung jetzt ist.«

»Du redest mir zuviel«, sagte Lunjok mit gerunzelter Stirn, »immer wenn du nervös bist, redest du zuviel. Hat Gleb sich danach mit dieser Bitte noch einmal an dich gewandt? Ja oder nein?«

»Nein.«

»Und warum hast du dann trotzdem die Steuerfreiheit für ihn durchgesetzt?«

»Ich bin von jemand anderem darum gebeten worden.«

»Von wem?«

»Anweisung von ganz oben.« Barinow hob seine Augen vielsagend zur Decke.

»Interessant, wirklich interessant, Jegor. Soll das heißen, Gleb hat direkt beim Präsidenten angeklopft?« spottete Lunjok. »Paß auf, daß du dich nicht in deinen eigenen Lügen verhedderst.«

»Was hat Gleb damit zu tun? Soweit ich weiß, hat Generalmajor Ufimzew das in die Wege geleitet. Und überhaupt begreife ich nicht, wie du auf den blödsinnigen Gedanken kommen kannst, ich hätte Kalaschnikow ermorden lassen! Was hat dich bloß gestochen?«

Die »Assoziation des freien Films« beschäftigte sich hauptsächlich mit Schönheitswettbewerben, Werbespots und dem Casting von männlichen und weiblichen Striptease-Tänzern. Es war tatsächlich ein reines Kommerzunternehmen, das mit Film nichts zu tun hatte, noch dazu ein reichlich anrüchiges. Aber Kalaschnikow senior war mit dem stellvertretenden Minister Ufimzew seit langem eng befreundet. Gut möglich, daß der Generalmajor sich für Einzelheiten nicht weiter interessiert hatte.

Lunjok wußte, daß derartige Gespräche manchmal in der Banja oder auf dem Tennisplatz geführt wurden. Bei passender Gelegenheit konnte der Volkskünstler dem Volksgeneral die Ohren vollgejammert haben, daß das Finanzamt den Unternehmern keine Luft zum Atmen lasse und sie mit Steuern erdrücke. Deshalb gebe es in Rußland auch kein richtiges nichtkommerzielles Kino, weil die Bürokratie es bereits im Ansatz ersticke. Und der General hatte dann seinerseits bei einem ähnlichen Gespräch in ungezwungener Atmosphäre, beim Tennis zum Beispiel, ein entsprechendes Wort zum Präsidenten gesagt und sich dabei auf den allseits geschätzten und beliebten Konstantin Kalaschnikow bezogen. So entstand eine Kette, die man kaum mehr nachprüfen konnte.

Aber Barinow durfte man auch nicht aufs Wort glauben. Er war etwas zu bleich geworden, die Hände zitterten verräterisch. Vielleicht hatte er sich diese schlaue Kette gerade eben erst ausgedacht? Er schwitzte ja schon vor Anspannung. Aber von der Kassette schien er nichts zu wissen.

»Und was ist mit der hehren Kultur? Wo bleiben deine Prinzipien? Oder hat Gleb dir vielleicht einen gehörigen Schreck eingejagt? Er war ja ein großer Spezialist, was Mädchen anging. Und was das Filmen betrifft, auch.«

Die Anspielung rief keinerlei Reaktion hervor. Lunjok war sich noch nicht sicher, ob er schon mit dem wichtigsten Argument herausrücken sollte. Wenn Barinow nichts von der Kassette wußte, war es vielleicht besser, diesen Trumpf noch zurückzuhalten.

»Was haben die Mädchen damit zu tun?« fragte Barinow und schluckte krampfhaft.

Erst jetzt fiel Lunjok auf, daß das rechte Augenlid des Präsidentenberaters ständig zuckte.

»Die Mädchen, Jegor, sind immer mit im Spiel. Du bist ja bekanntermaßen ein großer Schürzenjäger! Und alle Schürzenjäger verbrennen sich früher oder später die Finger an den Mädchen.«

»Na, dein Kalaschnikow war in der Beziehung auch nicht

gerade ein Waisenknabe«, bemerkte Barinow vollkommen ruhig. »Vielleicht hat genau das ihn den Hals gekostet.«

»Du hast Gleb wohl nicht besonders gemocht«, sagte Lunjok und kniff die Augen zusammen. »Du magst die Menschen grundsätzlich nicht. Nur dich selber. Die Mädchen hast du auch nie geschont, hast ganz junge Dinger reihenweise flachgelegt. Da konnte Gleb nicht im entferntesten mithalten!«

»Jetzt hör mir mal zu.« Barinow wurde böse und erhob die Stimme. »Was quälst du mich ohne Ende? Ich habe Kalaschnikow nicht ermordet. Wozu sollte ich lügen? Wozu? Gut, zuerst habe ich seine Bitte nicht erfüllt, und dann habe ich sie doch erfüllt. Aber wieso folgt daraus, daß ich ihn umgebracht habe? Gab es außer mir vielleicht nicht genügend Leute, die seinen Tod gewünscht haben?«

»Ich zumindest sehe vorläufig keinen außer dir. Ich wiederhole es noch einmal, falls du noch nicht begriffen hast. Gleb hat dir sehr nachdrücklich gedroht. Und du hast ihm für seine ›Assoziation‹ den Status der Steuerfreiheit beschafft. Aber die Drohung blieb bestehen. Du hast gespürt, er wird dich jetzt bis aufs Hemd ausziehen. Und daraufhin hast du beschlossen, ihn zu beseitigen, um fortan keine Probleme mehr mit ihm zu haben.«

»Was soll er mir denn angedroht haben? Etwa ein Duell, wegen der alten Geschichte mit Katja? Damals war sie ja sowieso noch nicht mit ihm verheiratet, und außerdem ist das mittlerweile acht Jahre her. Das ist doch wirklich lächerlich.«

Lunjok hielt plötzlich ein Funktelefon in der Hand. Er wählte aus dem Kopf rasch eine Nummer. Es dauerte eine ganze Weile, bis sich jemand meldete. Dann sprach Lunjok plötzlich mit einer völlig anderen Stimme und in ganz anderem Tonfall.

»Guten Morgen, Konstantin Iwanowitsch. Entschuldigen Sie, wenn ich Sie geweckt habe. Wie geht es Ihnen?« sagte er sanft und ehrerbietig. »Ja, ich verstehe … Aber was soll man tun? Nein, regen Sie sich nicht unnötig auf … Den kriege ich, und wenn ich ihn aus dem Grab buddeln muß … Ich hätte eine Frage, Herrn Ufimzew betreffend. Erinnern Sie sich zufällig, ob Sie mit ihm über die ›Assoziation des freien Films‹ gesprochen haben? Nein, es ist nichts Ernstes. Ich muß nur ein paar Dinge klären … Ach, tatsächlich? Es wurde davon gesprochen? Ja, ich verstehe. Ja, natürlich. Wenn Sie irgendwelche Hilfe brauchen … Aber nicht doch, Konstantin Iwanowitsch, das ist nicht nötig … Bis morgen.«

Lunjok drückte auf den Knopf, warf das Handy achtlos aufs Sofa und zündete sich eine Zigarette an. Er schwieg eine ganze Ewigkeit, blies den Rauch in Ringen aus und blickte Jegor Barinow, ohne zu blinzeln, in die Augen.

»Gut«, preßte er schließlich durch die Zähne, »du hast gesagt, du hast heute vormittag Termine? Dann kannst du jetzt zu deinen Terminen fahren.«

»Danke.« Barinow grinste sarkastisch. »Das heißt, du hast alles überprüft und geklärt? Was bildest du Bürschchen dir eigentlich ein? Ich könnte dem Alter nach dein Vater sein.«

»Nun fahr doch nicht gleich aus der Haut. Das schadet der Gesundheit und der Potenz«, – Lunjok zwinkerte ihm vergnügt zu –, »Pappi.«

Kapitel 20

Katja öffnete die Augen und schaute auf die Uhr. Halb fünf. Sonderbar, daß so früh das Telefon klingelte. Man sollte den Ton abschalten und einfach nicht drangehen. Die letzten Gäste waren erst um halb zwei gefahren. Danach hatte sie zusammen mit Shannotschka die Wohnung aufgeräumt. Mein Gott, wie entsetzlich müde sie war!

Ohne den Kopf zu wenden, tastete Katja nach dem Handy auf dem Nachttisch und drückte auf den Knopf.

»Ja, bitte.«

»Schläfst du, junge Witwe?«

Die gleiche Stimme. Nur der Tonfall ein wenig anders. Sie mußte aufstehen und rasch das Diktaphon anschließen.

»Sweta? Wo bist du? Deine Mutter macht sich große Sorgen um dich.«

»Na und? Mach dir lieber Sorgen um dich selbst, Dörr-Giselle.«

»Warum hast du das Geld nicht abgeholt?« fragte Katja.

»Das geht dich nichts an.«

»Und wieso rufst du jetzt an?«

Sie hatte mittlerweile das Licht angemacht, das Diktaphon vom Regal genommen und ans Telefon angeschlossen.

»Ich wollte wissen, ob du endlich rausgekriegt hast, wer ich bin«, sagte die heisere Stimme im Hörer.

»Du hörst ja, Sweta Petrowa, ich hab's rausbekommen«, seufzte Katja müde, »hängt dir das alles nicht langsam zum Hals heraus?«

»Nein, tut es nicht. Wenn du richtig geraten hättest, würde ich dich in Ruhe lassen. Aber du hast dich geirrt, Orlowa. Ich heiße keineswegs Sweta.«

»Na schön. Und was weiter?«

»Nichts.«

»Sag mal, warum hast du den BH in die Bademanteltasche gesteckt?« fragte Katja plötzlich zu ihrer eigenen Überraschung.

»Den BH? Ach richtig, und ich wunderte mich schon, wo er geblieben ist. Aber das war ein ganz altes Ding, ist nicht schade drum. Weißt du, dein Mann hat mich immer selber ausgezogen, das gefiel ihm. Beim letzten Mal hatte er schon den Bademantel an, er kam gerade aus dem Bad. Na, so ist das halt passiert, mit dem BH. In der Eile hat er ihn in den Bademantel gestopft. Er konnte es nicht mehr abwarten. Was bist du so still, junge Witwe? Gefällt dir, was ich erzähle?«

»Sehr. Sprich nur weiter.«

»Fortsetzung folgt.« Ein kurzes Lachen, dann wurde aufgelegt.

Katja schaltete das Diktaphon ab. Sie zitterte derart vor Kälte, daß sie sich nicht konzentrieren konnte. Sie nahm das erste Teil, das ihr in die Hände geriet, aus dem Kleiderschrank, einen dicken Pullover von Gleb, den er immer zu Hause getragen hatte, zog ihn über ihr Nachthemd und warf sich noch ein großes flauschiges Tuch um. Erst dann ging sie zur Kommode und zog die oberste Schublade auf. Sie wollte sich sofort die Kassette mit der Aufzeichnung des früheren Gesprächs anhören.

Das Timbre, die Intonation war ähnlich. Aber irgend etwas stimmte nicht. Es klang nachgemacht, wie eine Parodie. Allerdings mußte man das Original gut kennen, um so parodieren zu können. Sweta war nur eine verbitterte, tief unglückliche Frau mit einem unangenehmen Charakter und kranken Nerven gewesen. Diese hier war erheblich klüger, konsequenter, härter. Sie versuchte, Katja zu manipulieren. Wahrscheinlich hatte sie auch Sweta manipuliert. Wozu? Solange Gleb noch am Leben war, wollte sie vermutlich ihre Ehe auseinanderbringen und ihn selber heiraten. Ein durchaus verständliches Ziel. Aber was wollte sie jetzt?

Es konnte doch wohl kaum noch eine dritte Beteiligte an diesem ganzen klebrig-boshaften Idiotismus geben. Es gab nur zwei. Die erste von den beiden war Sweta Petrowa. Das stand fest. Die zweite war nicht Olga. Das war ebenfalls offensichtlich, denn sie konnte ja wohl nicht gut um halb fünf Uhr morgens aus der Zelle des Untersuchungsgefängnisses anrufen. Andererseits war jetzt, bei diesem letzten Gespräch, eindeutig auf Olga angespielt worden. Wußte die neue Anruferin noch nicht, daß Olga verhaftet war? Sie wußte es nicht, hoffte aber sehr darauf, konnte es gar nicht mehr abwarten. Sie wollte Katja dazu bringen, mit dem Untersuchungsführer zu sprechen und vor den Gesetzesvertretern ihre schmutzige private Wäsche samt Büstenhaltern, magischen Holzspänen und nächtlichen Anrufen auszubreiten.

Sie durfte keine vorschnellen Schlüsse ziehen. Bis jetzt waren das alles nur unbewiesene Vermutungen. Aber eins war klar. Wenn diese Parodistin wollte, daß Katja den Untersuchungsbehörden von ihr erzählte, so durfte sie genau das vorerst nicht tun. Und wenn auch nur aus dem einen Grund – weil diese Frau es so sehr wünschte.

* * *

Jegor Barinow wurde wieder von Schlaflosigkeit gequält. Diesmal jedoch setzten ihm keine abstrakten Ängste zu, nicht das schmerzhaft-brennende Gefühl der verrinnenden Zeit. Der Anlaß für seine Unruhe war sehr real. Während er sich hin und her wälzte, ging er zum x-ten Mal das Gespräch mit Lunjok durch. Aber er kam zu keinem Ergebnis.

Warum hatte Lunjok die längst vergangene Affäre mit Katja Orlowa erwähnt? Was für ein Interesse hatte er daran? Und welchen Zusammenhang mit dem Mord an Kalaschnikow konnte es da geben?

Katja war schon mit zwanzig für die Rolle einer kleinen Geliebten zu klug und zu kompliziert gewesen. Aber etwas anderes konnte er ihr nicht anbieten. Und so hatte er es vorgezogen, mit etwas Einfacherem vorliebzunehmen – mit der Masseurin Sweta.

Die fünf stürmischen Jahre, die er mit Sweta und ihren verschiedenen Freundinnen verbracht hatte, waren wie im Rausch verflogen und vergessen. Wenn er ehrlich war, hatte er auch keine große Lust, sich genauer daran zu erinnern. Nicht, weil es ihm peinlich gewesen wäre, aber in diesem ganzen ausgelassenen Wirbel gab es nichts, woran er sich hätte festhalten können, alles vermischte sich zu einem formlosen, feuchten, kichernden Klumpen nackter Körper. In der Sauna waberte heiße Luft, das Wasser im Bassin gluckerte widerlich und fast schon obszön, und der süßliche Geruch nach französischem Kognak, Schweiß und fettigem Make-up stand im Raum.

Aber vor allem drängte sich ihm mit Übelkeit erregender Deutlichkeit ein Bild auf: die dicke, schlampig aussehende Frau auf seinem Küchenhocker, mit aufgeknöpfter Bluse, ihre weiße, nackte, schwere Brust, noch lebendig, aber von der Verwesung schon berührt.

Er hatte sich damals wie ein Schwein benommen, hatte sie weggejagt, ihr kein Geld gegeben und auch seinen Bekannten, den Chirurgen im Onkologischen Zentrum, nicht angerufen, obwohl er es versprochen hatte. Er hatte Angst bekommen – womöglich verfiel der Chirurg später auf die Idee, ihm das Ergebnis der Operation mitzuteilen und vom Zustand der Patientin zu berichten. Oder er könnte sich bei einem Gespräch in lockerer Runde plötzlich verplappern und erzählen, daß Jegor Barinow ihn wegen irgendeiner Sweta Petrowa angerufen hätte. Sweta Petrowa? Wer ist das? Was hat sie mit Jegor Barinow zu tun? Ach, eine Masseurin? Aha, diese Masseurinnen kennen wir.

Barinow kroch aus dem Bett, ging fröstelnd in die Küche, öffnete den Kühlschrank und nahm eine Packung Milch heraus. Warme Milch mit Honig wirkt beruhigend wie ein Schlafmittel. Während die Milch in der Mikrowelle erhitzt wurde, versuchte er mit all seiner Willenskraft die unangenehmen Erinnerungen aus seinem Kopf zu vertreiben und andere zu wecken – zarte, romantische.

Es hatte ja auch das gegeben: herbstliche Wälder auf dem Lande, dünnbeinige wilde Fohlen, Sirtaki-Klänge, eine biegsame, fliegende zierliche Gestalt, zarte Finger, schokoladenbraune Augen. Nur diese idiotische Neujahrsnacht störte das Bild.

Die Mikrowelle klingelte, die Milch war heiß. Er trank sie mit vorsichtigen kleinen Schlucken.

Die alte, fast schon vergessene Beziehung zu Katja Orlowa hatte vor nicht allzulanger Zeit eine kurze, unerwartete und völlig einseitige Fortsetzung gefunden.

Im vergangenen Winter hatte er sich außer der Reihe eine Erholungspause auf Teneriffa gegönnt. Dort gibt es hoch in den Bergen, über den Wolken, am Krater eines erloschenen Vulkans ein einsames Gasthaus, wo kaum jemand wohnt. Zu dem Krater führt eine gefährliche Serpentine, selbst neugierige Touristen verirren sich selten dorthin. Es gibt dort nur das Gasthaus und eine verlassene lutheranische Kirche. Ringsum keine Menschenseele, nur Himmel, reine Bergluft, ewiger Frühling und eine solche Schönheit, daß es einem den Atem nimmt.

Barinow träumte schon lange davon, dort ein paar Tage zu verbringen, und als er merkte, daß er nervlich angeschlagen war, beschloß er, sich mit Schönheit und völliger Einsamkeit zu kurieren.

Er war so müde, daß er niemanden mitnehmen wollte. Er kaufte sich ein Ticket, setzte sich ins Flugzeug, mietete sich dann auf dem Flughafen einen Wagen und fuhr zum Pico del Teide empor, dreitausendsiebenhundert Meter über dem Meeresspiegel.

Die Strecke war schwierig und gefährlich. Die verschlafenen spanischen Dörfer mit ihren menschenleeren, kopfsteingepflasterten Gassen und den herrenlosen Fahrrädern vor den winzigen Bars wurden immer seltener, die Serpentine stieg immer steiler an, wurde ganz schmal und verlief in so scharfem Zickzack, daß es ihm flau im Magen wurde. Dichter Nebel hüllte den Wagen mit milchweißen Schwaden ein, bei jeder scharfen Wendung stockte ihm einen Moment das Herz, im Bewußtsein, wie schrecklich hoch über dem Erdboden er sich in völliger Einsamkeit bewegte. Tief unten waren das Meer, das bunte Urlaubstreiben und die kleinen Würfel der Hotels zurückgeblieben.

Über den Wolken schien die Sonne, der Weg führte durch einen Buchenwald. Die dreihundert Jahre alten Bäume wuchsen unmittelbar an der schmalen Chaussee und stießen mit ihren festen, frischen Blättern an die Autofenster. In der dünnen reinen Luft wirkten die Farben anders, intensiver, das von der Sonne durchstrahlte Grün leuchtete smaragden. Das Licht wurde heller, die Schatten dichter und dunkler.

Dann kamen erkaltete vulkanische Lava, braun wie geronnenes Blut, spärliches trockenes Gebüsch und eine absolute, grandiose Leere und Stille.

Das Zimmer in dem halbleeren einsamen Gasthof war gar nicht teuer. Barinow aß in dem gemütlichen kleinen Restaurant mit Appetit zu Abend und fühlte sich, als er vorm Schlafengehen zu den riesigen, strahlendhell funkelnden Sternen am schwarzen Himmel emporblickte, um zwanzig Jahre jünger.

Die beiden ersten Tage schlief er lange, freute sich am Nichtstun, an der Stille und der durchsichtigen Bergluft. Am dritten Tag machte er nach dem Mittagessen einen Spaziergang, ging in die verlassene, hallende Kirche und blieb wie versteinert stehen. Vor dem Altar, den Kopf weit zurückgelegt, um die zerbrochenen Buntglasfenster zu betrachten, stand Katja Orlowa.

Er staunte. Aber weniger über die unverhoffte Begegnung als über seine plötzliche Freude. Wenn er überhaupt jemandem an diesem schönen, menschenleeren Ort begegnen wollte, dann wohl nur ihr, Katja. Sie paßte hierher, fügte sich gewissermaßen in die herrliche Landschaft ein und sah in ihrem blaßblauen Kleid aus leichtem, wehendem Material unglaublich schön aus.

Sie begrüßte ihn verwundert, freundlich, schob ihn sanft zurück, als er sie umarmen wollte.

»Jegor? Was für ein merkwürdiger Zufall. Ich bin gestern mit Gleb hier angekommen, für eine Woche, wir wohnen im Hotel in Los Cristianos, an der Küste. Gleb ist am Strand geblieben, um sich zu sonnen, und ich wollte mir den Vulkan ansehen.«

»Und du bist ganz allein diesen gefährlichen Weg hochgefahren? Ach, Katja, wie ich mich freue! Wie lange habe ich dich nicht gesehen! Freust du dich auch? Wenigstens ein bißchen?«

»Ein bißchen schon«, sagte sie lächelnd. »Bist du mit deiner Frau hier?«

»Nein, allein. Ich habe mir für eine Woche freigenommen, ich war völlig erledigt. Erzähl mal, wie geht es dir?«

Sie verließen die Kirche, gingen die Chaussee hinunter, ein gutes Stück, bis zu dem Buchenwald. Er merkte gar nicht, daß er ununterbrochen redete und sich lebhaft über sein schweres, verwickeltes Leben beklagte, über seine Schlaflosigkeit, über die kalte, ihm fremd gewordene Ehefrau, mit der er vor kurzem noch aufwendig Silberhochzeit gefeiert hatte, darüber, daß er mit niemandem reden konnte, obwohl er den ganzen Tag lang Gespräche führte, daß niemand ihn verstünde, ihn bedaure, ihn liebe.

»Ich weiß, dein Kalaschnikow ist auch nicht gerade ein Geschenk. Wenn du damals nicht weggelaufen wärst ... das war ein ganz dummer Zufall, und du hast mich nicht einmal anhören wollen.«

»Laß doch die alten Geschichten, Jegor«, sagte Katja stirnrunzelnd, »das ist schon so lange her, daß es gar nicht mehr wahr ist.«

»Doch, es ist wahr, vielleicht ist es das einzig Wahre in meinem Leben gewesen. Und in deinem auch. Du warst noch so jung und so radikal und konntest überhaupt nicht verzeihen. Mittlerweile hast du es wahrscheinlich gelernt?«

»Ja, das habe ich. Aber darum geht es gar nicht. Wir hätten uns ohnehin früher oder später getrennt. Es war alles etwas zu romantisch. Natürlich wäre es besser gewesen, wir hätten uns unter anderen Umständen getrennt. Aber was macht das jetzt noch für einen Unterschied?«

»Ich hatte danach so viele Weibergeschichten, so viele ... Wahrscheinlich bist du daran schuld. Es hätte sich für uns beide ganz anders fügen können, aber du hast mir nicht verziehen, und da bin ich völlig über die Stränge geschlagen ... Jetzt, wo ich langsam alt werde, hängt mir das alles zum Hals raus, es kotzt mich an, entschuldige den groben Ausdruck.«

Sie warf einen Blick auf ihre Uhr.

»Jegor, laß uns zurückgehen, hier wird es früh dunkel. Ich möchte noch im Hellen zurück sein.«

Er drehte sich abrupt zu ihr um, faßte sie bei den Schultern, zog sie zu sich und flüsterte ihr heiser und verzweifelt ins Gesicht: »Bleib doch.«

Sie schüttelte rasch seine Hände von den Schultern, trat einen Schritt zurück und sagte leise: »Nein.«

»Aber warum denn nicht? Du kannst doch sagen, du hast es nicht gewagt, über die Serpentine zurückzufahren. Es wird wirklich früh dunkel, du kannst von hier aus im Hotel anrufen, und man wird es ihm ausrichten. Ich bitte dich, bleib. Ich habe über deinen Mann Sachen gehört, Sachen, ich mag sie gar nicht wiederholen, so widerlich. Die Welt ist klein, wir haben viele gemeinsame Bekannte.

»Du brauchst sie auch gar nicht zu wiederholen«, unterbrach ihn Katja.

Ohne ein weiteres Wort lief sie rasch über den kleinen Pfad zur Chaussee zurück. Er konnte kaum mit ihr Schritt halten, redete aber immer weiter davon, wie wunderbar alles hätte sein können, damals vor acht Jahren, wenn sie ihm verziehen hätte, und wie wunderbar es jetzt sein würde, wenn sie bliebe. Er begriff selbst nicht recht, wieso er das alles sagte, aber er spürte, wenn sie jetzt ginge, würden ihn wieder die schlaflosen Nächte quälen, in denen er sich schweißgebadet im Bett wälzte. Davor schützten ihn weder seine beruflichen Erfolge noch die wechselnden sexuellen Abenteuer.

Je mehr sie sich dem kleinen Parkplatz des Gasthauses näherten, desto trostloser kam Barinow sein wohlsituiertes, an Eindrücken reiches Leben vor.

»Laß uns doch wenigstens noch einen Kaffee an der Bar trinken.« Er faßte nach ihrer Hand. »Wir haben doch noch gar nicht richtig miteinander gesprochen.«

Er hoffte, Zeit zu gewinnen. Bald würde die Dämmerung kommen, und im Dunkeln über die schmale, vom Nebel feuchte Serpentine zurückzufahren war wirklich sehr gefährlich.

»Nein, Jegor. Für mich ist es Zeit.«

»Aber warum? Erklär mir doch, warum? So viele Jahre sind vergangen, wir könnten noch einmal von vorn beginnen, wir sind uns hier doch nicht zufällig begegnet. Das war Schicksal, geradezu mystisch ... Ich fühle mich elend und einsam, und du auch, das weiß ich. Falls du mir jetzt sagst, du betrügst deinen kostbaren Ehegemahl nicht, dann glaube ich dir kein Wort, entschuldige. Du bist auch keine Heilige.«

»Heilig bin ich nicht«, sagte Katja lachend, »aber sehr empfindlich.«

»Kannst du das bis heute nicht vergessen? Aber das ist doch lächerlich, du bist doch ein erwachsener Mensch.«

»Jegor, willst du über eine Beziehung sprechen, die es schon seit acht Jahren nicht mehr gibt?« Sie nahm die Autoschlüssel aus ihrer Handtasche.

»Sag mir doch wenigstens, in welchem Hotel du wohnst«, bat er und legte die Hand auf die Autotür.

»Wozu?«

»Ich steige morgen von den Bergen herab, nehme mir irgendwo in Los Cristianos ein Zimmer und liege dann noch drei Tage lang ein bißchen in der Sonne und schwimme. Es wäre doch dumm, wenn wir so nah beieinander wohnen, ohne uns zu sehen. Also in welchem Hotel bist du? Keine Angst, ich werde dich nicht mehr mit solchen dummen Gesprächen nerven.«

»Das Hotel heißt ›Los Chaletos‹. Und jetzt mach's gut, Jegor. Ich hab mich sehr gefreut, dich wiederzusehen.«

Sie setzte sich schnell ans Steuer und schlug die Autotür zu. Er blieb stehen, sah ihrem kleinen roten Renault nach und merkte sich das Kennzeichen – für alle Fälle.

Den Rest des Tages verbrachte er in neuer, angenehmer, fast jugendlicher Erregung. In der Nacht schlief er ruhig und fest. Zeitig am nächsten Morgen bezahlte er seine Rechnung, frühstückte ausgiebig, setzte sich in seinen Wagen und fuhr hinunter zum Meer, in den kleinen Badeort Los Cristianos. Er dachte nicht darüber nach, ob es richtig war, was weiter sein würde. Er hatte nur einfach den überwältigenden Wunsch, Katja zu finden und sie noch einmal zu sehen.

Das Hotel »Los Chaletos« erwies sich als Fünf-Sterne-Luxusherberge, eins der teuersten Hotels im Ort. Natürlich, ein Snob wie Kalaschnikow würde nicht irgendein x-beliebiges Zimmer nehmen. Obwohl die fünf Sterne sich von den vier Sternen und sogar von drei Sternen nur durch das seriösere Aussehen des Portiers, Springbrunnen im Foyer und den Preisen an der Bar und im Restaurant unterscheiden. Barinow nahm sich ein Einzimmerappartement und erblickte Katja fast sofort am hoteleigenen Strand. Sie kam gerade aus dem Wasser, ging mit vorsichtigen Schritten über den heißen Sand, schüttelte ihr nasses Haar und schaute blinzelnd den Strand entlang. Ohne nachzudenken, ergriff Barinow sein großes Frotteebadetuch und rannte ihr, im heißen Sand einsinkend, wie ein kleiner Junge entgegen.

Kalaschnikow hatte sich in einem Liegestuhl ausgestreckt, schlürfte Bier aus der Dose und blätterte träge in einer Illustrierten. Er bemerkte seine Frau genau in dem Augenblick, als der schlanke ältere Mann sie umarmte und ihr sein Badetuch um die Schultern legte. Das gefiel ihm nicht. Er sprang auf, um dem Flegel eine saftige Abfuhr zu geben, und erkannte Barinow. Das gefiel ihm noch weniger.

Ziemlich bald merkte Barinow, daß seine Anwesenheit auf das zerbrechliche Eheglück, das hier, auf der warmen Insel Teneriffa, repariert werden sollte, eine verheerende Wirkung hatte. Die beiden waren hergekommen, um sich zu versöhnen, aber stattdessen zerstritten sie sich noch mehr. Gleb litt, wie die meisten untreuen Ehemänner, unter pathologischer Eifersucht, war aber sorgsam bemüht, das zu verbergen, und litt deshalb erst recht.

Barinow setzte ein strahlendes Lächeln auf und tat, als träfe er seine Moskauer Bekannten im Hotelrestaurant beim Frühstück oder am Strand oder auf dem Tennisplatz rein zufällig. Er war galant, von ausgesuchter Höflichkeit und sehr bemüht, sich mit seinem Benehmen von Glebs mürrischer Grobheit scharf abzusetzen.

Kalaschnikow gab deutlich zu verstehen, daß ihm die Gesellschaft des alternden Politikers, der mit Katja einmal – auch wenn das schon lange her war – eine sehr enge Beziehung gehabt hatte, überhaupt nicht paßte. Das Widerlichste war, daß alles sich durchaus im Rahmen von Sitte und Konvention bewegte und er keinen Anlaß fand, etwas zu beanstanden. Gleb wußte sehr gut: wenn er den Rivalen direkt zur Rede stellte, würde ihn der schlaue Barinow als kompletten Idioten abstempeln, sowohl vor Katja wie auch später in Moskau vor ihren gemeinsamen Bekannten. So etwas konnte er gut. Er würde lachend erzählen, wie Kalaschnikow vor Eifersucht mit den Zähnen geknirscht hätte, kaum daß sich jemand seiner Frau ein paar Schritte näherte, und es würde nicht wenige Leute geben, die sich über ihn, Gleb, mit Vergnügen lustig machen würden.

Die unmißverständlichen Blicke, mit denen Barinow

Katja vom Kopf bis zu den Füßen musterte, reizten Kalaschnikow bis zur Weißglut. Er konnte sich kaum beherrschen, wenn Barinow seiner Frau die Hand küßte. Er küßte sie nämlich nicht nur einfach, der Schuft, er glitt mit den Lippen langsam über ihre Finger.

Kaum hatten sie sich in irgendeinem Restaurant an den Tisch gesetzt, erschien unweigerlich Barinow, setzte sich unaufgefordert dazu, erzählte Witze, noch dazu recht unterhaltsam, und Katja lachte. Später im Hotel ließ Gleb seine Wut an ihr aus, machte ihr abstoßende Szenen, warf ihr alles mögliche vor. Dabei wußte er sehr gut, daß er im Unrecht war, aber das brachte ihn nur noch mehr auf.

Barinow gefiel dieses Spiel, er spürte nicht, daß er übers Ziel hinausschoß, allzu aufdringlich wurde und Katja die langersehnte Urlaubswoche verdarb. Er erkundigte sich beim Portier danach, bis wann sie das Zimmer gebucht hatten. Das kostete ihn zwanzig Dollar. Er tauschte sein Ticket um, damit er gemeinsam mit ihnen zurückfliegen konnte. Das kostete ihn hundertfünfzig Dollar.

Je offener Kalaschnikow grob zu ihm war, desto mehr kam Barinow in Fahrt. Niemals zuvor hatte er solche Spielchen gespielt. Aber wie sich nun herausstellte, regte ihn das an, brachte sein Blut auf angenehme Weise in Wallung und förderte einen tiefen, gesunden Schlaf. Er erriet, daß Kalaschnikow seiner Frau Szenen machte. Aber um so besser. Sie erschien immer häufiger ohne seine Begleitung.

»Jegor, bist du es nicht langsam leid?« fragte sie ihn einmal, als er sie zum wiederholten Mal im Foyer traf.

»Wieso sollte ich es leid sein? Hier ist es doch großartig«, sagte er lächelnd und küßte ihr die Hand. »Schade, daß nur noch ein Abend geblieben ist. Übrigens wäre es nicht schlecht, wenn wir ihn zusammen verbringen könnten. Ich sehe dir an, daß ihr euch wieder gestritten habt. Laß uns gemeinsam zu Abend essen.«

»Jegor, ich bitte dich dringend, laß uns in Ruhe. Ich sehe

ja, das alles amüsiert dich. Dir gefällt es, Gleb zu ärgern. Aber muß das sein? Ich wollte mich so gern erholen, ich hatte nur diese eine Woche, und jetzt ist aus dem Urlaub der reinste Alptraum geworden. Entschuldige, aber ich habe nicht viel Zeit. Morgen fliegen wir ab, ich muß noch ein paar Geschenke und Souvenirs kaufen.« Sie wandte sich zum Ausgang.

Barinow faßte sie beim Arm.

»Nein, Katja, so geht das nicht. Demnächst zwingt er dich noch, verschleiert zu gehen. Ein richtiger Othello ist er, ein orientalischer Tyrann! Du bist eine junge schöne Frau, und wir sind schließlich alte Bekannte.«

»Jegor, ich möchte mit dir nicht über meinen Mann reden, das ist mir unangenehm.«

Später in Moskau begriff Barinow selber, daß er zu weit gegangen war. Wenn Kalaschnikow es wollte, konnte er ihm gründlich schaden. Es lohnte sich nicht, ihn zu reizen. Aber es hatte ihn einfach zu heftig gejuckt.

Das Moskauer Leben nahm wieder seinen gewohnten Lauf, und sehr bald hatte Barinow die warme Insel Teneriffa genauso vergessen wie Katja Orlowa und ihren eifersüchtigen Ehemann.

Vor einem Monat hatte er Gleb Kalaschnikow in der Kantine der Staatsduma wiedergetroffen. Dort war es leer, die Abgeordneten waren in die Sommerferien gefahren. Barinow dachte sich, diese Begegnung sei ein guter Anlaß, die unangenehme Spannung, die sich zwischen ihm und dem Casinobesitzer im Winter auf Teneriffa aufgebaut hatte, aus der Welt zu schaffen. Mit Lunjoks Leuten stand man besser auf freundschaftlichem Fuß als sie gegen sich zu haben.

Kalaschnikow schien ebenfalls vergessen zu haben, wie er auf Teneriffa mit den Zähnen geknirscht hatte. Barinow kam es sogar so vor, als freue er sich über die Begegnung. Sie plauderten freundlich und ungezwungen miteinander, wie gute alte Bekannte, und tauschten ein paar neue Anekdoten aus.

Geschickt und unaufdringlich brachte Kalaschnikow das Gespräch auf die Steuerprobleme, und Jegor Nikolajewitsch begriff, warum der Casinobesitzer so wenig nachtragend war. Er mußte dringend, im Laufe weniger Tage, für seine »Assoziation des freien Films« den Status einer kulturellen Organisation bekommen. Für Kalaschnikow, einen knallharten Geschäftsmann, waren materielle Fragen wichtiger als persönliche Leidenschaften und männliche Eitelkeiten. Das war ganz normal – andernfalls eignet man sich nicht fürs Business.

Im Prinzip konnte Barinow helfen, er hätte es auch gern getan, nur nicht jetzt. Er bemühte sich nämlich gerade für einen anderen Unternehmer und versuchte dessen Geschäft von der Steuerbürde zu befreien. Derartige Freundesdienste kann man ohne Risiko nicht allzuoft erweisen, so etwas geht nur in größeren zeitlichen Abständen. Daher schlug er Kalaschnikow vor, bis zum Herbst zu warten, dann werde man weitersehen. So verblieben sie und trennten sich ganz friedlich voneinander. Danach löste sich dann das Problem mit der »Assoziation« ganz von selbst, auf eine Weisung von oben, und Barinow unterschrieb alle nötigen Papiere ganz locker und mit reinem Gewissen.

Jetzt aber, nachdem Kalaschnikow ermordet worden war, geriet Barinow seltsamerweise auf die Liste der Tatverdächtigen. Lunjok war niemals übertrieben mißtrauisch gewesen. Er würde Barinow nicht grundlos verdächtigen, er mußte dafür stichhaltige Gründe haben. Offenbar hatte jemand ihn angeschwärzt. Wer? Warum? Und was am wichtigsten war – wie?

Barinow war ein vernünftiger, nüchterner Mensch, der genau wußte, daß viele ihn nicht mochten. Wenn er sich an jeden einzelnen hätte erinnern wollen, der dafür konkrete Gründe hatte, kostete ihn das eine Menge Zeit. Der einzige

Mensch, der etwas Klarheit in diese Angelegenheit bringen konnte, war Katja Orlowa. Sie könnte vielleicht etwas wissen. Mit ihr mußte er sprechen.

Kapitel 21

Iwan Kusmenko fuhr nur deshalb in die Besboshnyj-Straße zur Bar »Zum Weißen Kaninchen«, weil er ein gewissenhafter Mensch war und eine Sache gern zu Ende brachte. Er hatte so gut wie keinen Zweifel, daß der Besuch der Bar wie auch das Gespräch mit dem Wachmann und dem Kassierer der rund um die Uhr geöffneten Geldwechselstelle, die in der Nacht vom vierten auf den fünften September Dienst gehabt hatten, eine Verschwendung von Zeit und Kraft war. Selbst wenn man annahm, daß jemand Olga Guskowa in der Mordnacht zufällig gesehen hatte, war das noch lange kein seriöses Alibi, genauer gesagt, sogar ein sehr zweischneidiges. Von der Besboshny-Straße bis zum Haus in der Mestschanskaja-Straße waren es nicht mehr als sieben Minuten zu Fuß.

Das »Weiße Kaninchen« stellte sich als kleines, nicht allzu teures Etablissement heraus. Solche gemütlichen, fast familiären Bars und Cafés gibt es in Moskau nur sehr wenige, man findet sie in stillen Seitenstraßen, hauptsächlich in den alten Vierteln im Zentrum. Die schicken ausländischen Autos zieht es nicht dorthin, es gibt dort keine farbigen Portiers in Uniform, keinen roten Teppich vor dem Eingang. Man hält auch keine Frischlinge und Bärenjungen zur Belustigung der Besucher. Es gibt keine nächtliche Disco, keine Erotikshow, es finden auch keine Schießereien zwischen feindlichen Banden statt. Allenfalls gibt es dort ein Aquarium mit Goldfischen und einen Pianisten, der leise Improvisationen auf alte russische Romanzen spielt. Es ist gemütlich, ruhig, das Essen schmeckt, und vor allem ist es weder teuer noch gefährlich. Es sind Orte für Kenner, für Liebhaber der guten Küche, die sich einfach nur entspannen wollen, ohne mit Hundertdollarscheinen um sich werfen und sich in Szene setzen zu müssen.

Was Olga Guskowa als Hof bezeichnet hatte, entpuppte sich als ein kleiner Platz vor dem Eingang zur Bar. Auf beiden Seiten standen unter mickrigen Pappeln Bänke. Sitzen konnte man nur auf einer, von den anderen dreien waren nur die Rückenlehnen geblieben.

Die beiden Kellner, der Barmixer, der Oberkellner, der Türsteher – alle, denen der Major das Foto von Olga Guskowa zeigte, versicherten einstimmig, sie hätten dieses Mädchen noch nie gesehen.

»An eine solche Schönheit würde ich mich bestimmt erinnern«, sagte der kecke junge Türsteher, »wann, sagen Sie, soll sie auf der Bank gesessen haben? Am vierten? Nein, hab ich nicht gesehen.«

»Du hast ja am vierten auch gar nicht gearbeitet«, mischte sich die Putzfrau ein, eine kräftige, noch jugendlich wirkende Frau um die sechzig. »Lassen Sie mich mal sehen.« Sie nahm dem Major das Farbfoto aus der Hand und betrachtete es lange und aufmerksam. »Ein schönes Mädchen, wie auf einer Postkarte. Ich glaube«, – sie überlegte eine Weile –, »ich habe sie gesehen. Bestimmt sogar. Nur wann das war – das weiß ich nicht mehr.«

»Haben Sie am vierten abends gearbeitet?« fragte Kusmenko.

»Ja.«

»Bis wann?«

»Also, gewöhnlich komme ich zweimal, um elf Uhr vormittags, bevor aufgemacht wird, wir machen um eins auf, und dann noch mal abends gegen zehn. Tagsüber mache ich in der Bar sauber, und abends sehe ich nach den Toiletten. Schon vor Ladenschluß, vor zwei Uhr. Am vierten … lassen Sie mich überlegen. Was für ein Wochentag war das? Donnerstag? Ja natürlich, da hat Grischa an der Tür gestanden. Es waren nicht viel Leute da, das heißt, es war auch nicht viel zu tun. Die Nacht war warm und trocken. Ich bin ein paarmal auf die Vortreppe gegangen, um zu rauchen. Ja, jetzt fällt es mir wieder ein! Ich stand mit Grischa am Eingang, wir rauchten, und da haben wir dieses Mädchen gesehen.«

»Um wieviel Uhr?« fragte Kusmenko gespannt. »Bitte versuchen Sie sich zu erinnern, wenigstens annähernd.«

»Ich hatte keine Uhr um, sprechen Sie lieber mit Grischa. Er wird sich daran besser erinnern als ich«, sagte die Putzfrau.

»Das werde ich ganz bestimmt tun«, versicherte Kusmenko und dachte, viel wird wohl nicht dabei herauskommen.

»Wissen Sie, da war ein junger Mann, der hat sich zu ihr gesetzt«, sagte die Putzfrau plötzlich freudig. »Deswegen habe ich es auch nicht vergessen. Das Mädchen war so wunderschön, aber gekleidet war es ganz ärmlich. Grischa hat sie bemerkt und wollte sie schon fortjagen. Er dachte, vielleicht ist das eine Prostituierte, die sich hierher verlaufen hat und Ausschau nach einem Kunden hält. Eine Anfängerin. Aber ich hab gesagt, Warte, Grischa, laß sie in Ruhe. Das ist keine Nutte. Das sieht man sofort, auf den ersten Blick. Wer weiß, vielleicht wartet sie hier auf jemanden? Ja, und dann tauchte dieser junge Bursche auf. Ich sag noch zu Grischa, guck mal, den scheucht sie jetzt weg. Der wird nicht viel Glück bei ihr haben, Sie verstehen, was ich meine?«

»Ja«, sagte Kusmenko, »und war es so?«

»Nein.« Die Frau schüttelte den Kopf. »Sie hat nicht einmal zu ihm hinübergesehen. Sie saß da so traurig und still, mit einem uralten Rucksack auf den Knien.«

»Können Sie den jungen Mann beschreiben, der sich zu ihr gesetzt hat?«

»Was heißt beschreiben, ich kenn ihn ja. Edik, der Wachmann von der Geldwechselstelle. Seine Schicht ist um zwölf zu Ende, manchmal kommt er zu uns zum Essen.«

Schon heißer, dachte Kusmenko. Wenn dieser Edik um zwölf Uhr Schluß gemacht hat, könnte er kurz nach Mitternacht neben Olga auf der Bank gesessen haben. Der Schuß ist um null Uhr dreißig gefallen. Aber selbst wenn sie erst zehn Minuten vor dem Schuß von hier zur Meschanskaja losgerannt ist, hatte sie noch genug Zeit.

Der Major war selber nicht froh über seine Gewissenhaftigkeit. So viel sinnlose Lauferei. Auf die Minute genau würde man die Ereignisse der Nacht doch nicht rekonstruieren können.

Der Wachmann Edik war an seinem Arbeitsplatz. Grischa wohnte in der Nähe und war zu Hause. Beide erkannten Olga auf der Fotografie und bestätigten die Erzählung der Putzfrau. Edik konnte die Zeit ziemlich genau angeben.

»Um zwölf war meine Schicht zu Ende. Der Kollege, der mich ablöste, kam etwa zehn Minuten zu spät. Ich hab mit ihm noch etwa drei Minuten geschwatzt. Das heißt, dieses Mädchen habe ich so zwischen viertel nach und zwanzig nach zwölf gesehen.«

»Haben Sie versucht, mit ihr ins Gespräch zu kommen?«

»Also, ich mache grundsätzlich keine Bekanntschaften auf der Straße, aber die habe ich zum zweiten Mal vor der Bar bemerkt. Am Mittwoch hatte sie auch dort gesessen. Beim ersten Mal habe ich gedacht, sie wartet auf jemanden. Ich bin an ihr vorbeigegangen, mir ist nur aufgefallen, daß sie ungewöhnlich hübsch war. Eine richtige Schönheit, aber angezogen wie eine alte Frau oder eine Nonne. Und als ich am Donnerstag kam, saß sie wieder da. Da bin ich hingegangen und hab gefragt, Sie warten nicht zufällig auf mich? Einfach zum Scherz. Aber sie hat mich überhaupt nicht beachtet. Ich hab mich neben sie gesetzt, gefragt, brauchen Sie nicht einen Beschützer? Haben Sie keine Angst, so spät nachts, ganz allein? Sie schweigt, guckt nicht mal zu mir rüber. Ich hab gedacht, vielleicht ist sie taub oder nicht ganz bei Trost. Hätte ja sein können. Wieso wollen Sie das eigentlich alles wissen? Hat sie etwa jemanden auf dem Gewissen?«

»Ja, mich. Ich war sofort hin und weg«, sagte Kusmenko lächelnd.

»Also gut«, seufzte Untersuchungsführer Tschernow, als Kusmenko ihm vom Ergebnis seines Besuchs im »Weißen Kaninchen« berichtete, »lohnt es sich, eine Gegenüberstellung zu veranlassen? Was meinst du?«

»Was soll dabei herauskommen? Wenn die Bar am anderen Ende von Moskau läge, wenn der Kollege dieses Edik nicht zehn, sondern zwanzig Minuten zu spät gekommen wäre – dann ja. Aber so – nach null Uhr zwanzig hat sie dort niemand mehr gesehen. Sie konnte sofort losrennen, bis zur Mestschanskaja laufen und schießen. Ist doch durchaus möglich, oder?«

»Ja, möglich schon«, sagte Tschernow, »andererseits wußte sie ja nicht, wann die Kalaschnikows nach Hause kommen würden, und wenn sie den Mord schon vorher geplant hat, hätte sie sich wohl kaum vor der Bar herumgetrieben. Dann hätte sie direkt im Hof gewartet.«

»Vielleicht wollte sie ja gerade in Wartestellung gehen, und im selben Moment kamen sie schon. Sie wußte ja von der Premiere, konnte sich denken, daß es danach noch ein Essen geben würde. Die beiden haben sich ja tatsächlich früher als alle anderen verdrückt. Sag mir lieber, was hast du für ein Gefühl, war sie es oder nicht?«

»Gefühl«, wiederholte Tschernow spöttisch. »Wenn sie es nicht war, stehen wir dumm da. Aber Beweise haben wir in rauhen Mengen. Das ist mein Gefühl.«

* * *

»Mir war klar, Igor, daß niemand dieser armen Alten zuhören würde. Niemand interessiert sich dafür, wie immer.« Valentina Kornejewa goß ihrem Sohn und sich selbst Tee ein und schnitt ein paar Stücke von ihrem geliebten Vanillekuchen mit Rosinen ab.

In Gesprächen mit Bekannten und Kollegen beklagte sich Valentina oft darüber, daß ihr ältester Sohn Igor mit seinen vierzig Jahren immer noch unverheiratet war. Der jüngere, Schurik, hatte früh geheiratet, mit einundzwanzig, und wohnte schon lange in einer eigenen Wohnung am anderen Ende von Moskau. Bei ihm war alles in bester Ordnung, Gott sei Dank, eine kluge Frau, zwei Kinder, das dritte war unterwegs. Aber der älteste Sohn war immer noch Junggeselle und lebte bei der Mutter. Im Grunde ihrer Seele jedoch hatte Valentina schreckliche Angst, Igor könne eines Tages doch noch eine fremde Frau ins Haus bringen.

Jetzt, nachdem sie nach einer Vierundzwanzig-Stunden-Schicht nach Hause gekommen war, erholte sich Valentina allmählich von der Arbeit. Igor hatte für sie einen wunderbaren Borschtsch gekocht und ihren Lieblingskuchen gekauft. Sie hatte schon gar keine Lust mehr schlafen zu gehen, so schön war es, mit dem Sohn zusammen in der Küche zu sitzen, Tee zu trinken und sich leise zu unterhalten.

»Und deswegen überlege ich, ob ich nicht selber den Untersuchungsführer anrufen soll.« Valentina biß ein Stück von dem Kuchen ab und nahm einen Schluck Tee. »Allerdings weiß ich nicht, an wen ich mich eigentlich wenden muß. Gontschar möchte ich nicht fragen, das ist mir peinlich. Er ist noch so jung und immer in Hetze. Er würde sagen, was geht's dich an, Valentina? Die Frau redet irre, und du spitzt auch noch die Ohren. Steck deine Nase nicht ungebeten in fremde Angelegenheiten. Und ich möchte nicht kurz vor der Pensionierung noch Ärger mit dem Chef bekommen. Aber andererseits tut mir diese Guskowa leid. Die geht im Krankenhaus zugrunde. Und die Enkelin tut mir auch leid. Womöglich ist das Mädchen ja wirklich unschuldig? Und das ist vielleicht ihre letzte Chance, der rettende Strohhalm ... Was rätst du mir, Igor, was soll ich tun?«

Igor hörte ihr nur mit halbem Ohr zu und schielte die ganze Zeit zum Fernseher, der mit ausgeschaltetem Ton lief. In einigen Minuten sollte eine Reportage kommen, die ein Kollege gedreht hatte.

»Warte, Mama, das hab ich nicht verstanden. Was für eine Enkelin? Was für ein Strohhalm?«

»Du hörst mir überhaupt nicht zu«, seufzte seine Mutter.

»Verzeih, Mama. Erzähl noch mal von Anfang an, der Reihe nach.«

»Am Montag ist bei uns eine alte Frau mit Altersschwachsinn eingeliefert worden. Das kann ganz verschiedene Symptome haben, manche Patienten begreifen überhaupt nichts mehr. Aber bei dieser Guskowa ist es nicht die schwere Form, sie kann zusammenhängend reden, halluziniert nicht und kann sich gut orientieren. Alles in allem eine ganz rüstige Oma. Ihre Enkelin ist unter Mordverdacht verhaftet worden. Sie studiert an der Universität Philosophie, ist also weder Alkoholikerin noch drogensüchtig.«

»Woher weißt du, daß es an der philosophischen Fakultät keine Alkoholiker und Drogensüchtigen gibt?« fragte Igor müde.

»Genau weiß ich das natürlich nicht«, gab Valentina zu, »ich nehme es nur an. Wenn ich mir die Oma so ansehe ... Verstehst du, sie wohnen zusammen, andere Verwandte gibt es nicht. Und die Oma ist gepflegt, sauber, gut ernährt, so etwas sehe ich auf den ersten Blick. Wenn die Enkelin drogensüchtig wäre, würde sie sich wohl kaum so um die kranke alte Oma kümmern.«

»Ja, vielleicht«, sagte Igor nicht recht überzeugt.

»Diese Guskowa also ist mitten in der Nacht aufgewacht, kam zu mir und hat verlangt, ich solle sofort, auf der Stelle, die Miliz anrufen. Sie sagte, ihr wäre etwas Wichtiges eingefallen, und jetzt müsse man ihre Enkelin freilassen. Es kann natürlich sein, daß sie sich das alles nur ausgedacht hat. Zuerst wollte sie mir nichts erklären, hat den Untersuchungsführer oder irgend jemanden von der Petrowka verlangt. Ich habe sie beruhigt und ihr zugeredet, bis zum Morgen zu warten. Am Morgen kam Gontschar zur Visite, sie hat ihm denselben Sermon erzählt, daß sie den Untersuchungsführer sprechen muß, daß ihre Enkelin unschuldig ist und so weiter. Gontschar hat natürlich gar nicht richtig hingehört. Er hat auch so schon genug am Hals. Noch mehr Pflichten zu übernehmen und ein Gutachten über die Zurechnungsfähigkeit der Guskowa schreiben, das hätte ihm gerade noch gefehlt. Aber mir läßt die Geschichte einfach keine Ruhe. Ich habe abends, bevor ich gegangen bin, mit der Guskowa gesprochen und sie gebeten, wenigstens mir zu erzählen, was ihr eingefallen ist. Ich hatte Angst, sie könnte es sonst wieder vergessen. Und sie hatte es am Abend auch schon fast wieder vergessen. Sie war ganz matt und schläfrig, weil man ihr Haloperidol mit Aminasin verordnet hatte. Noch ein, zwei Spritzen, und sie hätte von gar nichts mehr gewußt. Ja, und dann hat sie es mir erzählt. Was meinst du, Igor, was soll ich tun?«

»Mama, ich verstehe den Kern der Sache nicht. Wen hat die Enkelin dieser Alten ermordet? Und warum? Und was ist der Alten denn eigentlich eingefallen?« fragte Igor zerstreut, ohne den Blick vom Bildschirm zu wenden.

»Du verstehst es nicht, weil du mir nicht zuhörst. Ist das ein Film von Smalzew?« Valentina blickte ebenfalls auf den Bildschirm. »Ja, das ist seine Handschrift, das sieht man gleich. Warum guckst du dir so was an, du verdirbst dir nur die Stimmung.«

»Da hast du recht, Mama.« Igor stand auf und schaltete den Fernseher aus. »Also, was ist mit deiner Oma?«

»Die Enkelin steht unter Mordverdacht.« Valentina seufzte tief auf und fing noch einmal von vorne an. »Am Montag ist sie verhaftet worden. Sie hatte ein Verhältnis mit einem verheirateten Mann, und angeblich hat sie ihn erschossen. Bei ihr zu Hause lag eine Pistole, die ihrem Vater gehört hatte, mit eingraviertem Namen. Ihr Vater war bei der Armee, bei den Grenztruppen, und ist in Afghanistan gefallen. Diese Pistole ist das wichtigste Beweisstück. Ihretwegen hat man das Mädchen verhaftet. Aber jetzt erinnert sich die Oma daran, daß ein Fremder in ihrer Wohnung war und die Schreibtischschublade geöffnet hat, eben die, in der immer die Pistole lag.«

Igor hörte seiner Mutter zum ersten Mal wirklich aufmerksam zu. Der Name hatte ihn stutzig gemacht – Guskowa. Diesen Namen hatte er doch noch kürzlich irgendwo gehört. Aber die Geschichte von der Alten und der Pistole war Unsinn, krauses Zeug.

»Mama, was redest du? Denk mal nach, das sind doch Hirngespinste.« Igor stand vom Tisch auf und reckte sich. »Laß uns ins Bett gehen, es ist schon spät. Vergiß das ganze Zeug. Ein Unbekannter, der zu ihr in die Wohnung kommt und vor ihren Augen die Schublade aufzieht, in der die Pistole liegt! Wieso läßt sie einen Fremden ein und erlaubt ihm dann auch noch, in ihren Schubladen zu wühlen? Dein Gontschar hat ganz recht, daß er nicht bei der Miliz angerufen hat.«

»Wieso Hirngespinste?« Valentina Fjodorowna war ein wenig gekränkt. »Es war ja nicht einfach ein Unbekannter. Es war humanitäre Hilfe vom Komitee der Afghanistan-Veteranen. Ein Junge hat sie gebracht, ein ganz junges Bürschchen. Und dafür brauchte sie irgendwelche Papiere, ihr Rentenbüchlein oder die Todesurkunde. Olga, die Enkelin, war in der Universität. Und die Oma fühlte sich schlecht, sie hat

Bluthochdruck. Da hat der junge Mann gesagt, lassen Sie mich suchen, und hat die Schubladen aufgezogen. Nein, du irrst dich, wenn du das Hirngespinste nennst. Sie hat das alles sehr einleuchtend erzählt.«

»Wart mal«, Igor blieb mitten in der Küche stocksteif stehen und starrte seine Mutter an, »was hast du gesagt, wie heißt die Enkelin? Olga? Olga Guskowa ... Natürlich!« Er schlug sich laut klatschend vor die Stirn, griff nach dem Telefon und rief Artjom Siwolap an.

Artjom hüpfte geradezu im Sessel hoch, als er Igors Bericht hörte. Er brauchte nicht lange zu überlegen, wer Olga Guskowa war. Wenn jemand über solche Dinge Bescheid wußte, dann war es Artjom Siwolap. Damit verdiente er sich ja seinen Lebensunterhalt. Ihn hätte man mitten in der Nacht wecken können, und er hätte ohne zu stocken herbeten können, welches Filmsternchen bi, homo oder hetero war, wer gerade mit wem anbandelte, bei wem es in der Beziehung schon wieder kriselte, welches berühmte Paar sich demnächst scheiden lassen würde, wer wo seine Hochzeit plante, wieviel das Essen und das Brautkleid kosten würden, welche VIPs aus Showbusiness, Finanzwelt und Politik unter den geladenen Gästen waren.

Derartige Informationen zu bekommen war gar nicht mal so schwer. Oft sind die Stars selber nicht abgeneigt, Einzelheiten aus ihrem privaten und sogar sehr privaten Leben mitzuteilen. Popularität ist ein vergängliches Ding, heute hat man sie noch, aber morgen ist sie vielleicht schon dahin. Das Publikum hat ein kurzes Gedächtnis, man muß es mit pikanten Details, Tratsch, schmutzigen Skandalen wachhalten. Es ist nicht wichtig, was geredet wird, Hauptsache, es wird überhaupt geredet. Manche Gerüchte mußte man unbedingt zur Story machen, einiges präzisieren, anderes bewußt verschleiern. Dann wieder gab es Dinge, über die man besser noch schwieg und sie für einen geeigneteren Zeitpunkt aufhob. Manchmal, allerdings äußerst selten, erfuhr man auch zufällig pikante Geschichten, die man sofort und für alle Zeiten vergessen mußte. Siwolap spürte das immer intuitiv und hatte sich noch kein einziges Mal geirrt.

Von der Affäre Kalaschnikows mit einer unbekannten Philosophiestudentin, einem sonderbaren, ungeselligen Mädchen namens Olga Guskowa, das angezogen war wie eine Bettlerin, keinerlei Kosmetik benutzte und auf keiner Szeneparty anzutreffen war, hatte Siwolap schon vor langer Zeit Wind bekommen, lange vor dem Mord. Er hatte sogar einmal einen Abschnitt darüber in seiner wöchentlichen Kolumne »Psst!« gebracht, die er für ein Boulevardblättchen unter dem Pseudonym »Kater Murr« verfaßte.

Also diese merkwürdige Schöne hatte man unter Mordverdacht verhaftet! Das war ja ein Ding ... Artjom wurde vor Aufregung ganz kurzatmig.

»Hör mal, Igor, sag deiner Mutter, sie soll diese Oma in den Krankenhausgarten bringen, dann drehen wir schnell ein paar Einstellungen, das wird einfach super!« brüllte er ins Telefon. »Am besten gleich morgen früh!«

»Bist du völlig übergeschnappt? Das muß dem Untersuchungsführer mitgeteilt werden, oder wir müssen uns mit der Mordkommission in Verbindung setzen. Deswegen rufe ich dich ja auch an, du kannst doch sicher herausbekommen, wer die Untersuchung leitet. Die Zeit drängt. Die Oma kann alles vergessen, man hat ihr bereits Psychopharmaka gespritzt. Und für das Mädchen ist es vielleicht die letzte Chance. Sicher hat man schwerwiegende Beweise, wenn man sie bereits als tatverdächtig festgenommen hat, normalerweise braucht man doch nur zu unterschreiben, daß man am Ort bleibt.«

»Wenn wir diese Superstory sofort an die Bullen weitergeben, bringt das auch nichts. Die lassen uns nicht mehr in die Nähe der Alten. Laß uns zuerst unseren Film drehen, und danach ...«

»Nein, hab ich gesagt! Wenn du mir nicht helfen willst, dann laß es bleiben. Ich komme auch allein klar.«

»Dir helfen?« lachte Artjom nervös auf. »Dir persönlich kann das doch scheißegal sein. Was hast du davon? Verstehst du denn nicht, daraus können wir einen solchen Knaller machen, einen solchen ...«

»Nein, das verstehe ich nicht. Man wird das Mädchen verurteilen, und die Oma wird im Krankenhaus verfaulen.«

»Na und, was geht's dich an? Du hast weder diese Olga noch ihre Oma jemals gesehen, die sind doch völlig bedeutungslos für dich. Begreif doch, du Holzkopf, die Alte ist verrückt, ihre Aussagen sind einen Dreck wert. Du wirst mit deinem lächerlichen Pfadfinder-Enthusiasmus nicht die Bohne erreichen, aber mir drehst du den Sauerstoff ab. Ich habe schon so viel Zeit in diese Sache investiert ... Nebenbei bemerkt, wenn du nicht gewesen wärst, hätte ich aus diesem Penner bestimmt noch einiges herausgequetscht und auch die Orlowa noch erwischt. Ich hätte eben doch Smalzew mitnehmen sollen! Wenn man sich mit dir einläßt ...«

»Dann arbeite doch mit deinem Smalzew«, entgegnete Igor schroff, »mir steht dieser ganze Mist bis hier.«

Er warf den Hörer auf, fluchte laut, steckte sich eine Zigarette an. Er wußte, morgen würde es ihm schon leid tun, daß er sich mit Artjom verkracht hatte. Für Edelmut bekommt man nichts, und von irgendwas mußte er leben.

Nervös blätterte er in seinem Notizblock. Er hatte im Pressezentrum des Innenministeriums Bekannte. Außer Kopfschmerzen und Peinlichkeiten würde ihm das alles nichts bringen. Schlimmer noch, es bedeutete für ihn sogar einen gewissen materiellen Verlust. Wäre er auf Artjoms Vorschlag eingegangen, so hätte er von ihm das übliche Tageshonorar für einen Kameramann erhalten, zweihundert Dollar. Keine schwindelerregende Summe, aber er hätte das Geld gut gebrauchen können.

Als er endlich einen seiner Bekannten erreicht hatte, hielt sich Igor gar nicht erst lange mit Erklärungen auf, sondern fragte direkt, wie er sich mit einem der Ermittler im Mordfall Kalaschnikow in Verbindung setzen könne.

»Entschuldige, Igor, da kann ich dir überhaupt nicht helfen«, sagte sein alter Bekannter, »und ehrlich gesagt rate ich dir, mit einer derartigen Bitte auch niemandem sonst auf die Pelle zu rücken. Um den Fall Kalaschnikow kümmert sich nämlich General Ufimzew höchstpersönlich, und das ist ein ganz scharfer Hund. Und eure Branche, Fernsehen und Presse, kontrolliert er besonders genau. Besser, ihr mischt euch nicht ein, laßt die Familie in Ruhe und lungert ihnen nicht ständig unter den Füßen herum. Ich sage dir das aus alter Freundschaft.«

»Serjosha, du hast mich nicht verstanden«, erwiderte Igor ruhig. »Ich selber habe eine Information für die Ermittler. Genau genommen gar nicht ich, sondern meine Mutter, die mit dem Fernsehen nichts zu tun hat, sie ist Krankenschwester. Ich könnte auch den offiziellen Weg gehen, aber das dauert mehrere Tage, und jede Stunde ist kostbar. Jetzt ist es schon spät, niemand ist mehr im Büro. Wenn ich erst umständlich allen möglichen Telefondämchen erklären muß, was, wozu und warum, verliert meine Information jeden Sinn. Einer der Ermittler muß gleich morgen früh ins Gannuschkin-Institut fahren und dort mit einer Patientin sprechen. Ich brauche gar keine Namen oder Telefonnummern. Setz dich selber mit einem der Verantwortlichen in Verbindung und richte ihm das aus. Du kannst ihm auch meine Telefonnummer geben, wenn ihn Einzelheiten interessieren.«

»Na schön, wie heißt die Patientin denn?«

»Guskowa, Iwetta Tichonowna.«

Kapitel 22

Morgens um sechs Uhr zehn stoppte im Vorort Konkowo, weit weg von der gleichnamigen Metrostation, ein Patrouillenwagen der Miliz neben einer verlassenen Baustelle. Es war schon hell geworden. Ringsum war keine Menschenseele. Der Hauptmann und die beiden Leutnants wollten ungestört und in aller Ruhe frühstücken. Doch kaum hatten sie ihre Butterbrote ausgepackt und sich heißen Tee aus der Thermoskanne eingegossen, da erblickten sie eine riesige schwarze Dogge, die auf ihren Wagen zulief.

»Sieh dir den an, der reinste Hund von Baskerville«, sagte der eine Leutnant grinsend und biß in sein Schinkenbrot.

Der Hund kam in eleganten, weiten Sprüngen angejagt. Hinter sich her zog er an seiner Leine einen älteren, hageren Jogger in kurzer Hose und T-Shirt.

»Der sollte lieber auf seinem Tier reiten statt zu laufen«, kommentierte der Hauptmann und nahm vorsichtig einen Schluck heißen Tee.

Die Dogge rannte zum Auto und prallte in vollem Lauf mit den Vorderpfoten auf die Windschutzscheibe.

»He, Sportsmann, was soll denn das! Nehmen Sie Ihren Hund weg!« riefen die Milizionäre entrüstet.

»Johnny, sitz!« kommandierte der Jogger, und das riesige Tier gehorchte widerspruchslos.

Aus der Nähe sah man, daß der morgendliche Jogger mindestens sechzig war. Er sah aus wie der klassische Professor – graues Ziegenbärtchen, weißer flaumiger Haarkranz um eine rosige Glatze, erschrockener, zerstreuter Blick.

»Johnny hat auf dem Grundstück eine Leiche entdeckt, in der Baubude!« platzte der Professor heraus, nachdem er zu Atem gekommen war. »Die Leiche einer jungen Frau!«

»Guten Appetit«, knurrte der Hauptmann leise vor sich hin, »das war's dann wohl mit dem Frühstück.«

Am anderen Ende des Ödlandes, am Waldrand, stand eine verlassene, halbverfallene Baubude. Die Frau lag auf dem Boden, mit dem Gesicht nach unten. Dem Aussehen nach war sie Anfang dreißig. Ihre Kleidung war nicht teuer, aber durchaus ordentlich – ein heller Angorapullover, dunkelblaue Jeans, über dem Pullover eine Jeansjacke, neue Halbschuhe aus Wildleder mit dicken weichen Sohlen. Neben ihr lag eine geöffnete kleine Handtasche aus Kunstleder. Kein teures Stück, aber ebenfalls ganz hübsch.

In der Tasche fanden sich das zerknitterte Papier eines Bounty-Riegels, eine zerdrückte Zigarettenschachtel Marke »Magna« mit vier Zigaretten, ein Wegwerffeuerzeug, eine Haarbürste und ein fast aufgebrauchter leuchtendroter Lippenstift. Keine Papiere, die über die Identität der Frau Aufschluß geben konnten, kein Geld, kein Schmuck, keine Wertgegenstände.

Am Hals zeichnete sich deutlich ein Strangulationsstreifen ab. Aber ein Gegenstand, mit dem sie hätte erdrosselt werden können, war nicht zu finden. Das Gras neben der Baubude war stark zerdrückt, und den Milizionären war gleich klar, daß die Leiche wohl hierhergeschleift worden war. Vielleicht hatte man sie mit dem Auto hergebracht. Ganz in der Nähe verlief eine asphaltierte Straße, zwischen Baustelle und Waldrand.

»Sieht aus wie Raubmord«, bemerkte der Hauptmann. »Ziemlich hoffnungsloser Fall. Der Tod ist vor mindestens zwei Tagen eingetreten. Bis wir die Identität geklärt haben, ist eine Woche vorbei. Ja, wenn es wenigstens eine Moskauerin ist. Aber vielleicht ist sie ja auch von auswärts, eine von diesen fliegenden Händlerinnen zum Beispiel, die an den Feiertagen nach Moskau auf den Markt kommen. Und wegen der Einnahmen hat man sie umgebracht. Vor einem Monat hatten wir schon mal so einen Fall.«

In der Nähe war ein Trödelmarkt, einer der größten und billigsten in Moskau. Er wurde von Händlern aus dem Baltikum, aus Weißrußland und aus Polen betrieben. Die Ermordete konnte von Gott weiß woher kommen. Besondere Kennzeichen hatte sie nicht. Eine Blondine mit kurzem Haar, Größe etwa ein Meter siebzig bis ein Meter fünfundsiebzig, kräftiger Körperbau, kurze, gerade Nase, volle Lippen, kleine, hellbraune Augen. Ein Durchschnittstyp.

»Nein, Kinder, ganz so hoffnungslos ist die Sache nicht.« Die Expertin aus der mittlerweile eingetroffenen Einsatzgruppe schüttelte den Kopf. »Ein besonderes Kennzeichen hat sie: eine Brust ist ihr entfernt worden, die rechte.«

»O mein Gott!« Der Kripobeamte verdrehte die Augen zum Himmel. »Ein perverser Sexualmörder, das hat uns hier gerade noch gefehlt!«

»Nein, kein Perverser«, beruhigte ihn die Expertin. »Es ist eine normale Operationsnaht, die Brust ist vom Chirurgen entfernt worden, sie hat eine Prothese.«

* * *

Katja saß bei Pawel im halbleeren Wohnzimmer, in dem einzigen stabilen Sessel, mit hochgezogenen Beinen und in eine weite Strickjacke gehüllt. Über den Monitor des Computers schwammen bunte Fischchen. Es duftete nach starkem Kaffee mit Nelken.

Pawel hatte sie am Morgen nach der Beerdigung angerufen. Er war sich nicht sicher, ob sie ihn sehen wollte, aber er hatte sich gedacht, sie könne sich vielleicht so schlecht fühlen, daß sie seinen Beistand brauchte, und sich deshalb für alle Fälle einen Tag frei genommen. Und er hatte sich nicht geirrt. Sie fühlte sich wirklich sehr elend.

Katja wollte sich unbedingt noch einmal mit klarem Kopf beide Kassetten anhören. Aber sie hatte keine Lust, wieder mit den fremden, boshaften Stimmen allein zu sein. Shannotschka zählte nicht. Von ihr war nichts anderes zu erwarten als mitfühlende Seufzer und Empörung. Aber es mußte alles ruhig und emotionslos überdacht und sortiert werden.

Vielleicht hatte sie sich ja neulich nachts doch geirrt, und es handelte sich um dieselbe Stimme? Jedenfalls hatte dieser nächtliche Anruf nichts Gutes zu bedeuten. Das Gefühl einer drohenden, nahen Gefahr ließ Katja keine Ruhe.

Sie schickte Shannotschka nach Hause. Pawel herzubitten konnte sie sich nicht entschließen, sie fuhr lieber selbst zu ihm. Es kam ihr irgendwie unpassend vor, gleich nach der Beerdigung den Mann zu sich nach Hause einzuladen, der ... der was? Eine Antwort auf diese Frage hatte Katja vorläufig noch nicht gefunden. Es gab auch so schon genug Fragen.

Pawel Dubrowin hörte sich beide Kassetten mehrere Male an, zuerst jedes Gespräch am Stück, dann abwechselnd Satz für Satz.

»Ja, du hast recht. Das sind zwei verschiedene Menschen. Aber ich verstehe trotzdem nicht, warum du das alles nicht dem Untersuchungsführer erzählen willst.«

»Sie wissen es sowieso schon«, erwiderte Katja resigniert. »Der Einsatzleiter, Major Kusmenko, war neulich bei mir. Wie sich herausgestellt hat, gab es auch ohne mich Leute, die der Miliz unbedingt von den Anrufen und den anderen Nettigkeiten berichten wollten. Mir blieb nichts weiter übrig, als ihre Aussagen zu bestätigen.«

»Und der letzte Anruf, willst du davon nichts sagen? Willst du ihnen nicht die Kassetten vorspielen? Und diesen Major mit Mülleimer-Boris bekannt machen?«

»Boris würde sich bei der Miliz sowieso bedeckt halten. Jetzt habe ich noch eine Chance, etwas aus ihm herauszuholen, aber wenn ich ihm die Miliz auf den Hals hetze, wird er schweigen wie ein Grab oder sich ganz aus dem Staub machen. Er mag die Miliz nicht und fürchtet sich vor ihr.«

»Nun gut, aber warum willst du ihnen nicht von dem letzten Anruf berichten?«

»Aus dem einfachen Grund, weil diese Frau genau das erreichen will.«

»Echt weibliche Logik«, sagte Pawel ironisch. »Meinst du das ernst?«

»Ich bin so müde. Mir ist erst jetzt klar, wie todmüde ich bin. Weißt du, anfangs habe ich gedacht, der Mörder müßte unbedingt gefaßt und bestraft werden. Aber dann, als ich erfuhr, daß diese unglückliche Frau verhaftet worden ist, habe ich nur noch Müdigkeit gespürt, sonst nichts. Natürlich, ein Verdacht ist noch kein Schuldbeweis. Aber ich habe keine Kraft mehr, darüber nachzudenken.«

»Na, dann hat der Anruf ja seinen Zweck erfüllt. Oder besser, diese Frau, die angerufen hat, hat ihr Ziel erreicht. Sogar ihr Fehler hat ihr genutzt.«

»Was für ein Fehler? Was meinst du damit?« fragte Katja ohne besonderes Interesse.

»Dieser letzte Anruf war ihr erster Fehler. Ich fürchte, sie wird ihn korrigieren wollen.«

»Kannst du das auch allgemeinverständlich ausdrücken?«

»Wann wurde diese Frau verhaftet?«

»Am Montag.«

»Na bitte, erst gestern. Wer hat dir das gesagt? Valera Lunjok. Der offizielle ›Pate‹ deines Mannes. Das heißt, ein mächtiger Mafioso. Er hat seine eigenen Informationsquellen, er hat als erster von der Verhaftung erfahren. Richtig?«

»Na und, was folgt daraus?«

»In der Nacht von Montag auf Dienstag wußte deine Wohltäterin noch nichts von der Verhaftung. Mehr noch, der Zweck ihres Anrufs war kein anderer, als die Ereignisse zu beschleunigen. Sie rief ja sozusagen im Namen dieser Frau, dieser Olga, an. All die intimen Details – sie hat dich aufgestachelt, dich provoziert, rück raus mit der Sprache, erzähl dem Untersuchungsführer, daß dein Mann eine verrückte Geliebte hatte, die immer noch keine Ruhe gibt.«

»Aber das hab ich doch auch so erzählt.«

»Offenbar nicht alles. Außerdem hat dein Bericht für die

Ermittler nicht allzu überzeugend geklungen, findet sie jedenfalls.«

»Das heißt, du willst sagen, diese Frau weiß genau, was ich dem Untersuchungsführer erzählt habe und was nicht?« flüsterte Katja. »Sie ist irgendwo ganz in der Nähe? Und Olga hat gar nicht geschossen? Olga war nur der Sündenbock? Red weiter ...«

»Du hast schon selber alles gesagt. Ich ziehe nur die Schlüsse. Und die gefallen mir gar nicht.«

»Weshalb?« Katja nahm sich eine Zigarette aus der Schachtel, Pawel gab ihr Feuer und steckte sich dann selber eine an.

»Nun, erstens vor allem deshalb, weil man dich nach dem Mord an deinem Mann nicht in Ruhe gelassen hat. Zweitens gefällt mir diese Sache mit dem Verschwinden von Sweta Petrowa nicht. Daß sie verschwindet und danach jemand anruft und mit ihrer Stimme spricht – das ist schon sehr merkwürdig. Und ich würde mich gar nicht wundern, wenn sich herausstellen sollte, daß Sweta Petrowa tatsächlich nicht mehr am Leben ist. Übrigens, ich habe noch die Telefonnummer der Friseurin Ella in meinem Notizblock. Willst du sie nicht anrufen und dich erkundigen, ob ihre Tochter wieder aufgetaucht ist? Noch besser wäre es, zu ihr zu fahren und ausführlich mit ihr zu sprechen. Manchmal wird sie doch wohl auch nüchtern sein. Wenn sie ab und zu Bruchstücke der Telefongespräche aufgeschnappt hat und sich noch an den Ausdruck ›Dörr-Giselle‹ erinnern kann, fällt ihr vielleicht noch mehr ein – besonders in nüchternem Zustand. Ich glaube, damit sollten wir beginnen.«

»Was beginnen? Unsere Privatermittlungen? Aber diese Frau, diese Olga, ist doch schon verhaftet, und höchstwahrscheinlich hat sie den Mord tatsächlich begangen. Wer sollte sie vorschieben und wozu? Überleg doch mal. Wenn Gleb wegen irgendwelcher Geld- und Mafiageschichten ermordet wurde, dann konnte man dafür einfach einen professionellen Killer engagieren und brauchte nicht dieses ganze komplizierte Schauspiel mit der verrückten Geliebten zu inszenieren. Wenn er aus Liebe und Eifersucht umgebracht wurde, dann kommt niemand außer Olga in Frage. Und dafür wird es wohl genügend Indizien geben. Man hat sie ja wohl kaum einfach so, für alle Fälle, verhaftet.«

»Indizien«, sagte Pawel nachdenklich, »ja, die Indizien müssen schwerwiegend sein. Die dritte Möglichkeit schließt du aus?«

»Das wäre?«

»Es war kein Profi am Werk, sondern jemand, der eurer Familie nahesteht. Das Verhältnis mit Olga wurde als Tarnung benutzt. Es deutet mir alles ein bißchen zu schnell und zu leicht auf diese eine Frau hin. Hast du sie eigentlich irgendwann mal gesehen?«

»Nein.«

»Wo ist sie denn überhaupt hergekommen, weißt du das?«

»Ich habe keine Ahnung. Ich habe mich nie dafür interessiert, solchen Themen bin ich immer ausgewichen.«

»Gab es denn Leute, die sich mit dir über Olga unterhalten wollten?« fragte Pawel rasch.

»So direkt eigentlich nicht. Shannotschka hat sich mal verplappert und gesagt, stell dir vor, wie klein die Welt ist! Was glaubst du wohl, mit wem diese Olga in derselben Klasse war? Mit der Frau von Konstantin Iwanowitsch.«

»Was für ein Konstantin Iwanowitsch?«

»Konstantin Iwanowitsch Kalaschnikow, Glebs Vater.«

»Ach ja, der berühmte Volkskünstler und Duma-Abgeordnete. Wie, soll das heißen, er hat eine so junge Frau? Und was ist mit der Mutter deines Mannes?«

»Weißt du davon denn gar nichts?« fragte Katja erstaunt.

»Woher sollte ich das wissen?«

»Aber Pawel, du hast doch den ›Moskowski Komsomolez‹ abonniert! Da kann man doch den ganzen Klatsch und

Tratsch nachlesen. Kalaschnikow hat sich von seiner Frau, mit der er dreißig Jahre verheiratet war, scheiden lassen und eine seiner Studentinnen geheiratet, die jetzt eine sehr bekannte Schauspielerin ist. Das weiß ganz Moskau.«

»Ganz Moskau wohl nicht. Ich lese diesen Gesellschaftstratsch nicht gern. Ich finde es widerlich, wenn alle diese Scheidungen, Seitensprünge und privaten Details vor der Öffentlichkeit ausgekippt werden wie Essensreste vor den Haustieren. Das hat etwas Obszönes.«

»Du hast ja so recht«, sagte Katja. »Aber trotzdem ist es seltsam, daß du davon gar nichts weißt. Ja, Olga war eine Mitschülerin von Margarita Krestowskaja.«

»Krestowskaja, ist das die, die immer in den Actionfilmen spielt?«

»Na siehst du, einiges weißt du ja doch!«

Pawel ging zum Bücherregal, das mit Videokassetten vollgestellt war, und zog eine der knallbunten Schachteln heraus.

»Ein Kollege aus unserer Firma, ein junger Technologe, ist ganz wild auf Actionfilme. Ich habe ihn mal gebeten, mir was Akzeptables mitzubringen, was Russisches. Das hier hat er mir gegeben.«

Pawel hielt die Kassette mit dem Film »Blutige Jungs« in der Hand. Auf dem Cover prangte ein Foto von Margarita in der Rolle eines weiblichen Killers.

»Und wie ist der Film?« fragte Katja lächelnd.

»Ehrlich gesagt, ich habe es nicht geschafft, ihn bis zu Ende zu sehen. Es war alles so unglaubwürdig, daß ich mich nur gelangweilt habe. Aber wir sind vom Thema abgekommen. Margarita Krestowskaja hat sich also erst Kalaschnikow senior geangelt, und danach hat sie den Sohn mit ihrer Schulfreundin verkuppelt?«

»Pawel, warum ziehst du das alles so in den Dreck?« sagte Katja stirnrunzelnd. »Konstantin Iwanowitsch hat in seinem Alter noch einmal ein starkes, heftiges Gefühl erlebt.

Es ist reiner Zufall, daß die beiden zusammen in einer Klasse waren. Margarita hat niemanden verkuppelt. Ich weiß nicht, wie es passiert ist, aber ich denke, rein zufällig. Solche Sachen passieren immer ganz zufällig. Margarita ist ein sehr anständiger Mensch. Übrigens war sie es, die Sweta Petrowa nach der Operation aus ihrer schweren Depression herausgeholfen hat.«

»Wie, mit Sweta Petrowa ist sie auch bekannt? Ja, deine Shannotschka hat schon recht, die Welt ist wirklich klein.«

»Ella hat mir das erzählt, Margarita sei die einzige gewesen, die … Ach, Ella wollten wir doch anrufen. Vielleicht ist Sweta ja schon längst wieder zu Hause, und was wir hier reden, ist schon Schnee von gestern.«

Pawel holte das Telefon und suchte aus seinem Kalender die Telefonnummer von Ella Petrowa heraus.

Lange Zeit meldete sich niemand. Schließlich sagte eine heisere, dumpfe Stimme: »Ja, bitte.«

»Ella Anatoljewna, guten Tag. Hier spricht Katja Orlowa. Wie geht es Ihnen? Ist Sweta wieder aufgetaucht?«

»Nein. Es geht mir sehr schlecht.« Sie konnte nur mit größter Mühe sprechen.

»Was haben Sie denn?«

»Das Herz.«

»Haben Sie einen Arzt gerufen?«

»Ich habe kein Geld. Ohne Geld tun die gar nichts. Sie sagen, das kommt vom Wodka.« Ihre Stimme war kaum hörbar, sie keuchte heftig.

»Soll ich zu Ihnen kommen?«

»Ja, bitte, Katja, komm … Nesterowstraße, das ist bei der Metrostation ›Konkowo‹, Hausnummer siebenunddreißig, Wohnung achtzehn. Ich bitte dich sehr, komm. Wenn du Nitroglyzerin hast … Meins ist alle, ich hab nichts mehr gefunden …«

Katja legte auf, sprang aus dem Sessel und schlüpfte in ihre Pumps.

»Sie ist vollkommen nüchtern, und es geht ihr wirklich schlecht. Und Sweta ist immer noch verschwunden. Du hast nicht zufällig Nitroglyzerin? Oder muß ich zur Apotheke fahren?«

»Wir.« Pawel war schon im Flur und schnürte sich die Schuhe zu. »Wir müssen zur Apotheke fahren.«

* * *

Der Zettel hatte seinen Adressaten erreicht. Der Stadtstreicher Boris konnte mit eigenen Augen beobachten, wie der Adressat das Pflaster vom Türgriff zog, sich ins Auto setzte und den Zettel blitzschnell in der Tasche verschwinden ließ. Die Verstohlenheit der Geste, die Eile, mit der der Zettel weggesteckt wurde, zeigte Boris deutlich, daß er sich nicht geirrt hatte. Der Tausender war ihm sicher.

Den Rest der Nacht verbrachte Boris in einem warmen Keller in einem neuen Haus in der Nachbarstraße. Siwka wußte von diesem Keller nichts, niemand wußte davon. Der Hausmeister, der alte Tatare Saidytsch, den man vor einem Monat entlassen hatte, war ein mitfühlender Mensch, er hatte Boris einmal in einer Alkohollaune einen Ersatzschlüssel zum Keller geschenkt, und diesen Schlüssel bewahrte Boris jetzt an einem geheimen Ort für den Notfall auf. Zu oft durfte er sich dort nicht verkriechen, sonst bekamen es seine Pennerkollegen spitz, und dann würden sie alle dorthin kommen wollen, den stillen Platz verderben und den schönen Keller vollkacken. Deshalb machte Boris von seiner geheimen Zuflucht nur selten Gebrauch.

Früher oder später würde dieses schöne Leben sowieso zu Ende sein. Entweder kriegte irgendwer Wind davon und brach das Kellerschloß auf, oder die Mieter legten zusammen und kauften eine Eisentür mit Gegensprechanlage. Aber vorläufig fühlte er sich in seinem Keller noch als Hausherr. Das war sein Erbgut, sein persönliches Territorium, sozusagen seine geheime Hazienda. Nur Ratten liefen hier herum.

Geschäftige Tiere sind das, diese Ratten, den Menschen nicht unähnlich. Sie rennen hierhin und dorthin, funkeln mit den kleinen Augen, wo es was zu fressen gibt, sind stark wie Nilpferde und so klug, so klug – die reinsten Professoren für Überlebenskunst.

Boris hatte die professoralen Nilpferde gründlich verscheucht und sich ein etwas erhöhtes Lager eingerichtet. Er hatte einige breite Bretter auf die dicken Heizungsrohre gelegt und mit einer Steppjacke gepolstert.

Für den Fall, daß er einmal vor der hitzigen, kriegerischen Siwka in Deckung gehen mußte, hatte er sich vorsorglich Lebensmittelvorräte angelegt – zwei Konservendosen mit eingemachtem Rindfleisch und eine Halbliterflasche Wodka. Schwarzbrot und einen Dosenöffner hatte er bei sich. So speiste er jetzt im Warmen fürstlich zu Abend. Und wieder einmal dachte er: Mit einer Frau wie der Siwka ist es nicht übel, aber allein ist es doch noch besser und ruhiger. Morgen würde er seinen Tausender in Empfang nehmen und sich dann still und leise verdrücken.

Es gab einen Ort in der Nähe von Moskau, ein Dorf namens Udalzowo, nur siebzig Kilometer weit entfernt. Dort stand die Hälfte aller Häuser leer, und er konnte sich ohne Anmeldung niederlassen. Zweihunderttausend für den Ortspolizisten, und alles ist paletti! Niemand behelligt dich. Die neuen Russen haben diesen Ort noch nicht für sich entdeckt, die einheimische Bevölkerung besteht nur aus alten Weibern. Wenn das Geld zu Ende ist, kann man sich durch Holzhacken oder kleine Hilfsarbeiten was dazu verdienen. Er könnte sich auch als Hirte verdingen. Die Omas hielten Kühe. Jedenfalls würde er dort nicht untergehen.

Moskau hatte er gründlich satt. Eine schmutzige, hektische, boshafte Stadt, jedes Jahr wurde es für die Obdachlosen schwerer, besonders im Winter. Außerdem holte man sich dauernd irgendwelche Krankheiten, weil die Penner so eng aufeinander hockten – Tuberkulose, Gelbsucht, Krätze und die übrigen Bettlerleiden. Läuse waren schon längst seine ständigen Begleiter. Früher hatte er versucht, sie mit Kerosin zu vernichten, aber mittlerweile hatte er sich mit ihnen abgefunden. Das Kerosin brannte auf der Haut und nutzte überhaupt nichts. Kaum hatte man es abgewischt, waren sie wieder da, die Plagegeister. Sie liebten ihn eben. Wahrscheinlich schmeckte er gut.

Satt und ruhig schlief Boris ein und träumte vom friedlichen Leben auf dem Lande. Die Heizungsrohre wärmten ihn, und die Ratten ließen ihn in Ruhe. Es war ihnen zu hoch, um hinaufzuklettern.

Kapitel 23

Katja drückte lange auf den Klingelknopf. Die Antwort war Schweigen.

»Die Klingel funktioniert nicht«, sagte Pawel, »wir müssen klopfen.«

Sie begannen zu klopfen. Keine Antwort.

»Vielleicht sollten wir sofort den Notarzt rufen? Womöglich geht es ihr so schlecht, daß sie nicht aufstehen kann?« flüsterte Katja aufgeregt.

Pawel zog am Türgriff. Die Wohnungstür war nicht abgeschlossen. Zögernd traten sie in die Diele. In der winzigen Zweizimmerwohnung war es still und verhältnismäßig sauber, nur sehr verraucht.

Sie gingen ins Zimmer. Auf dem als Bett zurechtgemachten Sofa lag, Arme und Beine weit von sich gestreckt, in einem gesteppten leuchtendrosa Morgenmantel eine füllige große Frau. Ihre Augen waren geschlossen, der Mund stand offen. Sie rührte sich nicht. Auf dem Couchtisch neben dem Sofa standen das Telefon, ein Aschenbecher voller Kippen, eine Untertasse mit einem angebissenen, halb vertrockneten

Stück Kochwurst und ein leeres Glas. Auf dem Fußboden unter dem Tisch stand eine kleine Kognakflasche. Leer.

»Wir müssen den Notarzt und die Miliz anrufen«, flüsterte Katja mit weißen Lippen, »sieh nur, sie atmet gar nicht. Ich habe doch erst vor vierzig Minuten mit ihr gesprochen. Pawel, ich habe Angst.«

Pawel ging entschlossen auf das Sofa zu, nahm den herabhängenden Arm der Frau und tastete an dem molligen Handgelenk nach ihrem Puls.

»Was iss?« murmelte Ella Anatoljewna heiser, schlug mit der Hand nach Pawel wie nach einer lästigen Fliege und rollte sich auf die Seite, mit dem Gesicht zur Wand.

Katja ließ den Telefonhörer fallen und brach in nervöses Lachen aus. Erst jetzt fiel ihnen der starke Alkoholgeruch auf. Die Petrowa drehte sich wieder um, fluchte leise, setzte sich dann auf, verquollen und zerzaust, gähnte mit weit aufgerissenem Mund und rieb sich die Augen.

Katja hörte auf zu lachen. »Ella Anatoljewna«, sagte sie, »Sie haben mich gebeten, schnell zu kommen, Sie hätten Probleme mit dem Herzen. Was ist passiert?«

»Warum lachst du? Ja, mir war schlecht, und ich hatte keine Kopeke im Haus. Du hast angerufen, und da hab ich gedacht, daß ... wenn ... wenn ich dich direkt bitten würde, mir ein bißchen Geld zu bringen, dann würdest du bestimmt nicht kommen.« Ella Anatoljewna schluchzte laut und schuldbewußt auf. »Es ging mir wirklich schlecht. Wenn man nüchtern ist, kommen einem die gräßlichsten Gedanken. Wir leben in so schlimmen Zeiten. Deinen Gleb hat man ermordet, und ich hab ihn doch noch gekannt, als er sooo klein war. Da muß man doch trinken. Wenn ich trinke, geht es mir besser. Verzeih mir, Katja, aber während ich auf dich gewartet habe, hab ich bei Sweta noch was zu süffeln gefunden, und jetzt geht's mir schon wieder besser.« Sie ließ sich schwer auf das Sofa plumpsen. »Ich bin so müde, ich kann nicht mehr.«

»Nein, so geht das nicht.« Katja setzte sich entschlossen neben sie auf das Sofa. »Ihre Tochter ist verschwunden. Wir gehen jetzt zusammen zur Miliz, und Sie erstatten eine Vermißtenmeldung. Danach können Sie soviel schlafen, wie Sie wollen.«

»Ach, was soll das denn!« Ella winkte ab und drehte sich wieder zur Wand. »Die treibt sich mit Wowtschik oder sonstwem rum, was zum Teufel sollen wir da bei der Miliz?«

»Nun wachen Sie doch endlich auf! Was hat das mit Wowtschik zu tun? Begreifen Sie, daß seit Samstag niemand mehr Ihre Tochter gesehen hat? Und heute ist Dienstag! Ihre einzige Tochter ist verschwunden, das kann Ihnen doch nicht egal sein!« Katja versuchte, Ella Anatoljewna hochzuziehen. »Ohne Sie können wir Sweta nicht suchen, Sie sind die Mutter, wir aber nur Außenstehende.«

Pawel ging in die Küche, um Kaffee zu machen. Katja hatte es endlich geschafft, Ella Anatoljewna aufzurütteln. Die Schläfrigkeit wich einer heftigen Erregung, sie begann hektisch zu jammern: »Oje, wirklich, seit Samstag schon! Wenn ich daran denke, möchte ich gleich wieder trinken. Ich trinke, ich schlafe ein Weilchen, und dann ist sie wieder da. Hör mal, warst du am Sonntag auf dem Markt?«

»Ja, natürlich. Ich sage Ihnen doch, niemand hat Sweta dort gesehen, weder dieser Wowtschik noch ihre Kollegin Christina.«

Mit Katjas Hilfe wankte Ella Anatoljewna zum Bad.

Als Katja sich in der Küche umsah, mußte sie betrübt feststellen, daß auch die letzten Reste einstigen Wohlstands unter dem Druck der Armut allmählich verschwanden. Sie war früher nie hier gewesen, aber sie erinnerte sich noch gut an Tante Ella, die Friseurin, wie sie vor fünfzehn Jahren gewesen war. Eine frische, mollige, interessante Frau, immer sehr sauber und gepflegt, nach gutem Parfum duftend, in einem schneeweißen Nylonkittel, mit weichen, liebevollen Händen.

Katja hatte sich das Haar nie kurz schneiden lassen, aber ihre Mutter trug eine elegante Kurzhaarfrisur und nahm Katja einmal im Monat mit in den Friseursalon »Zauberfee« zu Tante Ella, um sich dort die Haare nachschneiden zu lassen. Katja hatte diese besondere, zärtlich gurrende und süß duftende Welt eines Damensalons sehr gefallen. Ihre Mutter ließ sich hier gern aufpolieren – Massage, Maske, Maniküre, Haarschnitt, Wasserwelle. Hier gab es lauter »Mäuschen« und »Schätzchen«. Erwachsene Frauen nannten einander »Mädelchen«, und irgendwie war das alles sehr gemütlich. Tante Ella brachte Katja bei, wie man sich geschickt einen schwierigen französischen Knoten dreht, die Haare mit einer harten Bürste massiert, von unten, vom Nacken aus, nach oben, und sie versuchte, Katjas Mutter davon zu überzeugen, daß ein Pony dem Mädchen gar nicht zu Gesicht stehe.

»Sie hat schon ihren eigenen Stil, sie ist zwar noch klein, aber sie weiß schon, was sie will. Man darf sie nicht zwingen.«

»Aber das ist so ein strenger Stil«, protestierte die Mutter, »schneid ihr doch wenigstens einen kleinen Pony, damit sie ein bißchen frischer wirkt.«

»Bei diesem Gesichtstyp sieht ein Pony überhaupt nicht gut aus.«

Die Unterhaltung plätscherte gemütlich vor sich hin, und Katja genoß die entspannte Atmosphäre. Tante Ella strahlte Wärme und Ruhe aus. Katja wunderte sich jedesmal, warum sie keinen Mann hatte und warum ihre Sweta so eine boshafte Giftnudel war. Damals hätte sie sich Ella Anatoljewna unmöglich in ihrem heutigen verwahrlosten Zustand vorstellen können.

Aus dem Bad kam Ella Anatoljewna etwas erfrischter und nüchterner. Sie begrüßte Pawel mit Handschlag, begann sich zu entschuldigen und zu bedanken.

»Es ist mir schrecklich peinlich, ich kann euch nicht einmal etwas anbieten. Im Kühlschrank muß noch Käse sein, Kuchen ist auch noch übrig. Verzeih mir, Katja, meine Liebe. Und Sie auch, Pawel. Es ist mir wirklich furchtbar peinlich. Ich versuche ja, dagegen anzugehen. Immer denke ich, ich muß endlich eine Therapie machen oder mir eine Ampulle einsetzen lassen. Aber wißt ihr, um das zu tun, muß man sich zuerst eingestehen: Ich bin Alkoholikerin. Und das ist schwer. Vor allem fehlt mir der Antrieb. Ja, wenn Sweta mir ein Enkelkind geboren hätte, ob nun mit oder ohne Ehemann, dann würde ich mich sofort zusammenreißen, aber so.« Sie winkte resigniert ab. »Für wen soll ich mich anstrengen?«

Der starke Kaffee brachte Ella Anatoljewna endgültig wieder zu sich.

Auf dem Bezirksrevier der Miliz berichtete sie ruhig und vernünftig, daß ihre Tochter Swetlana am Samstag gegen zehn Uhr abends das Haus verlassen und dabei gesagt habe, sie käme in etwa zwei Stunden zurück. Seitdem habe sie niemand mehr gesehen.

»Was macht Ihre Tochter beruflich?« fragte der diensthabende Oberleutnant, ein höflicher, aber etwas träger junger Mann, mit dem Gesicht eines Menschen, der schon vieles gesehen hat, entsetzlich müde ist und das Leben mit philosophischer Gelassenheit betrachtet.

»Sie handelt auf dem Flohmarkt mit Schuhen.«

»Wissen Sie, was ich denke, gute Frau? Sie machen sich zu früh solche Sorgen. Ihre Tochter ist kein kleines Kind mehr, sie hat ihr eigenes Leben. Wir wollen mit der Vermißtenmeldung lieber noch etwas warten.«

»Aber notieren Sie sich doch wenigstens schon die Personenbeschreibung: eine große mollige Blondine, zweiunddreißig Jahre, kurzes Haar, hellbraune Augen, bekleidet mit dunkelblauen Jeans, einem weißen, flauschigen Pullover, einer Jeansjacke und Wildlederschuhen, ganz neu, ohne

Absatz«, sagte Ella Anatoljewna schnell und resigniert, wie zu sich selbst.

Oberleutnant Bogdanow tat so, als würde er aufmerksam zuhören und sogar etwas notieren, tatsächlich aber malte er ein kleines Flugzeug. Er verfuhr schon seit langem nach dem Prinzip: Tu alles Menschenmögliche, um keine Anzeige aufnehmen zu müssen. Es gibt genug aussichtslose Fälle. Versuch dein Gegenüber zu beruhigen: Es wird schon nichts Schlimmes passiert sein, nur keine Panik. Das Leben ist eine schwierige Sache, was kommt nicht alles vor. Wenn der Geschädigte hartnäckig und eigensinnig ist, dann deute ihm sanft an, Sie sind selber schuld, Bürger. Man hat Ihnen das Portemonnaie geklaut? Sie müssen halt besser aufpassen. Man hat Ihre Wohnung ausgeräumt? Na, wissen Sie, mein Lieber, wer hat denn heutzutage noch solche Türen? Sie sind auf der Straße überfallen worden? Warum treiben Sie sich so spät abends noch draußen herum? Bleiben Sie lieber zu Hause. Und tragen Sie nicht diese teuren Pelzmützen. Man weiß doch, in was für Zeiten wir leben.

Diese dicke ältere Frau, die ganz offensichtlich trank, war ein klarer, nicht besonders komplizierter Fall. Bogdanow hätte auch sein Ziel erreicht und die Frau mit leeren Händen weggeschickt, wenn nicht noch dieses junge Pärchen dabei gewesen wäre, das dem Oberleutnant gleich auf den ersten Blick mißfiel.

Eine junge, schöne, teuer gekleidete Dame, mit kerzengerader Haltung, gertenschlank und hochmütig, und ein sportlicher, kräftiger, glattrasierter Mann. Offensichtlich gebildet und kultiviert, aber kein Waschlappen, sondern ein Vertreter der neuen Generation. Der konnte sich seiner Haut wehren.

Während Bogdanow seine Fragen stellte, schwiegen die beiden. Aber sobald er seine übliche Platte auflegte und die Frau mit der verlorenen Tochter loszuwerden versuchte, trat die hochmütige Dame an die Barriere und sagte freundlich, aber entschieden: »Entschuldigen Sie bitte, ich weiß, nach dem Gesetz werden Vermißtenmeldungen von Erwachsenen erst nach Ablauf von drei Tagen angenommen. Wir bestehen nicht darauf, daß Sie die Meldung sofort aufnehmen. Wir bitten Sie nur darum, uns zu helfen und uns zu raten, was wir tun sollen. Die Sache ist nämlich die, daß Swetlana Petrowa nicht ganz gesund ist. Ihr könnte auf der Straße schlecht geworden sein, sie könnte ins Krankenhaus gekommen sein. Sie ist ohne Papiere aus dem Haus gegangen, wir sind in großer Sorge.«

»Wer sind Sie denn eigentlich?« unterbrach Bogdanow sie streng.

»Jekaterina Filippowna Orlowa«, stellte die feine Dame sich vor. »Ich bin eine Bekannte von Swetlana. Ich mache mir Sorgen, weil ich am Sonntag mit ihr ein Treffen verabredet hatte. Ein für sie sehr wichtiges Treffen. Sie ist nicht erschienen und hat auch nicht angerufen.«

»Moment«, unterbrach Bogdanow sie wieder, »was heißt – nicht ganz gesund? In welchem Sinn?«

»Sie ist Tumorpatientin und hat eine Operation und eine strapaziöse postoperative Behandlung hinter sich. Ihr kann wirklich leicht übel werden.«

»Tumor, das heißt Krebs, ja?« Bogdanow wurde nachgiebiger. Das waren Dinge, die er verstand. Und vor allem stellte die Orlowa keine Forderungen, bestand nicht aggressiv auf ihrem Recht. Sie bat einfach nur um Hilfe.

»Ja, Krebs. Ihr wurde, entschuldigen Sie die Einzelheiten, die rechte Milchdrüse entfernt.«

»Was?« Bogdanow begriff nicht. »Was für eine Drüse?«

»Die rechte Brust ist ihr weggeschnitten worden«, erklärte Katja ruhig. »Es sollte daher nicht allzu schwierig sein, sie zu finden, wenn sie im Krankenhaus ist. Können Sie uns nicht sagen, an wen wir uns wenden müssen und wie wir uns überhaupt in dieser Situation verhalten sollen?«

Bogdanow fiel sofort die am Morgen auf der Baustelle gefundene Leiche ein. Im Krankenhaus? dachte er mit bitterer Ironie. Im Leichenschauhaus ist eure Swetlana. Oje, gleich wird die Mutter losheulen. Denn das ist sie, bestimmt. Eine große Blondine, Jeans, weißer flauschiger Pullover, dem Aussehen nach Anfang dreißig.

»Warten Sie hier einen Moment.« Er stand auf und ging über den Flur in das Büro, in dem die Leute vom Einsatzkommando saßen.

Als Ella Anatoljewna erfuhr, daß sie ins Leichenschauhaus mußte, um eine Tote zu identifizieren, schluckte sie krampfhaft und krallte ihre Finger in Katjas Arm.

»Es wäre gut«, sagte der Einsatzleiter, »wenn Sie mitkämen.«

»Selbstverständlich«, sagte Pawel.

Katja war noch nie in einem Leichenschauhaus gewesen, sie kannte den Seziersaal und die Zinktische mit den Körpern darauf nur aus dem Kino. Als das Laken vom toten Gesicht Sweta Petrowas weggezogen wurde, bemühte sie sich mit aller Kraft, die Fassung zu bewahren. Sie dachte daran, daß es Ella Anatoljewna in diesem Moment viel schlechter ging und sie ihre eigenen Gefühle besser vergaß.

»Ja, das ist Sweta«, flüsterte Ella Anatoljewna mit blau verfärbten Lippen. »Was hat sie da am Hals?«

»Das ist ein Strangulationsstreifen. Würgemale«, erläuterte die Ärztin, eine mollige junge Frau in grünem Kittel.

»Nach dem offiziellen Gutachten ist der Tod durch Asphyxie aufgrund mechanischer Erdrosselung eingetreten. Am Körper wurden keinerlei äußere Verletzungen festgestellt, es gibt keine Spuren eines Kampfes. Die vorläufige Version lautet Raubmord«, teilte der Einsatzleiter mit monotoner Stimme mit. »Ella Anatoljewna, fühlen Sie sich jetzt in der Lage, meine Fragen zu beantworten?«

Die Petrowa nickte lebhaft, schwankte plötzlich und fiel dann langsam auf Katja, die sie untergehakt hatte. Pawel konnte sie noch rechtzeitig auffangen.

»Nichts Schlimmes, nur eine Ohnmacht«, sagte die Pathologin, die an der Identifizierung teilgenommen hatte, und hielt der Petrowa einen Wattebausch mit Salmiakgeist vors Gesicht.

Kapitel 24

Boris erwachte spät und in freudiger Erregung. Schon lange hatte er nicht mehr so wunderbar ausschlafen können. Gewöhnlich weckte Siwka ihn schon in aller Herrgottsfrühe, aber hier im Keller konnte er schlafen, solange er wollte, und den ganzen Tag auf der faulen Haut liegen. Niemand sagte ein Wort.

Eine Uhr hatte er nicht, aber er war schon seit langem imstande, die Zeit mit einer Genauigkeit von plus-minus zehn Minuten zu fühlen. Jetzt zogen die Minuten sich in die Länge, er wußte nicht, wie er sie füllen sollte. Vorm Dunkelwerden herauszukommen wagte er nicht, er wälzte sich auf seinem Lager, qualmte die Kippen auf, von denen er die ganze Tasche voll hatte, hustete, kratzte sich den verlausten Kopf und scheuchte die Ratten weg.

Ab und zu schlummerte er ein und sah im Traum ein stilles Wäldchen am Rande von Moskau, wo im Juli viele Erdbeeren wachsen. Am Waldrand flimmert es einem rot vor den Augen von den großen Beeren. An den kräftigen Baumstümpfen drängen sich ganze Schwärme von kräftigen roten Pfifferlingen, die gebraten und mit saurer Sahne so lecker schmecken. Am Waldrand steht ein russisches Bauernhaus mit einem weißgetünchten russischen Ofen und einem Vorratskeller, in dem gesalzener, in saubere Tücher gewickelter Speck und ein ganzes Faß mit Gewürzgurken aufbewahrt wird. Auf dem gedeckten Tisch in der Stube steht immer eine Flasche »Perzowka«.

All das sah Boris so klar und deutlich wie einen Fernsehfilm. Besonders lebendig war die rotbackige, gutmütige Bauersfrau. Die Wange auf die runde Patschhand gestützt, blickte sie Boris mit liebevollen blauen Augen an. Sie würde sich nicht mit ihm prügeln wie Siwka, sie kochte ihm Kohlsuppe, machte knackiges Sauerkraut mit Moosbeeren und sang schöne Volkslieder, solche, die einem zu Herzen gehen.

Draußen vor dem staubigen Kellerfenster wurde es langsam dunkel. Ein Schluck Wodka wäre jetzt nicht übel – nur war leider nichts mehr da. Er hatte gestern nacht alles bis auf den letzten Tropfen ausgetrunken. Aber er konnte auch durchhalten. Zum Stelldichein mit einem Mörder ging man wohl auch besser nüchtern. Andererseits – ein solcher Anlaß und gar kein Alkohol? Zumindest ein bißchen Mut müßte er sich eigentlich antrinken.

Die nächsten anderthalb Stunden erörterte er mit sich selbst die schwierige, aber rein theoretische Frage, ob es jetzt angebracht war, etwas zu trinken oder nicht.

Schließlich wurde es Mitternacht. Unauffällig schlüpfte er aus dem Keller, geduckt und mit eingezogenem Kopf huschte er auf den bekannten Hof mit dem Spielzeughäuschen, dem Sandkasten und dem durchgehenden, nur an einer Stelle eingedrückten Zaun.

Es verging keine halbe Stunde, da tauchte der bekannte Schatten auf. Boris hielt den Atem an, er beschloß, für alle Fälle den Mörder erst einmal eine Weile zu beobachten. Der Geruch von Zigarettenqualm wehte zu ihm herüber. Der Mörder setzte sich auf die Bank und rauchte in aller Ruhe. Boris schob das Brett beiseite, kroch durch das Loch im Zaun, lief lautlos zur Bank und setzte sich neben den Mörder.

»Hast du das Geld dabei?« fragte er heiser flüsternd.

»Hallo, Wohltäter. Möchtest du einen Schluck?«

»Keine Zeit. Her mit dem Geld, und good-bye«, knurrte Boris, obwohl es ihn beim Gedanken an Wodka in der Nase juckte. Den ganzen Tag hatte er keinen Tropfen im Mund gehabt, und auf nüchternen Magen nervös zu sein ist kein Spaß.

»Wie solide. Du kriegst dein Geld gleich. Hast du Beweise dabei? Oder denkst du, man glaubt dir aufs Wort?«

»Und ob man mir glauben wird! Schließlich hab ich alles gesehen. Ich hab da drüben in dem Märchenhäuschen gesessen und alles beobachtet. Also quatsch mir nicht die Hucke voll. Gib mir das Geld, und du siehst mich nie wieder.«

»Wirklich nie? Ich gebe dir jetzt einen Tausender, du verjubelst ihn, möchtest mehr und fängst wieder an, mir Briefe zu schreiben.«

»Nein. So einer bin ich nicht, ich bin ehrlich.«

»Was willst du mit dem Geld eigentlich machen? Das ist schließlich ein ganz nettes Sümmchen.«

»Damit fahr ich aufs Land.« Boris schluckte nervös. »Diese verfluchte Stadt steht mir bis sonstwo. An die frische Luft fahr ich. Kauf mir ein Haus.«

Ihm fiel plötzlich auf, daß der Mörder der erste Mensch war, dem er seine geheimsten Pläne mitteilte. Mit niemandem hatte er bisher darüber gesprochen, weder mit Siwka noch mit dem Hausmeister Saidytsch. Aber dem Mörder schüttete er sein Herz aus. Es gibt schon eigenartige Fügungen im Leben.

»Na schön, ich glaub dir. Aber ein ordentlicher Schluck kann dir nicht schaden. Du bist ja ganz nervös, und außerdem wäre es eine Sünde, eine solche Sache nicht zu begießen. Das Geld hab ich im Auto, ich hole es schnell. Hier nimm, damit es dir inzwischen nicht langweilig wird.«

Boris hatte plötzlich eine Halbliterflasche »Stolitschnaja« in der Hand. Sie war eiskalt, und wieder juckte es Boris in der Nase, er mußte sogar niesen.

»Gesundheit, Wohltäter. In einer Viertelstunde bin ich mit deinem Geld zurück.«

Sobald er allein war, öffnete Boris rasch den Verschluß und preßte den kalten Flaschenhals gierig an seine trockenen Lippen.

Kapitel 25

»Wie kann ich mich denn für die Worte eines psychisch kranken Menschen verbürgen?« Doktor Gontschar war sehr erbost und bemühte sich auch nicht, es zu verbergen.

»Ich brauche nicht Ihre Bürgschaft«, erklärte ihm Major Kusmenko ruhig und geduldig. »Ich bitte Sie als Experten darum, den Grad ihrer Zurechnungsfähigkeit zu benennen, und zwar nicht für das Gericht, sondern für mich persönlich.«

»Sie werden von der Patientin Guskowa nur wirres Geschwätz hören, sonst nichts. Sie wird Ihnen keine brauchbaren Zeugenaussagen liefern. Ich finde es schon seltsam, daß ein Jurist wie Sie das nicht begreifen will.«

»Niemand will ihre Aussagen als Zeugenaussagen vor Gericht benutzen. Das ist eine rein operative Information, nicht mehr.«

»Na, wenn man wirres Gerede als operative Information betrachtet, dann bitte sehr. Machen Sie, was Sie wollen. Aber bitte nicht in meinem Büro.« Mit diesen Worten vertiefte sich Gontschar demonstrativ in seine Papiere.

»Wo dann?«

»Im Ärztezimmer, im Behandlungsraum, auf dem Hof – wo Sie wollen.«

Das war schon offene Flegelei. Aber Kusmenko schluckte es. Rutsch mir den Buckel runter, dachte er, ich nehme die Oma zu einem Spaziergang mit nach draußen und unterhalte mich dort in Ruhe mit ihr.

Iwetta Tichonowna erkannte ihn sofort wieder und fragte streng: »Warum hat das so lange gedauert? Ich habe verlangt, daß Sie sofort kommen. Ich habe sehr wichtige Informationen.«

»Verzeihen Sie, eher konnte ich nicht«, erwiderte Kusmenko liebenswürdig. »Sie haben meine volle Aufmerksamkeit. Was möchten Sie mir mitteilen?«

»Die Pistole hat der Junge genommen, vom Komitee der Afghanistan-Veteranen. Und danach hat jemand sie wieder in die Schublade zurückgelegt. Ich denke, das war die Ehefrau von diesem Mann.«

»Iwetta Tichonowna, bitte alles der Reihe nach«, sagte der Major seufzend, mit dem Gefühl, daß er schon wieder seine Zeit vergeudete. »Was für ein Junge war bei Ihnen? Wie sah er aus?«

»Wenn die Leute sich unmoralisch benehmen, nimmt das immer ein schlimmes Ende. Sie steht ja schon in der Zeitung! Ein Glück nur, daß ihre Eltern diese Schande nicht mehr erleben mußten!«

»Wo? In welcher Zeitung?«

Es hatte keinen Sinn. Gontschar hatte leider völlig recht. Für dieses Geschwätz hätte er nicht bis ans andere Ende von Moskau fahren und so viel Zeit verlieren müssen.

»Überhaupt muß die Miliz etwas gegen diese sogenannte demokratische Presse unternehmen. So geht das doch nicht weiter! Ich habe den Artikel extra ausgeschnitten und aufbewahrt. Eine Schweinerei ist das!« Die Guskowa preßte die Lippen zusammen und wandte sich ab, als müsse sie noch einmal diese nur ihr bekannte »Schweinerei« erdulden.

»Darf ich einen Blick auf diesen Artikel werfen?« fragte Kusmenko resigniert.

»Jetzt nicht. Er liegt bei mir zu Hause. Aber ich habe ein sehr gutes Gedächtnis. Ich bin nicht verrückt, wie manche meinen. Die Zeitung heißt ›Kiss‹. In lateinischen Buchstaben geschrieben, das ist Englisch und bedeutet ›Kuß‹. Meine Nachbarin hat sie mir gebracht. Maria Petrowna ist eine seriöse, anständige Frau, sie hält es für ihre Pflicht, darauf zu achten, wofür sich ihr minderjähriger Enkel interessiert. Der Junge ist gerade mal fünfzehn und liest solche Zeitungen. Das ist eure Demokratie und eure neue Erziehung! In diesem Boulevardblättchen wird ganz offen über alle möglichen geschlechtlichen Perversionen geschrieben, über diese entsetzlichen, herumzappelnden Musiker und nackten Mädchen, solche, die das beruflich machen, sich nackt zu zeigen, meine ich. Zu alledem drucken sie auch noch Farbfotos. Und in diesem Blatt, das müssen Sie sich vorstellen« – Iwetta Tichonowna riß dramatisch die Augen auf und machte eine effektvolle lange Pause –, »sehe ich plötzlich ein Foto von Olga! Von meiner Olga!«

»Wie, auch nackt?« Der Major konnte sich nicht beherrschen.

»Nein, Gott behüte. So weit ist es noch nicht gekommen.« Die Alte fuchtelte abwehrend mit den Armen. »Man hat sie in irgendeinem Café fotografiert, zusammen mit dem Sohn eines berühmten Schauspielers. Sein Name ist dort genannt, er soll ein Spielcasino besitzen und mit einer bekannten Ballerina verheiratet sein.«

Die Guskowa hatte sich im Ärmel des Majors festgekrallt und schnatterte so schnell, daß sie kaum noch Luft bekam.

»Iwetta Tichonowna, lassen sie uns über den jungen Mann sprechen, der zu Ihnen in die Wohnung gekommen ist«, unterbrach Kusmenko sie vorsichtig. »Können Sie sich daran erinnern, wann genau er bei Ihnen war?«

»Natürlich kann ich das. Ich habe mein ganzes Leben im Bildungswesen gearbeitet, da ist der erste Schultag für mich immer ein besonderer Tag. Der Junge kam einen Tag danach, am zweiten September vormittags, so gegen elf.«

»Wie sah er aus?«

»Ein ganz junger Kerl, nicht älter als achtzehn. Sehr mager, ein sympathisches Gesicht, mit Schnurrbart. Er brachte Lebensmittel, gute Sachen – Schinken, Käse, Orangensaft, Pralinen. Solche Pralinen hat mir später auch Margarita mitgebracht, sehr lecker, mit verschiedenen Füllungen.«

»Margarita Krestowskaja?« fragte der Major.

»Ja. Sie ist ein sehr gut erzogenes, aufmerksames Mädchen

und besucht uns oft. Eine Freundin von Olga seit dem ersten Schuljahr.«

»Bitte beschreiben Sie den jungen Mann doch noch etwas genauer. Größe, Haarfarbe, vielleicht auch etwas Auffälliges im Gesicht.«

»Die Haare hab ich nicht gesehen. Er trug eine schwarze Ledermütze und hat sie nicht abgenommen, als er hereinkam. Mittelgroß, ein angenehmes Gesicht, nichts Auffälliges. Ein dunkler, ordentlich gestutzter Schnurrbart.«

»Hat er Ihnen irgendeinen Ausweis gezeigt?«

»Selbstverständlich! Glauben Sie, ich ließe jemanden ohne Ausweis in die Wohnung? Olga war zur Universität gegangen. Und ich hatte hohen Blutdruck, wissen Sie, an dem Tag gab es einen Magnetsturm.«

»Wissen Sie noch, wie der Ausweis aussah?«

»Ja, es war ein solides rotes Büchlein, außen stand nichts drauf, innen war ein Foto, ein runder Stempel und der Name. Den Namen habe ich mir sogar gemerkt, ein ganz einfacher: Petrow.«

»Und was für eine Organisation war dort genannt?« fragte Kusmenko und dachte, eigentlich ist das ohne Bedeutung. Rote Büchlein kann man auf dem Arbat kaufen und daraus jedes beliebige Dokument fabrizieren – ein Foto, ein gefälschter Stempel, fertig. Um eine alte Frau hinters Licht zu führen, braucht man sich nicht besonders anzustrengen.

»Das Komitee der Afghanistan-Veteranen. Alles, wie es sich gehört. Meine Tochter und ihr Mann, Olgas Eltern, waren Offiziere, und wir sind Angehörige von Gefallenen.«

»Ja, ich weiß. Sagen Sie, haben Sie früher auch schon Lebensmittel von dieser Organisation bekommen?«

»Nein. Wir bekommen eine kleine finanzielle Unterstützung, aber Lebensmittel hat man uns zum ersten Mal gebracht. Dieser Junge, dieser Petrow, hat mir erklärt, es sei humanitäre Hilfe aus Amerika eingetroffen. Ich mußte noch meinen Rentenausweis suchen. Olga ist so zerstreut, sie verlegt die Sachen ständig. Überhaupt verliert sie in letzter Zeit alles. Sogar Kleider und Unterwäsche. Ihnen als einer offiziellen Person kann ich es ja sagen, vor kurzem hat sie sogar ihren Büstenhalter verloren, ein gutes, fast neues Teil. Sie hat die ganze Wohnung durchwühlt und konnte ihn nicht finden.«

»Verzeihen Sie, Iwetta Tichonowna, wir wollen doch lieber beim eigentlichen Thema bleiben. Also Sie mußten Ihren Rentenausweis suchen.«

»Ja. Und ich fühlte mich gar nicht wohl, es fiel mir schwer ihn zu finden. Ich fragte, ob ich ihm die Daten, die im Ausweis stehen, nicht einfach alle sagen kann. Ich weiß sie auswendig. Aber er sagt, das geht leider nicht. Er braucht auch noch andere Dokumente – die Todesurkunden, beide, von Marina und von Nikolai. Und er schlug mir sehr höflich vor, sagen Sie mir doch, wo das alles liegen kann, und ich sehe selber nach. Ich habe mir weiter keine Sorgen gemacht, denn die Papiere lagen gut sichtbar gleich vorn, wenn man die Schublade aufzieht, und die Pistole ganz hinten in einer Schachtel.«

»Haben Sie die Schublade kontrolliert, nachdem dieser junge Mann gegangen war?«

»Nein. Das ist mir erst später eingefallen, als ich erfahren habe, daß Olga unter Mordverdacht steht. Da habe ich gedacht: wahrscheinlich wegen dieser Pistole. Und sofort fiel mir wieder ein, wie Petrow die Schublade geöffnet hat.«

»Und nachher, nach dem fünften September, war da noch einmal ein Fremder bei Ihnen und hat die Schublade geöffnet?«

»Nein, niemand. Nur Sie. Jemand war noch bei Olga, gleich nach Ihnen. Ich habe ihn flüchtig gesehen, wie er in der Küche saß, aber ins Zimmer ist er nicht gekommen. So ein dicker, seriös aussehender Mann.«

»Hat Olga selbst in den letzten Tagen in Ihrer Gegenwart

die Schublade geöffnet? Hat sie die Schachtel mit der Pistole in die Hand genommen?«

»Ich erinnere mich nicht. Sie sitzt oft an diesem Tisch und arbeitet, da achte ich nicht drauf, welche Schubladen sie aufzieht. Bei Petrow habe ich aufgepaßt, er war ja ein Fremder. Aber wozu sollte ich meine eigene Enkelin überwachen? Sagen Sie, haben Sie zufällig etwas Obst dabei?«

»Leider nein.«

»Oder überhaupt irgend etwas zu essen? Wenigstens ein Brötchen oder Schokolade? Ich muß unbedingt gut zu essen haben. Hier bekomme ich nicht genug. Olga muß sobald wie möglich entlassen werden. Sagen Sie ihr, sie soll mir sofort etwas zu essen mitbringen, wenn sie mich abholt. Etwas Süßes, Schokolade oder Waffeln, die mit der rosa Füllung. Sie weiß schon, welche.«

»Gut«, sagte Kusmenko, »ich richte es aus.«

Er brachte die Guskowa zurück ins Krankenhaus, übergab sie der diensthabenden Krankenschwester, lief dann zum nächsten Kiosk, kaufte eine große Tafel Schokolade, zwei Packungen Waffeln, eine Flasche Orangensaft, kehrte zum Krankenhaus zurück und gab alles für die Guskowa ab.

* * *

»Wir hatten uns mal wieder gestritten, aber nicht sehr heftig. Ich bin immer hinter ihr her gelaufen, durch die ganze Wohnung, und habe gemeckert und gemeckert, ich alte Närrin. Wenn ich gewußt hätte … Sie war so ernst, so konzentriert. Sonst war sie auch nicht auf den Mund gefallen, aber da hat sie nur geschwiegen. Ab und zu hat sie zurückgebissen, aber irgendwie halbherzig. Man merkte, sie hatte etwas anderes im Kopf. Sie hat sich angezogen und geschminkt, aber alles so müde und mechanisch. Und dann hat sie gesagt: Mama, gib mir zehntausend, für alle Fälle.«

Das alles erzählte Ella Anatoljewna nicht dem Einsatzleiter, sondern Katja und Pawel, nachdem diese sie nach Hause gefahren hatten. Sie blieben bis zum Abend bei ihr. Die offizielle Theorie vom Raubmord wurde immer unwahrscheinlicher. Aber der Einsatzleiter hörte nichts davon. Er hatte die Befragung der Mutter auf den nächsten Tag verschoben, denn er fürchtete, sie könne wieder in Ohnmacht fallen. Der Einsatzleiter zweifelte nicht: Dieser Mord würde in die lange Reihe der unaufgeklärten Fälle eingehen, ungeachtet der Tatsache, daß die Leiche identifiziert worden war.

Ella Anatoljewna saß bleich und vollkommen nüchtern in der Küche, starrte mit leeren Augen auf einen Punkt und erzählte, daß Sweta an jenem Abend nicht mehr als zehntausend Rubel in kleinen Scheinen bei sich gehabt hatte und keinen Schmuck außer billigen silbernen Ohrringen.

»Wissen Sie, diese indische Massenware, solche großen, geflochtenen, mit Kügelchen. Sie sehen aus wie Weihnachtsbaumschmuck. Nicht mal im Dunkeln könnte man die für echt halten. Keine Ringe, keine Armbänder oder Anhänger. Nichts.«

Es stellte sich heraus, daß Ella Anatoljewna noch deutlich und in allen Einzelheiten wußte, wie ihre Tochter sich zurecht gemacht hatte, um am Samstag um zehn Uhr abends für ein paar Stunden aus dem Haus zu gehen.

»Hat sie vorher mit jemandem telefoniert? Haben Sie vielleicht gehört, wie sie sich verabredet hat?« fragte Katja.

»Sie hat den ganzen Abend nichts anderes getan als zu telefonieren. Sie wurde angerufen und hat selber angerufen. Wer das alles im einzelnen war – ich weiß es nicht. Mit ihrem Wowtschik hat sie eine halbe Stunde geschwatzt, dann mit Wika, die wollte nach Polen fahren, um Schuhe einzukaufen. Dann noch mit verschiedenen anderen Leuten, mit Margarita, mit Slawik vom Markt. Sie plaudert gern, manchmal hängt sie stundenlang am Telefon.«

Ella Anatoljewna erzählte von ihrer Tochter, und ihr

wurde leichter. Die lebendigen, bekannten Namen, die Einzelheiten des Abends, der Swetas letzter werden sollte, verdrängten gleichsam die schreckliche Wahrheit. Katja hatte jüngst eine ähnliche Erfahrung gemacht.

»Sie erwähnten, daß Sweta sich am Samstag mit Margarita treffen wollte«, sagte Katja, »wissen Sie noch, wann und wo?«

»Oje, das habe ich vergessen. Vielleicht kam mir das auch nur so vor. Sie hat sich mit jemandem verabredet, und ich meinte aus irgendeinem Grund, das sei Margarita. Aber jetzt glaube ich, sie war es gar nicht.«

»Warum nicht?« fragte Pawel. Er nahm fast gar nicht am Gespräch teil, hörte schweigend zu und stellte nur hin und wieder eine kurze Frage.

»Wegen des Tonfalls. Mit Margarita spricht sie gewöhnlich ganz locker und fröhlich, sie kichern auch manchmal. Aber bei diesem Gespräch war sie gar nicht locker, sie war richtig gereizt. Ich hab danach gefragt: Wer war das? Und sie hat nur gebrummt: Laß mich in Ruhe.«

Katja fiel auf, daß Ella Anatoljewna überhaupt nicht mehr an Alkohol dachte. Sie saßen in der Küche, tranken Tee und rauchten. Katja fragte, ob sie ihr Geld dalassen solle, aber Ella Anatoljewna schüttelte den Kopf.

»Danke. Ich habe noch einiges auf dem Sparbuch. Wenn du mir jetzt was gibst, kann ich mich nicht beherrschen und renne noch mitten in der Nacht los, um Wodka zu kaufen. Und dann ist alles zu spät. Dann kann ich nie wieder aufhören ...«

Draußen war es dunkel geworden, sie mußten aufbrechen.

»Wenn Sie Hilfe brauchen – Sie haben ja meine Telefonnummer«, sagte Katja zum Abschied.

Als sie im Auto saßen, sagte Pawel leise: »Billige Ohrringe und ein bißchen Kleingeld. Ein Raubmörder ist wohl kaum hinter solchem Plunder her.«

»Manche Morde werden für eine Flasche Schnaps oder eine Schachtel Zigaretten begangen«, wandte Katja ein.

»Stimmt, das kommt vor. Aber dann wären garantiert auch die Handtasche und die Zigaretten samt Feuerzeug weg. Irgendein enthemmter Säufer oder Fixer hätte ihr restlos alles abgenommen.«

»Willst du damit sagen, der Raubmord war nur inszeniert?«

»Zweifelst du daran?«

Sie hatten gar nicht gemerkt, daß sie schon vor Pawels Haus angekommen waren. Es war bereits völlig finster.

»Bist du sicher, daß du nach Hause willst und nicht zu mir?« fragte Pawel leise, faßte sie an den Schultern und sah ihr in die Augen. »Ich weiß, es ist noch zu früh. Aber nach allem, was heute geschehen ist, hast du da keine Angst, allein zu bleiben, in der leeren Wohnung?«

»Pawel, ich fahre nach Hause. Ich wüßte gar nicht, was ich ohne dich tun soll, du kannst dir nicht vorstellen, wie dankbar ich dir bin. Aber jetzt ist es besser, wenn ich fahre. Wenn ich bleiben will, dann wirst du mich nicht darum bitten müssen. Das wirst du selber merken.«

»Du gibst mir ein Zeichen?« Er lächelte. »Gut. Verzeih mir. Schließlich hast du erst gestern deinen Mann begraben. Ich werde sicher merken, wenn du bleiben willst.«

»Danke.« Katja gab ihm einen leichten Kuß auf die Wange und stieg in ihr Auto.

»Ruf mich an, sobald du zu Hause bist«, bat er noch, bevor sie die Wagentür zuschlug.

* * *

Zu Hause, in der leeren Wohnung, in völliger Einsamkeit, fühlte sich Katja im ersten Moment wie taub von der Stille. Sofort ertappte sie sich dabei, daß sie Angst vor ihrem eigenen Handy hatte.

Sie hatte so gut wie keinen Zweifel mehr – heute morgen

um halb fünf hatte sie am Telefon mit der Mörderin gesprochen. Die Frau, die Sweta gespielt hatte, als Sweta selber schon nicht mehr am Leben war, hatte sie höchstwahrscheinlich auch erwürgt. Aber folgte daraus auch, daß sie Gleb erschossen hatte?

Das Lämpchen des Anrufbeantworters blinkte. Bevor sie die Anrufe abhörte, wählte Katja Pawels Nummer.

»Ich bin schon zu Hause.«

»Ich liebe dich«, sagte er leise. »Irgendwie ist es leichter, das am Telefon zu sagen. Du brauchst nicht zu antworten. Willst du eigentlich immer noch diesen Penner finden, von dem du erzählt hast? Mülleimer-Boris, so hieß er wohl?«

»Ja, Mülleimer-Boris. Morgen mache ich mich auf die Suche nach ihm.«

»Morgen muß ich unbedingt zur Arbeit, bis mindestens fünf. Kannst du deine Suchaktion nicht etwas verschieben? Ich fahre zu dir, und wir suchen zusammen.«

»Danke, aber das schaffe ich schon allein. Wenn wir zusammen auftauchen, bekommt er noch einen Schreck und denkt, du wärst von der Miliz.«

»Na gut, wie du meinst. Wenn nachts noch einmal so ein Anruf kommt, dann ruf mich sofort an. Egal wann. Bleib mit diesem Alptraum nicht allein. Abgemacht?«

»Abgemacht, Pawel. Danke.«

Als sie aufgelegt hatte, dachte Katja, ja wirklich, mit diesem Alptraum darf man nicht allein bleiben. Wie war es nur plötzlich gekommen, daß der sonderbare, schweigsame Pawel Dubrowin, der ihr eigentlich gar nichts bedeutete, jetzt der einzige Mensch war – nein, es war noch zu früh, darüber nachzudenken. Welche Bedeutung Pawel für sie hatte und was weiter sein würde – die Zeit würde es zeigen.

Katja schaltete den Anrufbeantworter an. Die erste Stimme war die ihrer Mutter.

»Wo bist du, Kind? Wie geht es dir? Ruf mich unbedingt an.«

Dann kam Margarita.

»Katja, wo steckst du denn? Konstantin Iwanowitsch und ich machen uns schreckliche Sorgen, ruf doch bitte an, sobald du wieder auftauchst. Wir müssen mit dir reden. Küßchen.«

Ja, Gleb war begraben, nun war die Zeit für die wichtigen Gespräche gekommen. Das Erbe mußte aufgeteilt werden. Sie konnten es gar nicht mehr abwarten.

Die nächste Nachricht hatte Lunjok hinterlassen.

»Guten Tag, Katja. Hier spricht Valera. Ruf mich an, wir müssen uns treffen.«

Katja lächelte ironisch, als sie daran dachte, daß es ihr bedeutend leichter fallen würde, mit Lunjok, einem »Dieb im Gesetz«, über Vermögensfragen zu sprechen als mit ihrem eigenen Schwiegervater.

Auf dem Band war noch eine letzte Mitteilung geblieben.

»Hallo, Katja. Hier ist Jegor Barinow. Ich will dir jetzt kein Beileid aussprechen, davon hast du sicher schon mehr als genug gehört. Ich muß dich sehen, so bald wie möglich. Ich hoffe nicht darauf, daß du mich zurückrufst, deshalb, verzeih, werde ich dich solange anrufen, bis ich dich erreiche. Ich umarme dich, Liebes.«

»Der hat mir jetzt gerade noch gefehlt«, murmelte Katja. »Ich umarme dich, Liebes ... Sehr rührend. Was er wohl von mir will?«

Sie rief bei ihren Eltern an, sagte, es ginge ihr normal, und wünschte ihnen eine gute Nacht. Danach rief sie Valera übers Handy zurück.

»Welche Pläne hast du für morgen?« fragte Valera und teilte ihr, ohne eine Antwort abzuwarten, mit: »Mitjai wird dich morgen vormittag um zehn Uhr abholen.«

»Valera, bitte etwas später, so gegen elf. Ich möchte ausschlafen.«

»Nein, Katja, Mitjai kommt um zehn. Frühstücken kannst du bei mir. Es geht um wichtige Dinge, die keinen

Aufschub dulden. Sag mal, wieso bist du denn so bedrückt?«

»Merkt man das etwa?«

»Du bist finsterer als beim Begräbnis.«

»Weißt du, ich war heute morgen im Leichenschauhaus«, sagte Katja zu ihrer eigenen Überraschung, »ich mußte zu einer Identifizierung. Wieder ein Mord, nur diesmal nicht durch Erschießen, sondern durch Erdrosseln. Ich erzähl's dir morgen, Valera, ja? Heute fehlt mir die Kraft dazu.«

»Morgen die Einzelheiten, jetzt die wichtigsten Fakten«, sagte Lunjok hart.

»Erinnerst du dich, als wir gestern im Treppenhaus standen, da kam so eine ältere betrunkene Frau?«

»Ja. Weiter?«

»Ihre Tochter Swetlana ist am Samstag verschwunden. Ich kenne beide seit der Kindheit, heute habe ich sie angerufen, um zu hören, wie die Lage ist. Ihre Tochter war noch nicht wieder aufgetaucht, und ich bin mit dieser Frau zur Miliz gefahren. Wir brauchten gar keine Vermißtenmeldung mehr zu machen, es stellte sich sofort heraus, daß ihre Tochter tot auf einer verlassenen Baustelle gefunden worden ist.«

»Soso«, sagte Valera gedehnt, »sehr interessant. Wie ist ihr Name?«

»Petrowa. Ella Anatoljewna und Swetlana. Die Miliz glaubt, es handle sich um Raubmord.«

»Sweta Petrowa, Masseurin«, sagte Lunjok langsam.

»Wie, kennst du sie etwa?« fragte Katja erstaunt.

»Was sagst du, wann hat man sie umgebracht?« fragte Lunjok statt einer Antwort.

»Samstagabend. Oder eher Samstagnacht. Valera, wenn dich das wirklich interessiert, dann erzähle ich dir morgen alles im einzelnen, einverstanden? Ich bin müde, mit den Nerven herunter und kriege kaum noch einen vernünftigen Satz auf die Reihe. Kannst du dir vorstellen, wie man sich neben einer Mutter fühlt, die erfährt, daß man ihr einziges Kind ermordet hat?«

»Warst du allein bei ihr?« fragte Lunjok plötzlich.

»Gott sei Dank nicht.«

»Mit wem denn?«

Eine unangenehme Pause entstand.

»Schon gut, kein Grund zur Beunruhigung«, sagte Lunjok freundlich, »von Pawel Dubrowin weiß ich schon. Du bist doch mit ihm zu dieser Petrowa gefahren?«

»Valera, entschuldige, aber hast du etwa Schnüffler auf mich angesetzt?« sagte Katja, nervös auflachend.

»Nein, wozu?« Er lachte ebenfalls. »Dein Leben liegt auch so klar auf der Hand.«

»Auf wessen Hand?« wollte sie amüsiert wissen.

»Auf meiner natürlich!«

Nachdem sie sich verabschiedet und aufgelegt hatte, schaltete Katja beide Telefone aus, ging in ihr Zimmer, streifte den Rock ab, zog sich dicke wollene Kniestrümpfe über die Strumpfhose, legte eine CD mit vokalen Jazz-Improvisationen von Nancy Wilson ein und begann mit ihrem Aufwärmtraining. Zuerst die Bodenübungen, wenigstens ihr Tagesminimum, vierzig Minuten, trotz Müdigkeit und Nervosität. Dann an der Stange, ebenfalls nicht weniger als vierzig Minuten. Wenn die Kraft reichte, wollte sie noch ein Stück aus ihrer Rolle in dem neuen Ballett wiederholen, das sie gerade einstudierten; es hatte noch gar keinen Namen, nur einen vorläufigen Arbeitstitel – »Die süßen Sechziger«. Eine Komposition zu Schlagerthemen aus den frühen sechziger Jahren, lustig und traurig zugleich, mit den zeittypischen Tänzen.

Aber würde sie überhaupt noch aufgeführt werden, diese großartige Komposition? Was würde überhaupt aus dem Theater werden?

Gestern nach dem Begräbnis hatte Valera sie zu seinem Wagen geführt. Nach einigen mitfühlenden Worten, daß die

Zeit alle Wunden heilt und sie jetzt stark sein müsse, hatte er gesagt, es sei ihm lieber, wenn sich die prozentuale Beteiligung am Aktienpaket des Casinos nicht ändere und der Gleb gehörende Teil in einer Hand bliebe. Formell gäbe es drei Erben: die Mutter, den Vater und die Witwe. Er sei bereit, den ganzen juristischen Papierkram zu erledigen.

»Ich bin der Ansicht, du solltest die alleinige Erbin Glebs werden«, sagte Lunjok nachdenklich, aber auch sehr bestimmt. »Konstantin Iwanowitsch hat schon seinen Anteil an der Aktienmehrheit, und es wäre nur gerecht, wenn der gesamte Anteil von Gleb auf dich überginge.«

Katja erwiderte, sie fühle sich durch sein Vertrauen sehr geschmeichelt, aber das sei ein zu wichtiges Gespräch und es sei besser, es auf ein anderes Mal zu verschieben.

»Eben weil es ein wichtiges Gespräch ist, möchte ich, daß du innerlich schon darauf vorbereitet bist«, sagte Lunjok und berührte dieses Thema nicht mehr.

Es war noch zuwenig Zeit seit Glebs Tod vergangen, als daß sie schon ernsthaft darüber hätte nachdenken können, wie alles weitergehen sollte. Sie hatte nur eine sehr ungefähre und verschwommene Vorstellung von der bevorstehenden Aufteilung des Erbes. Die Mehrheit der Casino-Aktien, genauer gesagt, der Teil, der Gleb gehört hatte, würde durch drei geteilt werden, wie das Gesetz es vorsah. Die drei unmittelbaren Erben waren die Witwe und die Eltern. Bei dieser Konstellation würde sie, Katja, einer der Teilhaber werden, mit dem Recht auf einen Teil des Einkommens, den sie dringend für das Theater und für sich selbst brauchte. Wieviel genau machte dieser Anteil aus, reichte er für das Theater und für ihren bisherigen Lebensstil aus? Sie wußte es nicht. Sie hoffte einfach, daß eine Zeitlang alles so bleiben konnte. Sofort würde sicher niemand das Theater schließen. Sie würde Zeit haben, um zur Besinnung zu kommen und sich in Ruhe mit allem zu beschäftigen. Letztendlich hatte nicht sie zu bestimmen, sondern Lunjok – und der hatte sein Machtwort schon gesprochen. Jetzt mußte Katja noch ihre eigene Entscheidung treffen, und nicht nur für sich allein, sondern für die ganze Truppe.

Übrigens war in zwei Tagen im Theater Zahltag. Welches Gehalt stand ihr eigentlich zu? Sie hatte daran bisher keinen Gedanken verschwendet. Irgend etwas hatte man ihr immer aufs Konto überwiesen. Vermutlich eine Summe, die in ihrem persönlichen Budget kaum eine Rolle spielte.

Wieviel hatte sie überhaupt noch auf ihrem Konto? Auch das wußte sie nicht genau. Alle finanziellen Fragen hatte Gleb geregelt. Sie war daran gewöhnt, sich einfach zu nehmen, was sie brauchte. Aber das Schlimme war, daß sie nicht einmal wußte, wieviel sie brauchte. Es hatte immer gereicht. Gleb hatte darauf geachtet, daß ihr Konto nie leer war. Er konnte mit Geld umgehen, sie nicht. Wozu auch? Sie war Künstlerin.

Im Portemonnaie waren nur noch hundert Dollar. Sie hatte heute so selbstverständlich der unglücklichen Ella Anatoljewna Geld angeboten und hätte ihr, wenn diese nicht abgelehnt hätte, diesen Hunderter ohne langes Zögern gegeben. Wie angenehm, wenn man nicht zu überlegen braucht, und wie unangenehm, wenn man auf den Boden der Tatsachen herabsteigen, nachdenken und rechnen muß.

Demnächst mußte sie Shannotschka bezahlen. Im Haus war kein Geld mehr. Etwas war natürlich noch auf ihrem Konto. Aber wieviel? Wieviel auch immer, das Geld würde zu Ende gehen, wenn nicht in einem Monat, dann in zwei.

Geld – das war das Casino mit dem Striptease, das waren die groben, unkultivierten Kerle mit den Gangstervisagen, solche wie diese baschkirischen Ölfritzen, das war eine Welt für sich, die schlecht roch und über die Katja früher angeekelt die Nase gerümpft hatte. Sie war die Künstlerin, und

Gleb kümmerte sich um alles andere, das heißt, er verdiente das Geld, ohne das weder die hohe Kunst noch Katja selbst existieren konnten. Katja, die an ihren weißen Ford, an ihre Fünfzimmerwohnung und an die ordentliche, zuverlässige Shannotschka gewöhnt war, die ihr alle langweiligen Hausarbeiten abnahm.

In zwei Tagen war im Theater also Zahltag. Bisher war der Lohn immer pünktlich ausgezahlt worden. Katja wußte, die Geschäftsführung des Theaters hatte sich in allen wichtigen finanziellen Fragen an Gleb gewandt. Und jetzt?

Sie stellte sich plötzlich deutlich vor, wie der geschäftsführende Direktor, der muntere dicke Goscha Fridman, sie anriefe und sagte: Jekaterina Filippowna, die Bank gibt uns kein Geld mehr. Was sollen wir tun?

Sie würde mit schwachem Stimmchen antworten: Entschuldigen Sie, lieber Georgi Wladimirowitsch, ich weiß nicht, was Sie tun sollen, die finanziellen Fragen hat immer Gleb Konstantinowitsch entschieden, ich verstehe nichts davon. Ich bin Künstlerin, keine Buchhalterin, und außerdem bin ich in Trauer. Mit anderen Worten, laß mich mit deinen Problemen in Ruhe, mein Lieber! Und was weiter?

Entweder stimmte Katja zu, den Platz von Gleb einzunehmen, kopfüber in den dunklen, gefährlichen, übelriechenden Sumpf mit dem schönen Namen »Glücksspiel« zu tauchen; dann brauchte sie sich um das Theater und um ihr eigenes materielles Wohlergehen keine Sorgen mehr zu machen. Oder sie rümpfte weiterhin verächtlich die Nase, schwebte in den Wolken und teilte Lunjok mit einem hilflosen Lächeln mit, daß sie nichts anderes könne als tanzen und von Gelddingen nichts verstehe.

Die Wohnung und den Wagen würde ihr niemand wegnehmen, aber das Theater wäre ruiniert. Sie könnte natürlich bei einer anderen Truppe unterkommen. Aber die würden ihre eigenen Primaballerinen und Solistinnen haben, die nicht weniger talentiert waren als sie. Mit dreißig Jahren noch einmal von vorn anfangen und im Corps de Ballet die Beine schwingen – nein, danke.

Und später, mit vierzig? Choreographie im »Haus der Kultur« unterrichten? Auch dann müßte sie sich für Geld interessieren, aber es ginge nur noch um Groschen.

Und die Truppe? Einige würden ein neues Engagement finden, aber viele würden auf der Straße stehen. Schuld wäre nur sie allein.

Also mußte sie morgen vormittag im Gespräch mit Lunjok deutlich und klar »Ja« sagen. Es war nicht schlimm, daß sie vom Glücksspiel nicht viel verstand – wenn sie wollte, würde sie es lernen. Lunjok würde ihr Mitarbeiter und Berater zur Verfügung stellen.

Valera Lunjok war ein wunderbarer Mensch, fast ein Mitglied der Familie. Gleb und er waren eng befreundet gewesen. Aber es gab auch noch eine andere Seite, eine kalte, harte, geschäftliche. Lunjok war liebenswürdig und wußte sich zu benehmen, aber er war ein Bandit, ein »Dieb im Gesetz«. Früher brauchte man sich darüber keine Gedanken zu machen. Jetzt schon.

Aber vor allem, wenn sie das Casino übernähme, würde sie sehr bald nicht mehr tanzen können. Zeit und Kraft würden nicht für beides ausreichen.

Bei diesem Gedanken krampfte sich in ihrem Inneren alles zusammen, die Muskeln verspannten sich, und das Bein erstarrte mitten in einem hohen Sprung. Die Musik war längst zu Ende. Es war Zeit zu duschen und ins Bett zu gehen. Mein Gott, wie still es war. Schon zwei Uhr nachts, Katja hatte gar nicht gemerkt, wie die Zeit verflogen war.

Und plötzlich wurde die Stille von einem furchtbaren, verzweifelten Schrei zerrissen. Eine Frau schrie auf dem leeren Hof durchdringend um Hilfe. Katja schrak zusammen, rannte zum Fenster, konnte aber nichts erkennen. Der beleuchtete Platz vor dem Hauseingang war leer, und der restliche Teil des Hofes war in Dunkel gehüllt. Der

Schrei wiederholte sich, ging dann in lautes hysterisches Schluchzen und Jammern über. Ohne lange nachzudenken, zog Katja Turnschuhe über die Wollstrümpfe, warf einen Mantel über, schnappte sich die Gaspistole, die in einer Schublade des Flurschränkchens lag, und stürzte nach draußen.

Im Hof war keine Menschenseele. Aus der Dunkelheit, vom Kinderspielplatz, hörte man ein monotones Gejammer: »Ach, du dreimal verdammter Unglücksrabe, was hast du nur angestellt? Mein Lieber, mein Einziger, mein Stinkebock ...«

Auf dem Boden vor der Bank lag ein dunkler Haufen. Daneben kauerte eine Frau und weinte. Der Wind fuhr durch die Büsche, die diesen Teil des Hofes von dem erleuchteten Stück vor dem Hauseingang trennten. Licht fiel auf die Frau. Katja sah, daß sie eine Halbliterflasche Wodka in der Hand hielt. Der unförmige Haufen war ein Mann, ein Stadtstreicher. Er lag bewegungslos in einer seltsamen, verkrümmten Stellung.

Als Katja näher herantrat, erkannte sie die kräftige große Frau, die sich vor zwei Tagen auf Boris gestürzt und ihn verprügelt hatte.

Die Frau blickte zu ihr hoch, schniefte laut und sagte heiser:

»Guck du doch mal nach, ja? Ich hab Angst.«

»Was soll ich gucken?«

»Er atmet nicht.«

»Wer?« fragte Katja leise, obwohl sie die Antwort schon wußte, und kauerte nieder.

»Boris, dieser Hundesohn ... Da, die Flasche hier lag neben ihm, nicht ausgetrunken. Und es war doch bloß ein halber Liter. Er hat noch was dringelassen.« Sie hob die Flasche an die Lippen.

Ohne nachzudenken, packte Katja sie sofort am Arm: »Nicht trinken!«

Siwka starrte sie verstört an, fluchte, trank aber nicht.

»Meinst du, er hat sich vergiftet? Aber das ist guter Wodka, ›Stolitschnaja‹.«

An so etwas hatte Katja noch gar nicht gedacht – nur daran, daß man schleunigst den Notarzt rufen mußte. Siwka war bereits schwer betrunken, noch ein paar Schluck, und sie würde ganz hinüber sein. Katja stellte die Flasche beiseite, auf den Rand des Sandkastens, drehte vorsichtig den Kopf von Boris zu sich herum und blickte ihm ins Gesicht. Unter den angeschwollenen, schweren Lidern sahen sie trübe tote Augen an.

Kapitel 26

»Kannst du mir erklären, welchen Sinn das haben soll?« fragte Untersuchungsführer Tschernow Major Kusmenko. »Na schön, die Bar ›Zum Weißen Kaninchen‹, das verstehe ich, das mußte man überprüfen. Aber wieso warst du bei der Alten in der Klapsmühle?«

»Das mußte ich auch überprüfen«, erwiderte Kusmenko matt.

»Na, und was hat's gebracht?« Tschernow grinste spöttisch. »Du bist mir ein Gewissenhafter ... Hast du noch nicht genug aussichtslose Fälle?«

»Hör schon auf«, wehrte Kusmenko ab, »das weiß ich alles selber. Aber mit der Alten mußte ich wirklich sprechen. Übrigens ist sie gar nicht so verrückt, wie es scheint. Was sie über das Foto in dem Boulevardblättchen ›Kiss‹ gesagt hat, stimmte genau. Ich hab's mir rausgesucht. Die Oma hatte den Artikel fast wortwörtlich im Kopf. Mit ihrem Gedächtnis ist also alles in Ordnung.«

»Und was folgt daraus? Selbst wenn sie sich diesen Burschen mit der Ledermütze nicht ausgedacht hat, selbst wenn er die Schublade, in der die Pistole lag, geöffnet hat –

trotzdem hat sie nicht gesehen, daß er sie genommen hat. Und wer soll sie später wieder zurückgelegt haben? Ja, wenn du diesen Petrow selber ausfindig machen und ihm das Messer an die Kehle setzen könntest, wenn du irgendeine direkte Verbindung zu Täuberich oder zu dem spurlos verschwundenen Fürst Nodar entdecken würdest, dann ... A propos, gibt es in dieser Sache was Neues?«

»Nichts. Totenstille. Das Täubchen ist nach Sotschi in den Herbsturlaub geflogen. Da hat es eine eigene Villa. Vom Fürsten keine Spur. Und was diesen Petrow betrifft – auch da war ich nicht faul, habe mich mit allen möglichen Fonds und Komitees in Verbindung gesetzt, die theoretisch solche Unterstützungen verteilen könnten.«

»Und natürlich ist alles ein Bluff. Humanitäre Hilfe aus Amerika ist schon lange nicht mehr eingetroffen, und Jungs in Lederkäppis und mit roten Büchlein pilgern auch nicht von Wohnung zu Wohnung.«

»Genau«, sagte Kusmenko, »so ist es. Aber überleg mal, wer hatte das alles nötig – Geld auszugeben, Lebensmittel zu kaufen und zu übergeschnappten Omas zu gehen? Und das rote Büchlein mußte man ja auch im voraus anfertigen. Soviel Aufwand! Wozu?«

»Bist du ganz sicher, daß die Alte diese rührende Geschichte nicht von A bis Z erfunden hat? Sie will schließlich nach Hause, und da hat sie sich einfach ein Alibi für ihre Enkelin ausgedacht.«

»Zu viele Einzelheiten.« Kusmenko lehnte sich zurück und zündete sich eine Zigarette an. »Eine so lebhafte Phantasie hat die Oma nicht, um sich so viele Details auszudenken. Und außerdem, wenn sie lügen würde, dann würde sie garantiert sagen, sie hätte mit eigenen Augen gesehen, wie die Pistole herausgenommen wurde.«

»Weißt du«, sagte Tschernow nachdenklich, »ich habe das Gefühl, wir dreschen hier leeres Stroh. Im Prinzip können wir die Sache mit reinem Gewissen ans Gericht geben.«

»Wirklich?« Kusmenko kniff die Augen zusammen. »Bist du hundertprozentig überzeugt, daß die Guskowa Kalaschnikow erschossen hat?«

»Nein. Aber nicht, weil es zu wenig Beweise gibt oder weil ich mir kein Bild von der Tat machen kann. Es ist nur einfach alles ein wenig ungewöhnlich und seltsam. Psychologisch will es einem nicht in den Kopf, daß ein Geschäftsmann und Casinobesitzer, der tief ins Banditenmilieu verstrickt ist, nicht von einem bezahlten Killer um die Ecke gebracht wird, den ein Konkurrent oder ein Gläubiger engagiert hat, sondern von der eigenen Geliebten. Andererseits, das Leben steckt voller Seltsamkeiten. Und es ist ja alles durchaus erklärbar und logisch. Sie hat bis zum letzten Moment nicht gewußt, daß sie schießen würde. Aber als sie gesehen hat, wie die beiden sich vor dem Haus umarmten, ist es mit ihr durchgegangen. Und gezielt hat sie höchstwahrscheinlich auf die Orlowa. Erstaunlich, daß sie überhaupt getroffen hat.«

»Ja, erstaunlich. Jemand, der gar nicht richtig schießen kann, trifft wie ein Scharfschütze mit einem einzigen Schuß tödlich, allerdings, zugegeben, die falsche Person. Und dann rennt er in Panik zur Metro, fährt nach Hause, legt die Pistole zurück in die Schublade und lebt weiter, als wenn nichts gewesen wäre.«

»Eben.« Tschernow nickte energisch. »Ich kann da keine Widersprüche sehen. Auf der einen Waagschale haben wir die Pistole, ein Motiv, das Fehlen eines Alibis und das Tagebuch des unglücklichen Grischetschkin. Und was ist auf der anderen? Das Gespräch mit der verrückten Alten? Irgendein unklares Gefühl, daß etwas nicht stimmt? Für das Gericht kein Argument. Und was die Alte angeht – auch wenn sie noch so normal ist, für ihre Enkelin würde sie uns alles mögliche vorfaseln, daß jemand die Pistole erst gestohlen und dann heimlich wieder zurückgebracht hat. Und was ist mit den Anrufen? Die anonymen Anrufe und die blödsinnige Geschichte mit den Holzspänen im Kopfkissen? Das paßt doch alles klar in ein und dasselbe Schema. Wohin du auch stößt – überall Beweise, direkte, indirekte, alles da.«

»Reichlich viel Beweise«, murmelte Kusmenko. »Man braucht gar nicht zu suchen, alles wird einem auf dem Silbertablett serviert: guten Appetit, meine Herrschaften, hier haben Sie den Mörder.«

»Nun hör aber auf, Iwan«, sagte Tschernow und runzelte die Stirn, »wirklich, wer soll es denn sonst sein?«

* * *

Es läutete an der Haustür. Im ersten Moment glaubte Katja, es sei wieder ihr Handy. Es war schwer, sich aus dem tiefen, festen Schlaf zu lösen. Aber das hartnäckige Klingeln wollte nicht verstummen. Schließlich öffnete sie die Augen und schaute auf die Uhr. Es war schon zehn, und da fielen ihr Lunjok und Mitjai wieder ein. Sie stand auf, schlurfte barfuß in die Diele und nahm den Hörer der Sprechanlage ab.

»Hier ist Mitjai«, brummte eine unzufriedene Männerstimme.

»Ach ja, guten Morgen. Warten Sie bitte im Auto auf mich. Ich komme in einer Viertelstunde runter.«

»Gut. Es ist der rote Jeep Cherokee, Kennzeichen 458 MJu.«

Während Katja sich wusch, die Zähne putzte und sich fertig machte, versuchte sie ihre Gedanken zu ordnen.

Sie hoffte, heute etwas Wichtiges über Sweta Petrowa zu erfahren. Sweta war tot. Mülleimer-Boris, der wahrscheinlich den Mörder gesehen hatte, war tot. Sweta hatte man erwürgt und einen Raubmord vorgetäuscht. Boris war an Vergiftung durch Methylalkohol gestorben. Das hatte der Notarzt gesagt.

In der Nacht oder eigentlich schon gegen Morgen, vor wenigen Stunden erst, war zusammen mit dem Notarzt auch die Miliz erschienen. Auf Katjas Frage, ob es sich hier vielleicht um Mord handeln könne, hatte der untersetzte Hauptmann eigenartig reagiert. Er maß Katja mit einem hochmütigen, vernichtenden Blick, schnaubte, spuckte auf den Asphalt und äußerte: »Von mir aus können die alle krepieren.«

»Du stinkender Bock! Du Drecksack!« schrie Siwka empört, die noch immer an der gleichen Stelle stand und monoton schluchzte.

»Was hast du gesagt?« Der Hauptmann ging auf Siwka zu. »Den Bock wirst du mir jetzt gleich ...«

»Lassen Sie sie in Frieden«, unterbrach ihn Katja und stellte sich schützend vor die Stadtstreicherin.

»Mischen Sie sich gefälligst nicht ein, gehen Sie nach Hause!« schnauzte der Hauptmann sie an.

»Schweine seid ihr alle, ich hasse euch!« Siwka regte sich ernsthaft auf und kreischte so laut, daß es über den ganzen Hof schallte.

Grob, mit Püffen und unter scheußlichem Fluchen wurde sie in den Wagen der Miliz gestoßen. Katja sah zum ersten Mal in ihrem Leben eine solche Szene. Die schmutzige, unglückliche Frau tat ihr leid. Wahrscheinlich hatte sie ihren Boris geliebt. Zu gern hätte sie dem dicken Milizhauptmann, dem alles so egal war, etwas Scharfes, Kränkendes an den Kopf geworfen. Immerhin war ein Mensch gestorben! Und ein anderer Mensch weinte um ihn. Warum macht es dir solchen Spaß, diese betrunkene Frau arrogant zu behandeln? Laß sie in Ruhe. Laß sie schreien und weinen, bis sie müde ist, statt sie zu schlagen, noch dazu mit so offenkundigem Vergnügen, im Bewußtsein deiner Macht, deiner moralischen und physischen Überlegenheit. Ja, es sind Penner, ja, sie stinken. Aber trotzdem sind es Menschen.

Doch Katja sagte nichts von alledem. Sie wandte sich schweigend um und stolperte auf den Hauseingang zu. Es schüttelte sie vor Kälte, und das Bewußtsein, daß sie geschwiegen hatte und nicht für die unglückliche Frau eingetreten war, verursachte ihr Übelkeit. Natürlich hätte ihre Fürsprache nichts geändert, aber trotzdem ...

Vor der Unterredung mit Lunjok mußte sie sich sammeln und zur Ruhe kommen. Wenn sie sich dafür entschied, das Casino zu übernehmen, war dieses Gespräch doppelt wichtig. Es hing viel davon ab, wie sie sich von Anfang an behauptete.

Lunjok erwartete sie in seinem Bürohaus, einer Villa in Sokolniki. Im Wohnzimmer standen auf dem Couchtisch eine Schale mit Obst und ein Aschenbecher.

»Hallo, du Schlafmütze. Möchtest du frühstücken?« Lunjok stand auf, kam ihr entgegen und küßte sie auf die Wange.

»Gern«, sagte Katja und setzte sich in einen tiefen Polstersessel.

Lunjok schnalzte mit den Fingern, und eine Minute später rollte ein älterer, kahlgeschorener Mann, den Katja noch nie gesehen hatte, einen Servierwagen herein. Darauf stand eine große, dampfende Silberkanne mit Kaffee, hohe Gläser mit eiskaltem Orangensaft, Teller mit Toast, Käse, Schinken, Schälchen mit schwarzem und rotem Kaviar.

»Na, hast du über unser Gespräch nachgedacht?« fragte Lunjok und goß den Kaffee ein. »Bist du bereit, die einzige Erbin zu werden? Oder hast du noch Zweifel?«

»Ehrlich gesagt, ja«, gestand Katja. »Erstens verstehe ich überhaupt nichts vom Glücksspielgeschäft. Zweitens hänge ich sehr an meinem Ballett. Und drittens begreife ich nicht ganz, warum man nicht einfach alles durch drei teilt, wie es vom Gesetz vorgesehen ist. Kurz gesagt, warum gerade ich?«

»Ich werde dir der Reihe nach antworten«, sagte Lunjok lächelnd. »Was das Glücksspielgeschäft betrifft, so verstand dein Mann am Anfang auch nichts davon. Aber er hat es recht schnell gelernt. Weiter. Du liebst das Ballett und weißt, wenn du das Casino übernimmst, wirst du nicht mehr tanzen können. Aber verstehst du, wenn du das Casino ablehnst, kann niemand dir garantieren, daß dein Theater nicht Pleite macht. Natürlich ist das Ballett eine wunderbare Sache, aber es bringt nichts ein, es kostet nur. Die Kosten würde ich aus Sympathie für dich ja übernehmen. Aber was die Möglichkeit zu tanzen angeht – entschuldige, aber du bist keine zwanzig mehr. Ich bin kein Fachmann, aber ich weiß, eine Ballettkarriere ist kurz. Wie lange wirst du dich noch als Primaballerina halten können? Du mußt an die Zukunft denken. Und zum Schluß die Hauptsache. Warum gerade du? Kalaschnikow senior besitzt, wie dir bekannt ist, bereits einen bestimmten Aktienanteil. Wenn dazu noch ein Drittel aus dem Anteil von Gleb hinzukommt, ist das sehr viel. Und ich fürchte, es wird noch mehr werden, denn Kalaschnikow wird es nicht schwerfallen, Nadeshda Petrowna zu überreden, ihm ihr Drittel abzutreten. Dann befänden sich achtzig Prozent der Aktien in einer Hand. Bei allem Respekt für Konstantin Iwanowitsch, ich bin nicht sicher, ob er der Versuchung widerstehen kann, sich alles unter den Nagel zu reißen und sich meiner Kontrolle zu entziehen. Seine junge Frau ist auch keine Kostverächterin, im Gegenteil. Ein ganz gewieftes Ding ist sie. Die beiden stehen sich in nichts nach. Aus diesen zwei Möglichkeiten – sie oder du – habe ich dich gewählt. Drücke ich mich verständlich aus?«

»Völlig.«

»Iß, solange der Toast noch warm ist.«

Katja machte sich ein Brot mit schwarzem Kaviar. Sie hatte wirklich Hunger.

»Also«, fuhr Lunjok fort, »die prozentuale Verteilung, wie sie vor Glebs Tod existierte, war für mich optimal. Du bist ein nüchterner, besonnener Mensch ohne unvorhersehbare Launen. In gewissem Sinne bist du mir als Geschäftspartnerin sogar noch lieber als Gleb. Du wirst dir keine verrückten Liebhaber zulegen, dich nicht betrinken und randalieren. Überhaupt bist du mir menschlich sehr sympathisch. Das Image des Casinos kann sich nur verbessern, wenn die Chefin eine junge schöne Frau mit hervorragendem Benehmen, untadeligem Ruf und der stolzen Haltung einer Tänzerin ist. Hast du immer noch Zweifel?«

»Nein, ich habe keine Zweifel mehr.« Sie blickte ruhig in seine graugelben Augen. »Nur eine Bedingung.«

»Welche?« Er zog kaum merklich die Brauen hoch.

»Du hilfst mir, den Mörder meines Mannes zu finden.«

»Aber das ist doch schon alles geklärt.« Er lächelte sorglos. »Das habe ich dir doch schon bei der Beerdigung gesagt. Olga Guskowa, die letzte Liebe deines Mannes, ist als Tatverdächtige verhaftet worden. Wobei allerdings vermutet wird, daß sie auf dich gezielt hat. Du verstehst, ich habe meine Informanten.«

»Du hast deine Informanten, und ich habe zwei Leichen in vierundzwanzig Stunden«, sagte Katja.

»Wie – zwei? Gestern abend war es doch erst eine. Sweta Petrowa. Übrigens, ich habe mich heute morgen erkundigt, es handelt sich wirklich nur um einen banalen Raubmord.«

»Es gab noch eine weitere Leiche. Heute nacht«, sagte Katja mit nervösem Lächeln. »Ein Stadtstreicher ist bei uns im Hof an Methylalkoholvergiftung gestorben.«

»Du mußtest hoffentlich nicht schon wieder ins Leichenschauhaus?«

»Nein.« Katja schüttelte den Kopf. »Ich mußte nur den Notarzt rufen. Aber die Sache ist die, dieser Stadtstreicher hatte gesehen, wer auf Gleb geschossen hat.«

Lunjok starrte Katja mit seinen graugelben kalten Augen an. Seine Hand mit dem Kaviartoast blieb in der Luft vor seinem Mund stehen.

»Am Sonntag waren den ganzen Tag Leute vom Fernsehen bei uns auf dem Hof. Während sie auf mich gewartet haben, haben sie aus irgendeinem Grund diesen Stadtstreicher, Boris, gefilmt. Er wohnte in unserem Block und hatte die Angewohnheit, nachts herumzustreunen. Und da kam mir die Idee – vielleicht hat er in jener Nacht etwas bemerkt? Die Miliz fürchtet er wie der Teufel das Weihwasser, aber das Fernsehen ist eine ganz andere Sache. Die können ihn für eine Information bezahlen, und so hat er wohl beschlossen, sich etwas Geld zu verdienen. Ich weiß nicht, ob er ihnen etwas Konkretes gesagt hat, das müßte man sie fragen. Es war so ein widerlicher kleiner Skandalreporter namens Siwolap und mit ihm noch ein Kameramann. Mit Boris selber konnte ich nur kurz und nicht bis zu Ende sprechen. Aber ich habe soviel erfahren, daß er tatsächlich den Mörder gesehen hat. Es war eine Frau.«

»Na, das ist auch ohne deinen Penner klar.« Valera biß endlich in seinen Toast. »Die Ermittler haben keine Zweifel mehr. Ich übrigens auch nicht.«

»Ich schon.« Katja zog zwei Kassetten aus ihrer Handtasche und legte sie auf den Tisch.

Als Lunjok die Aufzeichnung des ersten Gesprächs hörte, wurde er augenblicklich finster.

»Das ist Sweta Petrowa. Die, die auf der Baustelle erwürgt wurde«, erklärte Katja. »Sie hat zwei Wochen vor Glebs Tod das erste Mal angerufen. Ich weiß nicht, ob sie Olga Guskowa kannte. Möglich wäre es natürlich, und es kann auch sein, daß es Olga war, die sie gebeten hat, bei mir anzurufen, und die sie dann später, als sie die Gefahr spürte, als Zeugin aus dem Weg geräumt hat. Aber ich bin so gut wie sicher, daß es nicht so war.«

»Und warum bist du so sicher?« sagte Lunjok langsam.

»Hör dir erst noch die zweite Kassette an.«

»Ja und?« fragte er, als die Stimmen auf dem Band verklungen waren. »Ich verstehe natürlich, es ist widerlich, sogar mir wird übel. Aber du bist eine starke Frau, du stehst das durch.«

»Das schon«, sagte Katja, »nur kam der zweite Anruf, als Olga schon in Untersuchungshaft saß und Sweta Petrowa bereits tot war. Wenn du noch mal aufmerksam hinhörst, wirst du merken, es ist eine andere Stimme. Ähnlich wie Swetas Stimme, aber sie ist es nicht. Und sie konnte es ja auch gar nicht sein. Am Samstagabend ist sie ermordet worden. Und der Anruf kam in der Nacht nach dem Begräbnis, am Montag.«

»Bitte nicht noch einmal, ein zweites Mal höre ich mir diesen Schmutz nicht an. Überhaupt, Katja, vergiß es. Gewöhnliche weibliche Gehässigkeit. Weißt du, was mir an dir immer gefallen hat? Daß du so gar nichts Zickiges hast. Unter euch Frauen gibt es nur wenige, die fremde Schönheit oder fremden Erfolg verzeihen können. Versuch nur mal, in Gegenwart einer Frau ein gutes Wort über eine andere Frau zu sagen! Sie wird Gift und Galle spucken. Im Straflager wird ein hübsches Ding von den anderen Frauen schon mal mit der Rasierklinge traktiert. Aber auch über dein Ballett ist mir so einiges zu Ohren gekommen. A propos, wo wir schon von den schönen Künsten sprechen, bei Puschkin zum Beispiel im ›Märchen von der toten Zarentochter‹ dreht sich alles um weibliche Mißgunst. ›Bin ich wohl die allerschönste, lieblichste und angenehmste?‹ Und wenn ich's nicht bin, dann stampfe ich die andere in Grund und Boden, werfe sie den wilden Tieren zum Fraß vor, vergifte sie, ertränke sie … In einem anderen seiner Märchen ist die Schöne ja wirklich ertränkt worden. Weißt du noch, die Weberin und die Köchin im ›Märchen vom Zaren Saltan‹? Ich war so ein Dreikäsehoch, als mir meine Großmutter das vorgelesen hat, und du siehst, ich weiß es bis heute.« Lunjok lehnte sich im Sessel zurück und kniff die Augen seltsam zusammen, wie eine Katze. »Puschkin hat viele kluge Sachen geschrieben. Leider habe ich niemanden, mit dem ich mich darüber unterhalten kann. Wir sollten uns öfter treffen, Katja. Nicht nur geschäftlich, auch so, von Mensch zu Mensch.«

Katja machte dieser letzte Satz ein wenig stutzig. Sie hatte schon vor geraumer Zeit gemerkt, daß Lunjok sie nicht nur als Ehefrau seines Freundes und Geschäftspartners sympathisch fand, nicht nur als begabte Tänzerin, sondern auch einfach als Frau. Nicht daß ernste Absichten dahinter gestanden hätten, Gott bewahre. Solange Gleb am Leben gewesen war, hatte Valera höfliche Distanz gewahrt. Aber jetzt machte er plötzlich den sanften, vorsichtigen Versuch, ein Territorium zu betreten, das früher in ihren Beziehungen tabu war.

»Hör mal, Valera, ich hab vergessen, dich zu fragen«, sagte sie nach einer kleinen Pause, »du hast gestern davon gesprochen, daß du Sweta Petrowa gekannt hast. Darf ich fragen, woher?«

»Gekannt ist ein bißchen viel gesagt. Ich habe sie ein paarmal gesehen und ihren Namen gehört.«

»Genauer kannst du dich nicht erinnern?«

»Genauer möchte ich nicht«, sagte er lächelnd und schüttelte den Kopf.

»Warum nicht?«

Lunjok zündete sich eine Zigarette an und maß Katja mit einem langen, abschätzenden, typisch männlichen Blick.

»Katja, erklär mir mal eins«, sagte er nach langem Schweigen sanft, etwas gedämpft. »Du bist eine schöne, kluge Frau. Deinetwegen kann man glatt den Kopf verlieren. Warum gerätst du nur immer an Männer, die ...«

»Valera, bitte nicht«, unterbrach Katja ihn mit gerunzelter Stirn. »Ich habe dich sehr gut verstanden, aber ich möchte darüber nicht sprechen. Gleb ...«

»Ich rede nicht von Gleb«, fiel Lunjok ihr ins Wort, »ich spreche von deiner ersten Liebe. Was war das übrigens für eine Geschichte letzten Winter auf Teneriffa?«

Katja wunderte sich überhaupt nicht, daß Lunjok auch das wußte. Wie hatte er doch gestern am Telefon gesagt: »Dein Leben liegt klar auf der Hand.«

»Ach, du meinst Barinow? Da gab's keine Geschichte. Wir haben uns zufällig getroffen.«

»Gleb kam aus dem Urlaub mürrisch und genervt zurück und hat den Präsidentenberater ein Schwein genannt. Doch wohl nicht ohne Grund?«

»Wieso kommst du jetzt darauf?« Katja zog erstaunt die Brauen hoch. »Ich frage dich nach Sweta Petrowa, und du redest plötzlich von Barinow und Teneriffa. Ich sehe da keinen Zusammenhang.«

»Der Zusammenhang ist der, daß Sweta Petrowa fünf Jahre lang deinen Märchenprinzen Barinow verwöhnt hat. Ich wollte es dir nicht sagen, aber jetzt hast du es selber aus mir herausgeholt. Damals warst du noch ein kleines Mädchen, aber jetzt bist du eine erwachsene Frau, noch dazu eine völlig ungebundene. Zieh deine Schlüsse, um die Fehler der Vergangenheit nicht wieder zu begehen. Du brauchst einen richtigen Mann, der stark und zuverlässig ist. Dir wird demnächst ein bedeutendes Unternehmen gehören, und da wird es viele geben, die gerne ... Na, lassen wir das, entschuldige, wenn ich mich in Dinge mische, die mich nichts angehen.« Wieder kniff er listig, wie eine Katze, die Augen zusammen.

»Nicht doch, warum?« Katja lächelte. »Wir sind jetzt Geschäftspartner, und da kann ich durchaus verstehen, daß es dir nicht egal ist, wer an meiner Seite sein wird.«

»Richtig«, bestätigte Lunjok, »das ist mir nicht egal. Übrigens, dein Dubrowin ist ein erstklassiger Programmierer. Allerdings hat er sich eine Kleinigkeit zuschulden kommen lassen, hat sich ein paar äußerst unangenehme Viren ausgedacht. Es gab einigen Ärger, aber vor Gericht ist die Sache nicht gekommen. Sowas ist ja strafbar ... Aber Schwamm drüber, das ist lange her.« Lunjok winkte nachlässig ab. »Er hat es nicht aus Gewinnsucht getan. Nur so zum Vergnügen. Weißt du übrigens, wer die Firma kontrolliert, in der er arbeitet? Skelett. Das ist eine ›Autorität‹ aus dem Kaukasus, ein schlauer alter Schakal. Liebt Täuberich wie seinen eigenen Sohn. Wer Täuberich ist, das weißt du doch, hoffe ich?«

»Ja, natürlich.« Katja lächelte ruhig. »Und was folgt daraus?«

»Vorläufig nichts.« Lunjok zuckte die Achseln. »Wir überprüfen das noch. Hör mal, ist das eine ernste Sache mit ihm?«

»Es gibt gar keine Sache mit ihm. Vorläufig jedenfalls nicht, weiter wird man sehen. Ehrlich gesagt, ich weiß es selber nicht.« Katja warf einen Blick auf ihre Uhr und erhob sich. »Ich muß los. Danke für das Frühstück.«

»Keine Ursache.« Lunjok erhob sich ebenfalls aus seinem Sessel. »Ich freue mich immer, dich zu sehen. Ich lasse dir also eine Woche Zeit, damit du zu dir kommen und dich erholen kannst. Reicht eine Woche?«

»Vollständig.«

»Schön. Falls es Probleme gibt, ruf an. Ja, und sage deinen Verwandten, Gleb hat ein Testament gemacht. Darin hat er seinen ganzen Anteil dir überschrieben. Das wird ihnen den Mund stopfen.«

»Wie, ist das wahr?« Katja blieb abrupt in der Tür stehen.

Hinter ihr tauchte bereits Mitjai auf, der sie nach Hause fahren sollte.

»Aber sicher!« erwiderte Lunjok grinsend. »Solche Dinge muß man im voraus bedenken. Vieles kann im Leben geschehen. Ein vom Notar beglaubigtes Dokument, alles, wie es sich gehört.«

»Moment« – Katja zog nervös die Schultern hoch –, »wann hat er dieses Testament denn geschrieben?«

»Vor einem halben Jahr.«

»Darf ich es mal sehen?«

»Du wirst dich noch rechtzeitig daran ergötzen können. Es fällt alles an dich, der gesamte bewegliche und unbewegliche Besitz, alles. Nur eine Bedingung ist dabei – du mußt weiterhin seine Mutter, Nadeshda Petrowna, unterstützen, jeden Monat tausend Dollar plus Übernahme ihrer unvorhergesehenen Ausgaben im Krankheitsfall und so weiter.«

»Und was bekommt sein Vater?«

»Nichts.« Lunjok hob beredt die Arme. »Aber mach dir um Onkel Konstantin keine Sorgen. Der wird schon nicht am Hungertuch nagen.«

Die Nachricht vom Testament kam für Katja völlig überraschend. Nicht zufällig hatte Lunjok sich diese Mitteilung bis zum Schluß aufgespart. Gut möglich, daß er sich überhaupt erst am Ende ihres Gesprächs entschlossen hatte, es ihr zu sagen. Er hätte es auch ganz für sich behalten können. Alles lag in seiner Hand, alles. Und das ließ er sie jetzt deutlich spüren.

»Du brauchst also keine besonderen Umstände mit ihnen zu machen, mit Kalaschnikow und seiner Margarita.« Er küßte sie zum Abschied zärtlich auf die Wange. »Und noch etwas. Reg dich nicht unnötig wegen dieser dummen Anrufe und wegen vergifteter Penner auf. Der Mörder ist gefunden, das Leben geht weiter, wir beide haben viel zu tun. Und laß die Bullen aus dem Spiel, ja? Wir brauchen beide keinen überflüssigen Ärger. Sie nutzen ja mit Vergnügen selbst den kleinsten Anlaß, um sich in unsere Angelegenheiten zu mischen. Das verdirbt uns nur die Stimmung. Wir sorgen in unserem Haushalt schon allein für Ordnung.«

Er begleitete sie bis zum Wagen, küßte sie noch einmal und legte dabei seinen Arm leicht um ihre Taille. Valera Lunjok – ihr guter Freund und Geschäftspartner, Puschkin-Liebhaber, Kenner der weiblichen Psyche und »Dieb im Gesetz«. Ihm kam es gelegen, daß der Mord an Gleb nichts mit dem Geschäft zu tun hatte. Die Menschen kommen und gehen, aber sein Reich sollte ewig bestehen.

Der dunkelrote Jeep fuhr zum Tor hinaus. Katja saß auf dem Rücksitz und schaute auf den kräftigen rasierten

Nacken des schweigsamen Mitjai. Wieviel Leichen wohl schon auf sein Konto gingen? Gleb hatte erzählt, dieser Mitjai könne jemanden mit einem Hieb zum Krüppel schlagen oder sogar töten. Kein Mensch, sondern eine richtige Kampfmaschine für blutige Abrechnungen unter Banditen. Ein paarmal hatte er Lunjok schon das Leben gerettet.

Katja fielen plötzlich die undeutlichen Gerüchte und Anspielungen ein, der charmante Lunjok sei in den Handel mit Waffen und Drogen verwickelt, er habe bei mehreren aufsehenerregenden Auftragsmorden die Finger im Spiel gehabt, habe Verbindungen nach Tschetschenien und vieles andere.

Früher konnte sie es sich leisten, nicht weiter hinzuhören und nicht darüber nachzudenken. Aber jetzt war es besser, genau zu wissen, mit wem sie es künftig zu tun haben würde, und sich keine Illusionen zu machen. Wenn sie ganz ehrlich war, so konnte sie auch nicht ausschließen, daß Lunjok selbst es für angebracht gehalten hatte, Gleb loszuwerden. Für einen »Dieb im Gesetz« hört ein Mensch, der sich seiner Kontrolle entzieht, auf zu existieren. Und Gleb hatte in der letzten Zeit sehr viel getrunken und geschwatzt. Hatte Lunjok sich im voraus diese teuflisch schlaue Kombination überlegt? Hatte er deswegen mit solcher Leichtigkeit der offiziellen Version zugestimmt, daß Gleb von Olga Guskowa ermordet worden sei?

Katja fragte sich, ob es nicht auch für sie leichter wäre, sich damit zufriedenzugeben. Wieso war sie so felsenfest überzeugt, daß diese Frau nicht die Mörderin war?

Sie öffnete ihre Handtasche und entdeckte, daß die Kassetten fehlten. Sie hatte sie bei Lunjok vergessen. Kein Wunder, als er plötzlich von dem Testament sprach! Was nun? Sollte sie Mitjai bitten umzukehren, um die Kassetten zu holen? Gib sie mir zurück, Valera, ich möchte sie doch noch dem Untersuchungsführer vorspielen. Und ich werde selber versuchen, den wahren Mörder zu finden. Einfach lächerlich!

Kapitel 27

Heute hatte Margarita drehfrei.

Sie und Kalaschnikow waren spät aufgewacht und beabsichtigten, sich unbedingt noch mit Katja zu treffen, egal wann, tagsüber oder abends. Sie mußten jetzt endlich übers Geschäft reden. Gleb war begraben, und das Leben ging weiter.

Aber Katja war nicht zu erreichen. Beide Telefone schwiegen. Margarita plätscherte im Bad herum und machte sich zurecht. Um zwölf Uhr mittags klingelte das Telefon. Endlich, dachte Kalaschnikow, das ist Katja, aber es war General Ufimzew. Der General teilte ihm mit, daß eine gewisse Olga Nikolajewna Guskowa unter dem Verdacht, seinen Sohn ermordet zu haben, verhaftet worden sei.

Im Januar dieses Jahres, als er aus London zurückgekehrt war, hatte ihm Margarita von Glebs neuer Leidenschaft berichtet.

»Mir ist das schrecklich peinlich«, gestand sie, »ich war nämlich zufällig so eine Art Kupplerin.«

Sie erzählte ihm vom alten Neujahrsfest und von ihrer unglücklichen Freundin, der schönen Waise, die gerade eine schwere Grippe überstanden hatte.

»Er hat völlig den Kopf verloren«, sagte sie über Gleb, »zuerst war er furchtbar ärgerlich, er hatte nicht erwartet, mich auf der Datscha zu treffen, aber dann hat er Olga gesehen und alles andere vergessen. Sogar seine Wut auf mich war verflogen. Ich habe ein schrecklich schlechtes Gewissen vor Katja.«

»Sei nicht traurig«, tröstete sie Kalaschnikow, »was kannst du dafür? Wäre es nicht Olga gewesen, dann irgendeine andere. Du kennst ihn doch. Aber daß er sich über deine Ankunft geärgert hat und das auch noch so offen gezeigt hat, das ist wirklich ein starkes Stück. Ich werde auf jeden Fall ein Wörtchen mit ihm reden. Schließlich ist es meine Datscha, und du als meine Frau hast das Recht, dort zu erscheinen, wann du Lust hast.«

Danach hatte es ein unangenehmes Gespräch mit Gleb gegeben. Er dachte nur ungern daran zurück. Gleb hatte Margarita von Anfang an als Eindringling betrachtet und ihr Gott weiß was unterstellt. Er konnte seinem Vater die Scheidung und die neue Ehe nicht verzeihen und hatte Mitleid mit der Mutter. Alle anderen hatten ihm längst vergeben, hatten Margarita akzeptiert und sich an sie gewöhnt, sogar von Nadeshda selbst kam kein Wort des Vorwurfs mehr. Nur Gleb zürnte noch immer, und eine gewisse Feindseligkeit und Spannung wollte nicht verschwinden. Arme Margarita, sie litt so sehr darunter, sie wünschte sich so sehnlichst gute verwandtschaftliche Beziehungen zu Gleb.

»Ich kann ihn ja verstehen«, sagte sie seufzend, »aber es ist doch nicht meine Schuld, daß ich dich liebe. Weißt du, manchmal bekomme ich Angst. Was wird erst sein, wenn wir beide ein Kind haben, dann wird Gleb noch eifersüchtiger werden.«

»Das soll er nur versuchen!« verkündete Kalaschnikow grimmig und fügte sogleich sanft und ein bißchen anzüglich hinzu: »Übrigens, wann wird das denn sein?«

»Ich muß noch drei, vier dieser Thriller abdrehen, und dann …« Margarita lächelte. »Ich möchte ja selber, aber ich kenne mich. Wenn ich erst mal schwanger bin, wird mir alles egal sein, ich höre auf zu filmen und gehe in die Breite. Ich werde ein banales Muttchen werden, das sich nur für seinen Nachwuchs interessiert, du wirst bereuen, daß du dich mit mir eingelassen hast, und mich womöglich leid werden.«

»Schämst du dich nicht, mein Kleines«, sagte Kalaschnikow kopfschüttelnd, »was redest du für einen Unsinn.«

Er streichelte ihr glänzendes rotes Haar, fuhr mit den Fingern durch die dichte Mähne, blickte in die klaren grünen Augen und hatte vor Liebe und Glück einen dicken Kloß im Hals.

Als Margarita aus dem Bad kam und hörte, wer verhaftet worden war, brach sie in bitteres Weinen aus. Sie schniefte wie ein kleines Kind. Kalaschnikow konnte sie überhaupt nicht wieder beruhigen.

»Das ist meine Schuld, ich habe sie miteinander bekannt gemacht, ich habe Olga auf die Datscha gebracht. Aber konnte ich so etwas ahnen? Ach, Kostja, lieber Kostja ...«

Kalaschnikow erlebte seine Frau zum ersten Mal in einem solchen Zustand. Er wäre selbst am liebsten in Tränen ausgebrochen, als er sah, wie sein armes Mädchen sich wegen etwas quälte, für das sie überhaupt keine Schuld traf.

»Schon gut, mein Kleines, schon gut.« Er erhob sich vom Sofa.

Sie krallte sich erschrocken an seinem Arm fest.

»Wo willst du hin?«

»Dir etwas Wasser holen.«

Sie ließ seinen Arm los und schluchzte heftig auf: »Danke, Kostja. Verzeih mir bitte.«

»Was denn, Kleines?«

»Daß ich so hysterisch bin.«

»Aber nicht doch, so etwas mußt du nicht sagen, mein Liebes.« Er lächelte gerührt. »Was soll ich dir bringen, Wasser oder Saft? Oder soll ich vielleicht Tee aufsetzen?«

»Nur Wasser, kaltes Mineralwasser.«

Er kam mit einem Glas in der Hand zurück. Margarita weinte schon nicht mehr so heftig. In ihren Augen standen noch Tränen, aber das schreckliche, krampfhafte Schluchzen, das einem das Herz zerriß, hatte aufgehört. Sie saß mit hochgezogenen Beinen auf dem Sofa, in einen warmen Frotteemantel gehüllt.

»Weiß man denn genau, daß es Olga war? Was hat der General dir gesagt?« fragte sie, nachdem sie das Mineralwasser in einem Zug ausgetrunken hatte.

»Ja, Kleines, es ist alles offensichtlich. Man hat die

Pistole, mit der er erschossen wurde, bei ihr gefunden, und es gibt auch noch andere Beweise. Die Einzelheiten will Ufimzew mir persönlich mitteilen.«

»Olga hatte eine Pistole?! Wie entsetzlich. Wenn ich das gewußt hätte!« Sie schluchzte auf, und Konstantin Iwanowitsch bekam Angst, sie würde gleich wieder in heftiges Weinen ausbrechen.

»Aber was hättest du denn tun können? Du darfst dich nicht so aufregen, Kleines. Mir wird ja richtig bange um dich und um deine Nerven.«

»Wann ist sie denn verhaftet worden?«

»Montag früh.«

»Montag?!« Margarita fuhr heftig zusammen und erblaßte.

Kalaschnikow bemerkte, daß ihre Tränen augenblicklich versiegten.

»Warum bist du so erschrocken?« fragte er erstaunt.

»Nein, ich bin nicht erschrocken, nur ...« Sie lehnte sich kraftlos im Sessel zurück. »Also, ich weiß gar nicht recht, wie ich es dir erklären soll. Sie ist am Tag der Beerdigung verhaftet worden. Da kann einem schon unheimlich werden. Olga hat ja einen Hang zum Mystischen, sie ist überhaupt ein sehr seltsamer und im Grunde genommen zutiefst unglücklicher Mensch. Sie hat nur ihre verrückte Oma, niemanden sonst.«

»Was heißt hier unglücklicher Mensch«, sagte Kalaschnikow mit bitterem Lächeln. »Sie hat meinen Jungen abgeknallt wie ein Profikiller. Tut sie dir etwa leid?«

»Ich kann das alles noch gar nicht richtig begreifen«, gestand Margarita leise. »Weiß es Katja schon? Hat man sie informiert?«

»Ich habe keine Ahnung. Darüber habe ich mit dem General nicht gesprochen. Übrigens, du hast sie doch gestern angerufen?«

»Ja, ich habe ihr eine Nachricht auf dem Anrufbeantworter hinterlassen.«

»Seltsam, daß sie noch nicht zurückgerufen hat. Und seltsam, daß sie jetzt nicht zu Hause ist.«

»Na, sie wird wohl genug um die Ohren haben.« Margarita zuckte die Achseln. »Und sie hat ja auch ihr Privatleben.«

»Eben das fürchte ich«, sagte Kalaschnikow leise und nachdenklich, »ich fürchte, jemand könnte sie noch beeinflussen.«

»Das mußt du mir genauer erklären.«

»Wenn ich es mir doch selbst richtig erklären könnte ... Es ist nur so ein beunruhigendes Gefühl. Es gibt ja kein Testament, und es geht um enorme Summen, da kann es alle möglichen Überraschungen geben.«

»Aber auf jeden Fall kommen doch zu deinem Anteil noch zwei Drittel hinzu. Das sind sechzig Prozent. Damit gehört das Casino praktisch dir. Du kennst Katja doch, du hast selber gesagt, sie hat genug Verstand, zu begreifen, daß sie sich mit uns besser nicht anlegt, wenn sie ihr Theater behalten will. Bei sechzig Prozent ist das Theater in deiner Hand.« Margarita streichelte ihm über die Wange. »Da brauchst du dich nicht schon im voraus aufzuregen. Wir haben ja noch gar nicht mit ihr gesprochen.«

»Und Lunjok?« sagte Kalaschnikow kaum hörbar.

»Was soll mit Lunjok sein? Für ihn macht das keinen Unterschied, sein Anteil bleibt sowieso gleich. Ich ruf noch mal bei ihr an, vielleicht ist sie ja inzwischen nach Hause gekommen.«

Margarita nahm das Telefon vom Couchtisch. Fast sofort, schon nach wenigen Klingelzeichen, meldete sich Katja.

»Gott sei Dank«, flötete Margarita ins Telefon. »Wir sind in zehn Minuten bei dir. Sollen wir dir von unterwegs etwas mitbringen? Gut, wie du meinst.«

Sie drückte auf den Knopf, lief dann ins Bad, schaltete den Fön ein und trocknete ihre nassen Haare. Dabei pfiff sie ein munteres Lied vor sich hin. Kalaschnikow wunderte sich, wie schnell die bitteren Tränen vergessen waren. Das war wieder seine Margarita, wie er sie kannte und liebte – sorglos, energisch, lebenslustig.

* * *

Artjom Siwolap war nervös und erbost. Er hatte schon zu viel Zeit und Kraft auf diese verlockende, verworrene Sache verwandt, um sie jetzt einfach fallenzulassen.

Nach dem Telefonat mit Igor Kornejew war er am nächsten Morgen ins Gannuschkin-Institut gefahren und hatte versucht, zu der Patientin Guskowa vorzudringen, aber man hatte ihn kategorisch abgewiesen. Keine Lügen, kein Geld hatten geholfen. Er versuchte sich einzureden, daß alles zwecklos sei und daß dies in seiner Praxis nicht die erste und nicht die letzte Exklusivstory war, die ihm durch die Lappen ging. Den ganzen Tag über nahmen ihn verschiedene andere Dinge in Anspruch, aber abends konnte er nicht einschlafen und beschloß, morgen wieder zur Mestschanskaja-Straße zu fahren, den Stadtstreicher Boris ausfindig zu machen und ihm soviel Geld zu geben, wie er haben wollte, und ihn anschließend ins Restaurant zu führen und ihm Hummer zu bestellen.

»Bleib erst mal im Auto sitzen«, sagte Artjom zu Smalzew, als sie am folgenden Morgen auf den unglückseligen Hof fuhren.

Er ging den ganzen Hof ab, schaute in das Spielzeughäuschen, lief zum Kiosk und zur Leergutannahmestelle. Er hatte schon fast die Hoffnung verloren, als er an einem Abfalleimer eine kleine gebeugte alte Frau bemerkte.

»Guten Tag«, sprach er sie höflich an, »haben Sie vielleicht Boris gesehen?«

»Was willste denn von ihm?« fragte die Alte und blinzelte mißtrauisch.

»Geschäfte.« Er hielt ihr einen Fünftausender hin.

Die Alte schnappte sich den Schein geschickt und leckte sich sogar über die Lippen.

»Abgekratzt ist er, dein Boris.«

»Was?! Wann?!«

»Na, gestern.« Sie preßte die Lippen zusammen und seufzte melancholisch auf. »Ist einfach hopsgegangen, Knall auf Fall, wie und warum, weiß ich nicht. Die Miliz hat Siwka mitgenommen, sie hat schrecklich gebrüllt.«

Die Alte drehte sich wieder zu ihrem Mülleimer um und wühlte geschäftig weiter. An Siwolap hatte sie jegliches Interesse verloren – mehr würde er ihr sowieso nicht geben.

Artjom schlenderte zum Kinderspielplatz, setzte sich auf die Bank und rauchte. Woran war der Penner so plötzlich gestorben? Das war ja das reinste Irrenhaus. Langsam hatte er die Nase voll. Es wurde Zeit, zur Vernunft zu kommen. Keine Exklusivstory, keine pikanten Morddetails, er hatte Smalzew umsonst hergeschleppt und mußte ihm auch noch einen ganzen Arbeitstag bezahlen.

Artjom war so in seine trübsinnigen Grübeleien vertieft, daß er die Schritte, die sich näherten, nicht hörte und heftig zusammenzuckte, als eine Frauenstimme über seinem Kopf erklang: »Guten Tag, Artjom.«

Er blickte hoch. Vor ihm stand die Ballerina Orlowa höchstpersönlich.

»Jekaterina Filippowna, nur zwei Worte, wirklich nur zwei Worte.« Er kam in Fahrt, sprang von der Bank auf, wollte zum Auto laufen, um Smalzew zu holen.

»Warten Sie.« Sie hielt ihn mit einer Handbewegung an. »Sind Sie allein oder mit Kameramann?«

»Mit Kameramann, ich will ihn eben.«

»Nicht so schnell.« Sie runzelte kaum merklich die Stirn. »Überstürzen Sie nichts. Mit welchem Kameramann?«

»Smalzew. Warum?«

»Wer war am Sonntag mit dabei?«

»Kornejew.«

»Möchten Sie ein Interview von mir?«

»Natürlich.«

»Dann holen Sie den Kameramann, der am Sonntag hier war.«

»Aber warum?«

»Mir gefällt die Arbeit von Smalzew nicht. Ich habe ein paar seiner Reportagen gesehen. Er versteht nichts vom Filmen. Falls Kornejew gerade zu tun hat, können Sie auch später wiederkommen. Sie haben meine Telefonnummer, ich werde zu Hause sein.«

Sie drehte sich um und ging zum Haus. Einige Sekunden starrte Artjom stumpf hinter ihr her, dann zog er das Handy aus seiner Jackentasche und rief Kornejew an – zuerst bei ihm zu Hause, dann seinen Pager.

* * *

Die Verwandten ließen nicht lange auf sich warten. Beide, sowohl Kalaschnikow wie Margarita, lächelten strahlend und überreichten Katja feierlich einen Strauß weißer Nelken, eine Schachtel mit teurem französischem Gebäck und eine Flasche Martini Dry.

»Du weißt, der Mörder ist gefunden«, sagte Margarita und küßte Katja auf die Wange.

»Ja«, sagte Katja, »ich weiß es schon.«

»Wie hast du es eigentlich so schnell erfahren?« fragte Margarita. »Uns hat man es erst heute mitgeteilt.«

»Ich wußte es schon am Montag.«

»Am Montag?« mischte Kalaschnikow sich ein. »Bei der Beerdigung? Warum hast du uns denn nichts gesagt?«

»Ich war gebeten worden, nichts zu sagen.« Katja ging in die Küche, die beiden folgten ihr. »Tee oder Kaffee?« fragte sie, während sie den Wasserkocher füllte.

»Kaffee«, antwortete Margarita für beide. »Wer hat dich denn darum gebeten?«

»Das spielt keine Rolle.« Katja nahm die Kaffeemühle und schüttete Kaffeebohnen hinein.

»Jetzt geht dieses Gedröhne wieder los. Ich kann dieses Geräusch nicht ertragen«, sagte Kalaschnikow zerstreut und ging ins Wohnzimmer.

Margarita trat ganz dicht an Katja heran, um nicht gegen die Kaffeemühle anschreien zu müssen.

»Dann ist jetzt ja alles klar, mit den Anrufen und auch mit den Holzspänen im Kopfkissen«, sagte sie. »Man hätte sich gleich denken können, daß Olga nicht ganz richtig im Oberstübchen ist«, – Margarita verdrehte ausdrucksvoll die Augen und tippte sich mit dem Finger an die Stirn –, »aber ich fühle mich jetzt ganz scheußlich. Du weißt ja, wir waren zusammen in einer Klasse. Aber ehrlich gesagt, ich konnte mir nicht vorstellen ...«

»Margarita, hör auf. Was hast du damit zu tun? Ach ja, was ich dich noch fragen wollte, warst du mit Sweta Petrowa bekannt?«

Katja wußte genau, daß sie das schon einmal gefragt hatte. Jetzt beobachtete sie aufmerksam Margaritas Gesicht. Die senkte den Blick, strich sich durchs Haar und sagte leise:

»Wieso war? Ich bin auch jetzt noch mit ihr bekannt. Ich habe die idiotische Angewohnheit, Mitleid mit solchen Pechvögeln zu haben und mich um sie zu kümmern. Und die Pechvögel haben die Angewohnheit, sich mir an den Hals zu hängen. Mit Sweta ist es genauso.«

»Sie ist ermordet worden«, sagte Katja leise, stellte die Kaffeemühle ab und beobachtete weiter Margaritas Gesicht.

»Sweta? Wie furchtbar! Wie denn? Wann?!« Die Reaktion war völlig angemessen, die grünen Augen waren vor Schreck und Erstaunen weit aufgerissen.

»Am späten Samstagabend ist Sweta auf einer verlassenen Baustelle in Konkowo erdrosselt worden. Die Miliz glaubt, es sei Raubmord. Am besten, du rufst mal ihre Mutter an,

Ella Anatoljewna. Sie hat so herzlich von dir gesprochen. Es geht ihr jetzt wirklich schlecht.«

»Woher weißt du das über Sweta alles so genau?«

»Ella Anatoljewna war bei dem Beerdigungsessen, sie hat sich beklagt, daß Sweta verschwunden sei. Am Dienstag habe ich sie angerufen, um mich nach dem Stand der Dinge zu erkundigen. Ich mußte dann zu ihr fahren, und anschließend sind wir zusammen zur Miliz gegangen.«

»Wieso? Stehen sie dir so nahe?«

»Es sind Freunde aus der Kindheit.«

»Beide?« Margarita lachte nervös auf.

»Ja, beide. Ella Anatoljewna war die Friseurin meiner Mutter. Sweta wurde zu allen Geburtstagen und Festen eingeladen. Ich kenne beide seit meinem fünften Lebensjahr. Und du kennst Sweta wahrscheinlich vom Theater? Sie war ja Maskenbildnerin im Maly-Theater. Die Welt ist erstaunlich klein.«

»Ja, erstaunlich.« Margarita seufzte. »Ich wußte, mit Sweta nimmt es noch ein böses Ende. Händlerin auf dem Trödelmarkt, und dann diese unmöglichen Leute, mit denen sie verkehrte.«

»Weißt du, Kindchen«, begann Kalaschnikow, nachdem sie sich im Wohnzimmer um den Couchtisch gesetzt hatten, »ich kenne dich schließlich schon, seit du ein Baby warst, daher wollen wir offen reden und die Dinge beim Namen nennen. Du bist eine begabte Tänzerin, ein wunderbarer, kluger Mensch, aber in solchen profanen Dingen wie Geld und Geschäften bist du ein völliger Laie. Die enormen Belastungen, die jetzt auf dich zukommen, übersteigen deine Kräfte. Ich denke dabei an das Casino, das heißt an die fünfzehn Prozent aus der Aktienmehrheit, die dir als gesetzliches Erbe zustehen.«

Katja hörte schweigend zu, ohne ihn zu unterbrechen. Margarita schien das Gespräch überhaupt nicht zu interessieren. Sie stand auf, ging mit gelangweilter Miene zum Bücherregal, fuhr mit dem Finger über die Buchrücken, kauerte sich dann hin und sah die Videokassetten durch, die in mehreren Reihen ganz unten im Regal standen.

»Also«, fuhr Kalaschnikow fort und trank in kleinen Schlucken seinen Kaffee, »fünfzehn Prozent, das ist viel und zugleich auch wenig. Viel im Sinne von Verantwortung und Kopfschmerzen, wenig im Sinne der Einkünfte. Was dir dein Anteil einbringen wird, reicht kaum für den Unterhalt des Theaters. Ein Theater für klassisches Ballett ist nicht gerade ein billiges Vergnügen. Verstehst du, was ich meine?«

Katja nickte schweigend.

»Bei der bisherigen Kräfteverteilung hatte das Casino einen konkreten Chef. Aber jetzt, wenn fünfzehn Prozent von den sechzig, die Gleb gehörten, an dich gehen, ergibt sich eine unsinnige Situation. Es wird kaum Gewinn geben. Niemand ist da, der das Geschäft in die Hände nimmt. Ich bin zu beschäftigt, um die Verantwortung für alles zu übernehmen. Ich wäre bereit, es zu tun, aber nur in dem Fall, wenn mir auch alles gehören würde. Ich will dich nicht mit Einzelheiten langweilen, sondern gleich zum Wesentlichen kommen. Nadeshda Petrowna überläßt ihre zwanzig Prozent mir. Es wäre vernünftig, wenn du das gleiche tätest. Und wenn ich das Casino übernehme, dann brauchst du dir um dein Theater keine Sorgen zu machen. Ich bin schließlich kein neurussischer Banause, ich bin Künstler, genau wie du, und verstehe, was Theater bedeutet.«

»Konstantin Iwanowitsch, warum reden Sie von meinen fünfzehn Prozent?« fragte Katja. »Gleb gehörten sechzig Prozent. Ich bin zwar ein unpraktischer Mensch, aber trotzdem weiß ich noch, daß sechzig geteilt durch drei zwanzig sind.«

»Darum, mein Kind«, erläuterte Kalaschnikow geduldig, »weil bei der Aufteilung des Erbes der gesamte Besitz berücksichtigt und in Geldeinheiten ausgedrückt wird. Das heißt, auch die Wohnung, das Haus auf Kreta, die beiden Autos, die Garage, die Bankguthaben. Und das macht zum jetzigen Zeitpunkt in Geldeinheiten umgerechnet diese fünf Prozent aus, die automatisch von deinem Anteil an der Aktienmehrheit abgezogen werden. Mit anderen Worten, du hast natürlich Anspruch auf zwanzig Prozent, aber in diesem Fall müßten wir auch die Wohnung, die Autos und das Ferienhaus teilen. Es bleibt doch in der Familie, wozu sollen wir es uns so kompliziert machen? Und auch moralisch betrachtet: Kinder habt ihr keine, du bist noch jung, wirst wieder heiraten, und alles, was mit so viel Arbeit erwirtschaftet worden ist – und bedenke bitte, es war nicht deine Arbeit –, soll ein fremder Mann bekommen.«

Katja wußte selber nicht, warum sie die Antwort hinauszögerte. Sie stellte sich vor, wie dieser gönnerhaft-gutmütige Ausdruck von seinem Gesicht verschwinden würde, wie er von einer Minute auf die andere toben würde. Bestimmt würde auch Margarita, die jetzt mucksmäuschenstill in der Ecke saß und die Videokassetten durchsah, nicht gleichgültig bleiben.

Sie wollte schon den Mund öffnen, da läutete das Telefon.

»Katja, Gott sei Dank«, erklang es im Hörer, »ich hatte schon fast die Hoffnung aufgegeben, dich noch zu erreichen. Erkennst du mich?«

Es war Jegor Barinow. Aus irgendeinem Grund war er entsetzlich aufgeregt.

»Ja, natürlich, Jegor. Guten Tag.«

»Ich muß dringend mit dir sprechen. Am besten noch heute, egal wann. Ich komme an jeden Ort, den du vorschlägst.«

»Was ist denn passiert?«

Aus dem Augenwinkel sah Katja, wie Kalaschnikow

verärgert und völlig lautlos mit den Fingern auf den Tisch trommelte und wie Margarita mit einer Kassette in der Hand erstarrte, den Kopf wandte und Katja erstaunt ansah.

»Ich bin in ernsten Schwierigkeiten, und du bist die einzige, die mir helfen kann. Aber das ist nichts, was man am Telefon besprechen kann. Ist es dir recht, wenn ich so gegen neun zu dir komme?«

»Einverstanden, Jegor. Du kennst meine Adresse?«

»Ja, natürlich.«

»Sieh an, du hast ja schon wieder ein recht bewegtes Privatleben«, bemerkte Kalaschnikow und hob vielsagend die Arme, als sie den Hörer aufgelegt hatte, »da gibt es schon wieder irgendeinen Jegor.«

»Nicht irgendeinen«, sagte Katja stirnrunzelnd, »und das ist auch kein Privatleben. Das war nur Barinow.«

In der Ecke fiel etwas polternd zu Boden. Margarita waren mehrere Kassetten aus der Hand gerutscht. Ohne sich die Mühe zu machen, sie aufzuheben und zurückzustellen, ging sie schnell zu dem Sessel, in dem Kalaschnikow saß, und setzte sich auf die Armlehne.

»Barinow?« fragte sie und zwinkerte fröhlich. »Soweit ich informiert bin, ist das sogar sehr privat.«

»Nicht doch, Kleines.« Konstantin Iwanowitsch klopfte ihr aufs Knie. »Wir führen ein ernstes Gespräch. Also, Katja, sind wir uns einig?« wandte er sich mit einem strahlenden Lächeln an Katja.

»Nein, Konstantin Iwanowitsch«, erwiderte Katja langsam. »Die Sache ist die, ich war bei Valera. Es existiert ein Testament von Gleb, in dem er allen beweglichen und unbeweglichen Besitz mir vermacht, darunter auch die gesamten sechzig Prozent der Aktienmehrheit für das Casino.«

Eine Pause trat ein. Das Lächeln auf dem Gesicht von Kalaschnikow verschwand, Margarita saß regungslos, die Finger in das weiche Polster des Sessels gekrallt.

»Ich habe nicht ganz verstanden.« Kalaschnikow schluckte

krampfhaft und räusperte sich. »Gleb hat ein Testament hinterlassen? Wann hat er es denn verfaßt?«

»Vor einem halben Jahr. Es liegt bei Valera. Bis heute morgen hat niemand davon gewußt, außer Valera und seinem Notar.«

»Und du bist die Alleinerbin?«

»Genauso ist es. Unter der Bedingung, daß ich weiterhin an Nadeshda Petrowna eine monatliche Unterstützung von eintausend Dollar zahle und mich verpflichte, ihre unvorhergesehenen Ausgaben im Krankheitsfall zu begleichen.«

»Aber das ist doch Wahnsinn! Das ist doch vollkommen verrückt! Ungerecht ist das, unanständig! Das mußt du ablehnen! Ist dir überhaupt klar, daß du gar kein Recht darauf hast?!« Konstantin Iwanowitsch lief purpurrot an und schrie so, daß ihm die Stimme brach und in ein abstoßendes Kreischen überging.

Jetzt spielt er mal keine Rolle, dachte Katja ruhig, fast abwesend, jetzt ist es ihm völlig unwichtig, wie er auf andere wirkt.

Margarita saß mit versteinertem Gesicht, es schien, als höre sie das Geschrei ihres tobenden Mannes gar nicht. Sie wartete eine Pause ab und sagte dann: »Aber du kannst doch nicht mehr tanzen, wenn du das Casino übernimmst.«

»Nein«, bestätigte Katja, »aber wenn ich das Casino nicht übernehme, dann wird es kein Theater mehr geben.«

»Wer hat dir das gesagt?« Kalaschnikow hatte sich ein wenig beruhigt und aufgehört zu schreien. »Warum denkst du so schlecht von den Menschen? Laß uns über alles noch einmal in Ruhe reden. Du kannst es doch ablehnen, du bist eine begabte Tänzerin, erst dreißig Jahre alt, und hast noch so viele Jahre vor dir. Ich verspreche dir …«

»Lassen Sie's gut sein, Konstantin Iwanowitsch«, seufzte Katja. »Das hat Valera mir gesagt. Er hat bereits alles entschieden. Er, und nicht Sie oder ich.«

»Ich bin ein alter Idiot«, murmelte Kalaschnikow, »ein naiver alter Idiot.«

Katja dachte, von Naivität könne bei ihm kaum die Rede sein, aber laut sagte sie natürlich nichts.

»Laß uns nach Hause fahren, Konstantin.« Margarita rutschte von der Sessellehne und ging in die Diele.

Kalaschnikow stand abrupt auf und folgte ihr.

»Ich werde mir dieses Testament noch genauer ansehen«, verhieß er, als er bereits in der Tür stand. »Ich traue der Sache nicht. Es kann ja auch eine Fälschung sein.«

Statt eines »Auf Wiedersehen« schlug er krachend die Tür zu.

Kapitel 28

Endlich begriff Iwan Kusmenko, was ihm keine Ruhe ließ. Die Geschichte mit den anonymen Anrufen und den Spänen im Kopfkissen. Olga Guskowa bestritt kategorisch, mit diesen Einschüchterungsversuchen etwas zu tun zu haben. Die Untersuchungshaft hatte auf sie eine so niederschmetternde Wirkung gehabt, daß sie sich endgültig verschlossen hatte. Sie murmelte Gebete, schlief bei den Verhören manchmal fast ein oder schaukelte mit geschlossenen Augen auf dem Stuhl hin und her. Aber kaum kam man auf die Anrufe, Drohungen und Holzspäne im Kopfkissen zu sprechen, warf Olga den Kopf zurück und erklärte fest: »Nein, das habe ich nicht getan. Ich habe viele Sünden auf mein Gewissen geladen, aber mit schwarzer Magie habe ich mich niemals befaßt. Ich bin ein getaufter Mensch, und es gibt keine gräßlichere Sünde.«

War es überhaupt noch nötig, die Wahrheit über die anonymen Anrufe und die schwarze Magie herauszufinden, wo es doch um Mord ging? Ob Olga angerufen hatte oder nicht, ob sie ihre Rivalin durch Zauberei vernichten wollte oder nicht – war das überhaupt noch wichtig? Vielleicht würde der Anwalt es zum Anlaß nehmen, um ein milderes Urteil zu erreichen, aber für die Ermittlung spielten diese Einzelheiten keine besondere Rolle mehr.

Und trotzdem wollte Iwan Kusmenko, gründlich wie er nun einmal war, alles bis zum letzten aufklären. Ihm war aufgefallen, daß von allen, mit denen er über dieses Thema gesprochen hatte, am bereitwilligsten und lebhaftesten Shanna Grinewitsch, die Hausangestellte, Auskunft gegeben hatte.

Shanna wohnte mit ihren Eltern in einer kleinen Zweizimmerwohnung.

»Das haben Sie richtig gemacht, daß Sie zu mir gekommen sind!« erklärte sie, kaum daß der Major eingetreten war. »In Katjas Gegenwart konnte ich Ihnen nicht alle Einzelheiten erzählen. Sie hält das alles für dummes Zeug. Aber ich bin sicher, diese Frau hatte ernstlich vor, sie zu vernichten. Mit so was scherzt man nicht. Heutzutage weiß man ja, welche Kraft ein Biofeld hat und daß schwarze Magie existiert!«

»Shanna Jakowlewna, erzählen Sie mir doch bitte alles der Reihe nach, ruhig und von Anfang an.«

Aber ruhig und der Reihe nach konnte sie nicht erzählen. Zu heftig überwältigten sie die Emotionen.

»Katja hat gemerkt, daß die Stadtstreicherin nicht echt war. Alles nur Theater, hat sie gesagt. Und dann der Büstenhalter in der Bademanteltasche – darüber darf ich eigentlich überhaupt nichts sagen. Aber verstehen Sie, ich weiß doch noch genau, in der Mordnacht habe ich beide Bademäntel gewaschen. Und wenn ich Sachen in die Waschmaschine tue, kontrolliere ich vorher immer die Taschen. Er ist erst nach dem Mord dort aufgetaucht. Und Katja hat ihn einfach in den Müll geworfen. Faßt ihn mit zwei Fingern an, wirft ihn weg und geht sich die Hände waschen. Ich sage zu ihr: Was machst du? Aber sie grinst nur und sagt: Soll ich das etwa auch dem Untersuchungsführer als Beweisstück präsentieren?«

»Einen Moment, Shanna Jakowlewna, ich verstehe nicht, was für ein Büstenhalter?«

»Ein fremder! Diese Frau war bei uns im Haus, sie haßt Katja. Im August war Katja auf Tournee, da hat Gleb seine Tussi immer mit nach Hause genommen. Aber dann, nach dem Mord? Wie ist der Büstenhalter in die Bademanteltasche gekommen?«

Kusmenko erinnerte sich, daß Iwetta Tichonowna sich über die Zerstreutheit ihrer Enkelin beklagt und etwas von einem verschwundenen Büstenhalter erzählt hatte. Olga habe die ganze Wohnung durchwühlt. Und wie sich jetzt herausstellte, hatte sich dieses Teil ihrer Unterwäsche in der Tasche von Gleb Kalaschnikows Bademantel befunden. Pikante Details, die durchaus erklärbar waren. Allerdings hatte die redselige Shanna recht: Auf welche Weise war dieser Gegenstand nach dem Mord in das fremde Haus und in die fremde Tasche gekommen?

»Sie wollte Katjas Tod, und ich würde mich gar nicht wundern, wenn sich herausstellt, daß sie es war, die geschossen hat, aber nicht auf Gleb, sondern auf Katja.« Shanna hatte eine sehr hohe Stimme, und sie schnatterte so schnell, daß es Kusmenko in den Ohren klingelte.

»Warten Sie, wieso war denn Jekaterina Filippowna der Meinung, daß die Stadtstreicherin nicht echt war? Hat sie diese Vermutung irgendwie begründet?« fragte er und steckte sich eine Zigarette an.

»Sogar sehr einleuchtend. Sie hat gesagt, eine echte Bettlerin hätte das Geld nicht abgelehnt. Und außerdem hat sie gar nicht gestunken, die Pennerin, meine ich. Wissen Sie, ausgesehen hat sie, als wäre sie gerade aus der Mülltonne gestiegen, und völlig betrunken war sie auch. Aber sie hat überhaupt nicht gestunken. Auch nicht nach Alkohol. Das ist mir auch aufgefallen. Aber richtig kapiere ich das Ganze immer noch nicht! Jetzt weiß man ja, wer angerufen hat. Die Frau heißt Swetlana Petrowa. Katja hatte gleich so etwas vermutet, aber sie war sich nicht sicher. Und dann kam ihre Mutter zum Begräbnisessen ... Sweta ist am Samstag verschwunden. Katja ist am Sonntag sogar noch auf den Markt gefahren, um sie zu suchen. Sie hat einen Stand auf dem Dynamo-Markt. Stellen Sie sich vor, sie hat versucht, Katja zu erpressen, hat behauptet, jemand hätte sie beauftragt, und für dreitausend Dollar würde sie sagen, wer es war. Sie hat Katja zu einem Treffen bestellt und ist nicht erschienen. Aber diese Sweta Petrowa war niemals Glebs Geliebte, er hatte ein Verhältnis mit einer anderen Frau, sie heißt Olga und ist eine Klassenkameradin von Margarita. Das letzte Telefongespräch, das, wo diese Gaunerin ihren Erpressungsversuch gemacht hat, hat Katja glücklicherweise auf Band aufgenommen. Verstehen Sie, ich mache mir solche Sorgen um sie. Wir kennen uns schon so lange und so gut, sie ist für mich wie eine Schwester ...«

Nach einer weiteren halben Stunde bei Shanna, in der der Major sämtliche Einzelheiten über die dem Trunk verfallene Friseurin Ella Anatoljewna und ihre Tochter Swetlana erfuhr und Tee mit Kirschkonfitüre trank, kehrte er wieder aufs Revier zurück. Und noch eine halbe Stunde später wußte er, daß Swetlana Gennadjewna Petrowa, geboren 1965, auf einer verlassenen Baustelle in Konkowo ermordet aufgefunden worden war.

* * *

Artjom Siwolap erschien eine Viertelstunde, nachdem die erzürnten Verwandten die Wohnung verlassen hatten.

»Haben Sie den Kameramann Kornejew mitgebracht?« fragte Katja durch die Sprechanlage.

»Ja, natürlich. Kornejew ist bei mir.«

Katja drückte auf den Knopf, und sie gingen nach oben in die Wohnung.

»Artjom«, wandte sie sich an Siwolap, »ich habe eine Bitte an Sie. Warten Sie zehn Minuten. Ich muß mit ...« Sie schaute den Kameramann fragend an.

»Igor«, stellte der sich vor.

»Ich muß mit Igor unter vier Augen sprechen. Danach antworte ich auf alle Ihre Fragen.«

Siwolap war erstaunt, schnaufte gekränkt, willigte dann aber ein, so lange im Nebenzimmer zu warten.

»Als Sie am Sonntag hier waren, haben Sie den Stadtstreicher Boris gefilmt«, sagte Katja zu Igor. »Ich weiß, daß er möglicherweise den Mörder meines Mannes gesehen hat, aber er ist tot, an Alkoholvergiftung gestorben. Gerade zur rechten Zeit.«

Igor wußte schon vom Tod des Penners. Natürlich, so etwas kam alle Tage vor, aber trotzdem ...

»Nein«, er schüttelte den Kopf, »der Penner hat uns gar nichts erzählt. Er hat lange drumrum geredet und Geld im voraus verlangt. Aber dann war die Kassette zu Ende und die Batterie leer. Es ist nichts dabei herausgekommen.«

»Merkwürdig«, sagte Katja nachdenklich, »alles gleitet einem ständig aus den Händen.«

»Aber diese Frau ist doch bereits verhaftet worden, also ist doch wohl alles klar«, sagte Igor schulterzuckend.

»Ich habe Zweifel, ob sie die Mörderin ist.«

»Eins ist merkwürdig«, sagte Kornejew, »wissen Sie, Jekaterina Filippowna, ich kann Ihnen etwas erzählen, was Sie interessieren wird. Meine Mutter arbeitet als Krankenschwester im Gannuschkin-Institut. Dorthin hat man die Oma von Olga Guskowa gebracht, nach Olgas Verhaftung. Sie wissen ja vermutlich, daß das wichtigste Beweisstück die Pistole ist. Die alte Frau hat sich nun daran erinnert, daß einen Tag vor dem Mord ein junger Mann bei ihnen in der Wohnung war, der die Pistole hätte mitnehmen können. Ich habe mich mit einem Bekannten aus dem Pressezentrum des Innenministeriums in Verbindung gesetzt, und der Einsatzleiter hat bereits mit der Oma gesprochen. Ich weiß nicht, ob das etwas bringt, die Alte leidet unter Altersschwachsinn, als Zeugin kommt sie nicht in Frage, aber trotzdem ...«

Igor erzählte alles, woran er sich erinnerte – von der Pistole des Grenzoffiziers, der in Afghanistan gefallen war, von der schwarzen Lederkappe und der humanitären Hilfe. Beim Erzählen merkte er wieder, wie seltsam und unwahrscheinlich das alles klang. Nein, die Oma hatte wohl kaum gelogen, aber dieser junge Mann wirkte irgendwie unrealistisch.

»Er hätte dann aber schon vorher wissen müssen, daß es in der Wohnung eine Pistole gab und wo genau sie lag«, bemerkte Katja.

Siwolap, der offensichtlich die Geduld verloren hatte, tauchte im Türrahmen auf.

»Arbeiten wir nun oder was?« wandte er sich an Kornejew.

»Was für Fragen wollten Sie mir denn stellen, Artjom?« fragte Katja mit einem freundlichen Lächeln.

»Moment, das nehmen wir sofort auf!« Siwolap wurde betriebsam.

»Gut«, stimmte sie mit merkwürdiger Bereitwilligkeit zu, »machen wir es gleich vor der Kamera.«

Der hellste Platz in der Wohnung war Katjas Trainingsraum.

»Das ist ja großartig! Mit der Ballettstange im Hintergrund!« Artjom strahlte. »Jekaterina Filippowna, im Namen unserer ganzen Redaktion spreche ich Ihnen unser tiefes Mitgefühl aus«, legte er los, als Igor die Kamera eingeschaltet hatte. »Was denken Sie über den Mord an Ihrem Mann?«

»Auf das Mitgefühl Ihrer Redaktion kann ich verzichten«, sagte Katja und schaute lächelnd in die Kamera. »Ich kann Ihre Sendung nicht ausstehen, finde sie unverschämt und zutiefst unmoralisch. Über den Mord an meinem Mann denke ich gar nichts. Für mich ist es ein großer Schmerz.«

»Kam die Nachricht, daß Ihr Mann von seiner Geliebten erschossen wurde, für Sie unerwartet?« fragte Siwolap weiter, ohne im mindesten aus der Fassung gebracht zu sein.

»Wie, mein Mann hatte eine Geliebte?« Katja zog erstaunt die Brauen hoch. »Sehr interessant. Sicher wissen Sie darüber Genaueres als ich. Das ist ja Ihre Arbeit, in der schmutzigen Wäsche anderer Leute zu wühlen.«

Recht schnell wurde klar, daß man das nicht senden konnte. Die Orlowa machte sich über den Reporter offenkundig lustig. So etwas war Siwolap noch nicht passiert. Man floh vor ihm, man brüllte ihn an, man hatte ihn sogar schon geschlagen und verklagt. Aber daß jemand einem Interview zustimmte und dann vor laufender Kamera mit liebenswürdigem Lächeln lauter Beleidigungen an die Adresse des Senders und an Artjom persönlich äußerte – das kam zum ersten Mal vor.

* * *

Auf dem Revier in Konkowo übergab man dem Major aus der Petrowka mit reinem Gewissen alle Papiere zu der auf der Baustelle gefundenen Leiche.

Sie ist doch wohl kaum nachts in diese gottverlassene Gegend gegangen, dachte Kusmenko, während er die ziemlich schlampig angefertigten Protokolle und Expertengutachten durchsah. Wozu sollte eine junge Frau nachts auf eine verlassene Baustelle gehen? Aber man hätte sie im Auto dorthin bringen können. Lebend oder vielleicht auch schon tot. Jemand mit eigenem Wagen dürfte allerdings kaum auf den billigen Schmuck und das bißchen Kleingeld, das sie bei sich hatte, erpicht gewesen sein. Irgendwas stimmt hier nicht.

Endlich fand er das Wort, das dieses unklare, unangenehme Gefühl, das ihn seit Tagen verfolgte, genau umschrieb: Inszenierung.

Noch am selben Tag fuhr Kusmenko zur Mutter der Ermordeten. Ella Anatoljewna wiederholte fast wortwörtlich alles, was sie schon Katja und Pawel erzählt hatte.

»Können Sie sich vielleicht daran erinnern, wo Swetlana sich verabredet hatte?« fragte der Major.

»Um zehn Uhr am Haushaltswarengeschäft. Das ist hier in der Nähe, nur zwei Häuserblocks weiter.«

Am Samstagabend um zehn war das Haushaltswarengeschäft natürlich geschlossen. Aber gleich daneben stand ein Kiosk, der rund um die Uhr geöffnet hatte. Im Kiosk saß das Mädchen, das auch in der Nacht von Samstag auf Sonntag gearbeitet hatte.

»Woher soll ich das noch wissen!« sagte sie achselzuckend. »Wissen Sie, wie viele Leute hier jeden Tag vorbeikommen?«

»Diese Frau hat bei Ihnen Schokolade gekauft, einen Bounty-Riegel!« platzte Kusmenko aufs Geratewohl heraus.

»Eine große Frau, sagen Sie? Mollig? In einem weißen Angorapullover und einer Jeansjacke? Geben Sie noch mal her.« Sie nahm das Foto von Sweta, betrachtete es lange und aufmerksam und sagte endlich: »Genau. Diese Frau hat bei mir am Samstag gegen zehn einen Schokoriegel gekauft. Sie war grob zu mir, deshalb erinnere ich mich. Wer ist sie, eine Kriminelle?«

»Nein, ein Mordopfer. Samstagnacht wurde sie auf einer verlassenen Baustelle umgebracht, darum ist es sehr wichtig, daß Sie sich erinnern, in was für ein Auto sie gestiegen ist.«

»Na, das sind ja Sachen!« Die Verkäuferin pfiff durch die Zähne. »Ja, stimmt, sie ist in ein Auto gestiegen. Auf das Kennzeichen habe ich nicht geachtet, aber es war ein schwarzer Wagen. Vermutlich ein Lada, vielleicht auch ein ausländisches Modell, ein Opel oder Volkswagen, keins von den protzigen. So genau hab ich nicht hingeguckt, aber ich konnte sehen, daß ein junger Kerl am Steuer saß, mit einer Ledermütze, den Schirm nach hinten gedreht.«

»Sind Sie sicher, daß es ein Mann war?«

»Ich glaub schon.« Die Verkäuferin zuckte die Schultern. »Es war eine Männermütze, aber sein Gesicht habe ich nicht gesehen.«

* * *

Als er seinen Wagen vor dem Haus an der Mestschanskaja-Straße parkte, dachte Barinow mit einem spöttischen Grinsen, daß er sich noch nie, noch kein einziges Mal auf die Uneigennützigkeit und Gutmütigkeit anderer verlassen hatte. Jetzt aber hatte er keinen anderen Ausweg. Er konnte Katja Orlowa weder einschüchtern noch mit irgendeinem praktischen Vorteil ködern.

Katja begrüßte ihn mit ihrer gewohnten kühlen Höflichkeit.

»Ich habe einen anstrengenden Tag hinter mir, deshalb laß uns bitte gleich zur Sache kommen«, bat sie und setzte sich ihm gegenüber in einen Sessel.

»Ich weiß, du hast jetzt überhaupt eine schwere Zeit. In deinem Alter Witwe zu werden ... Wie weit sind die Ermittlungen?«

»Wieso interessiert dich das?«

»Ja, siehst du, ich hatte kürzlich ein unangenehmes Gespräch mit Valera. Es ist natürlich völliger Schwachsinn, aber ich gehöre zum Kreis der Tatverdächtigen. Nicht für die Staatsanwaltschaft, versteht sich, nur für Valera. Ich denke, ich brauche dir nicht zu erklären, wie unangenehm das für mich ist.«

»Du?« fragte Katja verwundert.

»Ja, stell dir vor. Das Schlimme dabei ist, daß ich überhaupt nicht verstehe, woher der Wind weht. Nur du kannst mir helfen, das herauszufinden. Ich kann schon gar nicht mehr schlafen, nichts ist so widerlich, wie im Dunkeln zu tappen. Könnte dein Mann etwas gegen mich gehabt haben? Könnte er sich bei Lunjok über mich beschwert haben?«

»Jegor, was ist das für ein Kindergarten? Sich beschwert haben! Sag bloß noch, er hat dich verpetzt. Wie hat Valera seinen Verdacht denn begründet?«

»Sehr verschwommen. Er hat etwas über Mädchen gesagt und hat unsere alte Affäre erwähnt.«

»Über Mädchen?« fragte Katja mißtrauisch. »Soweit mir bekannt ist, hattest du ziemlich lange ein ganz bestimmtes Mädchen, die Masseurin Sweta Petrowa.«

»Woher weißt du das?« Er schluckte krampfhaft.

»Unwichtig. Die Welt ist klein. Ich will dich nicht mit weitschweifigen Erklärungen langweilen, aber zwischen deiner langjährigen zärtlichen Freundschaft mit der Masseurin Sweta Petrowa und dem Mord an meinem Mann gibt es zweifellos eine Verbindung. Außer mir ist das bisher noch niemandem aufgefallen. Aber vielleicht hat auch Valera etwas davon erfahren. Sonst würde er dich nicht verdächtigen. Deshalb streng dein Gedächtnis an, Jegor.«

Katja hätte ihm auch sagen können: Beruhige dich, der Mörder ist gefunden, und mit der unglücklichen Olga Guskowa sind alle zufrieden, auch Valera Lunjok. Er verdächtigt dich jetzt bestimmt nicht mehr. Aber sollte Jegor ruhig erst einmal alles über Sweta Petrowa beichten, dann würde man weitersehen.

»Ich weiß gar nicht, womit ich anfangen soll.« Er war ganz durcheinander und tat Katja allmählich schon leid. »Es ist mir schleierhaft, was Sweta damit zu tun hat.«

»Ich bin nicht Lunjok, ich sammle kein kompromittierendes Material gegen dich. Also laß uns die Dinge ruhig beim Namen nennen. Ich will wissen, wer meinen Mann umgebracht oder den Auftrag dazu gegeben hat. Du willst herausfinden, welche Gründe Valera hat, dich zu verdächtigen. Unsere Interessen überschneiden sich. Also laß uns gemeinsam überlegen.«

»Du hast dich verändert«, sagte er dumpf, »früher warst du sanfter, romantischer.«

»Tja, das sind die Jahre. Laß uns nicht vom Thema abkommen. Versuch dich so genau wie möglich zu erinnern, wie Valera seine Beschuldigungen begründet hat, worauf er angespielt hat.«

»Ich hab ja schon gesagt, Mädchen, unsere Affäre ...«

»Nein, unsere Affäre lassen wir aus dem Spiel. Also Mädchen. Was noch?«

»Film. Das Thema Film tauchte zweimal auf. Verstehst du, Gleb hat mich gebeten, für seine ›Assoziation des freien Films‹ den Status der Steuerfreiheit durchzudrücken. Ich konnte ihm diesen Gefallen aber nicht tun. Später ergab sich, daß ich es doch getan habe, jedoch nicht auf Bitte deines Mannes, sondern aus anderen Gründen. Und so kam Valera offenbar auf die Idee, Gleb hätte mich irgendwie erpreßt. Es klärte sich dann zwar alles auf, aber ich habe ein ungutes Gefühl zurückbehalten. Wahrscheinlich hat dein Mann tatsächlich kompromittierendes Material gegen mich gehabt.«

»Wozu sollte Gleb das brauchen? Valera, ja, das ist eine andere Sache. Für ihn gehört das sozusagen zur Arbeit. Aber Gleb hat sich nie um solche Dinge gekümmert. Ihm könnte so etwas höchstens zufällig in die Hände geraten sein. Wart mal, du hast gesagt, das Thema Film tauchte zweimal auf. Beim ersten Mal im Zusammenhang mit der ›Assoziation‹, und beim zweiten Mal?«

»Im Zusammenhang mit den Mädchen.«

»Aha.« Katja lehnte sich im Sessel zurück. »Film und Mädchen. Das ruft Erinnerungen an den Justizminister und seine Mädchen in der Sauna wach. Entschuldige, Jegor, daß ich dir eine so indiskrete Frage stelle. Hat man von dir vielleicht auch so einen Film mit versteckter Kamera gedreht? Und ist Sweta Petrowa irgendwie daran beteiligt?«

Barinow wurde erst blaß, dann rot. Sein Gesicht bedeckte sich mit hektischen Flecken. Er schwieg lange, starrte verstört an Katja vorbei und sagte schließlich heiser: »Ein Trottel bin ich, ein kompletter Trottel. Warum bin ich nicht gleich darauf gekommen?«

»Worauf?«

»Eben darauf. Wahrscheinlich hast du genau ins Schwarze getroffen. Sweta hat mir tatsächlich Mädchen vermittelt. Und ich habe sie manchmal mit auf die Datscha von Korsh genommen. Du weißt, wer Korsh war?«

»Der Name kommt mir bekannt vor.«

»Der Pate von Lunjok, ein ›Dieb im Gesetz‹. Man hat ihn ermordet, und Lunjok wurde einer seiner Haupterben. Ja, natürlich, dort konnte man mich ohne Schwierigkeiten filmen.«

»Das heißt, Valera hat dich verdächtigt, weil die Kassette in Glebs Hände geraten sein konnte«, sagte Katja nachdenklich, »aber was wollte Gleb damit? Oder hat Lunjok sie ihm zur Aufbewahrung gegeben? Blödsinn. Gleb kann zufällig davon erfahren und sich näher dafür interessiert haben. Aber warum?«

»War er vielleicht mit Sweta bekannt?«

»Was für Mädchen hat sie dir denn eigentlich vermittelt?« fragte Katja ihrerseits, ohne seine Frage zu beantworten.

»Verschiedene«, murmelte er, ohne den Blick zu heben, »ich erinnere mich nicht mehr. Weißt du, wo dein Mann eine solche Kassette aufbewahren würde?«

»Du willst, daß ich die ganze Wohnung auf den Kopf stelle? Darin sehe ich keinen Sinn. Das ist bestimmt nicht die einzige Kopie.«

»Und trotzdem muß ich genau wissen, existiert diese Kassette oder nicht. Ich muß dir doch hoffentlich nicht erklären, wie ernst die Sache für mich ist.«

»Das mußt du nicht«, erwiderte Katja und lächelte schwach, »ich verstehe. Fahr nach Hause, Jegor, es ist schon spät. Wenn ich etwas finde, rufe ich dich sofort an.«

»Wenn du nichts findest, ruf mich bitte auch an.« Er stand schwerfällig auf und ging in den Flur.

Kapitel 29

Als sie allein war, saß Katja einige Minuten mit ausgestreckten Beinen und geschlossenen Augen im Sessel und versuchte an nichts zu denken. Seltsam, es war erst halb elf. Sie hatte das Gefühl, als sei es schon tief in der Nacht. Sie war entsetzlich müde, es war ein verrückter, endloser Tag gewesen, und sie wollte nur noch unter die heiße Dusche, eine Tasse Tee trinken, ins Bett kriechen, sich zusammenrollen und bis zum Morgen schlafen, tief und traumlos.

Was für ein Glück, daß sie damals auf Teneriffa nicht in dem einsamen kleinen Gasthof am Krater des Vulkans geblieben war und nicht auf all diese Klagen und Seufzer hereingefallen war. Sie hatte sich mit zwanzig ein Phantasiebild von Jegor Barinow gemacht, im Überschwang ihrer jugendlichen Gefühle. Aber er war nur ein schäbiger Feigling, ein mieser kleiner Schmutzfink.

Das Telefon klingelte, sie fuhr zusammen, öffnete die Augen, nahm ab und hörte die Stimme von Pawel Dubrowin:

»Katja, ich bin's. Wie geht es dir?«

»Ganz normal, danke.«

»Ich höre an deiner Stimme, daß es nicht normal ist. Gibt es irgendwelche Neuigkeiten? Überraschungen?«

»Sowohl das eine wie das andere. Aber das ist kein Gespräch fürs Telefon.«

»Soll ich vielleicht kommen?« fragte er vorsichtig.

»Nein. Morgen sehen wir uns bestimmt, aber jetzt bin ich sehr müde.«

»Weißt du, ich glaube, ich habe jetzt alles begriffen. Es gibt noch ein paar Sachen, die nicht zusammenpassen, aber im großen und ganzen ...«

»Pawel, laß uns morgen darüber reden. Ich habe jetzt keine Kraft mehr, ehrlich. Entschuldige. Ich rufe dich morgen früh an, sobald ich aufwache.«

Sie legte auf, stand abrupt aus dem Sessel auf, bewegte die Schultern, um die schläfrige dumpfe Starre abzuschütteln, und ging in Glebs Arbeitszimmer.

Als sie Barinow gesagt hatte, man müsse die ganze Wohnung durchwühlen, um die Kassette zu finden, hatte sie übertrieben. Tatsächlich reichte es, den kleinen Safe zu öffnen, der in einem Fach des Bücherschranks verborgen war. Eigentlich hätte sie das längst tun sollen – die Papiere durchsehen, alles in Ordnung bringen. Aber sie hatte noch keine Zeit dafür gefunden.

Sie wußte, daß Gleb dort seine Bankpapiere und manchmal auch Geld aufbewahrte. Wenn viele Gäste im Haus waren, legte er auch die Schatulle mit dem Schmuck von Katjas Urgroßmutter hinein.

Im Safe fand sie eine Mappe mit Papieren, ein kleines Bündel Dollarnoten und die Schmuckschatulle. Sie stand dort noch seit dem letzten Besuch. In ihr befand sich auch der Magnetschlüssel zum Geheimfach.

Das Fach klirrte leise und öffnete sich automatisch. Im Innern lag eine gewöhnliche Videokassette in einer schwarzen Plastikhülle, ohne Beschriftung oder Aufkleber.

Die Aufnahmen waren unscharf. Zuerst erblickte Katja nur Dampf und drei verschwommene Silhouetten, dann konnte man erkennen, daß es nackte Körper waren – zwei weibliche und ein männlicher. Wassergeplätscher im Schwimmbecken, heiseres Nixenlachen, dumpfes Stöhnen. Schon nach einer Minute erkannte Katja Jegor Barinow. Man hatte ihn absichtlich in Großaufnahme gefilmt. Die beiden Mädchen sah man nur undeutlich, sie hatten den Kameramann offensichtlich nicht interessiert. Aber da flimmerte auf einmal klar ein bekanntes Profil über den Bildschirm. Sweta Petrowa, mollig, hellhäutig, vollbusig. Das Gesicht des zweiten Mädchens wurde von der Kamera nicht eingefangen.

Sehr schlank war sie, langbeinig, noch ganz jung. Irgendwie kam sie Katja bekannt vor. Die langen nassen Haare verdeckten das Gesicht. Plötzlich eine kurze Großaufnahme. Nur ein Sekundenbruchteil. Eine schmale Hand schob eine nasse Haarsträhne aus dem Gesicht.

Katja drückte einen Knopf auf der Fernbedienung. Das Bild blieb stehen, und die schönen grünen Augen von Margarita Krestowskaja blickten Katja direkt ins Gesicht.

Weiter folgte ein so abstoßender Pornofilm, daß einem übel wurde. Katja zog die Kassette heraus und steckte sie wieder in die Hülle.

Was nun? Sollte sie morgen früh bei der Staatsanwaltschaft anrufen? Die Kassette war einer der Haken, an denen Lunjok Barinow zappeln ließ. So etwas der Staatsanwaltschaft zu übergeben wäre glatter Selbstmord.

Sie mußte Lunjok anrufen und ihm den brisanten Politporno persönlich zurückgeben. Das war nicht ihre Sache, das sollte er selber regeln. Nur eine Bedingung mußte sie stellen: daß er über seine Kanäle dafür sorgte, daß Olga Guskowa sofort freigelassen wurde. Ihm würde das nicht schwerfallen, er hatte genügend Beziehungen.

Gleb hatte also Margarita sogar noch unterschätzt, trotz all seiner hartnäckigen Feindseligkeit ihr gegenüber. Von Anfang an hatte er nicht ruhig über sie sprechen können, sogar in Gegenwart seines Vaters hatte er sie ungeniert als »Weibsstück« und »diese Kreatur« bezeichnet.

Katja erinnerte sich deutlich daran, wie sie am Geburtstag von Kalaschnikow senior, vor kaum vier Wochen, zufällig das Bruchstück eines Gesprächs in der Küche gehört hatte.

»Gleb, ich habe ihn nicht darum gebeten, er hat selber darauf bestanden«, hatte Margarita halblaut, fast flüsternd gesagt, »er liebt mich eben. Und außerdem, entschuldige bitte, ist das nicht deine Angelegenheit.«

»Es ist meine Angelegenheit, es ist mein Vater, und wenn du glaubst, du könntest ihn klammheimlich bis auf die letzte Kopeke ausnehmen, dann irrst du dich. Ihm kannst du was von reiner Liebe vorflöten, aber nicht mir. Sieh dich vor, noch so ein Streich, und ich …«

»Gleb, nimm bitte wenigstens auf deinen Vater Rücksicht. Er würde das nicht verkraften.«

Als Katja eintrat, verstummten sie, aber Katja konnte die intensive Atmosphäre von Haß fast mit den Händen greifen.

Später, auf der Fahrt nach Hause, hatte sie ihren Mann gefragt: »Warum zankst du dich eigentlich dauernd mit Margarita herum? Weshalb haßt du sie so?«

»Diese Kreatur hat Vater veranlaßt, auf ihren Namen ein Konto zu eröffnen, und dorthin geht fast der gesamte Gewinn aus seinen Ölgeschäften. Und das Geld aus dem Casino ist auch bald an der Reihe. Sie wird ihn noch bis auf die letzte Kopeke ausplündern, den alten Trottel.«

»Dein Vater ist doch kein unmündiges Kind und auch noch nicht senil. Sie bringt ihn doch nicht mit Gewalt dazu.«

»Womit sie ihn dazu bringt, weiß ich nur zu gut«, knurrte Gleb, »aber mir reicht's. Jetzt habe ich Wege und Mittel, um dieser Kreatur beizukommen.«

»Meiner Meinung nach hast du dich einfach verrannt. Versuch mal, sie mit anderen Augen zu betrachten. Eine schöne, talentierte junge Frau, die aus eigener Kraft vieles erreicht hat.«

»Aus eigener Kraft?« röhrte Gleb los. »Solche Schönen und Talentierten gibt's in rauhen Mengen, die ihre Seele dafür verpfänden würden, nur um eine Mini-Rolle beim Film zu ergattern. Du weißt doch wohl, daß man für diese Art von Filmen keine besonderen Talente braucht außer einer hübschen Fratze und langen Beinen. Und von dieser Sorte gibt es mehr als genug. Wenn sie nicht mit Vater verheiratet wäre, käme keine Sau auf die Idee, ihr eine Hauptrolle zu geben. Alle diese Märchen vom Aschenputtel von der Tankstelle kann man den Kinozuschauern vorsetzen, aber nicht mir.«

»Gleb, warum bist du so erbittert? Sie liebt ihn doch.«

»Sie wird ihn mit Haut und Haaren fressen, ohne sich zu verschlucken«, sagte er ruhig und finster. »Bis vor kurzem hatte ich noch eine schwache Illusion, aber das ist jetzt endgültig vorbei. Es tut mir nur leid um meinen alten Narren. Aber was soll's, er wird es überleben und zu Mama zurückkehren. Er hat seinen Spaß gehabt, und das soll ihm reichen.«

Katja erinnerte sich an diesen Abend so deutlich, weil sie ihren Mann selten derart erzürnt und entschlossen erlebt hatte. Es war auch noch gar nicht so lange her, gerade einen Monat. Damals hatte sie weder diesem zufälligen Streit in der Küche besondere Bedeutung beigemessen noch ihrem Gespräch auf der Heimfahrt. Ihr wäre im Traum nicht eingefallen, was sich dahinter verbarg. Leider.

Jetzt war alles klar, alles fügte sich zusammen. Wenn Kalaschnikow diese Kassette zu Gesicht bekäme, dann ließe er sich bestimmt von Margarita scheiden.

Er hatte ein anständiges, ehrliches Mädchen geheiratet. Und was stellte sich heraus? Er war betrogen worden, seine heiße, reine Liebe hatte man in den Schmutz gezogen und einen Idioten aus ihm gemacht. Er würde sich nicht einfach scheiden lassen – er würde sie mit Schimpf und Schande davonjagen. Ein anderer hätte ihr vielleicht verziehen. Kalaschnikow niemals. Sie würde von einem Tag auf den anderen alles verlieren – Geld, Wohlstand, Karriere. Und das alles hing von Gleb ab, von einem Menschen, der sie von Anfang an nicht hatte leiden können.

Nur eine Unstimmigkeit blieb noch – die Zeit. Sie war ja in jener Nacht nach Paris geflogen.

Katja blickte auf ihre Uhr. Zehn nach zwölf. Margarita war nachts geflogen ... Mit welcher Maschine? Das mußte sich leicht herausfinden lassen. Der Mord war genau heute vor einer Woche geschehen.

Katja schlug das Telefonbuch auf und versuchte, die Auskunft des Flughafens Scheremetjewo-2 anzurufen. Dort war ständig besetzt.

Was Pawel wohl damit gemeint hatte, als er sagte: ›Ich glaube, ich habe jetzt alles begriffen‹? Typisch, sie hatte ihn mal wieder gar nicht ausreden lassen. Überhaupt benahm sie sich ihm gegenüber richtig flegelhaft. Er war bereit, jederzeit für sie alles stehen- und liegenzulassen, er war immer für sie da, wenn sie ihn brauchte. Sie merkte selber nicht, wie sie statt der Nummer der Flughafenauskunft die Nummer von Pawel wählte. Seit wann hatte sie diese Nummer eigentlich auswendig im Kopf?

»Ich wußte, du würdest anrufen.«

»Eigentlich versuche ich gerade, Scheremetjewo-2 zu erreichen.«

»Das habe ich auch schon versucht.«

»Wieso?!«

»Um zu erfahren, welche Nachtflüge nach Paris gehen. Ich vermute, deswegen hast du es auch probiert. Weißt du was, am besten, wir fahren einfach hin.«

»Warte, ich hab nicht ganz verstanden.«

»Sie kann ausgezeichnet schießen, diese Krestowskaja«, sagte Pawel nachdenklich. »Als ich den Film mit ihr gesehen habe, ist mir aufgefallen, daß sie ohne Double arbeitet und durchtrainiert ist wie ein Soldat einer Spezialeinheit. Ich habe noch gedacht, das ist das einzig Interessante an diesem idiotischen Film. Um ehrlich zu sein, ich habe mir die Mühe gemacht, ihn mir noch einmal anzusehen, nach unserem Besuch im Leichenschauhaus. An der Stelle, wo die Heldin dem Drogendealer eine Schlinge um den Hals wirft, habe ich abgeschaltet. Aber das sollten wir wirklich nicht am Telefon besprechen. Im Prinzip kann ich übrigens auch allein nach Scheremetjewo fahren.«

»Nicht doch, laß uns zusammen fahren. Ich hole dich ab.«

Bevor sie das Haus verließ, legte Katja die schwarze Hülle mit der Kassette zurück in den Safe, ins Geheimfach.

Pawel wartete im Hof auf sie.

»Ich dachte, ich komme zu dir und hole dich ab. So können wir den Hergang genau rekonstruieren«, sagte er, als er zu ihr ins Auto stieg. »Aber eigentlich ist auch so alles klar. Ich habe schon nachgerechnet, daß man es nachts vom Prospekt des Friedens bis Scheremetjewo-2 in vierzig Minuten schaffen kann.«

»Das heißt, du hast schon gestern alles gewußt?«

»Ich finde es merkwürdig, daß du es nicht schon früher gemerkt hast. Alles deutet doch auf sie – Olga Guskowa ist ihre Klassenkameradin, mit Sweta Petrowa hatte sie engen Kontakt. Als sich abzeichnete, daß Olga nur vorgeschoben war, dachte ich: der Täter kann nur ein Mensch sein, der bei euch ein und aus gehen kann, ohne Verdacht zu erregen. Die verrückte Geliebte war für die Rolle des Mörders die beste Wahl. Nach den Brüdern von der Mafia, versteht sich. Margarita ist zwar Schauspielerin, aber ihre Stimme am Telefon hättest du doch erkennen können. Also suchte sie für diese Rolle die unglückliche, mit der ganzen Welt und mit dir im besonderen hadernde Sweta Petrowa aus. Als Sweta erfuhr, was für ein Ende diese Weiberstreiche mit den anonymen Anrufen genommen hatten, erschrak sie furchtbar und geriet in Panik. Sie beschloß, das Spiel nicht länger mitzumachen. Aber sie ärgerte sich, daß sie das Risiko für nichts und wieder nichts eingegangen war. Sie versuchte, zwei Fliegen mit einer Klappe zu schlagen – sich selbst von den drückenden Schuldgefühlen zu befreien, indem sie dir von der Krestowskaja erzählte, und gleichzeitig auch noch abzukassieren. Eine idiotische Mischung – ein schlechtes Gewissen und gleichzeitig soviel dumme Bosheit und soviel Neid, gegen allen gesunden Menschenverstand, zum eigenen Schaden. Solche Menschen verlieren immer. Hätte sie geschwiegen, wäre sie vielleicht noch am Leben. Aber sie hat sich zu erkennen gegeben, und die Krestowskaja mußte sie aus dem Weg räumen, überhastet und unüberlegt. Der größte Fehler aber war der letzte Anruf. Sie wußte noch nicht, daß Olga Guskowa schon verhaftet und ihr Ziel damit erreicht war. Sie war nervös und beschloß, die Ereignisse mit deiner Hilfe voranzutreiben. Wahrscheinlich ärgerte sie auch, daß ihr glänzend inszeniertes Schauspiel dich so völlig kalt ließ. Du wolltest dich einfach nicht erschrecken lassen, nicht ernsthaft gekränkt sein und dich bei den Behörden über die boshafte Geliebte beschweren. Und da ist sie einen Schritt zu weit gegangen.«

»Nein«, unterbrach ihn Katja, »es gab noch einen anderen Fehler. Der Büstenhalter in der Tasche des Bademantels. Wahrscheinlich hat sie ihn hineingetan, als sie zusammen mit Kalaschnikow bei mir war, um mich zu trösten. Natürlich konnte sie sich nicht vorstellen, daß beide Bademäntel in der Mordnacht in die Waschmaschine gesteckt worden waren, daß Shannotschka vorher die Taschen kontrolliert hatte und sich später daran erinnerte. Man kann eben nicht alles bis auf die letzte Kleinigkeit im voraus planen. Aber genau an diesem Punkt wurden bei mir die ersten leisen Zweifel wach.«

»Du meinst, das war der Moment, wo du Margarita zum ersten Mal verdächtigt hast?«

»Nein, ganz und gar nicht. Ich vermutete nur eine komplizierte, schlaue Inszenierung. An Margarita habe ich dabei nicht gedacht. Es ist eine Sache, einen Schachzug zu erkennen, die Logik zu begreifen, und eine ganz andere, einen konkreten Menschen zu verdächtigen, der gestern mit dir Kaffee getrunken, gelacht und dir ruhig in die Augen gesehen hat, den du gut kennst und der dir sympathisch ist. Mit anderen Worten, je klarer mir die unheimliche Logik des Mörders wurde, desto schwieriger konnte ich mir in dieser Rolle einen mir nahestehenden Menschen vorstellen.«

»Ja.« Pawel nickte. »Ich verstehe. Mich haben zwei Dinge verwirrt. Erstens das Motiv. Ich konnte nicht begreifen, wieso dein Mann ihr im Wege stand. Konstantin Kalaschnikow ist noch nicht so alt, bis zur Aufteilung des Erbes war es noch weit. Und zweitens – Paris. Das ist ein schwer zu knackendes Alibi.«

»Also, was das Motiv betrifft, da kann ich dir alles erzählen. Und das Alibi werden wir jetzt gleich überprüfen.«

Sie fuhren bereits die gewundene Auffahrt zum Flughafen empor.

Der Flug nach Paris ging um ein Uhr fünfundvierzig.

»Ja, natürlich, das konnte sie schaffen«, sagte Katja. »Ich weiß, daß eine gemeinsame Bekannte sie in ihrem Lada zum Flughafen gebracht hat, Nastja Muchina, die Geschäftsführerin der Filmgesellschaft. Ich habe sie später am Büfett gesehen, sie hat auf der Rückfahrt vom Flughafen noch kurz hereingeschaut, um mir zu gratulieren, und es sehr bedauert, daß sie die Premiere nicht sehen konnte. Das heißt also, um elf Uhr war Margarita schon am Flughafen. Dafür gibt es einen Zeugen. Außerdem weiß ich noch gut, daß wir uns am Vorabend darüber unterhalten haben. Ich wollte, daß Margarita zu meiner ›Lady Macbeth‹ käme, und wir haben sogar noch nachgerechnet, aber Margarita hat gesagt: Bloß nicht! Ich bin ein solcher Angsthase! Einmal in meinem Leben habe ich einen Flug verpaßt, und auch noch ausgerechnet nach Amerika. Seitdem fahre ich immer drei Stunden vorher hin.«

»Diese Nastja Muchina hat sie also zum Flughafen gebracht und ist dann gleich wieder zurückgefahren?« fragte Pawel.

»Ja.«

»Und wer hat sie bei der Rückkehr vom Flughafen abgeholt?«

»Mein Vater in seinem Auto.«

»Na prima«, meinte Pawel, »dann mal los.« Er hakte sie unter und steuerte auf den Ausgang zu.

»Wohin?« fragte Katja verwundert.

»Wir sind doch nicht hergekommen, um uns den Fahrplan anzusehen und die Zeiten nachzurechnen.«

Sie gingen auf das Tor des großen gebührenpflichtigen Parkplatzes zu.

»Guten Abend«, wandte sich Pawel an den gelangweilt am Tor stehenden Wachmann, »wir kommen von der Zeitung ›Abendclub‹. Könnten Sie uns ein paar Fragen beantworten?«

»Kommt drauf an, welche.« Der Wachmann zuckte gleichmütig die muskulösen Schultern.

»Ganz einfache. Was meinen Sie, könnte man Ihren Parkplatz als besonders prestigeträchtig bezeichnen?«

»Wie meinen Sie das?« fragte der Wachmann erstaunt.

»Nun, wird er oft von Prominenten in Anspruch genommen, von Bühnen- und Filmstars?«

»Ach so.« Der Wachmann nickte gewichtig. »Nein, nicht sehr oft. Aber es kommt vor. Die Prominenten werden gewöhnlich abgeholt und hingebracht. Die brauchen unseren Parkplatz nicht.«

»Bitte denken Sie doch einmal nach, waren in den letzten zehn Tagen irgendwelche Personen hier, die Sie aus dem Fernsehen, dem Kino oder aus der Zeitung kennen?« mischte Katja sich vorsichtig ein.

Der Wachmann überlegte.

»Ich glaube nicht. Aber ich sehe auch selten fern, nur amerikanische Actionfilme auf Video.«

»Sehen Sie sich auch unsere Actionfilme an?« erkundigte sich Pawel.

»Nein. Was gibt's da zu sehen? Die sind wie die amerikanischen, nur schlechter.«

»Also haben Sie aber doch schon welche gesehen?«

»Sagt mal, Kinder, was soll das? Habt ihr das wirklich nötig?«

Dem Wachmann wurde das Gespräch offensichtlich lästig. Gute Journalisten gaben sie nicht gerade ab.

Pawel seufzte, zog einen Hunderttausender heraus und gab ihn dem Wachmann.

»Ehrlich gesagt, ja. Dringend sogar.« Aus der kleinen Ledertasche, die er sich über die Schulter gehängt hatte, holte er ein dünnes grellbuntes Boulevardblättchen hervor.

Auf dem Titelbild prangte ein Farbporträt von Margarita Krestowskaja.

»Nee wirklich, das ist doch nicht nötig.« Der Wachmann wurde etwas verlegen, nahm das Geld aber doch, schaute dann lange auf das Foto und sagte schließlich zögernd: »Also, so eine Rothaarige habe ich, glaub ich, gesehen. Wer ist das?«

»Eine sehr bekannte Filmschauspielerin. Am letzten Mittwoch, genau vor einer Woche, hat sie hier etwa um diese Zeit ihren Wagen abgestellt«, teilte Pawel ruhig mit.

»Einen schwarzen Opel, 289 MK«, fügte Katja hinzu und wunderte sich – seit wann hatte sie das Kennzeichen von Margaritas Wagen im Kopf? Sie hatte immer gedacht, sie hätte ein schlechtes Gedächtnis für Zahlen.

»Genau«, bestätigte der Wachmann und wurde plötzlich stutzig. »Hört mal, Kinder, warum wollt ihr das eigentlich alles wissen?«

»Das ist unser Beruf. Sie bewachen den Parkplatz, und wir sammeln Tratsch über Prominente. Jeder verdient sein Geld, wie er kann«, erwiderte Katja lächelnd.

»Na schön«, sagte der Wachmann nach einigem Nachdenken. »Am vorigen Mittwoch, sagt ihr? Wie war doch gleich die Nummer?«

Katja wiederholte das Kennzeichen, der Wachmann verschwand für ein paar Minuten in seiner Bude, kam dann wieder heraus und reichte ihnen einen Zettel. Darauf stand geschrieben: »Opel 289 MK, schw., Parkz. 4.9. – 19.00. bez. bis 7.9. – 19.00; Abfahrt 4.9. – 23.15; Rückkehr 5.9. – 01.05; Abfahrt 5.9. – 16.00.«

»Allerherzlichsten Dank.« Pawel steckte den Zettel in die Tasche.

»Sie ist gerade noch rechtzeitig zum Einchecken zurückgekommen«, sagte Katja nachdenklich, während sie sich ans Steuer setzte. »Wenn sie sich verspätet hat, dann höchstens um fünf Minuten, nicht mehr. Weißt du, woran ich denke? Wir hätten nur ein wenig länger am Büfett zu bleiben brauchen, dann wäre Gleb jetzt noch am Leben. Sie hätte kaum riskiert, das Flugzeug zu verpassen. Dann wäre ja ihr ganzes schlaues Alibi zusammengebrochen. Das Schlimme ist, daß ich selber ihr gesagt habe, wir würden früh gehen. Nach einer Aufführung bin ich immer halbtot und habe nur einen Wunsch – so schnell wie möglich ins Bett, und nach einer Premiere fühle ich mich erst recht wie eine ausgequetschte Zitrone. Gleb, habe ich ihr gesagt, wird sich höchstwahrscheinlich schon in der Pause betrinken, und wir sind wieder zu Hause, noch ehe du ins Flugzeug gestiegen bist. Wir saßen nach der Generalprobe zu dritt, mit Nastja Muchina, bei mir in der Garderobe. Nastja hat ihr auch noch zugeredet und gesagt, wir sehen uns zusammen den ersten Akt an, und dann bringe ich dich weg. Schon damals kam mir der flüchtige Gedanke: Warum fährt sie eigentlich nicht in ihrem eigenen Wagen zum Flughafen? Dort gibt es doch einen Parkplatz, der gar nicht so besonders teuer ist. Sie fliegt ja nur für ein paar Tage. Aber das habe ich nur gedacht und nicht gefragt.«

»Sie hätte dir geantwortet, daß ihr Wagen gerade in der Werkstatt ist«, sagte Pawel, »oder irgend etwas anderes erfunden.«

»Lieber Gott, warum nur? Warum weiß man so etwas nie vorher?« flüsterte Katja kaum hörbar. »Hätte ich nicht ausgeplaudert, daß wir früher zurückkommen, wäre Gleb noch am Leben. Hätten wir uns am Büfett länger aufgehalten … Eine Viertelstunde nur, das hätte ja schon gereicht.«

Sie fuhren über die Leningrader Chaussee nach Moskau zurück. Um diese Zeit herrschte nur wenig Verkehr. Hin und wieder fielen Katja die Lichter entgegenkommender

Autos ins Gesicht, und dann verzog sie das Gesicht wie von einem plötzlichen Schmerz.

»Sie hätte ihn sowieso umgebracht«, sagte Pawel, »früher oder später. Wenn man bedenkt, wie sorgfältig sie sich vorbereitet hat, wie genau sie jedes Detail durchdacht hat, dann muß es ihr sehr wichtig gewesen sein, deinen Mann aus dem Weg zu räumen.«

»Nein«, Katja schrie fast, »ein so passender Moment hätte sich kaum noch einmal geboten. Als hätte der Teufel ihr diese Nacht eingeflüstert.«

»Aber trotzdem, warum hat sie das getan? Du wolltest mir noch sagen, was ihr Motiv war«, erinnerte sie Pawel.

»Ich kann nicht.« Katja verzog wieder schmerzhaft das Gesicht. »Verzeih, ich kann jetzt nicht. Später erzähle ich es dir, ganz bestimmt.«

»Möchtest du etwas essen?« fragte Pawel nach einer langen Pause.

»Nein. Ich möchte schlafen. Und weinen.«

Den Rest des Weges fuhren sie schweigend. Als Katja vor seinem Haus anhielt, sagte er, bevor er ausstieg:

»Verzeihst du mir, wenn ich dieselbe dumme Frage wieder stelle?«

»Natürlich.« Katja lächelte schwach. »Aber tu es besser nicht.«

»Na gut. Ruf mich an, wenn du zu Hause bist. Ich gehe erst nach deinem Anruf schlafen.«

Er berührte mit den Lippen ihre Schläfe, nur für eine Sekunde, und stieg rasch aus.

So darf man einen Menschen nicht behandeln, dachte Katja, als sie auf den leeren Gartenring fuhr, er ist der einzige, der mich liebt.

An der Ampel steckte sie sich eine Zigarette an. Wie schön und beruhigend ist es, nachts durch das menschenleere Moskau zu fahren, Mitte September, wenn es noch ganz warm ist und man das Fenster öffnen kann, damit einem der Wind ins Gesicht bläst. Wie schön ist es überhaupt, auf der Welt zu sein, und wie schrecklich ist es, jung zu sterben, durch die böse Laune eines anderen Menschen. Morgen sind es neun Tage her. Dann werden es vierzig sein, danach wird man nur noch die Monate, dann die Jahre zählen, und allmählich wird die Erinnerung an die Stimme, das Gesicht, den Geruch verblassen. Am deutlichsten sah sie jetzt seltsamerweise den kräftigen, selbstbewußten fünfjährigen Gleb mit dem weizenblonden Haar vor sich, den Igel, der durch das feuchte Gewebe des Panamahutes stach, und die bunten Lichtflecken auf dem heißen Sand.

Sie fuhr sehr langsam, kämpfte die aufsteigenden Tränen nieder, wurde wieder ruhiger und beschloß, noch bei einem der nachts geöffneten Supermärkte vorbeizufahren und etwas zu essen und eine Flasche Kognak zu kaufen. Heute war es genau eine Woche her, in dieser Nacht mußte sie auf Glebs Gedenken trinken. Einfach allein in der Küche sitzen, eine Weile um ihn weinen und an ihn denken.

In dem leeren Supermarkt träumte eine blutjunge Kassiererin, den Kopf auf die Arme gelegt, vor sich hin. Als Katja eintrat, schreckte sie hoch und begann sich die Augen zu reiben. Katja kaufte eine kleine Flasche Kognak, ein Glas Oliven, Brot, Käse und ein paar Äpfel. Sie parkte den Wagen in dem stillen Hof und stieg die Stufen zum Hauseingang empor. Unwillkürlich blickte sie sich dabei immer wieder nach dem schwarzen Akaziengebüsch am Kinderspielplatz um.

Als die schwere eiserne Eingangstür hinter ihr zugeschlagen war, blieb sie einen Moment stehen und lauschte auf die hallende Stille des Treppenhauses. Oben raschelte etwas, irgendein leises Gewisper und Getuschel. Nein, das hatte sie sich nur eingebildet.

Der Lift blieb rumpelnd stehen, in irgendeiner Wohnung bellte verschlafen ein Hund. Katja holte die Wohnungsschlüssel heraus und erstarrte von neuem. Das Rascheln hatte sich wiederholt. Das Herz klopfte ihr bis zum Hals, in den Ohren summte es. Und durch das Summen hörte Katja deutlich das leise Lachen einer Frau.

Auf dem Fensterbrett zwischen dem zweiten und dritten Stock saßen die halbwüchsige Mascha aus der Nachbarwohnung und ihr Freund. Mit einem tiefen Seufzer der Erleichterung schloß Katja die Tür auf und tastete mit geübter Bewegung nach dem Lichtschalter im Flur. Aber das Licht ging nicht an.

Die Birne ist durchgebrannt, dachte sie.

In diesem Moment spürte sie einen jähen Luftzug hinter sich, der frische Kleegeruch des teuren französischen Parfums »Madame Jamais« stieg ihr in die Nase. Einen Sekundenbruchteil später drückte ihr etwas Dünnes, Hartes den Hals zusammen.

Katja begann zu schreien, der Schmerz war unerträglich, so überwältigend, daß sogar der eigene Schrei in diesem Schmerz wie in dickem Filz steckenblieb. Vor den Augen tanzten ihr scharlachrote Flämmchen. Verschwommen wurde ihr bewußt, daß die Tür noch nicht geschlossen war, und sie trat mit aller Kraft dagegen. In der linken Hand hielt sie immer noch die Tüte mit den Lebensmitteln, sie riß den Arm hoch, im Versuch, aufs Geratewohl den, der hinter ihr stand, mit der Tüte am Kopf zu treffen.

Aber der Schmerz wurde immer heftiger. Sie bekam keine Luft mehr. Woher der Schlag kam, begriff sie schon nicht mehr, merkte auch nicht, daß die Tür sperrangelweit aufstand, hörte die lauten Stimmen nicht: »He, was ist da los? Wer schreit da so?«

Die scharlachroten Funken vor ihren Augen verschwammen zu einer riesigen, pulsierenden, feurigen Masse. Dann wurde es dunkel.

»Schnell, einen Arzt! Lieber Gott! Was hat sie denn?«

»Mascha, beruhige dich! Sie atmet ja noch, sieh doch, wie sie atmet!«

»Jekaterina Filippowna! Machen Sie doch die Augen auf, bitte!«

Katja schnappte mit weitgeöffnetem Mund gierig nach Luft. Langsam, sehr vorsichtig, öffnete sie die Augen.

Zwei verschwommene weiße Flecken. Lebendige Stimmen, eine männliche und eine weibliche. Lebendige Gesichter. Mascha und ihr Freund, ein Junge mit runder, funkelnder Brille.

»Na, Gott sei Dank! Was ist Ihnen denn passiert? Sollen wir einen Arzt rufen?«

»Nicht nötig«, flüsterte Katja mit trockenen, rissigen Lippen.

Mit Erstaunen entdeckte sie, daß sie nicht lag, sondern halb saß, den Kopf an die weiche Polsterung ihrer geöffneten Wohnungstür gelehnt. Wahrscheinlich war sie nicht gefallen, sondern heruntergerutscht und deswegen nicht mit dem Kopf aufgeschlagen. Die beiden halfen ihr aufzustehen. Vor ihren Augen verschwamm alles. Der Hals schmerzte heftig. Sie lehnte sich an die kalte geflieste Wand neben der Tür und schnappte weiter nach Luft.

»Mascha, haben Sie jemanden gesehen?« fragte sie, als sie wieder etwas zu Atem gekommen war, und schluckte krampfhaft.

»Ja, es ist jemand vorbeigerannt, ich hab nur lange, rote Haare bemerkt. Aber wir sind sofort zu Ihnen gestürzt.«

»Ich bin angehender Arzt«, sagte der Junge, »ich dachte, es sei vernünftiger, zuerst Ihnen zu helfen. Sollen wir nicht doch den Notarzt oder die Miliz rufen?«

»Wenn Sie Arzt sind, sehen Sie doch mal nach, was mit meinem Hals ist«, bat Katja.

Der Junge zog vorsichtig den Rollkragen des Pullovers zurück.

»Nichts. Eine leichte Rötung. Hat man etwa versucht, Sie zu erwürgen?« Die Augen hinter den Brillengläsern wurden ganz groß und rund.

»Wahrscheinlich ja. Man hat mir eine Schlinge um den Hals geworfen.«

»Wissen Sie, was Sie gerettet hat? Der Rollkragen. Wenn die Schlinge sich in den bloßen Hals gepreßt hätte – das haben wir in Gerichtsmedizin durchgenommen …«

»Ihr habt mir das Leben gerettet, Kinder. Ich danke euch«, sagte Katja. »Wißt ihr was, bringt mich doch bitte nach unten, zum Auto.«

An der frischen Luft wurde ihr erheblich besser.

»Danke, Mascha, danke. Wie heißen Sie?« wandte sie sich an den Jungen.

»Mitja. Aber Sie sollten besser noch nicht Auto fahren. Nach einem solchen Schock müssen Sie sich hinlegen.«

»Um diese Zeit ist in Moskau kaum Verkehr, es ist leer und ruhig. Ich komme schon an.«

Sie lächelte, startete den Motor und winkte ihnen zum Abschied zu.

Die beiden starrten dem weißen Ford lange verwundert nach.

* * *

Pawel blieb stocksteif in der Tür stehen, starrte ihr ins Gesicht und fragte erschrocken: »Was ist mit dir?«

»Ich bin gerade fast ermordet worden«, sagte Katja mit nervösem Lachen.

Er legte ihr den Arm um die Schultern, führte sie ins Wohnzimmer und setzte sie in den großen Sessel.

»Du bist bleich wie der Tod, und deine Augen – kannst du erzählen, was passiert ist?«

»Machst du mir einen heißen Tee?« Katja streifte ihre Pumps ab, zog die Beine hoch und kauerte sich im Sessel zusammen.

Sie zitterte vor Kälte. Er ging ins andere Zimmer, kam einen Augenblick später zurück, hüllte sie in eine Decke und küßte sie leicht auf den Mundwinkel.

»Hast du die Tür abgeschlossen? Sie ist weggelaufen … Eine Pistole hatte sie nicht, es war eine Schlinge.« Katja schluckte. »Sie hat mich direkt in der Wohnung überfallen, in der Diele … Aber im Treppenhaus waren zufällig Leute. Die haben sie verscheucht. Kann ich Tee haben?«

»Ich brühe dir sofort welchen auf. Du zitterst ja.« Er streichelte ihr übers Haar. »Soll ich uns Musik auflegen?«

»Ja«, sagte sie, »die ›Ink Spots‹. Diese eine Kassette, weißt du noch?«

Fünf Minuten später brachte er zwei Tassen Tee, eine kleine flache Flasche mit armenischem Kognak, Schnapsgläser und einen kleingeschnittenen Apfel.

»Ich habe schon wieder nichts zu essen im Haus.« Er lächelte schuldbewußt. »Diesmal sind nicht einmal Würstchen da.«

Der Kognak wärmte Katja auf, das Zittern ließ nach. Pawel redete von irgendwelchen Bagatellen, sie merkte, wie er sie anblickte, aber ihr war alles egal. Sie wäre eben fast gestorben. Träge, durch die schwere, einer Ohnmacht ähnelnde Müdigkeit, dachte sie: Wenn er mich jetzt anrührt, dann ist er auf keinen Fall der Richtige und begreift überhaupt nichts, und ich will ihn nie mehr wiedersehen.

»Es ist vier Uhr morgens. Du schläfst ja im Sitzen ein«, sagte Pawel und stand auf. »Ich mache mein Bett für dich fertig und lege mich drüben aufs Sofa.«

Kaum hatte sie den Kopf aufs Kissen gelegt, war sie auch schon eingeschlafen.

Kapitel 30

Ein Sonnenstrahl glitt kitzelnd über ihre Wange und flammte in rosigem Feuer unter ihren geschlossenen Lidern auf. Katja öffnete die Augen und wußte im ersten Moment nicht, wo sie sich befand.

Die Uhr zeigte elf.

»Mein Gott, ich lebe ja, was für ein Wunder«, flüsterte sie, reckte sich ausgiebig und spürte den eigenen Körper wie neu. »Ich lebe ...«

Es war höchste Zeit. Sie durfte nicht länger faul im Bett liegen, sie mußte zu Lunjok fahren und diesem Spuk ein Ende machen. Sie würde ihm die Schlüssel zur Wohnung geben, ihm erklären, wo die Kassette lag, sollte er jemanden hinschicken, um sie zu holen. Am besten, sie rief ihn vorher noch an, aber da fiel ihr ein, daß sie ihr Notizbuch zu Hause gelassen hatte.

Sie zog sich an, ging in den Flur und rief leise: »Pawel!«

Niemand antwortete. In der Wohnung war es still. Wahrscheinlich schlief er noch. Katja ging ins Bad. Auf der Waschmaschine lag ein ordentlich gefaltetes schneeweißes Handtuch. Auf der Ablage über dem Waschbecken entdeckte sie eine neue, noch eingeschweißte Zahnbürste.

Nach dem Duschen machte Katja sich fertig, kämmte sich und dachte, es wäre nicht übel, erst noch Kaffee zu trinken. Sie mußte ohnehin noch Pawel wecken, um ihm zu danken und sich zu verabschieden.

Sie öffnete vorsichtig die Tür und schaute in das kleine Zimmer. Dort stand das zum Bett umfunktionierte Sofa, ungemacht. Pawel war nicht da. Wohin konnte er gegangen sein? Vielleicht etwas fürs Frühstück einkaufen? Dann mußte sie sowieso auf ihn warten.

Sie erblickte einen riesigen antiken Kleiderschrank und trat ins Zimmer, um sich in dem großen Spiegel zu betrachten. Auf dem Fußboden, zwischen Schrank und Sofa, lag ein durchsichtiger Plastiksack, vollgestopft mit irgendwelchen alten Sachen und oben zugebunden. Katja warf einen flüchtigen Blick darauf, und plötzlich schlug ihr das Herz bis zum Hals. Sie kauerte sich hin, zerrte mit zitternden Händen den Knoten auf und schüttete den Inhalt des Sacks auf den Boden.

Es waren Frauenkleider – ein schwarzer Seidenrock, eine

lila Bluse, eine Perücke. Leuchtendrote, lange, in großen Wellen sich ringelnde Haare. Sie sah auf, und ihr Blick fiel auf eine kleine dunkelrote Schachtel, die einsam auf einem zerbrochenen Bettgestell in der Ecke stand. Französisches Parfum, »Madame Jamais«.

Blitzartig schossen ihr Lunjoks Worte durch den Kopf: Weißt du, wer die Firma kontrolliert, in der dein Dubrowin arbeitet? ... Skelett liebt Täuberich wie seinen eigenen Sohn ... Wir überprüfen das noch ...

Sie stürzte aus dem Zimmer. Die Hände zitterten ihr so stark, daß sie endlos lange brauchte, um die Wohnungstür aufzuschließen.

Ich bin von ihm bis zu mir mindestens eine Stunde gefahren, und eigentlich ist es nur ein Weg von einer Viertelstunde. Er kann in der Zwischenzeit ohne weiteres in meiner Wohnung gewesen sein und die Sicherungen herausgedreht haben. Und danach, als ich langsam wieder zu mir kam, ist er in aller Ruhe nach Hause gefahren. Aber dann bin ich ja selber zu ihm gekommen. Da hätte er mich schon zehnmal umbringen können. Nein, hätte er nicht. Es wäre schwierig gewesen, die Leiche aus der eigenen Wohnung zu schaffen ... O mein Gott ... Ich hätte es merken müssen, er ist nach dem ersten Akt gegangen und hat dann erzählt, er sei umhergeschlendert, habe alten Frauen Blumen geschenkt. Was war ich doch für eine Idiotin, alles habe ich ihm selber anvertraut, von Sweta Petrowa, von Mülleimer-Boris. Aber warum so kompliziert? Zuerst Olga, dann Margarita – wozu? Täuberich wollte das Casino haben. Vielleicht hat Valera sich irgendeinen schlauen Schachzug ausgedacht, um diesen Teil seines Imperiums abzusichern. Mit einer einfachen Schießerei war ihm nicht beizukommen, und da hat Täuberich beschlossen, den Chef auszuwechseln ... Mit Pawel hat er den Mann gefunden, der seinen Plan ausführte. Ein ganzes Jahr lang ist er zu meinen Ballettabenden gekommen. Vielleicht habe ich anfangs irgendwelche Gefühle in ihm geweckt, aber später ist er wütend geworden, oder man hat ihm die Pistole auf die Brust gesetzt und ihn gründlich eingeschüchtert. Über Olga und über Margarita hat er genug erfahren. Zuerst hatte er den Auftrag, Gleb zu beseitigen, nur Gleb. Später dann auch mich.

Das alles jagte ihr in ungeheurer Geschwindigkeit durch den Kopf. Sie versuchte gar nicht, ihre Gedanken zu Ende zu denken. Dazu war es zu spät. Hauptsache, sie kam noch rechtzeitig bei Lunjok an. Einen zweiten Fehlschlag würde Pawel Dubrowin, der kultivierte, taktvolle, immer verständnisvolle Pawel nicht riskieren. Statt der Schlinge würde er die Pistole nehmen.

Sie merkte nicht, wie sie zu ihrem Auto rannte, sich ans Steuer setzte, die Türen und Fenster blockierte und den Motor anließ. Das Herz schlug ihr bis zum Hals, so laut, daß sie nichts hörte außer diesem panischen, pulsierenden Pochen.

Der Motor begann zu brummen, und im selben Moment bohrte sich etwas Kaltes, Hartes in ihren Nacken.

»Guten Morgen, meine Liebe. Ausgeschlafen?« erklang eine spöttische, vertraute Stimme. »Bitte kein Gezappel und Gezeter, ja?«

* * *

Konstantin Iwanowitsch Kalaschnikow erwachte von einem langanhaltenden, hartnäckigen Klingeln an der Tür. Er schaute auf die Uhr. Zehn Uhr morgens. Wer konnte das so früh ohne Voranmeldung sein?

Ohne besondere Eile erhob er sich, zog seinen Morgenmantel an, ging in den Flur und sah durch den Spion. Vor der Tür stand der Untersuchungsführer Tschernow.

»Konstantin Iwanowitsch, ich muß Sie unbedingt sprechen. Bitte öffnen Sie.«

Die Türschlösser klickten, erst das obere, dann das untere, die Kette klirrte, und die Tür öffnete sich.

»Entschuldigen Sie, daß ich unangemeldet hereinplatze. Es ist sehr dringend«, sagte Tschernow.

»Das verstehe ich nicht, was kann denn derart dringend sein? Es ist doch alles aufgeklärt«, sagte Kalaschnikow achselzuckend. »Aber wenn es unbedingt nötig ist, dann kommen Sie herein. Entschuldigen Sie meinen Aufzug. Um ehrlich zu sein, Sie haben mich aus dem Bett geholt.«

»Ich bitte nochmals um Entschuldigung.« Tschernow hob die Hände. »Das ist unsere Arbeit.«

Sie gingen in das geräumige Wohnzimmer.

»Ich höre. Aber machen Sie's bitte so kurz wie möglich.«

»Ich will mich bemühen«, erwiderte Tschernow. »Konstantin Iwanowitsch, wo ist Ihre Frau?«

»Meine Frau? Warum interessiert Sie das?«

»Erlauben Sie, daß ich Ihnen das später erkläre. Jetzt antworten Sie mir bitte, seien Sie so gut.«

»Aber bitte sehr. Margarita Jewgenjewna ist gestern abend für zwei Tage ins Gebiet Wladimir gefahren. Sie gibt dort in zwei Kinderheimen Wohltätigkeitskonzerte, für behinderte Waisenkinder.«

»Gibt sie diese Konzerte allein? Oder mit einer Gruppe?« fragte Tschernow.

»Selbstverständlich nicht allein. Eine amerikanische Frauenorganisation hat sie gebeten, an einer Wohltätigkeitsaktion teilzunehmen. Die Frauen reisen durch Kinderheime und Krankenhäuser, verteilen Lebensmittel, Medikamente, Geschenke, und Margarita Jewgenjewna hat speziell für die Kinder einige Konzertnummern vorbereitet.«

»Können Sie mir sagen, wie diese Frauenorganisation heißt? Welche Waisenhäuser besuchen sie?«

»Entschuldigen Sie, worum geht es hier eigentlich?« Kalaschnikow hob die Stimme. »Erklären Sie mir doch freundlichst, mit welchem Recht Sie diese Fragen stellen. Ist das ein Verhör?«

»Ja, Konstantin Iwanowitsch. Ich bin hier, um Sie als Zeugen zu verhören.«

»Aber die Sache ist doch aufgeklärt und Olga Guskowa als Mörderin meines Sohnes in Haft«, schrie Kalaschnikow.

»Erstens ist die Sache noch lange nicht abgeschlossen, zweitens ist sie nicht in Haft, sondern als Verdächtige vorläufig festgenommen, das sind verschiedene Dinge. Und drittens gibt es neue Tatumstände«, erklärte Tschernow ruhig.

* * *

Der weiße Ford stand im Schatten, tief hinten im Hof.

»Du drückst jetzt auf den Knopf und kippst die Rückenlehne des Vordersitzes herunter.«

»Was hast du vor?« fragte Katja und bemühte sich, ihre Stimme ruhig klingen zu lassen.

Tatsächlich fühlte sie sich ruhiger, trotz der schaurigen Situation. Pawel Dubrowin war kein Mörder und kein Spitzel des Banditen Täuberich. Das wußte sie jetzt sicher – denn hinter ihr saß mit einer Pistole in der Hand Margarita.

»Bleib ganz ruhig und tu, was ich sage. Und damit du gar nicht erst auf dumme Gedanken kommst, sage ich dir gleich: ich kann jeden Moment schießen. Du hast mich schon eine Menge Nerven gekostet, Katja, deswegen kann es leicht passieren, daß ich die Beherrschung verliere.«

Die Mündung der Pistole bohrte sich in ihren Nacken. Wann Margarita sich wohl die Waffe beschafft hatte? Aber das waren Fragen, über die sie sich jetzt nicht mehr den Kopf zu zerbrechen brauchte. Dafür war es wirklich zu spät.

»Worauf wartest du denn, schieß doch gleich. Oder bist du auf melodramatische Effekte aus, wie im Film?« fragte Katja leise.

»Nein. Effekte will ich nicht. Ich will es so bequem wie

möglich haben. Hier sind zu viele Leute. Wir beide fahren weiter weg, ins Grüne.«

»Wenn du mich umbringst, bekommt dein Mann die Videokassette«, sagte Katja leise und blickte zum Fenster hinaus.

Ihr schien, als habe sie auf der anderen Seite des Hofes die Silhouette von Pawel Dubrowin gesehen. Wenn sie schreien würde, könnte er nichts hören, die Fenster waren fest geschlossen. Gleich würde er ins Haus gehen.

»Aber keineswegs. Niemand wird erfahren, daß ich dich umgebracht habe. Du wirst einfach verschwinden. Während man noch überlegt und rätselt, wo die schöne junge Witwe geblieben sein könnte, habe ich die Kassette längst beseitigt. Aber darüber können wir später noch reden. Jetzt kippst du erst mal den Sitz herunter. Du willst nicht? Auch gut, dann mache ich es selber. Komm aber ja nicht auf falsche Ideen. Ich schieße sofort.«

Die Pistole drückte immer noch gegen Katjas Nacken. Eine schmale Hand glitt rasch zwischen die Rückenlehnen der Vordersitze. Katja überlegte fieberhaft, was wohl sein würde, wenn sie diese Hand jetzt packte, losschriee und die Türen entriegelte. Vermutlich gar nichts. Nur der dumpfe Knall eines Schusses.

Die Rückenlehne des Beifahrersitzes kippte nach hinten. Während sie weiter die Pistole an Katjas Kopf gedrückt hielt, legte Margarita ihr mit einer geschickten Bewegung Handschellen an und ließ sie zuklicken.

»Ein Trick, den ich bei den Dreharbeiten zu meinem letzten Film gelernt habe, ›Das treue Herz einer Hure‹«, erläuterte sie. »Hat doch gut geklappt, oder? Du hast gar nicht so schnell mitbekommen, wie.«

Mit einem weiteren geschickten Handgriff riß sie Katja nach hinten auf den Rücksitz, setzte sich selbst ans Steuer und stellte die Rückenlehne wieder hoch.

Sie braucht noch etwas anderes, nicht nur einen ungestörten Ort. Sie zieht alles in die Länge, weil sie erfahren will, wo die Kassette ist, dachte Katja.

»Ich warne dich im voraus«, sagte Margarita, »die Tatsache, daß ich mit dem Rücken zu dir sitze und den Wagen steuere, hindert mich nicht daran zu schießen, wenn es nötig ist. Ein Trick, den ich in den ›Blutigen Jungs‹ gelernt habe. Also halt die Klappe und sitz still.«

Der Ford fuhr langsam vom Hof. Einige Minuten lang wurde ihnen der Weg von einem gewaltigen Müllwagen versperrt.

»Sag mal, Katja, wie hat dir meine Inszenierung eigentlich gefallen?« fragte Margarita, als sie den Wagen auf den Gartenring lenkte.

Ich muß sie dazu bringen, die Verkehrsregeln zu übertreten. Dann wird der Wagen von der Polizei gestoppt, dachte Katja, blickte zum Fenster hinaus und spürte, wie ihre auf den Rücken gedrehten Arme allmählich taub wurden. Aber wer garantiert mir, daß sie es nicht schafft, mich vorher zu erschießen?

»Warum sagst du nichts? Sag mir ein nettes Wort zum Abschied. Wie fandest du meine betrunkene Pennerin?«

»Bei deiner Pennerin, Margarita, sind dir drei Fehler unterlaufen. Du hättest vorher Wodka trinken und dich mit Urin bespritzen sollen, und du hättest unbedingt das Geld annehmen müssen.«

»Stimmt.« Margarita lachte. »Sieh mal an, du Schlauberger. Hast du jetzt eigentlich auch keine Angst? Das hier sind keine Späne im Kopfkissen oder Swetas dummes Getuschel am Telefon. Ich bringe dich wirklich um.«

»Doch, ich habe Angst«, gestand Katja, »aber du hast auch Angst. Jetzt hast du schon drei Menschen auf dem Gewissen – Gleb, Sweta Petrowa, Mülleimer-Boris. Ich werde der vierte sein. Was versprichst du dir überhaupt davon?«

»Sind dir schon mal die Sohlen deiner einzigen Stiefel

abgegangen, im November, wenn der Winter gerade erst angefangen hat, und du hattest keine Kopeke? Hat dir schon mal vor Hunger der Bauch weh getan?«

»Hör auf, Margarita, du weißt selber, das ist nicht der Grund. Du hast Gleb getötet, als du schon so viele Stiefel hattest, wie du wolltest, und auch sonst alles im Überfluß.«

»Richtig. Und das gehört alles mir. Und für mein Eigentum, für mein schwer verdientes Geld bin ich bereit, jedem an die Kehle zu gehen. Das ist ganz normal, auch wenn du das nicht verstehen willst. Mir gefällt es, viele schöne, teure Dinge zu besitzen, von allem nur das beste, mir gefällt es, in der Business-Klasse überallhin fliegen zu können und in Fünf-Sterne-Hotels zu wohnen, ich will Kaviar löffelweise essen und im eigenen Swimmingpool baden. Ich will es – um jeden Preis. Und der Preis war nicht eben klein. Ich hasse diesen alten Bock. Weißt du, morgens stinkt er immer so eigenartig säuerlich aus dem Mund. Und gerade dann fällt er besonders gern über mich her, natürlich ohne sich vorher die Zähne zu putzen. Puh, wie ich ihn hasse! Aber gemerkt hat das niemand außer deinem Mann. Ich mag es nicht, wenn man mir nicht glaubt. Schließlich bin ich Schauspielerin. Ich habe gespürt, Gleb würde mir eine Menge Schwierigkeiten machen. Und ich könnte ihm nicht mit gleicher Münze heimzahlen, so gern ich's auch tun würde. Und da ist mir eine geniale Idee gekommen – ihn mit Olga zusammenzubringen. Eine Bombe mit Zeitzünder zu legen. Sie ist verrückt, und sie hat eine Pistole, alles wie bestellt. Die Pistole ihres Vaters lag bei ihr in der Schublade. Und wenn in einer Geschichte eine Pistole vorkommt, dann muß sie auch schießen – das ist logisch. Ich wußte anfangs noch nicht, wie und wann. Aber auf wen – das wußte ich genau.«

»Und wenn sich zwischen den beiden nichts ergeben hätte?« fragte Katja.

»Dann hätte ich mir etwas anderes ausgedacht. Aber ich

kenne mich mit Menschen ganz gut aus, ich habe keinen Moment am Erfolg gezweifelt. Als Gleb mich mit der Kassette erpressen wollte, habe ich beschlossen, es nicht länger hinauszuzögern. Wenn nämlich der alte Trottel dieses Filmchen zu Gesicht bekommt, wird er von abgerissenen Schuhsohlen und einem leeren Bauch nichts mehr hören wollen. Rausschmeißen wird er mich, wie ein überzähliges Kätzchen, ohne einen Groschen. Und alles, was ich mit so viel Mühe aus ihm rausgeholt habe, nimmt er sich zurück.«

»Vielleicht würde er dir ja verzeihen?« sagte Katja und rutschte vorsichtig ein Stück über den Rücksitz – sie wollte sehen, wo die Pistole lag. »Warum warst du überhaupt so sicher, daß Gleb ihm die Kassette zeigen würde? Er hätte doch Mitleid mit seinem Vater haben können.«

»He, willst du dahinten wohl still sitzen«, schrie Margarita sie an, »das bringt dir doch nichts, und mich macht es nervös.«

»Bekomme ich vorm Sterben wenigstens noch eine Zigarette?«

»Die kriegst du, sobald wir da sind. Und was das Verzeihen und Mitleidhaben angeht – das kannst du vergessen. Das hat nichts mit mir zu tun. Und mit denen auch nicht. Überhaupt standen sie mir schon bis sonstwohin. Beide, sowohl der alte wie der junge. Und da habe ich Sweta mit ihren Anrufen ins Spiel gebracht. Gegen dich hatte ich damals noch gar nichts. Das Kopfkissen habe ich übrigens, falls es dich interessiert, nicht in eurer Wohnung aufgetrennt und wieder zugenäht. Ich habe einfach genau das gleiche gekauft, alles in Ruhe zu Hause erledigt und dann heimlich vertauscht. Das hätte mir gerade noch gefehlt, bei euch im Schlafzimmer die Federn vom Teppich zu fegen!« Sie grinste spöttisch. »Einen Schlüssel zu eurer Wohnung hatte ich schon seit langem. Sag mal ehrlich, hast du wirklich nichts gespürt? Keine Kopfschmerzen, keine Alpträume?«

»Nein.«

»Na bitte.« Margarita nickte zufrieden. »Alles Blödsinn. Das habe ich mir gleich gedacht. Ich wollte einfach, daß niemand mehr Zweifel hätte. Wenn Olga schon verrückt ist, dann sollte das für alle offensichtlich sein, für dich und später auch für die Bullen, wenn sie nach dem Mörder suchen würden. Du siehst, ich bin eine gute Psychologin! Mit Sweta bin ich allerdings fast reingefallen. Im Grunde hätte ich auf sie verzichten können. Aber die fette Schnepfe hat sich ja selber aufgedrängt. Einmal hat sie sich mir gegenüber gebrüstet, wie schneidig sie dir auf der Hochzeit die ganze Wahrheit ins Gesicht geschleudert hätte, und da wußte ich: Das ist der Kick, den sie braucht, um glücklich zu sein. Ich habe sie gefragt, ob sie nicht Lust hätte, das noch mal zu tun, aber diesmal vorsichtig, mit Verstand, denn der Dörr-Giselle«, – Margarita sprach das letzte Wort in Swetas Tonfall aus, »geht es viel zu gut. Es wird Zeit, ihr das Vergnügen zu verderben. Der Ehemann geht fremd, und dieser Zimtzicke ist alles egal. Und da hatte sie ihn, ihren Kick. Als sie dann allerdings von Glebs Tod erfahren hat, ist ihr der Kopf etwas klarer geworden, und sie hat panische Angst bekommen.«

Katja bemerkte, daß sie zur Dmitrowskoje-Chaussee fuhren. Offenbar wollte Margarita alles weiter draußen, vor der Stadt, erledigen. Ihrem weitschweifigen Monolog nach zu urteilen, kam sie doch nicht ohne Theatereffekte aus. Sie brauchte jemanden, der das von ihr inszenierte Spektakel angemessen würdigte, einen Zuschauer, wenigstens einen einzigen, mochte er auch ein Todeskandidat sein. Ohne Beifall konnte sie den Vorhang nicht herunterlassen. Katja mußte versuchen, das Gespräch in die Länge zu ziehen, sie mußte so viel wie möglich reden, Fragen stellen, Einwände machen. Was würde es bringen? Ein paar Minuten Leben mehr? Immerhin besser als gar nichts.

* * *

Pawel Dubrowin hatte nur einen flüchtigen Blick auf Katjas weißen Ford geworfen und nicht gesehen, daß jemand darin saß. Er hatte es sehr eilig. Er war schon früh losgelaufen, um etwas zum Frühstück zu holen.

Oben angekommen, entdeckte er, daß die Wohnungstür nicht verschlossen war. Der Schlüssel steckte von innen. Katja war nicht da. Er stürzte ins Schlafzimmer. Das Fenster ging auf den Hof. Er lehnte sich bis fast zum Gürtel hinaus, sah, daß der weiße Ford schon vor der Durchfahrt zur Straße stand und darauf wartete, daß der riesige Wagen der Müllabfuhr den Weg freigab. Und da bemerkte er, daß im Wagen zwei Personen saßen.

Der Müllwagen fuhr weiter, der Ford bog um die Ecke, und das weiche Sonnenlicht fiel in die Fenster. Es war deutlich zu erkennen, wer im Auto saß.

Fünf Minuten später verließ Pawels schwarzer Lada den Hof und fuhr in einigem Abstand hinter dem Ford her.

Sie wird es kaum im Auto tun, dachte Pawel, dann müßte sie die Leiche herauszerren und verstecken. Sie muß eine Pistole bei sich haben, wie hätte sie Katja sonst dazu gebracht, sich auf den Rücksitz zu setzen? Nein, im Auto wird sie nicht schießen. Sie will alles sauber haben und keine Spuren hinterlassen.

Mehr als alles andere fürchtete er, den weißen Ford aus den Augen zu verlieren, und deshalb konnte er sich nicht entschließen, an einer Telefonzelle zu halten. Er hatte auch Angst, er müsse der Miliz erst lange erklären, worum es ging, und wer weiß, was sie dann für Maßnahmen ergreifen würden und was dabei herauskäme. Die Krestowskaja war jetzt bestimmt sehr nervös. Wenn sie sich in die Enge getrieben fühlte, würde sie womöglich schießen.

Pawel erinnerte sich an den hageren Major mit dem freundlichen, klugen Gesicht, der ihn vor kurzem befragt hatte. Kusmenko war sein Name. Er war für diesen Fall zuständig.

Er fuhr an den Straßenrand, stoppte an einem Posten der

Verkehrspolizei und ließ sich mit dem Einsatzkommando von Major Kusmenko verbinden. Drei Minuten dauerte es, bis er dem Diensthabenden sein Anliegen erklärt hatte, und danach sprach er noch einmal zwei Minuten direkt mit dem Major. Der weiße Ford war inzwischen weit weg.

* * *

Sie hatten bereits die Ringstraße erreicht. An den Fenstern zogen die Neubauten der Stadtrandbezirke vorbei. Ab und zu sah man einen Posten der Verkehrspolizei. Aber Margarita fuhr vorschriftsmäßig, und niemand stoppte ihren Wagen – obwohl die Polizei ausländische Wagen gewöhnlich gern und oft anhält.

Die Reifen der Handschellen schnitten tief in Katjas Handgelenke. Die Finger begannen anzuschwellen. Nicht nur ihre Arme, auch ihre Schultern waren schon ganz taub. Plötzlich fiel ihr ein, daß die Blockierung der rechten hinteren Tür nicht funktionierte. Wenn sie versuchen würde, den Griff mit dem Ellbogen aufzustoßen und im Fahren hinauszuspringen? Nein. Margarita hätte Zeit genug, um zu schießen.

»So richtig hinderlich bist du mir erst gestern geworden, als ich von dem Casino erfuhr. Und gestern habe ich auch gemerkt, daß du mittlerweile Bescheid weißt. Aber trotzdem, ich konnte dich eigentlich immer ganz gut leiden.«

»Danke.« Katja lächelte ironisch. »Ich mochte dich auch immer ganz gern.«

»Na siehst du, es ist doch viel angenehmer, von einem Menschen erschossen zu werden, der einem sympathisch ist.« Margarita lachte nervös auf.

»Wie gedenkst du denn, das Problem mit Lunjok zu lösen?« fragte Katja.

»Das wird die Zukunft zeigen. Zunächst löse ich mal das Problem mit dir. Später, so etwa in einem Jährchen, wird Rußland dann den großen Künstler Konstantin Kalaschnikow betrauern, der entweder an einem plötzlichen Herzanfall oder an einer langen schweren Krankheit sterben wird. Gifte gibt es verschiedene. Und danach werde ich mich mit Lunjok beschäftigen.«

Katja rutschte dicht an die rechte Tür heran. Und plötzlich bemerkte sie im Seitenspiegel den vertrauten schwarzen Lada. Aber er war weit weg, verlor sich zwischen den anderen Wagen. Sie war sich keineswegs sicher.

»Wieso fragst du, meinst du, ich würde mit ihm nicht einig?« sagte Margarita.

»Nein, warum? Du wirst dich schon mit ihm einigen.«

Sie hatten die Stadtgrenze bereits hinter sich gelassen. Margarita bog von der Chaussee auf einen einsamen Feldweg ab. Ringsum war kein Mensch zu sehen. Auch der schwarze Lada war verschwunden. Ein kleines Dorf tauchte hinter Bäumen auf. Dann kam ein Feld, und auf der rechten Seite, etwa hundert Meter entfernt, erblickte Katja die Kreuze und Grabplatten eines Dorffriedhofs.

* * *

»Ist das wahr, Genosse Major, die hat schon drei Menschen abgemurkst?« fragte der junge Leutnant. »Und dabei sieht sie doch so toll aus.«

»Das Aussehen ist trügerisch«, knurrte Kusmenko.

»Warum hat man eigentlich nicht der Verkehrspolizei Anweisung gegeben, sie abzufangen?« Der Leutnant war ein gesprächiger und neugieriger Mensch.

»Weil sie jeden Moment schießen kann. Sie ist äußerst nervös.«

»Ich habe einen Film mit ihr gesehen, da hat sie einen Killer gespielt, spitzenmäßig, und es hieß, sie hat alle Actionszenen selbst gespielt. Stimmt doch, oder?«

»Stimmt.«

»Und diesen, wie hieß er doch, den Sohn von Kalaschnikow hat sie auch erledigt?«

»Ja.«

»Guck mal an!« Der Leutnant stieß einen Pfiff aus und schüttelte den Kopf. »Wissen Sie zufällig, wie alt sie ist?«

»Genauso alt wie du. Dreiundzwanzig.«

»Woher wissen Sie denn eigentlich, daß sie die Sache gerade dort erledigen will?«

»Nun halt mal 'ne Weile den Mund, ja?« bat Kusmenko.

* * *

Der Friedhof war fast völlig verwildert. Nur am Rand, wo schon der Wald begann, befanden sich einige gepflegte Gräber mit verschnörkelten Eisenkreuzen, die mit frischer Ölfarbe gestrichen waren, mit Drahtkränzen und bunten, noch nicht verwelkten Maßliebchen. Nicht weit davon entfernt erblickte Katja eine ordentliche viereckige Grube und daneben einen Erdhügel. Margarita hielt den Wagen kurz vor der Grube an.

Und wenn ich mich sträube, aus dem Auto zu steigen? dachte Katja bekümmert. Oder einfach davonrenne? Dann wird sie sofort schießen. Nein, ich kann nur noch beten.

Der Motor verstummte. Man hörte das Krächzen von Krähen und irgendwo in der Nähe das dumpfe Brausen der großen Chaussee. Wir sind einen Umweg gefahren, dachte Katja, sie war natürlich schon vorher hier, kennt die Gegend und wollte sich absichern, nicht direkt am Friedhof von der Chaussee abbiegen. Was für ein schöner, freundlicher Tag. Sonnenflecken im Gras und auf dem grauen Lehmboden. Vergib uns unsere Sünden, wie auch wir vergeben unseren Schuldigern …

Margarita sprang aus dem Auto und riß die hintere Tür auf. Katja blickte in die Mündung der Pistole.

»Na, willst du mir jetzt vielleicht sagen, wo die Kassette ist?«

»Und wenn nicht?«

»Dann schieße ich dir in den Bauch und verbuddle dich so. Das wird scheußlich weh tun, Katja. Also rede lieber.«

Das ist eine Chance – eine schaurige, grauenhafte, aber eine Chance, dachte Katja.

Alles schwamm vor ihren Augen. Nur den gelblichgrauen, geraden Rand der Grube sah sie deutlich. Dünne, vom Spaten abgeschnittene Wurzelbüschel ragten aus dem klumpigen trockenen Erdreich.

Denn dein ist die Kraft und die Macht und die Herrlichkeit, in Ewigkeit, Amen. Wenn die Hände in Handschellen stecken, ist es unmöglich, sie zu falten.

»Du hast versprochen, mir eine Zigarette zu geben«, sagte Katja heiser.

»Ich hab's mir anders überlegt. Wo ist die Kassette?« Die Sicherung klickte. »Komm raus.«

Katja setzte langsam die Füße auf den Boden. Langsam richtete sie sich auf. Ihr war schwindlig, sie hatte das Gefühl, gleich zu fallen, direkt in diese Grube, noch vor dem Schuß.

»Geh weg vom Auto, weiter nach links.«

Katja machte einen Schritt. Ihre Füße rutschten auf dem bröckeligen Lehmboden.

»Also, ich frage dich zum letzten Mal, wo ist die Kassette?« Die Pistole war auf ihren Bauch gerichtet.

»Halt! Weg mit der Waffe!«

Margarita fuhr heftig zusammen, drehte sich jäh mit dem ganzen Körper in die Richtung, aus der die Stimme kam, und im selben Moment krachten gleichzeitig zwei Schüsse. Mit ohrenbetäubendem Krächzen flog eine schwarze Wolke von Krähen zum Himmel auf. Margarita schwankte und fiel dann langsam in die Grube.

Der junge Leutnant atmete schwer und blickte erschrokken um sich. Auf seiner Panzerweste war auf der linken Seite deutlich die Spur einer Kugel zu sehen.

* * *

Der schwarze Lada fuhr über die Dmitrowskoje-Chaussee auf Moskau zu. Die Schultern schmerzten immer noch, die

Arme wollten ihr nicht gehorchen. An den Handgelenken waren tiefe blaurote Striemen zurückgeblieben, und Katja massierte sie mit schwachen, geschwollenen Fingern.

»Vor ein paar Wochen bin ich auf den Boden gestiegen. Ich habe viele alte Schallplatten und wollte endlich meinen ›Estonia‹-Plattenspieler herunterholen, der dort schon fast zwanzig Jahre herumsteht, und gucken, was man damit noch anfangen kann. Und ganz hinten in der Ecke habe ich einen Sack mit Sachen meiner Ex-Frau entdeckt. Das war der Sack, der im Zimmer lag.«

»Hat deine Ex-Frau eine Perücke getragen?« fragte Katja erstaunt.

»Sie hat sich mal die Haare ganz kurz schneiden lassen, fast kahl, eine ihrer merkwürdigen dummen Launen. Danach hat sie diese Perücke gekauft, hat sie aber nie aufgesetzt. Und das Parfum habe ich für dich gekauft. Im Oktober ist es ein Jahr her, daß wir uns kennengelernt haben. Die Verkäuferin sagte, es sei eine ganz bekannte Marke. Ich verstehe nichts davon und dachte, wenn es so teuer ist, muß es auch gut sein. Du hast in der Aufregung nicht bemerkt, daß die Perücke schon ganz alt, staubig und ramponiert ist. Und die Parfumschachtel war noch versiegelt.«

Katja vergrub ihren Kopf an Pawels Schulter und begann zu weinen.

Im Auto spielte leise Musik. Der süße Tenor von Joe Williams, dem berühmten schwarzen Jazzsänger aus den frühen fünfziger Jahren, sang von der großen, reinen Liebe, die es auf der Welt nicht gibt.

Epilog

»Patientin Guskowa, wachen Sie auf, Sie werden abgeholt!«

»Von wem?«

»Von wem wohl? Von Ihrer Enkelin natürlich.«

Olga betrat den Krankensaal, setzte sich auf den Bettrand, streichelte der Oma über den Kopf und fuhr mit leichter Hand über die zotteligen grauen Haare.

»Oma, laß uns nach Hause fahren.«

»Na endlich«, brummte Iwetta Tichonowna und sprang behende aus dem Bett. »Aber wie siehst du bloß aus? So kann ich doch nicht mit dir auf die Straße gehen, ich muß mich ja für dich schämen! Du, als die Tochter eines Offiziers.«

Olga trug ihre karierte Hausjacke aus Flanell und die uralten, völlig verschossenen Jeans.

»Und wie bleich und mager du bist, du siehst ja zum Fürchten aus. Gehen wir, Genossin«, wandte sie sich streng an die Krankenschwester, »wo sind meine Sachen? Olga, hat dir dieser große Milizionär meine Bitte nicht ausgerichtet? Aber natürlich, du hast wieder nichts mitgebracht, nicht die Waffeln mit der rosa Füllung und noch nicht einmal Schokolade. Das konnte ich mir ja denken! Du hättest dich wenigstens kämmen können, du siehst aus wie eine Schlampe.«

Sie traten auf die Straße. Es war ein warmer, heller Vormittag. Altweibersommer.

»Wohin rennst du denn? Ich kann nicht so schnell. Warte, es ist noch Rot. Seit deiner Kindheit predige ich dir, über die Straße darfst du nur bei Grün gehen. So, jetzt können wir gehen.«

Der Wind zerzauste die langen hellbraunen Haare. Die riesigen dunkelblauen Augen leuchteten weich auf dem blassen, durchscheinenden Gesicht. Die Passanten drehten sich unwillkürlich um, schauten ein zweites Mal hin, blieben für einen Moment wie verzaubert stehen und liefen dann eilig weiter, ihren morgendlichen Geschäften nach.

»Was für ein merkwürdiger Geruch«, sagte Iwetta Tichonowna und rümpfte die Nase. »Wonach riechst du?«

»Nach Gefängnis, Oma.«

Jugend in der DDR
Auf dem Weg zur sozialistischen Leistungsgesellschaft

Jugend in der DDR

Auf dem Weg zur
sozialistischen Leistungsgesellschaft

Jugend in Familie und Organisation,
in Schule, Beruf und Freizeit

von Rolf Heyen

1972

NDV

Neue Darmstädter Verlagsanstalt
Bad Honnef · Darmstadt

Bad Honnef · Darmstadt
ISBN 3-87576-015-8
Gesamtherstellung: Clausen & Bosse, Leck/Schleswig

Zu diesem Buch

Die unbedingte Verbindung von Parteilichkeit und Leistung ist der Grundsatz der Jugendpolitik in der DDR. Eine in diesem Sinne erzogene Jugend soll das Fundament der gesellschaftlichen Entwicklung im anderen deutschen Staat sein.

Viele Prognosen und Beurteilungen in diesem Buch mögen dem Leser heute noch zu positiv erscheinen. Häufig sieht die Praxis auch noch anders aus, aber die Zielsetzung der DDR-Führung ist klar, und die Entwicklung beweist, daß man bereits ein gutes Stück vorangekommen ist. Wir sollten uns nicht darüber täuschen, daß sich der überwiegende Teil der Jugend in der DDR zu einer sozialistischen Gesellschaftsordnung bekennt, wenn auch Formen und Methoden der SED-Politik oftmals auf Kritik und Ablehnung stoßen.

Anders als bei uns sagt man in der DDR ungeschminkter, daß gesellschaftlicher Fortschritt nur durch die Erzielung von Höchstleistungen in allen Bereichen verwirklicht werden kann. Gleichrangig daneben steht die politisch-gesellschaftliche Ausrichtung und Betätigung.

Die Situation der Jugend in der DDR zu vermitteln, bereitet besondere Schwierigkeiten, nicht nur wegen der eingeschränkten Möglichkeiten, sich an Ort und Stelle umzusehen. Der Verfasser stand vor der Frage, die Verhältnisse an seinen politischen Maßstäben zu messen oder aus dem System heraus zu interpretieren. Hier ist der zweite Weg gewählt worden, um klarere Einschätzung der Ziele der DDR-Jugendpolitik zu vermitteln.

Zum Verhältnis zwischen den beiden Staaten in Deutschland gehört es auch, daß es immer noch schwierig ist, an wichtige Quellen und Statistiken in der DDR heranzukommen. Deshalb mußte teilweise auf Material zurückgegriffen werden, das schon einige Jahre alt ist. Dennoch machen diese Zahlen deutlich, welche Richtung die Jugendpolitik in der DDR nimmt.

Berlin, im Juli 1972 — Rolf Heyen

Inhalt

Allgemeine Grundsätze und Ziele der Jugendpolitik in der DDR

Das in der Bundesrepublik immer noch weit verbreitete Bild der Jugend in der DDR ist revisionsbedürftig. Man ging bisher davon aus, daß der größte Teil der Jugend in stillschweigender Opposition zu ihrem Staat und der ihn tragenden Partei, der SED, stünde. Als Beweis für diese These konnten u. a. die hohe Zahl der jugendlichen Flüchtlinge und die vielen politischen Prozesse gegen junge Menschen gelten. Die ständigen Auseinandersetzungen von SED und FDJ mit oppositionellen Strömungen innerhalb der Jugend waren ein weiteres Indiz. Der Widerstand gegen die Integration in das System war mit einem geringeren Risiko verbunden als heute. Als letzter Ausweg blieb immer noch die Flucht nach West-Berlin oder in die Bundesrepublik. Nach dem Bau der Mauer war diese Möglichkeit versperrt. Die Jugend in der DDR begann, sich – notgedrungenerweise – mit den Verhältnissen zu arrangieren, in denen sie lebt.

Die DDR ist im Altersaufbau ein junger Staat und das, obgleich viele junge Menschen bis 1961 die DDR verlassen haben. Über die Hälfte der Bevölkerung ist unter 35 Jahre alt. Aus eigener Anschauung haben sie nie das System der westlichen Demokratie kennenlernen können. Viele Jugendliche haben inzwischen die Überzeugung gewonnen, daß auch die parlamentarische Demokratie nicht frei von Fehlern ist. Die jahrelange ständige Beeinflussung hat ihre Früchte getragen. Zum Sozialismus gibt es für die meisten jungen Menschen in der DDR keine Alternative mehr, auch wenn sie den Verhältnissen in ihrem eigenen Staat skeptisch gegenüberstehen. Die Mängel des sozialistischen Lebens in der DDR werden nicht dem System zur Last gelegt, das für verbesserungsfähig gehalten wird.

Offensive Jugendarbeit

Man darf auch nicht in den Fehler verfallen, die steigende Beteiligung der Jugend in der DDR am gesellschaftlichen, politischen und wirtschaftlichen Leben nur auf die Tatsache zurückzuführen, daß viele Jugendliche sich aus Mangel an einer realistischen Alternative mit dem System abgefunden haben.

Die SED hat vielmehr die Notwendigkeit, die junge Generation innerhalb ihres Machtbereiches durch Vermittlung systemstabilisierender Normen in das politische System zu integrieren, zu einer Tugend gemacht. Die staatliche Jugendpolitik stellt sich das Ziel, die Kräfte und Fähigkeiten, das Können, den Lerneifer und den Leistungswillen der Jugend für die Stärkung des Sozialismus und der DDR einzusetzen. Alle in der Jugendarbeit tätigen staatlichen und gesellschaftlichen Kräfte sollen die positiven Seiten der Besonderheiten jugendlichen Verhaltens, das Streben nach Eigenverantwortlichkeit, Selbständigkeit, den gesunden Geltungsdrang und den Willen zur Selbsterziehung, das Interesse an Problemdiskussionen und das Suchen nach dem Vorbild, die hohe Gefühlsansprechbarkeit und den Erlebnisdrang in ihrer Tätigkeit maximal nutzen.

Der Jugend muß die Einordnung in den Staat und die Anerkennung der gesellschaftlichen und wirtschaftlichen Notwendigkeiten verständlich und darüber hinaus attraktiv gemacht werden.

Früh Aufgaben übertragen

Auch in rechtlicher Hinsicht hat die DDR wichtige Schritte unternommen, um die Jugend an den Staat zu binden. Zwar fallen die Jugendlichen bis zum 25. Lebensjahr unter die Bestimmungen des Jugendgesetzes; die Zeitpunkte aber, zu denen Jugendlichen die bürgerliche und politische Mündigkeit zugesprochen wird, liegen niedriger als in der Bundesrepublik.

Die bürgerliche Volljährigkeit, d. h. die uneingeschränkte Geschäftsfähigkeit, erhalten sie mit 18 Jahren.

Auch die Ehemündigkeit beginnt für Mann und Frau mit 18 Jahren.

Bei allen Wahlen dürfen sie schon mit 18 zur Wahl gehen, wählbar sind sie für die Volkskammer mit 21 Jahren, während sie für Kreis- und Bezirksparlamente schon mit 18 Jahren das passive Wahlrecht besitzen.

Grundlage der Jugendpolitik in der DDR sind die Verfassung der DDR aus dem Jahre 1968, das Jugendgesetz von 1964 und der Beschluß des Staatsrates der DDR „Jugend und Sozialismus" von 1967.

In Artikel 20 der Verfassung der DDR heißt es im Absatz 3:

> „Die Jugend wird in ihrer gesellschaftlichen und beruflichen Entwicklung besonders gefördert. Sie hat alle Möglichkeiten, an der Entwicklung der sozialistischen Gesellschaftsordnung verantwortungsbewußt teilzunehmen."

Diese knappen Sätze sind Ausgangspunkt einer Fülle von Maßnahmen und Initiativen. Sie sollen die Jugend für den „Kampf für die beste und menschlichste Sache, für den Sozialismus" gewinnen.

Der Staatsrat der DDR hat 1967 zehn Grundsätze sozialistischer Jugendpolitik beschlossen, von denen hier die wichtigsten angeführt werden sollen, um die Intentionen der DDR-Jugendpolitik zu verdeutlichen:

> Sozialistische Jugendpolitik heißt heute: die Erziehung und Selbsterziehung der Jugend so zu gestalten, daß sie selbständiges Denken und schöpferisches Arbeiten für den Sozialismus mit der Liebe zu ihrem sozialistischen Vaterland vereint, unsere souveräne sozialistische Deutsche Demokrati-

sche Republik stärkt und verteidigt, sich mit Herz und Verstand zur Freundschaft mit der Sowjetunion und zum *proletarischen Internationalismus* bekennt.

Sozialistische Jugendpolitik heißt heute: den Tatendrang und die Schöpferkraft der Jugend auf die Lösung der Aufgaben des umfassenden Aufbaus des Sozialismus zu lenken, die Meisterung der technischen Revolution mit der planmäßigen Arbeit für die *sozialistische Perspektive* zu verbinden.

Sozialistische Jugendpolitik heißt heute: die Gemeinschaftsarbeit und das Gemeinschaftsleben als Ausdruck einer sozialistischen Lebensweise zu fördern, damit die Jugend die Übereinstimmung zwischen ihren eigenen Interessen und den Interessen der Gesellschaft erkennt und ihre Arbeit bewußt in den Dienst aller stellt.

Sozialistische Jugendpolitik heißt heute: der Jugend eine hohe Bildung zu vermitteln und die Einheit von Bildung und Erziehung so zu verwirklichen, daß die Jugendlichen hochqualifizierte Sozialisten werden.

Sozialistische Jugendpolitik heißt heute: die gesamte Jugend so zu erziehen, daß sie die Gesetze der Deutschen Demokratischen Republik und die Normen der sozialistischen Moral achtet und sich überall ordentlich verhält.

Sozialistische Jugendpolitik heißt heute: der Jugend im Staat verantwortliche Aufgaben zu übertragen und ihr die Kenntnis der gesellschaftlichen und staatlichen Zusammenhänge zu vermitteln, durch die sie zur Sicht des sozialistischen Leiters und Planers aufsteigt.

Nicht kommandieren, sondern überzeugen

Man muß sich also von dem Irrtum freimachen, daß in der DDR der Versuch unternommen wird, die Jugend planmäßig zu unterdrücken. Vielmehr hat man dort richtig erkannt, daß es nur dann gelingen kann, die Jugend zu einem ungebrochenen Verhältnis gegenüber ihrem Staat zu erziehen, wenn man ihr den ihr angemessenen Platz in seinem gesellschaftlichen Leben zuweist und einräumt. Zu diesem Zweck werden Jugendlichen schon früh verantwortungsvolle politische und wirtschaftliche Aufgaben übertragen.

Erzieher und die für die Jugendarbeit Verantwortlichen werden immer wieder mit den Regeln sozialistischer Jugendarbeit vertraut gemacht. Für manchen in der Bundesrepublik mag es erstaunlich klingen, wenn in Direktiven zur Erziehungs- und Bildungsarbeit u. a. zu lesen ist, daß die Jugendlichen nicht zu kommandieren, sondern zu überzeugen sind, daß sie ernst zu nehmen sind, ihnen etwas zuzutrauen und echte Verantwortung zu übertragen ist.

Es gehört zur Methode der Jugendpolitik, an das Verantwortungsgefühl, den Stolz und den Leistungswillen junger Menschen zu appellieren, um auf diese Weise größtmögliche Anpassung an die *Norm* zu erreichen und Höchstleistungen zu provozieren.

Das normgerechte Verhalten wird durch ein abgestuftes System von Auszeichnungen und Sanktionen angestrebt. Der Weg zum Erfolg führt in der Gesellschaft der DDR – wie auch in der unsrigen – über das *systemkonforme* Verhalten. Anders als in der Bundesrepublik reicht allerdings die berufliche Leistung allein in Verbindung mit einer zumindest neutralen Haltung gegenüber den politischen und gesellschaftlichen Verhältnissen nicht aus. Der soziale und berufliche Aufstieg verlangt in der DDR neben der fachlichen Qualifikation die ständige Beteiligung am gesellschaftlichen und politischen Leben und die Übernahme von Verantwortung in diesem Bereich.

Die „Hausherrenfunktion" übernehmen

In der DDR hat man erkannt, daß man die Jugend gewinnen muß, um das sozialistische System zu stabilisieren. Ziel der Jugendpolitik ist es deshalb erklärtermaßen, die Jugend auf die Übernahme der „Hausherrenfunktion" vorzubereiten. Der Begriff der „Hausherrenfunktion" soll bedeuten, daß binnen weniger Jahre die gegenwärtige junge Generation die Führungspositionen in Staat und Wirtschaft besetzen wird. Für diese Aufgaben muß sie gerüstet sein. Daraus ergibt sich für die Verwirklichung der staatlichen Jugendpolitik, daß es nicht genügt, die jungen Arbeiter, Ingenieure und Wissenschaftler nur durch die Meisterung der modernen Technik auf ihre künftige Rolle in der Gesellschaft vorzubereiten. Die sozialistische Jugendpolitik muß die Jugendlichen zugleich befähigen, die politischen, ideologischen und ethischen Probleme zu meistern, die für die systemkonforme Entwicklung von Bedeutung sind.

Die Einbeziehung der Jugend in die bewußte Lösung ökonomischer Aufgaben, setzt natürlich voraus, daß die politisch-ideologische Arbeit unter den Jugendlichen auf ein immer höheres Niveau gehoben wird. Dabei sollte auch noch ein Umstand berücksichtigt werden, der die umfassende Einbeziehung der jungen Generation in die Leitung aller gesellschaftlichen Prozesse äußerst bedeutsam werden läßt.

Die Generation der gegenwärtigen Führungskräfte wurde, wie in der Bundesrepublik auch, in der DDR durch den Geburtenausfall des Ersten Weltkrieges und die Auswirkungen des Zweiten Weltkrieges doppelt dezimiert. Dem geringen Reservoir an 45–50jährigen Leistungskräften steht ein steigender Bedarf gegenüber, der nun mehr und mehr aus der jüngeren Generation gedeckt werden muß. Deshalb wird zumindest auf dem beruflichen Sektor auf die Interessen der Jugend Rücksicht in einem Maß genommen, wie es in der Bundesrepublik nicht vorstellbar erscheint.

Dabei geht man in der DDR davon aus, daß die rasche Entwicklung von Technik und Wissenschaft, die Kompliziertheit der Produktionstechnik, die erhöhte Komplexität der Produktionsmittel, Produktionsverfahren und der Technologie die herausragende Einzelleistung in zunehmendem Maße durch die organisierte *kollektive Arbeit* verdrängen werden. Auch in der Bundesrepublik zeichnet sich dieser Prozeß unter dem Schlagwort „*Teamwork*" ab.

Für die staatliche Jugendpolitik ergibt sich daraus die Schlußfolgerung: Die Befähigung der jungen Generation, ihre Hausherrenfunktion wahrzunehmen, die Verwirklichung des *Perspektivplanes* bis 1975 sind untrennbar verbunden mit der weiteren Entwicklung der Gemeinschaftsarbeit und der Entfaltung der schöpferischen Kräfte des einzelnen im *Kollektiv*. In § 3 Absatz 1 des Jugendgesetzes wird deshalb festgelegt:

> „Das Streben der Jugendlichen nach eigener Verantwortung ist durch die Bildung von *Jugendbrigaden, Jugendbereichen, Jugendobjekten* und anderen *Jugendkollektiven* entsprechend den betrieblichen Erfordernissen zu unterstützen."

Wichtig ist, daß sich die sozialistische Jugendpolitik des Kollektivs als Mittel zur Erzielung von Höchstleistungen und als ideologischen Stabilisator bedient. So heißt es in einer Abhandlung der DDR-Zeitschrift „Jugendforschung":

> „... als Konsequenz unserer ideologischen Erziehung (ergibt sich) die Orientierung auf die sozialistische Kollektiverziehung, auf die Förderung solcher Gruppenstrukturen, in denen politisch zuverlässige junge Menschen zu Prestigepersonen werden, auf die Entwicklung *normadäquater Gruppentraditionen* und *-perspektiven.*"

Natürlich hat man diese Erkenntnisse auch in der Bundesrepublik gewonnen, doch bleibt man hier in der Regel bei der Diagnose stehen. Aufgaben von Jugendforschung und Jugendarbeit in der DDR ist die konsequente und bewußte Einordnung des einzelnen in die kleine Gruppe (Schulklasse, Brigade etc.) und damit in das gesellschaftliche Ganze.

„Sozialistisches Bewußtsein“, „Liebe zur Arbeit“

Mit dieser Arbeit wird schon in frühester Jugend begonnen. „Die sozialistische Bewußtseinsbildung ist“, so heißt es in dem Referat eines FDJ-Sekretärs, „ein Prozeß, der in den frühesten Kinderjahren beginnt und durch das einheitliche Bildungssystem, durch die Tätigkeit der Pionierorganisation, der Freien Deutschen Jugend, des Elternhauses und aller gesellschaftlichen Organisationen beeinflußt wird.“

In allen Bereichen und auf allen Stufen des gesellschaftlichen Lebens wird Einfluß auf die Jugend genommen, um sie zu einem normangepaßten Verhalten zu veranlassen. Von dieser Beeinflussung bleibt kein Lebensalter und kein Privatbereich unberührt. Die Hinwendung zum persönlich-privaten Bereich soll verhindert, die Beteiligung am gesellschaftlichen Leben bis zur· unter Assistenz des Kollektivs sinnvoll gestalteten Freizeit gefördert werden.

Diese massive Einflußnahme hat die Erziehung zur Anpassung an die Normen sozialistischer Moral zum Ziel. Zu diesen Normen gehören das Staatsbürgerbewußtsein, also „Patriotismus und Verteidigungsbereitschaft, das sozialistische Bewußtsein, die Liebe zur Arbeit, die ständige, lebenslange Lernbereitschaft sowie sauberes moralisches Verhalten“.

Die Meinung darüber, wie dieses Ziel erreicht werden kann, ist in der DDR offenbar schwankend. Das Kommuniqué des Politbüros des ZK der SED zu Problemen der Jugend in der DDR mit dem Titel „Der Jugend Vertrauen und Verantwortung“ aus dem Jahre 1963 stand im Zeichen des nach dem Mauerbau von 1961 gewachsenen Selbstvertrauens der SED-Führung und demzufolge im Zeichen gewisser innenpolitischer Auflockerungen. Der Jugend wurden darin sehr konkrete Angebote gemacht, sich freier zu entfalten, mehr Kritik zu üben und ihre Freizeit selbständiger zu gestalten. Selbst früher als dekadent verschriene westliche Tänze waren plötzlich erlaubt. Die politisch-ideologische Erziehung rückte in den Hintergrund, sollte entdogmatisiert und auf ein höheres Niveau gehoben werden.

Ausstellung eines Malwettbewerbs für Jugendliche in der DDR, März 1972

Schüler mit dem Transparent: „Wir kämpfen um den Ehrennamen F. Dzierzynski-Oberschule“ auf der Mai-Feier 1971 in Ost-Berlin

Voraussetzung für Leistungsaufgaben

Diese „weiche Welle" führte jedoch offenbar zu so bedenklichen Erscheinungen, daß sich die SED-Führung entschloß, das Steuer wieder herumzureißen. Auf dem 11. Plenum des ZK der SED im Jahre 1965 trug der heutige SED-Chef Erich Honecker im Auftrage des *Politbüros* verschärfte Forderungen zur Jugendpolitik vor. Er übte nicht nur Kritik an langen Haaren und an Beatmusik, die der Gegner ausnutze, um die Jugendlichen zu Exzessen aufzuputschen; Honecker wies auch darauf hin, daß es gefährlich sei, sich mit jungen Menschen vor allem darüber zu unterhalten, was am Sozialismus falsch sei. Dies führe häufig dazu, daß hochgebildete junge Menschen leicht in Skeptizismus verfielen, wenn die politische Erziehung ungenügend sei. Seine Rede enthielt außerdem eine Forderung, die bei aller inzwischen wieder eingetretenen Liberalisierung immer noch volle Gültigkeit besitzt:

„In Leitungsfunktionen können bei uns nur solche jungen Menschen gelangen, die bereits bewiesen haben, daß sie treu zu unserem Staat stehen, sich ein sozialistisches Weltbild angeeignet und persönliche Einsatzbereitschaft an den Tag gelegt haben."

Ob allerdings der restriktive Trend von der SED-Führung nicht länger durchzuhalten war oder ob man rasch Erfolg hatte, läßt sich nur schwer beurteilen; jedenfalls heißt es im Staatsratsbeschluß von 1967 bereits wieder:

„Das sozialistische Bewußtsein unserer Jugend in ihrer weit überwiegenden Mehrheit hat sich gut entwickelt."

Das Elternhaus, die unberechenbare Größe

Elternhaus und Familie stellen in der Jugendpolitik der DDR eine bedeutende, und zum Leidwesen der Jugendpolitiker immer noch weitgehend unberechenbare Größe dar. In einem Beitrag der Zeitschrift „Jugendforschung“ spricht der Autor fast vorwurfsvoll von den vielen Miterziehern, die nur schwer zu beeinflussen seien.

Aus diesem Grund hat sich die Jugendforschung intensiv des familiären Sektors angenommen. Detaillierte Kenntnisse über den Einfluß, den das Elternhaus auf die Jugendlichen ausübt, sollen dazu verhelfen, eventuelle negative Beeinflussung auszuschalten oder zumindest zu neutralisieren.

Zwar kommen in der DDR bereits die Kinder durch Kindergarten, Schule, Film, Fernsehen und ihre Mitgliedschaft in der Pionierorganisation „Ernst Thälmann“ mit sozialistischen Ideen in Berührung, doch scheint dies keine ausreichende Beeinflussung zu bieten, weil familiäre Einflüsse langfristiger wirken als andere gesellschaftliche Faktoren.

Andererseits schafft das berufliche Engagement des größten Teils der Erwachsenen günstige Bedingungen, die Eltern politisch zu beeinflussen. Der Anteil der arbeitenden Frauen ist in der DDR wesentlich höher als in der Bundesrepublik. Er beträgt dort 60,5 % verglichen mit 41,8 % hier. Da die Arbeitsaufnahme in der DDR praktisch gleichbedeutend ist mit der Aufnahme in den Freien Deutschen Gewerkschaftsbund (FDGB), werden auch die berufstätigen Frauen automatisch von der politischen Arbeit in den Betrieben erfaßt. In dem Maße, in dem nicht nur die Jugendlichen, sondern auch die Eltern ihre entscheidenden Erlebnisse und für die Formung der Persönlichkeit wichtigen Impulse schon in der DDR erhalten haben, vermindert sich die Möglichkeit, daß die Jugendlichen zu Hause gegen den Staat beeinflußt werden.

Nach einer in Ost-Berlin angefertigten Untersuchung, allerdings aus dem Jahre 1966, waren neun von zehn Jugendlichen mit ihrem Verhältnis zum Elternhaus sehr zufrieden oder im allgemeinen zufrieden.

Dennoch kommt die gleiche Untersuchung zu dem Ergebnis, daß nur nahezu die Hälfte der Jugendlichen zu ihren Lebensanschauungen unabhängig vom Elternhaus gekommen sei. Vergleichbare Umfragen unter der Jugend der Bundesrepublik zeigen, daß die Jugendlichen hier noch wesentlich häufiger eine unabhängige Entstehung ihrer Lebensanschauungen behaupten.

Die Unlust der westdeutschen Jugendlichen zur Aussprache in der Familie findet in der DDR offenbar in weitaus geringerem Umfang ihre Entsprechung. Die Ergebnisse der DDR-Untersuchung zeigen auch, daß mit der fortschreitenden Anpassung der Eltern an das System der familieninterne Generationskonflikt im Abklingen begriffen ist. Zwar kann noch nicht davon ausgegangen werden, daß das Elternhaus die treibende Kraft bei einem gesellschaftlichen und politischen Engagement ist, doch wird der Jugendliche, in der Regel zumindest, wohlwollende Neutralität finden, wenn er die ersten Schritte auf dem Wege zur politischen Beteiligung vollzieht.

Die Funktion der Familie

Grundlage der Familienpolitik der SED ist das Familiengesetzbuch der DDR von 1965. So sehr dieses Gesetz in vieler Hinsicht Ausgangspunkt vorbildlicher familienpolitischer Maßnahmen geworden ist, so muß doch auch festgestellt werden, daß es die Basis ist, für die Einflußnahme des Staates und der gesellschaftlichen Organisationen auf das Familienleben. Im § 3 Absatz 1 des Gesetzes wird den Eltern das Erziehungsziel vorgeschrieben:

„... Es ist die vornehmste Aufgabe der Eltern, ihre Kinder in vertrauensvollem Zusammenwirken mit staatlichen und gesellschaftlichen Einrichtungen zu gesunden und lebensfrohen, tüchtigen und allseitig gebildeten Menschen, zu aktiven Erbauern des Sozialismus zu erziehen."

Und im Absatz 2 heißt es weiter:

„Die Erziehung der Kinder ist zugleich Aufgabe und Anliegen der gesamten Gesellschaft."

Deshalb ist es auch ganz folgerichtig, wenn in § 4 Absatz 1 gesagt wird:

„Die staatlichen Organe, ... sind verpflichtet, in geeigneter Weise die Ehegatten bei der Entwicklung ihrer Familienbeziehungen zu unterstützen und den Eltern bei der Erziehung der Kinder zu helfen."

Nachdem dann die Eltern Grundsätze zur Persönlichkeitsbildung ihrer Kinder an die Hand bekommen haben, wird im § 42 noch einmal präzisiert, welche Erziehungsziele die Eltern zu verfolgen haben:

(1) Die Erziehung der Kinder ist eine bedeutende staatsbürgerliche Aufgabe der Eltern, die dafür staatliche und gesellschaftliche Anerkennung und Würdigung finden.

(2) Das Ziel der Erziehung der Kinder ist, sie zu geistig und moralisch hochstehenden Persönlichkeiten heranzubilden, die die gesellschaftliche Entwicklung bewußt mitgestalten. Durch verantwortungsbewußte Erfüllung ihrer Erziehungspflichten, durch eigenes Vorbild und durch übereinstimmende Haltung gegenüber den Kindern erziehen die Eltern ihre Kinder zur sozialistischen Einstellung zum Lernen und zur Arbeit, zur Achtung vor den arbeitenden Menschen, zur Einhaltung der Regeln des sozialistischen Zusammenlebens, zur Solidarität, zum sozialistischen Patriotismus und Internationalismus.

(3) Die Erziehung der Kinder ist untrennbar mit der Herausbildung solcher Eigenschaften und Verhaltensweisen wie Bescheidenheit, Ehrlichkeit, Hilfsbereitschaft und der Achtung vor dem Alter verbunden ...

(4) Die Eltern sollen bei der Erfüllung ihrer Erziehungsaufgaben und zur Gewährleistung einer einheitlichen Erziehung eng und vertrauensvoll mit der Schule, anderen Erziehungs- und Ausbildungseinrichtungen, mit der *Pionierorganisation „Ernst Thälmann"* und der Freien Deutschen Jugend zusammenarbeiten und diese unterstützen."

Wir finden im Familiengesetzbuch alle Erziehungsziele wieder, die wir bereits als Maximen staatlicher Jugendpolitik kennengelernt haben. Und nur so läßt sich die Umgehung des marxistisch-leninistischen Grundsatzes, die Familie in ihrer althergebrachten Form sei abzuschaffen, vom Standpunkt der SED-Führung aus rechtfertigen. Die Familie erhält damit ihren Platz als kleinste Zelle des Staates, als Organisationsform des persönlichen Lebensbereiches. Gleichzeitig jedoch soll sie nicht gegenüber der Gesellschaft abgeschlossen sein, sondern identische Ziele, Wünsche und Interessen wie die Gesellschaft haben. Wesentliches Charakteristikum der angestrebten Familienordnung ist die Gleichberechtigung von Mann und Frau, von Eltern und Kindern im Sinne des Kollektivgedankens.

Elternhaus und Schule

Die Erziehung von Kindern im Sinne einer sozialistischen Gesellschaftsordnung setzt auch die gesellschaftliche Aktivität der Eltern voraus. Engagement wird u. a. auch im Bereich der Schule gefordert. Nach der Elternbeiratsverordnung von 1966 hat der für die Dauer von zwei Jahren gewählte *Elternbeirat* der Schule, die Bereitschaft und Initiative der Eltern zu fördern. Es wird von ihm eine aktive Unterstützung der Bildungs- und Erziehungsarbeit der Eltern erwartet. Darüber hinaus gehören die Elternbeiräte auch zu den Institutionen, die auf eine sozialistische Erziehung der Kinder in der Familie zu achten haben. Gleichermaßen haben sie die Arbeit der Jungen Pioniere und der FDJ zu fördern.

Natürlich wird größter Wert darauf gelegt, daß in die Elternbeiräte nur Eltern gewählt werden, die die Gewähr dafür bieten, daß sie die sozialistische Bildungs- und Erziehungsarbeit der Schule aktiv unterstützen. Besonders bewährte Mitglieder dürfen auch nach dem Ausscheiden ihrer Kinder in den Elternbeirat wiedergewählt werden. Der Elternbeirat arbeitet nach einem festen Jahresplan.

Darüber hinaus wird von der Klassenelternversammlung ein *Klassenelternaktiv* gewählt, das aus drei bis sieben Mitgliedern bestehen soll. Es hat u. a. die Aufgabe, dem Klassenleiter bei der Entwicklung des *Schülerkollektivs* zu helfen und Einfluß auf die Entwicklung der außerunterrichtlichen Tätigkeit zu nehmen, einschließlich der Feriengestaltung.

Das engmaschige Netz der Zusammenarbeit zwischen den Elternvertretungen, der Schule und den Jugendorganisationen sorgt dafür, daß Schwierigkeiten bei der schulischen und außerschulischen Entwicklung des Kindes schnell erkannt werden. In vielen Fällen ist es dann möglich, umgehend für wirkungsvolle Hilfe zu sorgen. Zur Maxime des Schülerkollektivs soll auch die Hilfe für die Zurückgebliebenen gehören.

Höchstleistungen im Kollektiv

Gleichzeitig werden die Kinder von allen Seiten zu Höchstleistungen angespornt. Die Geborgenheit, die das Kollektiv in schwierigen Lagen vielfach zu bieten in der Lage ist, verpflichtet auch. Die normative Kraft der in der Gemeinschaft vorherrschenden Werte hat einen starken Leistungszwang zur Folge, dem sich der einzelne – wenn überhaupt – nur schwer entziehen kann. Auch das Elternhaus übt in dieser Hinsicht oftmals Druck aus. In den meisten Fällen sind die Eltern selbst daran interessiert, daß sich ihr Kind die Möglichkeiten zu Aufstieg und Auszeichnung nicht wegen mangelhafter Leistungen oder fehlender sozialistischer Gesinnung entgehen läßt. Viele Eltern in der DDR unternehmen heute selbst den Versuch, sich für eine höhere berufliche Stufe zu qualifizieren. Die Angst vor überlegenem Wissen der Kinder wird deshalb immer seltener, die Wahrnehmung der Bildungs- und Fortbildungsmöglichkeiten für Eltern und Kinder immer selbstverständlicher.

Einflußnahme auf die Eltern

Vielfach allerdings sehen sich auch die Eltern von Kindern, deren schulische und gesellschaftliche Leistungen zu wünschen übriglassen, einem starken Druck von seiten der Gemeinschaft ausgesetzt. Mitglieder des Elternbeirats und der Elternaktive erhalten den Auftrag, den ständigen Kontakt zu bestimmten Elternhäusern herzustellen. Aus der konkreten Kenntnis der Probleme in den einzelnen Familien wird es möglich, auf die Erziehungsarbeit der Eltern besser Einfluß zu nehmen.

Die Lerneinstellung einzelner Klassen und Schüler ist immer wieder Gegenstand der Beratungen des Elternbeirats mit der Schule. Dabei wird untersucht, welche negativen Einflüsse auf einige Schüler einwirken und für mangelhafte Leistungen verantwortlich sind. Notwendig erscheinende Maßnahmen werden dann in Zusammenhang mit den Pioniergruppen in den Klassen, den Elternaktiven und den Patenbrigaden festgelegt. Die Einwirkung auf die Eltern erfolgt häufig auch gezielt über den Betrieb, in dem sie arbeiten. So werden z. B. überdurchschnittliche Leistungen und eklatante Fehlverhalten von Schülern auch im Betrieb ihrer Eltern bekanntgemacht.

Nicht immer ist für diese Maßnahmen das Verständnis der Eltern vorhanden. So beklagte sich ein Elternbeiratsvorsitzender auf dem VII. Pädagogischen Kongreß der DDR im

Jahre 1970 darüber, daß viele Eltern die angebotene Hilfe immer noch als ungerechtfertigte Einmischung in die Intimsphäre ihrer Familie ansehen.

„Genosse Kollege, wie erziehst du dein Kind“

Die Elternbeiräte sind auch verantwortlich für die Verbindung zwischen Schule und Wohngebiet. Die gesellschaftliche Kontrolle der Kindererziehung macht auch vor der Wohnungstür nicht halt. So zeichnet die Nationale Front Eltern aus, deren Kinder eine gute Lerneinstellung zeigen und gute gesellschaftliche Leistungen aufweisen. Damit wird die Anerkennung am Arbeitsplatz vervollständigt durch die öffentliche Belobigung im Wohngebiet. Die Frage: „Genosse, Kollege, wie erziehst du dein Kind?“ wird ergänzt durch die Frage des Wohngebietes: „Nachbar, wie erziehst du dein Kind?“

Gleichwohl sollte nicht verkannt werden, daß in dem Dreieck Elternhaus–Schule–Jugendorganisation wenig Raum für einen individuellen Weg bleibt. Auch wenn sie selbst nicht so sehr auf gute Zensuren der Kinder Wert legen würden, so möchten viele Eltern doch den Ermahnungen des Elternaktivs und anderer Institutionen aus dem Wege gehen. Schon aus diesem Grund werden sie ihre Kinder zu fleißiger Arbeit und einwandfreier gesellschaftlicher und politischer Gesinnung anhalten.

Der gesellschaftlichen Kontrolle des gesamten Verhältnisses zwischen Eltern und Kindern im schulischen Bereich ist die Aufgabe gestellt, dafür zu sorgen, daß aus Kindern gesellschaftlich nützliche Staatsbürger werden. Dies wird erkauft mit einem erheblichen Druck, der Individualisten zu normkonformem Verhalten zwingen soll. Die totale Verweigerung der Leistung, wie sie in der Bundesrepublik viele Jugendliche zumindest eine begrenzte Zeit praktizieren, ist in der DDR nur schwer vorstellbar.

Gelenkte Berufswahl

Die Forderung nach gesellschaftlich nützlichem Verhalten erstreckt sich auch auf die Berufswahl des Jugendlichen. Bereits in der Verfassung der DDR, Artikel 24 Absatz 1 heißt es:

> „Jeder Bürger der Deutschen Demokratischen Republik hat das Recht auf Arbeit. Er hat das Recht auf einen Arbeitsplatz und dessen freie Wahl entsprechend den gesellschaftlichen Erfordernissen und der persönlichen Qualifikation."

Für die Jugendlichen besteht nicht nur ein Recht auf Arbeit. Nach dem Verlassen der Schule haben sie gemäß Artikel 25 Absatz 4 der Verfassung das Recht und die Pflicht, einen Beruf zu erlernen. Diese Pflicht wird von den Jugendlichen ernst genommen. Etwa 95 % erlernen einen Beruf, nachdem sie die Schulausbildung beendet haben.

Der Vormarsch der Frauen

Besonders bemerkenswert ist auch die gründliche Erfassung der Mädchen, wobei nur beklagt wird, daß die Mädchen sich zu selten für einen technischen Beruf entscheiden. Der hohe Anteil der Frauen an der berufstätigen Bevölkerung der DDR wird auch in Zukunft erhalten bleiben. Im Rahmen einer soziologischen Untersuchung legten Leipziger Psychologen etwa 1000 Mädchen im Jahre 1962 die Frage vor: „Wie wollen Sie Ihr künftiges Leben hinsichtlich von Beruf und Ehe gestalten?" Im Jahre 1964 sollten sich 800 Mädchen zur gleichen Frage äußern.

Als Antwortmöglichkeiten wurden vorgegeben:

a) Die Berufsarbeit mit der Eheschließung aufgeben –
b) mit dem ersten Kind oder nach größeren Anschaffungen beenden –
c) wenn die Kinder klein sind, zeitweise aussetzen –
d) möglichst ständig der Berufsarbeit nachgehen.

Die 14- bis 22jährigen Mädchen entschieden sich in der anonymen, streng vertraulichen Umfrage wie folgt (Angaben in Prozenten):

	a	b	c	d	keine Antwort
1962	2	22	47	26	3
1964	2	18	49	28	3

Die Ergebnisse dieser Umfrage zeigen, daß bereits vor zehn Jahren emanzipiertes Denken unter den 14- bis 22jährigen Mädchen vorherrschte.

Über 70 % der befragten Mädchen räumen dem Beruf einen zentralen Platz in ihrem späteren Leben ein. Die einseitige Orientierung auf das Hausfrauendasein ist ebenso wie die Alternativ-Vorstellung Ehe oder Beruf aus dem Denken dieser Mädchen verschwunden. Ein Vergleich zu den Ergebnissen der Befragung von 1962 zeigt, daß sich die positive Entwicklung in der Auffassung eines sinnvollen Verhältnisses zwischen Ehe und Beruf weiter fortsetzt. Beide werden mehr und mehr zu selbstverständlichen Gestaltungsmaximen ihres Lebens.

Das spießbürgerliche Ideal des häuslichen Herdes beengt nicht mehr den geistigen und gesellschaftlichen Horizont. Diese Tatsache geht aus den folgenden Begründungen der Mädchen, die ständig ihrer beruflichen Tätigkeit nachgehen wollen, besonders deutlich hervor:

	in Prozenten
Beruf ist Lebensaufgabe, nicht das „Nur-Hausfrau-sein“	36
Interesse, Liebe zum Beruf	
Schulbildung oder Berufsausbildung wäre sonst sinnlos	15
dem Staat, der Gesellschaft dienen	11
unabhängig vom Mann sein, selbst den Unterhalt erwerben	14
die Eltern oder den Mann unterstützen, Anschaffungen machen	12
allgemeine Aussagen (Beruf ist nützlich)	13

Die positive Einstellung zum Beruf setzt sich nach und nach auch unter der weiblichen Jugend der Bundesrepublik durch, auch wenn sie nicht einmal annähernd in derart hohem Umfang vorhanden ist.

Nicht ganz zufrieden ist man in der DDR mit den Berufsvorstellungen der Jugendlichen. Als Beweis dafür kann eine repräsentative Befragung von 19- bis 20jährigen Jugendlichen gelten.

Es wollen	in Prozenten
helfen, betreuen, erziehen (Erzieher, Mediziner, Schwestern etc.)	28
Technik beherrschen, knobeln (Ingenieur, Mechaniker, hochqualifizierter Facharbeiter)	18
am Schreibtisch arbeiten (Buchhalter, Sekretärin, Laborant, technischer Zeichner etc)	13
unabhängig sein, selbständig entscheiden (Argronom, leitender Ingenieur, Meister)	12
beachtet und bewundert werden (Professor, Arzt, Forscher, Künstler)	11
Kontakt zu vielen Menschen haben (Friseur, Stewardeß, Kraftfahrer und Schaffner, Mannequin)	10
schwere Arbeit übernehmen (Bauer, Bergmann, Stahlwerker, Bauarbeiter)	5
große Verantwortung übernehmen, planen und leiten (Direktor, Werkleiter, LPG-Vorsitzender, Abteilungsleiter)	2
dem Gemeinwohl dienen, andere mitreißen (Parlamentarier, Parteifunktionär, Bürgermeister)	1

Würde jeder Jugendliche seinen beruflichen Vorstellungen folgen, so könnte der volkswirtschaftliche Bedarf in den technischen Berufen und bei den Facharbeitern wahrscheinlich nicht gedeckt werden. Große Aufmerksamkeit wird deshalb in der DDR den Maßnahmen der Berufsberatung und Berufslenkung gewidmet. Sie sollen dafür sorgen, daß die Jugendlichen die Wahl ihrer Berufsausbildung nicht allein unter persönlichen Gesichtspunkten treffen, sondern gesellschaftliche Erfordernisse in gebührendem Maße berücksichtigen. Dazu gehört auch, daß die Maßnahmen der Berufslenkung auf Kreis- und Bezirksebene auf der Grundlage von Bedarfszahlen, die die Betriebe ermitteln, eingeleitet und durchgeführt werden.

Die folgende Statistik zeigt, daß die Maßnahmen der Berufslenkung offensichtlich nicht erfolglos waren. Die Mehrzahl der Jugendlichen entschied sich für einen Beruf, der den Anforderungen der industriellen Gesellschaft Rechnung trägt.

Anteil der Lehrlinge in den neun wichtigsten Berufsgruppen der DDR an der gesamten Zahl der Ausbildungsverhältnisse 1967 in Prozent

Berufsgruppe	1967
1. Metallerzeuger und -verarbeiter	23,6
2. Kaufmännische Berufe	14,0
3. Bauberufe	10,2
4. Elektriker	9,0
5. Ackerbauer, Tierzüchter, Gartenbauer	7,6
6. Textilhersteller und -verarbeiter	6,1
7. Gesundheitsdienst- und Körperpflegeberufe	6,0
8. Nahrungs- und Genußmittelhersteller	4,3
9. Graphische Berufe (1962) / Verkehrsberufe (1967)	3,1
Insgesamt	83,9

Materialien zum Bericht zur Lage der Nation, 1971

Von entscheidender Bedeutung bei der Berufslenkung sind die Berufsaufklärung und -beratung. Sie müssen mit viel Klugheit und Umsicht erfolgen, um bei dem Jugendlichen nicht das Gefühl aufkommen zu lassen, er müsse sich einem Zwang beugen.

Der Sinn der Berufsberatung besteht darin, die Wünsche, Neigungen und Fähigkeiten eines Jugendlichen in bestmögliche Übereinstimmung mit den planmäßigen volkswirtschaftlichen Belangen zu bringen. Gerade wegen der mancherorts vorhandenen Disproportion zwischen Berufsmöglichkeiten und Berufswünschen soll die Berufsberatung zu einem Gespräch ausgestaltet werden, in dem sich das ganze Wissen und Können eines jungen Menschen offenbart. Dadurch soll erreicht werden, daß es auch bei beschränkten Möglichkeiten zu einer Berufslenkung kommt, die die gesellschaftlichen und persönlichen Interessen umfaßt.

Nicht erfüllte Wünsche

Nicht immer allerdings gelingt es den Jugendlichen, den Beruf zu ergreifen, den sie sich ursprünglich vorgestellt haben. Eine allerdings bereits etwas zurückliegende Untersuchung zu diesem Thema ergab folgendes Bild:

	in Prozenten
Habe Beruf erlernt oder erlerne ihn, wie ich es gewünscht habe	53
Erlerne oder erlernte unter Einfluß der Berufsberatung einen anderen Beruf	18
Mußte anderen Beruf erlernen, da mir der Weg zum erwünschten Beruf versperrt wurde	27
Übe überhaupt keinen Beruf aus	2

45 von 100 Jugendlichen konnten also nicht den Beruf erlernen, von dem sie einmal „geträumt“ hatten. Da anzunehmen ist, daß die langfristige Berufsaufklärung der Schule und anderer Institutionen inzwischen verstärkt an Einfluß gewonnen hat, darf man davon ausgehen, daß eine Untersuchung zum jetzigen Zeitpunkt entsprechend andere Ergebnisse bringen würde.

Mittelpunkt der berufsvorbereitenden Maßnahmen ist die Schule, wobei in diese Maßnahme auch die Eltern einbezogen werden sollen. Schon sehr früh wird in den Schulen mit der Berufsaufklärung begonnen. Das Bildungsgesetz legt in § 14 fest, daß die Kinder bereits in der Unterstufe (1. bis 3. Klasse) die ersten Unterscheidungsmerkmale wesentlicher Industrie- und Wirtschaftszweige des Heimatkreises kennenlernen. Bis zur Schulentlassung wird die Berufsaufklärung systematisch fortgesetzt.

In der 4. bis 6. Klasse sollen die Schüler die wichtigsten Berufe des jeweiligen Kreises und der Wirtschaft im ganzen kennen. Damit wird eine grundlegende Voraussetzung für die spätere, den persönlichen und gesellschaftlichen Interessen entsprechende Berufswahl geschaffen. Im Unterricht werden die Schüler mit den Berufsbildern der verschiedenen Berufe vertraut gemacht. Bei dieser Orientierung wird besonderer Wert auf die Schwerpunkt- und Mangelberufe gelegt. Die Schüler sollen später vorzugsweise einen dieser Berufe ergreifen.

In der Oberstufe wird dann der polytechnische Unterricht erteilt, der nicht nur bestimmte pädagogische Zwecke verfolgt, sondern auch als entscheidendes Instrument der Berufslenkung zu verstehen ist. Bis zum Abgang von der Schule sollen alle Schüler eine berufliche Grundausbildung erhalten haben.

Die Maßnahmen der Berufslenkung sind aber nicht allein der Schule überlassen. Die Betriebe, die Organe der Partei und des Staates wirken aktiv daran mit. Die Betriebe ermitteln den Bedarf an Facharbeitern; den staatlichen Stellen bleibt es dann überlassen, den Bedarf an Facharbeiternachwuchs entsprechend den Perspektiv- und Jahresplänen der Volkswirtschaft, unter besonderer Berücksichtigung ihrer führenden Zweige, mit den Zahlen der für die Berufsbildung zur Verfügung stehenden Jugendlichen zu bilanzieren und die Berufsberatung und Nachwuchslenkung auf der Grundlage der Pläne zu organisieren.

Ein optimaler Plan der Berufsbildung fordert aber, daß die Vorstellungen der einzelnen Betriebe und Wirtschaftszweige mit den örtlichen Gegebenheiten der Bezirke und Kreise übereinstimmen. Die dafür erforderliche Zusammenarbeit aller beteiligten Stellen läßt allerdings offenbar noch manches zu wünschen übrig. So treten immer wieder Mängel in der Zuführung der Jugendlichen in die Berufsausbildung auf, die ärgerlich für die staatlichen Planer sind.

Als Folge davon kommt es häufig vor, daß die in einem Kreis oder Bezirk vorhandenen Ausbildungskapazitäten und Lehrlingsinternate nicht rationell genutzt werden können. Das Schaubild auf der nebenstehenden Seite verdeutlicht den Vorgang der Berufsberatung und Berufslenkung.

Die Grundausbildung der Schüler verfolgt neben den Aspekten der Berufslenkung noch einen anderen Zweck. Sie soll ein Fundament darstellen für alle Berufe der industriellen Produktion. Eine solche Ausbildung ist Voraussetzung einer im Zeichen der technischen Revolution erforderlichen Disponibilität des Facharbeiters. Sie ermöglicht die schnelle Einarbeitung in neue Tätigkeiten und ständige berufliche Weiterbildung.

Dem gleichen Ziel dient auch die Konzeption des *Grundberufes*, von denen 1967 erstmalig vier eingeführt wurden. Der wichtigste Unterschied gegenüber den traditionellen Lehrberufen wird in der Neubestimmung des Ausbildungsinhaltes gesehen, wobei der beruflichen Grundlagenbildung der Vorrang eingeräumt wird. Voraussetzung zur Erlernung eines Grundberufes ist der Abschluß der 10. Klasse der *Polytechnischen Oberschule*.

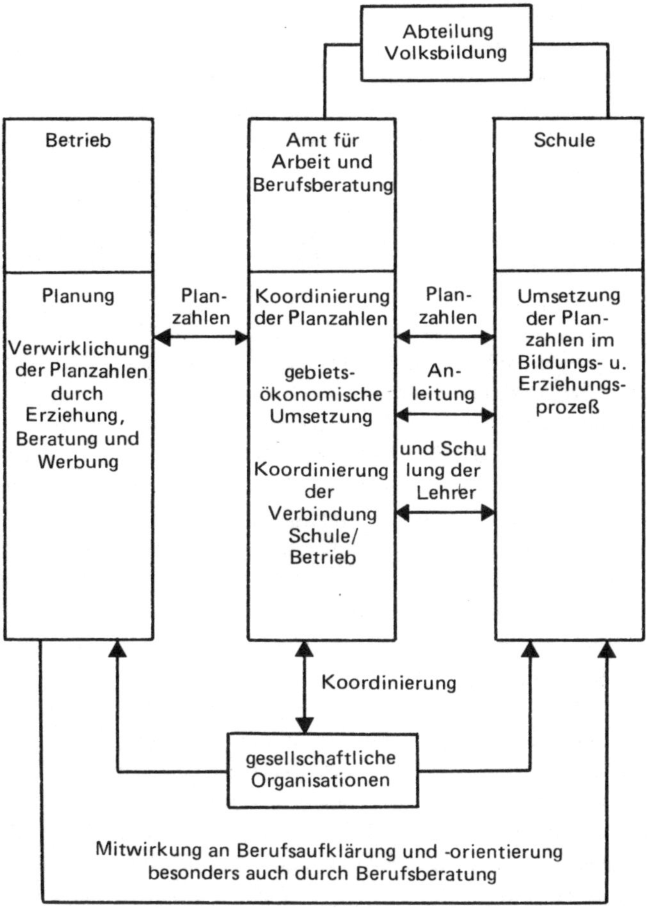

Berufsaufklärung – Berufsberatung
Aus: K.-H. Günther / G. Uhlig, Geschichte der Schule in der DDR 1945–1968, Berlin 1970

Wer es nur bis zur 8. Klasse geschafft hat, muß sich damit begnügen, einen der 140 Ausbildungsberufe zu erlernen. Grundberufe und Ausbildungsberufe beruhen jeweils auf einem Berufsbild. Dieses wird von den bei Betrieben und leitenden Staatsorganen ehrenamtlich tätigen *Berufsfachkommissionen* erarbeitet. Nach Überprüfung durch die zentralen Staats- und Wirtschaftsorgane wird ein Berufsbild vom Staatlichen Amt für Berufsausbildung für verbindlich erklärt.

In der Bundesrepublik erreichen die Auszubildenden bei geringen Ausbildungskosten zunächst einen ersten Abschluß, mit dem sie sich leider vielfach begnügen. Das bedeutet, daß ein großer Teil von ihnen auf einer relativ frühen Stufe der Ausbildung stehen bleibt.

Die Grundberufe haben ebenfalls eine gestufte Ausbildung. Aber hier erwerben die Lehrlinge ein Grundwissen, das technologisch gleiche Produktions- und Arbeitsprozesse zum Inhalt hat, die in mehreren oder allen Zweigen der Volkswirtschaft vorkommen. Der Grundwissensbestand ist so angelegt, daß er die Facharbeiter befähigen soll, sich möglichst schnell an sich verändernde Produktionsbedingungen anzupassen und rasch die für neue Verfahren notwendigen Spezialkenntnisse zu erlangen. Erst auf diesem Grundwissen baut dann die berufsqualifizierende Spezialisierung auf.

Das System der Berufsausbildung in der DDR ist ganz auf die Erfordernisse einer industriellen Gesellschaft ausgerichtet. Dies gilt für die Einführung der Grundberufe genauso wie für die Berufslenkung. Schon in der Schule soll der Jugendliche veranlaßt werden, einen volkswirtschaftlich wichtigen Beruf zu ergreifen.

Die Landwirtschaft hat Nachwuchssorgen

Aber auch am Beispiel der Landwirtschaft zeigt sich, daß die Maßnahmen der Berufslenkung nicht immer den gewünschten Erfolg haben. Die Landwirtschaftlichen Produktionsgenossenschaften (LPG) leiden unter einem erheblichen Mangel an Arbeitskräften. Besonders fehlt es an jugendlichem Nachwuchs, der angemessen qualifiziert ist. Selbst in ländlichen Gegenden aufgewachsene Jugendliche zeigen oftmals keine Neigung, einen landwirtschaftlichen Beruf zu ergreifen. Daran mag auch die – verglichen mit den größeren Städten – verhältnismäßig angespannte Versorgungslage verantwortlich sein. Nur etwa jeder 10. Beschäftigte in der Landwirtschaft ist unter 25 Jahre alt. Deshalb gilt es auch als gesellschaftliche Verpflichtung der Genossenschaftsbauern, ihre Kinder für einen der zahlreichen landwirtschaftlichen Berufe zu überzeugen.

Für die Gewinnung jugendlichen Nachwuchses ist die LPG selbst verantwortlich. Für ihre Attraktivität ist besonders entscheidend der Grad der Ausstattung mit moderner Technik. Eine gut mit Maschinen ausgerüstete LPG kann damit rechnen, daß technisch interessierte Jugendliche den Weg zu ihr finden.

Um junge Menschen für ein Verbleiben auf dem Lande zu interessieren, ist es auch erforderlich, daß ihnen genügend Anregungen und Abwechslung für ihre Freizeit geboten werden. Die Genossenschaften sind deshalb aufgefordert, für ein niveauvolles kulturelles Leben im weitesten Sinne zu sorgen. Auch die kulturelle und sportliche Selbstbetätigung der Jugend ist zu unterstützen. Noch immer sind die ländlichen Gebiete Stiefkinder der wirtschaftlichen Entwicklung der DDR. Um hier einen entgegengesetzten Trend zu schaffen, unternimmt man alle Anstrengungen, die Landflucht der Jugend aufzuhalten. Wie weit im Zuge dieser Bemühungen die Beeinflussung in gesellschaftlichen Druck übergeht, ist von außen schwer zu beurteilen. Ihm würde auch wieder der Wunsch nach weiterer Leistungssteigerung, die auf freiwilliger Basis immer noch leichter zu erreichen ist, entgegenstehen.

Die planwirtschaftlichen Zielvorstellungen bedingen notwendigerweise eine Einschränkung der Berufsfreiheit. Die Berufswahl orientiert sich also nicht nur an den persönlichen Wünschen und Interessen, sondern auch an den gesellschaftlichen Erfordernissen.

Ohne Steuerung geht es nicht

Dieser Grundsatz gilt allerdings bis zu einem gewissen Grad auch für die BRD. Zwar garantiert Artikel 12 Absatz 1 des Grundgesetzes das Recht auf freie Berufswahl, doch kommt dieser Grundsatz nicht einschränkungslos zum Zuge. Wenn etwa das Angebot an bestimmten Lehrstellen im eigenen Ort begrenzt ist, so bleibt die Möglichkeit, in eine andere Stadt zu gehen, vielfach theoretisch. Zudem findet die Freiheit der Berufswahl ihre Begrenzung oftmals in der vorhandenen Schulbildung.

Auch in der Bundesrepublik wird die Regulierung des Angebotes auf dem Arbeitsmarkt nicht dem freien Spiel der Kräfte überlassen, wenn auch die Beratung bei uns nicht vergleichbar ist mit der massiven Einflußnahme in der DDR. Mancher Schulabgänger mußte die Erfahrung machen, daß er sich auf Grund der Überzeugungskraft der Berufsberatung in einem anderen Beruf wiederfand als dem eigentlich erwünschten. So wird die Bundesanstalt für Arbeit im Arbeitsförderungsgesetz von 1969 dazu angehalten, bei der Berufsberatung „Lage und Entwicklung des Arbeitsmarktes und der Berufe angemessen zu berücksichtigen". Sie soll die Belange einzelner Wirtschaftszweige und Berufe „allgemeinen wirtschaftlichen und sozialen Gesichtspunkten unterordnen" und bei Förderungsmaßnahmen berücksichtigen, ob „Lage und Entwicklung des Arbeitsmarktes dies zweckmäßig erscheinen lassen". Auch in der Bundesrepublik hat man also erkannt, daß man ohne eine gewisse Steuerung des Arbeitsmarktes nicht mehr auskommt. Die volkswirtschaftlichen Notwendigkeiten der industriellen Gesellschaft verlangen langfristige Prognosen des Arbeitskräftebedarfs und entsprechende Maßnahmen. Zu dieser Erkenntnis wird man in allen hochindustrialisierten Ländern, gleich welcher politischen Prägung, kommen.

In der Jugendorganisation

Die Jugend in der DDR im Alter zwischen 6 und 25 Jahren ist zu etwa 75 % in den staatlichen Massenorganisationen Freie Deutsche Jugend (14–25 Jahre) und in der von ihr betreuten Kinderorganisation Junge Pioniere „Ernst Thälmann“ (6–14 Jahre) erfaßt. Sie sind die hauptsächlichen Träger der staatlichen Jugendpolitik. Als einzige zugelassene Jugendorganisation nimmt die FDJ einen wichtigen Platz im System der Massenorganisationen ein. In ihrem Statut bekennt sie sich zur führenden Rolle der SED und zum wissenschaftlichen Sozialismus, sieht in den jeweiligen Partei- und Regierungsbeschlüssen die Grundlage ihrer Arbeit und bezeichnet sich selbst als sozialistische Massenorganisation. Gegenüber allen Jugendlichen, auch wenn diese nicht in ihren Reihen organisiert sind, erhebt die FDJ einen Erziehungs- und Führungsanspruch. Die Pionierorganisation „Ernst Thälmann“ wird von ihr verantwortlich geleitet.

Alle nur möglichen Anstrengungen werden unternommen, die Jugendlichen zum Eintritt in die Jugendorganisation zu bewegen. Dies ist bei den Kindern im Alter von 6–14 Jahren auch so gut wie gelungen. Sie sind zu über 90 % bei den Jungen Pionieren organisiert. Sie wird als die „sozialistische Massenorganisation der Kinder“ bezeichnet. Unter Leitung der FDJ ist ihr die Verantwortung übertragen, die Kinder zu jungen Sozialisten zu erziehen. Wir finden unter den Zielen der Pionierorganisation alle Wertvorstellungen wieder, die auch der staatlichen Jugendpolitik insgesamt und speziell in den Bereichen Bildung und Ausbildung eigen sind. Der Versuch, die Kinder zu sozialer Verhaltensweise anzuleiten, ist der Inhalt der Erziehung im Sinne der Gebote der sozialistischen Moral. Bekenntnis zum Sozialismus und zur DDR, Arbeitsdisziplin, gegenseitige Hilfe und Bereitschaft zur Übernahme gesellschaftlicher Funktionen lauten die Maximen. In der Pionierorganisation wird der Grundstein zu kollektivem Denken und Handeln gelegt. Hier zeigt sich auch das immer noch tief sitzende Mißtrauen gegenüber dem Elternhaus, dem trotz aller strukturellen Veränderungen, durch die es gegangen ist, noch nicht zugetraut wird, sozialistische Erziehungsgrundsätze in die Praxis umzusetzen.

Grundeinheit der Pionierorganisation ist die Pionierfreundschaft, die an jeder Schule gebildet wird. Sie faßt die in allen 1. bis 7. Klassen bestehenden Pioniergruppen zusammen. In den Klassen 1–3 werden die Pioniergruppen als Jungpioniere, in den Klassen 4–7 als Gruppen der Thälmann-Pioniere bezeichnet. Die Pioniergruppen wählen sich aus ihrer Mitte in den Klassen 4–7 einen Gruppenrat, bestehend aus vier Funktionären. Die Pionierfreundschaft einer Schule wählt einen Freundschaftsrat, der – je nach Größe der Schule – bis zu 15 Mitgliedern umfaßt. Die Wahlen für die Pionierräte finden jährlich statt.

Kontrollfunktion des Pionierleiters

Wenngleich der Freundschaftsrat gegenüber den Gruppenräten gewisse Weisungsbefugnisse hat, die in erster Linie die Durchführung von FDJ-Beschlüssen betreffen, so wird doch für die eigentliche Leitung der Arbeit der Pionierorganisation einer Schule von der FDJ ein hauptamtlicher Pionierleiter eingesetzt. Die enge Verbundenheit der Pionierarbeit mit der Schule zeigt sich darin, daß der Pionierleiter gleichberechtigtes Mitglied des Pädagogischen Rates der Schule ist. Die Pionierleiter sind voll ausgebildete pädagogische Kräfte. Für sie ist eine dreijährige Ausbildung an Instituten für Lehrerbildung Vorschrift. Später können sie sich durch mehrere Zusatzprüfungen auch als Lehrer qualifizieren. Diese

Voraussetzungen sorgen für eine qualitativ hochstehende, den politischen Zielen entsprechende Jugendarbeit. Nichts wird dem zufälligen pädagogischen Geschick eines einzelnen überlassen. Der Pionierleiter ist auch verpflichtet, in den Klassen zu hospitieren. Dies soll ihm ermöglichen, einen Einblick in den Leistungsstand der Klasse zu erhalten. Deshalb wird grundsätzlich der Ausbildung und vor allen Dingen der Weiterbildung der Pionierleiter große Bedeutung beigemessen. Durch fachliche Autorität soll nicht nur sein Einfluß unter den ihm anvertrauten Kindern wachsen. Auch die Lehrer der Schule, an der er tätig ist, sollen ihn als gleichberechtigt akzeptieren. Dies scheint noch immer ein besonderes Problem an den Schulen zu sein. Ziel der FDJ-Führung ist es deshalb auch, einem wachsenden Teil der Pionierleiter eine Hochschulausbildung zu geben.

Die Arbeit in den Pioniergruppen wird von älteren FDJ-Mitgliedern getan, die sich in ihrer Freizeit den ihnen anvertrauten Gruppen widmen; diese Gruppenleiter kommen aus höheren Klassen oder dem Partnerschaftsbetrieb der Schule.

Auch die Eltern werden in die Pionierarbeit mit einbezogen. Im Rat der Freunde der Pioniere wirken sie neben älteren FDJ-Mitgliedern der Schule, Vertretern des Patenbetriebes, der SED und der anderen Massenorganisationen aus dem Wohngebiet.

Bereits im letzten Jahr der Zugehörigkeit zu den Pionieren beginnt die Werbung für die Mitgliedschaft in der FDJ. Hier zeigt sich deutlich der Zweck der Pionierorganisation, den Nachwuchs für die Arbeit in der FDJ vorzubereiten, und den Erziehungsprozeß so früh wie möglich zu beginnen.

Bewußtes Lernen, fleißige Arbeit

Im großen und ganzen ist man mit der Pionierarbeit zufrieden. Günther Jahn, 1. Sekretär des Zentralrats der FDJ, machte deutlich, worum es der SED bei der Pionierarbeit der kommenden Jahre geht:

> „Jetzt kommt es darauf an, die erreichten Fortschritte zu vertiefen und ein neues Niveau in der Tätigkeit unserer Pionierorganisation ‚Ernst Thälmann' zu erreichen.
>
> Worin besteht dieses höhere Niveau? Inhalt, Formen und Methoden des Pionierlebens müssen so weiterentwickelt werden, daß alle Kinder in ihren Pionierkollektiven lernen, als junge Sozialisten zu handeln. Die Pionierfreundschaften, -gruppen und -brigaden sollen zu festen Gemeinschaften werden, in denen gutes und bewußtes Lernen, fleißige Arbeit, Ordnung und Disziplin, gegenseitige Hilfe und gemeinsame schöne, unvergeßliche Erlebnisse die Atmosphäre bestimmen. Inhaltsreich, fröhlich und interessant – das sollen die Kennzeichen des Pionierlebens sein." (Rede auf dem IX. Parlament der FDJ, 1971)

Politische Arbeit, eingebettet in „schöne und unvergeßliche gemeinsame Erlebnisse" sollen das Pionierleben bestimmen. Der Ansporn der Leistung im Kollektiv, bei gleichzeitiger Erhaltung der kindlichen Spontaneität sorgen dafür, daß die Kinder Spaß am Pionierleben haben. Dabei wird stets darauf geachtet, daß sich die Pionierorganisation nicht zu einer unpolitischen Spielgemeinschaft entwickelt. Die Pioniergruppen sollen sich in ernsthafter Weise mit der marxistisch-leninistischen Lehre vertraut machen.

Rangabzeichen als Ansporn zur Leistung

Im Vordergrund der Arbeit der Pionierorganisation steht die Teilnahme am Organisationsleben. Hier werden die Kinder zum ersten Male mit der Bedeutung von Symbolen vertraut gemacht, die in ihrem zukünftigen Leben eine bedeutende Rolle spielen werden. Beispielsweise soll das blaue dreieckige Halstuch die Einheit von Partei, Elternhaus und Schule symbolisieren. Uniform, Emblem, Wimpel, Fahne der Pionierorganisation sollen bei den Pionieren in hohem Ansehen stehen. Die Hierarchie der Pionierorganisation einer Schule wird durch Rangabzeichen hervorgehoben. Damit werden das Gefühl für Ein- und Unterordnung geweckt und gleichzeitig ein Ansporn zur Leistung und Auszeichnung gegeben.

Neben Spiel und Sport sowie der politischen Arbeit erhält die außerschulische Wissensvermittlung, insbesondere auf technisch-naturwissenschaftlichem Gebiet, hohe Priorität. Auch kulturelle Interessen werden geweckt und gefördert. Bei den Kinder- und Jugendspartakiaden schauen die Staatstrainer der DDR nach förderungswürdigen Talenten aus. Viele Spitzensportler der DDR sind auf diese Weise schon frühzeitig in die staatliche Sportförderung aufgenommen worden.

Die Auswahl der Führungskräfte beginnt

Schon bei den Pionieren beginnt auch die Auswahl der späteren Führungskräfte der DDR. Die Heranziehung von Kadern gehört zu den wichtigsten Aufgaben der Jugendorganisationen. Im Vordergrund steht dabei natürlich zunächst die Deckung des Bedarfs an Gruppenpionierleitern. Darüber hinaus wird alles getan, befähigte Schüler auf die Übernahme von Leitungsfunktionen in der Gesellschaft vorzubereiten.

Zunächst einmal bringt eine Tätigkeit als Gruppenleiter den Kindern nicht zu unterschätzende Erfolgserlebnisse, die sie an die Jugendorganisation binden. Die Stärkung des gesellschaftlichen Bewußtseins wird durch intensive politische Schulung gefördert. Allerdings müssen diese Erfolge mit entsprechenden Leistungen honoriert werden. Eine Funktion erhält nur, wer einen entsprechenden Leistungsstand in der Schule und ständige Arbeit für die Pioniere nachweisen kann. Schon früh dürfen Mandatsträger Verantwortung übernehmen. Ihnen werden konkrete Aufgaben gestellt, deren Durchführung die Kameraden überwachen. Auch die Kontrolle von Mitschülern, deren Leistungen nachgelassen haben, gehört zu den Aufgaben der Gruppen und Freundschaftsräte.

Neben der politisch-ideologischen Bildung und der Wissensvermittlung nimmt die gesellschaftliche Arbeit bei den Pionieren breiten Raum ein. So werden z. B. Sammlungen für den „Befreiungskampf des vietnamesischen Volkes vom US-Imperialismus“ durchgeführt. Im Winter werden Hilfsaktionen für alte Bürger organisiert.

Über allen Aktivitäten der Pioniere steht natürlich der Lehrer bzw. der Pionierleiter, soweit diese Funktionen nicht ohnehin in einer Person vereinigt sind. Er trägt die volle Verantwortung für die Gruppe und koordiniert die Betreuung der Pioniergruppe durch andere gesellschaftliche Institutionen. Allerdings besteht seine Aufgabe nicht in einer straffen Führung der Gruppe. Grundsätzlich soll sie sich selbst verwalten und lenken. Die Aufgabe des Pädagogen liegt in der Anleitung und Betreuung, gegebenenfalls auch der Kritik und Korrektur, wenn die Gruppe falsche Wege einschlägt bzw. mangelnde Einsatzbereitschaft oder fehlerhaftes gesellschaftliches Bewußtsein erkennen läßt.

Zentrum der Pionierarbeit sind die Pionierhäuser. Sie sind Klubhäuser mit Vortragssälen, Werkräumen, Büchereien, Räumen für Arbeitsgemeinschaften, Lesezimmer, Fernseh-, Spiel-, Film- und Bastelräume etc. Immerhin gibt es davon in der DDR mittlerweile ungefähr 120.

Auch bei den Pionieren zeigt sich also, welch hoher Wert in der DDR der Jugendarbeit beigemessen wird. Auch wenn ein Teil der Jugendlichen sich der späteren Erfassung durch die FDJ entzieht, so kann der Einfluß der Pioniere auf die Jugend in der DDR kaum unterschätzt werden. Sicherlich sollen die Pionierkollektive in erster Linie dazu beitragen, bereits den Kindern die richtige Einstellung zum Sozialismus und der DDR mitzugeben. Doch sollte nicht verkannt werden, daß auch die Kinder Vorteile davon haben. Schon früh können sie ihre Fähigkeiten an ihnen gestellten kleinen Aufgaben und in altersgemäßen Wettbewerben messen. Mit Geschick und Einfühlungsvermögen wird versucht, kindlichen Spieltrieb und Geltungsdrang in Richtung auf eine frühe Einordnung in das Kollektiv zu kanalisieren.

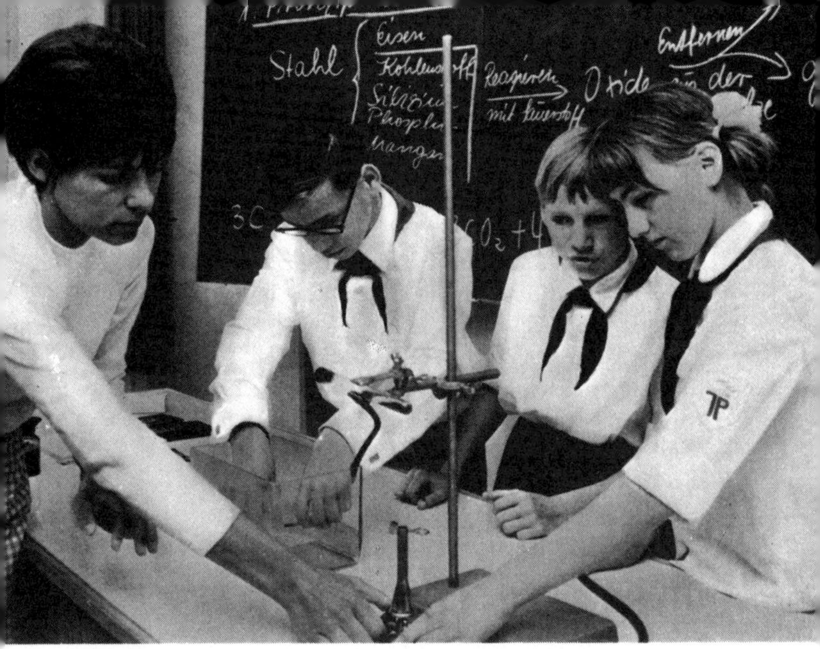

Chemieunterricht in der 7. Klasse der May-Reich-Pietsch-Oberschule in Rostock

Schrittmacher – nicht Mitmacher

Schrittmacher – nicht Mitmacher soll die Jugend der DDR sein. In diesem Sinne unterstützt die Freie Deutsche Jugend die SED bei der sozialistischen Erziehung aller Jugendlichen und deren Gewinnung für den Kampf um die ständige Stärkung der DDR.

Der FDJ sind die folgenden Aufgaben gestellt:

1. Sie soll den Nachwuchs für die Partei heranbilden.
2. Die Lehren des Marxismus-Leninismus sollen in ihren eigenen Reihen ständig gelehrt und erlernt werden, damit auf diese Weise ein staatsbürgerliches Bewußtsein anerzogen wird, das die Bereitschaft zur Verteidigung der politischen und gesellschaftlichen Ordnung in der DDR einschließt.

3. Die Aneignung fachlicher Kenntnisse in der Schule, im Beruf und im Studium ist zu fördern.
4. Die Freizeitgestaltung, einschließlich der Feriengestaltung, soll von der FDJ mit überzeugenden Initiativen übernommen werden.
5. Die bei den Pionieren begonnene Erziehung zu kollektivem Denken und Handeln, zur Ein- und Unterordnung wird bei der FDJ fortgesetzt.
6. Diese Zielvorstellungen sollen auch in den Teil der Jugend hineingetragen werden, der nicht organisiert ist.
7. Andere erzieherische Institutionen und das Elternhaus sind so zu beeinflussen, daß auch sie im Sinne dieser Zielvorstellungen tätig werden.
8. Die Interessen der Jugend sollen gegenüber der Partei und anderen gesellschaftlichen und wirtschaftlichen Institutionen vertreten werden.

Unumschränkte Vorherrschaft der SED

Nach dem Ende des 2. Weltkrieges wurde die FDJ zunächst als überparteiliche und unabhängige Jugendorganisation gegründet. Ihr erster Vorsitzender wurde der heutige SED-Chef Erich Honecker. Mehr und mehr geriet die FDJ allerdings in das Fahrwasser der SED, deren Vorherrschaft heute unumschränkt ist. Damals kam es noch zu heftigen Richtungskämpfen zwischen den Anhängern der SED und Jugendlichen, die anderen Parteien der Nationalen Front nahestanden. Heute gibt es innerhalb des Verbandes keine Alternative und keine Opposition. Im Jahre 1950 anerkannte die FDJ die führende Rolle der SED im politischen und gesellschaftlichen Leben der DDR. Erst 1955 strich sie die Worte „Unabhängigkeit“ und „Überparteilichkeit“ aus ihrem Statut. Dieser formale Akt der Unterordnung war bereits zu diesem Zeitpunkt bedeutungslos, denn die FDJ hatte schon längst freiwillig ihre Unabhängigkeit aufgegeben.

Die FDJ ist nach dem Territorialprinzip aufgebaut, hinzu tritt das Produktionsprinzip. Das bedeutet, daß die Grundorganisationen der FDJ dort gebildet werden, wo die Mitglieder arbeiten, lernen, studieren oder wohnen. Schulen, Universitäten, Betriebe, Genossenschaften, Wohngebiete und die Einheiten der Nationalen Volksarmee haben jeweils eigene Grundorganisationen, die dann gebildet werden, wenn mindestens drei Mitglieder der FDJ dort gemeldet sind. Die Grundorganisationen können sich bei Bedarf noch einmal in Gruppen unterteilen. An den Schulen besteht grundsätzlich für jede Klasse eine eigene Grundorganisation.

Die Mitglieder der Grundorganisationen wählen eine Leitung, die je nach Stärke der Organisation 3–15 Mitglieder umfaßt. Die Prinzipien der Auswahl und der Leitungen, der sogenannten Kaderauswahl, sind von der FDJ genau festgelegt. Neben der selbstverständlich einwandfreien politischen und gesellschaftlichen Haltung werden folgende Kriterien zugrunde gelegt:

- Leitungserfahrungen
  Zwei Drittel der Funktionäre sollen bereits einmal in einer leitenden Funktion tätig gewesen sein. Dies sorgt für Stabilität und Kontinuität in den Kadern.
- Herkunft
  Junge Arbeiter und Bauern werden bevorzugt.
- SED-Mitgliedschaft
  Der Anteil der Mitglieder und Kandidaten der SED soll weiter erhöht werden.
- Geschlecht
  Mindestens 50 % der Funktionäre sollen Mädchen sein, bei einem Anteil der Mädchen an der Mitgliedschaft von etwa 53 %.

Die übergeordneten FDJ-Gliederungen sind gemäß dem Territorialprinzip aufgebaut. Auf die Grundorganisationen folgen die Stadt-, Kreis- und Bezirksleitungen. Ihre Führungsorgane sind die Sekretariate, deren Zusammensetzung nach der Wahl von der jeweils übergeordneten Leitung bestätigt werden muß. In kleineren Orten mit mehreren Grundorganisationen können auch Ortsleitungen gebildet werden. In den

Universitäten und Großbetrieben bestehen jeweils eigene Kreisleitungen. Höchstes Organ der jeweiligen Gliederung ist die Delegiertenkonferenz, die mindestens einmal in zwei Jahren einberufen werden muß. Ihr entspricht auf der höchsten Ebene das Parlament der FDJ, die zentrale Delegiertenkonferenz der DDR.

Das FDJ-Parlament wählt seinerseits den Zentralrat, der aus 160 Mitgliedern und 39 Kandidaten besteht. Er ist in seiner Funktion vergleichbar mit dem Zentralkomitee der SED. Als Gegenstück zum Politbüro der SED bestimmt der Zentralrat das Büro und Sekretariat, dem 27 Mitglieder angehören. Erster Sekretär der FDJ ist zur Zeit Dr. Günther Jahn, (Jahrgang 1930) der diese Position seit 1967 innehat.

Junge Menschen in Parlamenten

Die FDJ ist Ausdruck der überragenden Bedeutung, die in der DDR der Jugend beigemessen wird. Dies zeigt sich am deutlichsten an der Beteiligung von jungen Menschen in den parlamentarischen Organen der DDR. In weitaus größerem Umfang als in der Bundesrepublik.wird die Jugend an der Machtausübung im Staate beteiligt. Dies zeigt die folgende Statistik.

Dieses Verhältnis verbessert sich sogar noch zugunsten der Jugend in der DDR, wenn die Kommunalvertretungen in den Vergleich mit einbezogen werden, da mit der Verfassung von 1968 die Wählbarkeit in die örtlichen Vertretungen auf 18 Jahre festgelegt wurde. In der Volkskammer besteht sogar eine eigene Gruppe der FDJ, die sich Fraktion nennt, und die 40 Mitglieder umfaßt.

Voraussetzung einer Wahl zum Parlamentarier – gleich auf welcher Ebene – sind nicht nur gute fachliche Leistungen, sondern auch vielfältige gesellschaftliche und politische Aktivitäten. Für die jungen Abgeordneten stellt die Wahl in eine parlamentarische Körperschaft den ersten Schritt auf der Stufenleiter des Erfolges dar. Ihm steht, wenn er sich ständig

Junge Abgeordnete

	absolut	in %
BRD		
Bundestag [1]		
Abgeordnete insgesamt	518	*100*
darunter: 25 bis 30 Jahre	2	*0,4*
31 bis 40 Jahre	60	*11,7*
Landtage [2]		
Abgeordnete insgesamt	1356	*100*
darunter: 25 bis 30 Jahre	27	*2,0*
31 bis 40 Jahre	245	*18,2*
DDR		
Volkskammer [3]		
Abgeordnete insgesamt	500	*100*
darunter: 21 bis 25 Jahre	33	*6,6*
26 bis 30 Jahre	33	*6,6*
31 bis 40 Jahre	164	*32,8*
Bezirkstage [4]		
Abgeordnete insgesamt	2838	*100*
darunter: 21 bis 25 Jahre	81	*2,9*
26 bis 30 Jahre	339	*12,0*
31 bis 40 Jahre	713	*25,0*

Fundstelle: Bericht Zur Lage der Nation, Bonn 1971

1 Stichtag: Beginn der VI. Legislaturperiode, 1969; errechnet aus Kürschners Volkshandbuch Deutscher Bundestag, Darmstadt und Bad Honnef 1970, S. 258.

2 Stichtage: Beginn der jeweils letzten Legislaturperiode; ohne Ergebnisse der Landtagswahlen in Hessen (Oktober 1970) und in Bayern (November 1970); errechnet aus Mitteilungen der Landtagsverwaltungen.

3 Stichtag: Beginn der 5. Wahlperiode, 1967; nach: Statistisches Jahrbuch der DDR, 1970, S. 487.

4 Stichtag: 31. März 1970; nach: Statistisches Jahrbuch der DDR, 1970, S. 488 f.

bewährt, eine steile Karriere im Staats- oder Wirtschaftsapparat bevor.

Nur harte Arbeit garantiert Erfolg

Dieser Aufstieg wird aber, wie angedeutet, keinem Jugendlichen geschenkt, der schon in jungen Jahren ein parlamentarisches Mandat übertragen bekommt. Harte Arbeit ist die Voraussetzung für das weitere Fortkommen, sonst droht der Rückfall in die Anonymität, auch wenn das sozialistische Bewußtsein stimmt.

Vor allen Dingen sind die jugendlichen Abgeordneten gehalten, sich der Probleme ihrer Altersgenossen anzunehmen und sie in den parlamentarischen Gremien zur Sprache zu bringen. Dazu heißt es im Jugendgesetz: „Sie treten insbesondere dafür ein, daß die Vorschläge, Probleme und Hinweise der Jugendlichen in der gesamten Tätigkeit der Volksvertretungen beachtet werden.“ In der Logik des SED-Staates bedeutet dies in erster Linie, daß sie die Grundsätze der staatlichen Jugendpolitik in ihrer Altersgruppe durchsetzen und gegebenenfalls interpretieren.

Die Vertretung der Jugendlichen ist allerdings nicht die einzige Aufgabe der jungen Abgeordneten. Zudem widerspricht die einseitige Vertretung politischer und sozialer Sonderinteressen dem Wesen der „sozialistischen Demokratie“ und ist daher verboten. Auch dürfen sie sich – besonders in den örtlichen Volksvertretungen – nicht als Abgeordnete der FDJ fühlen, der sie zwar als Mitglieder angehören und die sie nominiert hat, sondern sie sind als vollwertige Abgeordnete für die Entscheidung und Durchsetzung aller Fragen auf ökonomischem, politischem und kulturellem Gebiet verantwortlich. Auch einseitiges Spezialistentum soll vermieden werden.

Schwerpunkt ihrer Arbeit soll aber immer das Gespräch mit den Jugendlichen bleiben. Zur gründlichen Vorbereitung auf die Arbeit des Gremiums, dem der Jugendliche angehört,

gehört vor allen Dingen eine umfangreiche Massenarbeit. Dabei darf der junge Abgeordnete nicht einfach passiv den Wünschen und Beschwerden seiner Wähler zuhören, sondern muß selbst initiativ werden und besonders die Jugendlichen für die Durchführung der Beschlüsse der Volksvertretung gewinnen. Ihm fallen also wichtige agitatorische und ideologische Aufgaben zu, wobei die Erfüllung der Produktivpläne durch seine Wähler eine wichtige Rolle spielt.

Natürlich gehört zu den Pflichten des jungen Abgeordneten auch der enge Kontakt mit den gesellschaftlichen Institutionen, insbesondere der FDJ, dem FDGB und der Nationalen Front. Er steht zu ihnen in einer Wechselbeziehung. Sie sind gehalten, ihm bei der Erfüllung seiner Aufgabe nach besten Kräften zu helfen. Andererseits soll der junge Parlamentarier die Beschlüsse und Zielsetzungen dieser Organisationen unterstützen. Gemeinsam mit den Ausschüssen der Nationalen Front soll er etwa im Wohngebiet auf die Jugendlichen einwirken, die noch nicht Mitglied der FDJ sind. Außerdem soll er die Jugendlichen zur „freiwilligen" Mitarbeit in ihrer Freizeit an der Lösung bestimmter Aufgaben im Wohngebiet (z. B. Bau eines Sportplatzes) mobilisieren.

Mehr noch als ihre Altersgenossen sind die jungen Abgeordneten verpflichtet, sich ständig weiterzubilden und für die ihnen übertragenen und vor ihnen liegenden Aufgaben zu qualifizieren. Vor allen Dingen müssen sie die Grundlagen der staatlichen Jugendpolitik beherrschen, um effektiv zu ihrer Durchführung beitragen zu können. Besonders auch von der Wirksamkeit dieses Aspektes ihrer Arbeit hängt die Möglichkeit zu weiterem Aufstieg ab.

„Keinen zurücklassen"

Grundaufgabe der FDJ ist es, nach den Worten von Günther Jahn, „alle Mädchen und Jungen zu klassenbewußten Sozialisten zu erziehen, die unter Führung der Arbeiterklasse und ihrer marxistisch-leninistischen Partei mit revolutionärem Schöpfertum die sozialistische Gesellschaft in der DDR mitgestalten, ihr sozialistisches Vaterland gegen alle Anschläge zuverlässig schützen und im Geiste des proletarischen Internationalismus handeln".

Natürlich ist auch diese Arbeit dazu bestimmt, alle Jugendlichen zu normkonformem Verhalten zu bringen: „Als Interessenvertreter der jungen Generation betrachtet es die FDJ als ihre ureigenste Aufgabe, politischer Vertrauensmann und kameradschaftlicher Ratgeber eines jeden jungen Menschen zu sein. Wir wollen jedem Jugendlichen helfen, seine persönlichen Interessen so zu gestalten, seine Handlungen und Entscheidungen so zu treffen, daß sie mit den gesellschaftlichen Erfordernissen übereinstimmen".

Daraus folgt die Maxime: „Alle erreichen, jeden gewinnen und keinen zurücklassen", denn: „der Sozialismus braucht jeden jungen Menschen, und jeder junge Mensch braucht den Sozialismus".

Schon früh hatte man erkannt, daß die Jugend am ehesten dazu bereit ist, ihre „Schrittmacherfunktion" zu erfüllen, wenn sie auf ihre Leistungen stolz sein kann. Diese Erkenntnis wird von der FDJ konsequent in die Praxis umgesetzt. Es gibt eine Vielzahl von Wettbewerben und Auszeichnungen, um die Jugendlichen zu Höchstleistungen anzuspornen. In vielen Fällen wird damit zur Stärkung der Wirtschaft beigetragen. Meistens handelt es sich um den Vergleich technisch-naturwissenschaftlicher oder sportlicher Kenntnisse und Leistungen. Gewünscht wird natürlich in erster Linie die Leistung im Kollektiv. Überhaupt ist die Festigung des kollektiven Denkens und Handelns einer der Schwerpunkte der FDJ-Arbeit. Dem Kollektiv wird in der Jugendarbeit für die Persönlichkeitsformung – ganz besonders für die politisch-ideologische Überzeugungsbildung – große Bedeutung beigemessen. In einer Reihe von Untersuchungen hat man den Erziehern und Jugendleitern immer wieder vor Augen geführt, wie groß die Wirkung der kleinen Gruppe (Schulklasse, FDJ-Gruppe, Arbeitsbrigade, etc.) auf das Verhalten Jugendlicher ist. Dabei wurde besonders darauf hingewiesen, daß die bloße Zugehörigkeit zu einer solchen Gruppe allein das Bewußtsein noch nicht ändere. Oft werde nur eine Art Scheinanpassung erreicht. Den in der Jugendarbeit Tätigen wird gezeigt, wie man innerhalb einer Gruppe einen aktiven Kern bildet, auf den man sich stützt, dessen Mitglieder parallel zur erzieherischen Arbeit zu wirken beginnen und lernen, gesellschaftliche Normen zu Gruppennormen umzusetzen.

„Wertfreie" Erziehung wird abgelehnt

Wichtigstes Merkmal der Kollektiverziehung ist ihre „Zielgerichtetheit". Das heißt, Politiker und Pädagogen in der DDR lehnen immer wieder die sogenannte wertfreie Erziehung ab. Marxistische Erziehung muß parteilich sein. Bei ihr genießt das Ziel Priorität vor den Methoden. Letztere sind nur insoweit interessant, als sie zur Erreichung des politisch-ideologischen Zieles nützlich sind.

Da die kleine Gruppe, das Kollektiv, als Abbild der gesellschaftlichen Verhältnisse gesehen wird, kommt es bei der Erziehung im Kollektiv darauf an, die sozialistische Zielgerichtetheit der kleinen Gruppe zu erreichen, das Sozialgefüge bewußt als Abbild der Prinzipien des sozialistischen Zusammenlebens zu gestalten und die Tätigkeit auf sozialistische Wertnormen einzustellen.

Dazu ist es erforderlich, die im Erziehungsziel enthaltenen Forderungen an die Persönlichkeitseigenschaften der Kinder in Verhaltensnormen der Kollektivmitglieder zu übersetzen. Sind diese Werte erst in die allgemeine Gruppennorm eingegangen, sorgt die Gruppe selbst für den Druck, der notwendig sein könnte, einzelne Jugendliche zu disziplinieren. Sind alle Mitglieder der Gruppe wirksam in den Meinungsbildungsprozeß der Gruppe eingegliedert, steht der Erreichung des Erziehungszieles nichts mehr im Wege.

Natürlich stehen alle Kinder und Jugendliche unter dem Einfluß mehrerer Gruppen. Aufgabe der Jugendorganisation ist es, den Einfluß unliebsamer Gruppen, wie es etwa die Familie sein könnte, auszuschalten, indem die Jugendlichen für möglichst viele gesellschaftlich nützliche Aktivitäten interessiert und geworben werden.

In den Zirkeln junger Sozialisten werden die aktiveren Jugendlichen mit Werken der Klassiker des Marxismus-Leninismus vertraut gemacht. Herangezogen zu dieser ideologischen Schulung werden auch die Beschlüsse der SED. So geschult hat sich bereits ein fester Kern ideologisch gefestigter FDJ-Mitglieder gebildet, der nun auf den Mitgliederversammlungen in den Schulen und Betrieben auf die politische Einstellung der anderen einwirken kann.

Petra Kahn als Vorbild

Nicht immer gelingt es, ohne Schwierigkeiten die Jugendlichen zu der oft unseligen Arbeit des Studiums der „Klassiker" zu bewegen. So gab Günther Jahn auf dem IX. Parlament die Erlebnisse der „Jugendfreundin" Petra Kahn wieder, die von ihrer Entwicklung folgendes berichtet:

> „Als ich 1966 im Betrieb als Lehrling anfing, gehörte ich zu jenen, die die Nase rümpften, wenn es um Politik ging. Ich war für den Sozialismus, auch für unsere Republik, aber daß man etwas dafür tun muß, dieser Groschen war bei mir noch nicht gefallen. Als unser erster Zirkel junger Sozialisten stattfand, glaubte ich, wir hätten eine Heldentat vollbracht, als wir heimlich aus dem Fenster stiegen, um uns vor dem Zirkel zu drükken. Aber unsere Genossen im Betrieb waren sehr geduldig mit uns."

Heute ist Petra FDJ-Sekretärin und Parlamentsdelegierte. Sie ist Leiterin einer Jugendbrigade und nahm 1970 ein Meisterstudium auf. Petra Kahn wird von der FDJ als der Idealtyp des jungen Menschen propagiert, dessen anfängliche Gleichgültigkeit gegenüber den politischen und gesellschaftlichen Verhältnissen in der DDR ins Gegenteil umschlug.

Aus der Flucht in den privaten Bereich wird aus Überzeugung, Bequemlichkeit oder Opportunismus die mehr oder minder aktive Teilnahme am gesellschaftlichen Leben.

Stets und ständig hält die FDJ die Schüler und Hochschüler, die Lehrlinge und jungen Genossenschaftsbauern zum Lernen an. Die Anforderungen im Lernen sollen als die wichtigste Aufgabe für die Stärkung der DDR erkannt werden. Gleichzeitig soll über die FDJ-Mitglieder die Verantwortung der Schüler für ihr gesamtes Leben an der Schule, für Ordnung, Sauberkeit und Disziplin sichtbar erhöht werden.

„Ordnung, Sauberkeit, Disziplin"

Hier wie auch in vielen anderen Bereichen treten immer wieder die Wertvorstellungen „Ordnung", „Sauberkeit" und „Disziplin" in den Vordergrund. In der DDR macht man deutlich, daß man darunter nicht den „Drill der kapitalistischen Gesellschaft" versteht, sondern die selbstverständliche Unterordnung unter die Gebote der sozialistischen Moral.

Ausweis für fleißiges Lernen ist das „Abzeichen für gutes Wissen". Es wird in Bronze an alle diejenigen verliehen, die das Schulungsjahr der FDJ erfolgreich absolviert haben. Alle Teilnehmer eines „Zirkels junger Sozialisten" erhalten es nach erfolgreichem Abschluß in Silber. In Gold sowie in den anderen Stufen wird es vergeben, wenn in fleißigem Selbststudium gehobene Kenntnisse in der Geschichte der deutschen Arbeiterbewegung, des Marxismus-Leninismus, der aktuellen grundlegenden Dokumente der Partei sowie der sozialistischen Literatur erworben wurden. Im Jahre 1970 haben fast 450 000 Jugendliche das „Abzeichen für gutes Wissen" erhalten.

Auf einer höheren Stufe steht bereits die Mathematik-Olympiade. Die „Olympiade Junger Mathematiker", wie sie offiziell heißt, soll zur Förderung und Verbesserung des Mathematikunterrichts an den Schulen beitragen. Gleichzeitig dient sie der Entdeckung mathematisch begabter Schüler. Von der Schulebene bis hin zur zentralen DDR-Olympiade findet eine systematische Auslese statt. Die Besten werden dann zur Internationalen Mathematik-Olympiade entsandt. Durch die Mathematik-Olympiade sollen die Schüler für das Fach Mathematik begeistert, zum mathematischen Denken erzogen und zur Lösung mathematischer Probleme befähigt werden.

Kinder- und Jugendspartakiaden

Auch Sport und Touristik werden voll in die Arbeit der FDJ einbezogen. Dabei gibt es viele vorbildliche Initiativen, der Jugend die Ausübung einer Sportart zu ermöglichen und sie sogar dazu anzuhalten. So steht die für 1972 geplante IV. Kinder- und Jugendspartakiade unter dem Motto, das für die gesamte Sportarbeit Gültigkeit hat: „Jedermann an jedem Ort – mehrmals in der Woche Sport". Dieses Gegenstück zur „Trimm-Dich-Gesund-Aktion" in der Bundesrepublik wird allerdings ungleich systematischer betrieben.

Die Kinder- und Jugendspartakiaden, so benannt nach Spartakus, dem Führer des großen römischen Sklavenaufstandes, der auch dem Spartakusbund Rosa Luxemburgs und Karl Liebknechts 1917 bei der Namensgebung Pate stand, dienen der Förderung und Auslese von Nachwuchs-Spitzensportlern, besonders in den olympischen Sportarten, und gleichzeitig der Bildung des sozialistischen Bewußtseins durch das organisatorische und ideologische Zeremoniell.

Ein gutes Beispiel für die Förderung sportlicher Talente in der DDR ist Weltrekordschwimmer und Olympiasieger Roland Matthes aus Erfurt. 1962, gerade zwölf Jahre alt, bestritt er seine ersten Wettkämpfe. Zwei Jahre später wurde er Vierter bei den Kindermeisterschaften der DDR. 1966, während beim Europapokal der Schwimmer in Utrecht seine Vorbilder aus der DDR achtbare Ergebnisse erzielten, nahm Roland Matthes an der 1. Kinder- und Jugendspartakiade

Stolz und glücklich zeigen diese 3 Mädel die begehrten und errungenen Medaillen bei der IV. Bezirks Kinder- und Jugendspartakiade in Berlin

Bezirksspartakiade der Gesellschaft für Sport und Technik in Görlitz

teil. Er siegte dreimal. Und zwei Jahre später gewann er zwei Goldmedaillen bei den Olympischen Spielen in Mexiko. Die Erfolge von Roland Matthes sind sicherlich nicht nur auf zähen Trainingsfleiß und außerordentliches Talent zurückzuführen. Sie sind auch das Ergebnis gezielter Talentsuche und der Förderung junger Spitzensportler.

An den Wettkämpfen der II. Spartakiade nahmen 1970 über 2,8 Millionen Jugendliche teil. Schon bei den Trainingsvorbereitungen besteht Gelegenheit zur Beeinflussung der Jugendlichen. Bestandteil der Spartakiadebewegung waren über die olympischen Sportarten hinaus zahlreiche weitere massensportliche Initiativen der FDJ, bei deren Vorbereitung und Durchführung wiederum Millionen von jungen Menschen angesprochen werden konnten. Das gleiche gilt für die über vier Millionen Jungen und Mädchen, die an den Kämpfen um die 82 von der FDJ gestifteten Wanderpokale in 35 Sportarten jährlich teilnehmen.

In den Sport- und Fußballklubs sollen die Grundorganisationen ihre politische Arbeit nach einer Direktive des IX. FDJ-Parlaments weiter verstärken, um den „FDJlern im Sportdreß durch eine lebendige ideologische Arbeit zu helfen, mit hohen sportlichen Leistungen das Ansehen unserer Republik weiter zu erhöhen“. Eingebettet in die sportlichen Initiativen ist die vormilitärische Ausbildung in der Gesellschaft für Sport und Technik. Unter diesem harmlos klingenden Namen verbirgt sich eine Organisation, die als der verlängerte Arm der FDJ durch interessant gestaltete Angebote und Wettbewerbe die Jugend für die vormilitärische Ausbildung gewinnen und begeistern soll.

Die „sozialistische Wehrerziehung“

Die vormilitärische Ausbildung bezieht ihre Rechtfertigung aus dem Grundsatz der sozialistischen Wehrerziehung der Jugend, die untrennbarer Teil der gesamten gesellschaftlichen Tätigkeit ist. Die Notwendigkeit sozialistischer Wehrerziehung erfuhr auf dem IX. FDJ-Parlament im Jahre 1971 (!) durch Günther Jahn folgende Begründung:

> „Wir jungen Sozialisten haben keinerlei Illusionen. Wir wissen: solange es Imperialismus gibt, besteht die Gefahr von Kriegen. Solange uns die BRD als imperialistischer Staat gegenübersteht, herrscht zwischen der BRD und der DDR ein Verhältnis der Klassenfeindschaft – gleich, ob der westdeutsche Bundeskanzler und sein Verteidigungsminister das Mitgliedsbuch der SPD oder der CDU in der Rocktasche tragen. Deshalb sind wir weiter auf der Hut!
> Die DDR und die sozialistische Staatengemeinschaft jederzeit zu verteidigen – das ist höchste Pflicht eines jungen Revolutionärs ... Die Wehrerziehung sollte deshalb als ein Wesenszug unserer ideologischen Arbeit alle Bereiche des Lebens in den Grundorganisationen und Pionierfreundschaften durchdringen."

Die militärische Ertüchtigung der Jugend und die Vorbereitung auf den „Ehrendienst in der Nationalen Volksarmee" stehen im Vordergrund der Tätigkeit der Gesellschaft für Sport und Technik (GST).

Die Gesellschaft ist nach militärischen Gesichtspunkten straff organisiert, auch wenn sie formal von unten nach oben regiert wird. Neben der obligatorischen politischen Schulung wird ein Hauptaugenmerk auf die allgemeine vormilitärische Schulung gerichtet. Dazu gehören Geländesport, Schießsport mit dem Erwerb des dazugehörigen Abzeichens, Kartenlesen, Sanitätsdienst und Atomschutz.

Abzeichen für gute vormilitärische Kenntnisse

Vom 9. Schuljahr an erfolgt die Ausbildung auf der Grundlage des Statuts der GST. Nach erfolgreichem Abschluß eines 60stündigen Programms wird den Schülern nach dem 9., 10.

oder 11. Schuljahr von der GST das Abzeichen „Für gute vormilitärische Kenntnisse" in den Stufen Bronze, Silber oder Gold verliehen. Ein Schüler der 10. Klasse muß dafür beispielsweise während des Schuljahres an einer sechsstündigen Geländeausbildung teilgenommen haben, an einer Schießausbildung von acht Stunden, einer Pionierausbildung von drei Stunden und einer Schutzausbildung von vier Stunden. Dazu kommen noch ein Kurs in Erster Hilfe, eine Ausbildung in Topographie, Sport- und Ordnungsübungen. Oft leisten die Klassen diese Übungen im Kollektiv.

Auch die verschiedenen Unterrichtsfächer der Schule werden zur vormilitärischen Ausbildung herangezogen. Dies gilt insbesondere für den Erdkundeunterricht, den Chemie- und Physikunterricht sowie die Staatsbürgerkunde. In diesem Fach und zugleich in den FDJ-Gruppen wird dafür gesorgt, daß die Jugendlichen das „Grundrecht" zum Waffendienst als ehrenvolle Verpflichtung empfinden.

Über einen Mangel an Ausbildungsmöglichkeiten braucht sich die GST nicht zu beklagen. Sie genießt die volle Unterstützung der Nationalen Volksarmee (NVA), der sie dafür wichtige Teile der Grundausbildung vorwegnimmt. Offiziere der NVA haben immer wieder bestätigt, daß die Tätigkeit der GST es ihnen erlaubt, die Leistungsanforderungen an Rekruten erheblich in die Höhe zu schrauben. In der Spezialausbildung der Gesellschaft für Sport und Technik wird besonderes Gewicht auf die Heranbildung von Zeit- und Berufssoldaten gelegt; Schwerpunkte bilden dabei das Fallschirmspringen, das Nachrichtenwesen, Tauchen und ähnliches.

Viele Jugendliche sehen in der GST allerdings weniger die militärische als die sportliche Variante. Für das Reiten, Tauchen oder Segeln ebenso wie für das Fallschirmspringen findet man nirgendwo sonst so günstige Bedingungen. Auch der Erwerb eines Führer-, Segel- oder Motorflugscheins wird ermöglicht. Dazu kommt, daß man sich beim Wehrdienst nach entsprechender Qualifizierung in der GST jene Einheiten aussuchen kann, für die man Interesse hat.

FDJ-Studentenbrigaden der Humboldt-Universität bei Aktion „Alex 70". Diese Gruppe, bestes Kollektiv ihrer Sektion, kämpfte mit sehr guten Studienergebnissen um den Titel „Ausgezeichnetes Studentenkollektiv".

Mitglieder der Gesellschaft für Sport und Technik mit dem GST-Abzeichen beim Mai-Umzug

Mädchen in der vormilitärischen Ausbildung

Analog den sportlichen Kinder- und Jugendspartakiaden veranstaltet die GST gemeinsam mit der FDJ militärische Wettkämpfe wie die Wehrspartakiaden, die Aktion „Signal DDR 20" und die „Hans-Beimler-Wettkämpfe", so benannt nach einem deutschen Kommunisten, der im spanischen Bürgerkrieg als Führer einer internationalen Brigade fiel. Hervorgehoben sei, daß auch die weibliche Jugend ermuntert wird, an der vormilitärischen Ausbildung teilzunehmen.

520 000 Jungen und Mädchen beteiligten sich 1969/70 an den „Hans-Beimler-Wettkämpfen", die folgendes Programm hatten:

Für die männliche Jugend:
Hindernislauf auf militärischer Kampfbahn in Uniform und mit Ausrüstung, Luftgewehr- bzw. KK-Schießen, Zielwurf mit Übungshandgranaten, Tauklettern, Klimmzüge, 1000-Meter-Lauf.

Für die weibliche Jugend:
Handgranatenzielwurf, Luftgewehr- bzw. KK-Schießen, Erste Hilfe, 500-Meter-Lauf.

Die begleitende ideologische Erziehungsarbeit in der GST soll den Jugendlichen zu der Erkenntnis führen, daß der Militärdienst in der Nationalen Volksarmee und den anderen bewaffneten Kräften der DDR nur dann vollständig erfüllt werden kann, wenn er unter dem Gesichtspunkt des Klassenkampfes verstanden wird. Der Erfolg der wehrpolitischen Arbeit wird deshalb auch wesentlich daran gemessen, wie viele Mitglieder der FDJ und GST sich als Offiziersbewerber, Berufssoldaten oder Soldaten auf Zeit entscheiden.

Aber auch denjenigen, die sich nicht freiwillig melden, soll die Wehrpflicht als ein Ehrendienst erscheinen. Deshalb wird viel Mühe auf die sozialistische Wehrerziehung verwandt. Sie hat die Aufgabe, bei den jungen Menschen solche politisch-moralischen Eigenschaften wie Treue und Pflichterfüllung, Einsatzbereitschaft, gegenseitige Hilfe und Unterstützung, Mut, Ausdauer und Zielstrebigkeit zu entwickeln. Hinzu kommt die Ausbildung körperlicher Eigenschaften. Und auch während des Dienstes in der NVA soll das „patriotische Denken" als fester Klassenstandpunkt gefördert werden.

Kulturelle Arbeit der FDJ

„Junge Sozialisten lieben Kultur, Kunst, Gesang und Fröhlichkeit und sorgen für ein kulturvolles Leben der gesamten Jugend." Unter diesem Motto steht die Gestaltung des kulturellen Lebens der Jugend durch die FDJ. Diese Aktivitäten richten sich in erster Linie auf die Freizeitgestaltung der Jugendlichen.

Gleichzeitig jedoch richtet die FDJ ein aufmerksames Auge auf die künstlerischen Entwicklungen innerhalb der Jugend. Sie soll den jungen „Kulturschaffenden und Kunststudenten ein schöpferischer Diskussionspartner ... sein, konstruktive Hilfe ... gewähren und ständig in kameradschaftlichem Kontakt ... stehen". Neben der Heranführung der Jugendlichen an kulturelle Werte geht es also auch um die Kontrolle des kulturellen Sektors. Die FDJ gibt über einen eigenen Buchverlag Bücher und Schriften heraus, die nach ihren eigenen Angaben 12 – 15 Millionen Leser im Jahr finden. Ihre Wirkung auf die Jugendlichen stellt für die FDJ vielfach einen Aktivposten bei der Entwicklung sozialistischen Bewußtseins dar. Die Bücher und Schriften sollen den „jungen Zeitgenossen gestalten", indem sie „über vorbildliche Menschen berichten und die neue Moral der sozialistischen Weltveränderer propagieren".

Wir sehen also, daß die FDJ alle Anstrengungen unternimmt, um die Jugend der DDR für sich zu gewinnen und sie auf diese Weise in die gesellschaftlichen und politischen Verhältnisse der DDR zu integrieren. Sie nutzt bei ihren Bemühungen geschickt das jugendliche Leistungsstreben aus. Gleichzeitig leistet ihr die Tatsache Hilfestellung, daß der berufliche Aufstieg praktisch nur über eine Beteiligung an der Arbeit der Jugendorganisation führt. Deshalb entfaltet die FDJ auch in den Betrieben eine rege Geschäftigkeit. Berufliche Qualifikation allein reicht nicht aus, um eine Karriere zu ermöglichen.

Gleichzeitig aber bietet die FDJ den jungen Menschen in der Tat weitreichende Möglichkeiten zur Mitwirkung und Mitbestimmung, kurz, zur frühzeitigen Übernahme von Verantwortung. Dies gilt für alle gesellschaftlichen Bereiche. Die Methode der Übertragung überschaubarer und abrechenbarer Aufgaben, die im Betrieb erst besonders deutlich wird, ist nur ein Schritt auf diesem Weg. Wer über das richtige gesellschaftliche Bewußtsein verfügt oder in der Lage ist, es sich anzueignen, kann bei entsprechender fachlicher Eignung mit einem zügigen beruflichen Vorwärtskommen rechnen. Die vorbildliche gesellschaftliche Haltung eines Jugendlichen verpflichtet den Staat dazu, diese Einstellung zu belohnen, um auf diese Weise zur Nachahmung anzuregen.

In der Schule

Keine Gesellschaft in der Welt kann sich leisten, seine Bildungs- und Ausbildungsstätten zu vernachlässigen. Die Schule prägt das Leben eines jungen Menschen nach dem Elternhaus am deutlichsten. Deshalb wird sich auch kein Regime, gleichgültig, welchen ideologischen Standort es bezieht, darauf beschränken wollen, in der Schule nur reines Fachwissen zu vermitteln. Die persönlichkeitsbildende Wirkung der Schulzeit soll sich auch auf die Einstellung des Schülers zu der Gesellschaft, in der er lebt, erstrecken.

Deshalb sollte man aber nicht glauben, die weltanschaulich ausgerichtete Erziehung in den Schulen der DDR mit der entsprechenden Beeinflussung der Schüler in der Bundesrepublik gleichsetzen zu können. Die Erziehung zu „bewußten Erbauern und entschlossenen Verfechtern des Sozialismus" schließt Meinungsvielfalt und Toleranz gegenüber Andersdenkenden aus. Der schulische Erfolg in der DDR kann nur parallel zu einer entsprechenden Entwicklung des sozialistischen Bewußtseins verlaufen. In der Bundesrepublik steht eine abweichende politische Meinung dem Erwerb einer höheren Bildung nur in den extremsten Fällen im Wege. Vielmehr ist die soziale Herkunft in weit größerem Umfange ausschlaggebend für die Wahrnehmung der Bildungschancen.

Diese Praxis findet ihre Grundlage in der DDR-Verfassung. Die Grundrechte sind in der DDR-Verfassung keine individuellen Freiheitsrechte gegenüber dem Staat und bestimmten gesellschaftlichen Mächten, sondern Mitwirkungs-, Beteiligungs- und Anteilsrechte. Sie garantieren keine staatsfreie oder gar gesellschaftsfreie Privatsphäre, sie verschaffen jedem vielmehr die Möglichkeit zu gesellschaftlicher Mitwirkung und zur Entfaltung des einzelnen in gesellschaftlicher Tätigkeit. „Die Mitwirkung an der bewußten Gestaltung des gesamten wirtschaftlichen, kulturellen und vor allem politisch-staatlichen Lebens unserer Republik ist daher das entscheidende, grundlegende Recht der Bürger unserer Republik," so Ulbricht in einer Erklärung vor der Volkskammer.

So werden die Grundrechte Wegbereiter zur vollen Einbeziehung des einzelnen in die Gesellschaft und in die sozialistische Entwicklung. An die Stelle der bürgerlichen Freiheit *von* Staat und Gesellschaft, d. h. der rechtlich garantierten Möglichkeit, nach eigenem Entschluß etwas zu tun oder nicht zu tun, tritt die sozialistische Freiheit *zur* Gesellschaft, d. h. zur Verwirklichung der Persönlichkeit in der Gesellschaft und durch die Gesellschaft. Es entspricht diesem Freiheitsbegriff, daß neben den Grundrechten die Grundpflichten stehen, ja daß die Grundrechte als Mitwirkungs- und Gestaltungsrechte selbst auch Betätigungspflichten enthalten.

Die Beurteilung des Bildungssystems der DDR kann nur dann einigermaßen gerecht vorgenommen werden, wenn man sich den Zwang zur Parteilichkeit, dem die Schule dort unterliegt, immer wieder vor Augen führt.

Intensive Vorschulerziehung

In der DDR kommen die Kinder nicht unvorbereitet in die Schule. Zwei Drittel aller Kinder finden Aufnahme in Horten, Kindergärten und -tagesstätten, eine Zahl, von der man in der Bundesrepublik nur träumen kann. Natürlich beschränken sich die Einrichtungen der Vorschulerziehung nicht darauf, mit den Kindern zu spielen und sie zu beschäftigen, bis ihre Eltern sie wieder abholen. Dies ist zwar auch ein Gesichtspunkt, da ja der hohe Anteil der Frauen unter den Erwerbstätigen ohne die Betreuung ihrer Kinder nicht möglich wäre, aber auch die Kindergärten sind einbezogen in das „einheitliche sozialistische Bildungssystem", dessen Grundla-

Leistungsgesellschaft, auch für die Jüngsten. Noch etwas unsicher, doch nicht ungern gehen sie mit ihren Schildern zur Mai-Feier

ge das Bildungsgesetz von 1965 ist. In bezug auf die Kindergärten finden sich darin die bereits bekannten Grundsätze der Jugendpolitik wieder, von denen die Arbeit mit Kindern und Jugendlichen auf allen Ebenen durchdrungen ist.

So heißt es etwa in § 11 Absatz 1:

> „In den Kindergärten lernen die Kinder, in zunehmendem Maße selbständig in der Gemeinschaft tätig zu sein. Sie sind in einer ihren Kräften und Fähigkeiten angemessenen Weise auf das Lernen in der Schule vorzubereiten und mit dem sozialistischen Leben und dem Schaffen der werktätigen Menschen bekannt zu machen."

Auch die Ordnungsvorstellungen der sozialistischen Gesellschaft fließen bereits in die Kindergartenerziehung ein (§ 11 Absatz 2):

> „Durch einen sinnvollen Tagesablauf sind feste Gewohnheiten herauszubilden. Die Kinder sind daran zu gewöhnen, einfache Pflichten zu übernehmen und sich selbst zu bedienen."

Vorbild Sowjetunion

Die Vorschultheorie der DDR ist im wesentlichen an der sowjetischen Psychologie orientiert, deren Ergebnisse übernommen oder weiterentwickelt werden. Grundthese der marxistisch-leninistischen Entwicklungspsychologie: Die geistige Entwicklung der Persönlichkeit ist historisch bedingt und vollzieht sich in der Auseinandersetzung mit der Umwelt, das heißt, die kindliche Entwicklung folgt nicht einem statischen Prinzip, sondern läßt sich systematisch beeinflussen und verändern. In der Vorschulpädagogik legt man in der DDR Grundlagen für die Lern- und Leistungsbereitschaft, wobei die schöpferischen Entfaltungsmöglichkeiten vergleichsweise wenig gefördert werden. Da Solidarität und Kooperationsbereitschaft zu den von der Gesellschaft vorrangig geforderten Verhaltensweisen gehören, werden schon die ersten Ansätze zu Rollen- und Regelspielen genutzt, um eben diese zu entwickeln. Das auf bestimmte konkrete Lernziele hin orientierte Spiel im Vorschulunterricht dominiert gegenüber dem spontanen Spiel der Kinder. Die Diskussion und Erprobung von Modellen „antiautoritärer Erziehung“ erübrigt sich damit notwendigerweise.

Ähnlich wie bei den allgemeinbildenden Schulen (vgl. Abschnitt II) beteiligen sich auch bei den Kinderkrippen und Kindergärten die Eltern in Elternbeiräten und Elternaktiven an der Erziehung der Kinder. Damit ist einerseits größtmögliche Kooperation zwischen den Erziehungsinstitutionen und den Eltern gewährleistet. Auftretende Schwierigkeiten können gemeinsam erkannt, und es kann ihnen entgegengelenkt werden.

Gleichzeitig aber geben die Elternaktive den staatlichen Erziehungsorganen auch die Möglichkeit, zwischen den pädagogischen Absichten der Eltern und denen der öffentlichen Erzieher größtmögliche Übereinstimmung herzustellen. Unliebsamen Tendenzen in der Erziehung durch das Elternhaus kann auf diesem Wege durch freundschaftliche Hilfestellung des Kollektivs vorgebeugt und, falls erforderlich, entgegengewirkt werden.

Auch Kinder, die keine Kindergärten besuchen, werden von der Vorschulerziehung erfaßt. Spiel- und Lernnachmittage, die von den örtlichen Organen für Volksbildung eingerichtet werden, sollen die Kinder auf die Schule vorbereiten. Es ist anzunehmen, daß der Erziehungsinhalt vergleichbar mit dem der Kindergärten ist. Genaue Zahlen über die Beteiligung an den Spiel- und Lernnachmittagen liegen nicht vor, obgleich aus den veröffentlichten Zahlen hervorgeht, daß sie in den Städten besser besucht werden als auf dem Lande.

Mit Hilfe der Vorschulerziehung hat der Staat die Möglichkeit, die Kinder schon in frühester Jugend in seinem Sinne zu beeinflussen. Gleichzeitig aber kommt der Vorschulerziehung auch eine nivellierende Funktion zu. Sie ebnet die Bildungsunterschiede ein, die zwischen Kindern verschiedener sozialer Herkunft nun einmal bestehen. Damit kommt der

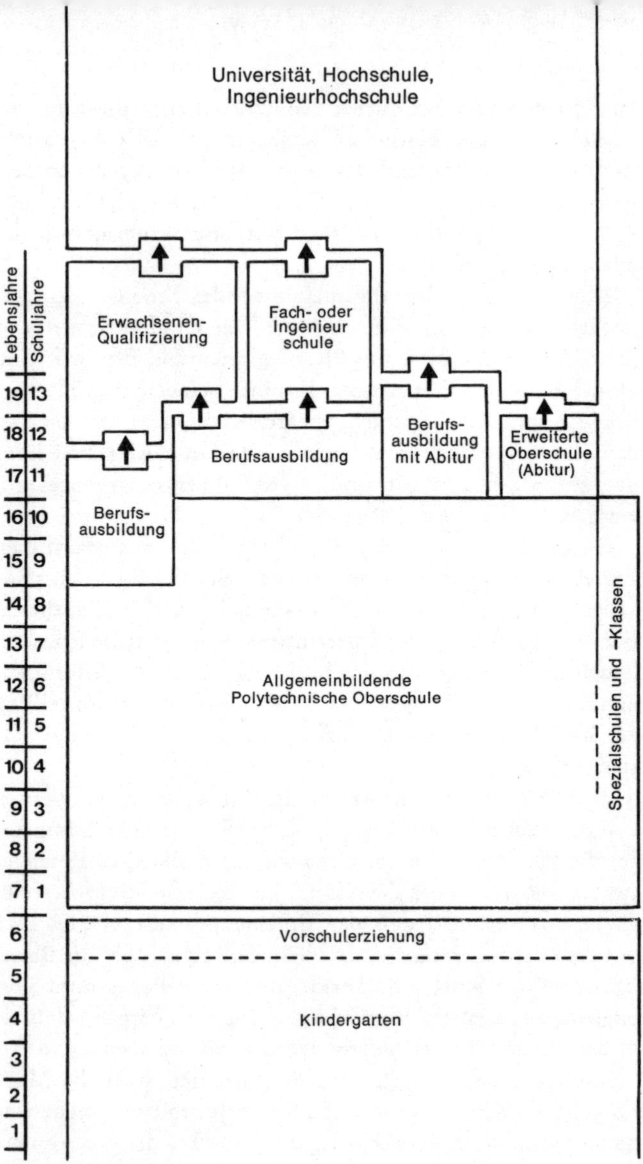

Schulaufbau in der DDR
Aus: Heyen / Bachem, Jugend im anderen Deutschland, Darmstadt und Bad Honnef, 1972

Vorschulerziehung eine entscheidende Rolle bei der Verwirklichung der Chancengleichheit in der Bildung zu.

Ganztagsschule soll Regelschule werden

Die beiden genannten Tendenzen der Vorschulerziehung finden ihre Ergänzung in den Möglichkeiten der *Ganztagsschule*, die in der DDR zwar auch noch nicht überall existiert, aber doch als Regelschule angestrebt wird. Dort sind die Voraussetzungen günstiger, sowohl eine Angleichung des Bildungsstandes aller zu erreichen als auch die soziale Integration und die politische Bewußtseinsbildung voranzutreiben. Es sei hier erwähnt, daß das Gemeinschaftsleben an der Schule vom Schulausflug bis zum Sportwettkampf von der FDJ geleitet wird.

Im Unterschied zur Bundesrepublik, wo für die Mehrheit aller Kinder immer noch nach dem 4. Schuljahr die Entscheidung über das Ausmaß ihrer Bildung fällt, besuchen alle Schüler in der DDR zunächst einmal die zehnklassige „Allgemeinbildende polytechnische Oberschule (AOS)“.

Das einheitliche Schulsystem vermeidet regionale Chancenungleichheit. Auch auf dem Dorf gibt es die zehnklassige Schule, die sogenannte Zentralschule. Ein wesentlicher Vorteil der zentralistischen Bildungspolitik der DDR liegt zweifellos in der leichter zu verwirklichenden Einheit von Gesellschafts-, Wirtschafts- und Bildungsplanung.

Zehnklassiger Schulbesuch ist das Ziel der Bildungspolitiker. Man kann allerdings davon ausgehen, daß bisher erst 80 bis 85 % der Schüler zehn Klassen absolvieren. In bestimmten Fällen ist es möglich, die Oberschulbildung in Einrichtungen der Berufsausbildung zu beenden. Schrittweise soll auch diese Möglichkeit in den Hintergrund treten.

Etwa drei Viertel der an den Universitäten und Hochschulen der DDR Studierenden haben ihren Weg über die „Erweiterte allgemeinbildende polytechnische Oberschule (EOS)“ genommen. Bemerkenswert ist, daß Artikel 26 Absatz 1 der

Verfassung der DDR bei der Zulassung zu höheren Bildungsstufen vorschreibt, die soziale Struktur der Bevölkerung in Rechnung zu ziehen. Wer nicht den Weg über eine EOS gehen kann oder will, hat die Möglichkeit, in der Abiturklasse, einer Einrichtung der Berufsausbildung, die Hochschulreife zu erwerben. Auch dieser Weg führt bei gleichzeitiger Ausbildung in einem praktischen Beruf – allerdings mit einjähriger Verzögerung gegenüber der EOS – an die Universität oder Hochschule.

Alle anderen Schüler unterliegen nach dem Abschluß der polytechnischen Oberschule der Berufsschulpflicht. Sie können auch später noch die Hochschulreife erlangen. Entweder bereiten sie sich in Einrichtungen der Erwachsenenqualifizierung, wie Volkshochschule, Betriebs- oder Dorfakademie oder direkt im Abend- oder Fernstudium an einer Hochschule auf die Reifeprüfung vor. Als Alternative können sie den Weg über eine Fach- oder Ingenieurschule auf die Universität oder Hochschule wählen.

Aufstieg über den zweiten Bildungsweg

Die vielfältigen Chancen, sich auch noch als Erwachsener auf ein Hochschulstudium vorzubereiten, werden in der DDR eifrig genutzt. Etwa ein Viertel der Studenten hat die Hochschulreife auf dem zweiten Bildungsweg erworben. Dies ist im Vergleich zur Bundesrepublik eine erstaunlich hohe Zahl. Für den zweiten Bildungsweg wird in der DDR eifrig geworben. Obwohl der Anteil der Studierenden in der DDR mit 6,5 % gemessen an der Gesamtbevölkerung schon erheblich höher liegt als in der Bundesrepublik (4 %), soll dieser Anteil in etwa zehn Jahren verdoppelt sein. Gleichzeitig soll die Zahl der Berufe, die eine akademische Bildung voraussetzt, erweitert werden.

Von seiner Struktur her ist das Bildungssystem der DDR in hohem Maße durchlässig. Auch wer erst nach dem Verlassen der Schule seine Neigung für ein Studium entdeckt, kann diesen Wunsch ohne weiteres verwirklichen. Ihm werden in vielfältiger Weise Erleichterungen bei seiner Arbeit geschaffen. Dennoch bleibt auch in der DDR der zweite Bildungsweg verbunden mit einem großen Energieaufwand. Auch bei Freistunden für das Studium bleibt die berufliche Arbeit als wesentliche Belastung bestehen.

Die Ziele der gesamten Bildungs- und Erziehungsarbeit in der DDR sind in dem bereits erwähnten Bildungsgesetz niedergelegt. Dieses Gesetz stützt sich vor allem auf die grundlegenden Postulate des Parteiprogramms der SED, das im Januar 1963 auf dem VI. Parteitag der SED verabschiedet wurde.

In seiner Präambel finden sich die bereits öfter dargestellten Erziehungsmaximen wieder, wie die Weckung des sozialistischen Nationalbewußtseins, die Erziehung zu bewußten Erbauern des Sozialismus im Geiste der sozialistischen Moral und ähnliches.

Die polytechnische Oberschule und ihre Aufgaben sind Kernstücke des Gesetzes. Sie gliedert sich in die

Unterstufe mit den Klassen 1–3
Mittelstufe mit den Klassen 4–6
Oberstufe mit den Klassen 7–10.

Bereits den Sechs- bis Neunjährigen werden elementare technische, technologische und ökonomische Erkenntnisse vermittelt; ihre technisch-konstruktiven Fähigkeiten und Arbeitsfertigkeiten und das Abstraktions- und Denkvermögen sollen geschult werden.

In der Mittelstufe stehen die Vermittlung einfacher technischer, agrarbiologischer und ökonomischer Kenntnisse, die Entwicklung des ökonomischen Denkens, die mathematisch-naturwissenschaftliche Durchdringung technischer und technologischer Sachverhalte im Vordergrund. In diesem Alter wird auch bereits Russisch als obligatorische Fremdsprache gelehrt. Die systematische Berufsaufklärung setzt ein.

In der Oberstufe setzt eine breitere Differenzierung des Fächerkatalogs ein. Eine zweite Fremdsprache – in der Regel Englisch – ist obligatorisch. Im Deutschunterricht sollen die

Schüler das „Wesen des sozialistischen Realismus" erkennen. Wichtig ist der leistungsdifferenzierte Unterricht über die Niveau-Kurse, der jedem eine Förderung entsprechend seinen Leistungen garantieren soll.

Die Verzahnung zwischen Schule und FDJ findet ihren Ausdruck auch in den Möglichkeiten für den Schüler in außerschulischen Arbeitsgemeinschaften und Zirkeln, sowie in Ferienkursen, die meistens von der FDJ organisiert werden, eine zusätzliche Förderung zu erhalten. Die FDJ trägt auch wesentlich zur Lernmotivierung bei. Sie entdeckt und fördert „junge Talente" und organisiert die Freizeit der Jugendlichen im Interesse einer zusätzlichen Bildung und Erziehung.

Die schulische Vorbildung bestimmt als wesentliche Voraussetzung die Bereitschaft und die Fähigkeit zum späteren Weiterlernen. Da in allen Bereichen in der DDR ein Interesse an Qualifikation besteht, ist das Bemühen, die Grundlagen möglichst umfassend zu gestalten, groß. Dem stehen entgegen die mehr auf Fakten bezogenen Lerninhalte.

Bildungsplanung richtet sich nach politisch-ökonomischer Gesamtplanung

Die Zahl der Wochenstunden ist in der DDR insgesamt größer. Im Vergleich zu den Schulen der BRD – Realschulen wie auch Gymnasien – besteht ein Übergewicht des mathematisch-naturwissenschaftlichen Unterrichts. Hier liegen nach Auffassung der Bildungsplaner in der DDR die Aufgaben der Zukunft – das politisch ökonomische Ziel einer Produktionssteigerung –, und die Jugend wird gründlich darauf vorbereitet.

In den zweiten Klassen sind es bereits sechs Wochenstunden Mathematik (gegenüber drei bis vier Stunden in der Bundesrepublik). Dagegen tritt in der DDR der Fremdsprachenunterricht quantitativ zurück. Deutsch, Geschichte und Kunst werden zeitlich gleich bewertet im Schulunterricht. Religionsunterricht wird nicht erteilt.

In einer Zeit, in der sich das Verhältnis von berufsbezogener Theorie und Praxis ständig verändert, bekommt die polytechnische Bildung eine andere Qualität. Die Arbeitswelt wird theoretisch stärker durchdrungen, gleichzeitig wächst die Praxisnähe und die Relevanz wissenschaftlicher Theorien in allen Bereichen wissenschaftlicher Forschung.

Wie bereits an anderer Stelle ausgeführt, ist seit 1958 der polytechnische Unterricht in der DDR an allen Oberschulen obligatorisch. Es konnten über einen längeren Zeitraum Erfahrungen gesammelt werden, die auch in der BRD für die Ausgestaltung des Faches Arbeitslehre herangezogen worden sind. Der polytechnische Unterricht umfaßt heute einen Lehrgang „technisches Zeichnen" sowie das Unterrichtsfach „Einführung in die sozialistische Produktion", das in mehrere Kurse wie Maschinenkunde, Chemotechnik, Elektrotechnik usw. untergliedert ist. Dazu kommt die regelmäßige Produktionsarbeit der Schüler an dem Unterrichtstag in der Produktion einmal in der Woche. Der polytechnische Unterricht wird in den ersten Klassen durch Werk- und Schulgartenunterricht vorbereitet, und er wird ergänzt durch einen produktionsorientierten, naturwissenschaftlichen und mathematischen Unterricht. Erst in der Oberstufe beginnt die eigentliche polytechnische Bildung. Die Schüler erhalten einen berufsvorbereitenden polytechnischen Unterricht, der sie dazu befähigt, moderne Maschinen, Anlagen und Geräte zu bedienen. Besonderer Wert wird dabei auf den engen Kontakt mit der werktätigen Bevölkerung gelegt. Dies und die Übertragung selbständiger Produktionsaufgaben sollen dazu beitragen, „die sozialistische Einstellung zur Arbeit im besonderen Maße zu entwickeln".

Auch wenn im polytechnischen Unterricht Veränderungen eingetreten sind in den letzten zehn Jahren, die vor allem abgehen von der vorzeitigen Berufsfixierung der Schüler, ist der Tag in der Produktion immer zu Unrecht als „billiger Arbeitskräfteeinsatz" bezeichnet worden.

Theoretische Grundlagenarbeit an erster Stelle

Noch in früheren Jahren war in den letzten Klassen der Oberschule der Akzent wesentlich stärker auf die praktische Ausbildung der Schüler gerichtet. Die Zeiten, in denen der Erwerb der Hochschulreife mit dem Erwerb eines Facharbeiterbriefes verbunden war, sind jedoch längst vorbei. Man hat in der DDR erkannt, daß dies zu einer Vernachlässigung der theoretischen Basis führt, die die Qualität der Schulbildung erheblich beeinträchtigt. Es hat sich nicht als zweckmäßig erwiesen, der Schule Funktionen der Berufsausbildung zu übertragen. Die Folge war eine qualitative Veränderung der allgemeinbildenden Schule und eine relativ früh einsetzende berufliche Spezialisierung.

Heute stehen die theoretischen Grundlagen an erster Stelle, dagegen tritt die praktische manuelle Arbeit zurück. Die DDR versucht massiv, Kenntnisse über technische und ökonomische Prozesse auf der Grundlage ihres marxistisch-leninistischen Wissenschaftsbegriffes zum Bestandteil der Allgemeinbildung zu machen.

Neben den polytechnischen Oberschulen besteht noch eine Reihe von Spezialschulen, die den Nachwuchserfordernissen der Wirtschaft und Wissenschaft, des Sports und der Kultur Rechnung tragen sollen. Die Spezialschulen nehmen nur Schüler mit bestimmten, besonders ausgeprägten Begabungen auf. Sie bilden auf mathematischem oder sportlichem Gebiet eine besondere Elite aus und führen im allgemeinen zur Hochschulreife.

Das einheitliche Bildungssystem in der DDR hat dazu geführt, daß sich in den Institutionen der höheren Bildung die soziale Struktur der Bevölkerung reflektiert. In den fünfziger Jahren war die Herkunft aus der Klasse der Arbeiter und Bauern noch fast eine Voraussetzung für höhere Bildung. Heute sind die Bevölkerungsschichten entsprechend ihrem Anteil an der Gesamtbevölkerung an den Universitäten und Hochschulen vertreten. Die Schulleistungen geben gemeinsam mit dem Stand des gesellschaftlichen Bewußtseins den Ausschlag. Demgegenüber ist die soziale Herkunft in den Hintergrund gerückt.

Der Unterricht in der Schule der DDR steht ganz im Zeichen der politisch-ideologischen Erziehung. Gleichwohl wird gleichzeitig ein hohes Leistungsniveau angestrebt und wohl auch erreicht. Den Schülern werden neben den Inhalten der einzelnen Fächer zugleich auch Wertungen vermittelt. Hierin soll das marxistisch-pädagogische Prinzip der Einheit von Bildung und Erziehung im Unterricht zum Ausdruck kommen.

Bildung als Aspekt der pädagogischen Einwirkung auf die Persönlichkeitsentwicklung wird als Vermittlung von Wissen sowie Ausbildung von Fähigkeiten und Fertigkeiten des Lernens, Arbeitens und gesellschaftlich-sozialen Verhaltens verstanden; Erziehung dagegen als Ausbildung von Motiven, Einstellungen, Haltungen, Überzeugungen und komplexen Charaktereigenschaften.

„Ideologische Grundüberzeugungen emotional verfertigen"

Von besonderer Bedeutung für die staatsbürgerliche Erziehung und Bildung im Unterricht ist das Fach Staatsbürgerkunde und dessen fortwährende Koordination und Abstimmung mit dem Stoff der anderen Fächer. Darüber hinaus gibt der Staatsbürgerkunde-Unterricht den übrigen Fächern eine Orientierung, die fachspezifischen Möglichkeiten für die staatsbürgerliche Erziehung besser auszuschöpfen.

So heißt es in einem Beitrag der Zeitschrift „Pädagogik" von 1970:

> „In den gesellschafts-wissenschaftlichen Fächern wird den Schülern ein wissenschaftlich, ideologisch fundiertes und erzieherisch wirksames Geschichtsbild vermittelt. Sie erhalten das notwendige staatsbürgerliche Wissen und Können für die aktive Mitgestaltung unserer sozialistischen Demokratie sowie grundlegende Kenntnisse über die politisch-

ideologischen und moralischen Grundfragen unserer Zeit. Die literarisch künstlerischen Fächer helfen mit ihren spezifischen Mitteln, sozialistisches Lebensgefühl und sozialistische Lebensweise auszuprägen und so die ideologischen *Grundüberzeugungen* emotional zu verfestigen. Das Zusammenwirken der Fächer macht die ideologischen, politischen, kulturellen und moralischen Fragen für die Schüler persönlichkeitsrelevant und veranlaßt zu sozialistischem Denken, Fühlen und Handeln."

Mit Hilfe der im Geschichtsunterricht erworbenen und zu erwerbenden historischen Kenntnisse über die Geschichte der Arbeiterklasse und das Wirken ihrer Führer sollen z. B. die Schüler befähigt werden, aktuelle politische Ereignisse zu analysieren. Der Geographieunterricht beschäftigt sich in erster Linie mit den Staaten Osteuropas. Dadurch soll dem Schüler die Stärke des sozialistischen Blocks vor Augen geführt werden.

Auch der Musikunterricht dient durch die zu singenden Lieder der emotionalen Beeinflussung der Schüler. Kunst- und Deutschunterricht sollen Werke des sozialistischen Realismus in den Vordergrund ihrer Arbeit stellen. Unter sozialistischem Realismus versteht man mehr als die wahrheitsgetreue Widerspiegelung der Realität. Vielmehr soll die Wirklichkeit nicht nur abgebildet werden, wie sie erscheint, sondern ihr Wesen soll aufgedeckt werden. Die historisch-gesellschaftlichen Tendenzen, die in der Realität vorhanden sind, werden im Kunstwerk zum Ausdruck gebracht. Der realistische Sozialismus ist weniger Stil als vielmehr Methode. Durch Typisierung wird eine sinnvolle Auswahl und Verallgemeinerung der Lebenserscheinungen vorgenommen, so daß die Gesetzmäßigkeiten des Lebens bewußt gemacht werden. Auf diese Weise sollen die im Staatsbürgerkunde-Unterricht gewonnenen politisch-moralischen Einstellungen durch das richtige gesellschaftliche Verhältnis zur bildenden und erzählenden Kunst vertieft werden.

„Gestartet ist das Raumschiff Sojus drei – und ich bin stolz – wir waren auch dabei“

Gleichzeitig soll der Deutschunterricht auch von Hause aus weniger gebildete Kinder an die Lyrik heranführen. Lyrik wird als Kunstart verstanden, die in der Lage ist, rasch einen Gefühlsumschwung, eine gesellschaftliche Einsicht, vorzubereiten oder zu vollenden. Deshalb finden auch regelmäßig außerhalb der Schule literarische Wettbewerbe statt, zu denen die Schüler der Oberschulen mit Abiturabschluß aufgerufen werden. Im Bezirk Dresden gewann folgendes Gedicht in der Sparte „Gedicht- und Liedtexte“ den zweiten Preis:

> „Ich geh' mit Dir am Abend unter Sternen.
> Du legst den Arm um mich und schaust mich zärtlich an.
> Gemeinsam träumen wir von weiten Fernen.
> Die Nacht ist warm. Du küßt mich dann und wann.
>
> Am nächsten Morgen lese ich die Zeitung.
> Dort steht: Gestartet ist das Raumschiff Sojus drei
> Ich denk' an unsere Träume gestern abend.
> Und ich bin stolz. Wir war'n doch auch dabei.“

Auch im Bereich des mathematisch-naturwissenschaftlichen Unterrichts gilt es, eine Konzeption der staatsbürgerlichen Erziehung im Fachunterricht zu verwirklichen. Im Jahre 1969 veröffentlichte die Zeitschrift „Pädagogik“ dazu die folgenden Beispiele:

> „... Beim chemischen Gleichgewicht begreifen die Schüler dann, daß zwar über die Gesamtheit der reagierenden Teilchen, nicht aber über einzelne Teilchen, genaue Aussagen gemacht werden können. Im Biologie-Unterricht erkennen die Schüler schließlich, daß auch die Lebensvorgänge gesetzmäßig determiniertes Geschehen sind. Ein analoges Zusammenspiel der Fächer gibt es bei der Vermittlung politischer Überzeugung: z. B. Kernphy-

> sik – gesellschaftliche Verantwortung sozialistischer Wissenschaftler – militärische Sicherung der sozialistischen Staatengemeinschaft; Raumfahrt (Astronomie) – Meisterung der wissenschaftlich-technischen Revolution durch immer bessere Nutzung der Vorzüge des Sozialismus."

Ungeachtet der Vorrangstellung, die der staatsbürgerliche Unterricht und die Durchdringung aller anderen Fächer mit seinen Zielen genießt, soll auch das fachliche Wissen nicht zu kurz kommen. Dies in angemessener Weise auszubalancieren ist die Aufgabe des Lehrers. Dieser ist jedoch in jeder Stunde an inhaltlich detailliert festgelegte Stoffpläne gebunden, die für alle Schulen verbindlich sind. Der Ausgestaltung des Unterrichts und der Initiative des Lehrers sind dadurch enge Grenzen gesetzt. Ähnlich ist es mit den Schulbüchern. Es gibt in der DDR für jedes Fach und für jede Klasse nur ein offizielles Schulbuch. Dadurch wird der Unterricht in allen Teilen des Landes weitgehend normiert und standardisiert.

Schüler fühlen sich häufig agitiert

Offenbar wirft der politische Unterricht noch einige Probleme auf, die wohl darin begründet liegen, daß viele Lehrer agitieren, statt zu diskutieren. Der Beitrag einer Schuldirektorin auf dem VIII. Parteitag der SED im Jahre 1971 geht darauf näher ein:

> „Seit der ersten Klasse sind diese Schüler politisch erzogen. Für die meisten ist das so selbstverständlich, daß sie sich wundern, wenn wir ihnen dauernd den Sozialismus als Fortschritt der Menschheit darstellen. Sie fühlen sich über die Maßen agitiert, schalten ab nach dem Motto: Ich spüre die Absicht und bin verstimmt. Hinzu kommt, daß nicht alle Lehrer mit den Schülern der oberen Klassen politisch argumentieren können. Unsere Schüler wenden sich gegen Schlagworte, gegen

Schwarz-Weiß-Malerei, gegen unwissenschaftliche Verallgemeinerung. Sie fordern manchmal heraus, und diese Art der Opposition wird dann oft so aufgefaßt, als ob die betreffenden Schüler gegen den Sozialismus auftreten."

Auch Margot Honecker, Frau des SED-Chefs und Minister für Volksbildung, sah sich veranlaßt, die Lehrer dazu aufzufordern, ernsthaft zu prüfen, ob sie der gewachsenen Reife, dem konstruktiv-kritischen Denken der Jugend genügend Rechnung tragen.

In der Schule wird angestrebt, die konfliktlose, gleichgültige Vermittlung fertiger Wahrheiten durch die Problemdarstellung zu ersetzen, die für den Schüler den emotionalen Anreiz zur Lösung bietet. Auch hier finden wir wieder das Moment der Aufgabenstellung, die für die Jugendlichen überschaubar und abrechenbar sein muß, um den Ehrgeiz zur Bewältigung des Problems zu wecken.

Gleiche Leistungen unterschiedlich bewertet

Natürlich werden auch in der DDR die Schülerleistungen mittels Zensuren bewertet. Objektive Benotungskriterien werden aber nur als Hilfsmittel verstanden für eine persönlichkeitsorientierte Beurteilung. Im Vordergrund steht die pädagogische Bewertung der Schülerleistung, die der personellen Selbstentwicklung des Schülers zu dienen hat. In der Konsequenz bedeutet dies, daß die Zensuren dazu dienen sollen, die Schüler zu höherer Leistung anzuspornen, wobei es ruhig vorkommen darf, daß annähernd gleiche Leistungen auf Grund der Schülerpersönlichkeit unterschiedlich bewertet werden.

Auf allen Stufen finden in der Schule Wettbewerbe und Leistungsvergleiche statt, die die Schüler ständig zu verstärktem Bemühen anhalten. Es gibt dabei kaum Jugendliche, die sich verweigern und einfach nicht mitmachen, da man sich eingebunden fühlt in das Klassenkollektiv. Die Jugend scheint in der DDR lernwilliger zu sein als in der BRD. Gründe dafür sind neben dem Ansporn auch das Gefühl, durch Bildungs- und Ausbildungsmöglichkeiten eine echte Chance erhalten zu haben, die man nutzen will, um seinen Platz in der Gesellschaft einnehmen zu können. Wer etwas kann und politisch zuverlässig ist, wird gebraucht, und wer gebraucht wird, kann mit einer Besserstellung in vielerlei Hinsicht rechnen. Die Motivation zum Lernen und Arbeiten entsteht aber auch aus dem Anspruch, den der Staat an den einzelnen stellt, seinen Teil zum Aufbau und zur Weiterentwicklung des Sozialismus beizutragen.

Die Herstellung der vollen Gleichberechtigung zwischen Mann und Frau ist ein weiteres Ziel der Schule. Noch dominiert allerdings auch in der DDR das Leitbild, daß die Betreuung der Familie und die Erziehung der Kinder im allgemeinen der Mutter obliegen. Dieses überkommene Leitbild wirkt sich dahingehend aus, daß sich die Mädchen und Frauen in der Regel weniger beruflich qualifizieren und am gesellschaftlichen Leben teilnehmen als der männliche Teil der Bevölkerung.

Technisches Interesse der Mädchen wird gefördert

Vielfach ist die kindliche Erziehung auch so angelegt, daß bei den Mädchen soziale Interessen und Handlungsweisen im Vordergrund stehen. So beabsichtigen nach einer in der DDR durchgeführten Untersuchung drei Viertel der Jungen, aber nur ein Sechstel der Mädchen, einen technischen Beruf zu ergreifen. Bei einem weiteren Sechstel der weiblichen Jugendlichen besteht durchaus Interesse an technischen Berufen und damit ein gewisses Reservoir. Um dieses Reservoir zu nutzen, müßten die technischen Interessen von Mädchen früher geweckt und geeigneter gefördert werden. Deshalb ist es Aufgabe der Schule, die technischen Interessen der Mädchen bewußt zu entwickeln und ihre Berufswünsche so zu lenken,

Zukünftige Metallurgielaboranten entwickeln eine Methode zur Schnellbestimmung der Schrottqualität im volkseigenen Edelstahlwerk Freital

daß die Frauen in Zukunft eine den Männern ebenbürtige Stellung in der Produktion einnehmen.

Vordringliches Ziel ist der hochqualifizierte Facharbeiter

Die Durchlässigkeit des DDR-Schulsystems darf allerdings nicht falsch verstanden werden. Die Tatsache, daß erst nach dem Abschluß der 10. Klasse darüber entschieden wird, wer das Abitur machen darf, verführt vielfach zu der Annahme, es sollten möglichst viele Akademiker ausgebildet werden. Zwar sollen die Studentenzahlen weiterhin gesteigert werden, doch steht die Aufnahme möglichst vieler Schüler in die Universität durchaus nicht im Vordergrund der Schulpolitik. Zu diesem Problem nahm Margot Honecker auf dem VIII. Parteitag Stellung:

> „Die Tatsache, daß unsere Schulen in erster Linie den hochqualifizierten Facharbeiternachwuchs vorzubereiten haben, muß mehr in das Blickfeld unserer Arbeit rücken. Manche Formulierung unserer Propaganda, beeinflußt von nicht ganz realistischen Prognosen, erweckte den Eindruck, als müßte unsere Schule in erster Linie auf das Studium an den Hoch- und Fachschulen vorbereiten. Die unzweifelbaren Veränderungen des Charakters der Arbeit dürfen nicht so ausgelegt werden, als ob jeder Absolvent der Schule ein Studium aufnehmen müßte."

Mit der breit angelegten allgemein bildenden Funktion der zehnklassigen Einheitsschule soll vielmehr die Grundlage für die in der modernen Industriegesellschaft notwendige Mobilität und Disponibilität des Berufstätigen geschaffen werden.

Chancengleichheit durch Durchlässigkeit

Die Beurteilung der Schule in der DDR muß also differenziert erfolgen. Die massive ideologische Beeinflussung der Schüler darf nicht über den hohen Leistungsstand der Schüler hinwegtäuschen. Die Durchlässigkeit des Systems stellt die Chancengleichheit her und bietet jedem die Möglichkeit zum Bildungsaufstieg, der sich fachlich und gesellschaftlich qualifiziert hat. Zur Durchlässigkeit trägt auch die Einheitlichkeit des Bildungssystems bei. In der DDR spiegelt die soziale Herkunft derjenigen Jugendlichen, die höhere Bildungsstufen erreichen, annähernd die soziale Struktur der Bevölkerung wider. Lehrermangel in den Ausmaßen der Bundesrepublik kennt die DDR nicht, wobei allerdings zu berücksichtigen ist, daß die Ausbildung der Lehrer kürzer und für die Grundstufe weniger qualifiziert ist. Vieles im Bildungssystem der DDR ist fortschrittlich, wenngleich die einheitliche politische Ausrichtung gemäß dem Selbstverständnis der pluralistischen Demokratie sicherlich nicht auf die Schule in der Bundesrepublik übertragen werden könnte oder sollte.

Im Beruf

> „Die entscheidende Kraft der jungen Generation ist die Arbeiterjugend als Teil und Nachwuchs der führenden Klasse unserer Gesellschaft. Die Arbeiterjugend gehört zur Arbeiterklasse, und diese war, ist und bleibt die Hauptproduktivkraft der Gesellschaft. Ihr revolutionärer Geist, ihre Diszipliniertheit und Organisiertheit, ihr kollektivbildender Gemeinschaftssinn sind entscheidend für ihre führende Stellung im System der sozialistischen Gesellschaft. Deshalb gehört der Arbeiterjugend unsere Hauptaufmerksamkeit."

Entsprechend diesen Worten des FDJ-Chefs Günther Jahn wird die Jugend in den Betrieben und der Landwirtschaft nach Kräften gefördert und unter optimalen Bedingungen ausgebildet. Zwei Einschränkungen müssen allerdings gemacht werden, die an anderer Stelle bereits erwähnt sind. Auch das Angebot des beruflichen Aufstiegs ist an das entsprechende gesellschaftliche Bewußtsein gebunden. Zudem endet die Förderung der Jugend dort, wo die volkswirtschaftlichen Notwendigkeiten anfangen. Das bedeutet, daß die planerische Berufslenkung dem Gedanken der unumschränkten Förderung des Jugendlichen entgegensteht.

Bereits an anderer Stelle ist auf das in der DDR eingeführte System der Grundberufe eingegangen worden. Träger der Berufsausbildung sind auch in der DDR die Berufsschulen zusammen mit den Betrieben. Allerdings geht die Entwicklung in der DDR weg von der Dualität der Berufsausbildung. Es wird eine Vereinigung schulischer und betrieblicher Ausbildung angestrebt. Diese Integration findet ihre bisher effektivste Verwirklichung in den Betriebs-Berufsschulen, die in Großbetrieben eingerichtet werden. Auch in der Bundesrepublik kennt man die betriebseigene Werkberufsschule. Während ihr Anteil an der Gesamtzahl der Berufsschulen aber 1,3 % nicht überschreitet, liegt er in der DDR bei 58 %.

Schwergewicht Berufsschularbeit

In der DDR beträgt die Ausbildungszeit in der Berufsschule im 1. Lehrjahr etwa die Hälfte, im 2. und 3. Lehrjahr jeweils etwa ein Drittel der Ausbildungszeit. Das sind im ersten Lehrjahr jeweils zwei Tage. Insgesamt verbringt der Lehrling in der DDR fast 40 % der Ausbildungszeit in der Berufsschule, fast doppelt so viel wie sein Kollege in der BRD. Die Betonung der Berufsschularbeit deutet an, wieviel Gewicht die DDR auf die Vermittlung theoretischer Grundkenntnisse in der Berufsausbildung legt, da man langfristig steigende Qualitätsanforderungen in den Berufen erwartet.

Die DDR unterscheidet vier Berufsschularten:
die kommunale Berufsschule,
die Zentralberufsschule,
die Betriebsberufsschule,
die Medizinische Schule.

Die Berufsschule herkömmlicher Art, die von den örtlichen Organen geleitet wird, ist noch einmal in gewerbliche, kaufmännische, landwirtschaftliche und allgemeine Berufsschule unterteilt. In den kommunalen Berufsschulen werden der berufstheoretische Unterricht in Zusammenarbeit mit den Betrieben und der allgemeinbildende Unterricht erteilt.

Die Zentralberufsschulen sind für diejenigen Jugendlichen zuständig, die einen seltenen Beruf erwählt haben. Die örtlichen Berufsschulen schicken Lehrlinge, deren Ausbildung ihnen nicht möglich ist, auf die Zentralberufsschule des Kreises.

In der Regel leben sie dann in einem Lehrlingswohnheim, das der Zentralberufsschule angeschlossen ist.

Über die Betriebsberufsschulen und ihren Zweck ist bereits gesprochen worden. Die Betriebsberufsschule untersteht dem Leiter des zuständigen Betriebes, wird aber auch von einem Berufsschulinspektor kontrolliert. Die Gesamtverantwortung für die Arbeit der Schule trägt der Betriebsleiter gegenüber den vorgesetzten Dienststellen.

Praktisch eine Weiterentwicklung der Betriebsberufsschule sind die Abiturklassen in den Einrichtungen der Berufsausbildung. In dreijähriger Ausbildung erwerben die Schüler nicht nur das Abitur, sondern auch einen Facharbeiterbrief. Die Vorteile dieser Verbindung zwischen theoretischem Lernen und praktischer Arbeit liegen auf der Hand. Der durch das Abitur hochqualifizierte Facharbeiter kann dem Betrieb fast genauso nützlich sein wie der Diplom-Ingenieur, der mit dem Facharbeiterbrief ein Verständnis für den praktischen Betriebsablauf erworben hat.

In den Medizinischen Schulen findet die Ausbildung für die mittleren medizinischen Berufe statt wie etwa Krankenschwester und -pfleger, medizinisch-technische Assistentin etc.

Die berufliche Ausbildung in der Landwirtschaft steht unter dem Motto: „Meistert die moderne Technik". Im Vordergrund steht weiterhin das Ziel, die Bodenfruchtbarkeit zu steigern. In der Landwirtschaft besteht die Möglichkeit, 26 Berufe zu erlernen. Dazu gehören u. a. die Traktoren- und Landmaschinenschlosser, die Rinder- und Schweinezüchter und gewissermaßen als All-round-Könner die Agrotechniker. Letztere müssen alle Gebiete der Feldwirtschaft beherrschen.

Die seit 1967 durchgeführten Lager für Arbeit und Erholung kommen voll der Landwirtschaft zugute. Diese Lager stellen eine Institution der Feriengestaltung dar, in denen Freizeit bei Spiel und Sport, ideologische und praktische Arbeit verbunden werden. 1037 solcher Lager haben bis 1970 stattgefunden. 137 300 Jugendliche erarbeiteten eine Bauleistung von 155 Millionen Mark.

Höchstleistungen über sozialistische Wettbewerbe

Früh werden die Lehrlinge daran gewöhnt, sich am sozialistischen Wettbewerb zu beteiligen. Offenbar ist es aber noch nicht gelungen, alle Jugendlichen für diese Variante zur Erzielung von Höchstleistungen zu gewinnen, denn Günther Jahn mußte auf dem IX. FDJ-Parlament konstatieren:

> „Aber noch nicht alle Lehrlinge wurden mit den neuen Prinzipien zur lebendigen und jugendgemäßen Führung des Berufswettbewerbs vertraut gemacht. Das Führungsproblem besteht darin, unsere Facharbeiter von morgen auf der Grundlage eigener Verpflichtungen zum jugendlichen Wetteifern um Höchstleistungen ... anzuregen und konkret zu organisieren."

Zu diesem Zweck wird jährlich gemeinsam vom Zentralrat der FDJ und dem Bundesvorstand des FDGB ein Lehrjahresauftrag erteilt. Wer hier am besten abschneidet, wird mit der vom Ministerrat beschlossenen „Karl-Liebknecht-Medaille" ausgezeichnet, die 334 Lehrlingen bereits verliehen wurde. Gleichzeitig wird der Titel „Vorbildliches Lehrlingskollektiv im sozialistischen Berufswettbewerb" vergeben. Als Ziel wird angestrebt, die Organisationen von Leistungsvergleichen zu einer Massenbewegung zu entwickeln.

Die Ideologie des Miteigentums

Das Verhältnis der Jugendlichen zur Arbeit und zu ihrem Betrieb kann nicht getrennt gesehen werden von den ökonomischen Verhältnissen in der DDR. Auf Grund der Tatsache, daß bis auf wenige Kleinbetriebe die produzierende Wirtschaft verstaatlicht ist, werden die Jugendlichen schon früh dazu angehalten, sich als Miteigentümer der Produktionsmittel zu betrachten. Wer Miteigentümer ist, hat auch das Recht und die Pflicht, die Produktionsmittel mit zu verwalten, zu vermehren, die Beziehungen der Menschen im Produktions-

Plakatständer auf der Karl-Marx-Allee in Ost-Berlin

prozeß mitzugestalten und die Entwicklung des Betriebes und darüber hinaus auch der Volkswirtschaft mitzuplanen. Dies ist ein Grundsatz der Mitverantwortung im Betrieb, aber auch der Mitbestimmung.

Aus der Stellung als Miteigentümer ergibt sich die besondere Verpflichtung, sich an die Gebote der sozialistischen Moral zu halten, fleißig und ordentlich zu arbeiten und in seinem gesamten Verhalten den Normen der sozialistischen Moral zu entsprechen. Aber auch das sozialistische System kann nicht ganz auf den materiellen Anreiz zur Leistung verzichten. Für besondere hervorragende Arbeit werden nicht nur Medaillen verliehen oder Titel vergeben; es werden auch Prämien gezahlt.

Besonders von der Jugend wird auch im Betrieb verlangt, daß sie auch hier nicht nur mitmacht, sondern Schrittmacher ist. Dafür winken Ehrungen und beruflicher Aufstieg, dennoch sollte jeder Jugendliche die Teilnahme am sozialistischen Wettbewerb nicht vorrangig aus Motiven des persönlichen Ehrgeizes heraus betreiben.

Ziel des sozialistischen Wettbewerbs ist die Erfüllung oder gar Übererfüllung des Betriebsplanes. In der DDR entfaltet sich die Wirtschaft nicht durch freien Wettbewerb. Alles wirtschaftliche Handeln ist planerisch gelenkt. Die Erfüllung des Betriebsplanes trägt zur Erfüllung des Jahresplanes der Volkswirtschaft bei. Die Schwächen des Plansystems liegen darin begründet, daß die einzelnen Branchen-, Territorial- und Betriebspläne wie Zahnräder ineinandergreifen. Fällt ein Zahnrad aus, so müssen auch die anderen notwendigerweise anhalten. Andererseits vermeidet ein funktionierendes planwirtschaftliches System die Überproduktion und die Produktion nicht benötigter Güter. Die Praxis hat aber gezeigt, daß dieses Ziel bisher nicht erreicht wurde, sondern daß es im Gegenteil immer wieder zu kostspieligen Fehlproduktionen gekommen ist.

Kollektiv als Mittelpunkt

Innerhalb des Systems der Planwirtschaft kommt der Jugend eine wichtige Aufgabe zu. Sie soll die Älteren immer wieder durch vorbildliche Arbeit anspornen. Die verpflichtende Gemeinsamkeit der Gruppe läßt auch hier das Kollektiv als die geeignetste Organisationsform zur Erzielung von Höchstleistungen erscheinen.

Deshalb wird auch konsequent versucht, die jugendlichen Arbeiter und Lehrlinge in Jugendkollektiven zusammenzuschließen. Neben der Erzielung hoher Arbeitserfolge sollen die Kollektive auch die gesellschaftliche Erziehung in die Hand nehmen. Vielfach wird den Jugendlichen auch ein Jugendbereich im Betrieb übergeben, den sie eigenverantwortlich zu leiten haben.

Das Jugendkollektiv soll der entscheidende Ort sein, an dem sich unter entsprechender Leitung von erfahrenen Kollegen bei den einzelnen Jugendlichen sozialistischer Kollektivgeist, gesellschaftliches Verantwortungsbewußtsein und Liebe zur Arbeit heranbilden. Sie sind gedacht als Stätten der

„massenhaften Entwicklung sozialistischer Persönlichkeiten“. In diese Richtung können sich die Jugendkollektive allerdings nur entwickeln, wenn bei der Bildung des Kollektivs eine gründliche ideologische Schulung stattgefunden hat, die auch weiterhin den Weg des Kollektivs begleitet. Auf der Grundlage der theoretisch-ideologischen, auf Überzeugung und Wissen gegründeten Triebkräfte in den Jugendkollektiven soll eine persönliche Motivation geweckt werden, die das persönliche Interesse des einzelnen mit den Interessen der Gesellschaft in Übereinstimmung bringt.

Das Jugendkollektiv wird als ein wichtiger Angelpunkt gesehen, von dem aus die Jugendlichen in einem entscheidenden Stadium ihres Lebens für eine positive Einstellung zu ihrem Staat und zu Höchstleistungen bei der Arbeit gewonnen werden können. Konkrete Aufgaben, die eine Herausforderung an den einzelnen Jugendlichen darstellen, helfen ihm vielfach, die Zweifel an dem Wert seines Platzes in der Gesellschaft zu überwinden. Es wird versucht, schon den Lehrlingen in dieser Hinsicht das richtige Bewußtsein zu vermitteln, damit nach Abschluß ihrer Lehre ein nahtloser Übergang in die volle Produktion möglich ist.

In den Jugendbrigaden finden die Jungarbeiter viele Bewährungsmöglichkeiten, die den späteren Aufstieg vorbereiten können. Die Zusammenarbeit mit Gleichaltrigen erhöht den Stolz auf das gemeinsam Geleistete. An die besten Jugendbrigaden wird der Titel „Kollektiv der sozialistischen Arbeit“ verliehen. Ihn kann nur erringen, wer hohe Produktionsleistungen erzielt, den sozialistischen Wettbewerb mit anderen Kollektiven über einen längeren Zeitraum hinweg führt und sich verpflichtet, sozialistisch zu arbeiten, zu lernen und zu leben.

Viele Jugendliche versuchen, der Eingliederung in ein Jugendkollektiv aus dem Wege zu gehen. Sie scheuen die erhöhten Arbeitsanforderungen und sind nicht interessiert, irgendwelche Titel zu gewinnen. Dies widerspricht der sozialistischen Arbeitsmoral, die von den Jugendlichen verlangt, eine innere Verpflichtung zur Arbeit zu fühlen und die Verantwortung gegenüber dem Betrieb ernstzunehmen. Die FDJ wirbt deshalb energisch für den Eintritt in die Jugendkollektive und kann auch bereits auf beachtliche Erfolge verweisen. Im Zeitraum von 1967 bis 1970 stieg die Anzahl der Jugendkollektive von 6 500 auf fast 12 000, die Zahl ihrer Mitglieder von 80 500 auf fast 155 000.

Erfolgserlebnis im Kollektiv

Auch in der Arbeit der Jugendkollektive taucht der Begriff der abrechenbaren Aufgabe auf. Es wird scharf kritisiert, wenn Betriebe Jugendbrigaden bilden, ohne sie in ihrer weiteren Arbeit zu unterstützen. Das Erfolgserlebnis nach Erfüllung einer gemeinsam geleisteten Arbeit schafft dem einzelnen Brigademitglied persönliche Befriedigung, sorgt für den engen Zusammenhalt des Kollektivs und ist Ansporn zugleich.

Von den Jugendbrigaden wird erwartet, daß sie nicht nur hohe Produktionsleistungen erbringen, sondern stets nach hoher Rentabilität streben. Sie werden angehalten, „Haushaltsbücher" zu führen, die die vorgegebenen Kosten den tatsächlich entstandenen Kosten gegenüberstellen.

Ständige Weiterbildung ist eine weitere Forderung, – zugleich aber auch eine zusätzliche Möglichkeit – an die Mitglieder der Jugendbrigaden. Die Qualifizierung der Mitglieder von Jugendkollektiven muß deshalb darauf gerichtet sein, die erforderlichen naturwissenschaftlichen, technischen und ökonomischen Kenntnisse zu erwerben, um die Technologie von morgen zu beherrschen. Natürlich gehört dazu auch die weitere ideologische Schulung, denn nach marxistischer Lehre bestimmen die ideologisch-theoretischen Triebkräfte entscheidend das Tempo des gesellschaftlichen Fortschritts.

Jugendobjekte

Eine Fortentwicklung der Arbeit im Jugendkollektiv stellt das Jugendobjekt dar. In den Jugendobjekten wird jungen

Arbeitern, Technikern und Ingenieuren eine ganz konkrete Aufgabe gestellt, die sie im Kollektiv zu lösen haben. Zu ersten größeren Jugendobjekten wurden z. B. der Aufbau des Erdölverarbeitungswerkes Schwedt und des Chemiegiganten Leuna II erklärt. Die Einrichtung von Jugendobjekten ist in § 4 des Jugendgesetzes geregelt:

(1) Der Ministerrat der DDR kann der Jugend Objekte übertragen, die für die Lösung von Schwerpunktaufgaben, besonders in den führenden Zweigen der Volkswirtschaft, bedeutsam sind ...

(2) Die Leiter der zentralen und örtlichen Organe können der Jugend gleichfalls Jugendobjekte übergeben ...

Die Jugendlichen werden an entscheidenden Stellen der Leitung eines Jugendobjektes eingesetzt. Hier ergeben sich schon in jungen Jahren vielfältige Möglichkeiten, eigenverantwortlich und selbständig tätig zu sein. Das gesamte Projekt wird vorher gründlich mit den Jugendlichen beraten. Sie sollen von der Planung bis zur Vollendung in erster Linie verantwortlich für die Durchführung des Jugendobjektes sein.

Zur Zeit ist der Bau des Kernkraftwerkes Nord als zentrales Jugendobjekt ausgestaltet. Weitere Jugendobjekte sind etwa der Aufbau des neuen Stadtteils Jena-Neulobeda, der Aufbau eines automatisierten Betriebes im Fritz-Heckert-Kombinat im Bezirk Karl-Marx-Stadt und der Aufbau eines neuen Betriebsteils im Kombinat „Robotron“ im Bezirk Dresden.

In der Landwirtschaft übernehmen die Jugendlichen große Maschinen und Anlagen als Jugendobjekte. Auch die Erhöhung der Bodenfruchtbarkeit in einem bestimmten Gebiet kann zum Jugendobjekt erklärt werden.

Um die Jugendlichen nach Abschluß der Schule als Arbeitskräfte in der Landwirtschaft zu behalten, unternehmen besonders die Genossenschaften erhebliche Anstrengungen, um den Jugendlichen schon früh in die gesellschaftliche Arbeit einzubeziehen. Das bedeutet die Übernahme von Verantwortung über die Tätigkeit in einer Jugendbrigade oder einem

Jugendobjekt hinaus. Besonderer Wert wird bei den in einer LPG tätigen Jugendlichen auf eine leistungsgerechte Entlohnung gelegt. Vielfach stößt die Bevorzugung der Jugend bei den älteren Genossenschaftsmitgliedern auf Ablehnung. Dies führt zu Ressentiments, die wiederum die Jugendlichen von der Arbeit in der Landwirtschaft abschrecken. In den letzten Jahren hat sich allerdings die Zahl der landwirtschaftlichen Jugendbrigaden und -objekte erheblich vergrößert. Insbesondere ist ihr prozentualer Anteil an der kollektiven Arbeit der Jugendlichen stark angestiegen. Mit der zunehmenden Technisierung der Landwirtschaft und der verstärkten Einführung wissenschaftlicher Methoden in der Vieh- und Pflanzenzucht konnten auch immer mehr Jugendliche zum Bleiben auf dem Lande bewegt werden.

Selbst in der Verwaltung gibt es Jugendobjekte. Im Mittelpunkt dieser Objekte stehen konkrete Aufgaben, rationelle Methoden in der Verwaltungsarbeit zu erproben und durchzusetzen. So beschäftigen sich etwa die Jugendlichen im Bezirkswirtschaftsrat Cottbus im Rahmen eines Jugendobjektes damit, zu erforschen, wie man für die Aufstellung und Abrechnung der Pläne sowie für die genaue Errechnung und Analyse der Kostenstruktur in der Industrie des Bezirks das in Cottbus vorhandene Rechenzentrum nutzen könnte.

Die Jugendobjekte genießen nicht nur wegen der persönlichkeitsbildenden Wirkung auf die Jugendlichen eine so hohe Wertschätzung in der DDR. Der Appell an die jugendliche Leistungsfähigkeit sowie die Aussicht auf schnellen Aufstieg durch Bewährung in einem Jugendobjekt trägt in großem Ausmaß zur Erhöhung der Arbeitsproduktivität bei. Die geltenden Arbeitsnormen werden oft weit übertroffen. Bei dem Mitte der sechziger Jahre größten Jugendobjekt der DDR, dem Aufbau der Chemiearbeiterstadt Halle-West, lag die Bauzeit pro Wohnungseinheit 20 % unter den damals gültigen Bauzeitnormen. Solche Ergebnisse führen häufig dazu, daß die Anforderungen zur Erfüllung der Norm für alle erhöht werden. Bei manchen Jugendobjekten kam es deshalb zu der unerwünschten Begleiterscheinung, daß die älteren Arbeiter Stellung bezogen gegen die Jugendobjekte. Die Heraufsetzung der Norm führt für den, der nicht über ein gewisses Maß hinaus arbeiten kann oder will, zur Verschlechterung seines Einkommens. So wollen es viele Arbeiter nicht hinnehmen, daß eine Gruppe ehrgeiziger Jugendlicher Lohnsenkungen verursacht.

Die Bewegung der „Jungen Neuerer"

Wichtiger Bestandteil der Arbeit Jugendlicher in den Betrieben ist die Bewegung der „Jungen Neuerer, Erfinder und Rationalisatoren". Man hat in der DDR erkannt, daß Jugendliche zu wissenschaftlich-technischen Höchstleistungen in der Lage sind, die von erheblichem volkswirtschaftlichem Nutzen sein können.

Deshalb wird die Neuerertätigkeit sorgfältig geplant und gründlich organisiert. Besondere ständige Förderung erhält die kollektive Arbeit. Gefordert wird auch eine schnelle Realisierung der erarbeiteten Lösungen sowie die bewußte Nutzung der Triebkräfte der schöpferischen Arbeit, sinnvolle materielle und ideelle Anerkennung der Leistungen und ständige zielstrebige Qualifizierung der Neuerer.

Die Neuerertätigkeit hat zwei Schwerpunkte:

die Vervollkommnung, Veränderung und rationelle Ausnutzung der bereits vorhandenen Technik, Technologie und Organisation des Betriebes;

die aktive Mitarbeit bei der Entwicklung, Konstruktion und industrieellen Anwendung qualitativ neuer Verfahren und Erzeugnisse.

Die Neuerertätigkeit ist zu einer bedeutenden Quelle volkswirtschaftlichen Einkommens geworden. Durch Neukonstruktionen und Rationalisierung gelangen in vielen Betrieben Einsparungen in Höhe von Millionen Mark. Es ist deshalb kein Wunder, daß der Staat und die Wirtschaft die Neuererbewegung nicht ganz uneigennützig fördert. Natürlich besteht für die Jugendlichen, die sich mit wissenschaftli-

„MMM"-Messe der Meister von Morgen, auf der jährlich die besten Arbeiten der Jugendlichen ausgestellt werden

chen oder technischen Leistungen auszeichnen, eine verstärkte Möglichkeit zum beruflichen Aufstieg.

MMM

Leistungsschau der jungen Neuerer und Rationalisatoren ist die „Messe der Meister von morgen" (MMM). Sie ist von unten nach oben gegliedert. Der Weg einer wissenschaftlichen oder technischen Arbeit eines jungen Neuerers führt über die Betriebs-, Kreis- und Bezirksmesse zur zentralen Messe, auf der als Höhepunkt die besten Arbeiten gezeigt werden. Sie findet in der Regel parallel zur Leipziger Herbstmesse statt. Der Prestigegewinn für den Jugendlichen, der hier seine Arbeit ausstellen darf, ist erheblich. Schwerpunkt der MMM ist nicht die Abstrakte wissenschaftliche Arbeit, sondern der Bereich der täglichen praktischen Tätigkeit der Jugendlichen. Die Messen sind verbunden mit Berichten über den Stand der zur Bildung und Förderung der Jugendlichen geleisteten Arbeit. Auf Jugendforen, Neuererkonferenzen und in Vorträgen werden Erfahrungen untereinander und mit führenden Fachleuten aus Wirtschaft und Technik ausgetauscht, und über die neuesten technischen und wissenschaftlichen Entwicklungen wird berichtet.

In Auswertung der Messen sollen auch Maßnahmen zur Förderung der erfolgreichen Aussteller festgelegt werden. Das können die vorzeitige Zulassung zur Facharbeiterprüfung oder die Delegierung an eine Fach- bzw. Ingenieurschule oder an eine Universität sein. Aber auch der Einsatz als Assistent bei Werksleitern oder technischen Leitern kommt in Frage.

Landjugend hinkt nach

Weiterhin dienen die MMM der beschleunigten Auswertung und Nutzung der Exponate. Wirtschaftsfunktionäre prüfen jedes Ausstellungsstück und entscheiden, ob es sich lohnt, die Entwicklung bis zur Produktionsreife weiterzuführen. Meistens ist ein großer Teil der ausgestellten Arbeiten bereits in der betrieblichen Nutzung bzw. in der Produktion. Der volkswirtschaftliche Nutzen ist dementsprechend hoch. Einzige Schwäche der MMM ist die geringe und qualitativ noch nicht zufriedenstellende Beteiligung der Landjugend.

Dem Kampf um möglichst rationellen Einsatz und effektive Verwendung von Roh- und Werkstoffen und Materialien sowie dem Kampf gegen die Verschwendung materieller und finanzieller Mittel dienen die Aktionen *„Materialökonomie“*. Sie sind ein Teil der MMM-Bewegung und ein Schwerpunkt in der Tätigkeit der FDJ-Kontrollposten in den Betrieben.

Die *FDJ-Kontrollposten* sind ein Teil der *Arbeiter- und Bauern-Inspektionen* (ABI). Die ABI wurden eingerichtet, um für die Durchsetzung des wissenschaftlich-technischen

Höchststandes, für neue Arbeitsmethoden und Verbesserungsvorschläge sowie gegen Gleichgültigkeit, Schlendrian, Bürokratismus und Verschwendung zu kämpfen. Bei der Erfüllung ihrer Aufgaben haben sie weitreichende Befugnisse. Innerhalb einer Betriebskommission ist der Leiter des Kontrollpostenstabes der zuständigen FDJ-Grundorganisation stets der Stellvertreter des ABI-Leiters. Der Widerstand in der Arbeiterschaft gegen diese Art der Leistungskontrolle war anfänglich nicht gering. Auch von seiten der Betriebsleitungen erhoben sich Einwände, nachdem ermittelt worden war, daß der Produktionsausfall durch die fehlende Arbeiterkraft der Kontrollposten höher war als der erzielte Nutzen. Dennoch hat sich diese Einrichtung unter Beteiligung der FDJ durchgesetzt.

Immerhin haben die Aktionen „Materialökonomie“ 1970 und 1971 insgesamt einen volkswirtschaftlichen Nutzen von 1,2 Milliarden Mark erbracht. Die Aktionen wurden von insgesamt etwa 20 000 FDJ-Mitgliedern durchgeführt. Entsprechend der gegenwärtigen angespannten Lage der DDR-Wirtschaft ergeht immer wieder von neuem der Aufruf, Material zu sparen und den Energieverbrauch zu senken. Die Kontrollposten der FDJ werden als Ausdruck der Tatsache gewertet, daß die Jugend im sozialistischen System Eigentümerfunktionen in den nun der Gesellschaft gehörenden Betrieben übernehmen soll.

Wie bereits häufig erwähnt, werden den Jugendlichen in den Betrieben vielfältige Möglichkeiten der Qualifizierung und damit zum beruflichen Aufstieg geboten. Es sei hier noch einmal darauf hingewiesen, daß jeder Schritt vorwärts im Beruf nur bei einer den angemessenen Bewußtseinsstand reflektierenden gesellschaftlichen Aktivität möglich wird.

Grundsätzlich führt der Weg des ungelernten Arbeiters zum Führungsnachwuchs über neun Qualifizierungsstufen. Der organische Aufbau der abschnittsweisen Ausbildung ermöglicht die Weiterbildung im nächst höheren Ausbildungsabschnitt ohne größere Schwierigkeiten. Die Ausbildungsabschnitte passen fugenlos aneinander.

Nach der Ausbildung zum Facharbeiter und weiteren Bildungsmaßnahmen kann durch ein Abend- oder Fernstudium an einer Betriebs- bzw. Dorfakademie oder einer Ingenieurschule die Qualifizierung zum Meister erreicht werden. Weiteres Lernen qualifiziert zum Techniker, woran der Besuch einer Fach- bzw. Ingenieurschule angeschlossen werden kann. Wer diese erfolgreich absolviert hat, kann zum Hochschulstudium zugelassen werden und erhält damit Zutritt in die Staats- und Wirtschaftshierarchie.

Das Fernstudium ist immer noch im Kommen

Besonders das Fernstudium ist in der DDR zu einem erstrangigen Mittel zur Weiterbildung entwickelt worden. 21,9 % aller Hochschulabsolventen waren im Jahre 1969 über das Fernstudium zum Hochschulabschluß gekommen. Unter den Fachschülern waren es sogar 39,9 %.

Das Fernstudium ist in der DDR neben dem Direkt- und dem Abendstudium gleichberechtigt anerkannt. Der Anteil der Frauen ist jeweils erheblich niedriger als am Direktstudium, aber höher als im Abendstudium. Dies kennzeichnet die familiäre Situation in der DDR, in der die Frau immer noch den Hauptteil der Hausaufgaben übernimmt, aber bereits einen höheren Grad der Emanzipation erreicht hat, als in der Bundesrepublik.

Das Fernstudium gibt auch denjenigen Berufstätigen die Möglichkeit zur Weiterbildung, die nicht die Gelegenheit zum Direktstudium haben. Dies gilt auch und besonders für junge Arbeiter. Es setzt das selbständige Durcharbeiten der Lehrbriefe und Lehrbücher voraus. Regelmäßig werden Kontrollarbeiten geschrieben. Direkter Unterricht findet in Seminarkursen, Seminaren, Übungen und schließlich Praktika und Prüfungstagungen statt.

Der direkte Unterricht wird durch einen zusätzlich bezahlten Urlaub von mehreren Wochen in jedem Jahr ermöglicht. Zur Vorbereitung und Ablegung der Examina sind die Fernstudenten für eine bestimmte Dauer von der Arbeit freizustellen.

Die Betriebe sind sehr daran interessiert, daß ihre jungen Facharbeiter sich laufend für höhere Aufgaben qualifizieren. In einigen Großbetrieben werden sogar jährliche Quoten festgelegt, deren Ausfüllung mit lern- und bildungswilligen Arbeitern angestrebt wird.

Außenseiter sind unerwünscht

Insgesamt gesehen kann der arbeitende Jugendliche in der DDR mit seiner Situation zufrieden sein. Dies gilt jedenfalls solange, wie er nicht in Opposition zum Staat und der ihn tragenden Partei steht. Ihm wird eine Vielzahl von Möglichkeiten geboten, sich zu bewähren, seine Prestige- und Leistungsbedürfnisse zu befriedigen. Weiterbildung und Qualifizierung werden ihm bei entsprechender Eignung ohne große Schwierigkeiten ermöglicht. Schwer hat es allerdings derjenige, der sich dem Druck zur Kollektivität, zur ständigen Kontrolle durch die Gemeinschaft und der Forderung nach stets höherer Leistung nicht beugen will. Die konforme ideologische Ausrichtung eines ganzen Staates kann den Außenseiter und Eigenbrötler nicht hinnehmen. Schrittmacher zu sein, ist das Ideal. Mitmacher hemmen den Fortschritt.

Die unlösbaren Verbindungen zwischen dem richtigen politisch-ideologischen Bewußtsein und dem von den meisten Jugendlichen angestrebten beruflichen Aufstieg hat eine stark integrierende Wirkung. Wer etwas werden will, muß sich am politischen und gesellschaftlichen Leben beteiligen. Der natürliche Wunsch nach einer besseren Stellung und – auch das wird wohl im Sozialismus vorkommen – einem höheren Einkommen zwingt zu einer mehr oder weniger bewußten Anpassung an die Forderungen des Systems. Es wird heute in der DDR nur noch wenige Jugendliche geben, die den dargebotenen Verlockungen widerstehen können.

Die arbeitende Jugend in der DDR fühlt aber zu einem

sicher nicht geringen Teil echte Verantwortung für den ihnen anvertrauten wirtschaftlichen Bereich. Man kann nicht davon ausgehen, daß der Zwang zur Anpassung ausschließlich Opportunisten erzeugt hat. Die hohen Produktionsleistungen in vielen Jugendobjekten wären ohne den Glauben an die Sache vermutlich nicht möglich gewesen.

In der Freizeit

Die Jugendarbeit beschränkt sich nicht auf jenen Zeitraum, der durch das obligatorische Lernen in der Schule oder durch die Arbeit im Betrieb festgelegt ist, sie erfolgt auch und gerade in der Freizeit. Dieser Grundsatz wird in der DDR schon seit geraumer Zeit beachtet, und es wurden die notwendigen Voraussetzungen geschaffen. Man schenkt der Lebensgestaltung außerhalb der obligatorischen Lern- und Arbeitszeit erhöhte Beachtung.

Untersuchungen haben ergeben, daß die Schüler der allgemeinbildenden Oberschulen in der DDR täglich über ein Freizeitbudget von mehr als 5 Stunden verfügen. Gleichaltrige Mädchen haben täglich durchschnittlich 50 Minuten weniger Freizeit. Diese Werte entsprechen etwa den in der Bundesrepublik ermittelten.

Bei der arbeitenden Jugend, also den Lehrlingen und Jungarbeitern, hat sich die Freizeit insbesondere seit der Einführung der Fünf-Tage-Woche erheblich erweitert. Genaue Erhebungen über den Umfang ihrer Freizeit sind nicht bekannt, doch dürfte er wesentlich unter dem der Schüler liegen.

Zwar hat man auch in der DDR erkannt, daß die erhöhten Anforderungen an die Arbeitskraft des Jugendlichen ein entsprechendes Ausmaß an Freizeit voraussetzen, doch wird daraus die Schlußfolgerung gezogen, daß sich nur eine rationelle, sinnvolle Gestaltung der Freizeit positiv auf das Leistungsvermögen auswirken könne.

Einheit von Arbeit und Freizeit

Die Einheit von Arbeit und Freizeit in der DDR wird mit den „neuen gesellschaftlichen Beziehungen, die sich auf der Grundlage des gesellschaftlichen Eigentums an Produktionsmitteln herausbildeten“, erklärt. Die neu gewonnene schöpferische Einstellung zur Arbeit greife nun notwendig auch in den Bereich der Bildung sowie der Freizeitgestaltung über.

Es wird angestrebt, den Widerspruch zwischen Arbeit und Freizeit zu überwinden. In dem Maße, wie sich die Arbeit zu einem Bedürfnis entwickeln soll, wird umgekehrt die Freizeit nicht nur mehr freie Zeit zur Befriedigung menschlicher Bedürfnisse außerhalb der Arbeit, sondern sie soll dem Menschen als wichtigster Produktivkraft dienen, seine Fähigkeiten nach allen Seiten hin zu entfalten.

Damit soll erreicht werden, daß Arbeit und Freizeit als harmonische Einheit zum Leben des jungen Menschen der sozialistischen Gesellschaft in der DDR untrennbar gehören; dies soll seine gesamte Persönlichkeitsentwicklung beeinflussen.

Daraus ergibt sich, daß für die DDR die Erziehung der Jugend zur verantwortungsbewußten und rationellen Freizeitgestaltung nicht Selbstzweck, sondern eine politische Aufgabe ersten Ranges ist. Freizeiterziehung wird als integrierender Bestandteil der klassenmäßigen Erziehung betrachtet.

In diesem Prozeß erhebt natürlich auch die FDJ ihren Anspruch auf die Führungsrolle. Die systemkonforme Freizeitgestaltung soll *alle* Jugendlichen einbeziehen. Zu diesem Zweck sollen sich die für die Jugend verantwortlichen staatlichen Organe nicht nur darauf konzentrieren, die vorhandenen Interessen und Neigungen der Jugend zu kanalisieren. Auch die „eigentlichen“ Interessen der Jugendlichen sollen geweckt werden. Unter entsprechender Anleitung dürfen sie dann auch ihre Freizeit selbst organisieren und verleben. Um sie nicht von vornherein zu verprellen, sollen die Leiter die Jugendlichen nicht bevormunden, sondern die Voraussetzungen dafür schaffen, daß die Jugendlichen ihre Interessen ver-

Eingang zum Ferienlager für junge Pioniere bei Lehnin

Zentrales Pionierlager in Einsiedel Krs. Karl-Marx-Stadt. In einer Arbeitsgemeinschaft für Kraftfahrzeugtechnik werden die Jungen von einer Pädagogik-Studentin angeleitet

wirklichen können. Dabei bringt er ihnen allerdings auch „in echtem Gespräch zwischen Menschen, die gemeinsam denken und vorwärtsschreiten", die Vorstellungen der staatlichen Jugendpolitik nahe.

Mit einer Vielzahl von Organisationsformen machen die FDJ und die anderen Massenorganisationen der Jugend ein mehr oder weniger attraktives Freizeitangebot. Im Vordergrund dieser Arbeit stehen die freizeitgestaltenden Aktivitäten im Wohngebiet, insbesondere in den Jugendklubs, von denen es in der DDR im Jahre 1968 insgesamt 1.021 gab. Jugendklubs werden im Rahmen der im Wohngebiet vorhandenen wissenschaftlich-technischen oder kulturellen Institutionen oder in eigens dafür bestimmten Jugendklubhäusern eingerichtet.

Vergleichbar mit den bereits erwähnten Pionierhäusern sind sie mit allem ausgestattet, was zur Freizeitgestaltung notwendig ist. 1970 waren insgesamt 179 von ihnen über die gesamte DDR verteilt vorhanden.

Keine unpolitische Freizeit

Die Perspektive der Jugendklubhäuser soll darin bestehen, als Zentren geistiger Auseinandersetzungen und vielseitiger schöpferischer Betätigungen junge Menschen zu sozialistischen Persönlichkeiten heranzubilden. Bei der Arbeit der Jugendklubs und der Jugendklubhäuser kommt es vor allem darauf an, die Aktivität auf eine Vielfalt interessanter Formen der Wissensvermittlung zu lenken. Dabei sind vor allem innen- und außenpolitische, technisch-wissenschaftliche und kulturelle Fragen zu berücksichtigen. Bei der Verwirklichung dieser Aufgabe soll besonders auf die echten Interessen und Bedürfnisse der Jugendlichen eingegangen werden.

Veranstaltungen verschiedensten Charakters tragen dazu bei, die Jugendklubs und Jugendklubhäuser für die Jugendlichen attraktiv zu machen. Dort werden z. B. „Feste der deutschen und russischen Sprache", „Olympiaden des Wissens", Streitgespräche, Treffen mit den Prominenten der Stadt oder mit Künstlern abgehalten.

Auch „Fröhlichkeit, Unterhaltung und Geselligkeit" sollen in den Jugendklubs gefördert werden. Mit Tanzveranstaltungen z. B. sollen die Jugendlichen von den Tanzcafés weggelockt werden, wo keine politische Beeinflussung möglich ist.

Durch so einen vielseitigen Veranstaltungsplan soll zugleich gesichert werden, daß die Klubhäuser zum Treffpunkt der gesamten Jugend werden. Dadurch sind gute Möglichkeiten des Einwirkens auf Jugendliche gegeben, deren gesellschaftliches Bewußtsein noch nicht den erforderlichen Stand erreicht hat. Gleichzeitig sollen damit unter der Jugend bewußt und zielstrebig solche Interessen und Neigungen geweckt werden, die den Prozeß der sozialistischen Umgestaltung im Wohngebiet vorantreiben helfen.

Die Arbeit in den Klubhäusern stellt auch eine entscheidende Methode für die Erziehung der jungen Generation zu Ordnung und einem sozialistischen Arbeitsstil dar. Zu diesem Zweck wird der Geist des Sich-auszeichnen-Wollens, des Meister-werden-Wollens in der Arbeit dieser Einrichtungen gefördert.

Neben den allgemeinen Jugendklubs werden ganz besonders Jugendklubs gefördert, die sich mit einer speziellen Thematik beschäftigen, und hier vor allem die Klubs junger Techniker, deren volkswirtschaftliche Bedeutung angesichts des Talentreservoirs, das diese Klubs heranbilden, auf der Hand liegt.

Die FDJ ist immer dabei

In den Jugendklubs und Klubhäusern nimmt die FDJ eine starke Stellung ein. Zwar stehen sie unter staatlicher Leitung, um auf diese Weise die nicht organisierten Jugendlichen nicht von vornherein abzuschrecken; aber die in den Jugendklubs existierenden FDJ-Aktivs nehmen einen permanenten Einfluß auf die Arbeit der Klubs. Sie sorgen dafür, daß die

Beschäftigung mit der Kultur und andere Aktivitäten nicht Selbstzweck bleiben, sondern durch sie das Verständnis für politische und gesellschaftliche Zusammenhänge wächst.

Die Jugendklubs haben, wie gesagt, auch die Aufgabe, den Teil der Jugend, der sich nicht gesellschaftlich betätigt, zu erreichen. Hierbei handelt es sich um den großen angepaßten Teil der Jugend, die allenfalls Mitmacher sind. Der Rückzug in die privat gestaltete Freizeit soll gerade bei diesen Jugendlichen durch das attraktive Angebot an Freizeitbeschäftigungen in den Jugendklubs verhindert werden.

Eine große Resonanz bei der Jugend haben auch die seit 1964 bestehenden Jugendklubs an kulturellen und künstlerischen Einrichtungen gefunden. Von diesen haben sich besonders der Theaterjugendklub in Leipzig und der Jugendfilmklub Capitol zu besonderen Attraktionen entwickelt. Diese Klubs dienen in erster Linie der passiv-rezeptiven Beschäftigung mit der Kunst. Allerdings wird auf diese Weise ein sachverständiges Publikum herangebildet, das später auch dazu herangezogen wird, dem örtlichen Kulturinstitut bei der kulturellen Arbeit beratend zur Seite zu stehen.

Aber die Jugendlichen sollen nicht beim passiven Kunsterlebnis stehen bleiben, sondern zu einer eigenschöpferischen kulturellen Betätigung übergehen. Die jungen Künstler werden deshalb nach besten Kräften gefördert. Auf sie warten Auszeichnungen und Anerkennung. Presse, Rundfunk und Fernsehen sind angewiesen, die Ergebnisse ihrer Arbeit zu publizieren.

Die Bewegung junger Talente

Basis dieser Arbeit ist die Bewegung junger Talente. Hier können junge Menschen Begabungen aller Art pflegen und weiterentwickeln. War es anfangs vorwiegend der Schlagergesang, so sind inzwischen auch der Gesellschafts- und Ausdruckstanz, die Pantomime, Artistik, Instrumentalmusik, Lyrik, künstlerisches Wort, Kunstgesang, Schauspiel und andere künstlerische Formen zu festen Bestandteilen der Bewegung junger Talente geworden.

Bei den Theatertagen der Jugend, Literaturwettbewerben und Lyrikveranstaltungen sowie in den Galerien des Sozialismus treffen sich die jungen Talente der darstellenden, erzählenden und der bildenden Kunst. Die praktische kulturelle Tätigkeit soll dem Jugendlichen helfen, das Schöne in Arbeit, Natur und Kunst zu erkennen und zu erleben. Auf diese Weise wird durch künstlerische Betätigung ein Beitrag zur Formung des sozialistischen Bewußtseins geleistet.

Nicht *Singe*klub, sondern Singe*klub*

Einen besonderen Platz nehmen in der kulturellen Arbeit die Musikkorps der FDJ und die FDJ-Singebewegung ein. Beide sollen das sozialistische Lebensgefühl, indem sie musikalisch von den großen Leistungen des Sozialismus, der Partei und des Staates künden, besonders ausdrücken. Die folgende Betrachtung ist der kulturpolitischen Wochenzeitung „Sonntag“ entnommen und kennzeichnet recht gut das Wesen der Singebewegung:

> „Singeklubs überzeugen durch die Unmittelbarkeit ihres Engagements. Sie wollen ihr Publikum nicht in eine Welt des schönen Scheins entführen, sondern zeigen stets, was sie außer Sängern, Dichtern (in den Singeklubs werden die Lieder für die Singebewegung teilweise von den Jugendlichen selbst komponiert und getextet. – d. Verf.), Musikern sonst noch sind: engagierte, am Sozialismus dringend interessierte und ihn mitgestaltende Persönlichkeiten. Also nicht *Singe*klub, sondern Singe*klub*. In ihnen existiert über das Singen hinaus eine Vielfalt von Kontakten, von der Geselligkeit bis hin zur ideologischen Auseinandersetzung. 2.500 Singeklubs gibt es mittlerweile“.

13. Arbeiterfestspiele „Vorwärts, und nie vergessen die Solidarität" in Leipzig. Mit Liedern, Folklore und Gedichten wird die internationale Solidarität bekräftigt; hier der Singeklub der Universität Leipzig

Energisch wird darum gekämpft, daß die Singeklubs ihre politisch-agitatorische Haltung nicht verlieren. Vielfach haben sich führende Singeklubs nämlich ein Stammpublikum geschaffen, das hauptsächlich aus Schülern und Studenten besteht. Dies führt in den Augen der FDJ zur ideologischen Bequemlichkeit, zum Schmoren im eigenen Saft. Die Wirkung nach außen ist entscheidend, wobei das eingespielte Stammpublikum natürlich nicht zählt.

„Kurze Haare, blaues Hemd"

Die Singeklubs sind ganz besonders aufgefordert, die Arbeiterjugend in die Singebewegung zu integrieren. Noch scheint nämlich das politische Lied nicht auf die rechte Gegenliebe bei den jungen Arbeitern gestoßen zu sein, vielleicht auch, weil viele Singeklubs zu hohe intellektuelle Ansprüche an die Zuhörerschaft stellen. Zur – wahrscheinlich unfreiwilligen – Parodie auf die Singebewegung gedieh ein Lied des Oktober-(Singe-)Klubs:

Kurze Haare, blaues Hemd,
wer singt, ist weniger verklemmt.
Ein Singeklub ist keine Pfründe,
zum Singen braucht man andre Gründe.
Komponisten gibt es zwar,
doch Jugendlieder sind sehr rar.
Der Jugend stärkste Frühlingsregung,
das ist die Singebewegung.
Hell scheint die Sonne, schön ist die Welt,
ich bin so positiv eingestellt.
Vom Zentralrat ein scharfer Blick –
und schon sang die Republik.

Zum Repertoire der Singeklubs gehört neben unterhaltsamen Liedern auch der politische Song. Teils dient er der Agitation gegen Reaktionäre, Imperialisten und Revanchisten, teils zur politisch-moralischen Aufrüstung der Jugend mit Blickrichtung auf die Verhältnisse im eigenen Land. Dazu ein typisches Beispiel:

Mach doch mal einen Verbesserungsvorschlag, und
wenns nicht klappt, dann steck nicht gleich zurück.
Ja, dann mach doch mal ...
Wenn du jeden Tag sie'm bis vier nur Schräubchen drehst,
du als Facharbeiter aber'n bißchen mehr verstehst,
und du meinst, daß diese Sache technisch besser geht,
wenn man sich nur einmal hinsetzt und dann überlegt –
Ja, dann mach doch mal ...
Wenn der Direx deiner Schule eine Meldung produziert,
daß die FDJ-Arbeit so prächtig funktioniert,
weil zum Jahrestag Kassierung und Blauhemd stimmt,
und du meinst, es wäre besser, wenn mans ernster nimmt –
Ja, dann mach doch mal ...
Wenn in Leipzig oder Halle oder Eisenhüttenstadt
der eine oder andere noch andre Sorgen hat,
und er meint, davon muß etwas in dies Lied mit rein,
und die Strophen überhaupt, die müßten besser sein –
Ja, dann mach doch mal ...

Wie man sieht, ist in diesem Lied sogar das selbstkritische Element enthalten. Oft genug wiederholt, oft genug gehört, erfüllen Lieder dieses Genres sicherlich eine wichtige Funktion bei der Bewußtseinsbildung der Jugend.

Für die mehr instrumental begabten Schüler gibt es Blasorchester oder Fanfarenzüge der FDJ, Jugendcombos und -tanzkapellen, Pionier-Sinfonie sowie Jugend-Kammerorchester. Abgesehen von den Orchestern, die sich vorwiegend der klassischen Musik widmen, wird in den Musikgruppen allenfalls gemäßigt moderne Tanzmusik zugelassen. Beatrhythmen, „die dazu dienen, die Jugend aufzuputschen", wurden abgelehnt. Seit 1971 erhebt die Parteiführung allerdings keine Einwände mehr dagegen.

Große Bedeutung als Freizeitbeschäftigung wird auch dem Sport beigemessen. Seine persönlichkeitsbildende Funktion, die sich in ständigem Wettbewerb und in immer neuen Leistungsverbesserungen zeigt, wird hoch eingeschätzt. Die sportliche Betätigung der Jugend soll mit staatsbürgerlicher und geistiger Bildung und Erziehung, insbesondere mit der Erziehung zur Verteidigungsbereitschaft, verbunden werden. Lehrer und Erzieher sind deshalb verpflichtet, die Jugendlichen zur sportlichen Betätigung in ihrer Freizeit anzuhalten. Bei der Ausübung von Sport sollen die Jugendlichen zu gegenseitiger Achtung sowie zur Herstellung „*sauberer* und kameradschaftlicher Beziehungen" erzogen werden.

Gleichzeitig dient die sportliche Betätigung, die in jeder Hinsicht gefördert wird, dazu, das Talentreservoir für Spitzensportler zu vergrößern. Jugendlichen, die es zu nationalen oder gar internationalen Ehren auf dem Felde des Sports bringen, stehen alle Türen offen. Sie erhalten hohe Prämien, und ihr beruflicher Aufstieg und ihr soziales Ansehen steigen.

Freizeit und berufliche Weiterbildung

Zugleich soll die Freizeit auch zur beruflichen Weiterbildung benutzt werden. Untersuchungen haben ergeben, daß trotz unverkennbarer Fortschritte das systematische Lernen nach der Berufsausbildung noch nicht den volkswirtschaftlichen Notwendigkeiten entspricht. Die aufgewandte Zeit für die Weiterbildung nimmt bei jungen Arbeitern und Angestellten durchschnittlich einen untergeordneten Platz ein. Diejenigen, die sich weiterqualifizieren, tun das allerdings meist sehr energisch, mit großem Zeitaufwand. Häufig ist – ähnlich wie in der Bundesrepublik – nur verbal eine große Bereitschaft zur Weiterbildung vorhanden. Obwohl die Zahl der sich weiterbildenden Arbeiter und Lehrlinge in der DDR höher ist als in der Bundesrepublik, ist man damit noch nicht zufrieden. Die Jugenderzieher werden aufgefordert, auf diesem Gebiet mehr zur konkreten Motivierung der Jugendlichen zu tun.

Wenn man den Anspruch der staatlichen Jugendpolitik auf die Freizeit der Jugendlichen vergleicht mit den Freizeitwünschen der Jugendlichen und der dann tatsächlich praktizierten Art der Freizeitgestaltung, so zeigt sich, daß auf diesem Gebiet für die Jugendarbeit noch viel zu tun bleibt. Die Ergebnisse der beiden nun folgenden Untersuchungen dürfen allerdings nicht mißverstanden werden. Die nur wenig angeführte gesellschaftliche Arbeit fällt für die meisten Jugendlichen nicht unter den Begriff „Freizeit", sondern wird als Teil der sozialistischen Arbeit angesehen. Die erste Befragung wurde Ende der 60er Jahre unter 14–22jährigen Jugendlichen durchgeführt.

a) Art der gewünschten Freizeit

	Insgesamt	Mädchen	Jungen
Lesen	64	73	55
Sport	48	36	60
Kino	27	31	23
Musik (nur Hören)	25	26	24
Basteln, Handarbeiten	21	20	22
Radfahren	22	14	31
Besuch von Theater, Oper	16	23	8
Kunst (selbst ausgeübt)	14	19	10

	Insgesamt	Mädchen	Jungen
Clubveranstaltungen geselliger Art, u.d. mit Tanz	18	19	17
Spazierengehen	11	14	8
Baden, schwimmen	12	12	12
Naturliebhaber	6	5	7
Zusammensein mit Freunden	6	4	8
Spezielles Sammeln	3	1	5
Häusliche Arbeiten	3	4	2
Gesellschaftliche Arbeit	2	1	3
Sonstiges	22	18	25

An dieser Untersuchung fällt auf, wie hoch der Anteil der Freizeitwünsche ist, die in erster Linie individuell verwirklicht werden. Übrigens konnten die befragten Jugendlichen bis zu vier Freizeitwünsche angeben. Deshalb liegen die Ergebnisse über 100 %. Beide Feststellungen gelten auch für die folgende Untersuchung. Sie wurde allerdings mit einem anderen Personenkreis durchgeführt. Es handelt sich bei ihr gegenüber der ersten Untersuchung um die tatsächliche Freizeitgestaltung:

b) Art der Freizeitgestaltung

	12jährige	14jährige	16jährige
Fernsehen, Radio, Kino	21,2	28,9	30,4
Spiele im Haus und außerhalb	21,3	18,4	14,4
Lesen	12,7	12,6	11,3
Musische Beschäftigung	2,3	3,1	2,5
Technisch, naturwissenschaftliche Weiterbildung, Basteln	2,4	5,6	5,8
Sport organisiert und unorganisiert	10,2	11,5	9,2
Aufenthalt auf der Straße (Leerlauf)	10,0	9,1	10,0
Aufenthalt im Haus (Leerlauf)	18,7	9,4	13,0
Gesellschaftliche Arbeit	1,2	1,4	3,4

Bemerkenswert an dieser Untersuchung ist, daß Fernsehen, Kino und Radio verhältnismäßig oft angegeben werden, obgleich das Fernsehen unter den angegebenen Wünschen nicht auftaucht. Umgekehrt scheint bei den in dieser Untersuchung Befragten das Zusammensein mit Freunden – bei den Wünschen noch angegeben – so selbstverständlich zu sein, daß es gar nicht mehr als Freizeitgestaltung im engeren Sinne verstanden und deshalb nicht mehr erwähnt wird.

Insgesamt gesehen bewahrt sich ein großer Teil der Jugend die individuelle Freizeit, die in der Jugendarbeit als der Rückzug in das Unpolitisch-Private verurteilt wird. Dies läßt auch eine Studie aus Ost-Berlin erkennen, bei der 51 % der Befragten angaben, die Bindung an das Elternhaus sei das bestimmende Element ihrer Freizeit.

Allerdings ist Ost-Berlin auf Grund der vielen Besucher aus dem westlichen Ausland und der Bundesrepublik ein besonderes Pflaster. Zudem bietet keine Stadt der DDR vergleichsweise so viele Möglichkeiten zur individuellen Gestaltung der Freizeit wie Ost-Berlin.

Immerhin kann die richtige Tendenz der Studie unterstellt werden. In der Jugendarbeit und Jugendforschung beschäftigt man sich nämlich in zunehmendem Umfang mit der Freizeitgestaltung in der Familie, wobei insbesondere dem Einfluß der Massenkommunikationsmittel auf die Jugend Beachtung geschenkt wird. Die Eltern sollen ihre Kinder zur Programmauswahl erziehen und verhindern, daß westliche Sender empfangen werden. Gleichzeitig wird die Forderung erhoben, das Programm mehr auf die zahlreichen jugendlichen Zuschauer einzustellen.

Jugendkriminalität wird krampfhaft verschwiegen

Oft stellt die Weigerung, an den kollektiven Freizeitbeschäftigungen teilzunehmen, einen bewußten oder unbewußten Protest gegen den ständig wachsenden Druck zur Eingliederung in eine Gruppe auch während der Freizeit dar. Viele dieser Jugendlichen treffen sich in privaten Cliquen, die sich dann oftmals zu Rocker- oder Rowdybanden entwickeln. Selbstverständlich kann nicht die gesamte Jugendkriminalität in der DDR auf Opposition gegen das System zurückgeführt werden, dennoch dürfte ein Teil der (nicht-)politischen jugendlichen Straftäter Motive haben, die Ausdruck der unbewußten Rebellion gegen das System sind.

Überhaupt ist die Jugendkriminalität ein Problem, das man in der DDR schamhaft verschweigt. Neuere Ausgaben des Statistischen Jahrbuches der DDR bringen nur noch Angaben über die Gesamtkriminalität. Die Aufschlüsselung nach Alter ist fortgefallen.

Dies ist aus kommunistischer Sicht verständlich, denn eigentlich müßte die Kriminalität im Zuge der fortschreitenden gesellschaftlichen Entwicklung des Sozialismus überwunden werden. Die Tatsache, daß die Jugendkriminalität die der Erwachsenen erheblich übersteigt, zeigt, daß hier noch ein weites Aufgabenfeld für die Jugendarbeit der DDR liegt. Zur Begründung der relativ hohen Jugendkriminalität werden neben den negativen Einflüssen aus dem Westen, insbesondere durch Fernseh- und Rundfunksendungen, auch selbstkritische Gründe angeführt. So hat man erkannt, daß es noch nicht gelungen ist, ein freies sozialistisches Jugendleben zu schaffen mit der Folge spontaner Gruppenbildungen, die auf Grund ihres kontrollierbaren Eigenlebens nicht in die Gefahr geraten, gesellschaftswidrige Tendenzen zu entwickeln.

Ähnlich wie in der Bundesrepublik führen häufig gestörte soziale Verhältnisse zur Jugendkriminalität. Fehlender Schulabschluß, keine Berufsausbildung und ein gebrochenes Verhältnis zum Elternhaus sind regelmäßige Merkmale des jugendlichen Straftäters. Mit zunehmendem Alter fällt allerdings die Kriminalitätskurve wesentlich steiler ab als in der Bundesrepublik. Wiederholungstaten und die Gefahr einer Entwicklung zum Berufsverbrecher sind in der DDR seltener als bei uns.

Die gesellschaftliche Einflußnahme auf die Jugendlichen erstreckt sich auch auf die Ferien. FDJ und Freier Deutscher

Gewerkschaftsbund (FDGB), die Einheitsgewerkschaft der DDR, veranstalten jährlich große Ferienlager für Schüler und junge Lehrlinge. Die Teilnahme daran ist nicht Pflicht, aber es wird intensiv dafür geworben. Die Feriengestaltung dient nicht nur der Erholung, sondern auch der sozialistischen Erziehung. Die Pionier- und Ferienlager üben eine wichtige Funktion im Bildungssystem aus. Neben Spiel und Sport stehen z. B. auch Betriebsbesichtigungen und Vorträge auf ihrem Programm.

Aber auch die Touristik wird gepflegt, vorzugsweise natürlich das Reisen in Gruppen. Fast eine Million Jugendliche benutzen jährlich in den Ferien, an den Wochenenden und anderen freien Tagen die 260 Jugendherbergen und 75 Wanderquartiere mit insgesamt 30.000 Plätzen. Außerhalb der Sommerferien können auch die Pionierlager zur Übernachtung in Anspruch genommen werden. Der Übernachtungspreis ist sehr niedrig.

Die Jugendherbergen sollen nicht nur der Förderung der Touristik und des Wanderns dienen, sondern auch der sozialistischen Erziehung, der sinnvollen, gemeinsamen Freizeitgestaltung und jugendgemäßen Erholung.

Auch die Campingreisen erfreuen sich in der DDR wachsender Beliebtheit. 530 Campingplätze mit einer Tageskapazität von 242.000 warten auf die Camper. Das steigende Interesse am Camping kann man an den Umsatzzahlen für Campingartikel ablesen. Von 1963 bis 1968 verdoppelte die Bevölkerung ihre Ausgaben für Zelte, Luftmatratzen, Campingmöbel, usw. auf heute 116 Millionen Mark.

Besonders gute Campingplätze erhalten das Gütezeichen „Q". Die Erlangung dieses Zeichens erfordert einwandfreie sanitäre und hygienische Einrichtungen, vorbildliche Versorgung, ausreichende Möglichkeiten für kulturelle, sportliche und touristische Betätigung, umfangreiches Angebot an Dienstleistungen.

Um den unterschiedlichen Ansprüchen an einen Ferienaufenthalt von Familien und Jugendlichen entgegenzukommen, hat man damit begonnen, Jugendcampingplätze zu schaffen.

Sie sollen in erster Linie ein erhöhtes Angebot an Vergnügungsveranstaltungen und an sportlichen Betätigungsmöglichkeiten bereithalten.

Auch Reisen in das Ausland sind möglich – allerdings nur in Gruppen und nicht in die westlichen Länder. 1969 waren es 66.000 Jugendliche, die mit FDJ-Gruppen oder Pauschalreisen in Gruppen Gelegenheit zu einem Auslandsaufenthalt hatten.

Insgesamt steht für die Feriengestaltung also ein recht buntes Angebot zur Verfügung, wobei natürlich der kollektiven Feriengestaltung von seiten des Staates der Vorrang eingeräumt wird. Zahlen darüber, wie das Verhältnis zwischen individuell und den in Gruppen reisenden Jugendlichen ist, sind nicht verfügbar.

Zusammenfassung

Jugendpolitik in der DDR wird mit dem Ziel betrieben, die Jugendlichen zu ordentlichen, arbeitsamen und strebsamen Mitgliedern der sozialistischen Gemeinschaft zu machen. Um dieses Ziel zu erreichen, werden junge Menschen schon als Kinder in das staatliche Erziehungssystem einbezogen. Schon früh werden unter maximaler Ausnutzung jugendlicher Eigenschaften wie Ehrgeiz und Wettbewerbseifer die erwünschten Qualitäten wie Lerneifer und Leistungsstreben entwickelt. Gesellschaftliche und politische Aktivität auf allen Ebenen ist erwünscht. Die Notwendigkeit der Unterordnung unter die Interessen des Staates und der Wirtschaft wird gründlich erklärt.

Gleichzeitig wird die Jugend in beispielhafter Weise gefördert. In Schule und Beruf erhalten sie alle Möglichkeiten, um über Bildung und Ausbildung den Grundstein für einen späteren Aufstieg zu legen. Allerdings rangieren auch auf diesem Sektor die Interessen des Staates vor denen des einzelnen.

Mitarbeit und Mitbestimmung der Jugendlichen in ihren Bereichen wird begrüßt. Die Zahl der Abgeordneten in Kommunal- und Bezirksvertretungen sowie in der Volkskammer, die die Jugendlichen stellen, ist vergleichsweise hoch.

Optimale Betätigungsform ist das Kollektiv, in dem der Jugendliche unter den verpflichtenden Augen der Gemeinschaft zu Höchstleistungen angespornt werden soll. Dies ist ein außerordentlich positives Ergebnis, wenn es auch merkwürdig erscheint, daß die Untersuchungsergebnisse aus anderen Altersstufen nicht veröffentlicht wurden. Diese Untersuchung, die nicht einmal neuesten Datums ist, deutet auf ein positives Verhältnis der Jugend zum System, wenngleich nur danach gefragt wurde, ob er der Ansicht sei, der Sozialismus würde siegen, nicht aber nach der eigenen Meinung zum System.

Die Ergebnisse dieser Untersuchung stimmen fast überein mit den Antworten auf die Frage nach dem politischen Interesse:

	In Prozenten
Verfolgen Sie die politischen Ereignisse mit	
großem Interesse	39
mittlerem Interesse	48
schwachem Interesse	9
so gut wie gar nicht	3
keine Antwort	1

Die Antworten demonstrieren die Aufgeschlossenheit der Jugendlichen für die Probleme der Gesellschaft, in der sie leben. In der Aufschlüsselung nach Geschlechtern zeigt sich erwartungsgemäß, daß die Mädchen in der ersten Kategorie erheblich unter dem Durchschnitt liegen. Sie machen das aber in der zweiten Kategorie gut.

Es wird versucht, den Sektor der individuell-privaten Betätigung, soweit er nicht der Weiterbildung dient, möglichst klein zu halten. Sozialistische Erziehung macht auch vor Freizeit und Ferien nicht halt.

Neben der Wissensvermittlung steht in Schule, Betrieb und Freizeit nahezu gleichberechtigt die politisch-ideologische Erziehung, deren Inhalte und Wertungen alle Bereiche des öffentlichen und privaten Lebens durchdringen sollen. Bewährung in Beruf und Schule, Auszeichnung und Aufstieg sind stets an die Erreichung eines entsprechenden Bewußtseinsstandes geknüpft.

Die entscheidende Frage, wie die Jugend in der DDR über den Staat, in dem sie lebt, denkt, ist nicht exakt zu beantworten. Die Umfragen in der DDR zu diesem Thema werden, wenn überhaupt, nur in Bruchstücken veröffentlicht. In einer 12. Klasse antworteten die Jugendlichen auf die Frage „Sind Sie überzeugt, daß sich die sozialistische Gesellschaftsordnung im Weltmaßstab durchsetzen wird?" folgendermaßen:

	In Prozenten
Ich bin sicher	74
Ich hoffe es	22
Ich bezweifle es, nein oder keine Meinung	4

Diese beiden Umfragen weisen darauf hin, daß die Jugend in der DDR im allgemeinen ein recht positives Verhältnis zu ihrer Umgebung hat. Daraus darf aber nicht geschlossen werden, daß alle Jungen und Mädchen bereits mit sozialistischem Gedankengut durchdrungen sind. Eine weitere Untersuchung hat gezeigt, daß berufliche und private Interessen wie Liebe, Familie, Ehe, Anschaffungen und Reisen weit vor den politisch motivierten Interessen rangieren. Zwar sind 35 % der Jugendlichen politisch oder gesellschaftlich aktiv, dies aber fast nur im Zusammenhang mit ihrem Arbeitsplatz. Immerhin aber liegen die Anteile der Jungen und Mädchen, die politisch interessiert und aktiv sind, weit über denen in der Bundesrepublik.

DDR-Jugend – das Ziel der Klasse noch nicht erreicht

Aus all dem kann geschlossen werden, daß bisher nur eine Minderheit in der Jugend die ihr zugedachte Schrittmacherrolle in vorbildlicher Weise erfüllt. Die größte Gruppe besteht aus den mehr oder weniger angepaßten Jugendlichen, die je nach dem Grad ihres beruflichen Ehrgeizes einen unterschiedlichen Grad von Aktivität entwickeln, aber häufig nicht voller Überzeugung bei der Sache sind.

Es kann als sicher gelten, daß es auch eine nicht geringe Gruppe von Jugendlichen gibt, die in Opposition zum System steht. Man findet sie hauptsächlich in den Städten, wo es für sie einfacher ist, sich mit Gleichgesinnten zusammenzufinden. Vielfach besteht diese Opposition nur in der Weigerung, sich dem Trend zur Kollektivität zu fügen. Offene Opposition ist selten. Das letzte Mal trat sie zutage, als die sowjetischen Truppen die CSSR besetzten. Den Protestaktionen Jugendlicher folgte eine ganze Anzahl von politischen Prozessen.

In den meisten Fällen werden die Gegner des Systems totgeschwiegen. Die Zeiten, in denen in Reden und Schriften die Klassenfeinde unter den Jugendlichen offen angegriffen wurden, in denen es sogar in der FDJ Aktionen gegen Revisionisten gab, sind lange vorbei.

Die Frage, wieviel Jugendliche sich für eine Alternative zum sozialistischen System entscheiden würden, wenn sie könnten, muß unbeantwortet bleiben. Wahrscheinlich aber sind es weniger, als viele in der Bundesrepublik heute immer noch glauben wollen.

BEGRIFFE

Im folgenden Katalog ist die Bedeutung der Begriffe, wie sie in der DDR verstanden werden, angeführt.

Aktiv
Arbeitsgruppe, die kollektiv an der Erfüllung gesellschaftspolitischer, wirtschaftlicher oder kultureller Aufgaben arbeitet und überdurchschnittliche Leistungen anstrebt.

Aktivist
Werktätiger, der im Arbeitsprozeß vorbildliche Leistungen vollbringt und dafür ausgezeichnet worden ist; politisch zielbewußt Handelnder.

Betriebsakademie
Einrichtungen der Erwachsenenbildung und Qualifizierung in volkseigenen Betrieben.

Betriebsberufsschule
Einheitlich organisierte Ausbildungsstätten mit Lehrwerkstätten und Lehrwohnheimen der volkseigenen Betriebe (Theorie und Praxis). Der Direktor der Schule ist dem Werkleiter verantwortlich.

Brigade
Wettbewerbsgruppe, kleinstes Arbeitskollektiv in der volkseigenen Wirtschaft (in gemeinschaftlicher Lohnverrechnung).

Dorfakademie
Einrichtungen der Erwachsenenbildung auf dem Lande. Sie sollen „unmittelbar dem Kampf um höhere Marktproduktion und der weiteren sozialistischen Umgestaltung der Landwirtschaft dienen".

Elternaktiv
In den einzelnen Schulklassen werden Aktive, die sich aus den Eltern der Schüler zusammensetzen, zur Unterstützung des Klassenleiters tätig.

Elternbeirat
In ihm soll die Bereitschaft der Eltern zur Mitarbeit bei der Lösung schulischer und außerschulischer Aufgaben gefördert und gelenkt werden. Neben den gewählten Elternvertretern gehören ihm Mitglieder des Patenbetriebes, der FDJ, der Schule und des zuständigen Ausschusses der Nationalen Front an.

Freier Deutscher Gewerkschaftsbund (FDGB)
Die Tätigkeit des FDGB ist laut seiner Satzung an der Politik der SED ausgerichtet: „Sie (die Gewerkschaften) stehen fest zur SED und ihrem Zentralkomitee und schließen als treue Helfer die Arbeiter, Angestellten und Angehörigen der Intelligenz eng um die Partei zusammen." Nach dem „Gesetzbuch der Arbeit" in der DDR fördern die Gewerkschaften „den Kampf um den wissenschaftlich-technischen Höchststand, die Aneignung allseitiger Kenntnisse und eine hohe sozialistische Arbeitsmoral und Arbeitsdisziplin zur raschen Steigerung der Arbeitsproduktivität". Der FDGB ist nach dem Grundsatz: „Ein Betrieb – eine Gewerkschaft" organisiert.

Gesellschaft für Sport und Technik (GST)
Organisation zur vormilitärischen Ausbildung von Jugendlichen und jüngeren Einwohnern der DDR beiderlei Geschlechts. Sie „sieht in der sozialistischen Wehrerziehung der Werktätigen und vor allem der Jugend ihre Hauptaufgabe".

Grundberuf
1967 wurden in der DDR vier Grundberufe eingeführt: Baufacharbeiter, Zerspannungsfacharbeiter, Metallurge für Formgebung und Metallurge für Erzeugung. Der Grundberuf stellt eine Mischung von allgemeinen und beruflichen Kenntnissen, von Erstausbildung (Grundausbildung, berufliche Spezialisierung) und Berufsweiterbildung dar.

Imperialismus
Höchstes und letztes Stadium des Kapitalismus und Konzentration der wirtschaftlichen und politischen Macht auf internationale kapitalistische Monopolverbände, Tendenz zur Neuaufteilung der Welt durch Kriege zwischen den imperialistischen Ländern.

Jugendobjekt
Ein an Jugendliche (in Schule oder Betrieb) verantwortlich übertragenes Forschungsobjekt oder in sich abgeschlossenes Produktionsprogramm zum volkswirtschaftlichen Nutzen.

Jugendweihe
Soll den Übergang des Jugendlichen in die Welt der Erwachsenen, wie er im Christentum z. B. durch die Konfirmation gekennzeichnet ist, durch ein sozialistisches Gelöbnis ersetzen. Die Jugendlichen verpflichten sich darin, ihre „ganze Kraft für die große und edle Sache des Sozialismus einzusetzen".

Kader
Ursprünglich aus Berufssoldaten und -offizieren bestehender Stamm oder Kern einer Truppe; planmäßig herangebildeter Stamm von Nachwuchskräften auf allen Gebieten des gesellschaftlichen Lebens (Parteikader usw.).

Kapitalismus
Gesellschafts- und Staatsordnung, die auf dem Privateigentum an den Produktionsmitteln und auf der Ausbeutung der Lohnarbeiter beruht.

Kollektiv
Arbeits- und Produktionsgemeinschaft mit gleichen Rechten und Pflichten, deren Streben der Erreichung eines gemeinsamen Zieles gilt.

Kombinat
Zusammenwirken verschiedener Industriezweige oder Produktionsstufen (z. B. elektrochemisches Kombinat).

Kontrollposten der FDJ
Überwachungsorganisation in Schulen, Betrieben und Verwaltungen, die nach dem Jugendgesetz der DDR folgende Aufgaben hat: „Die Kontrollposten der FDJ sind fester Bestandteil des Systems der Arbeiter- und Bauern-Inspektion. Sie helfen, die sozialistische Gesetzlichkeit zu wahren und zu entwickeln, indem sie für die Durchsetzung des wissenschaftlich-technischen Höchststandes, für neue Arbeitsmethoden und Verbesserungsvorschläge sowie gegen Gleichgültigkeit, Schlendrian, Bürokratismus und Formalismus kämpfen."

Marxismus-Leninismus
Revolutionäre Lehre von Marx und Engels, die von Lenin und Stalin weiterentwickelt wurde. „Die Wissenschaft von den Entwicklungsgesetzen der Natur und der Gesellschaft, die Wissenschaft von der Revolution der unterdrückten und ausgebeuteten Massen, die Wissenschaft vom Aufbau der kommunistischen Gesellschaft."

Nationale Front
Sie vereint alle Parteien und Massenorganisationen in der DDR unter dem Willen der führenden SED. Sie stellt die Kandidatenlisten für die Wahlen auf und versucht, durch ihre Hausgemeinschaften und Wohngebietsausschüsse auch die nichtorganisierten Bürger in der DDR zu erfassen.

Norm
Regel, Richtschnur, Maßstab, Muster, Musterbeispiel, Einheitsmuster, Vorbild, leitender Grundsatz, Vorschrift. Wird unter diesen Begriffsbestimmungen in der DDR verwendet als: Arbeits-, Vorrats-, technische Verkaufsnorm und ist dann quantitativ oder qualitativ verbindlich.

Pädagogischer Rat
Vereinigung der besten Lehrer und Erzieher an einer Schule.

Patenschaften
Sie werden meist zwischen Schulen/Hochschulen und volkseigenen Betrieben oder landwirtschaftlichen Produktionsgenossenschaften geschlossen. Sie sollen „bei den Werktätigen das Verständnis für die pädagogischen Aufgaben verstärken, die politisch-ideologische und fachliche Erziehungsarbeit der Schule unterstützen sowie die Verbindung der Lehrer mit der Arbeiterklasse festigen".

Perspektivplan
Programm der Entwicklungsaufgaben der Volkswirtschaft für einen größeren Zeitraum (z. B. Fünfjahresplan).

Revisionismus
Das Streben nach Änderung eines Zustandes oder eines Programms; Strömung in der Arbeiterbewegung, die versucht, den Marxismus zu verflachen, zu entstellen und unwirksam zu machen.

Sozialismus
In der DDR wird der Sozialismus als eine auf der Grundlage der Herrschaft der Arbeiterklasse errichtete Gesellschaftsordnung erklärt, in der die Produktionsmittel in gesellschaftliches Eigentum übergeführt sind und die Ausbeutung des Menschen durch den Menschen beseitigt wurde. Dies sei die erste Phase der klassenlosen, kommunistischen Gesellschaft.

Sozialistische Einheitspartei Deutschlands (SED)
Am 21. April 1946 auf Wunsch und mit Unterstützung der damaligen sowjetischen Militär-Administration für Deutschland (SMAD) aus dem Zusammenschluß der mitteldeutschen KPD und SPD entstandene Partei. Über dem eigentlichen Mitgliederapparat, entsprechend den Verwaltungseinheiten in der DDR, stehen das Zentralkomitee (ZK) mit dem Sekretariat und die Führungsspitze, das Politbüro. Die SED als die in allen Lebensbereichen maßgebende Staatspartei wird gegenwärtig von Erich Honecker als 1. Sekretär des ZK geführt.

Sozialistische Moral
Die Grundsätze sozialistischer Moral sind in ihren zehn Geboten niedergelegt, wie sie von Walter Ulbricht in der DDR aufgestellt wurden. Sie sollen an die Stelle der zehn christlichen Gebote treten und den Menschen auch in seinem innersten Wesen (Gewissen) an die politischen Ziele des Marxismus-Leninismus binden.

Sozialistischer Realismus
Nach dem Statut des sowjetischen Schriftstellerverbandes die „wahrheitsgetreue, historisch-konkrete Darstellung der Wirklichkeit in ihrer revolutionären Entwicklung“. Zu den Grundprinzipien des S. R. gehören Parteilichkeit, Volkstümlichkeit, Zeitnähe, Optimismus usw.

Sozialistischer Wettbewerb
Im „Gesetzbuch der Arbeit“ der DDR als die umfassendste Form der Masseninitiative zur Steigerung der Arbeitsproduktivität bezeichnet. Die Bedingungen werden von den Fachministerien gemeinsam mit den Zentralvorständen der Gewerkschaften festgelegt. Den Siegern werden Prämien und Auszeichnungen verliehen.

Spartakiade
Treffen von Sportvereinigungen, Sportwettkampf; ursprünglich von der Sportinternationale in Moskau veranstalteter Wettkampf (nach Spartakus, dem Führer des römischen Sklavenaufstandes).

Volkseigener Betrieb (VEB)
Nach 1945 enteignete und verstaatlichte Betriebe; desgleichen die seitdem neu errichteten Staatsbetriebe.

QUELLEN

A bis Z, Taschen- und Nachschlagebuch über den anderen Teil Deutschlands; Hrsg.: Bundesministerium für innerdeutsche Beziehungen, Bonn 1970

Deuerlein, Ernst (Hrsg.): „DDR 1945–1970, Geschichte und Bestandsaufnahme“; dtv dokumente München 1971

Friedrich, Dr. Paul: Staat und Jugend in der DDR; Staatsverlag der DDR; Berlin (O) 1966

Günther, K.-H., Uhlig, G.: Geschichte der Schule in der DDR 1945 bis 1968; Volk und Wissen Volkseigener Verlag; Berlin (O) 1970

Herz, Hanns-Peter: Freie Deutsche Jugend; Juventa Verlag München 1965

Jung, Deppe u. a.: BRD–DDR – Vergleich der Gesellschaftssysteme; Pahl-Rugenstein Verlag; Köln 1971

Maerker, Rudolf: Jugend im anderen Teil Deutschlands – Schrittmacher oder Mitmacher?; Juventa Verlag, München 1969

Marks, Heinz: GST – Vormilitärische Ausbildung in der DDR; Markus Verlag, Köln 1970

Materialien zum Bericht zur Lage der Nation 1971; Bundesministerium für innerdeutsche Beziehungen

Staatliche Dokumente zur sozialistischen Jugendpolitik in der DDR; Staatsverlag der DDR; Berlin (O) 1971

Vogt, H.: Bildung und Erziehung in der DDR; Stuttgart 1969

Vogt, H., Dannwolf, G. u. a.: Schule und Betrieb in der DDR; Verlag Wissenschaft und Politik; Köln 1970

Weber, H., Oldenburg, F.: 25 Jahre SED – Chronik einer Partei; Verlag Wissenschaft und Politik; Köln 1971